Flimmernde Schatten

Yves Gorat Stommel

Danksagung

an Melanie, Barbara und Klaus
für ihre Geduld bei den über Jahre andauernden
Überarbeitungsrunden.

Impressum

Flimmernde Schatten

© Yves Gorat Stommel

Erste Auflage 2014

ISBN-13: 978-1505337150

Web:

www.yvesgoratstommel.com

Facebook:

www.facebook.com/yvesgoratstommelautor

Email:

ygstommel@gmx.de

Postadresse:

Kaiserwall 12, 45657 Recklinghausen

Druck und Bindung:

Amazon Distribution GmbH, Leipzig

Prolog

Starr und unbeweglich schauten seine müden Augen auf den flackernden Bildschirm. Nicht eine einzige Bewegung verriet, dass er noch am Leben war. Das chaotische Licht des Fernsehapparates tauchte das von Leid gezeichnete Gesicht abwechselnd in Licht und Schatten, die Arme hingen kraftlos herab, die dünnen Beine waren in eine Decke gewickelt. Dünnes, graues Haar klebte in Strähnen an seinem eingefallenen Schädel.

Doch plötzlich kehrte Leben in seine glasigen Augen zurück. Etwas in den über den Bildschirm flimmernden Nachrichten erregte seine Aufmerksamkeit. Konzentriert starrte er auf die Mattscheibe, akribisch jedes Detail in seinem Kopf speichernd, für spätere Verwendung ablegend. Dabei beschränkte sich die Anspannung auf seine Gesichtszüge; der Rest seines verkrüppelten Körpers blieb unbeweglich.

Kaum ging dieser eine Beitrag der Regionalnachrichten vom fünften August zu Ende, schloss er unverzüglich die Augen und konzentrierte sich.

Mit aller Macht drang er in sein Unterbewusstsein vor.

Er begann seine Suche nach den beiden Jungen.

1

Kapitel 1: Damaris

Übellaunig saß Damaris auf ihrem Schreibtischstuhl und starrte demonstrativ ihre nackten Füße an. Ihr gegenüber standen ihre Eltern, die kaum bessere Laune hatten.

Amy Lincol brach das entstandene Schweigen: „Schätzchen, wir tun das nur zu deinem Besten."

Wütend blickte Damaris auf. Wie sie diesen Spruch hasste! Ihre Mutter, eine große und schlanke Frau, hielt ihrem Blick ohne mit der Wimper zu zucken stand.

Dieses Mal kam Damaris nicht so einfach davon. Vor allem ihr Vater war ziemlich wütend gewesen, das hatte er sie direkt nach dem kurzen Anruf von Tinas Mutter deutlich spüren lassen. Dabei waren Tina und sie bloß dabei gewesen, als ein paar Jungs aus ihrer Schule ein paar Sylvesterknaller gezündet hatten. Klar, zwei Tage zu spät, aber sie hatte zusammen mit Tina ja auch nur zugeschaut. Leider interessierten die Feinheiten ihre Eltern nicht.

Damaris richtete ihren Blick auf das einzige Fenster. Ihr Zimmer lag im Halbdunkel, die Januarsonne besaß am Nachmittag kaum noch Kraft und sie hatte längst die Deckenleuchte einschalten müssen. Der Winter als Jahreszeit gefiel ihr so überhaupt nicht. Umso erstaunlicher, dass der Tag bis zur Standpauke ihrer Eltern eigentlich recht schön gewesen war. Sie hatte bei ihrer besten Freundin Tina übernachtet und war heute Morgen mit ihr durch die Stadt geschlendert. Dabei waren sie und Tina auf ein paar Jungs aus der Schule gestoßen. Tinas Bruder war darunter gewesen und sie hatten den Weg gemeinsam fortgesetzt. Genau genommen hatte Damaris somit nicht so richtig was dafür gekonnt, dass sie in der näheren Umgebung war, als die Jungs die Knaller zündeten. Und dafür bekam sie jetzt unbegrenzten Hausarrest, Internetverbot und das Handy weggenommen?

In Gedanken die Ungerechtigkeit auskostend, bekam Damaris zuerst nicht mit, dass ihre Mutter wieder auf sie einredete.

„... hilft dir vielleicht, dich auf wichtigere Dinge zu konzentrieren. Du bist in letzter Zeit nur noch unterwegs und denkst an nichts anderes, als an deine Freunde."

„Und was soll ich eurer Meinung nach die nächsten Tage tun? Immerhin haben wir Weihnachtsferien", erwiderte Damaris mit zorniger Stimme. Sie war unverschämt, das merkte sie, aber es war ihr egal.

Damaris' Mutter warf einen hilfesuchenden Blick in Richtung ihres Mannes. Der ehemals große und schlanke Mann war mittlerweile nur noch groß und ihm fehlte völlig die selbstverständliche Eleganz seiner Frau. Seinem Äußeren angemessen – er sah Damaris' Meinung nach ein wenig wie ein großer Teddybär aus – hielt er sich lieber aus Streitigkeiten heraus. In der Regel war er verständnisvoll, liebevoll und relativ entspannt. In der Regel ... Aber hier und heute musste er wohl doch eingreifen, und er besann sich seiner väterlichen Autorität:

„Du könntest mal ein Buch lesen", schlug er vor.

Perplex schaute Damaris ihren Vater an. Hatte sie sich etwa verhört? Hatte er das wirklich gesagt? Und auch noch ernst gemeint?

„Irgendwie musst du deine Zeit ja sinnvoll nutzen", sagte ihre Mutter und tätschelte ihr wie einem niedlichen, aber dümmlichen Kätzchen den Kopf. Dann verließ sie das Zimmer. Sie betrat den mit Teppich ausgelegten Flur und anschließend das direkt gegenüber gelegene Schlafzimmer der Eltern.

Nun war das Spielfeld egalisiert: ihr Vater und sie ...

„Ich könnte doch mal ein Buch lesen", sagte Damaris leise und mit spöttischem Unterton. Sie warf sich auf ihr Bett und drehte ihrem Vater trotzig den Rücken zu. Damaris merkte, wie sich das Bett unter seinem Gewicht durchbog, als er sich zu ihr setzte. Widerwillig rutschte sie ein paar Zentimeter in seine Richtung.

„Strafe muss sein", sagte Herr Lincol leise. „So schlimm wird es schon nicht werden."

Damaris reagierte nicht.

3

Er fuhr fort: „Du kannst doch Leute hierher einladen. Tina zum Beispiel."

Dieser Vorschlag bot keinen wirklichen Trost, auch ihr Vater wusste das. Und so schaute Damaris ihn nur kurz strafend an und drehte dann ihren Kopf wieder zum Fenster.

„Alle meine Freunde wohnen zu weit weg", sagte sie mit monotoner Stimme.

Zumindest dem konnte ihr Vater nicht widersprechen. Das Haus der Lincols lag tatsächlich weit von der Schule und den meisten Freunden entfernt. Jeden Morgen musste Herr Lincol, der ein recht erfolgreicher Rechtsanwalt war, seine Tochter in die nächstgrößere Kleinstadt fahren. Frau Lincol fuhr auf dem Weg zu ihrem Job in die andere Richtung. Die Modeboutique, welche sie zusammen mit einer Freundin besaß und betrieb, befand sich in der nächsten Großstadt, fünfzig Kilometer vom Haus der Lincols entfernt. Und da Herr Lincol oft lang arbeitete, nahm Damaris mittags den Bus zurück nach Hause. Sie war üblicherweise die Einzige, die in dem abgelegenen Regensdorf ausstieg. Eine Ansammlung von kaum zehn Häusern. Ohne auch nur ein Geschäft. Sogar ohne einen Kiosk oder ein Versammlungshaus.

Vorsichtig stand Herr Lincol auf, strich Damaris liebevoll über die glatten, ihr bis auf die Schultern reichenden braunen Haare, und verließ das Zimmer.

Damaris seufzte und stand auf. Ziellos lief sie durch ihr Zimmer. Viel gab es hier nicht zu sehen: Ihr Kleiderschrank stand an der Wand, links von der Tür. Auf der gleichen Zimmerseite befanden sich der Wäschekorb und der Schreibtisch, letzterer nah am einzigen Fenster. So konnte sie ihre Hausaufgaben unter Nutzung von Tageslicht bewältigen. Die von ihr aus linke Zimmerhälfte wurde im Wesentlichen durch ihr Bett und einem Schuhschrank eingenommen. An der Außenwand stand der Bücherschrank, ein paar Poster und einige kreuz und quer aufgehängte Fotos schmückten die Wände. Schließlich war da noch ihr Meerschweinchen Bonnie, welches in einem Käfig unter dem Fenster hauste. Sie schlief mal wieder. Das braun-, schwarz- und weißgescheckte Nagetier bewegte sich nur wenn absolut notwendig und tat den ganzen Tag nichts anderes als Fressen und Schlafen.

Damaris richtete sich auf. Auch ein Blick nach draußen bot keine große Abwechslung: Der graue deutsche Alltag blickte sie in all seiner Eintönigkeit an. Von ihrem Fenster aus konnte sie im Wesentlichen bloß eine Straße, zwei Häuser und sich bis zum Horizont erstreckende Felder und Wälder sehen.

Unschlüssig wandte Damaris sich wieder ihrem Zimmer zu.

Was tun?

Auf ihrer Lippe kauend suchte sie nach irgendetwas Interessantem. Hausaufgaben? Gab es noch nicht. Etwas schreiben? Nein. Irgendwas basteln? Keine Lust. Ein Spiel? Noch weniger Lust.

Damaris' Blick wanderte zum Bücherschrank, und sie nahm widerwillig die dort stehenden Titel ein wenig genauer unter die Lupe. Eines der ersten Bücher, das ihr ins Auge fiel, trug den Namen ‚Die unendliche Geschichte'. Vor ein paar Wochen hatte sie den Film im Fernsehen gesehen. Sie fragte sich, welchen Nutzen gedruckte Geschichten noch hatten, nachdem sie zu Filmen umgesetzt worden waren.

Aber der Film hatte ihr gefallen. So wusste sie wenigstens, was sie von dem Buch erwarten konnte.

„Na schön", seufzte Damaris, und sie zog das Buch hervor. Dann legte sie sich auf ihr Bett, welches mit einem Bettkasten versehen war, so dass sich die eigentliche Liegefläche auf einer Höhe von rund anderthalb Metern befand. Das gab ihr nachts seit jeher ein Gefühl von Sicherheit – so befand sie sich immer ein wenig oberhalb des Bodens.

Damaris starrte eine Weile das Bild auf dem Cover an. Eine Strähne ihres dunklen Haares fiel ihr vor die braunen Augen, als sie sich schließlich aufraffte, und das Buch öffnete. Eine Abbildung fing ihren Blick ein. Ein Sammelsurium von Fantasiewesen sah ihr entgegen.

Sie fing widerwillig an zu lesen.

Zuerst ging es nur langsam voran – ihre Gedanken wanderten immer wieder zurück zum Hausarrest. Aber als sich die Geschichte entfaltete, wuchs auch ihre Konzentration und ihre Lesegeschwindigkeit. Zeile für Zeile las Damaris, innerhalb kurzer Zeit hatte sie die ersten beiden Kapitel bewältigt. Mit einem selbstzufriedenen Lächeln auf dem hübschen Mund rutschte sie in eine liegende Stellung, stützte ihren Kopf auf den rechten Arm und blätterte um.

Kapitel 2: Nika

Eine Stunde und einige Kapitel später lag Damaris noch immer auf ihrem Bett. Allerdings musste sie zunehmend damit kämpfen, nicht einzuschlafen; schon einige Male waren ihr die Augenlider fast zugefallen.

Das Buch war bestimmt nicht uninteressant, sie musste sich sogar eingestehen, dass es ihr Spaß machte, darin zu schmökern. Aber so langsam strengte sie die ungewohnte Konzentration dann doch an und ihre Augen begannen zu tränen.

Eine Bewegung in ihrem Augenwinkel!

Damaris war sofort hellwach und schaute auf. Es war zwischen dem Bücherregal und dem Wäschekorb gewesen. In dem Wäschekorb?

Alles lag still und regungslos vor ihr, nichts war zu sehen. Langsam beruhigte sich Damaris' Herzschlag wieder. Alles nur Einbildung, redete sie sich ein.

Damaris legte das Buch zur Seite, und vertrat sich ein wenig die Beine. Nach einer kurzen ziellosen Wanderung durch ihr Zimmer blieb sie zum zweiten Mal an diesem Tage vor ihrem Bücherregal stehen. Die meisten der darin befindlichen Bücher stammten noch aus der Zeit, zu der man sie ihr vorgelesen hatte. Neuere Bücher konnte sie als ungeliebte Geburtstagsgeschenke von – allein schon deshalb – unsympathischen Verwandten identifizieren. Sie war am 30. Oktober vierzehn geworden und hatte damals erneut einige neue Staubfänger ins Regal einordnen müssen. Kein einziges der vor ihr aufgereihten Bücher hatte sie bisher selber gelesen, die meisten nicht mal angefasst. Außer natürlich um sie neben den anderen auf den Regalbrettern zu verstauen.

Ein Scharren.

Erschrocken drehte Damaris sich um. Irgendetwas machte kratzende Geräusche!

Rechts neben dem Schreibtisch befand sich Damaris' Wäschekorb und genau dorthin lenkte sie jetzt ihren Blick. Das Geräusch schien von dort gekommen zu sein.

Damaris hatte zwar keine Angst vor Mäusen oder ähnlichem Getier, aber sie erschreckte sich trotzdem davor. Einen direkten Körperkontakt wollte sie tunlichst vermeiden, daher zog sie sich auf ihr Bett zurück: eine gute Beobachtungsposition.

Der Wäschehaufen lag ganz ruhig vor ihr.

„Natürlich", murmelte sie. „So sind Wäschehaufen nun mal. Nicht besonders aktiv!" Sie musste über ihre eigene Panik lachen.

Aber da! Schon wieder! Das Scharren wurde nun von einem leichten Stöhnen und Schnauben begleitet. Der Wäschehaufen bewegte sich!

Das muss eine ziemlich dicke Maus sein, dachte Damaris beunruhigt.

„Boah, ist das anstrengend!", tönte es unter der Kleiderschicht.

Keine Maus, kombinierte Damaris folgerichtig. Erschrocken wich sie an das Kopfende ihres Bettes zurück. Den Blick nahm sie dabei nicht von dem Wäschekorb. Was passte denn da rein und konnte reden?

In der linken Ecke des Wäschehaufens erschien nun ein Kopf, wenn auch ein relativ kleiner, aber definitiv ein Kopf. Er war zur Hälfte von einem ihrer gestreiften T-Shirts verdeckt. Eine kleine Hand erschien, und zog es herunter.

„Wer zieht denn sowas freiwillig an?", fragte der Kopf vollkommen verdutzt und warf das Shirt hinter sich. Es schlug gegen die Wand und glitt zu Boden.

Das Wesen – Damaris wusste nicht, als was sie es sonst bezeichnen sollte – entstieg nun komplett dem Wäschekorb. Dies nahm nur einen kurzen Zeitraum in Anspruch, da es erstaunlich kleinwüchsig war, höchstens einen Meter groß. Nachdem es auf den Boden gesprungen war, richtete es sich auf, dehnte sich genüsslich, ließ die Fingerknöchel deftig knacken und schaute sich interessiert im Zimmer um. Nicht lange, da entdeckte es das Bett und machte sich ohne zu zögern auf den Weg dorthin. Kurzzeitig verschwand das Wesen aufgrund des erhöhten Bettes aus Damaris' Blickfeld, aber nur einen Moment später tauchte eine Hand an dem Fußende auf. Kaum war das Wesen auf das Bett geklettert, da schaute es neugierig um sich. Nach einem kurzen Augenblick strich es sich zufrieden den grünen Pulli glatt und lief dann in Richtung Kopfkissen. In Richtung von Damaris! Das Mädchen saß inzwischen in der rechten oberen Ecke des Bettes, so weit wie möglich von dem Wesen entfernt. Aber dieses schien an Damaris nicht das geringste Interesse zu haben. Es sah sie nur kurz an und grüßte:

„'tag!"

Damaris nickte mit dem Kopf. Sie war zu verdutzt, um zu antworten. Inzwischen erreichte das Wesen das Kopfkissen, direkt neben Damaris. Dort ließ es sich auf sein Hinterteil fallen, klopfte das Kissen in ergonomische Form und lehnte sich dagegen. Zuletzt verschränkte es noch die Arme hinterm Kopf und guckte sich zufrieden im Zimmer um.

Damaris beobachtete das Schauspiel mit schnell klopfenden Herzen. So langsam hatte sie immerhin den ersten Schock überwunden, und ihre Neugierde meldete sich. Schweigend betrachtete sie jedes Detail des Wesens.

Damaris' Besuch hatte einen Schottenrock an. Dazu besaß es unverhältnismäßig große Füße, die in Badelatschen steckten. Ungünstig, befand Damaris, da so die hässlichen, leicht behaarten Zehen gut zu sehen waren. Der Oberkörper steckte in einem grünen Kapuzenpulli. Einige Nummern zu groß, stellte Damaris fest. Interessanter noch waren die Hände: Scheinbar hatte das Wesen nur jeweils drei Finger, dafür aber zwei Daumen an jeder Hand. Einer da, wo er hingehörte, und daneben ein zweiter. Erst dann folgten die drei Finger. Die rechte Hand verwendete es gerade, um seine Frisur zurecht zu zupfen. Damaris wusste nicht wie sie es sonst bezeichnen sollte. Denn die Kopfbedeckung bestand nicht aus einzelnen Haaren, sondern aus einer Gelee-artigen Masse, welche wohl nach Belieben

9

in Form gebracht werden konnte. Die Frisur sah nun einem Igel ähnlich, wenn auch die Farbe nicht passte: Die „Haare" waren giftgrün. Das Gesicht war das eines jungen Kindes, vielleicht dem eines zwölfjährigen Mädchens am ähnlichsten. Ohren, Augen und Mund sahen normal aus, wenn auch alle in ihren Proportionen etwas größer als bei normalen Menschen.

Ihrer Neugierde genüge tuend, beugte Damaris sich vorsichtig vor, um einen noch besseren Blick auf das Wesen zu bekommen. Dieses betrachtete gerade mit großer Aufmerksamkeit die Bilder an der gegenüberliegenden Wand, und empfand Damaris' Kopf, der sich nun in sein Blickfeld schob, als ziemlich störend. Als Damaris begann, die Hände einer genaueren Untersuchung zu unterziehen, wurde das dem Wesen dann doch langsam etwas unheimlich.

„Uhm ... ist was?"

Damaris wich perplex zurück. Was sollte sie darauf antworten? Ein Wesen kam in ihr Schlafzimmer, machte sich auf ihrem Bett breit, bearbeitete ihr Kissen, und war auch noch frech genug, zu fragen, ob was ist!

„Wer bist du?", brachte sie schließlich hervor.

„Na, ich bin Nika", antwortete das Wesen, sich über diese ihrer Reaktion nach doch eigentlich überflüssige Frage wundernd.

„Und weiter?"

„Nichts weiter", gab Nika zurück, und sah Damaris abwartend an.

Damaris setzte sich Nika im Schneidersitz gegenüber.

„Wie ... Woher bist du vorhin gekommen?"

„Das müsstest doch gerade du wissen", gab Nika verwundert zur Antwort.

Es kam Damaris so vor, als ob Nika versuchte allen ihren Fragen auszuweichen. Leicht verärgert sagte sie: „Ich weiß nur, dass du ein ziemlich komisches Ding bist, das sich irgendwie und ungefragt in meinen Wäschekorb verirrt hat!"

„Das Kompliment mit dem komischen Ding kann ich nur zurückgeben, du bist ja sozusagen meine Mutter."

10

Verdutzt schaute Damaris auf das Wesen. Ihre Mutter? Das Wesen war nicht nur beschränkt, sondern offensichtlich sogar geistig verwirrt. „Ich glaube um Mutter zu werden, müsste ich dann doch noch einige Vorarbeit leisten."

Nika schüttelte energisch den kleinen Kopf. „Nun sei Mal nicht so pedantisch. Ich meine ja nicht eine Mutter im eigentlichen Sinne. Jemand wie mich kannst du innerhalb des Bruchteils einer Sekunde erschaffen. In einem Augenzwinkern. Du brauchst nur an mich zu denken."

Beide schwiegen nun. Damaris versuchte die eben gehörten Informationen einzuordnen, während Nika sie belustigt anschaute.

Das machte alles keinen Sinn! Und wann machen Dinge keinen Sinn? Wenn man träumt ... Also träumte sie! Das musste es sein!

„Ich habe dich mir ausgedacht?", fragte Damaris.

„Yep! Danke übrigens, auch wenn mir das Schuhwerk nicht wirklich gefällt", antwortete Nika, während sie ihre Badelatschen kritisch hin und her drehte. „Aber in Punkto Mode hast du ja deutlich noch einiges nachzuholen." Sie nickte mit ihrem Kopf in Richtung des Wäschekorbes. „Ich bin bei der Reise durch deinen Wäschekorb so einigen geschmacklosen Kleidungsstücken begegnet. Ich korrigiere mich: Vielen geschmacksfreien Teilen. Na gut ... eigentlich ausschließlich."

Damaris ignorierte die Beleidigung, sie beschäftigte längst etwas anderes. Denn irgendwie stimmte das alles nicht. Damaris kam der Traum viel zu lebendig vor. Sie schaute sich um. Alles schien wie in ihrem Zimmer, so wie es sich gehörte. Nur dieses komische und unverfrorene Wesen auf ihrem Bett passte nicht in das gewohnte Bild.

Während Damaris sich nachdenklich im Zimmer umschaute, rutschte Nika ein wenig tiefer, kuschelte sich in das Kissen hinein und schloss die Augen.

Sie musste träumen, daran hatte Damaris keinen Zweifel. Aber es kam nicht oft vor, dass man träumte, und dies auch noch realisierte.

Langsam breitete sich ein verschmitztes Lächeln über ihr Gesicht aus. Selbstsicher sprach sie Nika an:

„Du bist ein Teil meiner Fantasie?"

„Hm", gab Nika, die Augen geschlossen, zurück.

„Das heißt, ich habe dich gemacht, dein Aussehen, dein Verhalten?"

„Richtig", Nika schien es richtig gut zu gehen, sie schmiegte sich genießerisch in das Kissen.

„Dann ..."

Damaris legte eine kurze wirksame Pause ein, worauf Nika ein Auge öffnete und sie fragend ansah.

„... dann musst du mir gehorchen", stellte Damaris sachlich fest.

Nika setzte sich auf und schaute nachdenklich an Damaris vorbei in die Ferne. Diese folgte Nikas Blick, konnte aber nicht erkennen, was ihrem Interesse galt. Daraufhin richtete Damaris ihre Aufmerksamkeit wieder auf Nika. Das Wesen war in Gedanken versunken, Damaris' Aussage schien es sehr zu beschäftigen. Endlich aber, schien sie sich entschlossen zu haben.

„Nein, lieber nicht!", sagte sie, und schaute Damaris mit einem unschuldigen Blick gerade heraus ins Gesicht. Dann legte sie ihren Kopf ins Kissen und bereitete wieder ihre vollkommene Entspannung vor.

Eins war klar: Der Traum entwickelte sich nicht nach Damaris' Vorstellungen. Aber wenn schon – es war nur ein Traum.

Damaris lehnte sich neben Nika an die Wand und sah sich das in das Kissen gekuschelte Wesen von oben herab an. Nach nur kurzer Zeit musste das Mädchen ein immer lauter werdendes Fiepen wahrnehmen – Nika war in aller Seelenruhe eingeschlafen.

Eines verstand Damaris nicht: Wenn sie schon wusste, dass sie träumte, warum konnte sie dann die Geschehnisse nicht beeinflussen? Es war doch ihre Fantasie! Irgendwie machte das keinen Sinn.

„Nika?" Sie schüttelte das Wesen an der Schulter. „Warum kann ich meinen Traum nicht steuern?"

Verschlafen schaute Nika Damaris an. Sie schien etwas orientierungslos und musste zuerst ihre Gedanken ordnen. Nach einem kurzen Moment der Überlegung ließ sie sich mit einem Seufzen vom Bett gleiten und lief in Richtung des Bücherregals.

„Wo willst du denn jetzt auf einmal hin?", fragte Damaris.

„Du bist mir zu laut! Ich suche mir einen anderen Ort zum Schlafen. Ist ganz schön anstrengend, wenn man gerade erst entstanden ist. Ein wenig mehr Rücksichtnahme würde dir gut stehen." Nika schleifte, noch halb schlafend, das Kopfkissen von Damaris hinter sich her. Überrascht schaute Damaris zu, wie sowohl das Buch als auch Nika zunehmend kleiner wurden, bis das Wesen schließlich – nur noch halb so groß wie ein Buch – vor dem Bücherregal anhielt.

„Wenn ich ausgeschlafen habe, komme ich vielleicht wieder", verabschiedete sich Nika. Dann griff sie an den Rand eines Buches, öffnete den Buchrücken, hüpfte in den Einband, und verschwand samt Damaris' einzigem Kopfkissen.

13

Kapitel 3: Der Eintrittsraum

„Das hier ist ihr Schreibtisch. Nicht, dass sie ihn wirklich bräuchte – die ist bestimmt zu faul zum Schreiben oder Hausaufgaben machen. Aber er sieht so schön wichtig aus. Nur zum Angeben ist er da. Da vorne dann das Bett. Das solltest du mal ausprobieren. Extrem entspannend!"

Nika führte mit gewichtiger Miene ein ihr ähnliches Wesen durch Damaris' Zimmer. Hier und da hielten sie an, und Nika erzählte ihrer Begleitung alles Wissenswerte zu dem jeweiligen Ort. Oder zumindest all das, was sie schon über das Zimmer zu erzählen wusste. Und das war noch nicht viel. Daher schmückte sie ihre Erläuterungen einfach ein wenig aus. Der Unterhaltungswert ihrer Führung war ihr wichtiger als die Fakten.

Sie erreichten das Bett, auf das sie unverzüglich hinauf kletterten. Oben angekommen, entdeckten sie Damaris, die nach ihrem unerwarteten Abschied von Nika ohne ihr weiches Kissen hatte einschlafen müssen.

„Paru, das hier ist meine Schöpferin", sagte Nika. „Ein wenig eigensinnig, aber ich muss halt damit vorlieb nehmen. Man kann sie sich halt nicht aussuchen …"

Das zweite Wesen schien äußerst interessiert, und schaute sich Damaris ganz genau an.

„Ich bin einem Menschen schon lange nicht mehr so nahe gewesen!", sagte sie begeistert. „Du weißt ja, mit meinem Schöpfer war ich schon ewig nicht mehr unterwegs."

Nika schaute ihre Freundin verständnislos an. „Ich weiß gar nicht, warum du dich darüber beklagst! Die absolute Freiheit … Ein Traum! Sie hier wollte mich sogar zwingen, Sachen für sie zu tun."

„Was denn?"

„Uhm … Keine Ahnung … So weit sind wir nicht gekommen, da ich mich geweigert habe."

„Und dann?"

„Dann bin ich gegangen!"

„Ach Nika …", seufzte Paru, „… glaube mir, die Zeit mit deinem Schöpfer ist kostbar."

„Nicht, wenn sie mich rumscheucht!"

„Das war bestimmt nicht so gemeint …"

„O doch!"

Paru schüttelte den Kopf. „Nein, das glaube ich nicht. Aber wenn du es jetzt schon verpasst, mit ihr zusammen zu sein, dann hat sie vielleicht irgendwann kein Interesse mehr daran. Und du kannst dich, wie ich, nur noch mit anderen Thinks treffen. Nicht, dass das nicht auch schön wäre! Aber Menschen sind schon eine Klasse für sich."

„Eine nervige Klasse für sich!", verbesserte Nika.

Paru winkte lächelnd ab. „Wann wird sie denn wach?", wollte sie wissen.

Nika lief zu Paru, die direkt neben Damaris' Kopf stand.

„Na, wenn wir sie wecken!"

Bevor Paru sie aufhalten konnte, hatte Nika schon die Hand ausgestreckt und Damaris unsanft in die Wange gepikst.

Langsam öffnete Damaris die Augen. Was sie sah, waren die neugierigen Gesichter zweier kleinwüchsiger Märchengestalten. Mit einem Aufschrei fuhr sie auf.

„Spinnt ihr!", rief sie nach Luft schnappend. „Was soll denn das? Und wer bist denn du?"

„Darf ich vorstellen?", sagte Nika, „Das ist Paru, eine Freundin und Zwelfe wie ich."

Ihr Puls auf 180 und viel zu geschockt, um angemessen böse zu reagieren, schaute Damaris an Paru herunter. Sie sah irgendwie fertiger als Nika aus. Fertiger im Sinne von entwickelter. Gäbe es einen Gott, so hatte er Paru mit Sorgfalt geschaffen, nachdem er an Nika geübt hatte.

Paru hatte in etwa dieselbe Größe wie Nika, einen niedlichen kleinen Kopf mit großen Kulleraugen und nicht so übertrieben große

15

Füße. Dafür trat ihr Bauch stark aus ihrer sonst zierlichen Figur hervor. Die schwarzen Haare waren wirkliche Haare, keine gummiartige Masse wie bei Nika. Der Kurzhaarschnitt verlieh Paru ein gewitztes Aussehen. Ihre Kleider waren sorgfältig gewählt: Ein paar schicke Lederschuhe, eine karierte Hose und ein Hemd, welches komplett mit Krawatte über ihre Hose hing.

„Schön dich kennen zu lernen, ich hoffe, wir werden gute Freunde", sagte Paru und reichte Damaris ihre kleine Hand.

Wie das Mädchen feststellte, besaß Paru nur einen Daumen pro Hand.

Mit einem Grinsen und einen Kopfnicken in Richtung Nika fügte Paru hinzu: „Viel Übung hast du mit dem Schöpfen wohl noch nicht."

Nika beantwortete diese Frage an Damaris' Stelle mit einem schmerzhaften Knuff in Parus Seite.

„Wie?", fragte Damaris. „Schöpfen?"

„Ausgedacht. Überlegt. Fantasiert. Geschaffen. Gestaltet. Kreiert", antwortete Paru.

Damaris zeigte einen Anflug von Verwunderung, dann fasste sie sich wieder. Sie durfte nicht vergessen, dass sie hier in ihrem Zimmer auch ein Wörtchen mitzureden hatte.

„Ist auch egal. Mich würde viel mehr interessieren, was ihr in meinem Zimmer macht? Eingeladen habe ich euch wohl kaum. Und was ist überhaupt eine Zwelfe?"

„Wir sind Zwelfen", antwortete Nika.

„Danke, das habe ich begriffen", erwiderte Damaris säuerlich. „Aber was seid ihr?"

Paru zeigte auf Nika. „Also, sie ist wohl diesem komischen Typen aus dem Buch was du gerade liest, nachempfunden. Diesem Nachthob, diese hässliche Kreatur, die ziemlich am Anfang von ‚Der unendlichen Geschichte' auftaucht. Der mit der Fledermaus."

Dann zeigte Paru auf sich selber. „Mein Schöpfer hat zum Zeitpunkt meiner Entstehung gerade ‚Der kleine Hobbit' gelesen. Von Tolkien. Daher sehe ich so wie ein Hobbit aus. Im Moment bekommen wir viele Hauselfen, wie in diesen Büchern von dem Zauberlehrling Potter, aber früher hatten wir mehr Feen, Elfen und Zwerge. Daher nennen wir uns immer noch Zwelfen."

„Wie auch immer ...", erwiderte Damaris. „Auf jeden Fall könnt ihr nicht einfach so hier reinspazieren! Das ist mein Zimmer!" Dann fiel ihr noch was ein und sie sah ihre Kreation drohend an. „Und Nika, wo ist mein Kissen?"

„Ach Mist!", sagte Nika. „Das habe ich im Eintrittsraum liegen lassen."

Paru entfuhr ein: „Tz, tz!", und sie wackelte anschuldigend mit dem Köpfchen.

„Was ist denn nun schon wieder der Eintrittsraum?", fragte Damaris.

Paru kam Nikas Antwort zuvor: „Ihr wart noch nicht mal im Eintrittsraum? Du nimmst deinen Job nicht sehr ernst, Nika!"

Schuldbewusst scharrte Nika mit ihrem Fuß über die Bettdecke.

„Ich bin halt noch nicht dazu gekommen ..."

„Dann wird es höchste Zeit!"

In Damaris' Richtung fügte Paru hinzu: „Es wird dir bestimmt gefallen!"

„Was wird mir gefallen?", fragte das Mädchen barsch. „Und was für Job nimmt Nika nicht sehr ernst?"

„Der Eintrittsraum, der wird dir gefallen", erklärte Paru geduldig. „Und mit dem Job meinte ich, dass Nika dich ruhig ein wenig hätte rumführen können, anstatt sich schlafen zu legen."

Paru und Nika hüpften vom Bett und liefen in Richtung des Bücherschranks. Da Damaris keine Anstalten machte, ihnen zu folgen, blieben die beiden Zwelfen nach wenigen Schritten stehen und sahen sie abwartend an.

„Was, ich soll euch folgen?", fragte Damaris ungläubig. „Ich dachte, ich würde jetzt wieder meine wohlverdiente Ruhe bekommen!"

„Und ich dachte, du wolltest was von unserer Welt sehen. Aber ich reiße mich nicht um deine Gesellschaft!", gab Nika schnippisch zurück.

17

Mit einem übertriebenen Seufzen rutsche Damaris schwerfällig vom Bett herunter. Während sie zum Bücherschrank lief, veränderte sich das Zimmer um sie herum. Erstaunt stellte sie fest, dass es immer größer wurde. Oder vielleicht war es auch genau andersherum? Nika war doch auch geschrumpft, kurz bevor sie durch das Buch verschwunden war.

Die Zwelfen störte der Vorgang nicht weiter. Sie unterhielten sich angeregt und waren inzwischen vor dem Bücherregal angekommen. Sie maßen nun nur noch etwa die Hälfte einer durchschnittlichen Bücherhöhe. Fasziniert schaute Damaris hinter sich: Sie musste den Kopf in den Nacken legen um an ihrem Bett hinauf zu sehen.

Nika unterbrach ihr Gespräch mit Paru und schaute mit nachdenklicher Miene auf den Bücherschrank. „Welches ist es denn?"

Damaris wusste nicht, um was es ging, aber die Frage war scheinbar von einer gewissen Relevanz, denn die beiden Zwelfen liefen mit nachdenklichen Gesichtern an den Büchern vorbei. Gerade als Damaris nach dem Grund dieses komischen Verhaltens fragen wollte, schien Paru fündig geworden zu sein.

„Das Babybuch, klar!"

Da diese wichtige Entscheidung nun gefällt worden war, verfielen die beiden sofort wieder in eine fröhliche Plauderei und machten sich am Rücken des ältesten in Damaris' Besitz befindlichen Buches zu schaffen. Damaris' Mutter hatte im ersten Lebensjahr ihrer Tochter jede kleinste Entwicklung mit Fotos festgehalten und in diesem Fotobuch dokumentiert. Als Damaris zwölf Jahre alt wurde, hatte sie das Buch von ihrer Mutter bekommen. Seitdem verstaubte es in ihrem Regal.

„Ui! Der ist ja schon fast angewachsen!", sagte Paru.

„Es klemmt nur ein wenig …", antwortete Nika, und ging Paru zur Hand. Fast sofort fand sie die richtige Stelle: Sie schob ihre Finger zwischen das Buchcover und den Bücherrücken, und letzterer schwang mit einem knarrenden Geräusch auf.

Paru klopfte sich den Staub von den Kleidern, während Damaris neugierig in die Öffnung des Buches schaute. Es war aufgrund der Dunkelheit kaum etwas auszumachen, aber sie erkannte genug um festzustellen, dass dort ein Hohlraum war.

Nika und Paru fanden das wohl alles normal, sie hatten inzwischen ihre Unterhaltung wieder aufgenommen:

„Und ich sage noch zu Katja, dass sie das nicht machen soll!", ereiferte sich Nika.

„Aber vergiss nicht, dass sie nicht mit großer Intelligenz geschaffen wurde!", erwiderte Paru. „Da kann man nicht erwarten ..."

Der Ton riss ab, als die beiden in den Bücherrücken hineinliefen – und verschwanden.

Mit ein paar Schritten erreichte Damaris die Öffnung. Sogar von hier aus konnte sie kaum einen Meter weit hinein schauen. Der Durchgang war breit genug für sie, die Höhe reichte sowieso.

Was nun? Sollte sie wirklich den beiden Zwelfen folgen? Sie wusste überhaupt nicht, was sie dort erwartete ... Auf der anderen Seite träumte sie nur, also konnte ihr gar nichts Ernstes passieren ... Oder?

Eine Hand mit zwei Daumen erschien aus dem Dunkel, und zog Damaris mit einem Ruck in das Buch hinein.

Damaris befand sich innerhalb eines runden Steinringes. Hinter sich spürte sie ein Holztor und vor ihr öffnete sich ein riesiger Raum. Als sie, Paru und Nika folgend, aus dem Steinring hinaus trat und die etwa 20 Stufen auf der sich anschließenden Steintreppe hinunter schritt, fand sie sich in einer Kathedrale wieder. Sie konnte es an der schieren Größe des Raumes und den seitlich angebrachten Säulen erkennen. Nach vorne, von ihr weg, breitete sich das Mittelschiff der Kathedrale aus – das gesamte Gebäude bestand ausschließlich aus einem langen Raum. Sowohl das Querschiff, wie auch der Chor fehlten. Es sah so aus, als ob den Erbauern das Geld ausgegangen war, bevor sie ihr Werk vollenden konnten.

Aber es gab noch etwas, das nicht stimmte. Als Damaris nach unten schaute, erkannte sie, dass der Boden nicht wie eine ebene Fläche geformt war, sondern einem flachen Gewölbe ähnlich sah. Mit den Strebebögen aus Stein und den durch eine dicke Lage Staub verdeckten Gemälden sah der Boden wie eine typische Dachkonstruktion einer mittelalterlichen Kathedrale aus.

„Komisch", murmelte Damaris, während sie mit dem Schuh einen Bruchteil eines farbigen Gemäldes vom Staub befreite. Eine meisterlich gezeichnete geöffnete Hand hob sich blassrosa gegen den grauen Staub ab.

Ein Blick zur Seite zeigte Damaris, dass der Boden zu den Seiten hin ein wenig anstieg um dort die Basis für die Seitenmauern zu bilden. Nach ein paar Metern wurden diese durch eine Art Balustrade aus Säulen unterbrochen, darüber befanden sich weitere Pfeiler. Die Kathedrale schien dabei nach oben hin immer massiver zu werden. Erst als Damaris' Blick ganz nach oben strebte, erkannte sie, warum. Erschrocken wich sie zurück. Da, wo sie das eigentliche Gewölbe erwartete, wurde die Kathedrale zwar wieder filigraner, aber sie strebte weiter in die Höhe. Eine zweite Kathedrale schloss sich an, und erst achtzig Meter über ihr (so schätzte sie) befand sich das abschließende Gewölbe.

Ein Spiegel, schoss es Damaris durch den Kopf.

Aber in dem vermuteten Spiegelbild fehlte eine wichtige Sache: sie selber. Somit konnte es sich bei dem Gebilde über ihr entgegen jeder Vernunft nur um eine wirkliche weitere Kathedrale handeln.

Ihr fröstelte es. Einerseits wegen der typisch feucht-kalten Kirchenluft, andererseits wegen der gespenstigen Atmosphäre des Ortes. Überall hingen Spinnweben, alle Details waren unter einer dicken Lage Staub versteckt. Darüber hinaus konnte Damaris keine Lichtquelle ausmachen. Dort, wo sonst die eindrucksvollen, in Blei gefassten Fenster sein sollten, waren nur große, im Schatten halb verdeckte Flächen mit vielen viereckigen Flecken zu sehen. Trotz des

Fehlens von Fenstern, Lampen oder Kerzen, war in der Kathedrale alles einigermaßen erkennbar.

„Wie geht denn das? Sind es zwei Kathedralen?", fragte Damaris die beiden Zwelfen, die schweigend neben ihr standen und sie beobachteten.

Nika verneinte. „Eigentlich sind es vier. Allen fehlt der Boden und sie bilden ein Art langgezogenes Kreuz. Du stehst gerade im Dach von einer."

So was hatte Damaris noch nie gesehen – oder doch? Irgendwie kam ihr der Ort bekannt vor.

„Komm!", sagte Nika, weiter in das Gebäude vorstoßend, während Damaris noch über die Dimensionen staunte und über die komische Anordnung der Kathedralen nachgrübelte.

Langsam folgte das Mädchen den beiden Zwelfen, vorsichtig die Füße hebend, um nicht über die kreuz und quer verlaufenden Strebebögen zu stolpern.

Nika und Paru hatten nun die Wand erreicht. Doch anstelle dort auf sie zu warten, setzten sie ihren Weg unbeeindruckt fort. Sie liefen senkrecht an der Mauer hoch! Wie selbstverständlich fanden ihre Füße an der Mauer Halt.

Damaris blieb geschockt stehen.

„Bei meinem ersten Besuch war ich auch ziemlich überrascht", sagte Nika, den Kopf in den Nacken legend um Damaris anzuschauen.

„Ist schon beeindruckend, das muss ich auch sagen", pflichtete Paru ihr bei, genauso leichtfüßig in die Höhe schreitend. „Aber nicht ungewöhnlich in unserer Welt."

Damaris konnte ihren Augen nicht glauben. Die beiden Zwelfen unterhielten sich angeregt, während ihre Körper der Schwerkraft trotzten und ihre Füße auf der Wand Flecken im Staub hinterließen. Damaris wunderte sich noch kurz darüber, warum auf einer senkrechten Wand überhaupt Staub lag. Dann besann sie sich darauf, dass sie in ihrem Traum wohl nicht nach Logik fragen sollte.

Damaris schnaubte leise, um direkt darauf den Kopf zu schütteln. Sie war erstaunt über ihr eigenes Fantasiegebilde!

„Nicht schlecht!", befand sie laut.

„Falls du gerade auf deine grenzenlose Fantasie stolz bist, vergiss es!", tönte Nika, ohne sich auch nur umzudrehen. „Das alles hier hast du als Baby und kleines Kind geschaffen."

Paru drehte sich zu Damaris um. „Du warst früher bestimmt viel in der Kirche, oder?"

Parus nachhallenden Worten lauschend, nickte Damaris. Ihre Eltern waren früher fleißige Kirchengänger gewesen und hatten sie jeden Sonntag mitgeschleppt.

„Deshalb das alles hier ..." Paru machte eine umfassende Armbewegung. „Nicht alle Eintrittsräume sehen so aus. Je nachdem, was den Gestalter beschäftigt hat, als er ihn schuf. Der eine Raum gleicht mehr einem Schiff, der andere mehr einem Hochhaus."

„Und viele sind schöner als deiner!", warf Nika ein. „Und übrigens: Du warst in den letzten drei Jahren so gut wie gar nicht mehr hier. Heute würdest du so was wohl kaum nochmal auf die Reihe kriegen!"

„Wie auch immer!", murmelte Damaris. Was wusste Nika schon!

Ein wenig unsicher lief das Mädchen auf die Wand zu, bis ihre Nase fast die kalten Steine berührte. Nichts geschah. Sie berührte die Wand mit der linken Hand. Immer noch nichts. Dann hörte sie weit über sich ein schallendes Lachen. Sie schaute hoch und lief vor Ärger rot an. Da standen Nika und Paru – mittlerweile auf den die Balustrade stützenden Pfeilern – und machten sich vor Vergnügen fast in die Hosen.

„Ha, ha, sehr witzig, sagt mit lieber, wie das funktioniert", beklagte sich Damaris.

„Jeder hat bei seinen ersten bewussten Erfahrungen hier so seine Anlaufschwierigkeiten", rief Nika. „Du schaffst das schon!" Ihre Stimme klang in Damaris' Ohren eher gehässig als anspornend.

Verzweifelt berührte das Mädchen erneut den harten Stein. Als sich immer noch nichts tat, trat sie frustriert mit dem Fuß gegen die Wand.

Schlagartig schien sich ihre Welt um 45 Grad zu drehen. Sie stand nun mit einem Fuß auf dem Gewölbe und mit einem Fuß auf der Seitenwand. Die Schwerkraft lag genau dazwischen – zumindest ihrem Gefühl nach. Vorsichtig nahm sie den anderen Fuß vom Gewölbe und die Wand schien ruckartig zum neuen Boden zu werden. Als ob die gesamte Kathedrale gedreht wurde. Erschrocken hatte Damaris die Arme ausgebreitet und sie war in die Knie gegangen, um das Gleichgewicht nicht zu verlieren.

„Na also, geht doch!", rief Paru anerkennend.

Den Triumph genießend, aber immer noch unsicher auf den Beinen, ging Damaris die Wand entlang, den beiden Zwelfen entgegen. Noch hatte sie das Gefühl, wie auf rohen Eiern zu laufen.

Etwas Komisches fiel Damaris auf – mal abgesehen davon, dass sich in der Kathedrale die Schwerkraft einfach entschloss, die Richtung zu wechseln: Statt Fenstern war das Gotteshaus mit vielen kleinen, mittleren und großen Türen ausgestattet. Das waren die dunklen Flecke, die sie vorhin bereits bemerkt hatte. Sie nahm sich vor, Paru und Nika danach zu fragen. Später.

Mit langsam sicher werdenden Schritten ging Damaris weiter, bis sie zu der Balustrade kam, die sie nur über die Säulen passieren konnte. Mutig setzte sie ihren Fuß auf eine Säule. Zu ihrer rechten wie auch linken Seite blickte sie in einen großen offenen Raum. Zur eigentlichen Außenwand der Kathedrale ging es geschätzte fünf Meter senkrecht hinunter.

Die Arme ausgestreckt und angespannt die Balance haltend, erreichte sie erleichtert die rettende Wand hinter den Pfeilern und schloss zu den wartenden Zwelfen auf.

„Alles klar?", fragte Nika.

Damaris nickte. „Was sind das für komische Türen?"

„Wirst du gleich sehen", antwortete Nika und legte schnell die zwei Meter bis zu den nächsten Säulen zurück, die sich nach einem kurzen Wandstück an die Balustrade anschlossen. Die steinernen Stützen waren noch mächtiger und höher als die vorherigen.

Die Zwelfe winkte Damaris herbei – und verschwand zwischen den Säulen. Damaris war zwar nicht ganz wohl, als sie in das fünf Meter tiefe Loch schaute, das sich dort vor ihr auftat, aber was Nika und Paru konnten, würde sie doch sicher auch hinbekommen! Mit einer Todesverachtung, die aus der Gewissheit stammte, dass sie träumte, ging sie ein bisschen durch die Knie, setzte auf dem linken Bein balancierend den rechten Fuß auf die senkrecht abfallende Wand, und lehnte sich nach vorne.

Sie war außerordentlich erleichtert, als die Schwerkraft sich umorientierte.

Schnell lief sie hinter den Zwelfen her, vollführte einen weiteren Richtungswechsel, und fand sich schließlich auf der Innenseite der Außenwand wieder. Ein Blick nach oben zeigte ihr, dass sich die dicken Säulen nun über ihr befanden. Dann folgte sie erneut ihren beiden Begleiterinnen. Immer wieder musste Damaris Haken schlagen, um den hier sehr zahlreichen eingelassenen Türen auszuweichen. Nika und Paru störten die Türen nicht, sie trampelten einfach darüber hinweg.

Ihr Tempo drosselnd, schaute Nika sich um und fragte gedankenverloren: „Womit? Womit fangen wir an?"

Dann schien sie die Antwort gefunden zu haben und lief auf eine kleine unscheinbare Tür zu.

„Eine gute Wahl!", sagte Paru. „Auch ich habe damals meinen Schöpfer so ähnlich wieder anfangen lassen!"

Nika öffnete den Durchgang indem sie einmal darauf klopfte: Wie durch Geisterhand schwang die Tür nach innen. Anders als bei zuvor bei ihrem Fotobuch, konnte Damaris hier mehr erkennen. Kaum ein Meter hinter der Tür zeichnete sich eine Mauer ab. Sie trat einen Schritt näher und erkannte, dass hinter der Tür kein Boden war. Stattdessen befand sich dort ein Tunnel, der senkrecht nach unten in die Dunkelheit führte.

Paru brauchte keine Aufforderung; sie hüpfte hinein und verschwand.

Mit ausgestreckter Hand wartete Nika dieses Mal auf Damaris. „Fertig?", fragte sie.

Damaris nickte, auch wenn sie überhaupt nicht das Gefühl hatte, für den Sprung in das schwarze Loch ‚fertig' zu sein.

Zusammen ließen sie den Eintrittsraum hinter sich.

Kapitel 4: Erste Gehversuche

Damaris landete unsanft auf ihrem Hinterteil. Leise fluchend richtete sie sich auf und schaute sich um. Was sie sah, war ... nichts. Überhaupt nichts. Nicht, dass es dunkel war – es war hell. Aber außer dem weißen Boden und dem weißen Himmel war kein einziger Gegenstand oder etwa eine Person auszumachen. Mal abgesehen von den beiden Zwelfen, die sich direkt neben ihr befanden und sie mit großen Augen ansahen.

„Was denn?", fragte Damaris schnippisch.

„Fällt dir nichts auf?", fragte Nika.

Damaris blickte nochmals um sich. „Hier kann einem doch gar nichts auffallen, hier ist nichts!"

„Richtig! Schlaues Mädchen."

Ein böser Blick Damaris' traf Nika. Er prallte an der Zwelfe ab, wie ein Flummi von einer Steinmauer.

„Du musst dir was vorstellen! Etwas kreieren!"

„Und was soll das bringen?"

„Wenn du deine Fantasie benutzt, kannst du in deinen Gedanken etwas aus dem Nichts erschaffen", sagte Paru. „Wir befinden uns in deiner Fantasiewelt, du hast hier das sagen. Na ja, meistens."

„Und bis jetzt sind wir noch nicht gerade begeistert über deine geistigen Ergüsse", fügte Nika überheblich hinzu.

Damaris überhörte den bissigen Kommentar und fragte: „Einfach irgendwas?"

„Was du willst", antwortete Paru.

Das Mädchen drehte sich langsam um die eigene Achse, ihre Umgebung in Augenschein nehmend. Dann schloss sie die Augen – nur um nach nur wenigen Sekunden krampfhaften Denkens wieder aufzugeben. „Mir will nichts einfallen", berichtete sie.

„Was für 'ne Pfeife", flüsterte Nika, und verdrehte die Augen.

„Na schön, wir helfen dir ein wenig ... Denk doch mal an ein Haus", schlug Paru vor.

Damaris schloss erneut die Augen und konzentrierte sich. Im Geiste visualisierte sie ein Haus und spürte, wie etwas um sie herum geschah. Als sie die Augen öffnete, zeigte sie mit einem fröhlichen Aufschrei hinter Nika und Paru. Triumphierend wanderte ihr Blick dann von dem einstöckigen Gebäude zu den Zwelfen, die aber nicht besonders beeindruckt zu sein schienen. Schlimmer noch: Sie schüttelten enttäuscht die Köpfe.

Damaris schaute sich das Haus nun kritischer an.

„Na gut, es ist vielleicht nicht ein Ausbund an Kreativität, aber genauso würde ich ein Haus zeichnen: Vier Striche für die Außenwände und zwei für das Dach. Sonst hat das Haus doch alles, was es braucht: Eine Tür und zwei Fenster. Ich habe sogar das Dach grün eingefärbt. Wenn das nicht fantasievoll ist!"

„Wie wäre es denn, wenn du dir mal ein realeres Haus vorstellen würdest?", fragte Paru.

„Wie ... real?", meinte Damaris. „Seht doch, man kann sogar hinein gehen!"

Nika und Paru folgten ihr in das Haus und schauten sich um. Das Erdgeschoss bestand aus einem großen Raum, nur eine grob skizzierte Treppe hinauf zum Speicher befand sich darin.

Nika tippte Damaris von hinten an den Unterarm.

„Ja?", fragte Damaris.

„Das ist immerhin ein Anfang, aber es ist ein wenig leer hier drin, oder wie siehst du das?"

„Ach, ihr wolltet ein komplett eingerichtetes Haus? Also, ich bin zwar kein Innenausstatter, aber ein paar Stühle oder so kriege ..."

„Eigentlich muss es nicht mal unbedingt ein Haus sein", fiel ihr Paru ins Wort. „Was immer dir gefällt. Du kannst kreieren nach was dir der Sinn steht."

„Na schön", sagte Damaris, langsam die Geduld verlierend. Dann wollte sie mal zeigen, was sie so alles konnte. Sie drehte sich um und schnellte zur Tür heraus. Paru folgte ihr mit einem neuen Funken

Hoffnung, während Nika allem Anschein nach längst aufgegeben hatte. Sie trottete den beiden mit einem schweren Seufzen hinterher.

Damaris stand mit dem Gesicht zum Haus, zwischen ihr und ihrem Gebilde befanden sich Paru und Nika. Das Mädchen rieb sich die Hände und schloss die Augen. Konzentration. Ihre Begleiterinnen schauten gespannt zu. „Siehst du was?", flüsterte Nika Paru zu. Die angesprochene Zwelfe verneinte. „Noch nicht." „Wusste ich's doch! Zu nichts zu gebrauchen!" Die Welt hinter Damaris breitete sich weiß und langweilig in alle Richtungen aus. Und doch grinste Damaris die beiden Zwelfen an, als sie die Augen öffnete. Paru antwortete mit einem unsicheren Lächeln, während Nika ihren Mund kritisch verzog, und Paru abwertend wegen ihres Grinsens anschaute.

„Was? Was ist denn so witzig?", fragte sie Paru. Die Zwelfe hörte auf zu lächeln – sie wusste ja selber nicht, warum Damaris sie so fröhlich ansah.

Um ihren Unwillen zu betonen, zog Nika nach einem kurzen Moment die Hände aus den Taschen ihres Schottenrockes und fing langsam aber laut an zu klatschen. „Bravo! Das war wohl der bisherige Tiefpunkt!"

„Können wir dann jetzt bitte gehen?", fügte sie hinzu und drehte sich um, bereit für den Abmarsch.

Kaum hatte sie einen Schritt getan, blieb sie erstaunt stehen. Wo vorher noch das Haus gestanden hatte, wurde ihrem Blick nun Einhalt geboten. Etwas Wuchtiges und Graues versperrte ihr den Weg. Ihre Augen wanderten nach oben, und sie erkannte, was sie vor sich hatte. Es handelte sich um ein riesiges Gebäude, ein gigantischer Wolkenkratzer.

Paru trat neben Nika. Erstaunt schauten die Zwelfen sich an. Dann folgten sie schnellen Schrittes Damaris, die sich inzwischen an der

Ecke des vor ihnen befindlichen Hochhauses befand und sie herbei winkte.

„Hey, ihr beiden! Kommt mal hierher! Hier gibt es einen besseren Blick auf meine Kreation!"

Der Ausblick war zumindest beeindruckend. Hochhäuser waren aus dem Boden gewachsen; runde, eckige und ovale. Hier und da ragten Turmspitzen in die Wolken des plötzlich hellblauen Himmels. Befestigt an den Hochhäusern konnten Paru und Nika Unmengen an Straßen erkennen. Der Boden zwischen den Gebäuden war dagegen der Natur überlassen worden. Hier wechselten sich Bäume und Sträucher mit großen, grünen Grasflächen ab.

Damaris lief froher Dinge durch die Hochhausschluchten, während die beiden Zwelfen den plötzlichen so großen Fortschritt von Damaris' Vorstellungsvermögen verarbeiteten.

„Na ja ...", sagte Paru zu Nika, „Man kann zwar nicht behaupten, dass die Stadt wirklich real aussieht, es fehlen noch zu viele Details. Aber der Unterschied zu dem ersten Haus ist doch riesengroß. Wenn sie weiter solche Fortschritte macht ..."

„Und du hast an ihr gezweifelt!", antwortete Nika in vorwurfsvollem Tonfall, die Augen verdrehend. „Du hättest an sie glauben sollen, so wie ich es immer getan habe!"

Bevor die perplexe Paru antworten konnte, war Nika schon ihrer Schöpferin hinterher gerannt und zupfte ihr am Pulli.

„Ich habe immer an dich geglaubt! Du musst ja gut sein, denn du hast ja auch schon die Meisterleistung fertiggebracht, mich zu erschaffen."

Damaris warf ihr einen spöttischen Blick zu.

Keine Sekunde später trat Nika in einen recht unappetitlichen, braunen Haufen. Zufall? Damaris wusste es besser.

„Mist!", rief Nika und putzte sich ungelenk am Rasen den Fuß ab.

„Könnte hinkommen", lachte Paru, und auch Damaris wusste den Humor der Situation durchaus zu schätzen.

Nicht so Nika – ihre Begeisterung für Damaris' Gebilde fiel spontan auf den Nullpunkt.

Paru schaute sich um. „Woher kommt der Fladen eigentlich? Ich sehe nirgendwo Tiere."

Damaris überlegte eine Sekunde, dann zeigte sie an Paru vorbei.

„Ach so ...", grinste Paru. „Kühe. Wenn auch noch ziemlich simpel kreiert. Trotzdem: Meine Glückwünsche! Doch, du scheinst langsam ganz gut klarzukommen!"

Damaris musste Parus Kritik gelten lassen. Das grasende Tier hatte zwar das bekannte Muster an schwarzen und weißen Flecken, die Beine waren aber etwas zu kurz geraten und der Kopf war zu rund. So richtig zufrieden war sie mit ihrer neuesten Schöpfung nicht.

„Ich weiß ... sieht nicht echt aus", bemängelte sie selbstkritisch das Produkt ihrer Fantasie.

Aber Paru schüttelte energisch den kleinen Kopf. „Nein, nein, es ist vielleicht noch nicht perfekt, aber nichtsdestotrotz wirklich schon ganz gut! Lebewesen sind nun mal nicht einfach. Gib dir ein wenig Zeit. Du bist schon deutlich besser geworden, seit du Nika geschaffen hast."

„Ach ja?", fragte Nika bissig. Sie hatte sich noch nicht beruhigt. Ihren übel riechenden Fuß schleifte sie nach wie vor hinter sich her durch das Gras. „Und welcher Hirnamputierter hält sich Kühe in einer Stadt?"

„Ich dachte, hier ging es nur um ein kleines Beispiel meines Könnens", erwiderte Damaris. „Davon mal abgesehen: Ich war noch gar nicht fertig!"

Ein lautes Rumpeln arbeitete sich von tief unter ihnen an die Erdoberfläche. Alles begann zu zittern und zu wackeln, und wie auf ein geheimes Zeichen hin versanken mit einem Mal die Häuser um sie herum in der Erde. Der Boden unter den Gebäuden gab einfach nach, nur die Grünflächen zwischen den Häusern und Straßen blieben unverändert und an Ort und Stelle.

Paru verfolgte das Ganze mit ruhigem Interesse.

Nicht so Nika, die panisch um sich schaute. „Was? Was soll denn das?", rief sie und rannte zu Damaris, an deren Hüfte sie sich klammerte. Jegliche Überheblichkeit hatte sie abgelegt. Damaris schaute grinsend an sich herunter und tätschelte Nika beruhigend den Kopf. „Es ist gleich vorbei!", rief sie Nika über das Tosen hinweg zu.

Sie sollte Recht behalten. Nach nur wenigen Sekunden beruhigte sich der Boden und auch das Rumpeln verklang kurze Zeit später.

Nika schaute unsicher auf und löste ihre Umklammerung um sich vor Damaris aufzubauen. Misstrauisch sah sie ihr ins Gesicht. „Das hätte doch bestimmt auch ohne das ganze Getöse und Gerumpel gehen können, oder nicht?", fragte sie in einem vorwurfsvollen Tonfall.

„Mag sein, aber dann hätte es nicht so realistisch gewirkt", antwortete Damaris mit einem hämischen Grinsen.

„Aha ... nächstes Mal gibst du mir netterweise vorher Bescheid, ja?" Nika wartete nicht auf eine Antwort sondern lief trotzig ein paar Meter von Damaris fort. Ihre grünen Haare wackelten im Takt ihrer Schritte.

Von der Stadt war nichts mehr zu sehen. Hier und da klafften im Boden riesige Löcher – genau an den Stellen, wo die Häuser und Straßen verschwunden waren. Da diese die Sicht nun nicht mehr behinderten, fielen plötzlich die zahlreichen Kühe auf, welche überall herumstanden. Anscheinend hatte sie der Tumult nicht weiter gestört: Sie fraßen in aller Ruhe ihr Gras. Direkt vor den drei Besuchern bewegte sich eine Kuh auf den nächstliegenden Rand zu, knabberte noch schnell an einem Grashalm, und hüpfte anschließend ohne sichtbar gezögert zu haben in das vor ihr liegende Loch. Ihr Schwanz war das Letzte, was verschwand.

Nika und Paru schauten Damaris mit großen Augen an. Das Mädchen hob entschuldigend die Schultern.

„Starrt mich nicht so an, ich habe keine Ahnung, was da los ist!"

„Schauen wir mal nach!" Paru lief bis kurz vor das Loch und legte sich auf den Bauch. Vorsichtig tastete sie sich an den Rand vor. „Die

31

Stadt ist noch da!", verkündete sie ohne den Kopf umzudrehen. „Sie liegt allerdings ein paar Hundert Meter tiefer!"

Auch die Köpfe von Damaris und Nika schoben sich nun über das Loch. Die unter ihnen liegende Stadt war bläulich beleuchtet, die Straßen hoben sich hell von den dunklen Hochhäusern ab.

Damaris zeigte auf kleine Rasenstücke, die an den Wänden des riesigen Schachtes hinauf und hinunter fuhren. „Da! Aufzüge!"

Jeweils zwei bis drei Kühe befanden sich auf den Plattformen. Der Boden war zu weit entfernt, um ihn erkennen zu können und so schienen die Aufzüge aus dem Nichts aufzutauchen,

Nika drehte sich Damaris zu. „Die Kühe sind die Bewohner?", fragte sie ungläubig.

Damaris verzog ihr Gesicht zu einem inhaltslosen Grinsen. Kühe als Bewohner der Stadt? Ihre Fantasie hatte sich wohl etwas verselbstständigt!

Noch eine Weile beobachteten die drei Besucher das bunte Treiben unter ihnen, bevor sie sich von dem Anblick lösten, und sich von dem Abgrund vor ihnen zurückzogen.

Paru wandte sich an Damaris: „Ich bin der Meinung, wir machen erstmal eine Pause. Du hast enorme Fortschritte gemacht. Das hätte ich nach Nikas Beschreibungen von dir nicht erwartet. Wir sollten es aber nicht sofort übertreiben."

Damaris nickte stolz. Sie hatte mehr zustande gebracht, als sogar sie selber erwartet hatte. Allerdings war sie tatsächlich etwas erschöpft und ein wenig Ruhe täte gut. Sie lächelte. Denn Ruhe und Erholung bedeutete in diesem Fall, dass sie nicht mehr träumen, sondern aufwachen wollte – eine verkehrte Welt!

„Dann gehen wir jetzt", schlug Paru vor und wandte sich in Richtung des zuerst von Damaris erzeugten Hauses.

Weit kamen sie nicht, schon nach wenigen Metern verlangsamten sie bereits wieder ihren Schritt. Ihr Weg kreuzte den einer grasenden

Kuh. Genüsslich zupfte sie an dem Gras und wedelte gemächlich mit dem Schwanz.

„Sollen wir uns die noch schnell ein bisschen genauer ansehen?", schlug Paru vor.

„Sind sie denn gefährlich, Damaris?", wollte Nika wissen.

„Soweit ich weiß nicht …"

„Dein Tonfall ist mir eine Spur zu unsicher", beklagte sich die Zwelfe, bevor sie den anderen beiden dann doch folgte.

Langsam, Schritt für Schritt, näherten sie sich der Kuh. Diese kümmerte sich währenddessen nicht im Geringsten um die drei Fremden. Das sich vor ihr befindliche Gras nahm ihre gesamte Konzentration in Anspruch.

„Da …", flüsterte Damaris warnend und zeigte mit dem Finger auf einen ziemlich klein geratenen schwarzen Stier, der fröhlich angetrabt kam. Hin und wieder machte er einen kleinen Luftsprung, scherte mal nach rechts, mal nach links aus. Er schien bester Laune zu sein – bis er die Besucherinnen entdeckte und schlagartig innehielt.

Der Stier sah die Drei an. Die Drei sahen den Stier an.

Als Damaris und die Zwelfen regungslos verharrten und des Stiers kritischen Blick standhielten, folgerte er daraus, dass sie ungefährlich seien. Schon hüpfte er weiter in Richtung der grasenden Kuh. „'morgen Franzi! Alles in Butter?", fragte er heiter.

Damaris konnte es nicht glauben: Ein sprechender Stier!

Aber es kam noch schlimmer, denn auf diese Frage hin erwiderte Franzi: „Hi … Na klar, erste Sahne."

Sowohl Nika als auch Paru verdrehten die Augen. Damaris hob die Schultern: Es war ja nicht so, dass sie den Kühen die Worte in den Mund legen würde.

Franzi hob die Hufe zur Begrüßung, während der Stier fröhlich um sie herum hopste. Ihre Augen folgten ihm mit genervtem Blick.

Nika verkniff sich ein Lachen. Auch Damaris und Paru begannen leise zu kichern, was die beiden Tiere nun doch etwas mehr Aufmerksamkeit auf die Besucher richten ließ.

33

„Und ihr seid …?", fragte Franzi.

„Oh, Entschuldigung!", sagte Damaris, sich zusammenreißend. „Wir sind nur auf der Durchreise, wir wollten euch nicht stören. Wir waren nur interessiert, wie ihr geraten seid."

Franzi schien für eine Kuh recht intelligent, denn sie kombinierte richtig, und fragte mit erwachtem Interesse: „Ach! Du bist unsere Schöpferin?"

„Tja, irgendwie schon …", gab Damaris mit einiger Demut zurück. „Ich weiß, perfekt bin ich noch nicht"

„Ach, ich kann mich nicht beklagen. Andere haben's da viel schwerer", antwortete Franzi, und nickte bei diesen Worten unauffällig und mit einem Lächeln in Richtung des kleinen Stiers.

Dieser bekam die Anspielung nicht mit, er war viel zu beschäftigt damit, ungeduldig trappelnd den Kopf mal zu Franzi, mal zu Damaris zu wenden. Er schien sich unbedingt bemerkbar machen zu wollen.

Damaris sah ihn forschend an, während er sie mit den Augen nur so anflehte, etwas sagen zu dürfen.

„Ja?", fragte Damaris schließlich, ihn erlösend.

„Darf ich? Kann ich das Wort an dich richten? Klasse! Ich wollte nur schnell fragen – ohne die wunderbare Schaffung Eurer Hoheit kritisieren zu wollen, es ist ganz toll, könnte nicht besser sein, super! – Aber: Warum bin ich so klein?" Die Worte waren nur so aus dem Stier heraus gesprudelt.

Damaris taxierte den Stier. Er war wirklich sehr klein geraten, er ging ihr gerade mal bis zur Brust.

„Keine Ahnung. Ich habe dich nicht bewusst so geschaffen."

„Aber besser so, als gar nicht, oder?", fügte sie ausweichend hinzu, und sah sich nach den beiden Zwelfen um. Ihr stand der Sinn nicht nach einem anstrengenden Gespräch – vor allem, da sie die Antworten auf die gestellten Fragen wahrscheinlich sowieso nicht kennen würde.

„Ja, ja, aber es ist nur …"

„Können wir jetzt gehen?", fragte Damaris Paru und unterbrach damit den Stier. Sie merkte, wie schnell sie sich reizen ließ – ein klares Zeichen dafür, dass sie eine Pause benötigte.

„Natürlich", meinte Paru, „Du solltest dir nur noch einen Schlüssel überlegen."

„Einen Schlüssel?" Zum wiederholten Mal an diesem Tag zeigte sich Verwirrung auf Damaris' Gesicht. „Was für einen Schlüssel?"

„Nun, aus einem Traum kannst du nicht einfach so aussteigen", erklärte Paru. „Es gibt bestimmte Regeln, welche beachtet werden müssen. So ist auch ein Schlüssel nötig, um aus einer Teilwelt – so nennen wir die Fantasiegebilde – wieder heraus zu kommen. Sonst könnte jedes Wesen einer Teilwelt, zum Beispiel Franzi hier, einfach durch die von dir benutzte Tür spazieren, und schon würde sie sich in deinem Eintrittsraum befinden. Du kannst dir zwar immer wieder eine neue Pforte zu dem Eintrittsraum oder sonst wohin machen, aber um nicht dauernd Besuch zu bekommen, müsstest du sie dann auch immer wieder zerstören. So gesehen ist es besser, du machst dir einen Ein- oder Ausgang pro Teilwelt und benutzt dafür einen Schlüssel."

Eigentlich interessierte Damaris zu diesem Zeitpunkt nur eines: „Muss das denn unbedingt heute schon sein? Das kann ich doch auch später üben."

Paru als Empfängerin des ungeduldigen Blickes entschloss, dass sie Damaris besser nicht weiter strapazierte.

„Na schön, heute wollen wir es dabei belassen ... Aber nur, damit du es mal gesehen hast: Du könntest zum Beispiel dein Kissen, das Nika vorhin geklaut hat, als Schlüssel verwenden. Du musst es bloß so festlegen."

Damaris nickte. „Von mir aus."

„Gut!", sagte Paru. „Jetzt müssen wir es nur noch finden, und schon kannst du die Pforte benutzen, durch die du vorhin auch hierhergekommen bist." Sie lachte. „Sehr symbolträchtig heute ...

Das Kopfkissen kommt aus deinem Schlafzimmer, und es wird dich – über den Eintrittsraum – dorthin zurückbringen."

Um sich blickend, erspähte Damaris schon schnell das Kissen. Es lehnte an einen Baum, etwa hundert Meter von ihnen entfernt. „Da ist es schon!", sagte sie erleichtert. „Nun ... tschüss dann ...", fügte sie in Richtung von Franzi und dem Stier hinzu und setzte sich in Bewegung.

Dem Stier schien die gemeinsam verbrachte Zeit allerdings noch nicht auszureichen. Er trabte hinter den Dreien her, während diese auf dem Weg zum Kissen über die Grasfläche liefen.

„Wo wollt ihr denn hin, was habt ihr denn vor?", fragte er. „Wollt ihr euch nicht noch ein wenig umsehen? Die Umgebung ist wunderschön! Mein Onkel Ferdinand hat immer gesagt, dass man sich mindestens das Sahnjoghu Gebäude angucken muss. Es ist das Höchste hier. Aber, wenn ich's mir recht überlege, nicht unbedingt das Schönste ..." Er überlegte. „Das wäre dann wohl ... nee ..., oder doch? Nein, es muss das Käsino sein! Wusstet ihr eigentlich, dass ..."

„Könntest du bitte mal still sein?", bat Damaris ihn etwas unfreundlicher als beabsichtigt. „Wir versuchen einen sicheren Weg um die Löcher herum zu finden. Da müssen wir uns konzentrieren!" Eine Ausrede, aber sie konnte das Geschwafel einfach nicht länger ertragen.

„Ach so", antwortete der Stier und blieb verdattert stehen. Aber nur einen Moment später trabte er bereits wieder hinter ihnen her, dann neben ihnen, kurze Zeit später sogar vor ihnen. Er kannte sich hier gut aus, und so zeigte er den Dreien den Weg vorbei an dem Labyrinth der Löcher.

Kurz darauf erreichten sie das Kissen, der Stier als erster. In seiner Freude darüber, dass er nützlich gewesen war, stürzte er herbei, drückte seinen Kopf ungestüm in das Kissen, und ließ eine Lobeshymne vom Stapel.

„So ein schönes Kissen ist das! Ist ja klar, dass es einer Schöpferin gehören muss. Sie braucht eine weiche Kopfunterlage, damit sie schöne neue Sachen fantasieren kann. Solche Dinge wie Bäume, Vögel, Häuser, Gras, Wasserkocher, Zahnbürsten, Kleiderhänger, Taschenrechner, Bücher, Augentropfen, Radiergummis, Aufkleber, Fußabtreter, ..."

„Könntest du bitte einfach still sein?", verlangte Damaris, als sie zu ihm aufschloss. „Benimm dich doch einfach wie ein normaler Stier!"

„Man, wie kann man bloß so was Nerviges in die Welt setzen? War ich denn so ein Glücksgriff?", meldete sich Nika kopfschüttelnd.

Paru versuchte nicht mal mehr, darauf zu reagieren.

Der Stier wich zwei Schritte zurück und schien dem Heulen näher als dem Lachen. „Aber ich wollte doch nur helfen", sagte er entschuldigend.

„Dafür bedanken wir uns auch, aber du könntest doch auch schweigend helfen", antwortete Damaris. Es tat ihr leid, dass sie so aus der Haut gefahren war. Er war bloß aufgeregt, das war ihr klar. Nichtsdestotrotz war er eine tierische Nervensäge. „Tut mir leid, war nicht so gemeint. Sie einfach nur ein normaler Stier. Kein Gehüpfe und vor allem kein Gerede mehr, dann ist alles in Ordnung."

Mehr nette Worte brauchte es nicht: Schon war der Stier versöhnt und Damaris richtete ihren Blick auf das vor dem Tier liegende Kissen. Gerade als sie sich danach bücken wollte, ging der Stier dazwischen. Das freundliche Verhalten von Damaris hatte ihm wieder Mut gemacht.

„Lass mich doch! Ich mache das gerne für dich. Ich hebe das für dich auf. Komm, du brauchst dich nicht zu bücken ..."

Damaris warf ihm einen gebieterischen Blick zu. „Normal!"

„Uhm ...", meinte der Stier unsicher. „Muh ...", sagte er dann leise und ohne große Überzeugung, und zupfte schuldbewusst an einem Grashalm.

Nika und Paru lachten laut auf und auch Damaris konnte sich ein Grinsen nicht verkneifen.

37

Noch während die Zwelfen sich beruhigten, bückte sich das Mädchen und hob das Kissen auf. Zwischen dem Boden und dem Kissen öffnete sich dabei an dem Baum ein Durchgang in den bereits bekannten senkrechten Tunnel.

„Vielleicht sehen wir uns nochmal wieder", sagte Damaris zu dem Stier und winkte Paru und Nika herbei.

„Ja, tschüss dann ...", verabschiedete sich Nika, und bemerkte dabei, dass sie den Namen des Stieres noch gar nicht kannte. Sie hielt inne.

„Wie heißt du eigentlich?"

Denkfalten bildeten sich auf seiner Stirn, als er über diese Frage nachdachte. „Weiß ich nicht?", fragte er testend.

„Das kann doch nicht sein!", sagte Paru. „Bist du sicher?"

Wieder legte der Stier die Stirn in Falten.

Um dem Stier weitere anstrengende Denkarbeit, und ihnen selber Zeit zu sparen, wandte sich Paru nun an Damaris. „Was meinst denn du?"

Damaris überlegte kurz. Wie sollte ein Stier schon heißen? Stieri? „Wie wäre es denn mit Bullie?", schlug sie vor.

Nika und Paru sahen sich verzweifelnd an.

„Sehr kreativ. Wir haben noch einiges vor uns", stöhnte Nika, als sie gemeinsam durch den Ausgang traten.

Kapitel 5: Der Junge

Während Damaris erfreuliche Träume durchlebte, ging in einem anderen Zimmer Unheimliches vor sich. Ein Junge, dem Aussehen nach ein oder zwei Jahre älter als Damaris, lag in seinem Bett. Das Zimmer war so gut wie leer, steril und eintönig weiß. Bloß einige Geburtstagskarten auf einem kleinen Beistelltisch brachten ein wenig Farbe in den kahlen Raum. Es waren Geburtstagskarten; erst vor kurzem war er ein Jahr älter geworden.

Neben dem Bett leuchtete eine Lampe, aber scheinbar ohne wirkliche Funktion, denn der Junge hatte die Augen geschlossen und schien tief und fest zu schlafen. Ein Monitor stand neben dem Jungen und zeichnete seine gleichmäßigen Lebenszeichen auf.

Plötzlich jedoch, zuckte der Arm des Jungen. Dann folgte das Bein, dann der Kopf. Schließlich wälzte sich der ganze Körper unruhig hin und her, die Federn der Matratze quietschten erbärmlich.

Alarmiert stürmte eine Frau in einem weißen Kittel in den Raum, Sorge zeigte sich auf ihrem Gesicht.

„Was hat das bloß zu bedeuten?", murmelte sie verstört. Als sie näher kam, sah sie durch die nicht vollständig geschlossenen Lider das Weiß der Augäpfel.

Kapitel 6: Traum oder Wirklichkeit

Sanft streichelte Damaris' Vater ihren Kopf. Gefangen in ihren Träumen hatte sie es nicht bemerkt. Das letzte, an das sie sich erinnern konnte, war, dass sie sich nach der Rückkehr aus ihrem Eintrittsraum auf ihr Bett gelegt hatte.

„Na Schatz, warst du gestern mit Tina so lange auf?"

Verschlafen schaute Damaris ihren Vater an und zwang sich zu einem kleinen Lächeln. Dann setzte sie sich langsam auf und schaute um sich. Irgendetwas war komisch. Irgendetwas beunruhigte sie. Aber was war das?

Herr Lincol blickte seine Tochter noch einen Moment lang zärtlich an und erhob sich dann vom Bett.

„Ich wollte dich eigentlich nur zum Abendessen holen."

Sein Blick fiel auf das vom Bett gefallene Buch. Während Damaris immer noch angestrengt nachdachte und geistesabwesend auf ihr Bücherregal starrte, blätterte Herr Lincol durch die Seiten, bis er zu der mit einem Lesezeichen markierten Stelle gelangt war. „Gar nicht mal schlecht", sagte er. „Bereits 200 Seiten gelesen!"

„Und?", fragte er dann.

„Und was?", antwortete Damaris verwirrt.

„Das Buch, Fantasia, die Fantasiewelt ... Hat es dir gefallen?"

Damaris schoss hoch, während ihr Gesicht schlagartig an Farbe verlor. Natürlich! Das war es! Nika! Paru! Der nervige Stier! Panisch schaute sie sich im Zimmer um – bereit, jeden Moment das launische Gesicht von Nika oder ein Zipfel von Parus Hemd hinter einer Ecke hervorschauen zu sehen. Aber von den Beiden entdeckte sie keine Spur.

Nachdem Damaris sich von diesem ersten Schreck erholt hatte, ließ sie sich wieder zurück aufs Bett fallen. Was war passiert? Wie war sie zurück in die normale Welt gekommen? Warum ...? Moment! Sie hatte doch noch etwas vergessen ... Richtig!

Ihren Vater.

Als sie nach rechts schaute, sah sie, dass Herr Lincol nach wie vor neben dem Bett stand und sie nun mit großen Augen ansah. Es musste so wirken, als ob sie nicht mehr alle Tassen im Schrank hatte. „Uhm, was war die Frage?", frage sie mit sachlicher Stimme, in einem Versuch, sich wieder möglichst normal zu verhalten.

„Wie? Ach so, das Buch ...", erwiderte Herr Lincol verwirrt. „Hat es dir gefallen?"

„Uhm ... ja, danke", sagte Damaris und nickte mit dem Kopf. „Es war bis jetzt sehr spannend. Und ich möchte unbedingt weiter lesen, also wenn du bitte gehen würdest, ich kann mich so nicht konzentrieren!"

„Ja natürlich ... Ich ... Ist alles okay?"

„Aber Paps, natürlich", antwortete Damaris zuckersüß. Ihre großen Augen schauten unschuldig zu ihm auf.

„Dann gehe ich mal ..."

„Papa?"

„Ja ..."

„Die fantastische Geschichte ... Das Buch, bekomme ich es wieder?"

„Ach so, ja ...", verwirrt schaute Mr. Lincol auf das Buch in seiner Hand. „Du meinst: Die unendliche Geschichte."

„Ja genau." Damaris sprang vom Bett, nahm das Buch entgegen und bugsierte ihren Vater zur Tür. „Das habe ich doch gesagt."

Kurz bevor ihr Zimmer verließ, erinnerte ihr Vater sich an sein eigentliches Anliegen. „Ach so: Abendessen! Kommst du?"

„Danke, keinen Hunger", erwiderte Damaris kurz und knapp, schenkte ihm ein hastiges Lächeln und schloss hinter ihm die Tür.

Kaum waren seine Schritte auf der Treppe verhallt, da flüsterte Damaris leise: „Nika? Paru?"

Keine Antwort.

Jede Ecke ihres Zimmers nahm Damaris nun unter die Lupe. Sie schaute unter dem Bett, im Wandschrank und im Wäschekorb nach. Aber ihre beiden Begleiterinnen waren nirgends zu finden. Damaris

41

versuchte es erneut mit leisem Rufen: „Nika, Paru! Wenn ihr hier seid, zeigt euch!"

Langsam überkamen Damaris Zweifel. Eigentlich war sie sich vorhin noch sicher gewesen, dass sie sich alles nur eingebildet hatte. Dann aber, begann sie ihren ersten Eindruck zu hinterfragen. Hatte sie wirklich nur geträumt? Träumte sie immer noch? Aber es war alles so real gewesen. Wenn sie schlief, dann war sie sich dessen normalerweise nicht bewusst. Sie war bisher in ihren Träumen noch nie auf die Idee gekommen, dass ihre Erlebnisse nicht wirklich waren. Denn wenn sie diese Erkenntnis erlangt hätte, dann hätte sie ihren Traum doch beeinflussen können!

Sie ging zum Bücherregal und zog ihr Baby-Fotobuch hervor. Und jetzt? Wie sollte sie vorgehen? Das letzte Mal als sie sich mit dieser Lektüre beschäftigt hatte, war sie nur etwa halb so groß wie der Einband gewesen. Nun allerdings waren die Verhältnisse ganz anders. In das Buch würde sie so wohl kaum hineinpassen.

Vorsichtig suchte sie nach dem Mechanismus, mit dem sie das Buch öffnen konnte. Ihre Finger fuhren über den Einband, erforschten jede Stelle des Bücherrückens. Aber eine Öffnung war nicht zu finden, das Buch blieb fest verschlossen. Hatte sie alles geträumt? Gab es denn eine andere Erklärung? War es möglich, bewusst zu träumen?

Unschlüssig kehrte sie zu ihrem Bett zurück.

Nein, es musste ein Traum gewesen sein. Wesen wie Paru und Nika gab es nicht. Wie konnte man bloß mit vierzehn Jahren noch an so etwas glauben? Sie schüttelte den Kopf und legte sich hin.

Aber sollte sie die beiden Zwelfen deshalb nicht mehr wiedersehen? Zugegebenermaßen hatte ihr der Traum wirklich Spaß gemacht.

Sie brauchte kaum eine Minute, um festzustellen, dass sie auf keinen Fall wieder einschlafen konnte. Gründe waren die vielen sich überschlagenden Gedanken und vor allem ein Nachmittagsschlaf, den sie vermutlich mit einer schlaflosen Nacht bezahlen würde.

Fluchend schwang sie ihre Beine vom Bett und begab sich hinab ins Erdgeschoss um ihren Eltern beim Abendessen Gesellschaft zu leisten.

Kapitel 7: Bonnie

Irgendjemand bewegte ihren Kopf. Verärgert öffnete Damaris ihre Augen. Direkt vor ihr war Nika, die mit der ganzen ihr zur Verfügung stehenden Kraft an dem Kopfkissen zog – auf dem allerdings noch Damaris' Kopf lag.

Nika presste bei jedem Zug ein Wort hervor: „Gib ... mir ... das ... Kissen!"

Das kleine selbstsüchtige Wesen war wohl der Meinung, dass der weiche Gegenstand lange genug Damaris' Kopf als Unterlage gedient hatte. Nun war sie an der Reihe.

Mittlerweile war das Kopfkissen fast ganz unter Damaris' Kopf hervorgezogen, dessen offene Augen Nika plötzlich auffielen.

„Oh, du bist wach?", fragte sie in neutralem Ton. „Gibst du mir mal dein Kissen? Ich brauche was Flauschiges zum Schlafen. Du hast es lange genug gehabt."

„Es ist mein Kissen", erklärte Damaris in drohendem Tonfall.

„Was schläfst du überhaupt schon wieder, du hast doch schon am Nachmittag gepennt!", wechselte Nika die Taktik, ohne sich auch nur ansatzweise für ihr Verhalten zu entschuldigen.

Wütend sprang Damaris auf. Nika, die daraus folgerichtig schloss, dass sie zu weit gegangen sei, wich zurück. Aber Damaris war schneller. Sie griff Nika beim Pullover, zerrte sie an sich ran ... und umarmte sie.

„Schön, dich wieder zu sehen!", sagte sie, ihre leichte Abneigung gegen Nika komplett vergessend.

Die Zwelfe versuchte sich mit aller Macht aus der Umarmung zu befreien. Als ihr dies endlich gelang, nahm sie vorsichtshalber eine sichere Stellung am Bettrand ein. „Sonst alles im grünen Bereich?", fragte sie zitternd und verärgert. „Ich wollte doch nur dein Kissen, keinen Körperkontakt!"

„Das gibt's heute nur im Doppelpack", sagte Damaris grinsend. „Wo ist denn Paru?"

Nika nickte, ihre sichere Stellung nicht aufgebend, kurz mit dem Kopf in Richtung Paru, die auf dem Fensterbrett saß.

Paru winkte Damaris fröhlich zu. „Hi!"

„Na Gott sei Dank", entfuhr es der erleichterten Damaris. „Ich hatte schon befürchtet, ich würde euch nie mehr wiedersehen! Vorhin habe ich euch sogar noch in der realen Welt gesucht! Ich werde echt langsam verrückt!" Sie lachte.

„Selbsterkenntnis ist der erste Schritt zur Besserung!", murmelte Nika leise – aber laut genug.

Damaris atmete tief ein, und ignorierte Nikas Kommentar. „Aber ich träume doch nie mehrere Male von denselben Figuren. Und vor allem nicht bewusst! Das macht alles keinen Sinn!"

Paru sprang vom Fensterbrett und lief auf Damaris zu. „Schau mal, du hast deiner Fantasie einen kreativen Stoß versetzt. Bücher fördern die Fantasie und du bist scheinbar ein recht begabtes Mädchen in dieser Richtung. Nicht jeder Mensch kommt so schnell vorwärts wie du. Klar, du hast dir das alles nur eingebildet, du hast lediglich fantasiert. Aber damit hast du Nika und eine Teilwelt erschaffen, inklusive Bullie."

„Das ist vielleicht nicht ganz der richtige Begriff. Wenn ich träume, dann existiert ihr doch nur in meinen Träumen, oder nicht?"

„Nur weil du eine bereits ausgedachte Teilwelt, oder zum Beispiel Nika, in einer neuen Fantasie nicht mit aufnimmst, heißt das nicht, dass Nika aufhört zu bestehen. Deine Schöpfungen bedeuten für uns so viel wie eine Geburt. Daher die wichtigste Regel überhaupt: Einmal Erschaffenes lebt unwiderruflich und hat seinen eigenen Willen. Also überlege dir gut, was du kreierst, denn wir leben danach weiter und haben unseren eigenen Willen!"

Paru schaute Damaris eindringlich an, bevor sie fortfuhr. „Jetzt gerade zum Beispiel, ist es nicht dein Verdienst, dass wir hier sind. Wir sind zu dir gekommen – freiwillig."

„Also habe ich euch nicht hierher geholt?"

Paru schüttelte den Kopf.

„Ihr könnt einfach so hier rein?" Der Gedanke gefiel Damaris nicht im Geringsten. „In mein Schlafzimmer?"

„Dieser Raum ist nicht dein echtes Schlafzimmer, sondern ein von dir geschaffenes Abbild davon. Aber um auf deine Frage zurückzukommen: Wenn wir den Weg hierher kennen, dann können wir in der Tat einfach so rein. Aber dazu muss man natürlich wissen, wie man in deinen Eintrittsraum gelangt, dort ist der einzige Zugang zu diesem Raum hier."

Dies beruhigte Damaris ein wenig.

„Andersherum ist es schon schwieriger", erläuterte Paru. „Wenn du uns in unserer Welt suchst, und du weißt nicht genau, wo du uns finden kannst, so hast du nur eine verschwindend kleine Chance uns auch wirklich aufzuspüren. Thinkit ist nämlich viele Male größer als deine Welt, und nicht alle Teilwelten sind einfach zu erreichen.

„Ihr nennt die Ansammlung von Teilwelten Thinkit?", warf Damaris ein.

„Ja genau. Und in diesem Thinkit gibt es viele Teilwelten, die nur über bestimmte Wege erreicht werden können. Es gibt Orte, die wie Inseln im Nichts schweben. Längst vergessen, aber dennoch immer noch da. Die Anzahl dieser Inseln ist unvorstellbar groß. Sie ist die Hinterlassenschaft von Milliarden von Menschen. Größtenteils unerreichbar für fast alle Wesen, auch für uns Thinks."

„Die Bewohner von Thinkit, wie ich, Nika und Bullie", fügte Paru zur Erklärung schnell hinzu.

„Ich dachte, ihr seid Zwelfen?"

„Richtig." Nika nickte. „Aber wir sind auch Thinks."

„Ah ja, jetzt ist mir alles klar!", sagte Damaris sarkastisch.

„Thinks ist die allgemeine Bezeichnung aller in Thinkit erzeugten Lebewesen", erklärte Paru. „Sie leben nur hier in Thinkit und können nicht in die Menschenwelt wechseln."

„Gut, schon deutlicher … Also zurück zu den Teilwelten, die nicht erreichbar sein sollen: Sind sie unerreichbar, weil ihr keine Transportmittel habt?"

Paru schüttelte den Kopf. „Nein. Sie sind unerreichbar, weil es keine direkte Verbindung, keinen offensichtlichen Weg zu diesen Teilwelten mehr gibt. Von vermutlich unzähligen wissen wir nicht mal mehr, dass sie existieren. Dennoch sind sie immer noch vorhanden, zusammen mit den Thinks, die dort nach wie vor ihre Tage verbringen." Paru wedelte ungeduldig mit der Hand. „Aber wir sollten das jetzt nicht diskutieren. Alles wird einfacher zu verstehen sein, wenn wir weitere Abenteuer erleben. Anschauungsunterricht sozusagen."

Paru schaute sich nach Nika um, und stöhnte, als sie ihre Freundin entdeckte. Die Zwelfe hatte es sich mit Damaris' Kissen gemütlich gemacht, und war kurz vorm Einschlafen.

„Wieso braucht ihr eigentlich Schlaf?", fragte Damaris kritisch.

„Jeder hat seine Schwächen und Stärken", erklärte Paru entschuldigend. „So, wie wir geschaffen wurden."

„Sie hat Stärken?" Damaris schnaubte ungläubig, bevor sie Nika bei den schmalen Schultern packte. „Nika! Aufwachen! Wir gehen gleich los!"

Genervt schüttelte Nika sich, Damaris' Hände dabei abwerfend. Dann seufzte sie, stand auf und gesellte sich leise vor sich hin murmelnd zu Paru. „Unglaublich ... Nicht mal eine Minute Ruhe ... So was von unfreundlich!"

„Dann kann es ja los gehen!", verkündete Paru.

Damaris stieg vom Bett, hielt dann aber inne, als ihr Blick auf den Meerschweinchenkäfig fiel. Nachdenklich blieb sie stehen.

„Hey, wo ist denn Bonnie?"

„Bonnie?", fragte Paru. „Wer ist denn das?"

„Suchst du das Meerschweinchen hier?" Nika hob das Tier vom Boden vor dem Schreibtisch auf und brachte es zu Damaris.

„Hier ... Oder soll es in den Käfig?"

„In den Käfig. Aber wie ist sie überhaupt heraus gekommen?"

Nika setzte das Tierchen in den Käfig. „Keine Ahnung ... Wahrscheinlich kommt sie gerade aus deinem Eintrittsraum."

47

Damaris verzog das Gesicht. „Aus dem Eintrittsraum? Was sollte sie denn da wollen?"

„Woher soll ich denn das wissen?"

Damaris kam ein Gedanke. „Heißt das, dass auch Bonnie hier nur ein Abbild ist?"

Paru nickte. „Ja. Genauer gesagt: Sie ist so, wie du sie dir vorstellst."

„Wie ich sie mir vorstelle ...", wiederholte Damaris nachdenklich und lief zum Käfig unter dem Fenster. Sie bückte sich und sah sich ihr Haustier an, das gerade an einem Stück Gurke knabberte.

„Sieht wirklich ganz normal aus ... Aber ein Meerschweinchen ist sich ja auch leicht auszudenken: eine Menge Haar, vier Pfoten und zwei Kulleraugen."

Das Meerschweinchen hatte aufgehört zu futtern und sah interessiert Damaris an, die angefangen hatte, ihr Haustier zu streicheln.

„Ja, das magst du, nicht wahr?", sagte das Mädchen mit zärtlicher Stimme.

„Ja, auf jeden Fall! Ein bisschen mehr nach rechts wäre noch besser!", brummte das kleine Tier mit einer tiefen Bass-Stimme.

Damaris sprang zurück. „Du redest ja!"

„Dass du das bemerkt hast!", sagte Bonnie mit angedeutetem Sarkasmus in der Stimme, und sah dann an Damaris vorbei zu den Zwelfen. „Willst du uns nicht vorstellen?"

„Ja ... natürlich ...", stammelte Damaris. „Das hier ist Nika, und das ist Paru ..."

„Angenehm, schlagt ein!", sagte Bonnie, und hielt die rechte Pfote hoch.

Erst Nika und dann Paru bückten sich und schüttelten dem Nagetier die Pfote.

„Was habt ihr Hübschen denn heute vor?", fragte Bonnie nun, während er sich wieder über die Gurke hermachte.

„Wir wollten uns ein weiteres Abenteuer antun. Eine andere Teilwelt besuchen", beantwortete Paru die Frage. „Oder wie sieht's aus, Damaris?"

„Klar ... Ich will nur ..." Sie war völlig verwirrt von Bonnies plötzlicher Sprachgabe. „Ja, sicher ... Von mir aus kann's losgehen. Ähm ... bis später dann, Bonnie!"

„Ach ja, Damaris, da du mich gerade beim Namen nennst", hielt Bonnie Damaris zurück. „Es ist nun eh zu spät, aber solltest du jemals ein weiteres Haustier bekommen, so gib ihm oder ihr doch bitte einen Namen, der auch zu dem Geschlecht passt ... Ich kenne zwar keine anderen Meerschweinchen, aber würde ich welche kennen, so würden sie mich hundertprozentig wegen meines Namens fertig machen." Das Nagetier schüttelte betrübt den Kopf. „Ein männliches Meerschweinchen namens Bonnie! Ein gefundenes Fressen für die anderen. Meerschweinchen sind ziemlich grausam, musst du wissen!"

Nikas Gesicht überzog ein breites Grinsen, aber Paru stupste sie an, bevor sie einen Kommentar ablassen konnte.

„Oh ... Entschuldigung ...", sagte Damaris. „Als ich dich bekam, war ich noch ziemlich jung, da habe ich noch nicht so richtig über solche Sachen nachgedacht. Deshalb ..."

„Na ja, schon okay. Aber du könntest mich ja in Horst umbenennen. Oder Mark-Heinrich. Das hört sich doch richtig männlich an!"

Verwirrt schaute Damaris auf ihr Meerschweinchen.

„Gut, gut, dann halt nicht ...", lenkte es ein. „Kann ich eigentlich mitkommen?"

„Wie? Jetzt?"

„Ja."

Paru zuckte mit den Achseln, als Damaris ihr einen fragenden Blick zuwarf.

„Tja ... warum nicht?", antwortete das Mädchen dann.

„Nimmst du mich aus dem Käfig?"

Damaris hob Bonnie hoch und ließ ihn in die Kapuze ihres Pullis gleiten. Dann folgte sie Paru und Nika, die schon vorgegangen waren. Verwirrt, aber mit wachsender Freude und schrumpfendem Körper lief sie auf das Bücherregal zu. Im Vorbeigehen schaute sie auf die vielen Buchtitel: Karlsson vom Dach, Momo, Nils Holgersson, Der Wunschstuhl, Fünf Freunde im alten Turm, Die Schatzinsel, Ronja die Räuberstochter ...

Die Schatzinsel?

Der Titel kam Damaris bekannt vor und sie verlangsamte ihren Schritt.

Nika bemerkte dies, drehte um, und gesellte sich zu Damaris. Sie las den Titel laut vor: „Die Schatzinsel ... von R. L. Stevenson. Kennst du das Buch? Der Koch Langer John, der Kapitän Smollett, der Bootsjunge Jim Hawkins, die Hispaniola?"

Die von Nika genannten Namen verwandelten sich vor Damaris' Augen in dazugehörige Gesichter, zu Gestalten, Gebärden und Stimmen. In Damaris' Kopf wurden sie zu Personen. Sie hatte das Buch zwar nicht gelesen, aber vor kurzer Zeit eine Verfilmung gesehen. Sie konnte sich noch recht genau vieler Einzelheiten erinnern.

„Wollen wir ein kleines Wiedersehen mit den Romanfiguren von R.L. Stevenson feiern?", fragte Paru, die sich zu den anderen gesellt hatte.

Damaris bekam große Augen. „Das geht?"

„Na klar, du kannst diesen Buchrücken wie jeden anderen hier öffnen. Er stellt eine Abkürzung zu deinen Erinnerungen und Fantasien dieser speziellen Geschichte dar."

„Aber es muss nicht unbedingt ein Buch sein, welches die Verbindung zu vergessenen aber gespeicherten Erinnerungen in deinem Kopf herstellt", fuhr Paru fort. „Das ist so ähnlich wie bei dem Verhalten vieler Menschen, Souvenirs und Fotos anzuhäufen. So sind sie andauernd von ihrem Leben umringt. Die vielen Gegenstände und Abbildungen rufen ihnen fortlaufend Episoden ihres Lebens ins Gedächtnis. Jeder Gegenstand repräsentiert eine Erinnerung. So ähnlich funktioniert das auch in Thinkit. Symbole sind die Schlüssel zu vergangenen Erlebnissen. Dein Teddybär zum Beispiel ...", Paru zeigte auf ein zerfranstes Plüschtier auf Damaris' Bett, das nun hoch über ihnen thronte, „... der ist doch ein tolles Beispiel dafür. Er beinhaltet ..."

Paru hielt inne und schaute sich nach ihrer Gesprächspartnerin um. Denn da wo Damaris gerade gestanden hatte, war jetzt niemand mehr.

Nika knuffte Paru auf den Arm und zeigte hinter sich. „Sie quält sich gerade mit dem Bücherrücken ab."

Zufrieden lächelten die beiden Zwelfen sich an. Sie brauchten Damaris wohl nicht mehr zu ihrem Glück zu zwingen.

Alle gemeinsam zogen sie den Bücherrücken auf. Dieses Mal zögerte Damaris nicht lange und schritt gleich nach Nika und Paru in die Dunkelheit hinein.

Kapitel 8: Besuch auf der Hispaniola

Damaris fand sich in dem runden Steinring mit der Pforte im Rücken wieder. Sie erkannte sofort, dass sie entgegen ihrer Erwartung wieder in ihrem Eintrittsraum war: Die merkwürdige Anordnung der zwei Kathedralen, das Gewölbe, das sich vor ihr ausbreitete, die vielen Türen an den Wänden.

Warum war sie jetzt hier gelandet? Eigentlich hatte sie erwartet, direkt in die Geschichte um die Schatzinsel einzutauchen. Stattdessen befand sie sich erneut in dem nun bereits vertrauten Vorraum ihrer Traumwelt.

„Wo sind denn Paru und Nika?" Die Frage war an Bonnie gerichtet.

„Woher soll denn ich das wissen? Es ist ja nicht so, dass ich hier hinten einen guten Ausblick habe!", brummte das Meerschweinchen.

„Ich hole dich nachher raus. Wenn wir da sind, okay? Aber erst muss ich die beiden Zwerfen suchen!"

Das Portal, in dem Damaris stand, erlaubte ihr nur eine begrenzte Sicht auf die Kathedralen und so tat sie, sich suchend nach den beiden Zwerfen umschauend, ein paar Schritte vorwärts. Sofort wurde ihr Blick von einer Bewegung schräg oberhalb ihres Kopfes eingefangen. Nur umgeben von Luft schwebten Nika und Paru durch die Kathedrale!

„Was ... wie kommen die denn dahin? Wie ... whoah!" Damaris hatte einen weiteren Schritt getan, in die Kathedrale hinein und auf die Steintreppe, und spürte, wie plötzlich auch ihre Füße zögernd den Boden verließen. Irgendeine Kraft führte sie unnachgiebig höher und höher.

Von dieser Erfahrung vollkommen überrumpelt, war Damaris nicht in der Lage, Angst zu spüren. Ungläubig schaute sie auf das unter sich entschwindende Gewölbe, während die unbekannte Kraft sie in Richtung der von ihr aus gesehen rechten Mauer gleiten ließ. Je höher sie flog, umso mehr drehte sich auch die Kathedrale. Aus der seitlichen Orientierung wurde unten, wie sie es bereits einmal erlebt hatte.

Nika und Paru tauchten zwischen Säulen in ein Seitenschiff ein und erreichten eine Tür, die sich wie durch Geisterhand öffnete. Schnurstracks flogen die beiden Zwelfen hinein. Das würde also auch Damaris' Ziel sein. Anscheinend war die Benutzung des Buches tatsächlich eine Abkürzung: Sie brauchten den richtigen Durchgang nicht zu suchen, sondern wurden direkt dorthin transportiert.

Angestrengt schaute das junge Mädchen auf die näher kommende Öffnung. Sie war klein und schmal, die Tür selber war mit einem runden Fenster versehen. „Kannst du es sehen, Bonnie?", fragte sie. „Die Tür sieht irgendwie aus wie die Kajütentür eines Schiffes. Passt doch, wegen der Schiffsreise zu der Schatzinsel und so!"

Mühsam hatte Bonnie sich mit dem Kopf aus der Kapuze gearbeitet und krallte sich an Damaris' Schulter fest. „Hm! Aber, nur mal so als Frage: Sind wir nicht ein bisschen schnell?"

Das hatte Damaris auch schon Sorgen bereitet. „Äh ... Ich weiß nicht ... Was soll ich denn deiner Meinung nach machen?"

„Wie wäre es mit abbremsen, was meinst du?"

Obwohl sie der Wand immer näher kamen, behielten sie das Tempo bei. Damaris wusste nicht, wie sie langsamer werden konnte und wollte deshalb versuchen, neben der Tür zu landen. Aber die geheimnisvolle Macht ließ ihr keine Wahl: Sie wurde direkt in die Öffnung gezogen.

Ein langer dunkler Gang. Um sich herum konnte Damaris nur hier und da graue Mauern ausmachen, schwach beleuchtet durch undefinierbare Lichtquellen. Damaris spürte keine Luftbewegung in ihrem Gesicht. Ihr war weder kalt noch warm, nicht ein einziges Geräusch war zu vernehmen. Gerade, als sie begann, sich Gedanken darüber zu machen, wohin dieser Gang führen würde, wie sie hier wohl wieder heraus käme und ob das Ganze vielleicht gefährlich wäre, wurde sie von einem weiteren schwarzen, rechteckigen Loch verschluckt.

Damaris landete unsanft auf harten Holzplanken. „Aua!", rief sie laut und stand fluchend auf, sich das Gesäß reibend.

„Alles in Ordnung, Bonnie?", fragte sie und nahm das Meerschweinchen aus ihrer Kapuze.

„Alles relativ … Beim nächsten Mal hätte ich gerne einen besseren Sitzplatz. Du hättest mir fast meinen schmucken Kopf zerdrückt!"

„Sorry!" Damaris setzte Bonnie auf die Holzplanken. Erst dann sah sie sich richtig um, wobei sie die Augen zusammenkneifen musste. Die Sonne blendete sie.

„Salz!", sagte Damaris verwundert. Sie konnte es in der Luft schmecken.

„Liegt wahrscheinlich am Meer, in dem sich dieser Holzkahn befindet", sagte Bonnie mit monotoner Stimme.

„Wir sind auf der Hispaniola!", rief Damaris aufgeregt. Nun nahm sie auch das rauschende Meer wahr und drehte sich um die eigene Achse, alles in Augenschein nehmend.

Das alte Schiff hatte allem Anschein nach schon einige Stürme miterlebt. Die spröden Planken waren schmutzig, es roch moderig, das Segel war fleckig und einige Ösen darin waren aufgerissen. Nun allerdings konnte das Schiff seine wohlverdiente Ruhe genießen, auf den sanften Wellen der Bucht schwankend. Scheinbar einsam und verlassen, denn Damaris konnte niemanden entdecken.

„Wo sind denn nur schon wieder Paru und Nika?"

„Vielleicht haben sie das Schiff verpasst und sind ins Wasser gefallen?", schlug Bonnie vor.

Entgeistert schaute Damaris ihr Haustier an.

Bonnie grinste und sagte: „Platsch!"

„Haha, sehr witzig. Über so was macht man aber keine Witze!"

„Sagt wer?"

Damaris ignorierte die Frage und ließ ihren Blick erneut schweifen. Wahrhaftig: So hatte sie sich das vorgestellt! Ein paar Kanonen, ein hoher Mast mit Ausguck und alles nur für sie alleine ... Nun ja, für sie und die drei Thinks.

Nika schob sich ein kleines Holzkästchen zurecht, um über den Rand zu schauen. Sie und Paru waren am höchstmöglichen Punkt des Bootes gelandet: Im Krähennest am Mast.

Die Zwelfe kletterte hinauf und schaute um sich. In Richtung Westen war außer dem sich einem Teppich gleich ausbreitendem Meer nichts zu sehen. Es war ein schöner Tag: Der Wind erzeugte kleine Wellen, Möwen flogen herbei und legten eine Rast auf dem alten Kahn ein.

In den anderen drei Richtungen wurde Nikas Blick jedoch Einhalt geboten. Dort nämlich reichten hohe Klippen, bewachsene Hügel und weißer Sand an das blaue Wasser heran.

„Wir sind in einer Bucht", berichtete sie.

„Dann sind wir wohl schon vor der Schatzinsel", schloss Paru.

„Wahrscheinlich an der Stelle im Buch, an der das Schiff nur mit zwei Mann bewacht in der Bucht liegt, während Kapitän Smollett, Jim Hawkins und ein paar andere sich auf der Insel gegen John Silver zu behaupten versuchen. Das perfekte Timing für einen Besuch auf der Hispaniola – schön ruhig!"

„Wunderbar!", erwiderte Nika, und stieg von dem Holzkästchen, das sie im Ausguck gefunden hatte. Wahrscheinlich hatte es jemanden als Stuhlersatz gedient. „Ruhe ist mein Lieblingszustand!" Sie platzierte die Kiste sorgfältig gegen die Holzwandung, lehnte sich dagegen und wollte schon die Augen schließen, als Paru sie zurück hielt.

„Sollten wir nicht lieber zu Damaris runter, vielleicht braucht sie uns?"

„Ach was! Ist doch alles ruhig, hast du selber eben gesagt. Soll sie sich ein wenig umschauen. Wenn sie uns braucht, wird sie uns schon rufen. Wir sind ja in der Nähe."

Neugierig wanderte Damaris über das Deck. Ihr Weg führte sie zum Heck. Hier war das Schiff aufgrund des zusätzlichen Stockwerks deutlich höher, als auf den vorderen zwei Dritteln. Auf dem flachen Dach des Aufbaus war Platz für das Steuer und im Inneren befanden sich die Kabinen. Spielerisch drehte Damaris an dem großen hölzernen Steuerrad und untersuchte anschließend die vielen Fässer, die dort ohne sichtbare Ordnung herumstanden. Alle waren leer.

Bonnie trippelte hinter Damaris her. Bloß auf der hölzernen Treppe, die zum Heck hinaufführte und die Damaris nun wieder herabstieg, musste Damaris ihn tragen.

„Dann wollen wir mal sehen, was uns drinnen so erwartet!", sagte das Mädchen unternehmenslustig und griff nach dem Türknauf, der den Zugang zu dem Inneren des Schiffes freigab. Die Tür quietschte laut, als Damaris sie aufzog. Als direkte Reaktion auf dieses unangenehme Geräusch ertönte ein halblautes Stöhnen irgendwo hinter Damaris. Sie hielt inne. Im ersten Moment war sie mehr überrascht, als dass sie Angst empfand.

„Anscheinend ist das Schiff doch nicht komplett verlassen …", flüsterte sie. „Ich dachte eigentlich, dass es in der Bucht ankert, bis Jim Hawkins und die anderen zurückkehren. Eigentlich dürfte hier doch niemand sein!"

„Wie lange ist es denn her, dass du den Film gesehen hast?" Ein Vorwurf lag in Bonnies Stimme.

„Keine Ahnung … Zwei Monate vielleicht."

„Lass mich mal runter!"

Das Mädchen setzte Bonnie ab, der sich augenblicklich auf den Weg machte. Damaris konnte ihm nicht sofort folgen, da sie erst die Tür wieder schließen wollte. Und das dieses Mal möglichst ohne verräterische Geräusche. Als sie sich nach Bonnie umdrehte, war das

Meerschweinchen schon nicht mehr zu sehen. Auf leisen Sohlen ging Damaris in Richtung des vermuteten Ursprungsortes des Stöhnens. Es war zu ihrer Rechten gewesen.

Langsam näherte Damaris sich dem massiven Mast des Schiffes. Hier war einiges bis zur weiteren Verwendung abgeladen worden: Ein großer Kübel, ein paar Kisten und ein Haufen Kanonenkugeln. So blieb Damaris die Region hinter dem Mast größtenteils verborgen. Sie schlich zum Kübel und schaute vorsichtig – nur den Kopf vorstreckend – um die Ecke, die Quelle des Geräusches suchend. Zuerst sah sie nur die schmutzigen Deckplanken. Dann kamen einige dunkelrote Flecken, eine Hand, an dieser Hand ein Arm, und schließlich ein ganzer Mensch in ihr Blickfeld. Damaris durchfuhr es kalt.

Der Mann war allem Anschein nach tot.

Seine Kleidung zeigte deutlich, dass er ein Teil der Besatzung dieses Schiffes war – oder es gewesen war: In dem Bart und dem langen Kopfhaar des Mannes klebte vertrocknetes Blut. Die weite Hose reichte ihm bis zu den Knöcheln und er trug ein ebenso weites, ehemals weißes Hemd. Oben offen, sprießte aus dem Hemd eine große Menge schwarzes Brusthaar. Einen Hinweis auf seine Identität gab es nicht. Dabei war es eigentlich unwichtig, wer der Mann war. Weit wichtiger war die Frage, wer ihn auf dem Gewissen hatte. Und vor allem, ob der Mörder noch an Bord war.

Damaris streckte den Hals noch ein wenig mehr und sah nun Bonnie, der gerade über den dicken Bauch des Opfers lief. Als er Damaris sah, hob er gelassen die Pfote.

„Quelle des Geräusches gefunden! Komm her und schau dir die Sauerei an!"

„Pssch!", warnte Damaris und legte den Zeigefinger auf die Lippen.

„Was denn? Der hat's hinter sich ... Hat den Löffel abgegeben ... Ist kaputt!", sagte Bonnie noch eine Spur lauter. Dann trat er mit dem Beinchen ein paar Mal kräftig in den Bauch, um seinen Befund zu beweisen. „Ganz schön fett! Und da behauptet man, dass Meeresluft gesund ist."

„Im Film war er, glaube ich, nicht tot!", flüsterte Damaris. Vorsichtig kam sie näher und erschrak erneut, als ein weiterer Seemann in ihr Blickfeld kam. Schwarze Haare umrahmten ein windgegerbtes Gesicht. Er saß gegen eine große Kiste gelehnt und bewegte sich genauso wenig wie sein Kumpan.

Langsam gab Damaris ihre Deckung auf und wagte sich weiter vor. „Was ist mit dem?", fragte sie leise.

„Der da? Der ist bestimmt auch hinüber ... Ich schau mal nach!" Schon war Bonnie von dem ersten Piraten heruntergehüpft und watschelte zu dem zweiten.

„Nein, Bonnie, warte!", flüsterte Damaris, aber Bonnie ließ sich nicht aufhalten.

„Nun sei nicht so ein Angsthase!" Bonnie krallte sich an die Hose des Mannes und erklomm den reglosen Körper.

„Ich sehe keine Wunde!", flüsterte Damaris, die langsam herbei kam. „Vielleicht schläft er nur!"

„Ach was! Schlafen!" Bonnie hüpfte dreimal hoch und runter im Schoss des Mannes. „So fest schläft keiner!"

„Jetzt komm endlich her!" Damaris hob vorsichtig das Tier von den in verdreckten weiten Hosen gekleideten Beinen.

Genau in diesem Moment hörte sie das Stöhnen erneut. Schlimmer, sie fühlte und roch es sogar, als der stinkende Atem sie einhüllte. Geschockt schaute Damaris in das Gesicht des Piraten. Ein glasiges Auge, verschleiert durch zu viel Alkohol, erwiderte ihren Blick.

Im ersten Augenblick war sie wie gelähmt.

Bonnie verzog das Gesicht, weniger beunruhigt, sondern eher verärgert. „Okay, hast gewonnen. Er ist doch nicht tot ... "

Damaris wünschte sich, das Meerschweinchen hätte Recht behalten, und rannte los. Vorbei an den beiden Seemännern, zurück zum Heck des Schiffes. Ihre Schuhe schlugen laut auf das Deck auf. Panisch drehte sie ihren Kopf mal nach rechts, mal nach links –

unschlüssig, wohin sie sich wenden sollte. Einem Impuls folgend, stürzte sie zur Tür des Heckaufbaus und schlüpfte hindurch.

„Schlechte Wahl!", kritisierte Bonnie, der entspannt in Damaris' linker Hand lag.

„Nach deiner Aktion eben hast du wirklich nichts mehr zu melden!", erwiderte Damaris, auch wenn sie im selben Augenblick realisierte, dass Bonnie dieses Mal Recht hatte. Vermutlich gab es nur einen Ausgang, vor dem ihr Verfolger nun wohl Stellung beziehen würde. Dunkelheit und Panik hüllten sie gleichermaßen ein. Damaris tastete sich vor und spürte zu ihrer Linken eine verschlossene Tür. Hastig strauchelte sie weiter und wäre dabei fast eine enge Treppe heruntergefallen.

„Raus hier, schnellstens!", drängte Bonnie.

Damaris nickte. Hier drinnen konnten sie auf keinen Fall bleiben. Angsterfüllt lief sie zurück zu der Tür und warf sie auf. Nur zehn Meter von ihr entfernt – zu ihrer Rechten – stand der Seemann; gekleidet in einer blutbefleckten Hose und einem offenen und zerrissenen Hemd. Benommen und unsicher auf den Füßen, wirkte er durch seine Größe und mit dem in der Sonne glänzenden Schädel bedrohlich. Das verrostete Messer in seiner linken Hand unterstrich seine Gefährlichkeit.

Damaris rannte über das Deck auf der Suche nach einem Versteck.

„Links! Die Kanonen!", rief Bonnie.

„Reicht nicht, die verdecken uns nicht komplett!"

„Ich wollte mich ja auch nicht verstecken! Abfeuern will ich sie, du Spatzenhirn!"

„Das dauert viel zu lange!", keuchte Damaris. „Wir müssen uns verstecken!"

„Und wo?"

Darauf wusste sie keine Antwort. Keiner der Gegenstände am Mast bot genug Schutz. Das Heck? Damaris entschied sich dagegen: Zu wenig verwinkelte Ecken. Letztendlich rannte sie auf gut Glück zum Bug. Für den Bruchteil einer Sekunde streifte Damaris' Blick das

59

Wasser, das kleine Ruderboot und den Sandstrand. Sie tat noch ein paar Schritte, bis sie realisierte, was sie gesehen hatte.

Ein Ruderboot!

Ein Ruderboot, das vorhin nicht da gewesen war. Und unter Umständen eine weitere Bedrohung darstellte! Oder die Rettung? Unschlüssig blieb sie einen Moment stehen, bis das lauter werdende Keuchen des Seemannes sie weitertrieb. Mit ein paar Schritten erreichte sie ein großes hölzernes Fass – wahrscheinlich zum Aufbewahren von Wasser gedacht – hinter dem sie in Deckung ging. So versteckt konnte sie nur vom Bug aus gesehen werden. Es war kein gutes Versteck, aber ein besseres bot sich nicht an.

Paru plagte das schlechte Gewissen und sie nervte Nika mit ihrer Unruhe.

„Wir sollten bei ihr sein, ihr den Weg zeigen. Sie ist doch erst seit heute so richtig in Thinkit unterwegs."

Theatralisch fasste sich Nika an den Kopf. „Sie wird uns schon rufen, wenn sie uns braucht. Sie weiß ja, dass wir als die guten Freundinnen, die wir sind, für sie da sind."

„Hm", meinte Paru unsicher. „Gute Freundinnen, ja?" Sie schaute Nika kritisch und ein wenig spöttisch an. „Ab wann ist man denn nach deiner Meinung eine gute Freundin?"

„Na, sobald man miteinander klar kommt, sobald man sich gut versteht und sich gegenseitig hilft. Wenn man alles teilt und an das Wohlbefinden anderer denkt."

„Und so eine bist du?"

„Aber natürlich!", erwiderte Nika entrüstet und setzte sich auf. „Oder möchtest du etwa das Gegenteil behaupten?"

Paru hob abwehrend, aber leicht spottend, die Hände. „Nein, würde mir nicht einfallen!"

Beide schwiegen für einen Moment, während Nika hin und her rutschte, eine angenehme Sitzposition suchend.

„Man, ist das Holz hart, kriege ich mal deinen Pulli, Paru?"

„Aber du hast doch deinen eigenen?"

„Ja, aber den will ich anbehalten, so warm ist es ja nicht, oder?" Nika streckte genervt die Hand aus. „Ich brauche noch was Weiches als Unterlage für meinen Schädel, ist das so kompliziert zu verstehen?"

„Nein, natürlich nicht", seufzte Paru, und zog ihren Pulli aus. Nika nahm ihn entgegen, während sie auf Parus Frage bezüglich der Freundschaft zurückkam: „Freund sein heißt immer für den Anderen da sein. Helfen, wenn es nötig ist. Nicht nur sich selber im Kopf haben." Sie knüllte den Pulli zusammen und lehnte sich dagegen. „Ich bin zum Beispiel für Damaris da, wann immer sie mich braucht. Obwohl sie so ein freches Ding ist und ihr Wesen sich nicht unbedingt mit meinem ruhigen, stressfreien Charakter verträgt."

Paru konnte sich ein Lächeln nicht verkneifen.

Ohne es bemerkt zu haben, fuhr Nika fort: „Aber ich bin ja verträglich und schaue auch gerne mal über die Fehler von anderen hinweg. Ich würde natürlich nicht daran denken, Damaris auf ihre Fehler hinzuweisen. Nun wirklich nicht!" Nika schüttelte den Kopf. „Niemand ist perfekt. Aber einige kommen dem Ideal halt näher als andere."

„Und einige bemerken die eigenen Fehler überhaupt nicht und nerven alle anderen mit ihrer überzogenen Selbsteinschätzung", ergänzte Paru Nikas Rede.

„Genau!", sagte Nika begeistert. Dann aber sah sie Parus kritischen Blick. „Was?", fragte sie unsicher. „Habe ich was zwischen den Zähnen?"

Resignierend schüttelte Paru den Kopf. Nika war unverbesserlich. Es lohnte sich nicht, darüber zu diskutieren. Davon abgesehen lag Paru nach wie vor was anderes am Herzen. „Schaust du nochmal nach ihr? Du hast die Kiste."

„Schon wieder? Sie ist doch kein Baby mehr!"

Trotzdem stand Nika ächzend auf, schwang sich auf die Holzkiste und schaute über den Rand des Krähennestes hinaus. Schon schnell hatte sie Damaris gesichtet. Das Mädchen war halb durch ein Holzfass verdeckt. Ein großer Mann schien sie zu suchen.

Nika sprang wieder vom Fass.

Paru schaute sie fragend an. „Und?"

„Sie spielt verstecken", antwortete Nika, und legte sich hin.

„So habe ich mir diesen Ausflug aber nicht vorgestellt!", flüsterte Bonnie vorwurfsvoll.

Damaris antwortete nicht. Leicht zitternd saß das Mädchen hinter dem Fass und hörte die schweren Schritte des Piraten immer näher kommen. Er hatte nicht gesehen, wo Damaris sich versteckt hatte – zu dem Zeitpunkt hatte das Großsegel seine Sicht blockiert. Aber das Schiff war klein, und er würde bestimmt nicht lange brauchen, um sie ausfindig zu machen. Und was sollte sie dann machen? Ins Wasser springen? Aber wie kam sie dann von der Insel weg? Wie kam sie überhaupt wieder hier weg?

Wie war das nochmal mit dem Schlüssel zum Verlassen der Traumwelt? Der plötzliche Gedanke daran kam ihr vor wie eine rettende Boje in einem sturmgebeutelten Ozean.

Eine große Welle erschütterte das Schiff, das Geräusch zerberstenden Holzes war zu hören. Während Damaris krampfhaft versuchte, nicht aus ihrem Versteck zu rollen, vernahm sie ein Ächzen und Stöhnen. Vom Geräusch geleitet, schaute sie hinter sich, zum Bugspriet.

Eine Hand war dort zu sehen!

Irgendjemand hatte das Ruderboot verlassen und kletterte nun am Schiffsrumpf empor. Die drohende Gefahr von dem Pirat vergessend, schaute Damaris entsetzt hinter sich. Der ersten Hand folgte eine zweite, dann erschien ein Kopf, und bald zeigte sich der ganze Körper. Mühsam kletterte ein Junge auf das Schiff. Mit einem nassen Klatschen fiel er auf die Schiffsplanken. Dann richtete er sich leise fluchend auf und drückte ein wenig Wasser aus seinen durchtränkten Kleidern.

Damaris schätzte ihn auf dreizehn Jahre, wobei ihr das Schätzen aufgrund seines asiatischen Aussehens schwer fiel. Seine Erscheinung mit den fast schwarzen Augen und der dunklen Haut schien irgendwie fehl am Platz.

Dann erblickte der Junge Damaris. Seine Überraschung machte Platz für Panik, als er nur wenige Meter neben dem Mädchen etwas, beziehungsweise jemanden bemerkte.

„Jim Hawkins!", donnerte der Pirat mit einem unangenehmen Grinsen auf den Lippen.

Der Angesprochene schluckte trocken und erwiderte unsicher: „Israel Hands."

Damaris hatte Jim Hawkins ganz anders in Erinnerung. Ihr Bild von ihm war das eines Europäers und nicht das eines Asiaten. Wie um ihr Recht zu geben, schien auch der Junge sich in seiner Rolle nicht so richtig wohl zu fühlen. Aus ihrem Versteck hinter dem Holzfass heraus sah Damaris Jim an, dass er verunsichert war. Unschlüssig stand er seinem Widersacher gegenüber. Wahrscheinlich hatte er erwartet, Israel Hands betrunken und ausgetrocknet auf dem Deck liegend zu finden, sein Kumpel tot, und Hands selber kurz davor. Diese vorteilhafte Situation hatte Damaris ihm ordentlich versaut.

Bonnie schaute den Jungen interessiert an. „Der ist ja nicht wirklich entschlussfreudig, oder?", kritisierte er viel zu laut.

Damaris legte ihrem Haustier die Hand über die Schnauze, gerade in dem Moment als der Junge ohne Vorwarnung losrannte. Links am Fass mit Damaris vorbei, sprintete er zum Heck des Schiffes. So einfach ließ Hands sich aber nicht austricksen. Während Jim links am Mast vorbeirannte, legte der Pirat die Strecke zum Mast und um diesen herum in wenigen schnellen und großen Schritten zurück und erreichte das Heck sogar noch vor dem Jungen. Jims Ausweg war blockiert; ihm blieben nur noch zwei Möglichkeiten: Nach oben oder nach unten. Unten wartete das Wasser und in ihm die Haie. Oben war die Takellage, die zum Ausguck und den Segelaufhängungen führte. Hier hatte er dank seiner Jugend wenigstens eine faire

Chance, Hands zu entfliehen. Behände sprang Jim in das Seilengestrüpp und arbeitete sich schnell nach oben.

Damaris lugte gebannt hinter ihrem Fass hervor. In Sorge um den Jungen vergaß sie all ihre Vorsicht und sie verließ langsam ihr Versteck. Ungeschickterweise blieb sie dabei mit dem Fuß hinter einer vorstehenden Planke hängen, versuchte noch sich abzufangen, fiel dann aber der Länge nach hin.

„Mist!", entfuhr es ihr.

Bonnie landete neben ihr auf der Seite, rappelte sich aber schnell wieder auf.

Das tat weh! Einen Moment lang nahm Damaris sich die Zeit, ihre Knie zu begutachten, dann wurde sie abrupt unterbrochen, als Bonnie sie auf den sie anschauenden Piraten aufmerksam machte:

„Damaris … Vielleicht kümmerst du dich später um deine Wehwehchen – ist gerade nicht der beste Zeitpunkt dazu!"

Damaris' Fluchen hatte Hands erneut auf sie aufmerksam gemacht. Er ließ Jim Jim sein, und wollte sich nun anscheinend erst ihrer entledigen. Immerhin war sie weitaus einfacher zu erreichen. Der Pirat kletterte schnell die Takellage wieder herunter, während Jim erleichtert inne hielt. Dann sah er, was die Aufmerksamkeit von ihm abgelenkt hatte und sein Gesicht wurde von neuen Sorgen überschattet.

Auch Damaris realisierte, dass ihr Unangenehmes bevor stehen könnte und sprang schnell auf die Beine. Der Mast war fast direkt neben ihr, der Meuterer würde nur wenige Meter entfernt das Deck erreichen. „Hinten oder vorne?", fragte sie gehetzt.

„Wir können ja mal das Heck probieren, das hatten wir schon lange nicht mehr", erwiderte Bonnie.

Damaris nahm sich die Zeit für einen verständnislosen Blick.

„Heck … Hinten …", erklärte Bonnie mit einem Seufzen. „Lernt ihr Kinder denn heute gar nichts mehr in der Schule?"

Damaris rannte los. Gerade noch schlüpfte sie am Mast vorbei, als Hands mit einem dumpfen Geräusch auf den Planken landete.

„Er folgt dir jetzt!", stellte Bonnie fest, den Damaris in ihre Kapuze gesetzt hatte. Aber Damaris hörte dem Nager schon gar nicht mehr zu. Die Angst hatte sie vollkommen im Griff. Panisch rannte sie die Treppe zum erhöhten Heck hinauf und um einige Fässer herum. Dann duckte sie sich hinter einem Haufen schwerer Ketten, wahrscheinlich dem Anker zugehörend. Kaum hatte sie ihren Kopf geduckt, hörte sie auch schon die lauten Schritte und das schwere Atmen des Meuterers, während er die Holztreppe hinauf stürmte.

Damaris versuchte mit aller Macht ihr schnelles und unregelmäßiges Atmen zu kontrollieren. Es kam ihr ungeheuer laut vor, genau wie das Schlagen ihres Herzens. Es pumpte mit solcher Kraft, dass man es sogar unter Deck noch hören musste – davon war sie überzeugt.

Nika fing an, gleichmäßig zu atmen; der Schlaf war nah.

„War das gerade ein Schrei?", fragte Paru in die Stille hinein.

Nika reagierte nicht.

Vorsichtig stupste Paru Nika mit dem Zeigefinger an.

Ein Seufzen entglitt der Zwelfe, als sie die Augen einen Spalt weit öffnete und sich – ohne nach dem Grund der Störung zu fragen – erhob um auf die Kiste zu steigen. Eine Diskussion wäre anstrengender geworden, als sich einfach Parus Wünschen zu fügen.

„Sie spielen immer noch verstecken", berichtete sie schläfrig

Paru nickte beruhigt, hakte dann aber doch nochmal nach. „Wer ist denn sie?"

„Na, Damaris, der Junge Jim – asiatisch dieses Mal – und irgend so ein großer ungewaschener Typ."

Paru schaute Nika mit einem panischen Blick an. „Der Junge und WER?"

„Keine Ahnung. Er ist zu weit weg um ihn nach seinem Namen zu fragen, meinst du nicht?", gab Nika genervt zurück. „Sieht aber fesch aus."

„Ein großer und ungewaschener Typ mit Tätowierungen und einem Messer in der Hand?", beschrieb Paru den ihr bekannten Hands mit großen Augen.

„Ja. Genau der. Du kennst ihn?"

Während Paru und Nika sich hektisch und ungelenk aus dem Ausguck wuchteten, hatte Hands das Hinterdeck längst erreicht. Drohend schritt er über die Planken, auf der Suche nach seinem Opfer. „Kommst du freiwillig hinter den Ketten hervor, oder muss ich dich holen?"

Hilfe. Damaris brauchte unbedingt Hilfe. Und schnell!

Hands stürzte sich, einen wütenden Schrei ausstoßend, auf Damaris' Versteck. Wie in Zeitlupe sah sie die große, schmutzige Pranke auf sich zu schnellen. Die Fingernägel waren schwarz umrandet, Blutspuren gaben den Handflächen einen rötlichen Farbton. Vielleicht würde auch ihr Blut gleich seine Hände verfärben ...

Damaris schloss die Augen, und sah demnach nicht mehr, wie Hands plötzlich zur Seite gestoßen wurde.

„Was ...?", konnte der Pirat noch rufen, bevor er durch die Luft gewirbelt, und gegen die Seitenverstrebung geworfen wurde. Der Aufprall reichte aus, ihn das Bewusstsein verlieren zu lassen.

Der Retter in der letzten Minute drehte sich zu Damaris um, einen verwirrten und gleichzeitig stolzen Ausdruck im Gesicht.

„Wo kommst du denn her?", wandte sich Damaris nach einigen Sekunden der Sprachlosigkeit an Bullie.

„Uhm ... keine Ahnung ..." Er setzte sich auf die Planken. Sich mit der Hufe hinterm Ohr kratzend und seine Stirn in Falten legend, strengte er sein Gedächtnis an. „Mal sehen ... Ich war am Essen ... Ja ... Und dann ..."

Damaris war mit ihren Kräften am Ende und zitterte wie Espenlaub. Noch war sie nicht in der Lage, klar zu denken. Sie nahm Bonnie aus der Kapuze.

„Merci", bedankte sich das Haustier und vertrat sich ein wenig die Beine. Ihn schien die eben abgewendete tödliche Gefahr nicht wirklich beeindruckt zu haben.

„Ich glaube ich hab's zusammen!", verkündete Bullie stolz, die rechte Hufe in die Luft streckend. Er sah aus wie ein Kind, welches sich in der Schule meldet. „Ich weiß noch, wie ich ganz ruhig an ein paar frischen Grashalmen zupfte – du weißt schon, auf den schönen Wiesen, die du uns geschaffen hast. Ich kann die Grashalme ja sehr gut erreichen, da ich nicht so groß bin, aber ..." Er machte eine abwehrende Bewegung, obwohl Damaris nicht mal angedeutet hatte, dass sie dazu Stellung beziehen wollte. „Das wollen wir jetzt nicht diskutieren. Du hattest bestimmt deine Gründe dafür ... Oder?" Er schaute Damaris mit fragend hochgezogener Augenbraue an.

Sie reagierte nicht.

„Nun gut", fuhr er fort, sich geschlagen gebend. Vorerst. „Ich genoss also das frische Gras, schaute verträumt um mich und nahm einen weiteren Happen – oder wollte es zumindest, aber es war kein Gras mehr da!"

Er hielt kurz inne, damit sich die Spannung entfalten konnte.

„An Stelle dessen flog ich durch die Luft, durch eine Pforte und einen Tunnel hindurch und dann waren da plötzlich harte Planken! Verwirrt schaute ich mich um und stellte mit meinem messerscharfen Verstand sofort fest, dass ich auf einem Schiff war."

„Wegen dem Wasser und so ...", fügte er erklärend hinzu. „Und na ja, da habe ich dann gesehen, dass du in Problemen warst. Den Rest kennst du ja."

Nachdenklich schaute Damaris Bullie an. Langsam beruhigte sich ihr Puls wieder. „Also bist du nicht freiwillig gekommen. Ich bin es gewesen, ich habe dich geholt. Aber wie?" Die Frage war mehr an sich selber als an Bullie gerichtet. Sie konnte sich daran erinnern, dass sie sich Hilfe gewünscht hatte. Aber sogar wenn sie sich Hilfe herbeigesehnt hatte, warum dann gerade in Form von Bullie? Eines war ihr klar: Ihre Fantasiebeherrschung war noch nicht voll ausgereift.

Auf der anderen Seite: So waren Träume halt. Nicht zu kontrollieren und die komischsten Wendungen nehmend.

Ein knarzendes Geräusch aus der Ecke in der sie den Meuterer wusste, ließ Damaris erschrocken umdrehen. Zu ihrer Erleichterung war es nicht etwa Hands, der aufgewacht war. Vielmehr war Jim Hawkins – beziehungsweise sein chinesisches Ebenbild – gerade dabei, den Piraten fest zu binden.

Auch er war Damaris zur Hilfe geeilt, aber zu dem Zeitpunkt, zu dem er das Hinterdeck erreicht hatte, war die Gefahr bereits vorüber. Als er nun den letzten Knoten festgezurrt hatte, drehte er sich um und kam auf Damaris zu. „Ganz schöner Zufall, dass du genau zu diesem Zeitpunkt diese Teilwelt besuchst! Eine weitere Person habe ich nun wirklich gar nicht erwartet."

Damaris schaute den fast einen Kopf kleineren Asiaten verwirrt an.

Der Junge hielt ihr die Hand hin. „Hi, ich bin Shen Tienfei. Kannst mich Tien nennen."

Sie nahm die Hand. „Damaris Lincol. Das hier sind Bullie und Bonnie."

„Woher bist du?", fragte der Junge und lehnte sich lässig gegen das große Steuer. Er schien sich in Gegenwart des älteren und durchaus ansehnlichen Mädchens nicht ansatzweise schüchtern zu fühlen.

„Ich bin aus einem Dorf in der Nähe von Dresden."

„Dresden?"

„Weißt du nicht wo das ist?" Erstaunt schaute sie ihn an. „Sachsen?"

Er schüttelte den Kopf.

„Deutschland, Europa, die Welt?"

„Ach so … Nein, ich war leider noch nie in Europa. Aber wie du siehst, interessiere ich mich sehr für die europäische Literatur. Dafür, dass euer Kontinent so klein ist, ist in den letzten Jahrhunderten eine ganze Menge bei euch passiert. Und eure Schriftsteller haben es prima hinbekommen, das Gefühl der verschiedenen Zeiten und Epochen in ihren Büchern rüberzubringen."

„Aha", meinte Damaris, die nicht richtig wusste, was sie darauf antworten sollte. Geschichte hatte sie bisher nicht wirklich interessiert. Und gelesen hatte sie bekanntermaßen auch noch nicht viel. Zumindest nicht freiwillig.

Entschuldigend fügte Tienfei hinzu: „Na gut, in diesem Fall habe ich gestern Abend die Filmversion der Schatzinsel gesehen. Du kennst sie ja anscheinend auch schon, sonst wären wir uns hier wohl nicht begegnet."

Damaris schaute ihn fragend an.

Tienfei übersah Damaris' verwirrten Blick. „Ich bin übrigens aus China, aus der Provinz Yunnan. Ich hatte wirklich nicht erwartet, einen Europäer hier zu treffen. Wegen der Zeit, meine ich."

„Wieso? Was ist denn mit dieser Zeit?"

„Bei uns ist es momentan früh am Morgen. Dementsprechend müsste es doch bei euch später Abend sein. Die Schlafenszeiten von China und Europa überlappen sich kaum, daher ist ein Treffen hier eher unwahrscheinlich. Oder bist du krank und liegst deshalb im Bett? Das wäre natürlich eine Erklärung ... Oder ...?" Er schaute sie fasziniert an, forschte in ihrem Gesicht. „... bist du schon so weit?"

Erneut konnte Damaris nicht anders, als ihn verständnislos anzuschauen. „Wie weit soll ich denn sein?"

„Na, kannst du dich wann du willst in deine Fantasie zurückziehen? Ohne, dass du einschlafen musst, meine ich?"

„Uhm, ich ... Wie meinst du das, ich kann doch ..."

Ein lautes Trampeln unterbrach sie, alle vier starrten erschrocken in Richtung der Treppe. Immerhin gab es vorhin zwei Meuterer – und nur einer war außer Gefecht gesetzt worden.

Parus Gesicht erschien über dem Treppenabsatz; verbissen und bereit, sich mit jedem anzulegen.

„Ach, du bist es", sagte Damaris erleichtert. „Wo warst du denn? Du hättest mir ruhig mal helfen können. Hier war einiges los!"

69

Hinter Paru erschien Nika, die sich sofort mit vorwurfsvollem Ton zu Wort meldete: „Ja echt, Paru. Und ich erkläre dir die ganze Zeit, was eine echte Freundschaft ausmacht. So hörst du mir zu!"

„Aber ... Du ... Was ...", stammelte Paru.

„Ja, ja, ist schon gut. Ich vergebe dir. So bin ich: Immer bereit zu vergeben und zu vergessen." Nika klopfte ihrer verdutzten Freundin auf die Schulter und begab sich dann seelenruhig zu dem bewusstlosen Piraten. „Gar nicht übel!", murmelte sie, Hands eingehend musternd.

Damaris wandte sich wieder Tienfei zu. Ihm war es inzwischen wohl ein wenig zu voll geworden. Damaris sah gerade noch, wie sein schwarzes Haar hinter der Holztreppe aus ihrem Sichtfeld verschwand.

„Du gehst schon?", rief sie und ging ein paar Schritte hinter ihm her.

„Tut mir leid!", antwortete er. „Es ist spät! Oder besser gesagt: früh. Ich muss bald aufstehen. Vielleicht sehen wir uns ja mal wieder. Viel Spaß noch!"

Er erreichte den Mast und malte mit einer gekonnten Handbewegung ein chinesisches Zeichen auf das spröde Holz. Ein Rollo erschien. Tienfei grüßte Damaris ein letztes Mal, zog das Rollo herunter und trat hindurch. Seine Pforte und er verschwanden gemeinsam.

Damaris schaute ihre vier Freunde an, noch überwältigt von den Erfahrungen der letzten Minuten. „Ich glaube mir reicht's auch erstmal", meinte sie. „Ich bin ziemlich erschöpft. Diese Teilwelt – dieses Thinkit –, ist doch ziemlich anstrengend und ..." Damaris hielt inne. Verwundert schaute sie auf Bullie und Bonnie. „Sag mal, was macht ihr denn da?"

Das Meerschweinchen drehte den Kopf in Richtung Damaris, sich dabei weiter auf halber Höhe am linken Vorderbein von Bullie fest klammernd. Die kleinen Pfoten reichten nicht mal um das Bein herum. Bullie schaute fasziniert zu.

„Wonach sieht es denn aus?", erwiderte Bonnie brummig.

„Du übst Klettern?", schlug Nika vor, immer noch bei Hands stehend.

„Nein!"

„Du massierst Bullie?", versuchte auch Paru ihr Glück.

„Nein, ihr Idioten! Ich probiere auf seinen Rücken zu steigen!"

„Und warum?", fragte Damaris verblüfft.

„Weil ich mit recht kurzen Beinen erschaffen wurde, da läuft es sich nicht so schnell!", antwortete Bonnie in einem vorwurfsvollen Tonfall. Bullie freute sich. „So ein Zufall! Genau das Problem habe ich doch auch!"

„Bonnie, du bist ein Meerschweinchen, du musst kurze Beine haben!", verteidigte sich Damaris. „Außerdem lebst du in einem Käfig in meinem Zimmer. Es ist nicht so, dass du da vor irgendwelchen Raubtieren fliehen müsstest!"

Bonnie erreichte den Rücken von Bullie, unterstützt durch einen hilfreichen Kopfschub des kleinwüchsigen Stieres. Ohne weiteren Kommentar setzte er sich in dessen Nacken.

Ungläubig starrte Damaris das Meerschweinchen immer noch an, drehte sich dann aber Paru zu, als Bonnie eisern schwieg. „Wie auch immer ... Wir sollten vielleicht langsam gehen. Sag mal, was ist denn heute mein ... ach, das ist es bestimmt", unterbrach sie sich selber, als sie auf den Holzplanken ein Buch liegen sah.

„Die Schatzinsel!", las sie den Titel laut vor. „Mein Schlüssel, oder was meint ihr?"

Paru nickte. „Wahrscheinlich."

Als Damaris das gebundene Buch aufschlug, bildete sich im Inneren ein Durchgang: Ein paar Stufen führten nun in das Deck hinein. Damaris wollte gerade den Weg hinab antreten, als Paru sich meldete.

„Warte mal kurz ...", hielt Paru sie zurück und deutete auf das Buch. „Du hast ja gesehen, du brauchst nur an den Schlüssel zu denken, dann liegt er bereit. Die Frage ist nur, wo er auftaucht und wie er aussieht. Du solltest deshalb versuchen, dir ein typisches

71

Symbol zu erschaffen. Damit der Ausgang aus den Teilwelten von Thinkit dir immer ohne weiteres zugänglich ist. Eine Art Universalschlüssel. Nicht, dass du einmal in einer bedrohlichen Situation bist, und dir fehlt der Schlüssel um zu fliehen."

„Eine bedrohliche Situation?", fragte Damaris. „Aber ich dachte, dass mir in meinen Träumen nichts wirklich Gefährliches passieren kann."

„Vielleicht gibt es keine direkte körperliche Gefahr – obwohl es auch hier Ausnahmen gibt – aber dein Geist ist Thinkit ausgesetzt und ihm kann sehr wohl Schaden zugefügt werden. Es ist der Geist, der einen Menschen führt, der ihn nachdenken lässt, der das Bewusstsein formt. Der Geist ist der eigentliche Mensch, der Körper nur das Werkzeug, mit dem er oder sie …"

„Laaaangweilig!", unterbrach Nika Parus Ausführungen.

Paru sah sie mit funkelnden Augen an. „Das hier wäre eigentlich deine Aufgabe, also sei lieber dankbar dafür, dass ich sie für dich übernehme!" Mit freundlichem Ton fuhr sie in Richtung Damaris fort: „Schadet man dem Geist, schadet man auch dem Menschen. Realitätsverlust ist nur eines der kleineren Übel, welche dir hier zustoßen können."

Damaris' Gesicht verdunkelte sich. Dass sich die heute von ihr gespürte Angst als begründet herausstellte, war eine unangenehme Erkenntnis.

Nika sah ihr besorgtes Gesicht und fasste sie beruhigend beim Arm. „Keine Sorgen, du bist kein Risikopatient! Paru ist etwas übervorsichtig."

„Ich versuche nur, sie auf die Gefahren aufmerksam zu machen. Besser man kennt die Risiken. Und nicht einmal das hilft immer."

Damaris glaubte eine gewisse Traurigkeit in Parus Stimme zu hören.

„Ja, ja. Schön …", wischte Nika den Einwand beiseite. „Damaris hat ja uns, um sie zu beschützen!"

Leise sagte Paru: „Das habe ich auch bereits bei jemanden versucht. Und es hat trotzdem nicht geklappt."

Nika überhörte den Einwand und zog Damaris' Aufmerksamkeit auf sich: „Na komm, dann wollen wir mal los, für heute reicht's wirklich."

Sie drehte sich nochmal um, warf eine Kusshand in Richtung Heck und rief: „Tschüss, mein süßer Hands!"

Ungläubig schüttelte Damaris den Kopf.

Zusammen verließen sie das Schiff.

Kapitel 9: Der Körperschattenraum

Damaris erkannte den Weg. Es handelte sich um genau die Strecke, welche sie zuvor zurücklegt hatte, um das Schiff zu erreichen. Der lange dunkle Gang, durch den sie in Windeseile hindurchflog, war nur hier und da mit schwach leuchtenden Punkten versehen. Immer wenn einer dieser Ansammlungen von Leuchtpunkten näher kam, konnte sie im schwachen Lichtschein Nika und Paru sehen, die schweigend vor ihr dahin flogen. Hinter sich konnte sie Bullie ausmachen. Den in seinem Nacken sitzenden Bonnie sah sie nicht. An Bullies Bewegungen konnte Damaris jedoch erkennen, dass die beiden sich lebhaft unterhielten.

Nach einer kurzen Weile endete der Gang erneut so unerwartet, wie sie es bereits vom Hinweg kannte. Auf einmal befand sie sich wieder im Eintrittsraum – der Übergang war schlagartig – und sie flogen nun in deutlich geringerem Tempo auf das Eingangstor zu.

Ein Blick hinter sich zeigte Damaris, dass Bullie nicht durch den Raum schwebte, sondern zu der gestrigen Tür flog.

„Wo willst du hin, Bullie?", rief Damaris.

„Das kann ich mir nicht aussuchen. Ich kam aus meiner Teilwelt und da gehe ich nun wohl wieder hin. Willst du mitkommen?" Hoffnung zeigte sich in seinen Augen.

„Nein, danke ... Was ist mit Bonnie?"

„Ich komm ja schon!", brummte das Meerschweinchen.

„Aber ich wollte dir doch noch Damaris' gestriges Kunstwerk zeigen!", protestierte Bullie, eine Spur beleidigt.

„Ich komme später wieder", versprach Bonnie, und ließ dann Bullies Fell los. Augenblicklich wurde das Meerschweinchen von einem Sog erfasst und wie Damaris und die beiden Zwelfen zur Hauptpforte befördert, zum umfunktionierten Rosettenfenster.

„Home sweet home!", ertönte die dunkle Bassstimme Bonnies, als er hinter Damaris ihr Schlafzimmer betrat. „Mein schöner, weicher Käfig

... Hast du mich vermisst?" Gemächlich trippelte er zu seiner Behausung, kroch über den Rand, und ließ sich in die Holzschnipsel fallen.

Damaris verdrehte die Augen und wandte sich dann Nika und Paru zu. Letztere schaute gedankenverloren auf die vielen Bücherrücken. Sie hatte sich seit dem kleinen Zwiespalt mit Nika in sich selber zurückgezogen.

„Paru?" fragte Damaris, „Ist alles in Ordnung? Machst du dir Sorgen wegen des Schlüssels?"

„Hm?", antwortete die Zwelfe und richtete ihren Blick auf Damaris. „Ich werde schon vorsichtig sein, zerbreche dir meinetwegen nicht den Kopf!"

Ein gequältes Lächeln huschte über Parus Gesicht. „Ich machte mir keine Sorgen um dich. Ich musste nur an ein trauriges Erlebnis denken – aber davon erzähle ich dir vielleicht ein anderes Mal. Nicht mehr heute ... Nein ... Nicht heute ..."

Nika griff das Stichwort auf. „Für heute reicht's wirklich." Sie wandte sich zum Gehen. "Also, vielleicht bis zum nächsten Mal, wir sehen uns!". Ein kurzes Winken und schon war sie auf dem Weg zum Bücherschrank. „Aber hoffentlich nicht zu bald ...", murmelte sie noch, als Damaris die beiden mit einer ungeduldigen Handbewegung aufhielt.

Das Mädchen zeigte auf das Fenster, durch das die Sonne hell hinein schien. „Nur mal zur Sicherheit: Wie komme ich denn überhaupt aus Thinkit heraus? Ihr meintet ja vorhin schon, dass das hier gar nicht mein echtes Schlafzimmer ist. Offensichtlich, da ja eigentlich tiefste Nacht ist, hier aber trotzdem die Sonne scheint. Es ist also eine Nachbildung, ein Vorraum zum Eintrittsraum?"

Nika seufzte, offensichtlich verärgert über die Verzögerung. „Richtig. Es ist dein Körperschattenraum, wie du ziemlich einfach erkennen kannst. Erstens gibt dein Haustier in der echten Welt wohl kaum intelligente Bemerkungen von sich. Zweitens: Schau mal auf das Bett."

Damaris musste zwei Mal schauen, bis sie sah, worauf Nika anspielte. Zwischen den Decken entdeckte sie einen Schimmer, bläulich, durchsichtig, ohne richtige Substanz. „Das bin ja ich!", stellte sie erstaunt fest, als sie sich einem Abbild von sich selber gegenüber sah. „Wenn auch ziemlich durchsichtig ... Sieht fast aus wie ein Schatten. Körperlos."

„Dein Körperschatten dort ist ja auch gerade leer", sagte Paru. „Das ist dein Ausgang, dein Durchgang zurück in deinen echten Körper. Jeder Mensch hat so einen Ausgang in Thinkit. Wenn du dich dazulegst, verschmilzt dein Thinkit-Ich mit dem Körperschatten und du kannst in die reale Welt zurückkehren."

„Körperschatten", wiederholte Damaris nachdenklich.

Als Paru und Nika sich hierauf erneut zum Gehen wendeten, hielt das Mädchen sie ein weiteres Mal auf:

„Habt ihr noch eben Zeit? Ich hätte da noch ein paar Fragen."

Nika und Paru hielten zum zweiten Mal inne.

„Der Junge heute, Tienfei ... er war doch Chinese? Das hat er zumindest behauptet."

Nika und Paru nickten.

„Wieso konnten wir uns dann verstehen? War er wirklich ein real existierendes Wesen? Also ein Mensch aus meiner Welt?"

„Deine Welt ist zweigeteilt, Damaris", erklärte Paru geduldig. „Einmal gibt es dein Leben in der den Naturgesetzen folgenden Welt – dort befindest sowohl du dich, wie auch Tienfei und Milliarden anderer Menschen. Aber daneben gibt es auch die Welt der Fantasie, die erst durch die Menschen erschaffen wurde."

Bonnie übernahm vom Käfig aus das Wort: „Die Menschen sind große Fantasten. Alles was jemals entwickelt wurde, wurde zuerst im Verstand des Menschen entworfen. Die Fantasie ist einerseits die Quelle der heutigen Zivilisation. Die Welt basiert auf Naturgesetzen und diese hat der Mensch angewendet um seine heutige Umgebung zu schaffen. Aber die Fantasie ist andererseits nicht durch die Naturgesetze gebunden. Hier in Thinkit kann der Mensch sich selber

Gesetze ausdenken, alles nach seiner Vorstellung entwerfen. Dabei entstehen neue Teilwelten. Aber während seine Erfindungen in der realen Welt meistens kontrollierte Produkte seiner Vorstellungskraft sind, so kann der Mensch seine Fantasie – wie sie in Träumen und Träumereien vorkommt – nicht immer so gut lenken. Und hieraus sind die detailliertesten und fantasievollsten Teilwelten entstanden, die du dir nur vorstellen kannst."

Bonnie hielt inne und kratzte sich geräuschvoll am Hinterkopf. Damaris glaubte bereits, dass er mit seinen Erklärungen am Ende war, dann sprach das Meerschweinchen doch noch weiter: „Jede Nacht träumt jeder Mensch. Und diese unglaubliche Menge an Vorstellungskraft erschafft eine Unmenge an neuen Erlebnissen und Teilwelten in Thinkit. Sie ist viele Male größer als die eigentliche reale Welt, auf der sie in den Grundzügen basiert und von der aus sie aufgebaut wurde. Aber da Thinkit teilweise auch von dir kreiert wurde, ist sie auch ein Teil von dir. Du lebst in beiden Welten. Am Tage in der realen, in der Nacht und in deiner Fantasie in der mit uns gemeinsam bewohnten."

Bonnie erschien Damaris in vollkommen neuem Licht. So viel Einsicht und Redebereitschaft hatte sie dem bisher eher wortkargen Nagetier nach erst wenigen Stunden der Existenz nicht zugetraut. Mit neuer Ehrfurcht wandte sie sich nun mit ihrer Frage direkt an Bonnie: „Dieses Thinkit – ist es für alle Menschen zugänglich?"

„Schon, aber in der Regel wirst du den Eingang zu den einzelnen Teilwelten anderer Menschen nicht finden. Außer die geschaffene Teilwelt ist quasi gleich der von einer anderen Person bereits erzeugten Teilwelt. Das passiert vor allem, wenn reale Orte in der Fantasie nachgebildet werden. Oder halt Filmszenen. Dann ist diese spezielle Teilwelt direkt über den Gedanken an diesen Film betretbar – eine Tür wird dorthin gebildet. Solltest du aber die erste sein, die sich dieses Bildes bedient, so erzeugst du die Teilwelt neu. Der nächste der daran denkt, wird dann nur eine Tür zu der bereits bestehenden Teilwelt generieren. Theoretisch ist es also allen

Menschen möglich, in jede einzelne Teilwelt einzutreten. Wenn der Zufall es will sogar gleichzeitig – so wie es dir heute mit Tienfei passiert ist. Aber man muss wissen, wie die Teilwelt aussieht, um einen Gang dorthin anlegen zu können."

Bonnie überlegte kurz, dann fiel ihr noch was ein. „Du hast bestimmt den langen Gang bemerkt, durch den wir geflogen sind?"

Damaris nickte.

„Dieser Gang führt weg von deinen eigenen Teilwelten, zu denen keiner im Normalfall Zugang hat und die direkt um deinen Eintrittsraum angeordnet sind. Die heute besuchte Teilwelt liegt somit nicht direkt neben deinem Eintrittsraum, sondern ist irgendwo anders untergebracht. Einfach deshalb, weil jemand vor dir die Hispaniola und die Schatzinsel als Traum verwendet hat. Damit gab es die Teilwelt schon. Du hast keine neue geschaffen, sondern die bereits bestehende mitbenutzt. Du hast nur einen weiteren Zugang zu dieser Teilwelt geschaffen, weil deine Fantasie wie auch die vom ursprünglichen Schöpfer auf den gleichen Film zurückgreift. Hätten sich eure Vorstellungen stärker unterschieden, so hättest du dir eine neue Teilwelt geschaffen. Viele Gänge von vielen verschiedenen Eintrittsräumen führen zu dieser Teilwelt. Es kommen laufend neue Gänge dazu. Jedes Mal, wenn ein Mensch diese Geschichte zum ersten Mal erlebt, wenn er sich zum ersten Mal mit dieser Geschichte konfrontiert sieht. Und die Gänge zerfallen, wenn die Menschen die Geschichte vergessen, oder die Teilwelt einfach nicht mehr besuchen. Daher auch die vielen Insel-Teilwelten. Weißt du, was das sind?"

„Ich glaube, Paru hat sie schon mal erwähnt."

„Die in den Insel-Teilwelten kreierten Thinks leben weiter, obwohl niemand sie mehr erreichen kann. Und warum kann niemand diese Teilwelten erreichen?" Fragend schaute Bonnie Damaris an.

„Weil niemand mehr weiß, wie sie aussehen – und damit können sie keinen Gang dorthin anlegen?"

„Richtig!" Bonnie schien sich über Damaris' Antwort richtig zu freuen. „Aber was ich eigentlich sagen wollte: Alles was durch Fantasie entstanden ist, hat ab dem Zeitpunkt der Erschaffung ein eigenes Leben. Und es hat einen eigenen Willen, der nicht mehr von dir kontrollierbar ist. Du als Mensch hast nur die grundlegenden Charakterzüge festgelegt."

Damaris musste an ihre erste Begegnung mit Nika zurückdenken – erschreckend, dass diese erst ein paar Stunden zurücklag! Und in der Tat hatte die Zwelfe ihren eigenen, nicht beeinflussbaren Willen.

„Also wurde der Weg von meinem Eintrittsraum zur Schatzinsel erst heute angelegt?", wandte Damaris ihr neues Wissen an.

„Ja, denn erst heute hast du dich der Filmbilder in deiner Fantasie bedient. Das pure Anschauen eines Filmes reicht nicht, du musst dich darin einleben, dich damit beschäftigen. Aber da du und Tienfei die gleichen Gesichter aus dem Film kanntet, kamt ihr beide in dieselbe Teilwelt. In diesen Situationen kann es passieren, dass einer von euch die Fantasie dominiert."

„Wie heute!", unterbrach Damaris das Meerschweinchen. „Ich war nur zu Besuch, sozusagen, aber Tienfei wollte richtig mitmachen, er hatte sich sogar als Jim Hawkins zurecht gemacht."

Bonnie nickte. „So kann der eine Mensch den anderen im Traum beeinflussen. Obwohl sie sich in der echten Welt nie getroffen haben, oder auch nur von der Existenz des anderen wissen. Diese Beeinflussung kann einfach ein Gespräch sein – wie heute –, aber andere Menschen können dir auch Böses tun. Daher immer Vorsicht! Wichtig zum Behalten ist erstmal: Du kannst in Wechselwirkung mit den Fantasien von anderen Menschen treten."

„Und was die sich so ausdenken, muss nicht immer so gut aussehen, wie unser fesche Pirat heute", warf Nika mit träumerischem Blick ein.

Der Berg an Informationen war nicht einfach zu verdauen. Damaris arbeitete schwer daran, alles richtig einzuordnen. „Ich bin also in der Lage, eigene Teilwelten zu kreieren, die aber nicht wieder verschwinden. Sie existieren dann weiter, wie all die Milliarden Teilwelten die bereits durch Menschen kreiert worden sind. Und sie sind dann sogar zugänglich für andere Menschen."

„Wenn sie den Weg dorthin finden können", fügte sie schnell hinzu.

„Richtig."

Damaris fiel noch was ein. „Aber eine Sache ist mir immer noch nicht klar. Warum konnte ich Tienfei überhaupt verstehen? Haben wir Deutsch oder Chinesisch gesprochen?"

„Weder noch. Ihr habt nicht wirklich gesprochen – genauso wenig, wie wir beide es gerade tun. Wir sind in Thinkit, und hier wird nicht wirklich mit Worten und Taten gearbeitet, sondern mit Gefühlen und Bildern. Auf dieser Ebene können alle Mensch miteinander kommunizieren, egal woher sie kommen."

Damaris nickte, das konnte sie nachvollziehen. Zufrieden schaute sie Bonnie an. Immerhin, einige wichtige Fragen waren beantwortet.

„Okay, soweit kann ich folgen. Aber wegen der Gefahren ... Paru, vielleicht erklärst du mir nochmal, wie ich denen hier in Thinkit am besten entgehe."

Paru blinzelte kurz und wischte sich dann eine schwarze Haarsträhne aus den Augen. „Ich würde das gerne beim nächsten Mal machen – ich muss wirklich weg, ich habe noch was zu erledigen", antwortete sie ausweichend.

Im Gegensatz zu Damaris, die hierauf enttäuscht reagierte, aber nicht weiter nachzubohren wagte, schaute Nika Paru forschend an. „Aber du gehst nicht hin, oder? Du weißt, dass es nichts bringt. Du machst es nur ..."

„Ich weiß!", unterbrach Paru sie forsch. „Ich weiß schon, was ich tue ..."

Nika schien davon nicht überzeugt zu sein. „Wenn du meinst."

„Gute Nacht, Damaris", verabschiedete sich Paru. „Morgen werde ich ganz sicher deine restlichen Fragen beantworten." Dann lief sie zu Damaris' Babybuch, klappte den Bücherrücken auf und verschwand in der sich auftuenden Schwärze.

Nika zuckte die Achseln, nickte Damaris zum Abschied zu und folgte dann ihrer Freundin.

Vom einen auf den anderen Moment stand Damaris alleine und verlassen in ihrem Schlafzimmer. Oder besser gesagt: In ihrem Körperschattenraum. Und ganz alleine war sie auch nicht.

„Und was machen wir jetzt, Bonnie?"

„Was heißt denn hier wir? Was du noch so treibst, weiß ich nicht, aber ich brauche jetzt meinen Schönheitsschlaf."

„Ob das was bringt?", murmelte Damaris amüsiert, während sie das langsame Zurückschwingen des Bücherrückens, den Paru geöffnet hatte, beobachtete.

Ihr kam ein kühner Gedanke.

Schnell stürzte sie zu ihrem Babybuch, dabei rasant schrumpfend, und schob ihre Finger zwischen den fast geschlossenen Spalt im Bücherrücken. Kurz überlegte sie noch, ob sie das wirklich tun sollte. Aber warum eigentlich nicht?

Kurzerhand zog sie den Bücherrücken einen Spalt weit auf und trat hindurch.

Damaris schaute hinter sich. Das Tor hatte sich bereits wieder geschlossen.

Der Eintrittsraum kam ihr auf einmal viel kälter und unheimlicher vor, die Kathedrale größer, die drohenden Gefahren nun zum ersten Mal bewusst auf sie lauernd. Damaris fühlte sich ohne ihre beiden Beschützerinnen deutlich gefährdeter. Aber sie musste und würde herausfinden, worüber die beiden so geheimnisvoll gesprochen hatten!

Vorsichtig streckte Damaris den Kopf um die Ecke der Steinfassung des Rosettenfensters. Fast augenblicklich entdeckte sie die beiden Zwelfen. Paru lief bereits an der linken Seitenwand hoch, Nika folgte ihr in ein paar Schritten Abstand. Beide schwiegen.

Vorsichtig betrat Damaris die Kathedrale. Erleichtert stellte sie fest, dass sie nicht, wie befürchtet, durch eine unheimliche Macht angehoben und zu einer Tür geführt wurde. Wenn sie es richtig verstanden hatte, passierte das nur, wenn sie einen Durchgang außerhalb ihres Eintrittsraumes verwendete. Der Durchgang oder das Symbol führte sie dann dennoch durch den Eintrittsraum, aber sie musste die dort vorhandene Tür nicht selber suchen. Im jetzigen Fall hatte sie ihr Fotobuch verwendet und ihr standen somit alle Möglichkeiten offen.

Möglichst leise lief sie über das Gewölbe bis zur von ihr aus gesehen rechten Seitenwand. Ihre Welt drehte sich in der jetzt schon gewohnten Weise. Als ihr nach oben gerichteter Blick Paru und Nika einfing – weit entfernt auf der anderen Seitenmauer –, hatten die beiden bereits die Hälfte der Höhe der unteren Kathedrale zurückgelegt. Noch immer befand sich Paru ein paar Schritte vor Nika.

Schnell flitzte Damaris die Wand entlang. Hier und da hielt sie kurz an und schaute nach oben, um sich zu vergewissern, dass sie noch nicht bemerkt worden war. Die Sorge war unbegründet: Die Zwelfen waren mit sich selber beschäftigt, sie zeigten keinerlei Interesse an ihrer Umgebung.

Nika hielt gerade vor einer Pforte an, während Paru unbeirrt weiterlief.

„Paru, komm doch einfach mit. Es hat echt keinen Sinn. Du handelst dir nur Ärger ein!"

Paru drehte sich um. „Geh schon mal vor, Nika, ich muss noch kurz bei ihm vorbeischauen. Du kannst das nicht verstehen. Du könntest es erst verstehen, wenn …" Paru hielt inne und fuhr dann in einem versöhnlichen Ton fort: „Ich hoffe nur für dich, dass Damaris so etwas nicht passieren wird."

Paru lief weiter, während Nika unschlüssig zurückblieb. Nach einigen Schritten hatte die Zwelfe das Ende der Mauer erreicht und verschwand. Sie hatte den großen Säulengang erreicht, der eigentlich mit dem hier nicht vorhandenen Boden der Kathedrale abschließen sollte.

Für Nika galt offensichtlich: Aus dem Auge – aus dem Sinn. Sie wartete nur einen kurzen Augenblick, bevor sie mit einem Kopfschütteln die Pforte öffnete und verschwand.

Damaris war sich sicher: Die interessantere Verfolgung versprach die von Paru zu sein. Leider hatte sie diese aus den Augen verloren, als die Zwelfe zwischen den Säulen verschwunden war. Schnell überwand Damaris die letzten Meter bis auch sie die Pfeiler erreichte. Allerdings befand sie sich immer noch auf der falschen Seite der Kathedrale. Und ihr Blick strebte nicht zu Paru, sondern auf den Boden vor ihr. Denn vor Damaris' Füßen breitete sich das Seitenschiff aus: Ein auf der Seite stehendes Gewölbe begann vor ihren Füßen und fiel steil ab. Weit unter ihr schloss sich die wirkliche Seitenmauer der Kathedrale an – es waren mindestens sieben Meter bis dorthin. Fasziniert, und Paru für den Moment vergessend, ging Damaris vorsichtig in die Knie und berührte mit dem linken Fuß das Gewölbe des Seitenschiffs. Erleichtert stellte sie fest, dass auch hier die Schwerkraft ihre Richtung änderte und sie verlagerte ihr Gewicht komplett auf das Gewölbe. Sie schaute um sich. Irgendwie dunkel und unheimlich.

„Schon komisch, wie man so an der eigentlichen Decke hängt, nicht wahr?", bemerkte eine tiefe Stimme hinter ihr.

Damaris' Herz setzte ein paar Schläge aus, erschrocken machte sie einen Satz zur Seite. „Man, Bonnie! Du hast mich wahnsinnig erschreckt! Wo kommst du denn her?"

„Ich mache nur das, was du bei Paru gemacht hast: Ich folge dir unauffällig. Die wichtigere Frage wäre: Was tust du hier?"

Paru! Die Zwelfe hatte sie einen Moment lang komplett vergessen! Angestrengt schaute Damaris über das vor ihr liegende Loch der Kathedrale hinweg, konnte aber die Gestalt Parus in dem gegenüberliegenden Seitenschiff nicht entdecken. „Ich wollte wissen, wo sie hin will", gestand Damaris.

„Du wolltest wissen, was sie heute so beschäftigt hat, hm?", fragte Bonnie mit anschuldigendem Blick. „Neugierig, was?"

„Nein! Nun ja – ein wenig. Aber ich möchte doch eigentlich nur wissen, warum sie so traurig war ... Und schauen, ob ich ihr irgendwie helfen kann. Da ich hier doch eine ganze Menge bewirken kann."

„Hebe mich mal hoch."

Ohne nach einer Begründung zu fragen, hob Damaris Bonnie mit der linken Hand vom Boden. Das Tier lag nun wie in einem Tragesack in Damaris' Hand, die Beine hingen schlaff herab. Bonnies schwarze Äugelein bohrten sich ganz im Gegensatz zu der körperlichen Entspannung intensiv in Damaris' braune Augen.

„Was?", fragte Damaris schließlich.

„Nichts ... Wollte nur mal einen Blick in deine Augen werfen. Darin erkennt man jede Lüge!"

„Ich habe nicht gelogen!", empörte sich Damaris.

„Ja, schon gut ... Und jetzt setze dich in Bewegung! Sie ist in dem Säulengang dort verschwunden und nicht mehr herausgekommen. Vielleicht finden wir sie noch, aber ich bezweifle es."

„Wir?"

„Nicht? Willst du nicht mitkommen?"

„Na gut, habe eh nichts Besseres zu tun ..."

Damaris grinste. „Was ist mit deinem Schönheitsschlaf?"

Mit kritisch hochgezogener Augenbraue sah Bonnie sie an. „Witzbold!"

Damaris hob das Meerschweinchen hoch und hielt es in beiden Händen. Der kürzeste Weg zu dem Säulengang des Chors bestand aus einer geraden Linie zwischen ihr und dem Punkt, an dem Paru aus ihrem Blickfeld verschwunden war. Leider konnte Damaris nicht fliegen. Wobei ... eigentlich konnte sie es doch. Vorhin war sie noch zu der Tür geschwebt, welche zur Schatzinsel führte. Das Problem war, dass sie nicht wusste, wie sie gewollt fliegen konnte. Damit blieb nur der längere Weg, welcher sie über das Gewölbe der Kathedrale führte, bevor sie auf der gegenüberliegenden Seite wieder an der

Wand herunter (oder herauf? Damaris wusste immer noch nicht, wie sie es bezeichnen sollte) gehen musste.

Zum ersten Mal dachte Damaris nun nicht mehr an die Launen der Schwerkraft, sondern verließ sich vollends auf sie. So schnell ihre Beine sie tragen konnten, rannte sie über die steinernen Konstruktionen. Bei voller Geschwindigkeit wechselte sie die Wände und die Schwerkraft.

„Das fühlt sich wie in einem Kreisel an!", keuchte sie. „Als ob ich einem riesigen Laufrad bin!"

„Sprich mir nicht von Laufrädern. So was Demütigendes!", erwiderte Bonnie. „Als ob es uns Meerschweinchen Spaß macht, zu laufen und zu laufen, ohne von der Stelle zu kommen."

„Warum tut ihr es dann?"

„Gebt ihr uns etwa Auslauf? Geht ihr mit uns Gassi, wie mit einem Hund?"

Damaris presste ein ersticktes Lachen hervor.

„Was ist?", fragte Bonnie skeptisch.

„Ich stelle mir gerade vor, wie du mit Halsband und Leine vor mir über den Bürgersteig trippelst. Zum Schreien!"

Bonnie schaute seine Schöpferin schweigend und mit hochgezogenen Augenbrauen an.

„Na ja, du so mit einem Halsband ...", versuchte Damaris ihre Aussage ins rechte Licht zu rücken. „Du ... Ach, vergiss es ..."

„Hm ... Ich glaube, das sollte ich", brummte Bonnie.

Außer Atem erreichte Damaris schließlich den Säulengang. Keuchend schaute sie in die Halbfinsternis vor sich. „Keine Paru", stellte sie fest. Auch wenn sie nicht erwartet hatte, die Zwelfe noch einzuholen, war sie ein wenig enttäuscht.

„Rein!", forderte Bonnie sie knapp auf.

Damaris tat einen Schritt zwischen die mächtigen Steinsäulen. Das Seitenschiff war zwar nicht so stark beleuchtet wie das eigentliche Mittelschiff der Kathedrale, aber es war dennoch hell genug, um die Wand und die Gewölbebögen erkennen zu können. Damaris fühlte, wie ihr Puls sich beruhigte. Die Konstruktion war hier, innerhalb des übersehbaren Ganges, nicht mehr so immens groß und respekteinflößend. Hier fühlte sie sich sicherer. Schnell gewöhnten sich ihre Augen an die Lichtverhältnisse. Trotzdem konnte sie nicht den Durchgang ausfindig machen, durch den Paru das Seitenschiff verlassen hatte. „Also, im Boden ist nichts", stellte sie fest.

„Was ist mit den Wänden?"

„Keine Türen. Aber vielleicht ist Paru ein Stück durch den Gang gelaufen. Vielleicht gibt es am Ende des Gewölbes einen Ausgang."

Langsam ging Damaris das Seitenschiff entlang. Sie hatte gerade mal zehn Meter hinter sich gebracht, als Bonnie sich zu Wort meldete.

„Gefunden", verkündete er sachlich.

„Was? Wo?" Suchend wanderten Damaris' Augen über die Wände und den Boden.

„Über dir."

An diese Möglichkeit hatte sie nicht gedacht, aber tatsächlich: Hoch über ihnen war eine Luke erkennbar. Damaris seufzte erleichtert und schritt ohne einen Moment zu zögern auf die Wand, an jener entlang, und dann auf den eigentlichen Boden des Seitenschiffes. Endlich mal wieder normale Verhältnisse! Der Boden unten und das Gewölbe oben.

„Ja, ja, wenn du mich nicht hättest!", sagte Bonnie mit leidvoller Miene.

Damaris sparte sich die Antwort. Mit Hilfe eines kleinen Eisenringes öffnete sie die alte Luke. Der Bereich hinter der Tür war dieses Mal gut beleuchtet, und doch sah Damaris im ersten Moment nichts. Dann aber öffnete sich vor ihr ein Tunnel. Wie ein Ballon blähte sich vor ihren Augen ein langer Schlauch auf, waberte kurz und kam dann zur Ruhe.

„Wow", murmelte sie noch, bevor sie hinein sprang. Sie hatte keine Zeit zu verlieren.

Kapitel 10: Ein unruhiger Schlaf

Es schien ein Albtraum zu sein, der ihn quälte. Der Junge warf sich im Bett hin und her. Schweißperlen liefen von seiner Stirn. Sein Kissen war nass. Minutenlang ging das schon so. Bis er plötzlich, vom einen auf den nächsten Augenblick, starr liegen blieb. So, als ob jemand ihm urplötzlich jegliche Energie nahm. Alles an ihm gefror. Langsam öffneten sich seine Augen. Gebannt schaute er an die Decke, sein Blick angestrengt an einen Punkt geheftet. Dann erlosch das Licht in seinen Augen, sein Körper entspannte sich. Langsam breitete sich die Andeutung eines unangenehmen Lächelns auf seinem Gesicht aus.

Kapitel 11: Die folgenschwere Verfolgung

Der Gang, den Damaris und Bonnie entlang glitten, war deutlich schmaler, und deshalb beklemmender als der zur Schatzinsel. Er schien nicht für Damaris angelegt worden zu sein. Oder zumindest nur für eine sehr viel jüngere Version von Damaris. Die Wände ließen ihr nur gerade den Platz, ohne dauerndes Anecken hindurch zu schweben.

„Damaris!", rief plötzlich Bonnie. „Schau, rechts vor dir!"

Es fehlte die Zeit, über Optionen nachzudenken. Instinktiv griff Damaris nach der in der Tunnelwand verankerten Tür und öffnete sie. Der plötzlich auftretende Sog beförderte sowohl sie als auch Bonnie in einen nicht weniger engen Tunnel.

Der Raum, in dem Damaris und Bonnie sich schließlich wiederfanden, stand in einem vollständigen Kontrast zu den schmalen Tunneln. Es war weniger ein Raum, als eine riesige offene Fläche. Kein einziges Geräusch war zu hören. Dazu war es ziemlich dunkel. Die einzigen sichtbaren Gegenstände waren durchsichtige Röhren, die kreuz und quer durch den Raum liefen. Sie waren aus einem hellen Blau und gaben ein diffuses Licht ab. Damaris konnte zwar ihre eigenen Hände in dem bläulichen Schimmer erkennen, aber der Fußboden blieb unsichtbar. Sich langsam vortastend trat sie näher an die nächste Röhre heran und setzte Bonnie ab. Mit dem Schuh fuhr sie über den Boden.

„Irgendwie ist der Fußboden wohl aus Glas oder so. Ich kann den richtigen Boden darunter nicht mal mehr sehen, so tief unter uns ist er." Damaris zeigte auf die nächstgelegene Röhre, die sich unter und über ihnen bis in die Unendlichkeit auszudehnen schien. „Irgendetwas befindet sich darin. Sieht wie Wasser aus", stellte sie fest. „Immer wieder kommen ein paar Luftbläschen vorbei."

An den tanzenden Wirbeln erkannte Damaris, dass die Strömung nach oben gerichtet war. Vorsichtig streckte sie ihre Hand nach der

Säule aus, aber wo sie Glas oder Plastik erwartet hatte, fasste sie direkt in das warme Wasser. Erschrocken zog sie ihre nassen Fingerkuppen zurück. „Wie ist denn das schon wieder möglich?", fragte sie. „Wie kann das Wasser einfach die Form einer Säule beibehalten?"

„Immer diese Fragen!", regte Bonnie sich leise, aber gerade laut genug auf. Dann sprach er Damaris direkt an: „Gewöhne dich einfach daran, dass hier einiges anders ist. Zum Beispiel könnte die Schwerkraft in den Säulen so gelegt sein, dass das Wasser immer zum Mittelpunkt der Strömung gezogen wird. Und schon ergibt sich eine Säule. Ist alles erklärbar, es gibt immer Gesetze."

Bonnie wandte Damaris den Rücken zu und lief bis nahe an das Wasser heran.

Beruhigen konnte das Meerschweinchen Damaris mit seiner Erklärung nicht: „Und wir müssen doch auf etwas stehen! Auf was stehen wir?"

Bonnie zuckte seine Meerschweinchenachseln und sprang dann ein paar Mal hoch. „Fühlt sich stabil an – das reicht mir."

„Aber mir nicht! Ich weiß ganz gerne, worauf ich laufe. Es sieht aus, als ob sich ein unendlich tiefer Abgrund unter meinen Füßen befindet! Ich erinnere nur nochmal an Parus Worte: Schäden sind in Thinkit nicht auszuschließen!"

„Ist ja richtig, aber übertreiben musst du auch nicht. Darüber hinaus solltest du lieber Paru suchen, als hier an Dingen rumzumeckern, die du eh nicht ändern kannst."

Damaris biss sich nachdenklich auf die Unterlippe. Sie hatte so ihre Zweifel zu dieser Teilwelt. „Ich weiß nicht ... Wir könnten zurückgehen ..."

Bonnie schnaubte verächtlich.

Mit einem Seufzen lenkte Damaris ein. „Na gut ... Aber wohin?" Widerwillig schaute sie um sich und zeigte dann schräg nach oben. „Dort scheint es eine starke Zunahme der Säulenanzahl zu geben.

Sieht aus wie das Zentrum dieser Teilwelt. Vielleicht ist Paru dorthin gegangen, was meinst du?"

Bonnie nickte. „Schauen wir nach! Hebst du mich hoch?"

Schon jetzt bereute Damaris ihren Entschluss, Paru gefolgt zu sein. Mit den Füßen über den nicht sichtbaren Boden schlürfend, wich sie immer wieder die Ebene durchkreuzende Röhren auf. Nach wenigen Minuten waren sie der erhöhten Konzentration an Säulen deutlich näher gekommen. Allerdings nur in der Horizontalen. In der Vertikalen lag das Zentrum des Raumes nach wie vor hoch über ihnen.

„Wir müssen da irgendwie hinauf", sagte Damaris, „Aber Treppen scheint es nicht zu geben."

„Man braucht nicht immer Treppen", belehrte Bonnie.

„Ja, aber es gibt auch keine Wände, an denen wir hochlaufen könnten. Nichts, nur diese Flüssigkeitssäulen und ... was ist denn das?" Im Augenwinkel war Damaris eine Bewegung aufgefallen.

„Es sieht aus wie ein kleines Tier ... Wie eine Maus." Angestrengt schaute sie mit zusammengekniffenen Augen in die Ferne. „Nein, größer ..." Ein Lächeln umspielte ihre Lippen. „Vielleicht ja ein Meerschweinchen, Bonnie. Familie!"

„Wohl kaum."

„Ich schaue mal nach!"

Das unbekannte Kleintier hatte Damaris und Bonnie bisher nicht bemerkt und lief geradewegs auf eine der Säulen zu. Kurz bevor es diese erreichte, drehte es sich um 180 Grad und tauchte dann mit dem Hinterteil in das Wasser. Der kleine Körper wurde sofort von der Strömung erfasst und mit großer Geschwindigkeit in die Höhe transportiert.

Verdutzt blieb Damaris stehen.

„Whoah! Hast du das gesehen?" Sie lief zu der Säule und tauchte ihre Finger in die Flüssigkeit. Dieses Mal zog sie ihre Hand nicht sofort zurück und der Sog fing ihre Finger ein. Rasend schnell wurde die Hand mitgerissen. Damaris befürchtete schon, ihr Körper würde mit angehoben. Rasch zog sie ihre Hand zurück und schaute faszíniert an der Röhre hoch. „So geht das also. Aber wo kommen wir da hin? Ein Ende ist nicht in Sicht."

„Ausprobieren."

Eine andere Antwort hatte Damaris von Bonnie nicht erwartet. Kurz stand das Mädchen noch unschlüssig da, dann tauchte sie ihre Hand in die Flüssigkeit. Zuerst war es nur ihr Arm, dann wurde ihr ganzer Körper angehoben. Stetig zog die Säule sie nach oben, so als wiege sie nichts. Sie schien nun vollkommen frei im Raum zu hängen; ein beängstigender Gedanke.

„Wo steigen wir aus?", fragte Bonnie nüchtern.

„Die Frage ist eher: Wie steigen wir aus?" Damaris' Stimme verriet ihre Beunruhigung. „Irgendwie gibt es hier überhaupt keine anderen Ebenen. Aber ewig weiter gehen kann es auch nicht." Verzweifelt schaute sie nach oben. „Das Zentrum des Raumes ist nun nur noch zehn Meter oder so entfernt! Und wir werden einfach immer weiter transportiert. Vielleicht ins Nichts! Vielleicht überlegen wir uns nächstes Mal zuerst gründlich, was wir machen, bevor wir es dann auch tun."

„Mache es doch einfach wie das Tierchen da ..."

„Welches Tierchen?" Damaris schaute um sich und nahm dann schräg über ihr erneut eine Bewegung wahr.

„Ob es dasselbe ist?"

„Ist doch nicht wichtig ... Es scheint auf jeden Fall einen Boden unter den Füßen zu haben."

„Aber ich sehe ihn nicht. Du etwa? Oder der Boden ist durchsichtig ..." Sie nickte verstehend. „Natürlich, das wird es sein. Hoffentlich!"

Das Kleintier wusste anscheinend genau, wo es hin wollte. Einer geraden Linie folgend, steuerte es langsam auf das Zentrum der vielen Säulen zu. Als Damaris die bewusste Ebene durchglitt und in etwa 30 Zentimeter oberhalb dieser ihren Arm aus der Flüssigkeit zog, war das Tier immer noch in ihrem Blickfeld.

„Vorsicht", warnte sie in Erwartung des Sturzes auf die angepeilte Ebene. Aber es gab keinen Sturz. In dem Moment, wo sie ihren Arm aus der Wassersäule gezogen hatte, stand sie bereits wieder mit beiden Füßen auf festem Boden. Erstaunt schaute sie zuerst auf ihre Füße und dann auf das Tier. Es befand sich nun schräg unter ihr. „Es gibt offenbar mehrere Ebenen …", stellte Damaris fest. „Aber so nah aneinander?"

„Oder …", fing Bonnie an, wurde aber sofort von Damaris unterbrochen.

„Oder sie sind überall!"

Damaris' Hand verschwand erneut in der Wassersäule; ihr Körper wurde angehoben. Nur eine Sekunde lang ließ sie sich vom Wasser mitführen, dann zog sie ihre Hand zurück, und ihr Verdacht bestätigte sich: Ihre Füße fanden sofort halt.

„Ich kann anscheinend aussteigen, wo immer ich will! Dort, wo ich die Säule verlasse, ist mein neuer Boden", erklärte sie erleichtert.

„Da siehst du's! Du machst dir immer zu viele Sorgen", erwiderte Bonnie, während auch er auf Damaris' Ebene vorstieß. Mit tropfendem Hinterteil verließ er die Säule.

„Ja, ja …" Damaris lief kurz nach rechts und nach links – der Boden war überall. Da ihr das System und die Nutzung des Raumes nun klar waren, fühlte sie sich sofort besser.

„Geheimnis Nummer eins gelüftet, auf zum Geheimnis Nummer zwei: Was ist das für ein komisches Tier?" Schnell lief Damaris dem Tierchen hinterher, welches sie nun fast aus den Augen verloren hatte. Mit ihren im Vergleich zu dem Tier langen Beinen brauchte das Mädchen nicht lange, es einzuholen. Noch zwei zusätzliche Schritte tat sie, als sie bereits am Nager vorbei war, bevor sie sich bückte und es sich von vorne anschaute. Das Tier hatte das Mädchen nun bemerkt, und kam mit unvermindertem Tempo näher getrippelt. Direkt unter ihr hielt es an, nur wenige Zentimeter trennten die beiden voneinander.

„Es ist eine Art Hamster", stellte Damaris fest, „auf jeden Fall kleiner als du, Bonnie."

„Ich sagte doch schon, dass es kein Meerschweinchen ist. Zu klein, und außerdem sind Meerschweinchen hübscher."

Damaris lachte laut auf. „Hübscher würde ich nicht unbedingt sagen! Das Fell ist halt ein bisschen eintöniger. Und er ist kleiner. Aber ansonsten seid ihr euch gar nicht so unähnlich."

„Na, mein kleiner Nager, kannst du auch reden?", fragte Bonnie. Intelligent blitzten die kleinen dunklen Augen auf. Der Hamster beobachtete sie aufmerksam, sagte aber kein Wort. Plötzlich schaute er suchend um sich und lief dann zielstrebig davon. Aber nicht länger in die Richtung des Zentrums.

„Er läuft zur Wassersäule dort", mutmaßte Damaris. „Ob er zu uns will?"

Mit seinem Hinterteil zuerst lief der Hamster ins Wasser hinein, wurde mitgeführt, und stieg geschickt auf Damaris' Ebene wieder aus.

„Er läuft direkt auf uns zu!", bestätigte Damaris ihre Vermutung und richtete sich langsam auf. „Sollten wir Angst vor ihm haben, oder ihn willkommen heißen?"

Auf diese Frage wusste auch Bonnie keine Antwort: „Keine Ahnung, er ist nicht unbedingt der gesprächige Typ Hamster."

Auch als das Tierchen näher kam, drosselte es seine Geschwindigkeit kein bisschen.

Vorsichtig wich Damaris einen Schritt aus, als der Hamster fast ihre Füße erreicht hatte.

Der Hamster folgte.

Damaris wich erneut aus, mit demselben Ergebnis. Sie fasste sich ein Herz, und blieb stehen. Wovor hatte sie Angst? Immerhin war es nur ein Hamster. Ihren Schuh erreichend, biss das Tier testend in das Leder, entschied sich dann kurzerhand um, und krabbelte an ihrem Schuh hinauf. Seine scharfen Nägel verschafften ihm an dem Schuh und auch an der Socke genügend halt.

„Was jetzt?", fragte Damaris beunruhigt, während der Hamster zwischen Socke und Hose verschwand. Sie hatte die Frage noch nicht zu Ende ausgesprochen, da verspürte sie einen kleinen scharfen Schmerz. „Aua! Er hat mich gebissen!"

Wild schüttelte sie ihr Bein, der Hamster flog in einem hohen Bogen heraus. Nur wenige Meter von Damaris entfernt landete er – einer Katze gleich auf allen Vieren – und lief erneut und scheinbar unbeeindruckt in Damaris' Richtung.

„Das tat ganz schön weh!", klagte das Mädchen. „Und er kommt schon wieder her!"

„Stell dich nicht an ... Lass mich mal ran hier!", sagte Bonnie und stellte sich dem Hamster in den Weg.

„Hallo da, Kollege ... Was sollte denn das eben? Können wir irgendwas für dich tun? Warum machst du dich unbeliebt?"

Der Hamster lief ohne sichtliches Zögern weiter, machte einen kleinen Bogen um Bonnie, und steuerte wieder auf Damaris zu.

Verwundert verfolgte das Meerschweinchen den Hamster mit den Augen.

„Du interessierst ihn offensichtlich nicht, Bonnie." Damaris wich einen Schritt zur Seite.

Bonnie nickte. „Sieht so aus ... Komisches Tier ..."

Erneut tat Damaris zwei Schritte zur Seite. „Okay, vielleicht sollten wir weiter gehen, ich habe keine Lust dem Viech dauernd auszuweichen." Schnell griff sie Bonnie, platzierte ihn in ihrer Kapuze, und ging mit großen Schritten davon.

Paru hatte ihr Ziel inzwischen fast erreicht. Auch sie hatte den Weg zu der größten Ansammlung von Wassersäulen eingeschlagen. Im Gegensatz zu ihren beiden Verfolgern hatte sie jedoch von den bissigen Tierchen gewusst. Sie konnte ein Lächeln nicht unterdrücken, als sie an den Namen dachte, den Robin ihnen gegeben hatte: Kampfhamster. Er verwendete sie gerne, wenn er sich entspannen, oder wenn er ein wenig Spaß haben wollte. Was nur bewies, dass Spaß wohl auch so ein Begriff war, den jeder anders definierte.

Um den aggressiven Tieren aus dem Weg zu gehen, wechselte die Zwelfe bei jeder der ihren Weg kreuzenden Wassersäulen die Ebene. Egal, ob die Säule hinauf oder hinunter strömte – sie hielt für wenige Bruchteile einer Sekunde ihre Finger hinein und wechselte somit fortwährend ihre Höhenlage. Damit erschwerte sie es den Kampfhamstern, sie zu erreichen. Einen direkten Kontakt mit ihnen wollte sie möglichst verhindern. Denn beißen war nicht das Einzige, wozu sie in der Lage waren ...

Damaris kam ihrem Ziel immer näher. Gehetzt schaute sie hinter sich. „Gott sei Dank, den haben wir abgehängt!" Erleichtert blieb sie stehen, und schaute in Richtung der Säulenkonzentration.

In der Ferne bewegte sich etwas.

„Das ist ja wohl echt nicht wahr!", stöhnte sie. „Wie geht denn das schon wieder? Irgendwie hat der Hamster es geschafft uns einzuholen – und jetzt kommt er uns von vorne entgegen!"

Bonnie schaute über Damaris' Schulter. „Da kommt noch einer. Und da ein weiterer", stellte er fest.

„Es gibt hier wohl mehr als einen Hamster", schloss sie. Inzwischen ging sie bereits weiter; ein sich bewegendes Ziel war ein schwerer zu treffendes Ziel. Sie war sich nicht sicher, ob sie sich Sorgen machen sollte. Denn auch wenn die Hamster offensichtlich nicht rasend schnell den Ort wechseln konnten, bot die Anzahl der Tiere Grund zu neuer Sorge. „Es werden immer mehr", stellte sie beunruhigt fest. „Umso näher wir dem Zentrum kommen. Die wollen wohl alle zum selben Ort, zu der Ansammlung von Wassersäulen. Ob da das Nest ist?"

Bonnie schwieg.

Paru war mittlerweile im Zentrum angekommen. Halb versteckt hinter einer Säule betrachtete sie das vor ihr stattfindende Schauspiel. Dieses Mal hatte sie Glück: Er war tatsächlich hier! Doch nach nur wenigen Sekunden verschwamm bereits ihr Blick. Angeregt durch die

Geschehnisse vor ihr, schweiften ihre Gedanken zurück in die Vergangenheit. Zurück zu glücklicheren Tagen. Obwohl nun schon einige Monate seit den Geschehnissen verstrichen waren, konnte sie die plötzlich aufwallende Wut nicht zurückhalten. Wut auf dieses hinterlistige Wesen, welches sie besiegt hatte. Auch wenn Paru ihren Kampf bis zum äußersten ihrer Möglichkeiten gekämpft hatte: Am Ende hatte sie aufgeben müssen.

Nicht im Geringsten nachgelassen hatte seitdem das Bedürfnis, Robin zu besuchen. Ihn zu beobachten, nach zu schauen, wie es ihm ging. Er kehrte in regelmäßigen Abständen hierhin zurück, auch jetzt noch, nach der langen Zeit, die seit der Erschaffung dieser Teilwelt verstrichen war. Nach wie vor bot dieser Ort eine seiner Lieblingszeitvertreibe. Glücklicherweise! Denn es hätte sonst sehr schwer werden können, den Jungen in Thinkit zu finden. Seine Fantasie war ungeheuer lebhaft und führte ihn dauernd in andere Teilwelten.

Paru ging einen Schritt vor. Um nicht erkannt zu werden – in dem unwahrscheinlichen Fall, dass sie sich mal zu weit vorwagen würde –, hatte sie sich vermummt. Das Gesicht durch eine große schwarze Mütze im Schatten halb verdeckt und durch einen dünnen angeklebten Schnurrbart verändert, konnte man sie durchaus für einen männlichen Zwelfen halten. Sie hoffte, dass diese einfache Tarnung ihr im Notfall ausreichend Zeit zum unauffälligen Rückzug verschaffen würde.

Damaris konnte ihr Glück kaum fassen. „Paru ...", flüsterte sie Bonnie mit einem Kopfnicken in Richtung der Zwelfe zu. Kurz hatte sie gezweifelt, ob das kleine Wesen, welches dort in dem hellen Schein der Wassersäule stand, wirklich Paru war. Irgendwie sah sie anders aus. „Sie hat sich verkleidet, aber die Schuhe, die Hose und das Hemd sind die alten. Es muss sie sein."

Bei genauerem Hinsehen erkannte Damaris, dass Paru etwas zu beobachten schien. Nur ab und zu bewegte sie sich zu einer anderen Säule, um den vielen Hamstern auszuweichen.

„Lieber nicht stören", schlug Bonnie von Damaris' Schulter aus vor. Damaris nickte und schlich über einen Umweg um Paru herum. Nachdem sie mit einer Wassersäule wenige Meter höher gestiegen war, hatte sie einen perfekten Beobachtungspunkt erreicht.

„Sobald sie geht, sobald sie sich auf den Rückweg in den Eintrittsraum macht, spreche ich sie aber an", sagte Damaris.

Bonnie nickte. „Sie sieht wirklich traurig aus", sagte er nachdenklich. „Was beobachtet sie eigentlich, kannst du was erkennen?"

Dem Blick Parus folgend, sah Damaris ein hektisches Treiben im Zentrum der Säulenansammlung. „Irgendein ... Ding. Es verändert dauernd die Form ... Aber es scheint hinter etwas her zu sein. Als ob es jemanden jagt."

„Warte mal ...", sagte Bonnie, und lief auf Damaris' andere Schulter. „Meerschweinchen haben ganz gute Augen, weißt du? Also ... was haben wir denn da?"

Damaris konnte sich nicht daran erinnern, dass gerade Meerschweinchen ein gutes Sehvermögen haben sollten, aber sie entschloss sich, Bonnie jetzt nicht zu widersprechen. „Und?"

„Moment ... Hm ... Wirklich schwer zu erkennen, die Bewegungen sind zu schnell ... Aber es ist ... Ist es ein Junge?"

„Ein Junge? Ein richtiger Junge?"

„Keine Ahnung, ob er ein Mensch oder ein Think ist. Wir müssen näher ran, die Säulen versperren mir den Blick!"

Von ihrer Neugierde getrieben, schlichen die beiden sich immer weiter zwischen den Säulen hindurch, bis sie schließlich erkennen konnten, wer da so rasend schnell die Position wechselte.

„Tatsächlich, ein Junge!", flüsterte Damaris und beobachtete ihn fasziniert. „Unglaublich, wie wendig und schnell er ist."

Auch Bonnie verfolgte mit den Augen den Jungen, der mal hierhin rannte und dann dorthin flitzte, bevor er sich halb in eine Wassersäule schwang, nur um beim Verlassen dieser mit einem Satz über einen braunen Koloss hinweg zu schnellen. Dann sprang der Jung auf eine höhere Ebene, rannte über diese hinweg und erreichte eine andere Säule.

„Wie schafft er es bloß so hoch springen?", murmelte Damaris beeindruckt.

„Er flüchtet vor dem fetten braunen Teil da", stellte Bonnie unnötigerweise fest. Der große bewegliche Klumpen war von ihrer neuen Position aus kaum zu übersehen. „Auch der ist schnell, aber nicht so schnell wie der Junge!"

„Dafür ist er um ein Vielfaches größer", hielt Damaris dagegen. „Und er wechselt dauernd die Form."

Geschickt sprang der Junge in eine aufsteigende Säule. Sofort streckte sich die ihn verfolgende Gestalt überproportional in der Vertikalen. Es fehlten nur Zentimeter und der Junge hätte ein großes Problem gehabt. Beeindrucken tat ihn das scheinbar nicht – schon war er dabei, wieder abzusteigen, den sich nun schrumpfenden Haufen hinter sich lassend. Wie in einem Computerspiel tauchte er mal hier und mal dort auf. Er begab sich fortlaufend auf andere Ebenen und hielt so den Koloss zum Narren. Gleichzeitig gab er auf diese Art und Weise den vielen herumwuselnden Hamstern keine Chance, ihn zu beißen.

Plötzlich fiel Damaris etwas Komisches auf. War das ein Lächeln in seinem Gesicht gewesen? „Ich weiß nicht, aber irgendwie … Er scheint dabei einen ziemlichen Spaß zu haben …", sagte sie zweifelnd.

In diesem Moment hob der Koloss seinen Arm – oder das, was Damaris dafür hielt – und zu dem Schrecken des Mädchens schossen kleine braune Flecken in Richtung des Jungen. In dem Bruchteil einer Sekunde – so kam es Damaris vor – duckte er sich.

Die Geschosse jagten an ihm vorbei und landeten in dem höchsten Punkt ihrer Flugbahn auf einer neuen Ebene.

Und bewegten sich. Damaris zeigte auf die lebendigen Geschosse. „Bonnie, guck mal! Die Kugeln suchen nach einem Abstieg!" Schon beim Aussprechen dieser Worte fiel Damaris auf, wie abwegig sich das anhörte.

„Es sind Hamster ...", erwiderte Bonnie belehrend. Ein Verdacht regte sich in Damaris und sie konnte ihn bestätigen, als sie den Koloss genauer unter die Lupe nahm. „Der ganze Koloss besteht aus einer riesigen Anzahl an Hamstern! Sie wechseln dauernd den Ort und werden so zu Fäusten oder Wurfgeschossen!"

Erst jetzt erkannte sie, dass die vielen Hamster, die um die riesige Gestalt herum rannten, sich dem Riesen einverleibten. „Je mehr Hamster dazu kommen, umso größer wächst der Koloss!" Aufgeregt schaute Damaris Bonnie an. „Er wächst immer weiter!", wiederholte sie mit drängender Stimme.

„Und?", fragte Bonnie mit hochgezogener Augenbraue. „Das kann ich auch sehen. Was soll ich denn deiner Meinung nach tun?"

„Nichts ... Ich weiß nicht ... Was kann man denn tun?" Damaris schaute erneut auf das schreckenerregende Wesen. „Er hat scheinbar keine Augen, Ohren oder Mund. Er ändert ja auch dauernd die Form. Er sieht nicht mal entfernt nach einem normalen Lebewesen aus." Sie rümpfte die Nase. „Ziemlich abstoßend!"

„Ich glaube auch nicht, dass sein Ziel die Teilnahme an einem Schönheitswettbewerb ist", sagte Bonnie. „Er hat nur ein Ziel: Den Jungen. Und wofür braucht er schon ein Paar Augen? Er hat doch Hunderte, wenn nicht sogar Tausende von kleinen Hamsteraugen in sich vereint. Schwarmintelligenz."

„Aber wir müssen was machen!", drängte Damaris. „Schau, er wird immer größer. Er kann immer weiter ausholen, der Junge entkommt ihm nur noch knapp!" Sie begann trotz der Geschicklichkeit, die der Junge an den Tag legte, um ihn zu bangen.

„Ich glaube nicht, dass du dir Sorgen zu machen brauchst", sagte Bonnie gerade, als der Junge mit zwei geschickten Bewegungen hinter dem Monster in eine schnell abwärtsströmende Säule hechtete. Nur eine Sekunde später verließ er diese etwas unterhalb des Wesens, allerdings nicht ohne seine beiden Hände, als Schale geformt, mit Wasser gefüllt zu haben. Bevor das Wesen reagieren konnte, warf der Junge von unten das Wasser an die „Füße" des Kolosses. Dann sprang er schnell zur Seite.

„Nicht schlecht!", freute sich Damaris, als sie erkannte, was der Junge bewirkt hatte. „Ziemlich schlau!"

Auch in dieser Teilwelt galten feste Gesetze – wenn auch andere, als in der realen Welt. Hier veranlasste das Wasser die Ebene, auf der das Hamsterwesen stand, durchlässig zu werden. Die Wassersäulen hatten dieses Prinzip verdeutlicht: Auch sie durchdrangen alle Ebenen.

Hektisch nach Halt suchend, aber ihn nicht findend, stürzte das Wesen durch die Ebene hindurch. So wie alleine Damaris' Hand in der Wassersäule sie komplett durch die Ebenen führen konnte, so erzeugte der Kontakt, den die unteren Hamster – sie formten die Basis des Kolosses – mit dem Wasser hatten, die Durchlässigkeit der Ebene für den gesamten Riesen. Nur wenige Tiere entgingen dem Absturz, indem sie sich von dem fallenden Ungetüm lossagten und in die Sicherheit sprangen. Während die unförmige Masse unter dem Jungen in der Tiefe verschwand, konnte man deutlich erkennen, wie immer mehr Hamster losließen – wie Ratten, die das sinkende Schiff verließen. In dem Moment, in dem sie den Kontakt zu den nassen Tieren verloren, verblieben sie auf der erreichten Ebene. Einer Sternschnuppe ähnlich zerfiel der Koloss, einen Schwall an hellen Punkten hinter sich herziehend.

„Gewinner auch heute: Robin!", verkündete der Junge, verbeugte sich theatralisch und ließ ein fröhliches Lachen durch den Raum schallen.

Zuerst glaubte Damaris an ein Echo, aber das Lachen, das auf Robins Freudenausbruch folgte, hörte sich eindeutig anders an. Verwundert schauten Bonnie und Damaris in die Richtung, aus der sie das Geräusch vernommen hatten. Zuerst konnten sie niemand entdecken, aber dann schälte sich etwas Weißes aus der Dunkelheit zwischen den Säulen und ging auf den Jungen zu.

„Sieht aus wie ein Kaninchen ... Ein großes Kaninchen ...", stellte Damaris fest, dabei die Augen angestrengt zusammenkneifend. „Was natürlich nichts heißen muss", fügte sie sofort hinzu. „Vielleicht sieht es nur so aus ... Die Hamster waren ja auch nicht ganz das, was sie schienen." In der Hand Bonnie tragend, näherte sie sich schnell aber leise dem Jungen und dem Kaninchen.

„Der Schein trügt oft", flüsterte Bonnie, ein wenig altklug nach Damaris' Geschmack. „Auch hier, denn Kaninchen lachen normalerweise nicht ..."

„Und reden tun sie genauso wenig", fügte er hinzu, als das Kaninchen nun den Jungen ansprach.

„Eine äußerst kreative und saubere Lösung!" Die Stimme klang jugendlich und hell, aber gleichzeitig schneidend und kalt. „Ich glaube nicht, dass ich diese Variante schon gesehen habe."

Damaris hätte das Kaninchen vom Aussehen her – es war zwar groß aber dafür in einem kuscheligen Weiß – am liebsten sofort geknuddelt. Als sie jedoch näher kam, fielen Damaris die Augen des Thinks auf, die unangenehm grau und leblos aus dem niedlichen Gesicht hervorstachen. Sie vermutete, dass das Kaninchen sich nicht gerne für Streicheleinheiten hergeben würde ...

„Robin also", flüsterte Damaris. „Ob er auch ein normaler Mensch ist?"

Bonnie zuckte die Achseln.

„Und was will Paru von ihm?" Damaris schaute sich um und suchte nach der Wassersäule, neben der Paru gestanden hatte. Mit einem zunehmend schlechten Gefühl im Bauch sah sie um sich. „Paru ist verschwunden!"

„Ach was ..." Bonnies Blick schweifte suchend umher. „Die Kampfhamster haben sie bestimmt belagert und sie hat den Standort gewechselt. Sie wird schon noch irgendwo hier sein. Denke ich ..." Hektisch suchten Damaris' Augen jeden Winkel ab, aber Paru blieb verschwunden. „Ich sehe sie nicht. Nur Hamster! Einige von ihnen haben den Weg nach oben schon wieder geschafft ... Und sie fangen an, sich neu zu organisieren!"

Gebannt verfolgte Damaris die Organisationsfähigkeit dieser flinken Tierchen. „Kampfhamster", sagte sie kopfschüttelnd. „Da sind sogar meine sprechenden Kühe realistischer."

„Oder sprechende Meerschweinchen."

Damaris nickte. „Oder dieses Kaninchen dort."

„Meffie", klärte Bonnie sie auf.

„Meffie?"

„So heißt das Karnickel. Robin hat es vorhin so genannt."

„Also Robin und Meffie", fasste Damaris zusammen.

Schweigend verfolgten sie eine Zeitlang das Gespräch zwischen dem Jungen und dem Kaninchen. Die beiden diskutierten seine Taktik, sprachen einige Schwächen an, und kamen schließlich zu dem Ergebnis, dass es ein schöner Kampf gewesen war.

„Das sehe ich auch so!", flüsterte Damaris Bonnie zu.

Während das Mädchen und das Meerschweinchen weiter ihre Ohren spitzten, um auch kein Wort zu verpassen, schlich sich – von den beiden unbemerkt – von hinten ein Kampfhamster heran. Seine Opfer konzentrierten sich nur auf die Geschehnisse vor ihnen, der Nager hatte freies Spiel.

Gerade als er seine kleinen scharfen Beißerchen in Damaris' appetitlich aussehendes Bein versenken wollte, fiel ihm ein zweiter Hamster auf. Hierauf überlegte der erste Hamster es sich anders und trippelte zu dem Neuankömmling zurück. Schon schnell kamen weitere Hamster hinzu; die Tierchen fingen an, auf einander herumzukriechen. Sie organisierten sich, der Haufen an Körpern wuchs. Kaum war die kritische Masse erreicht, kam Bewegung in den Hamsterhaufen. Er bestand nun nicht mehr nur aus einzelnen Tieren, sondern er bewegte sich als Einheit, er agierte als ein übergeordnetes Wesen. Koordinierte Bewegungen entstanden, ein Arm mit drei Ellbogen bildete sich, das Wesen richtete sich langsam auf. Noch war es relativ klein, noch ging keine wirkliche Gefahr von ihm aus. Aber es wuchs stetig. Von Damaris unbemerkt überragte es schon bald das sitzende Mädchen. Kurz darauf erreichte es ihre Größe im Stehen. Schließlich maß das Wesen mehr als die doppelte Höhe von Damaris.

Das Mädchen bot ein viel dankbareres Opfer als Robin – nicht nur saß sie still, sie wusste darüber hinaus nichts von der drohenden Gefahr. Sich seiner wachsenden Kraft bewusst, bereitete das Wesen sich auf den Schlag vor. Langsam erhob sich ein mächtiger Arm. Der unförmige Körper straffte sich beim Ausholen. Die Muskeln aus Hamstern waren fertig gespannt zum Schlag.

Dann schallte ein Schrei durch den Raum.

Paru hatte einige Male den Standort gewechselt: Die Boshaftigkeit und Bissigkeit der kleinen Quälgeister hatte auch sie nicht verschont. Trotzdem hatte die Zwelfe Robins Kampf verfolgen können, wenn auch nicht in der aufgeregten Stimmung, die Damaris zu Tage gelegt hatte. Paru kannte diese Art von Kämpfen bereits; schon früher hatte sie Robin dabei beobachtet und ihm war noch nie etwas passiert.

„Eine nette Lösung", murmelte Paru anerkennend, als sie die Hamster in der Tiefe verschwinden sah.

Plötzlich erschauderte sie. Die verhasste Stimme von Meffie fühlte sich wie ein eiskalter Schnitt durch ihr Knochenmark an. Ihr Körper versteifte sich ungewollt. Schnell wich Paru noch ein wenig weiter hinter die Säule zurück. Auf keinen Fall wollte sie entdeckt werden.

Schweigend belauschte sie das Gespräch und beobachtete nebenbei uninteressiert die Kampfhamster. Es dauerte eine Weile, bis Paru erkannte, dass hier etwas nicht stimmte: Einige der aggressiven

Tierchen schlugen einen komischen Weg ein. Einen Weg, der fort von Robin und Meffie führte. Die einzige Erklärung, die Paru dafür einfiel, war, dass es ein anderes, ein zweites Ziel geben musste. Parus Augen folgten den kleinen Tierchen bis sie einen neuen Koloss entdeckte. Weit entfernt von Robin.

Vorsichtig schlich Paru näher. Ihre Beine fühlten sich urplötzlich wie Blei an, als sie erkannte, auf was das Ungeheuer es abgesehen hatte.

„Damaris! Vorsicht!"

Der Schrecken vor dem Damaris drohenden Unheil hatte Paru alle Vorsicht vergessen lassen. Aber kaum hatte der Schrei ihren Mund verlassen, da wurde ihr klar, dass ihre nun unausweichliche Entdeckung große Probleme nach sich ziehen würde.

Aber Damaris durfte nichts passieren, egal welchen Preis sie selber dafür zu zahlen hatte.

Mit einer schnellen Kopfbewegung erfasste Paru die Auswirkungen ihres Warnrufs. Robin hatte sich verwundert zu Paru umgedreht. Auch Meffie hatte reagiert: Ihr Gesichtsausdruck änderte sich von überrascht zu verärgert.

Von allen am meisten überrascht war jedoch Damaris.

Parus Schrei hatte Damaris sich halb umdrehen lassen. Im Augenwinkel nahm sie eine Bewegung wahr. „Bonnie ...!", war alles was sie hervor brachte, als sie den Riesen in Augenschein nahm. Im ersten Moment wie gelähmt, sah Damaris in Zeitlupentempo den Arm auf sich zukommen. Mit großer Kraftanstrengung riss sie sich aus der Bewegungslosigkeit und sprang mit einem Satz davon, Bonnie greifend. Krachend schlug die Faust neben ihr auf die Ebene.

„Das war knapp!", murmelte Bonnie geschockt und mit weit geöffneten Augen.

Noch während das Mädchen zitternd aufstand, machte Robin sich auf den Weg. Er brauchte nur Sekunden, um ihr zur Hilfe zu eilen. Viel mehr Zeit wäre auch nicht gewesen, denn schon war der Koloss wieder auf ihren Spuren und stürzte auf sie zu. Gleichzeitig erreichte Robin das ungleiche Kampfpaar und trat mit einer gekonnten Bewegung die Beine des Ungetüms weg. Ein paar Hamster segelten durch die Luft, der Rest des Riesen stürzte in Stücken zu Boden. Einige Tiere kamen Damaris erschreckend nah. Schreiend zog sie ihre Beine zurück.

„Weg hier!", sagte Robin, bevor er sich den Resten des Riesen widmete.

Starr vor Schreck und gleichzeitig erleichtert über die Rettung durch Robin, wusste Damaris im Chaos der Gefühle nicht was sie tun sollte. Verwirrt wandte sie ihren Kopf nach rechts und nach links. Wohin? Die Entscheidung wurde ihr abgenommen; eine kleine Hand legte sich auf ihre Schulter und zog sie unnachgiebig nach hinten.

Mit einem besorgten Gesichtsausdruck sah Paru sie an. „Alles okay?"

„Ja ... Sorry, Paru, ich wollte dir keine Probleme machen ... Es war nur ..."

„Später, komm, wir müssen hier weg!"

Damaris' Augen suchten Robin und fanden ihn um die zwanzig Meter von ihr entfernt. Er hatte das Ungeheuer von ihr und Bonnie weggelockt. Um eine Wassersäule kreisend, betrachteten sich die beiden Kontrahenten argwöhnisch; Robin auf der einen Seite der Säule, das Hamsterwesen auf der anderen.

Damaris schüttelte den Kopf. „Nein, hier sind wir erstmal sicher. Lass uns hier bleiben, er braucht uns vielleicht noch!"

„Das glaube ich kaum ...", widersprach Paru, aber sie klang nicht überzeugt und blieb trotz ihres Vorschlags an Damaris' Seite.

Die mittlerweile fünf Arme des Ungetüms schlugen fortwährend nach Robin aus. Halb hinter der Wassersäule versteckt, entging Robin den gefährlichen Hieben, bei welchen immer wieder Hamster in die Säule hinein gerieten und davongetrieben wurden. Damaris sah, wie einige etwas höher die Wassersäule fluchtartig verließen, aber ihre nassen Körper fanden keinen Halt. Die Tiere fielen in das scheinbar bodenlose Loch. Damaris beobachtete eines der Tiere, ein hellbrauner Fleck in der Schwärze unter ihr, bis sie es in der Dunkelheit aus den Augen verlor.

Als Damaris wieder nach Robin schaute, bückte sich der Junge gerade und langte zum Boden. Dort wo seine Hand in leere Luft griff, schloss sie sich um einen plötzlich aus dem Nichts erscheinenden Gegenstand. Ein großes rotes Tuch lag nun in seinen Händen. Es war aufgerollt und rund drei Meter lang. Während Robin und das Wesen sich nach wie vor um die Säule bewegten, holte der Junge mit seinem rechten Arm geschickt aus und warf die Stoffrolle schräg hinter sich – ein Ende nach wie vor in der rechten Hand. Dieselbe Armbewegung in umgekehrter Richtung bewirkte, dass die Rolle um die Wassersäule und um das Monster herum flog, nur um Robin von links aus wieder entgegenzukommen. Dabei hatte der Stoff sich teilweise entrollt, so dass große Teile des Kolosses nun bedeckt waren. Schnell ergriff Robin den ihm entgegenkommenden Tuchzipfel und zog mit aller Kraft daran. Das unvorbereitete Ungeheuer stürzte nach vorne, direkt in die Wassersäule hinein. Stück für Stück wurden die Hamster davon gespült, einige fielen durch die Geschwindigkeit des Sturzes sogar durch die Säule hindurch. Ihre nassen Körper versprachen einen langen Fall.

Der Kampf war vorbei.

Paru zögerte keinen Moment mehr. „Komm, wir müssen hier weg. Schnellstens!"

Damaris verstand die Eile nicht, immerhin war die Gefahr gebannt. Aber Parus Andringen und der Umstand, dass sie selber immer noch zitterte wie Espenlaub, ließ sie einlenken. Verwundert stellte sie fest, dass Paru sich in den letzten paar Sekunden ein Kopftuch umgebunden hatte, welches ihr Gesicht halb verdeckte.

„Robin zwei, Hamster null!", verkündete Robin stolz. Er stand auf und schaute zufrieden um sich.

Die restlichen Hamster zogen sich zurück, ihre Zahl reichte nicht mehr aus, um dem Jungen gefährlich zu werden.

Aber komischerweise hatten nicht nur die Hamster den Rückzug angetreten, stellte Robin verwundert fest. Auch die beiden größeren Wesen stahlen sich davon. Nachdem er die Gefahr für die beiden gebannt hatte, erwartete er eigentlich eine kleine Auswertung der vorgefallenen Ereignisse. Ein wenig Dankbarkeit, vielleicht. Vor allem aber hätte er gerne gewusst, wer die beiden waren. Das kleinere Wesen war aus dieser Welt, dass sah er auf den ersten Blick, aber das Größere? Es schien kein Think sondern ein wirkliches Mädchen zu sein – und kein hässliches dazu.

Von den beiden schien der Think das Sagen zu haben: Es führte das Mädchen energisch zwischen den Wassersäulen davon. Irgendwie kam das Fantasiewesen ihm bekannt vor ...

„Hey, wartet doch mal!" Robin setzte sich in Bewegung.

Damaris versuchte sich umzudrehen, aber Paru zog sie unbeirrt weiter. Erst als Damaris hinter der nächste Säule stand, und damit Robins Blick entzogen war, hielt Paru an. Verängstigt schaute sie um sich, die Augen weit geöffnet, die Hände zittrig. „Wir müssen weg hier, weg hier!", murmelte sie panisch.

Besorgt fasste Damaris nach Parus Hand. „Was ist denn los, Paru? Was soll ich tun?"

Paru kam nicht mehr zum Antworten, denn Robin hatte einen kurzen Sprint eingelegt und schloss zu den beiden auf.

„Habe ich euch noch erwischt!"

Ein wenig außer Atem schaute Robin forschend Paru an. Sie stand, den Kopf geneigt, vor ihm. Damit bot sie ihm einzig und allein das Kopftuch zur Sicht. Als die Zwelfe keine Anstalten machte, ihn zu begrüßen, oder auch nur aufzuschauen, wandte er sich an Damaris.

„Hi, ich bin Robin."

„Damaris."

Er war ein oder zwei Jahre älter als sie, wenn auch nur einen halben Kopf größer. Sein chaotischer Schopf an dunklen Haaren gefiel Damaris sofort, genauso wie seine intensiv braunen Augen. „Sehr angenehm." Er schüttelte ihr die Hand. „Es ist echt ewig her, dass ich in Thinkit einen Menschen getroffen habe. Meffie meint immer – Meffie ist mein Kaninchen –, sie meint immer, dass meine Fantasien zu kompliziert werden. Dass andere Jugendliche auf ähnliche Dinge nicht kommen, weil sie nach Meffies Meinung oft nur bekannte Dinge aus Film und Fernsehen umsetzen und damit andere Teilwelten betreten als ich." Entschuldigend zuckte er die Achseln und lachte entwaffnend. „Aber wir haben zuhause nicht mal einen Fernseher, da muss ich meine Fantasie auf Hochtouren arbeiten lassen."

Keine Scheu, keine Zurückhaltung lag in seiner Art, während er Damaris seine Geschichte darlegte. Dafür war Damaris selber umso unsicherer. Ältere und dazu noch sympathische Jungs hatten diese Wirkung auf sie. Kurz schaute sie moralische Unterstützung suchend Paru an, bevor ihr Blick an dem Kaninchen hängen blieb. Es stand nicht weit von ihnen entfernt, und Damaris schaute erstaunt ein zweites Mal hin. Das Kaninchen stand nach vorne gebückt da, und schien sich mit einem Kampfhamster zu unterhalten! Der Hamster bemerkte Damaris' Blick und machte mit einem knappen Zucken des Kopfes das Kaninchen auf Damaris aufmerksam. Zwei Paar unangenehme Augen brannten nun auf ihrem Gesicht, bevor der Kampfhamster sich plötzlich wieder wie ein normaler Hamster verhielt und hurtig davon dackelte.

„Uhm, Damaris …", Robin sah sie fragend an.

„Was …? Ach so! Ja! Entschuldigung. Was hast du gesagt?" Ein Hamster, der sich mit einem Kaninchen unterhält – das musste sie sich eingebildet haben!

„Ich habe gefragt, wie du hierhergekommen bist. Eigentlich ist es doch fast unmöglich, dass du diese Teilwelt gefunden hast. Bisher hat niemand das geschafft. Wie und warum auch?" Er schwieg kurz, und sah dann Paru an, die nun fast ihr ganzes Gesicht unter dem Kopftuch versteckt hatte. „Außer natürlich du. Auch du bist hier. Ich weiß nicht, irgendwie erinnerst du mich stark an jemanden. Ziehe doch mal das Kopftuch ab ..."

„So Robin! Dann wollen wir mal los", unterbrach Meffie Robin. „Tschüss, ihr beiden!" Aggressiv drängte sie sich vor Paru, die dem Kaninchen ängstlich auswich.

Damaris erkannte, dass dieses ungleiche Paar aus Junge und Kaninchen auf Paru eine angsteinflößende Wirkung hatte. Aber warum war die Zwelfe dann hierher gekommen?

„Einen Moment noch Meffie ... Lass mich noch eben mit den beiden quatschen", wehrte sich Robin gegen den plötzlichen Abschied.

„Das lass mal lieber! Nun komm, das hier ist nicht gut. Du weißt wieso. Mach schon mal den Weg frei, ich komme gleich."

Widerwillig verabschiedete Robin sich von den beiden. „Na gut ... Bis dann, Damaris und befreundeter Think." Er schenkte ihnen noch ein Lächeln und zog dann ein kleines Buch aus der Tasche. Aufgeschlagen legte er es sich mit der offenen Seite nach unten vor die Füße. Auf dem Cover war ein einzelner blauer Tropfen abgebildet.

Kaum berührte das Buch den durchsichtigen Boden, faltete es sich selbstständig über die Querseite auf. Dann geschah das Gleiche über die Längsseite und noch ein zweites Mal über die Querseite. Der Vorgang erinnerte Damaris an das Aufklappen der Faltkarten, die bei ihren Eltern trotz Navigationssystem immer noch im Auto lagen.

Kurze Zeit später zeigte sich vor Robin im Boden eine aus Backsteinen konstruierte Treppe, welche hinab führte. An der oberen linken Ecke der Treppe lag noch das kleine Buch Robins, über die Längsseite nach wie vor verbunden mit dem aus ihm selber entstandenen Durchgang.

„Spitze!", sagte Damaris leise zu Bonnie. „So was brauche ich auch! Er hat seinen Durchgang immer dabei!"

Als sie auch Paru auf Robins Buch aufmerksam machen wollte, sah sie gerade noch, wie Meffie sich rasch von Parus Ohr zurückzog. Meffies Augen sahen sie blitzend und ein wenig spöttisch an. Paru schien dagegen noch kleiner und hilfloser als vorhin. Richtig verängstigt sah sie aus!

Besorgnis und Verärgerung packten Damaris. „Was ist denn da los?", flüsterte sie Bonnie zu. „Hast du gehört, was Meffie zu Paru gesagt hat?"

„Nein, ich habe Robin angeschaut. Wie du, wenn ich das bemerken darf. Wenn auch nicht mit einem so verzückten Gesichtsausdruck."

„Was soll denn das heißen?" Empört hatte Damaris die Stimme erhoben, flüsterte dann aber sofort wieder: „Wie auch immer ... Mist ... Hätte ich doch bloß ein wenig mehr auf das Kaninchen geachtet!"

„Irgendetwas stimmt nicht mit ihr, soviel ist klar ...", stimmte Bonnie ihr zu.

Mit einem scheinheiligen Grinsen lief Meffie an Damaris und Bonnie vorbei und gesellte sich zu Robin.

„Bis dann!", rief Robin ihnen zu.

„Ja, bis dann ...", erwiderte Damaris

„Tschüss", brummte Bonnie.

Paru schwieg.

Robin folgte Meffie, nickte aber Damaris nochmal zu. Komisch, dachte das Mädchen, und nickte vorsichtshalber zurück. Robin nickte erneut und dann noch ein Mal. Verwundert, und langsam rot im Gesicht werdend, blickte Damaris ihn an. Irgendwie war ihr das peinlich. Hatte er unkontrollierte Zuckungen? Wieder nickte er.

„Was will denn der bloß?", fragte sie Bonnie irritiert.

„Mädchen, du bist ab und zu wirklich nicht die Schnellste! Du sollst die Karte aufheben, die er dort vor dir hat fallen lassen!"

Ein Stück dickes Papier in der Größe einer Postkarte lag nur ein Meter entfernt vor ihr auf der Ebene. Damaris konnte das Motiv von ihrem Standpunkt aus nur als etwas Rechteckiges ausmachen.

Ein flüchtiger Blick auf Paru zeigte ihr, dass die Zwelfe sich etwas gefasst hatte, ihr und Robin aber wieder den Rücken zeigte. Mit zwei Schritten war Damaris bei der Karte, bückte sich danach und ließ sie in ihrer Hosentasche verschwinden. Gerade rechtzeitig, denn Paru sprach sie nun mit nach unten geneigtem Kopf an:

„Damaris, machst Du einen Durchgang?"

Das Mädchen nickte, konzentrierte sich und entdeckte dann voller Stolz eine Tür im Boden, nur wenige Meter von ihnen entfernt. Sofort machte Paru sich auf den Weg dorthin.

Über ihre Schulter blickend, sah Damaris gerade noch, wie Robin in das Loch zu seinen Füßen sprang. Noch im Fallen griff seine Hand nach dem Buch am Rande des Durchgangs. Mit dem Buch verschwand auch die Pforte.

Der Abstand, der beim Rückweg in Damaris' Eintrittsraum zwischen ihr und Paru lag, verhinderte das Anbringen der vielen Fragen, die Damaris auf dem Herzen lagen. Ihr Kopf schien vor Gedankengängen förmlich zu brummen, Fragen wurden hin und her geschossen, Informationen umgewälzt. Der geheimnisvolle Junge, das unheimliche Kaninchen, und eine Paru wie sie sie vorher noch nicht gesehen hatte: Zu Tode geängstigt. Was war hier bloß los?

Sie schwebten durch die von Paru geschaffene Tür und wurden in den Tunnel zu Damaris' Eintrittsraum gesogen. Unweit vor ihnen konnte Damaris bereits die Pforte sehen.

Kurz nach Paru betrat Damaris das Seitenschiff.

Hastig trat Paru zurück an die noch geöffnete Tür, schloss sie und wandte sich Damaris zu.

„Schließe sie!", verlangte die Zwelfe.

111

Verwirrt schaute Damaris zwischen Paru und der Tür hin und her. „Sie ist verschlossen."

„Nein, zerstöre die Verbindung! Den Tunnel!"

„Was, warum?" Als sie Parus panischen Blick sah, welche ihre Widerworte ausgelöst hatten, formulierte sie ihre Frage um. „Wie? Ich weiß nicht wie."

„Einfach nur daran denken." Parus Augen waren auf die Tür gerichtet, als warte sie darauf, dass jeden Moment jemand heraustreten würde.

„Kommt noch jemand?" Ihr kam ein Gedanke. „Bonnie?", fragte sie verunsichert und versuchte, an ihre Kapuze zu gelangen. „Bist du da?"

„Ja, immer noch in deiner Kapuze, wieso?"

„Einfach nur daran denken!", verlangte Paru in einem Tonfall, der keinen Widerspruch duldete.

Gehorsam konzentrierte Damaris sich auf die Tür und wünschte sich, der Tunnel wäre nicht länger da. Nein, es war kein Wunsch, musste sie sich eingestehen. Vielmehr war es ein Befehl gewesen.

„Fertig?"

Damaris nickte.

Als Paru die Tür öffnete, waren anstelle des Tunnels nun grob gemauerte Steine zu sehen. Der Durchgang zu Robins Teilwelt war zerstört.

Stolz schaute Damaris Paru an. Direkt beim ersten Versuch war sie erfolgreich gewesen! Doch ihr selbstbewusstes Gesicht fiel in sich zusammen, als sie das von Paru sah: Tränen kullerten über die Wangen der Zwelfe.

Ohne ein weiteres Wort hatte Paru Damaris und Bonnie zurück in den Körperschattenraum begleitet und war dann verschwunden. Damaris hatte noch versucht sich zu entschuldigen, aber sie kam nicht mehr dazu: Paru gab ihr nicht die dazu notwendige Zeit.

Bedrückt stand Damaris in ihrem Körperschattenraum und blickte auf das Bücherregal. Auf das Buch, durch das Paru gerade verschwunden war. Das nagende, schuldige Gefühl blieb; immerhin hatte Paru sie mit ihrem Schrei vor der drohenden Gefahr warnen müssen. Dabei hatte sie ihre Anwesenheit verraten.

„Warum ist sie bloß so traurig?" Sie ging zu dem Käfig, in dem Bonnie es sich gemütlich gemacht hatte. „Hast du eine Ahnung?"

„Ich schätze mal, es hat mit der nun nicht mehr vorhandenen Tür zu tun."

„Aber sie hat doch bestimmt die Möglichkeit, auf anderen Wegen zu Robin zu kommen ...", beruhigte sich das Mädchen selber. „Ich glaube kaum, dass sie das Kaninchen besuchen wollte, es muss der Junge sein. Und warum hat sie überhaupt so viel Angst vor Meffie?"

Bonnie hob die Schultern in einer hilflosen Geste. „Ich kenne Paru auch erst seit einem Tag. Da wirst du sie wohl selber fragen müssen."

Damaris seufzte. „Ich werde erstmal zurück in die reale Welt gehen. Der Morgen müsste längst da sein. Wir sehen uns dann später ..."

Bedrückt bestieg Damaris ihr Bett und legte sich zu ihrem bläulichen Körperschatten. Die negativen Gedanken verdrängend, schloss sie die Augen.

Kapitel 12: Die Karte

Tageslicht erhellte ihr Zimmer, als sie die Augen wieder öffnete. Damaris schaute auf den Wecker.

„Neun Uhr", murmelte sie, den Kopf schüttelnd. Sie legte sich wieder hin und spielte in Gedanken die Erlebnisse in Thinkit nochmal durch. Was war ihr entgangen, was hatte Paru so in Panik versetzt? Als sie erneut die letzten Sekunden in der Hamsterwelt durchspielte, blieb sie dieses Mal gedanklich beim Abschied von Robin hängen – und sie spürte, dass sie etwas übersah. Er hatte sich verabschiedet, mit dem Kopf genickt und ...

Siedend heiß fiel Damaris die Karte von Robin ein. Wie hatte sie die bloß vergessen können?

Sie sprang aus dem Bett und durchsuchte stürmisch die Hose, die sie gestern angehabt hatte. Ihre linke Tasche schien keine Geheimnisse zu beherbergen, aber als sie die Hand in die rechte Tasche gleiten ließ, ertastete sie ein hartes Stück Papier.

„Ha! Bonnie! Da ist was!"

Nicht auf eine Antwort von Bonnie wartend, die sowieso nicht kommen würde, zog Damaris ein Stück Papier hervor. Es war tatsächlich eine Karte! Eine Welle von Freude und Spannung erfasste ihren Körper. Umso größer war die Enttäuschung, als sie feststellen musste, dass es nicht dieselbe Karte war, die sie von Robin bekommen hatte. Es war die Einladung zu einer Geburtstagsfeier, die sie schon seit Tagen mit sich herumtrug. „Natürlich ...", murmelte sie zerknirscht. „Ich kann ja aus Thinkit nichts mitbringen."

So richtig überrascht war sie nicht – unbewusst hatte sie dies bereits vermutet. Langsam vermochte sie zwischen den beiden Welten zu unterscheiden. Beide waren auf ihre Art und Weise real, aber sie waren strikt getrennt.

„Strikt getrennt ...", sprach sie ihren letzten Gedanken aus. Ihr Gesicht klärte sich schlagartig. In Thinkit hatte sie Robins Karte eingesteckt, also war sie bestimmt immer noch in ihrer Hose in

Thinkit! Sie brauchte nur wieder einzuschlafen, und die Thinkit-Hose würde die gewünschte Karte hergeben.

Soweit der Plan.

Sekunden später lag Damaris wieder im Bett und versuchte krampfhaft einzuschlafen. Immer wieder drehte sie sich um, aber es wollte ihr nicht gelingen, die reale Welt zu verlassen. Minute um Minute verging. Damaris stand auf und schloss die Gardinen, öffnete sie dann aber doch wieder einen Spalt breit. Die kalte Luft, die durch das gekippte Fenster hereinströmte, strich angenehm kühlend über ihre Stirn.

Sie fühlte sich so wach, wie seit Jahren nicht mehr. Und leider wusste sie nicht, wie sie ohne einzuschlafen nach Thinkit kommen konnte. Frustriert schritt Damaris barfuß durch ihr mehr oder weniger dunkles Zimmer.

Bisher hatte sie Nika und Konsorten nur im Traum getroffen. Aber ihre Vorstellungskraft musste doch auch in wachem Zustand in der Lage sein, sie nach Thinkit zu führen! Der einzige Unterschied, der Damaris zwischen der Fantasie im Schlaf und der Fantasie im wachen Zustand einfiel, war die Unselbstständigkeit im erstgenannten Fall. Im Schlaf gingen die Träume meist in eine nicht beeinflussbare Richtung. Nicht, dass sie in Träumen nicht die Regie übernehmen konnte – wenn sie sie denn wusste, dass sie träumte. Aber meistens war sie sich gerade über diesen Zustand nicht im Klaren. Im Normalfall stellte sie erst nachträglich fest, dass sie träumte, nämlich dann, wenn sie aufwachte.

Trotzdem ... Gestern hatte sie mehrere Male ganz genau gewusst, dass sie träumte. Dabei hatte sie eine Landschaft, eine Stadt und Kühe geschaffen. Sprechende Kühe. Absichtlich. Also war eine überlegte und gewollte Fantasie möglich. Warum musste sie dafür erst einschlafen? Wenn sie sich darauf konzentrierte, musste sie doch auch so ihren Weg finden.

Erneut in ihre Decken gekuschelt, drehte sie sich von der linken auf die rechte Seite. Und konzentrierte sich. Oder nein, eben nicht!

Besser war es, sich nicht zu konzentrieren! Es ging darum, sich zu entspannen, den Geist fliegen, den Gedanken freien Lauf zu lassen. Aber das war einfacher gesagt als getan. Sie legte sich auf den Rücken und schloss die Augen. „Entspannen … Entspanne dich!", beschwor sie sich. Nichts passierte. Wiederholte Versuche endeten mit demselben Ergebnis. Und je öfter es misslang, umso ungeduldiger wurde Damaris; umso schlechter wurden die Aussichten auf Erfolg. Nach einer halben Stunde schließlich, gab Damaris genervt auf. Ein paar Minuten lang starrte sie an die Decke, dann trat sie die Bettdecke von sich und öffnete die Gardinen vollständig. Der Morgen versprach einen weiteren trüben Tag – er fing mit dicken Wolken und Nieselregen an. Was sollte sie nun bloß tun? Ihr fiel nur eine einzige Beschäftigung ein.

So kam es, dass Herr und Frau Lincol gegen zehn Uhr an diesem Sonntagvormittag vollkommen ungestört aufwachten, sich nochmal genüsslich umdrehten und letztendlich Herr Lincol gegen elf Uhr zum ersten Mal seine Tochter aufsuchte. Er hatte leise an die Tür geklopft und dann nach einem undefinierbaren aber zustimmenden Laut den Raum betreten. Verwundert hatte er seine unter ihre Decke versteckte Tochter betrachtet, die er flüchtig auf die Stirn geküsst hatte. Die einzige Reaktion, die er hierauf bekam, war ein kurzer Blick und ein noch kürzeres Lächeln, bevor das Buch wieder alle Aufmerksamkeit verlangte. Mit einem Schmunzeln verließ Herr Lincol das Zimmer.

Eine halbe Stunde später besuchte Damaris' Vater seine Tochter erneut. Er fand sie in derselben Position, wie er sie verlassen hatte. Aber nun war es Zeit für das gemeinsame Frühstück. Damaris musste mitkommen, auch wenn Herr Lincol sie ungern von ihrem Buch wegriss.

„So, mein Spatz. Dann wollen wir den Tag richtig anfangen."

„Später", antwortete Damaris, die Augen nicht vom Buch nehmend. „Aber du kannst ja nachher weiterlesen. Komm schon, ein paar Bissen werden dir gut tun."

Damaris reagierte zuerst nicht, bis durch die offenstehende Türe die ersten Gerüche des Frühstücks hereinzogen. Der Duft von Eiern, Speck und Toast drangen in ihre Nase und sie brachten das Mädchen ganz schnell aus den von Michael Ende beschriebenen Landschaften zurück in die Realität. Ihr Magen meldete sich urplötzlich zu Wort. Tief sog sie die Luft ein und schaute ihren Vater nun zum ersten Mal bewusst an. Dann merkte sie sich die Seitenzahl und klappte das Buch zu.

„Vielleicht komme ich doch mit ..."

Das Essen hatte Damaris vollständig in die reale Welt zurückbefördert. Die Erlebnisse der vorletzten Nacht kamen ihr nun unwirklich vor, und sie hatten teilweise ihre Attraktivität eingebüßt. Alte Gewohnheiten meldeten sich zurück und Damaris druckste unruhig auf ihrem Stuhl herum. „Papi?", fragte sie mit honigsüßer Stimme.

„Hm", brummte Herr Lincol, sich mit seiner Sonntagszeitung beschäftigend.

Damaris verzog das Gesicht. Um die ungeteilte Aufmerksamkeit ihres Vaters zu bekommen, musste wohl gröberes Geschütz aufgefahren werden. Sie stand auf und umarmte ihn von hinten. „Ich habe mich doch seit gestern nicht mehr über meine Strafe beschwert, richtig?"

„Du hast sie ja auch verdient."

Das war nicht die Antwort, die sie hatte hören wollen. „Ja, schon ... Und ich sehe ja auch ein, dass ich die Jungs hätte aufhalten sollen. Trotzdem konnte ich doch eigentlich nichts dafür."

„Aber ich?", erwiderte ihr Vater, während er die Seite umblätterte.

„Nein, du natürlich auch nicht", lenkte sie verärgert ein. Das Gespräch verlief nicht so, wie sie es sich wünschte. „Aber wie wäre es, wenn ich die ganze nächste Woche ohne Murren meine Strafe absitze. Nur den nächsten Samstag, da würde ich gerne weg."

Bevor Herr Lincol reagieren konnte, fuhr Damaris fort. „Da ist Lauras Geburtstagsfeier, da freue ich mich schon seit Ewigkeiten drauf! Da darf ich wirklich nicht fehlen. Ich werde auch ganz sicher rechtzeitig zurück sein, ich verspreche es!"

„Nein Schatz", sagte er. „Wir haben dir deine Strafe gegeben, du musst sie nun absitzen."

„Nur ganz kurz! Nur vier Stunden!" Sie schaute ihren Vater aus weit aufgesperrten, haselnussbraunen Augen an. „Bitte!"

Fast wäre Herr Lincol bei diesem plumpen Versuch ein Lachen entwischt, aber er riss sich zusammen und blieb stark. „Nein, Damaris."

„Drei Stunden?"

„Nein."

„Okay." Damaris lehnte sich weiter vor, und sah ihren Vater mit leidvoller Miene von der Seite an. „Mein letzter Vorschlag: Zweieinhalb Stunden, aber weniger ist unmöglich. Da lohnt der Weg dann nicht."

Herr Lincol musste nun doch noch lachen. „Wir sind hier nicht beim Feilschen! Ich habe nein gesagt, und dabei bleibt es auch. Nicht mal eine Minute."

Damaris schmollte kurz und wechselte dann die Taktik. „Schön, dann gehe ich halt zu Mama!"

Herr Lincol zuckte kurz mit den Schultern. „Bitte, wenn du meinst, dass du da mehr Erfolg hast … Geh ruhig."

Das war leider nicht die Reaktion, die sich Damaris erhofft hatte; nun mussten ihren Worten Taten folgen. „Tue ich auch!", erwiderte sie trotzig, und löste ihre Arme von ihrem Vater. Dabei nahm sie nicht unbedingt Rücksicht auf seinen Hals, ihr Vater ließ sich jedoch nichts anmerken.

Sie begab sich in die Küche und kuschelte sich an ihre Mutter.

Keine fünf Minuten später war Damaris wieder in ihrem Zimmer, schmollend und mit dem Buch in der Hand.

Das Wetter wollte sich nicht bessern, Rausgehen war keine Option. Aber nach zwei Stunden konzentrierten Lesens brauchte Damaris eine Abwechslung. Sie griff zum Telefon.

„Hey, Tina! Ich bin's, Damaris ..."

„Hi! Na? Hast du noch Hausarrest?"

„Ja, aber immerhin hat mein Vater dann doch ein wenig Mitleid mit mir gehabt und zumindest die Handysperre aufgehoben."

„Und dann rufst du jetzt erst an?" Der Vorwurf war nicht zu überhören.

„Sorry, habe irgendwie gar nicht dran gedacht. Ich habe den ganzen Tag nur gelesen."

Tina produzierte einen tiefen Seufzer, bevor sie antwortete: „Ich würde, glaube ich, heute auch lieber lesen, als mit meiner Familie in den Wald zu fahren. Aber ich habe genauso wie du keine Wahl ... Ich würde alles machen, nur um meinen Bruder nicht zu sehen!"

„Du hast wenigstens einen Bruder, ich bin Einzelkind."

„Glaube mir, so schlecht hast du es damit nicht ... Was machst du denn heute noch?"

Jetzt war es an Damaris, zu seufzen. „Was kann ich denn machen? Rausgehen ist nicht, Fernsehen genauso wenig – du kennst ja meine Eltern. Und auf aufräumen habe ich nun wirklich keine Lust. Da bleibt nur lesen ..."

„Ab morgen wirst du dich bestimmt nicht mehr langweilen. Die Hausaufgaben warten schon auf dich."

„Ich kann gar nicht fassen, dass morgen schon wieder Schule ist!", stöhnte Damaris.

„Moment ..." Tinas Stimme wurde leiser, als sie den Hörer mit der Hand abdeckte. „Ja, ich komme ja gleich!"

„'tschuldigung Damaris", sprach sie dann in den Hörer. „Wir gehen. Muss auflegen."

„Dann bis morgen."

„Ja genau, bis morgen. Wird schon werden, das mit deinen Eltern. Bis dann."

„Tschüss."

Schule.

Das Wort geisterte Damaris durch den Kopf. Dieses Jahr war Sylvester auf einen Donnerstag gefallen, so dass Damaris bis zum dritten Januar freibekommen hatte. Aber morgen war Montag der Vierte.

Schule.

So schlimm war sie eigentlich nicht. Damaris hatte einige Freunde und war nicht in die Außenseiterrolle gedrängt worden, der viele Jugendliche nicht entfliehen können. Aber sie war auch nicht die Beliebteste. Sie stellte sich mit den meisten gut und bewegte sich in der Mitte der Beliebtheitsskala: Von einigen nicht beachtet, aber von allen akzeptiert.

Damaris verdrängte die Gedanken an die Schule und lief zurück zum Bett.

Der Tag war schneller vergangen, als Damaris erhofft hatte. Das Buch hatte sie entgegen ihrer Erwartungen vollkommen beschlagnahmt, alles um sie herum war für einige Stunden bedeutungslos gewesen. Am aufregendsten war allerdings, dass sie schon jetzt eine andere Art des Lesens kennen gelernt hatte. Die gelesenen Wörter verwandelten sich in ihrem Kopf erstmals zu neuen Welten. Noch am Tag zuvor hatte sie lediglich ihr bekannte Häuser, Landschaften und Menschen leicht abgeändert und an die Beschreibungen im Buch angepasst, um dessen Anforderungen gerecht zu werden. Sie hatte die Personen und Gegenden des Buches also einfach in die ihr bekannte Welt verpflanzt. Aber nun entstanden vollkommen neue Bilder in ihrem Kopf, nur auf den geschriebenen Worten basierend. Es war ein faszinierendes Erlebnis.

Ihre Vorstellungskraft überraschte sie und trieb sie an, weiter von ihr Gebrauch zu machen.

Es war beinahe sechs Uhr abends, als Damaris zufrieden die letzte Seite umblätterte. Über 400 davon hatte sie hinter sich gebracht. „Tatsächlich ein sehr gutes Buch, der Film war bei weitem nicht so spannend ... Soweit ich mich noch daran erinnern kann", sagte Damaris über den Bettrand hinweg zu Bonnie. Sie nahm das Tier aus ihrem Käfig.

„Vielleicht sollte ich doch öfters mal ein Buch lesen ... Aber jetzt gibt es erstmal bald Abendessen und dann ist schon fast Schlafenszeit."

„Und dann kann ich endlich rausfinden, was das mit der Karte auf sich hat", fügte sie hinzu.

Damaris' Gesicht verfinsterte sich. Den ganzen Tag hatte sie diesen Augenblick herbei gesehnt, aber nun war sie sich nicht mehr so sicher bezüglich ihrer Gefühle. Sie hatte ein wenig Angst vor dem, was kommen konnte. Aus den unschuldigen Ausflügen war etwas Ernstes geworden.

„Damaris, Abendbrot!", klang es, noch bevor Frau Lincol die Tür richtig geöffnet hatte.

Gott sei Dank: Eine Ablenkung von ihren Gedanken.

Nach dem Essen hatte Damaris ein neues Buch zur Hand genommen. Es hatte zwischen den anderen anonymen Büchern in ihrem Schrank gestanden und trug den vielversprechenden Titel „Der Wunschstuhl". Geschrieben von einer Enid Blyton. Wie man diesen Namen wohl aussprechen mochte?

Das Buch gefiel Damaris von der ersten Seite an außerordentlich gut, aber sie merkte, dass ihre Konzentration so gegen zehn Uhr nicht mehr ausschließlich auf das Buch gerichtet war. Sie fragte sich immer wieder, was in dieser Nacht wohl geschehen würde. Damaris kramte in ihrer Hosentasche und zog ein weiteres Mal die Karte hervor.

„Jetzt werde ich herausfinden, was du zu bedeuten hast!", sagte sie leise, und steckte sie in ihre Schlafanzughose zurück.

Nachdem sie sich die Zähne geputzt, sagte sie ihren Eltern gute Nacht. Herr und Frau Lincol waren über ihre verschlafene Tochter einigermaßen verwundert, aber auch froh, dass sie sich mit ihrer Strafe offensichtlich schon abgefunden hatte. Nur keine schlafenden Hunde wecken, hatten sie vermutlich gedacht, und die Sache mit keinem Wort mehr erwähnt.

Zurück in ihrem Zimmer löschte Damaris das Licht und legte sich in ihr Bett. Sie brauchte eine Weile, um die angenehmste Position zu finden, schloss dann die Augen und konzentrierte sich.

Sie konzentrierte sich auf die Karte und sie konzentrierte sich auf Robin. Sie dachte an den chinesischen Jungen, an Bullie, an Bonnie und an Nika und Paru.

Einige Minuten verstrichen, aber wie es ihr bereits an diesem Morgen ergangen war, erging es ihr auch jetzt. Nichts geschah und sie wurde ungeduldig. Einen Spalt breit öffnete Damaris ihre Augen. Alles sah normal aus; keine Zwelfen oder sonstige Wesen, die ihr zeigten, dass sie bereits den Schritt getan hatte.

Sie schloss die Augen wieder und konzentrierte sich weitere zwei Minuten. Immer noch nichts. Mit einem schweren Seufzen drehte Damaris sich auf die andere Seite und hätte dabei fast Lauras Einladung in ihrer Schlafanzughose zerstört. Sie merkte es gerade noch rechtzeitig und zog sie aus ihrer Hose.

In dem Moment, in dem sie die Karte auf den Nachttisch legen wollte, fiel ihr etwas Komisches auf. Sie zog ihre Hand zurück und schaute sich das Stück Pappe genauer an.

Konnte es sein?

Aufgeregt schaltete sie die Nachtlampe an. Die Postkarte zeigte ein vertrautes Motiv. Das Motiv, welches Damaris in diesem merkwürdigen Raum mit den Wassersäulen gesehen hatte: Ein dunkles Rechteck!

Damaris hob die Bettdecke an. Ihre Schlafanzughose war verschwunden. An Stelle dessen trug sie die Hose, die sie schon gestern und vorgestern in Thinkit getragen hatte. Schnell drehte sie die Karte um. Es standen nur drei Worte darauf:

Grüße von Robin

Kapitel 13: Der Geleitraum

„Ich hab's geschafft!", jubelte sie. „Wenn das kein Fortschritt ist!"

„Aua ... Runter mit der Lautstärke, ja?", klagte eine brüchige und belegte Stimme aus dem Käfig.

Damaris streckte ihren Hals und schaute über den Bettrand. „Aber ich habe es geschafft! Nur durch Konzentration bin ich aus dem wachen Zustand nach Thinkit übergewechselt! Das ist das, wovon dieser chinesische Junge, dieser Tien-nochwas gesprochen hat."

Aufgedreht sah Damaris Bonnie an, der sich in seinem Häuschen verkrochen hatte; nur das Hinterteil schaute heraus. „Na komm, da darf ich ruhig ein wenig stolz auf mich sein!"

„Vielleicht bist du ja auch einfach nur eingeschlafen", hielt Bonnie ihr entgegen. „Der Unterschied ist wohl nicht immer leicht festzustellen. Abgesehen davon wäre ich dir dankbar, wenn du leiser wärst. Oder kannst du deine kleine Privatparty ganz irgendwo anders feiern?"

Damaris stopfte die Karte zurück in ihre Hose und sprang aus dem Bett. „Also, es sieht hier wirklich haargenau so aus, wie in meinem Schlafzimmer.

„Wären du und mein blauer Körperschatten nicht, dann wüsste ich wirklich nicht, ob ich wach bin oder schon träume", fuhr sie fort, als Bonnie keine Anstalten machte, das gerade begonnene Gespräch am Leben zu erhalten

Als das Meerschweinchen erneut nicht antwortete, beugte Damaris sich vor. Der Nager sah ziemlich durch den Wind aus.

„Was ist denn los? Geht's dir schlecht?"

„Nein, nein, geht schon ...", klang es aus dem Käfig. „Würde nur gerne schlafen ... Muss den Milchschnaps von Bullies Onkel abbauen. Und damit hoffentlich die lauten Glocken, die in meinem Kopf das eine nach dem anderen Lied schlagen, zum Schweigen bringen ..."

124

Damaris musste grinsen. Sie kam noch näher und versuchte einen besseren Blick auf Bonnie zu erhaschen. „Musstest dich wohl betäuben, um sein Gequassel auszuhalten?"

Bonnie legte den Kopf schräg und musterte Damaris. „Was hast du denn gegen Bullie? Er ist sehr unterhaltsam."

„Unterhaltsam, ja. Aber auf Dauer auch ein wenig nervig, findest du nicht?"

„Nein", war die prompte Antwort. Herausfordernd schaute das kleine Tier das große Mädchen an.

„Okay ...", erwiderte Damaris langgezogen. „Nun, du kannst deine Zeit ja verbringen, wie du es für richtig hältst. Aber was mache ich jetzt? Alleine will ich mich noch nicht durch Thinkit wagen. Gestern das mit der Hamsterwelt war ja nicht ganz ohne." Sie runzelte die Stirn. „Ohne Paru ginge es mir wohl nicht mehr ganz so gut."

Da waren wieder die Schuldgefühle. „Hast du sie vielleicht gesehen? Oder Nika?"

„Nein."

„Hast du denn vielleicht ..."

„Nein."

Das Gespräch war offenbar endgültig beendet.

„Nun, deine schlechte Laune schiebe ich mal auf deine Alkoholvergiftung", sagte Damaris versöhnlich. „Ich werde im Eintrittsraum nachschauen gehen. Solltest du Paru oder Nika sehen, kannst du sie dann bitten, mich hier zu besuchen?"

Ein zustimmendes Grunzen, zu mehr ließ sich Bonnie nicht mehr hinreißen.

„Das interpretiere ich als ein ja", sagte Damaris und ging auf ihr Babybuch zu.

Damaris stand in der Kathedrale, dort wo in den meisten Gotteshäusern eigentlich das große runde Rosettenfenster, das Rota, seinen Platz hatte. Die Beklommenheit, die Damaris bei ihrem ersten Betreten dieses Komplexes gespürt hatte, war der Entspannung gewichen. Dieser verschachtelte Raum war für sie zu einem Ort der Vorfreude geworden. Abenteuer und interessante Wesen verbargen sich hinter den vielen Türen. Und sie konnte sogar andere Jugendliche kennen lernen, nicht zu vergessen vielleicht Robin wieder treffen.

Und genau das würde sie jetzt versuchen.

Sie zog die Karte hervor. Das Muster auf der Karte sollte ihr bestimmt verraten, was sie zu tun hatte. Leider wusste sie nicht, was genau dargestellt wurde. Ihr Blick schweifte über die vielen Türen der Kathedrale, doch ein Hinweis schien auch dort nicht vorhanden zu sein.

„Was soll ich mit dir?", fragte sie die Karte. „Warum hat Robin mir dich ..."

Plötzlich hielt sie inne. Was war denn das?

Sie steckte die Karte wieder ein und lief langsam weiter. Genau gegenüber von der Eingangspforte, auf der anderen Seite der Kathedrale, war ein schmaler Spalt aus Licht entstanden. Er schien seinen Ursprung direkt in der Wand zu haben. Beim Näherkommen erkannte sie, dass der Lichtschein nicht eines geraden Spaltes entsprang – vielmehr war es eine geschwungene Linie, welche über die sonst glatte Mauer verlief. Einige Kurven schlagend, näherte das Licht sich dem Gewölbe der Kathedrale und trat auch auf dieses über. Nicht mal dort nahm das Licht nachvollziehbare Wege. Es vollführte weitläufige Bögen und schloss sich letztendlich zu einem großen umrandeten Gebilde zusammen, verbunden über Gewölbe und Mauer hinweg. Die durch die Lichtspur eingeschlossene Fläche maß an der breitesten Stelle in etwa zwei Meter, an der schmalsten – so schätzte Damaris – nur einen halben. Die Höhe mochte maximal zwei Meter betragen.

Damaris war von dem Licht wie hypnotisiert. Es war weniger ein Lichtschein, sondern vielmehr ein Fluss aus Licht, der aus dem Spalt hervorströmte. Wie Rauch, der durch einen schmalen Spalt in einen Raum hineinquillt und sich dort beim Verteilen auflöst. Hier und da waren sogar Strähnen zu sehen. Das warme gelb-goldene Licht teilte sich erhaben in spiral- und bogenförmige Strukturen auf. Unsicher schaute Damaris hinter sich. „Hallo?", fragte sie mit einer lauten Stimme, vor der sie selber erschrak.

Keine Antwort.

„Ist hier jemand drin?"

Immer noch Stille.

Von ihrer Neugier getrieben berührte Damaris zaghaft den Spalt. Er war warm. Als sie ihre Hand flächig auflegte, merkte sie erschrocken, wie die Wand etwas nachgab. Sie zog die Hand zurück, und die Wand schwang träge an ihre ursprüngliche Stelle zurück. Damaris drückte erneut – dieses Mal mit etwas mehr Kraft – und die Öffnung gab einen Blick auf den dahinter liegenden Raum frei.

Der Raum war erfüllt von goldenem Licht. Da die Wände das Licht nur zu einem begrenzten Teil reflektierten, schien der Raum einladend klein.

„Hallo …?", fragte Damaris ein weiteres Mal, und trat dann ein.

Der Raum wurde nicht durch ein Feuer oder eine Lampe beleuchtet, sondern durch ein Buch, welches auf einem Holzpodest lag. Es war ein großes Buch – aufgeschlagen mindestens einen ganzen Meter breit – und es sah sehr schwer aus. Damaris vermochte nicht zu schätzen, wie viele Seiten es wohl habe mochte. Es mussten tausende sein!

In diesem Augenblick erhob sich die rechte Seite des Buches. Dynamisch verteilte es sein Licht auf den ganzen Raum und legte sich dann zu den anderen Blättern auf der linken Seite. Damaris hatte während des Umblätterns geschriebene Wörter erspäht, aber sie waren zu weit weg, um sie lesen zu können. Keine Hand hatte das Buch berührt, die Seite hatte sich selbstständig bewegt. Damaris begann sich an diese Art von Vorgängen zu gewöhnen.

Trotzdem, das Buch musste untersucht werden.

Es schien Damaris nichts Gefährliches an dem Gemach zu sein. Die ruhige und friedvolle Atmosphäre erzeugte ein einladendes

Gefühl, und so war ihr kein bisschen unwohl, als sie auf das Buch zulief. Ein knarrendes Quietschen hallte durch den Raum, als sie auf das Holzpodest stieg. Dann beugte sie sich über das Buch. Mit Staunen betrachtete Damaris die goldenen lichtspendenden Seiten. Das Buch war wirklich riesig. Nicht nur die Maße, sondern auch die Seitenanzahl sprengte alles bisher von ihr Gesehene. Allerdings ...

„Da steht ja gar nichts drin ...", murmelte Damaris verwundert. Ein Buch enthielt doch immer etwas: Geschichten, Bilder, irgendetwas!

Neugierig versuchte sie eine Seite weiter zu blättern. Aber das Buch schien nach der offenliegenden Seite nicht aus weiteren einzelnen Blättern zu bestehen: Die vermeintlichen Seiten bestanden in Wahrheit aus einem soliden Stück Holz, gleichfarbig mit den offenliegenden Seiten.

Damaris neigte ihren Kopf zu der rechten Seite des Buches. Doch! Da waren feine Rillen zu erkennen. Dort, wo die Seiten aufeinander lagen.

Mit Kraft versuchte Damaris ihre Fingernägel in die Rillen zu schieben – ohne Erfolg. Gerade, als sie einen neuen Versuch starten wollte, fing ihr Auge in der linken oberen Ecke der linken Seite ein paar Sätze auf. Hatte sie die Sätze etwa übersehen? Oder waren sie gerade erst entstanden?

Damaris musste direkt nachdem diese Gedanken durch ihren Kopf geschossen waren, lächeln. Natürlich war der Text vorher nicht da gewesen. Auf ein Neues hatte Thinkit sie überrascht, obwohl sie es so langsam doch besser wissen musste. Hier war einfach alles möglich.

Sie beugte sich nach vorne und las die Sätze, beginnend in der oberen linken Ecke:

schaute ein dunkler Schopf Haare in den Geleitraum. Sie war es! Sie hatte nun den Weg gefunden und es stand außer Frage, dass sie noch oft wiederkommen würde.

Das schlanke und recht hübsche Mädchen betrat den Raum und bestaunte die Schönheit des Buches – denn es muss betont werden: Das Buch war schön! Nur wenig Zeit verwendete sie auf das berührungslose Betrachten, schon schnell versuchte sie mit Gewalt dem Buch seine Geheimnisse zu entreißen. Wobei sie noch lernen würde, dass alle Geheimnisse des Buches ihre eigenen Geheimnisse waren. Mit aller Kraft versuchte sie, die unbeschriebenen Seiten zu trennen. Ein sehr hartnäckiges Mädchen, das musste man ihr lassen. Aber leider schien sie auch an einer gewissen Unbelehrbarkeit, an einer ordentlichen Dosis Lernresistenz zu leiden. Außerdem war ihr Verhalten etwas unverschämt.

„Hey!", sagte Damaris laut. Natürlich hatte sie mitbekommen, dass sie selber es war, die dort beschrieben wurde. „Dass du mich hier als unverschämt darstellst, finde ich wiederum von dir ziemlich frech!"

Das Mädchen bewies ihre eben noch vermutete Unverschämtheit, indem sie das Buch beleidigte. Sie hatte noch nicht begriffen, dass das Buch ihr bei Weitem überlegen war. Aber sie würde dies noch lernen und dann untertänig den nötigen Respekt zollen. Ihre Unwissenheit war einfach noch zu groß, sie

Damaris brach mitten im Satz ab und blätterte einige Seiten zurück. Hier waren die Seiten komplett beschrieben. Sie las:

Grinsend schaute Damaris Bonnie an. Nur zu gern wüsste sie, was Bonnie und Bullie angestellt hatten, aber Bonnie schien kaum ansprechbar.

„Aber ...", flüsterte Damaris. „Das ist doch alles gerade erst passiert! Wie ...?" Sie blätterte noch weiter zurück:

129

schossen Gebäude aus dem Boden. Die Dächer griffen nach dem
Himmel, wenn auch in vollkommener Stille, so dass Paru und Nika
nichts davon mitbekamen. Als sie sich umdrehten,

Langsam begriff Damaris. Sie schlug wieder die letzte Seite auf.

Damaris fing an zu begreifen, dass das Buch nicht unbedingt die
Besucher dieses Raumes beschrieb, sondern ganz speziell sie. Und
als Damaris nun genauer darüber nachdachte, machte dies auch
Sinn. Denn vor der Tür, durch die sie herein gekommen war, lag ihr
Eintrittsraum. Andere Menschen konnten ihn nur betreten, wenn sie
von ihr persönlich dorthin geführt worden waren. Obwohl sie sich in
dieser speziellen Sache nicht ganz so sicher war. Paru hatte es zum
Beispiel geschafft eine Brücke zu der Teilwelt eines anderen
Menschen zu schlagen. Konnten andere Thinks auch in ihren, in
Damaris' Eintrittsraum vordringen? Und das war nur eine der vielen
Fragen, die das Mädchen hatte.

Gebannt las Damaris die Worte, die aus ihrem Kopf direkt auf das
Papier zu springen schienen. Ihr entging deshalb auch, wie eine
kleine Gestalt an der einen Spalt weit geöffneten Tür vorbeieilte. Für
den Bruchteil einer Sekunde konnte man erkennen, wie das Wesen
den Kopf wendete und in den Raum hereinschaute. Anscheinend war
das Interesse geweckt, denn fast unmittelbar kehrte es zurück und
lugte um die Ecke.

Damaris stand immer noch über das Buch gebeugt, fasziniert las
sie ihre eigene Geschichte:

Das vor ihr liegende Buch hielt ihre Fantasie fest! Damaris begriff
nun, dass es alle ihre Träume und Hirngespinste beinhaltete. Eine
Übersicht ihrer Aktivitäten in Thinkit.
Ihr kam ein Gedanke …

Vielleicht würde sie in diesem Buch die Antwort auf Parus Verhalten finden! Denn das Buch konnte sie anscheinend überall beobachten, also musste auch das gestrige Erlebnis festgehalten sein. Aber bevor sie dazu kam, die Seiten umzublättern, erschrak sie heftig. Eine andere Hand kam ihr zuvor!

Mit einem kleinen Aufschrei wich Damaris vor der kleinen Hand mit zwei Daumen zurück, die nun auf der zuletzt beschriebenen Seite ruhte.

„Nika!", fuhr Damaris die Zwelfe vorwurfsvoll an.

„Hm ... Moment ...", murmelte Nika, dessen Kopf nur gerade so über das Buch heraus ragte. Mit großer Neugierde las sie die Sätze am oberen Ende der Seite.

„Stimmt genau!" Nika nickte zufrieden. „Unbelehrbar und unverschämt ... Das Buch hat den Kern deines Wesens wunderbar erfasst!"

Entgeistert schaute Damaris Nika an, die sie mit einem fröhlichen Lächeln anstrahlte. Noch bevor Damaris den notwendigen bissigen Kommentar liefern konnte, fuhr Nika mit erstem Gesicht fort.

„Das hier ist ein wirklich wichtiger Raum! Das Buch ist dein Gewissen und dein Erinnerungsvermögen." Schweigend sah sie Damaris an, dann klärte sich ihr Gesicht. „Wie sieht's aus ... Lust auf eine schöne Aussicht?"

Nika führte Damaris zu einem etwas ungewöhnlichen Tisch. Wobei es eigentlich weniger der Tisch an sich war, der als ungewöhnlich beschrieben werden musste: Als das Mädchen der Zwelfe durch die Pforte gefolgt war, hatte sich ein unglaublicher Anblick vor ihren Augen entfaltet. Der Tisch stand auf dem Wasser, wie auch die beiden Stühle, auf denen Damaris und Nika plötzlich saßen. Um sie herum befand sich ein mittelgroßer See, die Wasseroberfläche fast vollkommen in Ruhe. Nur hier und da schauten große, grüne Flossen hervor, welche die Wasseroberfläche durchpflügten. Am meisten beeindruckte sie allerdings, dass der See komplett von Wasserfällen umgeben war. Oder besser gesagt; von einem Wasserfall. Wohin Damaris ihren Blick auch wandte, überall traf er auf eine Wand aus Wasser.

„Hübsch, nicht wahr?", sagte Nika. Die kleine Zwelfe sah in ihrem grünen Pulli und den heute wirren grünen Haaren ein wenig fehl am Platz aus. Sie beobachtete Damaris, knetete sich die Haare in dem Versuch eine Frisur herzustellen, versagte, und machte dann eine schwenkende Armbewegung.

„Das hier ist eine ältere Fantasie von Parus Schöpfer. Es war seine erste richtig bewusst geschaffene Teilwelt und er war versessen auf Wasser. Paru hat sie mir gezeigt, und da dachte ich mir: Das wäre doch ein schöner Ort, um uns ein wenig zu unterhalten."

„Unterhalten?", entgegnete Damaris überrascht. „Über was?" Es wäre ihr nie in den Kopf gekommen, mit Nika ein richtiges Gespräch zu führen.

Nika hob die Schultern. „Über was du willst. Ich musste Paru versprechen, mich in den nächsten Tagen etwas mehr um dich zu kümmern. Bis sie wieder zu uns stößt."

„Dann würde ich gerne wissen, wo Paru ist. Geht es ihr gut?"

„Ich habe sie selber schon seit einiger Zeit nicht mehr gesehen. Um genauer zu sein: Seit gestern. Und an unserem normalen Treffpunkt ist sie heute nicht wieder aufgetaucht."

„Ihr habt einen Treffpunkt?"

Tadelnd schüttelte Nika den Kopf. „Na meinst du denn, wir treffen uns immer vollkommen zufällig? Hast du immer noch keine Vorstellung davon, wie groß Thinkit ist? Die Wahrscheinlichkeit jemand speziellen zu treffen, ist unvorstellbar klein. Außer natürlich, man weiß, wo man suchen muss. Leider hat mir Paru nicht viel über ihre Vergangenheit erzählt. Da weiß ich nicht, wo ich mit dem Suchen anfangen soll."

„Du hast schon nach ihr gesucht?", fragte Damaris, verwundert über derart viel Tatendrang des nach ihrer bisherigen Meinung so faulen Thinks.

„Naja, ich wollte bald damit anfangen ...", druckste Nika herum. „Aber das tut doch überhaupt nichts zur Sache!"

„Doch, tut es wohl!", ärgerte sich Damaris, um dann auf Paru zurückzukommen. „Wer war denn ihr Schöpfer?"

„Ich habe ihn nicht kennengelernt. Anscheinend gab es irgendwann Probleme. Danach hat sie sich von ihm zurückgezogen." Nika zuckte die Achseln. „Ist eigentlich normal. Die wenigsten Thinks hängen lange mit ihrem Erzeuger ab." Sie lehnte sich nach vorne und sah Damaris mit weit aufgesperrten Augen an, damit ihre Rede das Ziel auch nicht verfehlte. „Aber einige sehr kluge und geschickte, sogar unentbehrliche Thinks, schaffen es durch ihr liebevolles und führsorgliches Wesen von Anfang an lebenswichtig für ihren Erschaffer zu werden. Nur realisiert dieser sein Glück nicht immer."

Ein letzter scharfer Blick traf Damaris, dann lehnte Nika sich zurück. Als das Mädchen nicht reagierte, rollte die Zwelfe frustriert mit den Augen. „Du kriegst auch gar nichts mit! Wie auch immer ... Ich habe Paru beim ersten Mal nur durch Zufall getroffen, da kam ich mit deinem Kissen gerade von deinem Eintrittsraum."

„Kann ihr denn irgendwas passiert sein?", fragte Damaris beunruhigt.

„Also, umbringen kann man einen Bewohner von Thinkit wie Menschen in der realen Welt. Aber wenn ein Mensch in der echten Welt stirbt, heißt das nicht, dass auch die durch ihn kreierten Thinks hier in Thinkit sterben. Warte mal ... was meinte Paru noch?" Nika überlegte. „Sie hatte so einen Satz dafür ... Ein Gedanke ... Nein. Eine Idee, die sich verselbstständigt hat, ist nicht mehr aufzuhalten ..., auch wenn der Mensch, der diese Idee geschaffen hat, längst nicht mehr ist. Genau!"

Stolz auf ihre Fähigkeit des Auswendiglernens sah sie Damaris an.

„Zurück zu meiner Frage?", fragte diese unbeeindruckt. Sie hob ihre Beine auf den Stuhl, setzte sich in einen Schneidersitz. Die regelmäßig vorbei kommenden Rückenflossen bereiteten ihr ein gewisses Unbehagen.

„Ach so … Richtig. Also, ich glaube nicht, dass Paru etwas passiert ist. Sie lebt schon länger als ich, und ist ziemlich geschickt."

„Also habt ihr nicht alle das gleiche Können … Was kann denn Paru zum Beispiel, was du nicht kannst?"

„Dinge halt. Dinge, von denen du dir noch gar nicht vorstellen kannst, dass sie hier möglich sind", antwortete Nika überlegen. „Wie gesagt: Es gibt auch hier Naturgesetze, an die man sich halten muss. Allerdings sind diese viel einfacher anzupassen oder zu umgehen, als in der realen Welt. Wenn man weiß wie, kann man verdammt viel machen."

„Könnte ich das auch?"

Nika produzierte ein die ganze Breite ihres Gesichtes einnehmendes Grinsen. „Nun … Du bist bestimmt auch in der Lage, noch einiges zu lernen … Wäre auch hart nötig!" Sie überlegte kurz. „Auf der anderen Seite: Du hast mich erschaffen. Das deutet doch auf eine große Zukunft hin!"

Damaris lehnte sich zurück. „Na super! Wenn du ein Vorgeschmack auf meine zukünftigen Leistungen bist, dann gute Nacht!"

Einen giftigen Blick später ergriff Nika erneut das Wort: „Theoretisch können Menschen viel mehr als die Thinks. Wir können zum Beispiel keine neuen Lebewesen oder auch nur Gegenstände nur durch unsere Gedanken erschaffen. Das ist den Menschen vorbehalten. Aber die hier geltenden Gesetze sind für alle Wesen gleich – Mensch oder Think. Auch wenn sie natürlich von Teilwelt zu Teilwelt unterschiedlich sein können. Es soll sogar Menschen geben, die fliegen können oder einfach wachsen, wenn ihnen danach ist!" Nika sprach jetzt in einem geheimnisvollen Ton. „Und alles mit der Unterstützung der Naturgesetze von Thinkit! Aber wie diese Wunder vollbracht werden, wissen nur die Wenigsten. Leider."

Erneut zeigte sich ein nachdenklicher Ausdruck auf Nikas Gesicht. „Irgendwas hat Paru dazu noch erzählt ... Aber was? Zu einer Frage von dir ..."

„Wegen den Gefahren in Thinkit?"

„Ach ja, richtig." Nika nickte. „Sie meinte, dass der Mensch letztendlich immer mehr Möglichkeiten hat. Er kann theoretisch immer mehr, als die Thinks. Trotzdem können die Thinks stärker sein, wenn der Mensch seine Möglichkeiten noch nicht komplett auszuschöpfen weiß." Nika rasselte die Sätze konzentriert herunter. Offensichtlich hatte sie sich große Mühe dabei gegeben, den genauen Text zu behalten. „Und um dich und andere vor solchen Schicksalhaften Begegnungen zu schützen, gibt es zum Beispiel mich oder Paru. Eine Art lebendig gewordenes Gewissen ... Ziemlich genau so hat Paru es mir gesagt." Sie grinste. „Ich musste dabei an diesen Grashüpfer, diesen Jiminy aus Pinocchio denken!" Nika lachte über ihren kleinen Scherz, während sich auf Damaris' Stirn eine Denkfalte bildete.

„Das ist auch so eine Sache, die ich nicht verstehe ... Dich gibt es erst seit gestern, richtig?"

Ein kurzes Nicken.

„Wie kannst du dann Figuren wie Jiminy oder Thinkit-Naturgesetze kennen?"

Nikas selbstsicherer Gesichtsausdruck verschwand, als sie anfing, tief in ihrem Hirn zu graben. „Ich weiß nicht ... Ich denke, dass du mich einfach als erwachsene Zwelfe geschaffen hast. Komplett mit einem bestimmten Wissen. Diese Dinge sind einfach in meinem Kopf drin ... Sie waren es von Anfang an. Ich habe sie nicht dorthin gebracht – du warst es."

„Dann aber unbewusst", stellte Damaris klar. Ein Wissen, dass nicht mehr erlernt werden musste; Thinks und Menschen die fliegen konnten, wenn sie es wollten – Damaris spürte Ehrgeiz in sich auflodern. Wenn es so viel zu lernen gab in dieser Welt, so viel, was man im Endeffekt machen konnte, dann wurde es doch höchste Zeit

damit anzufangen! Wenn da nur nicht ihr schlechtes Gewissen wäre
…

„Nika, wollen wir nochmal schauen, ob wir Paru an eurem Treffpunkt finden? Ich mache mir doch ein wenig Sorgen."

„Klar, wenn du möchtest … Machst du den Ausgang?"

Damaris erinnerte sich an Parus Worte. Jegliche ihrer Ratschläge wollte sie in Zukunft genauestens befolgen. „Ich brauche einen festen Gegenstand, ein festes Symbol, so wie Paru es gesagt hat. Und so wie dieser chinesische Junge es hatte … An was kann ich mich immer erinnern? Was wäre ein typisches Symbol für Thinkit?"

Sie brauchte nicht lange, da fiel ihr etwas ein. „Meine Tante Petra! Sie hat immer viel mit mir unternommen, hat mir schon als Kind Geschichten vorgelesen und viel mit mir unternommen. Sie war wie eine Ablenkung von der realen Welt. Nun kann sie auch die Flucht aus der fantasierten Welt sein!"

„Du willst einen Menschen zu deinem Symbol machen?", fragte Nika verwirrt.

„Na ja, nicht direkt. Ich nehme den Kompass meiner Tante als Schlüssel. Der lag immer auf ihrem Salontisch und sie wurde nie müde, mir immer und immer wieder aufs Neue zu erklären, wie er funktionierte, und mir die Richtungen, in der die großen Städte und größten Abenteuer lagen, mit Hilfe des Kompasses zu zeigen. Sie reiste sehr gerne, und …"

„Ja, ja … nach so viel Info habe ich doch gar nicht gefragt! Wo ist er denn jetzt, dieser Kompass?"

Suchend schaute Damaris um sich. Auf dem Tisch war nichts. In ihren Taschen auch nicht. Aber als ihr Blick auf den See hinausschweifte, erkannte sie, wo der Schlüssel heute zu finden war. Einer der Flossen, die dort hin und her kreuzten, zeigte auf seiner beschuppten Oberfläche die goldenen Linien eines eintätowierten Kompasses. Und er kam genau auf sie zu. Damaris bückte sich, griff nach der Flosse und hob sie aus dem Wasser. Sie war erstaunlich leicht, denn zu ihrer Überraschung befand sich bloß ein kleiner süßer

Goldfisch an der überdimensionierten Flosse. Der Goldfisch grinste sie glupschäugig an. Er schien nicht ansatzweise darüber beunruhigt, dass Damaris ihn aus seiner lebenserhaltenden Umgebung gefischt hatte.

„Voilá!", sagte Damaris mit einem Blick auf Nika und berührte dann die Tätowierung. Auf der Wasseroberfläche erschien ein rechteckiger Durchgang, der durch den See in die Tiefe führte. Damaris setzte den Fisch vorsichtig zurück ins Wasser. Langsam gewann er wieder an Fahrt und schwamm davon.

Kapitel 14: Robin

„Das mit dem Fisch und der Tätowierung ist ja schön und gut ...", sagte Nika, „... aber du solltest lieber immer einen Schlüssel bei dir tragen, und nicht darauf hoffen, dass du immer zur rechten Zeit einen Kompass findest."

„Ja, werde ich machen", stimmte Damaris ihr zu, während sie neben Nika durch das Kathedralengewölbe in ihrem Eintrittsraum schritt. „Gehst du dafür jetzt Paru suchen?"

„Schon gut, gehe ja schon. Und du wartest hier, okay? Damit du nicht wieder irgendwelche Probleme verursachst."

„Was heißt denn hier wieder? Ein Mal! Und das tut mir auch wirklich leid!"

„Ja, ja. Wie auch immer ... Bis später ..." Nika verschwand durch eine Tür, bevor Damaris sich weiter aufregen konnte.

Langsam schlenderte das Mädchen durch das Gewölbe, bis sie sicher war, dass Nika nicht zurückkehren würde. Dann zog sie erneut die Karte von Robin hervor.

„Vielleicht ist in dir eine Botschaft versteckt – eine Nachricht, wie ich den Weg zu Robin finden kann." Sie sprach mit der Karte, als ob es sich dabei um eine Person handelte. Ihre Worte hallten ihr von den Wänden entgegen und fast augenblicklich war es ihr peinlich, dass sie laut gesprochen hatte. Auch wenn niemand da war, vor dem sie sich schämen musste.

Der Text war zu spärlich, um einer versteckten Botschaft Platz zu bieten. Das Motiv war auch nicht sehr aufschlussreich: Es zeigte einen viereckigen Gegenstand, der in dunklen Blautönen gehalten war. Damaris war sich nicht sicher, ob es sich dabei um ein Foto oder eine Malerei handelte.

Ein Fenster? Oder ein Tisch? Ein Schrank? Eine Tür? Eine Tür ...

Damaris spürte wie ihr Puls anstieg. Es konnte tatsächlich eine Tür sein! Eine Tür, die sie zu Robin führen würde! Schnell ging sie zur

Seitenmauer, auf dieser entlang, und legte die Karte zu ihren Füßen ab.

Sie wurde ihr förmlich aus den Händen gesaugt.

Kaum hatte die anziehende Kraft die Karte an die Mauer gefesselt, klappte das Stück Karton über die linke Längsseite einmal auf und verdoppelte damit seine Oberfläche. Nun klappte die Karte erneut auf, und erneut ... So ähnlich, wie das kleine Buch, das Robin als Schlüssel bei sich getragen hatte. Damaris tat ein paar Schritte zurück, um der Oberflächenvergrößerung nicht im Weg zu stehen. Erst als die Fläche die Größe einer kleinen Tür erreicht hatte, hielt die Karte inne. Die Falten verschwanden, die Papieroberfläche schien sich zu verhärten. Dann bildeten sich feine Risse in der Oberfläche und der Eindruck einer verwitterten Holztür entstand. Noch bevor dieser Prozess sich komplett vollzogen hatte, senkte sich die Tür hinab in das Gestein der Mauer um seinen endgültigen Platz einzunehmen. Und dann bewegte sich der Türknauf!

Während Damaris alarmiert zurück wich, schwang die Tür bereits auf und gab Robin frei, der hastig heraus sprang und die Tür hinter sich zuwarf. Ein dumpfes Knallen hallte durch die Kathedralen; es wurde mehrere Male von den Wänden zurückgeworfen.

Gespannt schaute Robin noch eine Weile auf die Tür, dann drehte er sich um und grinste Damaris an. „Hey!"

„Hi", antwortete Damaris etwas schüchtern.

„Das hat aber ganz schön lange gedauert, ich dachte schon, du lässt mich sitzen!"

„Ja ... sorry ... Ich hatte ... Ich war ...", stammelte sie. Peinlich!

„Ich weiß nie sicher, ob Meffie nicht in der nächsten Sekunde auftaucht", unterbrach Robin sie, und ersparte ihr damit die Erklärung. „Seit gestern Abend versuche ich, ihr einen Schritt voraus zu bleiben. Damit sie nicht sieht, wie wir uns nochmal treffen. Sie ist ein gewieftes Kaninchen, und ich schaffe es nie lange, mich vor ihr zu verstecken."

„Warum versteckst du dich vor ihr? Ist sie nicht deine Freundin?",
wunderte sich Damaris. Endlich ein vollständiger Satz!

„Schon … natürlich. Wahrscheinlich sogar meine beste Freundin in
Thinkit. Aber sie mag es nicht, wenn ich hier andere Menschen treffe.
Dafür habe ich die reale Welt, meint sie. Hier soll ich mich meiner
Fantasie widmen … Aber das Tolle ist doch eigentlich gerade, dass
man hier Leute aus aller Welt treffen kann. Ohne dass man sein
Zimmer verlassen muss! Mit allen kann man kommunizieren, alle
kann man treffen!" Robin strahlte über das ganze Gesicht, dann fügte
er hinzu: „Wenn man weiß, wo. Natürlich … Und das ist ja leider nicht
immer so einfach, wie du weißt. Obwohl du es schon einmal geschafft
hast!"

Er schaute um sich und pfiff anerkennend. „Du musst wirklich nicht
schlecht sein. Einen riesigen Eintrittsraum hast du. Meiner ist zwar
auch nicht klein, aber ganz anders aufgebaut. Ich nutze ihn auch gar
nicht mehr so oft, ich mache mittlerweile fast alles über mein Buch.
Jede Seite verkörpert den Zugang zu einer anderen Teilwelt." Er
klopfte auf seine Hosentasche. Ein kleines Buch zeichnete sich dort
ab. Vermutlich war es das gleiche, welches Damaris bereits in der
letzten Nacht gesehen hatte.

„Einen tragbaren Eintrittsraum sozusagen. Und da ich das Buch mit
durch die Tunnel nehme, zerfallen diese hinter mir direkt wieder. Es
bleibt somit auch keine permanente Verbindung zurück. Nur zum
Zurückkehren in die reale Welt benutze ich nach wie vor den
eigentlichen Eintrittsraum. Beziehungsweise gehe ich über ihn in
meinen Körperschattenraum. Trotzdem könnte ich dir meinen
Eintrittsraum mal zeigen, wenn du willst?" Er zeigte auf die eben
benutzte Tür. „Aber wahrscheinlich interessiert er dich nicht …?"

Er hielt kurz inne, aber Damaris begriff zu spät, dass er eine
Antwort erwartete. Das Schweigen interpretierte er als Bekräftigung
seiner Vermutung. Er zuckte die Achseln. „Kann ich verstehen. Wenn
ich erstmal so weit wäre wie du, dann hätte ich bestimmt auch
interessantere Ziele."

„Wie wäre es mit einem anderen Ort?", fragte er nach einer kurzen Pause. „Ich hätte da eine helle, freundliche Teilwelt im Angebot."

Damaris antwortete indem sie kurz mit den Schultern zuckte.

Robin lächelte. „Du bist heute nicht gerade gesprächig ..."

„Aber interessant", fügte er mit einem schelmischen Grinsen hinzu.

Er zog sein kleines Buch hervor, legte es geöffnet auf den Boden und forderte dann Damaris auf, ihm in den sich entfaltenden Tunnel zu folgen.

Helligkeit blendete sie, blinzelnd versuchte sie ihre Umgebung auszumachen. Es war eindeutig kein geschlossener Raum, in dem sich Damaris nun wiederfand.

„Ein Schiff nach Vorbild der alten Ägypter!", verkündete Robin stolz. „Mit ein paar eigenen Verbesserungen."

Langsam gewöhnten sich ihre Augen an die drei hell strahlenden Sonnen und Damaris betrachtete interessiert das längliche Schiff, welches von einem hohen aber schmalen Segel angetrieben wurde. Sowohl der Rumpf als auch das Segel glitzerten in einem rötlichen Gold. Ein sehr warmer Farbton.

Damaris saß unter einem Sonnenschutz, zusammen mit Robin. Mehrere weiche Kissen lagen hier auf den kahlen Brettern des Rumpfes. Sonst war auf dem Schiff nichts von Bedeutung zu erkennen. Der meiste Platz wurde von ihrer Sitzgelegenheit eingenommen, die sich über die gesamte Breite des Gefährts ausbreitete. Robin lenkte seine Hand hin und wieder nach rechts oder nach links – wie ein Herrscher, der seine Untertanen dirigiert. Das Boot gehorchte sofort.

„Hier kam ich früher ganz gerne hin. Es war einer meiner ersten bewusst gestalteten Teilwelten."

Ihre Aufmerksamkeit von dem Schiff abwendend und sich halb aufsetzend, entdeckte Damaris an den Ufern eine Vielzahl an Gebäuden. Es waren wilde Ansammlungen aller möglichen Baustile:

Wigwams, Tempel, Kirchen, Synagogen, Moscheen, Hochhäuser, Pyramiden, Iglus.

„Ich glaube, die gibt es gar nicht alle im realen Leben", lachte Robin, als er Damaris' Verwunderung angesichts der Gebäudeansammlung bemerkte. „Einige haben kein Vorbild, die habe ich mir selber ausgedacht."

„Nett", lobte Damaris und schalt sich innerlich für einen derart nichtssagenden Kommentar.

Der Fluss schwang um die Konstruktionen herum, wuchs hier und da auf große Breiten an, während er sich an anderen Stellen zu fast nicht passierbaren Rinnsalen verschmälerte. Der Gesamteindruck war jedoch, dass die Gebäude einfach hier und in die Welt gestellt worden waren – in eine Welt aus Wasser. Kleine Täler und Berge durchzogen die Wasseroberfläche. Sie maßen bis zu einigen Metern Höhe und bewegten sich überraschenderweise nicht, wie Damaris es von Wellen gewohnt war. Stattdessen blieben sie an Ort und Stelle. Das Wasser allerdings, strömte über die Erhebungen hinweg. Dabei schienen die Höhenunterschiede die Fließrichtung nicht zu beeinflussen: Die Wassermassen strömten ohne ersichtlichen Widerstand die Hügel hinauf und genauso schnell wieder herunter.

Damaris holte tief Luft, zwang sich zum Gespräch. „Wie eine Art multikulturelles Venedig", sagte sie. „Auch wenn natürlich die Häuser ganz anders sind und das Wasser nicht so schön in geraden Kanälen fließt", fügte sie schnell hinzu. „Und natürlich krümmt sich im echten Venedig die Wasseroberfläche nicht so komisch nach oben und unten. Also ist es doch nicht so ähnlich …" Sie spürte, wie sie rot wurde und drehte sich zum Wasser, weg von Robin.

„Ich habe mir ein paar Freiheiten mit der Schwerkraft gelassen", gestand Robin. „Ist doch echt faszinierend, wie stark die Schwerkraft das Weltbild bestimmt, findest du nicht?"

Damaris nickte und wandte sich nun wieder den Gebäuden zu. Dabei entging es ihr nicht, dass Robin sie interessiert beobachtete. Er war anscheinend stolz darauf, dass ihr seine Teilwelt gefiel.

„Hier ist aber auch wirklich überhaupt keine freie Fläche", stellte Damaris fest, ihre Scheu überspielend. „Kein bisschen Erde. Da wo keine Gebäude sind, da ist Wasser. Und andersherum."

„Oder beides", verbesserte Robin und zeigte an Damaris vorbei. Zu Damaris' rechter Seite löste sich ein Strom von dem restlichen Wasser, bildete eine Brücke, und floss ungefähr zehn Meter höher in das Fenster einer pyramidenähnlichen Struktur. Auch unter der Wasserbrücke befand sich Wasser; sie fuhren nun langsam darauf zu.

„Faszinierend", murmelte das Mädchen, und lief zum Bug des Schiffes. Vor ihr wuchs die Wasserbrücke immer weiter an. Als das Schiff seinen Weg unter der Brücke hindurch nahm, erschlugen sie die Dimensionen regelrecht: Wie eine Schnellstraße aus Wasser wälzte sich der Fluss über ihnen durch die Luft.

Kaum hatte Damaris ihren Blick von den über ihr strömenden Wassermassen gelöst, da stellte sie fest, dass es nur eine von vielen Brücken war. Überall zeigten sich nun Wasserströme, die abstiegen und auftauchten, sich vereinigten, und sich wieder trennten. Scheinbar zufällig lösten sich die Wassermassen hier und da von der umgebenden Flüssigkeit um ihren eigenen Weg zu suchen.

Robin stellte sich neben sie. „Diese Teilwelt habe ich zum ersten Mal vor ungefähr einem Jahr betreten. Wie alt bist du?"

Der Themenwechsel kam mehr als abrupt, aber Damaris antwortete ohne sich die Überraschung anmerken zu lassen: „Vierzehn."

„Dann war ich damals wohl ungefähr so alt wie du jetzt."

Also ist er fünfzehn, rechnete Damaris. Ein perfektes Alter! Bei diesem letzten Gedankengang musste sie lachen.

„Wasser und Schwerkraft waren meine Lieblingsspielzeuge.", fuhr Robin fort. Er hatte ihre Reaktion offenbar nicht bemerkt. „Und das sind sie eigentlich heute noch."

Damaris nickte, aber Robin sah es nicht – er schaute nicht mehr das Mädchen an. Sein Blick strebte stattdessen in die Ferne.

„Das war alles zu einer Zeit, in der ich mich mit aller Kraft in die Fantasie stürzte. Nichts machte mir mehr Spaß, als zu Träumen ..."

Es ging Damaris durch den Kopf, dass sie genau das jetzt durchmachte.

„Ich wollte nur noch hier sein, vernachlässigte mein reales Leben und baute meine Welt hier aus. Sehr zur Freude meiner Thinks. Aber irgendwann wurde natürlich auch mir klar, dass Thinkit allein nicht ausreichend ist. Ich musste auch in der realen Welt Zeit verbringen. Zum Beispiel Essen und Trinken ... Das sind Dinge die nur in der realen Welt funktionieren, von Träumen alleine kann man nicht leben. Das hört sich alles logisch und selbstverständlich an, aber ich habe trotzdem ein wenig gebraucht, um mir über solche Dinge klar zu werden."

Er hatte sich wieder Damaris zugewandt. Sie hielt dem Blick seiner dunklen Augen nicht lange stand und sah auf das Wasser vor sich.

„Von da an habe ich dann einiges geändert. Nicht jede freie Sekunde wurde mehr ins Fantasieren gesteckt. Ich spielte mehr mit meinen Freunden im realen Leben. Und ich schränkte meine Zeit mit ihnen in Thinkit ein. Später bekam ich außerdem meinen Hund Mortimer. Ein tolles Tier, das meine Aufmerksamkeit brauchte, meine Fürsorge. Ein weiterer Grund, mehr Zeit in der Realität zu verbringen."

Robin hielt inne und schaute mit gerunzelter Stirn geradeaus. Damaris folgte seinem Blick, konnte aber nichts Spezielles entdecken. Dann wurde ihr klar, dass er in Gedanken versunken war.

Plötzlich ergriff Robin wieder das Wort: „Ich weiß noch, wie enttäuscht Meffie war, als ich ihr sagte, dass ich weniger Zeit in Thinkit verbringen würde. Enttäuscht ist vielleicht ein wenig untertrieben, sie war stinkig ... Zu Anfang wollte sie nicht akzeptieren, dass ich nun nur noch acht Stunden am Tag – also zur Schlafenszeit – für sie da sein würde."

„Ich hatte damals schon gelernt, auch ohne zu schlafen nach Thinkit zu kommen ...", ergänzte er erklärend.

Damaris nickte. Auf ihren heutigen Erfolg in dieser Sache könnte sie ihn später noch hinweisen.

„Aber ich hatte meine Entscheidung gefällt: Ich sah Meffie daraufhin für einige Zeit nicht mehr. Sie distanzierte sich von mir. Bis zu dem Albtraum halt."

„Was für einen Albtraum?" Damaris war die Frage einfach rausgerutscht, eigentlich hatte sie ihn nicht unterbrechen wollen. Aus seinen Gedanken gerissen, festigte Robin seinen Blick wieder auf Damaris. In Anbetracht ihres angespannten Gesichtes lächelte er kurz und kehrte dann zu den Sitzkissen zurück. „Ach, so interessant ist es nicht."

Damaris lief hinter ihm her. „Aber ich würde die Geschichte trotzdem gerne hören!"

Robin setzte sich hin und schaute die vor ihm stehende Damaris an.

„Gut", erwiderte er. „Wenn es dich wirklich interessiert ..." Er klopfte auf das Kissen neben sich, als Aufforderung an Damaris, sich hinzusetzen.

Angesichts der so vertraut wirkenden Geste lief ihr ein Schauer über den Rücken. Natürlich ließ sie sich nichts anmerken und folgte seiner Aufforderung. Kaum trat sie in den Schatten, da merkte sie, wie warm es in der Sonne gewesen war. Erst jetzt fiel ihr auf, dass sie geschwitzt hatte. Einige Schweißperlen liefen an ihrer Stirn herunter.

Robin sprach weiter. „Also ... Dieser Traum, von dem ich gerade gesprochen habe, er war vor ..." Er kratzte sich am Kopf. „Es muss vor etwa fünf Monaten gewesen sein. Kurz bevor ich Mortimer, meinen Hund, bekam. Den solltest du wirklich mal kennen lernen, ein tolles Tier. Und so intelligent! Egal, du wolltest keine Geschichten über mein Haustier hören, also zurück zum Traum." Die Augen rollend schüttelte er lachend den Kopf. „Ich kann scheinbar nicht beim Thema bleiben! Nun denn: Es war damals ewig her, dass ich einen Albtraum gehabt hatte. Ich hatte meine Gedanken und Fantasien so gut unter Kontrolle, dass ich nie in eine brenzlige Situation geriet." Er rieb sich das Kinn und fügte mit schwerer Miene hinzu: „Und wir wissen ja beide, dass die Gefahren in Thinkit nicht zu unterschätzen sind ...“

Damaris hätte gerne gefragt, welche diese Gefahren denn genau waren, aber sie wollte nicht als unwissend dastehen. Robin hatte bisher anscheinend eine recht hohe Meinung von ihr. Diese Illusion wollte sie nicht zerstören. Sie nickte also nur und hörte weiter schweigend zu. Ihr Blick wurde allerdings kurz von den Wassermassen um sie herum eingefangen, als sie in ein wahres Tal herabtrieben.

„Ich war einfach schon zu erfahren, als dass mir so einfach etwas hätte passieren können. Du hast ja gesehen, wie ich mit den Kampfhamstern umgesprungen bin. Alles kein Problem!“

Damaris nickte bekräftigend. Das war in der Tat recht beeindruckend gewesen!

„Aber diese eine Nacht war halt anders. Mir war nämlich nicht klar, dass ich träumte!“ Mit einem Unheil verkündenden Gesichtsausdruck schaute Robin Damaris an.

Damaris wusste nicht, was daran so schrecklich war; sie hatte oft geträumt, ohne es zu wissen. Und? Aber natürlich sagte sie dies nicht, sondern begnügte sich mit einem sie weit weniger bloßstellenden „Ah!“.

Das schien Robin zu gefallen, denn er nickte heftig. „Ja! Das ist natürlich etwas, was ich nicht erwartet hatte! Es war ein ganz normaler Schultag – dachte ich wenigstens – und ich war nach der Schule mit einem Freund unterwegs. Mit Phirrio war ich erst seit kurzem befreundet, er ist im letzten Frühling mit seiner Familie zugezogen. Ein sehr interessanter Typ, sehr begabt. Okay, ich drifte schon wieder ab.“ Er grinste entschuldigend. Damaris schaute beschämt zur Seite, als er dabei sah, dass sie ihn von der Seite angestarrt hatte.

„Wir fuhren also von der Schule nach Hause. Phirrios und mein Haus liegen in der gleichen Richtung von der Schule aus. Ich war in

Gedanken wohl woanders, denn ohne mich umzusehen setzte ich an, die Straße zu überqueren, um in die Kirchstraße einzubiegen. Phirrio war hinter mir. Plötzlich sah ich aus dem Augenwinkel eine Bewegung. Ich dachte noch, es sei Phirrio. Als ich aber richtig hinschaute, war es bereits zu spät, denn ich sah ...?" Robin sah Damaris an, die Frage war an sie gerichtet. Voll Spannung hatte sie ihm zugehört und war nun verwirrt darüber, dass er sie das fragte. Immerhin erzählte er die Geschichte!

„Ein Auto!", erlöste er sie. Hier unterbrach Robin seine Geschichte, die in den letzten paar Sekunden immer stärker durch das Rauschen eines riesigen Wasserfalls übertönt worden war. Nur, dass das Wasser dieses Naturschauspiels nicht wirklich fiel, sondern dort wo es auftraf eine tiefe Delle in die Oberfläche des umgebenden Wassers schlug. In dieser Delle – sie war einige zehn Meter breit – befand sich ein kleines Haus. Gebaut war es auf einem Felsen, der nur hin und wieder aus dem unruhigen Wasser auftauchte. Daher sah es fast so aus, als ob das Gebäude auf dem Wasser trieb. Und auch sonst erinnerte das Häuschen stark an ein Boot: Die beiden Mauern liefen vorne und hinten zusammen, das Dach war platt und mit einer Art Mast versehen, der hier aber wohl nur den Zweck eines Flaggenmastes diente. Ein rotes Rechteck aus Stoff wehte im Wind.

„Ach Mist!", sagte Robin, als er die Flagge sah. Ohne eine Erklärung zu geben – weder für das Haus noch für seine Enttäuschung –, führte Robin das Schiff parallel am Wasserfall entlang. Dabei nahm er seine Geschichte wieder auf.

„Ich versuchte dem Auto auszuweichen, aber ich hatte keine Chance. Kurz bevor es mich traf, schloss ich die Augen ..." Er grunzte amüsiert. „Als ob das was helfen würde! Was ich nicht seh', tut mir nicht weh! Ich bekam den Aufprall fast gar nicht mit. Keine Schmerzen, keine Angst, nur Schrecken."

Er überlegte kurz, schüttelte dann den Kopf und sagte: „Ich kann mich nicht mehr daran erinnern, was direkt nach dem Unfall passierte ... In meiner nächsten Erinnerung liege ich auf der Straße, schrecke auf und untersuche mich. Ich schaute mir meine Hände, meine Arme, meine Beine, meinen Bauch an. Ich tastete meinen Kopf ab. Nichts. Das Auto stand noch vor mir und hatte anscheinend den Unfall wie ich unbeschadet überstanden. Du kannst dir meine Überraschung vorstellen, als ich mich aufrappelte und sah, dass niemand im Auto war. Auch sonst war niemand zu sehen. Keine Freunde, keine Fahrradfahrer oder Fußgänger, kein einziger Mensch. Aber ein Tier gab es. Ein weißes, welches neben mir gewartet hatte, bis ich aufwachte."

Robin lachte auf und zeigte dabei weiße, regelmäßige Zähne. „Mir fiel ein Stein vom Herzen! Meffie kam auf mich zu und fragte, was denn das gewesen sei. Ich erklärte ihr, dass ich geglaubt hatte, ich wäre im normalen Leben. Deshalb hatte ich nicht meine Fantasie zur Entschärfung der Lage benutzt, wie ich es in meinen Träumen sonst getan hätte. Sie sah besorgt aus und warnte mich. Sie erklärte mir den Grundsatz, dass ein Unfall im Traum – körperlich oder geistig – zu schweren Problemen auch im realen Leben führen kann. Weil der Geist mit dem Körper verbunden ist. Wenn ich meinen Geist beschädige, setze ich auch meine Lebensfähigkeit in der realen Welt aufs Spiel. Leute sterben im Schlaf, oder wachen geistig krank auf. Aber das hat dir bestimmt schon mal jemand erklärt?"

Nein, das hatte ihr bisher niemand erklärt. Trotzdem antwortete sie: „Klar!"

„Dann weißt du ja, wovon ich spreche. Auf jeden Fall versuchten wir herauszufinden, woran diese Verwechslung gelegen haben könnte. Warum ich überhaupt glaubte, ich wäre in der realen Welt unterwegs. Wir fanden schon schnell heraus, dass es die Anwesenheit von Phirrio gewesen war. Denn er ist im wirklichen Leben ein Schulfreund, und so bin ich nicht auf die Idee gekommen, dass es sich in Wahrheit um einen Think handeln könnte. Dumm natürlich, denn man träumt ja oft von bekannten Leuten. Dabei macht man dann einen Think, der sich genauso verhält und der genauso aussieht wie das menschliche Vorbild. Aber was erzähle ich das dir, du weißt das bestimmt schon alles ..."

Nein, auch das wusste Damaris nicht. „Natürlich."

„Meffie war wirklich beunruhigt und ich musste ihr damals versichern, dass ich in Zukunft versuchen würde, zwischen Realität und Traum besser zu unterscheiden. Am einfachsten wäre es, meinte sie, wenn ich in meiner Fantasie auf jegliche Personen aus meinem realen Leben verzichten würde. Also versprach ich ihr, das in Zukunft zu versuchen."

Robin sah Damaris' kritischen Blick und beeilte sich, dem ganzen etwas mehr Gewicht zu verleihen. „Hört sich vielleicht komisch an, aber du musst das so sehen: Wenn das erstmal normal für mich geworden ist – wenn ich also keine Personen aus der realen Welt mehr in meine Fantasien einbaue –, dann kann ich immer genau unterscheiden zwischen realer Welt und Thinkit. In der realen Welt existieren nur die Menschen, hier nur die Thinks. Die Gefahr ist kleiner, dass mir ein solcher Fehler wie bei dem Unfall nochmal unterläuft. Meffie hat dieses Versprechen ...", Robin malte mit den Fingern Anführungszeichen in der Luft, um anzudeuten, dass es nicht wirklich ein Versprechen, sondern mehr ein guter Vorsatz gewesen war, „... meinerseits sehr ernst genommen. Sie verbot mir von dem Tag an, in gemeinsame Teilwelten von zum Beispiel mir und Marcus zu gehen. Marcus ist eigentlich derjenige gewesen, mit dem ich mich nicht nur am Tag, sondern auch in Thinkit traf. Phirrio dagegen, hatte ich nur wenige Male in Thinkit getroffen, später dann nicht mehr. Er ging mir teilweise zu viele Risiken in Thinkit ein. Wie dem auch sei: Ich habe den beiden erklärt, dass ich in Thinkit nichts mehr mit ihnen unternehmen kann, und das war's. Toll fanden sie es nicht, aber da mussten sie durch. Danach schloss ich alle Durchgänge zu mit anderen Menschen geteilten Teilwelten und seitdem bist du der erste Mensch, den ich in Thinkit aus der Nähe sehe. Da ich dich in der echten Welt aber nicht kenne, gibt es keine Verwechslungsgefahr. Daher sah ich auch keine Gefahr darin, dich nochmal zu treffen."

„Hm ...", überlegte Damaris. „Ich habe zwar auch schon Menschen getroffen. In Thinkit, meine ich ... Aber das waren nur welche, die ich vorher noch gar nicht kannte. Freunde habe ich hier noch nie getroffen. Wie habt ihr euch denn das erste Mal in Thinkit gefunden?"

„Wer?

„Du und deine echten Freunde von der Schule. War das Zufall?"

Robin lachte. „Wohl kaum! So einfach ist es ja bekanntlich nicht, andere Menschen zu finden. Vor allem nicht die, die man will." Er zuckte die Schultern. „Wir haben uns einfach verabredet, indem wir uns genau dieselbe Teilwelt vorgestellt haben. Da unsere Vorstellungen dieser bestimmten Teilwelt so gut übereinstimmten, konnten wir alle dorthin kommen. Sowas passiert ja auch oft, wenn Schriftsteller einen Ort in ihren Büchern besonders gut beschrieben haben, oder Leute von einem gesehenen Film träumen. Auf einmal sind dann mehrere Menschen, die man vielleicht im echten Leben noch nie gesehen hat, in einer und derselben Teilwelt."

„Das hatte ich auch schon mal", sagte Damaris, an ihre Begegnung mit Tienfei denkend.

Robin nickte, offenbar nicht überrascht. Immer noch standen die beiden Jugendlichen an der Reling, an der gemächlich Robins Teilwelt vorbeizog.

„So haben wir uns zum ersten Mal getroffen. Und dann existierten damit auch die Wege zu den Eintrittsräumen von Phirrio und Marcus ... Die Gänge habe ich nach dem Unfall dann aber wie gesagt wieder zerstört. So bin ich also einige Monate ohne Menschen durch Thinkit gezogen. Eigentlich war es ganz in Ordnung, aber etwas menschliche Gesellschaft wäre ab und zu doch ganz nett gewesen. Meffie hat aber auch die wenigen möglichen Kontakte verhindert. Sie hat so gesehen gute Arbeit geleistet."

Dann fügte er grinsend hinzu: „Bis gestern halt."

Damaris befürchtete, dass Robin fragen würde, wie sie den Weg zu ihm gefunden hatte, aber glücklicherweise nahm er seine Erzählung wieder auf:

150

„Diese spezielle Teilwelt, in der du mich gefunden hast, besuche ich schon seit Jahren. Ich kann es nicht lassen – sie macht einfach zu viel Spaß. Aber es ist mir ein Rätsel, wie du die Teilwelt finden konntest. Eigentlich ist es doch unmöglich, dass du genau dieselbe Fantasie entwickelt hast wie ich! Wie war denn das genau?"

Da war sie also doch noch: Die befürchtete Frage!

Gespannt schaute Robin Damaris an. Sie fühlte sich sichtbar unwohl, da sie keine Ahnung hatte, was sie darauf antworten sollte. Die Wahrheit war, dass sie Paru gefolgt war. Und wie die Zwelfe den Weg gefunden hatte, war ihr nicht bekannt. Vielleicht machte sie Paru nur noch mehr Probleme, wenn sie Robin das erzählen würde. Fieberhaft suchte Damaris nach einer Antwort, die ihr aber letztendlich erspart blieb. Vorerst. Ihre Rettung kam in Form einer dumpfen Stimme, die plötzlich direkt hinter ihr tönte:

„'tag Robin, wer ist denn deine Freundin?"

Damaris machte einen Satz, ihr Herz pumpte schlagartig mit dreifacher Frequenz.

Robin drehte sich um, lächelte kurz – über Damaris' Schrecken oder wegen des Besuchers? – und begrüßte dann den Neuankömmling.

„Hey Kanufi, lang nicht gesehen!"

Die beiden umarmten sich freudig. Anscheinend war die Kreatur ein lange nicht mehr getroffener Freund. Die Beine und die Flügel waren die eines Vogels, aber sein Kopf sah eher dem einer Schildkröte ähnlich. Allerdings mit Haaren. Die schläfrig aussehenden Augen wurden halb von der Wuschelfrisur verdeckt und die tiefe Stimme hatte ihren Ursprung in einem lippenlosen Schildkrötenmund inmitten eines grünen Gesichts.

„Wir sind gerade an deiner Wohnung vorbeigefahren. Bei der roten Fahne habe ich schon alle Hoffnung verloren, dich heute noch zu treffen", erklärte Robin seinem Freund, der ihn um einen Kopf überragte.

„Wenn ich nicht gerade zurückgekommen wäre, hätten wir uns wohl wirklich verpasst. Und das wäre doch schade gewesen, wo du doch nur noch so selten in diese Teilwelt kommst." Reichlich schwerfällig verlagerte Kanufi fortlaufend sein Gewicht von dem einen auf das andere Bein. Das träge hin und her Wanken erinnerte Damaris an die Bewegungen des Pendels der alten Standuhr ihrer Tante.

Robin hob entschuldigend die Schultern. „Es liegt einfach daran, dass ich mir fast jeden Abend neue Teilwelten erzeuge. Meffie bringt mich immer wieder dazu ... Mit neuen Aussichten, neuen Wesen und neuen Erfahrungen. Und du musst zugeben: Das ist viel interessanter, als alte Teilwelten erneut zu besuchen."

Nachdenklich wiegte Kanufi den Kopf hin und her. „Das sehe ich nur teilweise so. Denn so hast du nie Zeit, wirkliche Freundschaften zu schließen. Oder Zeit um dich zurückzulehnen, und eine bekannte Umgebung zu genießen. Immer nur Neues erschaffen ist fast eine Form von Stress." Er sprach weiter, bevor Robin protestieren konnte. „Und ich weiß, dass du es früher auch so gesehen hast. Wie oft haben wir in dieser Teilwelt – in genau dieser hier – Expeditionen unternommen? Wie oft haben wir Abenteuer erlebt, wie oft haben wir auch einfach nur faul rumgelegen? Du vernachlässigst immer mehr Freundschaften, und du wirst immer schwieriger auffindbar, wenn du fast nie in alte Teilwelten zurückkehrst, oder die Durchgänge hinter dir abreißt. Du wirst unauffindbar für andere. Verloren in Thinkit."

„Das hört sich bei dir immer alles so unheilvoll an", murmelte Robin genervt. Dennoch klang ein wenig Schuldbewusstsein in seiner Stimme mit durch. „Dafür bin ich heute da!"

„Das stimmt natürlich. Da hast du meiner Logik ein starkes Argument entgegengesetzt", erwiderte Kanufi mit einem Augenzwinkern. „Aber es gibt ja anscheinend auch einen gewissen Anlass", fuhr er mit einem leichten Kopfnicken in Damaris' Richtung fort. „Ich will einfach nur, dass du nicht alle Brücken hinter dir abbrichst. Du weißt, dass wir uns hierüber schon früher unterhalten haben. Und ich bin auch nicht der Erste gewesen, der dich diesbezüglich gewarnt hat. Aber auf sie hast du damals auch nicht hören wollen. Und was ist passiert? Du hast sie verloren, du hast sie seit Monaten nicht mehr gesehen. Vergrault hast du sie, hast ihre Warnungen ..."

„Ja, ja", unterbrach Robin. „Ich weiß, ich weiß. Aber wie DU weißt, hat sie mir nie so richtig erzählt, was los war, Und dann war sie auf einmal weg. Ich weiß nicht mal, ob sie mich überhaupt noch sehen will. Das scheint ja eher nicht der Fall zu sein ..."

„Sie wird es wahrscheinlich auch gar nicht mehr können, nachdem du fast alle Durchgänge hinter dir wieder abgerissen hast."

Robin reagierte gereizt. „Und genau das ist ein gutes Beispiel für das Problem, das ich mir selber geschaffen habe. Ist ja schon gut, ich habe es verstanden!"

Damaris konnte nicht umhin, die plötzlich frostige Stimmung zu bemerken. Aber sie wollte sich nicht einmischen. Dafür kannte sie die beiden noch nicht gut genug. Schweigend schaute sie zuerst auf Kanufi, dann auf Robin, um letztendlich peinlich berührt zur Seite in die Richtung zu schauen, in die auch Robin starrte.

Der Junge sah über das Wasser zu dem großen durchsichtigen Turm, der sich rechts von ihnen den drei Sonnen entgegen streckte. Kanufi interessierte das kristallene Bauwerk mit den vielen Fenstern weniger, er beobachtete Robin.

Damaris hatte den Eindruck, dass Kanufi so etwas wie ein Mentor, ein Lehrer für Robin war. Oder vielmehr gewesen war. Allerdings hatten die beiden sich sehr freundschaftlich begrüßt, was gegen die Mentor-Schüler-Beziehung sprach. Sie selber zum Beispiel, war nie besonders froh, wenn sie in ihrer Freizeit auf einen Lehrer traf ...

Kanufi stupste Robin mit dem rechten Flügel an. Eine versöhnliche Geste. „Wie wär's, der alten Zeiten wegen?" Er zeigte nach oben.

Robins Miene hellte sich sofort auf. Dann schaute er Damaris an, und in seinem Gesicht zeigten sich Zweifel. „Aber Damaris ist gerade hier, ich möchte sie nicht alleine lassen."

Damaris konnte nicht folgen. „Was? Wieso denn alleine lassen?"

„Kanufi will kurz eine Runde mit mir fliegen. Das haben wir früher immer gemacht. Aber ich will dich nicht auf dem Boot zurück lassen."

„Ach so … Nein, geht ruhig, kein Problem!", drängte Damaris. „Ich schaue mich inzwischen ein wenig um."

„Bist du sicher?", fragte Robin mit besorgter Miene. „Nicht, dass dir hier was passieren kann. Es ist eine rundum freundliche Teilwelt."

„Klar!"

„Ganz sicher?"

Damaris nickte bejahend mit dem Kopf. Sie war froh, dass Robin sich anscheinend so viel Sorgen um sie machte. Ein wenig zu viel, vielleicht. Sie würde schon klarkommen.

Mit einem besorgten Blick stieg Robin auf den muskulösen Rücken von Kanufi. „Es dauert auch nicht lange, bin bald zurück."

Damaris nickte nur und beobachtete dann, wie Kanufi sich schwerfällig vom Boden erhob. Seine Flügelschläge kamen in zeitlich großen Abständen, sodass er zwischen diesen immer deutlich absank. Schließlich gewann er jedoch an Höhe und verschwand kurz darauf aus Damaris' Sichtfeld.

Einige Zeit hatte Damaris einfach nur da gesessen, und die an ihr vorbeiziehende Umgebung beobachtet. Das Boot fuhr seit Robins Aufbruch mehr oder weniger gerade aus. Nur wenn Gebäude den Weg blockierten, schlug es wie von Geisterhand geführt einen Bogen. Diese Teilwelt beeindruckte sie noch mehr, als die Hamsterteilwelt das getan hatte. Robin war ziemlich geschickt, das musste sie neidlos eingestehen.

Bei diesem Gedanken überkam sie eine innere Unruhe. Ein Hauch von Ungeduld. Denn je mehr Zeit sie in Thinkit verbrachte, desto deutlicher wurde ihr, dass hier viele Sachen möglich waren, von welchen ihr reales Ich nur träumte. Robin hatte Dinge geschaffen, ein Boot mit der Hand gelenkt. Er war auch erstaunlich hoch gesprungen, wenn sie sich an ihre erste Begegnung mit ihm erinnerte. Es wurde Zeit, dass auch sie sich in diesen Dingen weiterentwickelte.

Sie stand auf. Nika hatte angedeutet, dass die Möglichkeiten schier unendlich waren. Nicht nur dem Erschaffen galt ihrer Ambition, dass bereitete ihr anscheinend nicht viel Mühe. Das gezielte Bewegen von Gegenständen sollte ihr erstes Ziel auf dem Weg zu höheren Künsten sein.

Das Boot manövrierte sich gerade zwischen zwei gigantischen Pfeilern hindurch, die aber nichts zu tragen schienen. Sie waren aus grauen Felsen gehauen und hier und da hatten sich vogelähnliche Kreaturen Nester in die altersbedingten Spalten gebaut. Sie waren deutlich kleiner als Kanufi, aber mit ihren großen Köpfen und kleinen Körpern nicht weniger seltsam als Robins Freund.

Ein Versuch mit den Pfeilern? Damaris entschied sich dagegen. Eindeutig kein guter Testgegenstand; zu groß und zu schwer. Dazu kam, dass sie nicht wusste, ob sie den Lebewesen auf den Säulen eventuell Leid zufügen würde, sollte sie tatsächlich Bewegung in die Steinsäulen bringen. Gerade jetzt kam ein großer schwarzer Vogel angeflogen; von großer Höhe stieß er hinab. Näher und näher kam er, immer größer wurde er. Damaris bekam es schon mit der Angst zu tun, als er sich bis auf wenige Meter näherte, dann aber doch noch abdrehte. Seine trüben, grauen Augen musterten sie, bevor er aus ihrem Gesichtsfeld verschwand.

Diese Augen ... Ihr lief ein Schauern über den Rücken.

Hinter den Säulen machte das Boot einen kleinen Schlenker und trieb nun nach rechts. Ein Gebirge aus Wasserhügeln lag vor ihr. Hinauf und herunter trieb das Boot, während Damaris immer noch einen geeigneten Gegenstand zum Üben suchte. Sie fand ihn letztendlich auf dem Boot selber: Eines der Kissen neben ihr. Damit konnte sie wenigstens keinen großen Schaden anrichten.

Damaris schaute das Kissen an, konzentrierte sich, und wünschte, es möge sich bewegen. Nichts geschah. Sie schloss die Augen und versuchte alles auszublenden, außer dem Kissen. Im Geiste flog das Kissen, aber als sie die Augen öffnete, erwartete sie erneut eine Enttäuschung. Es war vor allem so frustrierend, da sie wusste, dass es nicht so schwierig sein konnte. Es musste genau so funktionieren, wie schon in der ersten von ihr fantasierten Teilwelt. Damaris erinnerte sich daran, dass sie ganze Häuserzeilen hatte versinken lassen – ein Kissen konnte da doch nicht das Problem sein! Außer, ihre Möglichkeiten waren beschränkt, wenn sie versuchte in einer nicht durch sie kreierten Teilwelt Dinge zu ändern. Aber von einer solchen Regel hatte sie noch nie was gehört. Auf der anderen Seite hatte sie wahrscheinlich von den meisten Regeln noch nie etwas gehört …

Vor allem nicht aufgeben, beschwor sie sich.

Damaris versuchte es mit Armbewegungen, mit bittenden Worten an das Kissen und sogar mit Drohungen – es half alles nichts. Was hatte sie damals bloß anders gemacht?

Frustriert ließ das Mädchen sich auf die weichen Kissen fallen und schloss die Augen. Wie sollte sie jemals eine der Besten werden – so ihr neues ehrgeiziges Ziel –, wenn sie nicht mal das hier konnte? Sie fühlte sich vollkommen unfähig.

Und ihr war kalt.

Kapitel 15: Die zwei Gesichter des Kaninchens

Kalt?

Verwundert öffnete Damaris die Augen.

Die Helligkeit hatte Platz gemacht für Finsternis, die Wärme war der Kälte gewichen. Robins Schiff befand sich nicht mehr in der freien Natur, es war in eine Höhle oder ein Gebäude hineingetrieben. Ein Blick zurück ließ den Schluss auf letzteres zu: Der Eingang, durch den das Schiff gekommen war, verriet sich durch seine scharfkantige und sechseckige Form als von denkenden Wesen kreiert. Es war eine große Halle, daran bestand kein Zweifel. Damaris' Ruf hatte ein spätes Echo zur Folge. „Hallo? Robin?"

Leider war der Raum derart unzureichend beleuchtet, dass Damaris die Wände nicht sehen konnte. Sie hatte keine Ahnung, wo die Reise hin ging.

Als sie kurze Zeit später erneut hinter sich blickte, konnte sie nur noch mit viel Mühe einen fahlen Lichtschein ausmachen, der den Eingang zu der Höhle markierte. Das Schiff bewegte sich anscheinend rasend schnell vorwärts und Damaris bekam es langsam mit der Angst zu tun. Außerdem sank die Temperatur fortlaufend und ihr wurde zunehmend kalt.

Wie sollte sie hier bloß wieder rauskommen?

Ängstlich und mit zusammengekniffenen Augen schaute sie um sich. Sie wünschte sich Robin an ihrer Seite. Ein Blick auf die Wasseroberfläche zeigte ihr, dass sie sich immer noch fortbewegte. Das Schiff glitt weiterhin durch die Stille.

Die bisher stärker werdende Unruhe legte sich jedoch wieder ein wenig, als Damaris nach kurzer Zeit den Eindruck bekam, dass es langsam wieder etwas heller wurde. Um sich herum konnte sie nun schon bis in einige Meter Entfernung die Wasseroberfläche ausmachen. Vor ihr, rechts von ihr, links von ihr und auch hinter ihr war nur Wasser.

Oder nicht?

Damaris' Brust verkrampfte sich. Hinter dem Boot, um die zwanzig Meter entfernt, hatte das Wasser eine unnatürliche Ausbuchtung. Es war ihr bisher in der Dunkelheit noch nicht aufgefallen, aber das Wasser in dem Gebäude hatte sich bisher so verhalten, wie sie es aus der realen Welt kannte: An die Erde gebunden durch die Schwerkraft, eine mehr oder weniger ebene Oberfläche formend. Aber nun war sie nicht mehr völlig glatt – eine Welle war zu erkennen und diese schien dem Boot zu folgen!

Angespannt blickte Damaris hinter sich. Sie überlegte, ob sie irgendwas unternehmen sollte. Aber was? Es gab keine Fluchtmöglichkeit auf dem Boot und ins Wasser würde sie bestimmt nicht springen.

Es schien, als ob die Welle nicht näher an das Boot heran kam. Auch wenn diese Beobachtung Damaris nicht unbedingt beruhigte, so konnte sie wenigstens darauf hoffen, dass ihr keine Gefahr drohte. Wenn sie bloß wüsste, wo diese Reise sie hinführte!

„Robin?", rief sie erneut in die Dunkelheit hinein.

Stille.

Oder doch nicht? Da war etwas ... Ein Flattern, wie von Vogelflügeln ... Ein Luftzug. Und dann drang ein leises Kratzen an Damaris' Ohr. Sie konnte es nicht zuordnen, aber sie bemerkte, wie das Boot langsamer wurde. Ein Blick nach vorne zeigte kein Land, kein anderes Boot, keine Rettung irgendeiner Art. Und die Welle – oder das was sich darunter befand – kam nun deutlich näher.

Sie hatte plötzlich das Gefühl, dass ihr der Magen in den Hals stieg. Aber nicht, weil die Welle näher kam, sondern weil sie sich abwärts bewegte. Der Wasserspiegel sank! Das kratzende Geräusch wurde durch den Untergrund am Schiffsrumpf erzeugt! Überall um sie herum erschienen kleine Hügel aus weißem Sand. Eine riesige Fläche – eine Wüste aus einzelnen, kleinen Sandkörnern, zwischen denen die letzten Tropfen Wasser versickerten.

Das Boot kam zum Stillstand und legte sich schräg auf die unebene Fläche. Ohne einen Moment zu zögern sprang Damaris heraus. Der

Sand fing sie sanft auf. Er war nachgiebig und sogar warm. Kaum hatte sie sich aufgerappelt, rannte sie los. Weg von dem gestrandeten Boot, in die Richtung weiter, in welche das Boot gefahren war. Denn die Welle hinter dem Boot war zwar verschwunden, aber an dessen Stelle hatte sich eine Erhebung im Sand gebildet. Und auch diese wälzte unaufhaltsam auf Damaris zu. Sandhügel um Sandhügel stolperte Damaris hoch und wieder herunter. Innerhalb kürzester Zeit war sie außer Atem – der Sand schien an ihren Füßen zu ziehen, ihr aber gleichzeitig keinen festen Untergrund zu bieten. Sie kämpfte sich Schritt um Schritt vor, mit all ihrer Kraft, und dennoch verringerte sich der Abstand zwischen ihr und dem Hügel stetig. Die Angst hatte nunmehr komplett die Kontrolle über Damaris ergriffen. Ihr Kopf schnellte immer wieder herum, die herbeieilende Gefahr, in welcher Form sie sich auch zeigen würde, suchend. Und diese kam näher, daran gab es keinen Zweifel. Damaris' Lungen brannten, sie hatte das Gefühl, dass es einfach nicht ausreichend Luft um sie herum gab, um ihre Bedürfnisse zu befriedigen. Schweiß lief ihr von der Stirn.

Ich halte das nicht mehr lange durch! Diese Erkenntnis geisterte alle paar Sekunden durch ihren Kopf. Was soll sie tun, wohin konnte sie fliehen?

Und da war es! Eine Änderung in der bisher kontrastarmen Landschaft, der ein Funken neuer Hoffnung war. Vor ihr, zu ihrer Linken, mitten in den unendlichen Sandmengen, befand sich eine Tür in einer hoch aufragenden Düne. Und aus dieser Tür kam ein heller Lichtschein. Es war ihre letzte Hoffnung auf Rettung, denn in dieser Wüste konnte sie nicht länger bleiben – nichts konnte Damaris hier Zuflucht bieten.

Von der neu angefachten Hoffnung zehrend, rannte Damaris, ihre letzten Kräfte mobilisierend, zu der Tür. Als sie näher kam, erkannte sie, dass es mehr ein Tor als eine Tür war. Die beiden Pfosten erhoben sich weit voneinander entfernt mehrere Meter in die Höhe und trugen stolz den schweren Querbalken. Kurz vor dem Tor erhob sich aus dem Sand eine gepflasterte Straße aus rotem Sandstein. Sie zu erreichen, war wie eine Erlösung. Das Rennen auf dem festen Untergrund war tausendmal einfacher, Damaris legte augenblicklich an Geschwindigkeit zu. Nur Sekunden später erreichte sie das Tor; sie stürzte hindurch und fand sich in einer quadratischen Kammer in der Größe einer Turnhalle wieder.

„Hallo?", rief sie, außer Atem und auf Hilfe hoffend.

Keine Antwort.

Und es kam noch schlimmer. Nur wenige Meter war sie in die Kammer hinein gelaufen, als sie panisch feststellte, dass sie anscheinend den einzigen Zugang des Raumes benutzt hatte. Es handelte sich dabei also gleichzeitig auch um den einzigen Ausgang. Damaris' Angst schnürte ihr die Kehle zu – sie hatte es nicht für möglich gehalten, dass sich ihre Angst noch steigern konnte.

Panisch drehte sie sich um und schaute auf das Tor. Ihr schien eine Rettung kaum noch möglich. Aber dann fiel dem Mädchen etwas auf – und ihre Hoffnung kehrte zurück. Das Tor konnte verschlossen werden! Neben der Öffnung befand sich eine Steinmauer, die anscheinend mobil war und vor das Tor geschoben werden konnte.

Noch war ihr Verfolger nicht zu sehen. Einen Moment lang zögerte sie; immerhin würde zurücklaufen bedeuten, dass sie sich wieder dem Sandhügel und dem darunter verborgenen Wesen nähern würde. Aber jede Sekunde des Zögerns verringerte die Zeit, die ihr noch blieb.

Mit zusammengebissenen Zähnen rannte Damaris los.

Zu dem Zeitpunkt, an dem sie die Sandwelle entdeckte, hatte das Mädchen das Tor fast erreicht. Damaris blieb schlagartig stehen und starrte auf den kleinen Hügel. Er war nur zwei Meter von ihr entfernt. Von Damaris aufgewirbelter Sandstaub schwebte hinter ihr in der trockenen Luft.

Auch die Sandwelle hielt nun an. Für den Bruchteil einer Sekunde glaubte Damaris ein paar Meter hinter dem Sandhügel, halb im Dunkeln verborgen, eine Bewegung zu sehen. Dann wurde ihre

Aufmerksamkeit komplett in Beschlag genommen, als sich im Inneren des Hügels etwas aufrichtete. Der Sand fiel herab, weißes Fell wurde sichtbar. Ein nur mittelgroßer Körper. Und dann erschien der Kopf. Ein Kopf mit unnatürlich grauen, undurchdringlichen und bösartigen Augen. Meffie.

Das Kaninchen schaute Damaris mit einem feindseligen und überheblichen Blick an. Beide standen schweigend da: Damaris starr vor Schrecken und innerhalb des Raumes, Meffie den Augenblick genießend und noch außerhalb des sandsteinfarbenen Tores.

Damaris hatte vieles erwartet, aber nicht Robins Begleiterin. Sie war überrascht, dass ihre Furcht beim Erkennen von Meffie nicht gewichen war. Das Kaninchen gehörte zu Robin, war eine gute Freundin des Jungen. Aber nach wie vor war Damaris gelähmt vor Angst, auch wenn der erste Schock nach dem Erkennen Meffies langsam nachließ.

Erneut streifte Damaris' Blick die Mauer neben der Tür. Meffie bemerkte es und sie reagierte höhnisch. Aber nicht mit der Damaris bekannten Stimme; es war eine tiefe und unheilvolle Stimme die da durch die Halle tönte und Damaris regelrecht das Blut gefrieren ließ.

„Die Tür? Du glaubst, sie ist deine Rettung? Dann komm' doch her, und schließe sie!". Ein lautes unangenehmes Lachen folgte auf diese Worte.

Das Mädchen rührte sich nicht vom Fleck. Wenn sie einfach stehen blieb, so würde sich vielleicht auch Meffie nicht bewegen und Rettung käme früher oder später. Trotz der unangenehmen Position, in der sie sich befand, musste sie angesichts dieses Gedankens lächeln. Es war, wie die Augen zu verschließen, wenn man vor etwas Angst hat. Als ob die Gefahr damit verschwinden würde. Hatte Robin ihr vorhin nicht so etwas Ähnliches erzählt?

Und dann sah Damaris, wie Meffie ihre starre Pose brach, sich von ihren beiden Vorderpfoten abstieß und das Gewicht auf ihre Hinterläufe verlagerte. Sichtbar wurden die Vorderpfoten, versehen mit langen glänzenden Krallen. Meffies graue Augen wirkten hohl und abgrundtief böse. Drohend setzte sie sich in Bewegung.

Vom Terror gefangen und einen Schritt zurückweichend, warf Damaris instinktiv ihren rechten Arm durch die Luft. Ein lautes Dröhnen war die Antwort, als die Mauer neben dem Tor Damaris' Armbewegung folgte und den Zugang verschloss.

Feiner Staub wirbelte umher. Meffie war hinter der Mauer verschwunden!

Einen Augenblick lang konnte Damaris keinen sinnvollen Gedanken fassen. Dann schaute sie um sich. Sie war allein! Es gab nur eine Erklärung: Sie war das gewesen! Also ging es doch! Sie war in der Lage, mit ihrem Willen Dinge geschehen zu lassen. Auch wenn diese Teilwelt schon vor ihrem Besuch existiert hatte und in Wechselwirkung mit anderen Wesen stand, hatte Damaris eine gewisse Macht. Nicht darüber nachdenken, sondern es einfach tun!

Die Angst ließ etwas nach, teilweise überkam Damaris sogar ein kleines Glücksgefühl. Aber sie nahm sich nicht die Zeit, diese neue Entwicklung zu überdenken. Denn es galt nach wie vor: Sie musste hier raus. Schnellstens!

Ein weiteres Mal suchte sie den Raum ab und fand zu ihrer großen Erleichterung an der Decke eine vorstehende Mauer, eine Art zur Seite offene Kabine. Wenn sie ein wenig Glück hatte, dann befand sich dahinter ein weiterer Ausgang.

Kurzentschlossen lief Damaris zu der linken Wand und einige Schritte an ihr empor. Sie hatte sich nun endgültig an die alternative Schwerkraft gewöhnt. Erst als das berstende Geräusch hinter ihr immer lauter wurde, hielt sie inne. Gespannt und eine Spur fasziniert schaute sie auf die große Pforte. Auf der steinernen Tür zeichneten sich nun viele kleine Risse ab, deren Anzahl rapide zunahm. Sie suchten ihren Weg durch den gesamten Steinblock und überzogen ihn mit einem Spinnennetz aus feinen dunklen Strichen. Kurz passierte gar nichts. Dann zerfiel die Mauer ohne ein weiteres Geräusch zu Sand. Der Eingang war wieder frei.

Zuerst zeichnete sich ein Schatten ab, dann gab die Sandstaubwolke Meffie frei. Sie war durch Damaris' Aktion überrascht gewesen – keine Frage. Aber ihre Pläne hatten sich deshalb nicht geändert. Damaris erkannte auf den ersten Blick, dass Meffies überlegene Gelassenheit der Rage gewichen war.

„Schluss mit den Spielchen!"

Damaris blickte von Meffie zu der Steinmauer in der Decke des Raumes. Während sie losstürmte, öffnete sie mit einer Handbewegung die nun sichtbare Pforte, die nur noch etwa zwanzig Meter entfernt war.

Meffie brauchte nicht lange, um Damaris' Absicht zu erkennen. „Wohl kaum!", spie sie gehässig, während sie dem Mädchen hinterhersprang und mit einer Bewegung ihrer bekrallten Pfote die Pforte wieder schloss.

Damaris spürte, wie ihre neu gewonnene Selbstsicherheit verpuffte. Aber Aufgeben war keine Alternative. Hastig rannte sie weiter an der Wand hinauf, während Meffie näher kam.

Ein kleiner Schrei löste sich von Damaris' Lippen, als sich unerwartet ein Stein aus der Mauer schob, direkt vor ihren Füßen. Nicht mehr in der Lage noch ausweichen zu können, strauchelte sie und fiel in den die Steine bedeckenden feinen Sand. Blitzschnell drehte sie sich auf den Rücken und sah Meffie auf sich zu stürzen.

Mit einem fast unmöglich weiten Sprung landete das Kaninchen auf dem Stolperstein, den sie mit ihrem Willen noch einen halben Meter weiter aus der Wand hervorsteigen ließ. Grinsend schaute sie auf die hilflos am Boden liegende Damaris. „Tja, du lernst zwar schnell, aber nicht schnell genug!"

„Warum ...", brachte Damaris stockend hervor.

„Ich hätte dich in Ruhe gelassen, wenn du deine Treffen mit Robin auf ein einziges Mal begrenzt hättest. Ich bin sicher, dass Paru ...", sie spie den Namen förmlich aus, „... dich damals geführt hat. Das wurde mir umso klarer, als ich dich und Robin bei eurer Reise durch diese Welt beobachtet habe. Ein blutiger Anfänger bist du, zu kaum etwas in der Lage. Du bist nervtötend, du bist unwürdig, und du bist mir vor allem im Weg. Aber all das lässt sich glücklicherweise einfach ändern ..."

Meffie hob nun ihre Pfote und zu Damaris' großer Bestürzung schoben sich die Krallen noch weiter aus dem weichen Fell hervor. Zentimeter um Zentimeter. Ein Streich mit dieser Pfote – das war Damaris klar –, und ...

Ja, was eigentlich? Was würde dann mit ihr passieren?

Damaris hatte keine Zeit mehr, sich diese Frage zu beantworten, denn einer Katze gleich bückte sich Meffie nach vorne, lauernd, sich auf den Sprung vorbereitend. Die Rückenmuskulatur spannte sich, die Krallen kratzten über den Sandstein.

Nun war es höchste Zeit zu handeln! Mit einer schnellen Handbewegung setzte Damaris verzweifelt das um, was ihr als letzte Rettung erschien. Sie führte die Hand nach oben, und der Stein, auf dem Meffie stand, folgte der Bewegung. Mit großer Geschwindigkeit schnellte der Stein weiter in die Höhe und riss Meffie mit sich. Urplötzlich befand sich das Kaninchen mitten im Raum, auf der Stirnfläche des jetzt wie ein riesiger Pfeiler aus der Mauer ragenden Steines. Die Schwerkraft schien dort oben die Richtung zu wechseln, denn plötzlich verlor Meffie den Kontakt mit der Säule. Irgendwie schaffte sie es gerade noch, sich an der Oberfläche festzukrallen. Erneut war sie genarrt worden, aber dieses Mal reagierte sie schneller.

Kaum hatte Damaris sich aufgerafft und die Pforte zur vermeintlichen Freiheit wieder geöffnet, raste die Steinsäule hinter ihr bereits wieder in die Tiefe. Augenblicklich hielt Damaris dagegen. Sie presste mit ihrem Willen gegen den Stein, versuchte ihn wieder in die Höhe zu zwingen. Sie schaffte es tatsächlich – zumindest einen Moment lang – die Abwärtsbewegung aufzuhalten, und die Säule mit ihrer Widersacherin darauf wieder langsam aufsteigen zu lassen. Sollte sie gegen Meffie wirklich eine Chance haben? Hoffnung keimte auf. Doch fast augenblicklich erhöhte das Kaninchen ihre Kraft und

Damaris spürte, dass sie bei diesem Kräftemessen den Kürzeren ziehen würde. Es hätte so oder so keinen Unterschied mehr gemacht: Meffie lief bereits an der Pfeilerseite herunter, sich der abweichenden Schwerkraft bedienend. Schon befand sie sich erneut nur wenige Meter hinter dem jungen Mädchen.

„Nervige Schwerkraft", murmelte Damaris, während sie losrannte. Die Ausgangspforte war noch etwa fünfzehn Meter entfernt, als sie sah, wie die Tür sich wieder schloss.

Fest entschlossen, Damaris endgültig aufzuhalten, verstellte Meffie ihr nun systematisch den Weg. Steine schossen vor dem Mädchen in die Höhe, andere versanken und öffneten Schluchten vor Damaris' Füßen.

Das Spiel mitspielend, versuchte Damaris nun nicht mehr, die Steine an ihren angestammten Ort zu zwingen. Eine Änderung der Taktik war angebracht: Nun passte sie sich dem Hindernisparcours an. An den Steinseiten lief sie hinauf oder herunter oder sogar seitlich an ihnen entlang, dauernd die Richtung der Schwerkraft wechselnd. Ihre Geschwindigkeit war zwar deutlich geringer als auf ebenem Terrain, aber sie kam stetig voran. Langsam ihre Sicherheit wieder gewinnend, fing Damaris nun selber an, Steine in Meffies Weg zu bewegen. Auch hinter ihr schossen jetzt die Pfeiler aus der Mauer heraus und in sie hinein, Meffie auf ihrem Weg zu Damaris verzögernd. Immer wieder versuchte Damaris währenddessen die Pforte zu öffnen, aber Meffie hielt ständig dagegen. Der Ausgang blieb geschlossen.

Langsam dämmerte Damaris, dass es so nicht weiter gehen konnte. Sie würde die Tür nicht aufbekommen, wenn Meffie unnachgiebig ihre Konzentration darauf gerichtet hatte. Und damit war ihr einziger Fluchtweg abgeschnitten.

Was nun? Sollte sie abwarten, was passieren würde, wenn sie Meffie in die Hände fiel? Sie verwarf den Gedanken auf der Stelle. Sie wusste nach wie vor nicht, was ihr wirklich in Thinkit passieren konnte. Parus Andeutungen und Robins Geschichte ließen Schlimmes vermuten.

Trotz der vielen Hindernisse war Damaris inzwischen schon auf die Decke gewechselt und hatte fast ihr Ziel erreicht. Erneut versuchte sie das Tor zu öffnen, aber kaum war der erste Zentimeter der Öffnung freigegeben, schloss sich der Spalt wieder unter Meffies Macht.

So ging es nicht weiter! Kurzentschlossen hielt Damaris an und drehte sich um. Plötzlich und für Meffie unerwartet. In zwei Sätzen – einem Raubtier ähnlich – erreichte das Kaninchen das Mädchen.

Irgendwie war Meffie deutlich größer, als Damaris sie von ihrer ersten Begegnung in Erinnerung hatte. Die Größe war ganz dem nun bedrohlichen Charakter des Kaninchens angepasst.

„Du gibst auf?" Meffie wartete nicht auf Antwort. „Die richtige Wahl!" Sie sprach die Worte verachtend aus. „Du weißt, dass du mir hier nicht entkommen kannst. Meine Macht ist größer, als du es dir vorstellen kannst, größer als Robin es sich vorstellen kann! Und du wirst es ihm leider nicht erzählen können. Es gibt viele Möglichkeiten, Menschen zum Schweigen zu bringen."

Grinsend schaute sie Damaris an und bückte sich – einen Sprung vorbereitend – zum Boden. „Und du wirst nun eine von ihnen kennenlernen."

Es fehlten nur noch Sekundenbruchteile zum Sprung, als Damaris mit einer schöpfenden Bewegung ihrer beiden Hände den Sand zu Meffies Füßen ein Eigenleben verlieh. Der Sand explodierte in die Höhe. Ein Teil verfehlte das Kaninchen und strebte stattdessen weiter in die Höhe. Teilweise gelangte es in eine andere Schwerkraftzone und fiel zur Seite weg. Aber ein großer Teil spritzte in Meffies Gesicht, direkt in ihre Augen. Ein mit Schmerz und Hass erfüllter Schrei löste sich aus Meffies Maul, als die scharfkantigen Körner feine Rillen in die sensiblen Sehorgane schliffen. In diesem Moment war die Konzentration des Kaninchens gebrochen.

Schnell öffnete Damaris das Tor. Schon war sie hindurch geschlüpft und hatte die Pforte mit einer weiteren Handbewegung wieder verschlossen.

Damaris rannte, so schnell ihre Beine sie trugen. Es war zwar dunkel, doch sie konnte erkennen, dass sie sich in einem schmalen aber hohen Gang befand. Er führte kerzengrade und mit einer starken Neigung nach oben. Der Boden war fest und mit feinem Staub belegt, ihre Schuhe fanden guten Halt.

Bei jedem Schritt, bei jeder Bewegung lauschte Damaris angespannt auf irgendwelche Geräusche, auf irgendein Anzeichen dafür, dass Meffie zu ihr aufschloss. Der befürchtete Zeitpunkt kam letztlich schneller, als sie gehofft hatte.

Mit einem Krachen sprang das Tor hinter ihr auf. Eine rötliche Glut breitete sich aus und kurz zeichnete sich Damaris' Schatten im Gang ab. Nur einen Moment später verschwand das rötliche Licht ähnlich schlagartig, als ein Körper die Öffnung blockierte. Ein lautes Fauchen erschallte.

Es war ein Fehler, sie wusste es; trotzdem schaute Damaris hinter sich. Was sie sah, war unerwartet, und flößte ihr deshalb umso mehr Angst ein. Der sie verfolgende Panther war schwarz und seine grauen Augen – die Augen von Meffie – glänzten unnatürlich in der Dunkelheit. Schnell schloss er auf. Viel zu schnell, da Damaris noch nicht mal das Ende des Ganges erkennen konnte. Es war wie ein Schlag ins Gesicht. Dem Kaninchen hätte Damaris eventuell entkommen können, einem Panther nicht.

Wieder einmal stand Damaris ihr begrenztes Wissen bezüglich Thinkit im Weg. Sie hatte nicht gewusst, dass es möglich war, die Gestalt zu ändern. Nicht, dass sie dies nun selber versuchen würde – sie war sich nicht mal darüber im Klaren, ob dies auch Menschen möglich war. Ihr Wille ließ Hand in Hand mit der Hoffnung nach, während ihre Schritte langsamer wurden. Sie war kurz davor aufzugeben, der Gang ging offensichtlich noch ewig weiter.

Oder?

Es war nur ein kleiner Hoffnungsschimmer, doch er machte ihr wieder Mut. Erleichtert erkannte Damaris, dass sich weit vor ihr Helligkeit abzeichnete. Neue Kräfte mobilisierten sich.

Wenn sich eine Tür zu schließen scheint, öffnet sich eine andere. Das hatte ihre Tante Petra öfters gesagt und Damaris musste jetzt daran denken.

Den Schritt beschleunigend, nahm sie den erhofften Ausgang genauer in Augenschein. Nicht unbedingt nah, aber auch nicht unerreichbar fern konnte Damaris das Blau des Himmels erkennen. Würde ihr schrumpfender Vorsprung zur Rettung ausreichen?

Bei dem Versuch einen Blick auf den Panther zu erhaschen, schabte Damaris mit der Schulter an der linken Wand entlang. Sie strauchelte kurz, spürte jedoch keine Schmerzen; das Adrenalin beherrschte ihren Körper.

Verwundert verringerte Damaris ihr Tempo. Meffie war nicht mehr zu sehen. Der Panther war weg! Ob dies ein gutes oder ein schlechtes Zeichen war, darüber war sie sich noch nicht ganz im Klaren.

Ein kleiner, dunkler Schatten huschte zwischen ihren Beiden hindurch. Eine Ratte.

Der Nager rannte einige Meter weiter, hielt dann an, drehte sich um und schaute Damaris an. Noch war die Ratte nur ein kleines Graues etwas, etwa 20 Meter entfernt. Dann setzte die Veränderung ein. Innerhalb von Sekunden wuchs das Tier in die Höhe und verformte sich zu Meffie.

„Da bist du ja wieder!", sagte das Kaninchen schmunzelnd. „Warum hast du nicht auf mich gewartet?" Bedrohlich ging sie einen Schritt auf Damaris zu. „Hier entkommst du mir nicht, Mädchen. Hier ist Endstation!"

Damaris saß in der Falle. Dennoch minderte sie ihr Tempo nicht weiter, sondern steigerte es sogar, bis sie so schnell rannte, wie es ihre Beine erlaubten. Direkt auf Meffie zu. Das Kaninchen grinste Damaris immer noch siegessicher an.

„Komm' doch!", rief sie mit schriller, sich überschlagender Stimme. Nur noch wenige Meter trennten die beiden, als Damaris zu einem Sprung ansetzte. Mit dem linken Bein abstoßend, segelte sie in die Höhe. Wie es aussah, würde der Sprung sie direkt vor Meffies Füße bringen. Am höchsten Punkt der Flugbahn jedoch, schoss ein Stein aus der glatten Mauer und fing Damaris' Fuß auf. Ihr rechtes Bein stieß sich sofort mit voller Kraft ab und dies ließ sie weitere anderthalb Meter durch die Luft segeln. Direkt auf einen weiteren zur Hilfe eilenden Stein zu. Mit nur wenigen Sprüngen fegte Damaris über Meffies Kopf hinweg. Sie landete hart auf dem Boden und stöhnte auf. Noch während sie sich aufrichtete, schloss sie mit einem lauten Klatschen hinter ihrem Rücken die Hände. Meffie, die sich gerade in Bewegung setzte, fand sich durch die aus beiden Wänden heraus schießenden Mauern von Damaris getrennt.

Ohne sich auch nur umzusehen, rannte Damaris sofort weiter. Denn lange würde auch diese Mauer Meffie nicht aufhalten.

Es fühlte sich wie eine weitere Ewigkeit an, aber letztlich erreichte sie den Ausgang, bevor Meffie sie wieder hatte einholen können. Mit einem großen Satz sprang Damaris aus der Öffnung heraus und landete – um 90 Grad gedreht – neben dem Eingang. Der Gang verlief wirklich schräg nach oben. Damaris befand sich auf der Spitze einer sechskantigen, stark zulaufenden Pyramide. Der Ausgang bildete genau die Spitze des Bauwerks. Mit einem Rundumblick überprüfte Damaris ihre Lage. Ihr blieb keine Zeit, sich einen Fluchtweg zu suchen, denn Meffie ließ nicht lange auf sich warten.

Damaris wich ein Schritt auf die Schräge zurück, während Meffie der Öffnung entstieg. Das Kaninchen kam drohend auf sie zu, die bekrallte Pfote zum Schlag in die Höhe gestreckt.

Damaris hatte irgendwie gehofft – eigentlich sogar erwartet –, dass ihre Rettung direkt hinter dem Ausgang zu finden war. Aber nun hatte sie den vermeintlichen Zufluchtsort erreicht, und eine Rettung war nicht in Sicht. Eine fatale Selbsttäuschung!

Dem Wegrennen überdrüssig, hatte sie nur noch Augen für die bedrohliche Kralle, die sie vermutlich auslöschen könnte. Den Kopf schützend hob sie die Schultern, wie auch die Arme.

Ein lauter Schrei drang zu ihr vor. Beide schauten in die Höhe, Damaris mit Hoffnung, Meffie verärgert. Noch war die Person ziemlich weit entfernt, aber sie bewegte sich rasend schnell auf sie zu. Schon nach wenigen Sekunden konnte Damaris erkennen, dass es nicht eine einzelne Person, sondern zwei Wesen waren. Nein, ein Think und ein Mensch ... Es waren Robin und Kanufi!

Als Damaris ihren Blick erleichtert Meffie zuwandte, waren die Krallen verschwunden. Ein samtenes Kaninchenpfötchen war übrig geblieben. Aber die bösartigen, grauen und abgrundtief hohlen Augen von Meffie stierten sie nach wie vor an.

„Glaube nicht, dass es das war!", zischte das Kaninchen. „Ich finde dich, egal wo du dich aufhältst. Robin gehört mir!"

„Was ist denn dein Problem?", erwiderte Damaris forsch. „Robin gehört niemandem, er kann tun was er will!" Ihre Selbstsicherheit hatte sie auf einen Schlag zurückgewonnen. Nun war sie nicht länger verängstigt, sondern nur noch wütend. So wütend, wie sie es schon lange nicht mehr gewesen war.

„Ich warne dich!", drohte Meffie. „Besuche ihn nie wieder, verschwinde aus seinem Leben! Du weißt nicht, wen du dir zum Feind gemacht hast! Und glaube mir, du willst es nicht herausfinden!"

Damaris verzog ihr Gesicht geringschätzend. Innerlich allerdings, wusste sie ganz genau, dass sie Meffies Drohung durchaus ernst nehmen musste. Sie hatte heute sehr viel Glück gehabt. Und sie hatte eine Menge neuer Sachen gelernt!

Kanufi setzte zur Landung an. „Vorsicht, das Fußvolk!", brummelte er und landete etwas holprig auf der sechskantigen Pyramide.

„Hi, Meffie! Hast du mich doch gefunden! Ich weiß nicht, wie du das immer wieder schaffst!" Robin lachte fröhlich. „Tut mir leid, aber ich wollte Damaris nochmal treffen. Und da ich wusste, dass du Menschen nicht so gerne magst, habe ich sie ohne dich aufgesucht. Um dich nicht unnötig aufzuregen."

„Du weißt, dass ich Menschen sehr wohl mag", antwortete Meffie mit tadelndem Blick. „Diese Regeln sind nur zu deinem Besten." Sie sah nun weniger wie eine mordlüsterne Kampfmaschine, sondern eher wie eine treusorgende Mutter aus.

Wandlungsfähig war sie auf jeden Fall, musste Damaris verärgert anerkennen.

„Okay, na gut, ich weiß. Ich wollte nur keinen Ärger mit dir deswegen ... Wie waren denn deine Erlebnisse, Damaris?" Er wandte sich an das Mädchen.

„Ganz gut, bis zu dem Punkt, wo Meffie mich umbringen wollte!", erwiderte sie prompt und mit fester Stimme. In dem Moment, in dem sie die Worte aussprach, merkte sie jedoch, wie komisch sich die Anschuldigung anhören musste.

Wie vor den Kopf gestoßen sah Robin Damaris an. Dann lachte er unsicher. „Entschuldigung, was?"

„Wie bitte? Was soll denn diese Beschuldigung?", meldete sich auch Meffie zu Wort.

„Es stimmt! Wirklich! Sie hat mich erst in dieses Gebäude gebracht, dann wollte sie mich umbringen! Sie meinte, ich darf dich nicht wieder sehen und deshalb würde sie mich zum Schweigen bringen. Dann wurde sie ein Panther und eine Ratte und hat ..."

„Hör auf!", unterbrach sie Robin barsch. „Was sollen diese Lügen? Warum erzählst du so etwas?"

„Es sind keine ..."

„Doch sind es! Das kann überhaupt nicht passiert sein!"

„Aber natürlich ist es passiert! Komm' mit in die Pyramide und ich zeige dir alles!" Wütend zeigte sie auf die Öffnung vor ihnen.

Abwehrend hob Robin die Hand und sah Meffie an. „Ich brauche dich eigentlich nicht zu fragen, aber stimmt irgendwas von dem?"

Meffie reagierte beleidigt. „Natürlich nicht! Ich weiß nicht, was in deine neue … Freundin gefahren ist. Wir haben uns nur unterhalten. Sie war ziemlich abweisend, aber ich wollte nett sein. Und jetzt das!" Damaris wollte reagieren, aber Robin stoppte sie, bevor sie auch nur ein einziges Wort äußern konnte.

„Es kann schon deshalb nicht stimmen, weil Transformationen nur einer bestimmten Gruppe von Wesen vorbehalten sind. Und du weißt doch, welche Wesen das sind? So geschickt Meffie auch ist, sie gehört wohl kaum zu dieser Gruppe. Sie wurde geschaffen. Sie ist ein Think." Er sah Damaris schweigend an.

Das Mädchen fühlte sich in die Ecke gedrängt. Erstens verstand sie den Sinn seiner Worte nicht, aber sie war zu stolz, sich das anmerken zu lassen. Was aber noch schlimmer war: Sie realisierte, dass Robin ihr nicht glauben würde. Er hatte tatsächlich keine Ahnung von den vielen Fähigkeiten Meffies. Damaris wünschte sich, dass sie wenigstens wüsste, warum Meffie so besitzergreifend war.

„Ich kann dir nicht erklären, warum und wie, Robin", sagte sie. „Aber eines weiß ich: Ich habe dich nicht angelogen!"

Robin sah ihr in die Augen. Damaris blieb hart und wich seinem Blick nicht aus.

Ohne ein weiteres Wort wandte Robin schließlich seinen Blick als erster ab, schüttelte den Kopf und zog sein kleines Buch aus der Hosentasche. Anscheinend war für ihn die Unterhaltung zu Ende. So wie es aussah, wollte er sich zurückziehen.

Wütend suchte Damaris nun ihrerseits nach einem Ausgang und fand ihn in Form einer Abbildung eines Kompasses im Stein zu ihren Füßen. Als sie die eingeritzte Darstellung berührte, bildete sich vor ihren Füßen ein Durchgang.

„Damaris, warte!", hörte sie noch, dann verschluckte sie der sich auftuende Tunnel.

Sie war wieder in ihrem Eintrittsraum. Bereits zwei Gänge führten nun von hier zu Robins Teilwelten. Einen Moment lang stand das

Mädchen unschlüssig vor dem Durchgang. Sollte sie ihn sofort wieder verschließen? Doch noch bevor sie sich dieser Frage widmen konnte, trat Robin aus der Pforte, kurz darauf gefolgt von Meffie.

Damaris fühlte sich so gar nicht wohl mit Meffie in ihrem Eintrittsraum. Aber sie wollte auf gar keinen Fall unsicher wirken. Dazu kam, dass sie verdammt sauer war. Wie konnte Robin es wagen, ihr einfach nicht zu glauben? Warum hätte sie sich denn bitte schön so was ausdenken sollen? Und dann erlaubte er es sich außerdem, ihr einfach hierher zu folgen! Sie war enttäuscht und traurig.

Ohne ein Wort zu sagen, drehte Damaris ihren beiden Begleitern den Rücken zu und lief zu der Hauptpforte, die den Weg zu ihrem Körperschattenraum freigab. Robin rief ihr etwas hinterher, aber Damaris reagierte nicht. Ihre Augen fest auf die Pforte gerichtet, lief sie weiter, während ein paar Tränen der Wut und Enttäuschung über ihre Wangen liefen.

Plötzlich spürte sie eine Hand auf ihrer Schulter. Sie drehte sich halb um.

Robin zuckte zusammen, als er ihre Tränen sah und redete dann mit leiser, unsicherer Stimme auf sie ein. „Ich weiß nicht, warum du das erzählt hast, aber es kann einfach nicht sein. Vielleicht hast du das irgendwie geträumt. Geträumt im Traum." Er lachte kurz, es klang gezwungen. „Aber Meffie kann so was nicht. Auch wenn sie es könnte, sie würde es nicht tun." Er ließ ihre Schulter los. „Vielleicht reden wir später nochmal? Wenn du alles klarer siehst."

Kopfschüttelnd dreht Damaris sich um und setzte ihren Weg fort. Robin hielt sie nicht mehr auf.

Kurz bevor sie das Haupttor erreichte, hörte sie das Geräusch einer zufallenden Tür. Als sie sich umdrehte, war der Eintrittsraum leer.

Damaris setzte sich auf den Torabsatz und stützte ihren Kopf in die Hände. Wie hatte das bloß alles passieren können? Meffie war gefährlich, soviel stand fest! Und sie hatte ihr offen gedroht!

Sich in Gedanken mit dem Kaninchen beschäftigend, hob Damaris alarmiert den Kopf und schaute um sich. Aber Meffie war gegangen, Damaris war alleine.

Sie konnte es immer noch nicht fassen. Warum glaubte ihr Robin nicht? Wütend trat sie mit der Hacke gegen die Mauer, und ärgerte sich nur noch mehr, als der Schmerz aufwallte. Sie stand auf.

„Dem werde ich's zeigen! Der kommt mir hier nicht mehr rein!", brauste sie. „Wenn ich die Möglichkeit habe, Wege zu meinem Eintrittsraum wieder abzureißen, dann sollen die zu deinen Teilwelten die ersten sein, die dran glauben müssen!"

Kurzentschlossen lief sie zurück in Richtung der Tür, aus der sie gerade gekommen waren. Als sie näher kam, erkannte Damaris, dass etwas anders war. Etwas Weißes war auf der Tür befestigt. Ihr erster Gedanke war, dass es sich um eine Falle von Meffie handeln konnte. Aber ihre Wut war nun so stark, dass sie sich davon nicht aufhalten ließ.

Es war ein Zettel. Ein Zettel, auf dem in großen unregelmäßigen Buchstaben ihr Name geschrieben stand. Robins Handschrift, stellte sie fest. Jetzt musste sie nur noch eins überprüfen. All ihren Mut zusammennehmend, öffnete Damaris die Tür einen Spalt. Steine. Der Zugang war versperrt.

Sofort überprüfte Damaris die Tür, die sich aus Robins Karte gebildet hatte. Es war die Tür, aus der er zum ersten Mal ihren Eintrittsraum betreten hatte. Hier fand sie einen langen gemauerten und gewundenen Gang vor, und sie musste sich eingestehen, dass sie froh war, wenigstens nicht komplett von Robin abgeschnitten zu sein. Dazu kam, dass sie nicht mal wusste, wie sie den Gang hätte zerstören können.

Überhastet rannte Damaris zurück zum Hauptportal. Zurück zu ihrem Körperschattenraum.

Kapitel 16: Briefe

Damaris durchflutete eine ungeheure Erleichterung, als sie sich in ihrem Körperschattenraum wiederfand. Die Erlebnisse dieser Nacht hatten in einem großen Gefühlschaos geendet, welches sie nicht mehr beherrschen konnte. Zuerst war sie so froh gewesen, Robin zu sehen, dass sie kurzzeitig ihr schlechtes Gewissen wegen Paru vergessen hatte. Aber die Schuldgefühle meldeten sich langsam zurück, wobei sie nun zu allem Überfluss auch noch schreckliche Angst vor Meffie empfand. Und auf Robin war sie sauer.

Dennoch ... Trotz ihrer Wut spürte sie eine innere Wärme bei dem Gedanken daran, dass er ihr eine Nachricht geschrieben hatte. Sie faltete den Zettel auf und las.

Hi Damaris,

es tut mir Leid wegen vorhin. Aber Du musst verstehen, dass ich Meffie sehr viel verdanke. Ich will sie nicht verprellen. Das ist auch der Grund, warum ich dich alleine besucht habe. Sie hat sich doch bestimmt nur einen Spaß erlaubt! Sie hätte dir niemals wirklich was angetan, da bin ich mir sicher.
Ich hoffe, Du siehst das ein. Sie ist wirklich eine tolle Freundin. Aber sie mag es nicht, wenn ich andere Menschen in meinen Träumen treffe. Weil es mich ihrer Meinung nach hemmt, vor allem aber, weil sie mich vor schlechten Erfahrungen, wie damals den Albtraum, bewahren will. Solche Situationen sind gefährlich.
Um Meffie nicht zu verletzen, möchte ich dich in meinen Träumen lieber nicht mehr besuchen. Es tut mir leid, aber ich hoffe Du verstehst das. Es sind ja nur Träume.
Grüße,

Robin

175

Damaris hatte den Brief anfangs mit Hoffnung gelesen, dann mit einem wachsenden Unglauben. Sie konnte nicht verstehen, wie er Meffie so vehement verteidigen konnte. Und nun hatte das Kaninchen es sogar geschafft, Robin von Damaris fern zu halten. So oder so hatte Meffie ihr Ziel erreicht.

Damaris war schon fast so weit, den Brief zu zerreißen und zu entsorgen, als sie den Zusatz am Ende des Briefes las:

P.S.: Wenn Du möchtest könnten wir uns ja mal einen realen Brief schreiben. Uns vielleicht sogar mal in echt treffen. Dagegen kann Meffie nichts haben. Wenn Du möchtest, hier ist meine Adresse:

Robin Wundal
Erzerstraße 14
020385 Menningsbach

Sie beruhigte sich wieder ein wenig. Er wollte sie also schon wiedersehen, nur nicht mehr in der Traumwelt. Vielleicht war das gar keine so schlechte Idee ... Je länger sie darüber nachdachte, desto besser schien es ihr, ihn im normalen Leben kennenzulernen. Sie könnten sich treffen und irgendwas unternehmen. Und irgendwann würde er ihr derart blind vertrauen, dass er sich auch gegen Meffie durchsetzen würde. Denn im echten Leben gab es keine Meffie, da hatte Damaris ihn ganz für sich allein. Dann hatte sie ihre Rache an dem Kaninchen!

Aber wichtiger war erstmal, dass sie mit ihm in Kontakt bleiben würde.

Wundal, also. Komischer Nachnahme. Aber hübsch, fand Damaris. Robin Wundal. Hörte sich an, wie ...

„Faszinierend, wie sich dein Gesichtsausdruck in den letzten zwei Minuten immer wieder geändert hat." Bonnies tiefe Stimme riss Damaris aus ihren Gedanken. „Zuerst panisch, dann Erleichterung, aufkommender Ärger, Hoffnung und schließlich sogar Freude."

„Oh … Hi, Bonnie. Habe gerade einen gefährlichen Ausflug hinter mir."

„Ist das so?"

Damaris ging zum Käfig. „Ja, es war ziemlich filmreif. Ich wurde von einem Panther verfolgt und fast durch dessen scharfe Klauen zerfleischt! Mir lief vor meinem geistigen Auge schon mein ganzes Leben wie ein Film ab!"

„Das kann ja nicht lang gedauert haben. Bist ja erst vierzehn", erwiderte Bonnie nüchtern.

„Ha, ha. Scherzkeks …"

„Und warum bist du nicht einfach in deinen Eintrittsraum zurückgekehrt als es brenzlig wurde?", wollte Bonnie wissen. „Hast du immer noch keinen Schlüssel?"

Damaris öffnete den Mund, um zu antworten, schloss ihn dann aber wieder. Sie wusste nicht, was sie sagen konnte. Ihr Kopf war plötzlich leer, nur ein Wort wanderte wie ein Echo immer wieder von Ohr zu Ohr: Trottel, Trottel, Trottel, Trottel, Trottel …

Sie griff in ihre Hosentasche und zog einen Kompass hervor; genauso einen, wie Tante Petra ihn besessen hatte.

Es wäre so einfach gewesen, Meffie zu entkommen! Aber sie hatte einfach nicht daran gedacht.

„Na, was denn nun?", fragte Bonnie mit einem Hauch Schadenfreude. „Warum hast du denn den Kompass nicht verwendet?"

„Ist doch egal … Hab's halt vergessen in der Hektik."

Damaris sah, wie Bonnie nochmal nachlegen wollte, wie das Meerschweinchen weiter auf ihrer Dummheit herum reiten wollte. Schnell kam sie ihm zuvor: „Übrigens …", fragte sie unschuldig. „Wie geht's uns denn mittlerweile? Wieder besser?" Mit einem linkischen Blick fixierte Damaris das Meerschweinchen.

„Ja, ja … War nur ein bisschen müde … Sonst nichts." Bonnie war peinlich berührt, soviel war klar. „Sollten keine große Sache draus machen …"

Damaris grinste breit, der Themenwechsel war geglückt!

„Klar, Bonnie. Ja, du warst nur – warte, wie hast du's genannt? Müde?" Damaris nickte übertrieben. „Genau, das war's: Du warst nur müde ..."

Bonnie brummelte etwas und fing sich dann an zu putzen. Offensichtlich ein Ablenkungsmanöver.

„Wie bitte?", fragte Damaris neugierig.

„Nichts. Habe nichts gesagt ..."

Amüsiert sah Damaris Bonnie an, wie er sich wusch, mit den kleinen Pfötchen hinter die Ohren griff und sich den Bauch leckte.

„Oooh ...", sagte sie. „Ist er nicht süß?"

Bonnie hörte augenblicklich mit der Körperpflege auf. „Was soll denn das? Man wird sich ja wohl noch putzen dürfen!"

„Natürlich! Mach mal schön weiter, ich werde mich ein wenig ausruhen."

Grinsend ging Damaris zu ihrem Bett und kuschelte sich in die Decke. Morgen früh, so nahm sie sich vor, würde sie noch vor der Schule einen Brief schreiben, damit sie auch so schnell wie möglich eine Antwort bekommen würde. Da fiel ihr was ein: Sie hüpfte nochmal aus dem Bett und nahm Robins Brief vom Schreibtisch. Sich den Zettel anschauend, wiederholte sie mehrere Male leise die Adresse. Denn morgen früh wäre der Zettel nicht mehr da. Er würde in Thinkit bleiben und die Adresse wäre verloren. Zumindest bis zu ihrer erneuten Rückkehr nach Thinkit.

Kaum klingelte der Wecker, da war Damaris schon auf den Beinen. Im Normalfall tat sie sich damit schwerer, aber heute hatte sie etwas zu erledigen.

Ihr erstes Ziel war der Schreibtisch, wo sie die Lampe anschaltete und einen Umschlag hervorkramte. Säuberlich beschriftete sie ihn mit Robins Adresse.

Dann zog sie einen Bogen aus dem dicken Stapel Papier.

Hallo Robin,

es ist morgens früh, gleich muss ich zur Schule. Es tut mir leid, dass du mich nicht mehr im Traum sehen willst. Auch tut es mir leid, dass du Meffie nicht richtig durchschaust, denn ich weiß, dass sie mir Schlechtes wollte. Sie hat es mir selber gesagt. Und ich lüge wirklich nicht.

Dir in echt zu schreiben war eine gute Idee.

Ich dachte, dass ich dir noch ein wenig über mich selber erzähle. Ich bin vierzehn, das weißt du schon. Sonst gehe ich in die Schule, da habe ich natürlich keine Wahl. Vor allem gehe ich gerne mit meinen Freunden weg. Wenn möglich, dann in die nächsten größeren Städte. Hier in Regensdorf ist wirklich nichts los. Zu Hause gibt es nicht viel zu tun, da lese ich hauptsächlich. Ich habe z.B. gerade die unendliche Geschichte beendet. Hast du das Buch schon gelesen?

Okay, ich muss in die Schule, darum machte ich jetzt Schluss. Ich finde es übrigens schöner, mit Leuten direkt zu reden. Also vielleicht können wir auch telefonieren. Ich kann sie dir dann schicken, wenn du willst? (die Telefonnummer, meine ich)

Dann höre ich jetzt auf, und hoffe, dass du bald zurückschreibst. Ich würde wirklich gerne mehr über dich wissen. Bis dann,

Damaris

Sie las den Brief nochmal durch, und überlegte, ob der letzte Satz vielleicht zu gewagt war. Aber ihr blieb eh keine Zeit mehr, einen neuen Brief zu schreiben. Kurzentschlossen faltete sie das Blatt, steckte es in den Umschlag, und befeuchtete kurz mit der Zunge den Kleberand. Der Geschmack ließ sie ihr Gesicht angeekelt verziehen. Sie drückte den Umschlag zu und steckte ihn ein.

Auf zum Frühstück.

„Guten Morgen!"

179

„Guten Morgen, Schatz", antwortet ihr Vater und schaute einen Moment lang über den Rand der Tageszeitung.

„Hallo, Mäuschen! Freust du dich schon auf die Schule?", erkundigte sich ihre Mutter.

Als Antwort verzog Damaris ihr Gesicht zu einer Grimasse. Damaris' Eltern waren immer schon vor ihr beim Frühstück. Frau Lincol musste meistens etwas früher als die beiden anderen weg. Obwohl beide Elternteile ihre Jobs sehr mochten, fiel ihnen das Aufstehen offensichtlich schwer. Mit deutlich sichtbaren dunklen Rändern unter den Augen verleibten sie sich gleich mehrere Tassen Kaffee ein. Aber Damaris hatte keine Zeit für Mitleid, etwas Wichtiges musste erledigt werden. Sie übergab ihrer Mutter den Brief.

„Verschickst du den für mich?"

Frau Lincol schaute verwundert auf den Brief und las den Namen des Empfängers. „Wer ist denn Robin Wundal?", fragte sie neugierig, nun völlig bei der Sache.

„Ach …", sagte Damaris zögernd. Die Frage hatte sie nicht erwartet. Dumm natürlich, sie hätte damit rechnen müssen, dass ihre Mutter danach fragen würde. So schnell fiel ihr nichts ein und so zog sie bloß die Schultern hoch. Ihre Mutter schaute sie immer noch fragend an.

„Du schreibst doch sonst keine Briefe? Höchstens wenn ihr es von der Schule aus müsst."

Das stimmte natürlich, musste sich Damaris eingestehen. Und diese erzwungenen Briefe von der Schule waren immer an Kinder, denen es irgendwie schlecht ging. Zum Beispiel an Kinder in Kriegsgebieten und so. „Genau, so ist es jetzt auch!", reagierte sie schnell.

„Ah", nickte Frau Lincol. Ein Lächeln konnte sie sich nicht gänzlich verkneifen. „Und du schreibst ihm erst so spät? Wo du doch die ganzen Ferien Zeit dafür hattest?"

„Hatte halt viel zu tun … Lesen und so."

Damaris' Mutter hob kritisch die linke Augenbraue. „Warum musst du ihn denn selber verschicken? Macht das nicht immer eure Lehrerin?"

„Dieses Mal halt nicht."

Jetzt war auch Herr Lincols Interesse geweckt. Er nahm den Brief seiner Frau ab und sah ihn sich an. „Vor allem wusste ich gar nicht, dass wir gerade in Deutschland so viele notleidende Kinder haben. Und dabei wohnt dieser arme, arme Junge nicht mal im Waisenhaus … Und im Krankenhaus scheint er auch nicht zu liegen."

„So genau weiß ich es auch nicht, okay!", reagierte Damaris verärgert. „Was ist denn das? Ein Kreuzverhör? Da tue ich mal was Gutes, und schon quetscht ihr mich aus! Super-Eltern seit ihr, vertraut eurer eigenen Tochter nicht!"

Aggressiv stocherte sie in ihrem Toast herum.

Herr und Frau Lincol tauschten amüsierte Blicke aus.

Leise brummelte der Herr des Hauses: „Ja, ja, Angriff ist die beste Verteidigung …"

Der Rest des Frühstücks wurde schweigend verbracht.

Um sicher zu gehen, wandte sich Damaris nach dem Frühstück nochmal an ihre Mutter. „Also verschickst du ihn, oder soll ich es selber machen?"

„Natürlich Schatz. Ich schicke ihn für dich an deinen Freund."

„Danke", antwortete Damaris und lief zur Tür. Erst an der Treppe fiel ihr auf, dass ihre Mutter Robin ihren Freund genannt hatte. Augenblicklich hielt sie inne, um sich zu verteidigen. Aber als sie die breit grinsenden Gesichter ihrer Eltern sah, drehte sie sich nur noch um, und rannte mit rotem Kopf die Treppe zu ihrem Zimmer hinauf.

„Hey, Damaris! Warte doch mal!" Schwer atmend holte Tina ihre Freundin ein. Sie war ein dünnes Mädchen, ein paar Zentimeter größer als Damaris und hatte langes, glattes Haar. Fast schwarz, ganz im Gegensatz zu ihren blauen Augen, was in ihrem Gesicht einen interessanten Widerspruch hervorrief.

„Warum hast du denn nicht an der Ecke auf mich gewartet?", fragte Tina vorwurfsvoll.

„Gewartet? Ach so! Entschuldigung …"

An der Stelle, wo Damaris' Vater sie immer absetzte, war ihr Treffpunkt mit Tina. Sie liefen jeden Tag zusammen die letzten Meter zur Schule.

Damaris schüttelte den Kopf. „Ich bin heute wohl noch nicht ganz wach."

„Anscheinend … Na ja, was soll's … Wie sieht's denn aus? Problem gelöst?"

Mit großen Augen schaute Damaris ihre Freundin an. „Woher weißt denn du davon?"

Tinas Stirn legte sich in Falten. „Sag mal, alles in Ordnung? Du hast mich doch angerufen!"

„Wie?"

„Na, wegen dem Hausarrest!"

„Ach so, jetzt bin ich wieder da. Alles klar … Nein, das hat sich nicht geändert. Keine Ahnung, wann die mich wieder lassen."

„Scheint dich gar nicht mehr so zu stören."

„Doch … Schon … Weiß nicht …"

„Okay, du bist mir gerade echt zu komisch. Was ist denn los?"

„Es ist nur … Ich habe einen ziemlichen Albtraum gehabt."

„Echt?" Tinas Gesicht hellte sich auf. „Erzähl mal!"

„Ach nee, das hört sich bestimmt super bescheuert an, wenn ich es dir erzähle."

Die beiden Mädchen bogen rechts durch das offene Gitter auf den Schulhof. Ein paar Altersgenossen saßen auf den Bänken, die meisten standen aber nur in der Gegend herum und unterhielten sich.

„Tja, jetzt geht's schon wieder los …", sagte Tina mit einem Nicken auf das große, graue Schulgebäude. „Aber komm schon, erzähle ruhig. Ich mache mich auch nicht lustig! Ehrenwort!" Sie leckte an dem Mittel- und Ringfinger der rechten Hand und hielt sie dann gespreizt und mit einem feierlichen Gesicht hoch.

„Igitt!", ekelte sich Damaris. „Vielleicht später, okay?" Tina stülpte die Unterlippe vor und wischte sich die Finger an der Hose ab. „Na gut, wenn du meinst ... Oh! Da sind Susi und Clarisse!" Damaris bei der Hand greifend, lief sie in Richtung der Freundinnen.

Die Schulwoche kroch nur so dahin. Die Tage wollten nicht zu Ende gehen und die Nächte brachten nicht die erwünschte Abwechslung. Seit dem Abenteuer mit Robin traute Damaris sich nicht mehr aus ihrem Eintrittsraum heraus. Der einzige Grund, weswegen sie überhaupt noch dorthin ging, war um zu schauen ob vielleicht Paru oder Nika auf sie warteten. Aber nicht ein einziges Mal traf sie auch nur einen der beiden an. Natürlich hätte Damaris Nika einfach herbeirufen können, so wie sie es bereits bei Bullie getan hatte, als sie auf dem Piratenschiff war. Aber so richtig wusste sie immer noch nicht, wie sie das gemacht hatte. Paru konnte sie leider nicht herbeirufen, die Zwelfe war nicht von ihr kreiert worden. Damit hatte Damaris keinerlei Macht über sie.

Bonnie war ihr einziger Ansprechpartner in diesen langen Nächten. Leider. Denn das Nagetier ließ unnachgiebig Schadenfreude durchblicken, da sich herausgestellt hatte, dass Damaris tatsächlich noch nicht über Konzentration alleine nach Thinkit kommen konnte. Sie war am Sonntag wohl wirklich einfach nur eingeschlafen. Bereits am Montag war sie bei dem Versuch, im wachen Zustand Thinkit zu betreten, kläglich gescheitert. Erst im Schlaf konnte sie dorthin zurückkehren. Schlafen war aber nicht immer einfach, vor allem, wenn man nicht müde war! So hatte Damaris sich am Dienstag – nach einem misslungenen Versuch, um sieben Uhr einzuschlafen – wieder angezogen und war ein paar Runden um den Block gerannt. Körperlich am Ende hatte sie sich anschließend die Treppe hochgeschleppt, wo ihre Mutter sie in Empfang nahm und ihr verbot in verschwitztem Zustand schlafen zu gehen. Widerwillig hatte sich Damaris zum zweiten Mal an diesem Tag geduscht und war dann vollkommen ausgelaugt ins Bett gefallen. Sie war zwar schnell eingeschlafen und nach Thinkit gelangt, aber diese Methode erschien ihr viel zu anstrengend.

So verlegte Damaris ab Mittwoch ihre Bemühungen auf Konzentrationsübungen. Aus dem Bücherregal ihres Vaters hatte sie sich eine Buch zum autogenen Training stibitzt. Ein Buch, welches Schritt für Schritt erklärte, wie man meditierte, wie man die volle Konzentration und doch die völlige Entspannung erreichte. Die Übungen waren ihr überraschend leicht gefallen und sie machte von Tag zu Tag Fortschritte.

Auf den Mittwoch folgte der Donnerstag. Auch der Freitag kam und ging.

Damaris übte, meditierte, konzentrierte sich.

Dann wurde es Samstag.

Mit dem Moment des Augenaufschlags war Damaris hellwach. Nun war es schon fünf Tage her, seit sie den Brief an Robin verschickt hatte.

Sie schaute über die Bettkante und sprach mit Bonnie, auch wenn ihr klar war, dass er hier nicht antworten konnte. Die gelegentlichen Gespräche in den letzten Nächten mit dem Thinkit-Bonnie hatten das zur Gewohnheit werden lassen.

„Wenn er direkt zurück geschrieben hat, dann müsste ich den Brief heute bekommen. Am Mittwoch war mein Brief spätestens bei Robin, er hat die Antwort dann erst am Donnerstag abschicken können. Und die Post braucht nie länger als zwei Tage. Das macht Freitag, spätestens Samstag."

Sie schaute Bonnie erwartungsvoll an. „Und das ist heute! Wie siehst du das?"

Schnell rannte sie die Treppe hinunter und den Gang entlang zur Haustür, dorthin, wo sie die Post normalerweise finden würde. Aber da waren keine Briefe, keine Zeitung, nicht mal Werbung. Auf dem Parkett hinter der Haustür lag absolut nichts.

Damaris gute Laune verflüchtigte sich gerade, als sie sich daran erinnerte, dass das eigentlich unmöglich war. Ihre Eltern bekamen jeden Tag Post – wenn auch meistens Rechnungen –, so dass der leere Briefkasten nur bedeuten konnte, dass ihre Eltern ihn bereits geleert hatten.

Im Esszimmer befanden sich die beiden Erwachsenen bereits am Tisch und bewältigten gerade die letzten Bissen des Frühstückes.

„Guten Morgen, Schatz!", grüßte Frau Lincol fröhlich.

„Ganz schön spät, die junge Frau", fügte ihr Vater augenzwinkernd hinzu.

„War ziemlich müde ... Habe ich Post?", fragte Damaris so beiläufig, wie es ihr nur möglich war.

Schelmisch blickte Herr Lincol von der Zeitung auf. „Na, na, da erwartet aber jemand etwas! Ist das zufällig von diesem jungen Herrn, dem du Anfang der Woche geschrieben hast? Nicht, dass ich dir deine Geschichte mit dem notleidenden Jungen geglaubt hätte. Dein Vater ist ja nicht blöd, er hat schon ..."

„Papa!"

„Ja, ja, schon gut. Du hast einen Brief bekommen." Er nahm ein weißes Kuvert vom Tisch und wedelte damit in der Luft herum. „Aber erst wird gefrühstückt, dann kannst du ihn aufmachen und lesen."

Damaris blickte um Hilfe bittend ihre Mutter an. Kein Mitleid war in deren Augen zu erkennen. So fügte sie sich ihrem Schicksal, schlang eine trockene Scheibe Brot herunter, kippte zu dem staubtrockenen Ergebnis in ihrem Mund eine Tasse Tee und streckte die Hand aus. „Buttu?" Ein paar Krümel suchten ihren Weg aus Damaris' Mund und ein Tropfen Tee lief ihr Kinn herunter. Mit tadelndem Gesichtsausdruck gab Herr Lincol ihr den Brief, mit dem Damaris sofort auf ihr Zimmer rannte.

Der Brief war an sie adressiert, aber die Schrift machte sie stutzig. Es schien eine Erwachsenenschrift zu sein; Robin würde wohl kaum so sauber schreiben. Sie kannte zwar nur seine Handschrift in Thinkit, aber dennoch …

Der Absender verriet nicht viel, er war schlicht und einfach mit „Wundal" angegeben.

Hastig nahm Damaris eine Schere vom Schreibtisch und warf sie aufs Bett. Dann schloss sie die Tür, schluckte das Brot herunter und spülte kurz mit einem Schluck Wasser nach. Als alles erledigt war, setzte sie sich auf ihr Bett und öffnete vorsichtig und gezwungen langsam mit der Schere die Oberseite des Umschlags. Der Brief bestand nur aus einer Seite, stellte sie enttäuscht fest. Einseitig beschrieben.

Liebe Damaris,

wie du wahrscheinlich schon an meiner Handschrift erkannt hast, schreibt nicht Robin dir, sondern seine Mutter. Leider kann ich mich nicht an dich erinnern, aber du scheinst Robin auch noch nicht lange gekannt zu haben.

Auf jeden Fall habe ich ihm deine Grüße bereits ausgerichtet.

Ich weiß nicht, wie ich es dir am besten sagen kann, aber du sollst natürlich wissen, was los ist.

Robin ist im Moment nicht ansprechbar. Er kann gerade nicht schreiben, nichts sagen, nichts tun. Vor fünf Monaten hatte er mit dem Fahrrad einen Unfall. Er und ein Freund wurden angefahren, als sie von der Schule kamen. Seitdem befindet er sich im Koma – in einer Art Dauerschlaf. Die Ärzte sind ratlos angesichts Robins Zustands, da sie der Meinung sind, dass er schon längst wieder hätte aufwachen müssen. Die Verletzungen waren einfach nicht so stark, dass er nicht schon wieder auf den Beinen hätte sein müssen.

Leider weiß niemand, wann er aufwachen wird. Es kann heute sein, morgen, nächsten Monat, in einem Jahr, oder – theoretisch – sogar nie. Aber das ist ein Gedanke, den ich mir eigentlich nicht zu denken gestatte.

Es tut mir sehr leid, dir dies alles mitteilen zu müssen. Ich kann dir gerade nicht mehr Beruhigung bieten, als dir zu sagen, dass ich ihn jeden Tag besuche, und dass er sehr zufrieden aussieht. Er ist körperlich vollkommen in Ordnung, nur sein Geist hat den Weg in die Realität noch nicht wieder gefunden. Ich bete jeden Tag dafür, dass es bald so weit ist. Da ich jetzt deine Adresse habe, werde ich dir natürlich schreiben, wenn sich etwas Neues ergibt.

Mit liebevollen Grüßen,

Amy Wundal

Mit weit aufgerissenen Augen saß Damaris auf dem Bett und starrte den Brief an. Sie las ihn wieder und wieder.

Kapitel 17: Zwei Welten

Robin wachte auf.

Samstag! Vor drei Tagen hatte er Damaris' Brief erwartet, aber noch immer war nichts gekommen. Ob sie ihm doch so böse war? Er wollte die Bekanntschaft nicht komplett aufgeben, aber seinen Standpunkt hatte er vertreten müssen.

Nach wie vor hatte Robin die Augen geschlossen, aber er merkte, wie die Sonne schon hoch am Himmel stehen musste; um ihn herum war es hell.

Vielleicht war der Brief ja heute gekommen?

Mit einem Ruck setzte er sich auf und rieb sich die Augen. Er hielt inne. Hatte er da nicht was gesehen? Dort hinter dem Schrank? Er entschied sich dagegen – er war wohl noch nicht so richtig wach. Ohne sein Schlafshirt und seine Boxershorts für etwas Passenderes einzutauschen, lief er zur Tür hinaus und bog rechts in den Korridor ein, auf dem Weg zur Haustür. Eine Menge Post hatte heute sein Elternhaus erreicht; mindestens fünf Briefe lagen auf den harten braunen Fliesen hinter der Tür verteilt. Robin lief auf den Zehen, die kalten Steinplatten so wenig wie möglich berührend. Stück für Stück sammelte er die Briefe ein, immer schnell den Empfänger lesend. Alle waren an seine Eltern gerichtet, kein einziger war für ihn.

Mit Tränen in den Augen saß Amy Wundal am Bett ihres Sohnes. Wie so oft brachte sie es nicht über ihr Herz, Robin in dem Krankenhaus alleine zu lassen. Auch wenn sie nichts für ihn tun konnte, so hoffte sie, dass er ihre Anwesenheit irgendwie doch spürte. Ihr Entschluss war bereits gefasst: Heute Nacht wollte sie bei ihrem Sohn bleiben. Erneut.

„Ich habe deiner Bekannten einen Brief zurück geschrieben", sagte sie leise. „Du weißt schon: Als Antwort auf ihren Brief von vor ein paar Tagen. Ich glaube nicht, dass ich Damaris kennengelernt habe, aber du hattest ja immer so viele Freunde. Vielleicht ist sie mir einfach nicht in Erinnerung geblieben. Ich habe ihr von deiner momentanen Situation erzählt. Auch sie möchte dich gerne wiedersehen."

Vorsichtig, als ob sie eine Porzellanfigur berührte, schob sie ihre Hand unter die seine. Sie war warm, aber ohne jede Spannung. Liebevoll massierte sie seine Finger.

„Du bist da drin, ich weiß es", sagte Amy Wundal, ihr Gesicht nah an seinen Kopf bringend. „Komm wieder zu uns. Finde den Weg zurück, Robin."

Kapitel 18: Hilfestellung

Der Brief von Robins Mutter lag immer noch neben Damaris auf dem Bett. Dutzende Male hatte sie ihn in der letzten Stunde gelesen. Und umso öfter sie ihn las, umso unsicherer war sie sich darüber, was zu tun sei. Am liebsten würde sie sofort Robins Mutter anrufen, sie aushorchen, herausfinden, ob dieser Brief die Wahrheit beinhalte. Aber sie traute sich nicht.

Was, wenn alles nur ein Scherz gewesen war? Was, wenn Robin, oder irgendeine andere Person sich nur einen Spaß mit ihr erlauben wollte?

So hatte Damaris sich letztendlich entschieden, Paru den Brief zu zeigen. Sie würde bestimmt Rat wissen. Aber dazu musste sie die Zwelfe zuerst finden.

Damaris legte sich auf ihr Bett, entspannte Beine, Rumpf und Arme, konzentrierte sich auf ihre Atmung. In Gedanken löste sie ihr Bewusstsein – und öffnete dann die Augen. „Bonnie?"

„Was?"

„Alles klar, ich wollte nur wissen, ob ich schon in Thinkit bin. Irgendwas von Paru und Nika?"

„Nö."

„Natürlich nicht ... Na gut, ich versuche es schnell im Eintrittsraum."

Sekunden später schweifte Damaris' Blick durch die großen Kathedralen. Leider wurde sie auch heute enttäuscht, wie schon in den fünf Nächten zuvor. Damaris wollte bereits in den Körperschattenraum und dann in die reale Welt zurückkehren, als ihr Auge einen Lichtstrahl auffing. Einen Lichtstrahl, der aus einem schmalen Spalt in der Wand hervortrat.

„Natürlich", murmelte sie und blieb stehen. „Der Geleitraum. Da gibt es bestimmt ein paar Antworten!" Über die Steingewölbe rennend, erreichte sie schon kurz darauf den unregelmäßig geformten Durchgang. Ohne sich anzumelden, stieß sie ihn auf. Damaris stieg auf das kleine Holzpodest und las die sich auf den Seiten des Buches bildenden Wörter.

Das Buch sprach das Mädchen direkt an: Wie kann ich dir helfen?
Dich belastet eine Angelegenheit mit Robin? Erzähle mir davon!

„Nun tue mal nicht so. Du weißt doch längst, was ich hier will! Du hältst doch alles in deinen Seiten fest, was mit mir und Thinkit zu tun hat."

Richtig, aber ein bisschen Small Talk zur Begrüßung schadet niemanden ... Das könnte man als gute Manieren und Höflichkeit auslegen.

Schon kam sich Damaris wieder vorgeführt vor. Das Buch war einfach zu unverschämt! „Also, was ist passiert?", fragte sie ungeduldig.

Kannst du das dir nicht selber denken?

„Dann wäre ich wohl kaum hier, oder?" Damaris seufzte und erklärte ihr Problem. „Irgendjemand muss lügen", schloss sie ihre Geschichte. „Aber wer ist es? Hat vielleicht jemand anderes den Brief beantwortet, um mich aufs Korn zu nehmen?"

Das glaube ich nicht. Die Menschen sind zwar oft grausam, aber wer hätte dazu in diesem Fall einen Grund?

„Was ist dann los? Wie kann es sein, dass Robin ganz normal von seinem realen Leben mit seinem Hund und seinen Freunden redet, während er nach Aussage des Briefes im Koma liegt?"

Vielleicht weiß er nicht, dass er im Koma liegt.

Damaris runzelte die Stirn. „Wie kann er das nicht wissen? Das verstehe ich nicht. Was meinst du genau?"

Ich will dir die Lösung nicht erzählen, Erfahrung ist besser als trockene Theorie. Gedulde dich ein wenig, und ich werde dir die Antwort auf deine Frage zeigen. Um genau zu sein: Du wirst dir selber die Antwort geben, denn du kennst sie schon. Ich kann dir nur helfen, sie aus dem Gedankenchaos deines Kopfes hervor zu ziehen.

„Ach komm! Muss das sein? Erzähle es mir doch einfach. Ich will nicht noch länger warten!"

Das Buch blieb unnachgiebig:

Unser Gespräch ist für heute beendet, aber wenn du herausgefunden hast, wo Robins Problem liegt, dann wirst du wissen, was zu tun ist. Die aus der Beantwortung deiner jetzigen Frage entstehende Frage wirst du dir dann selber, oder mit Hilfe deiner Freunde beantworten können.

Damaris trat ungeduldig von einem Fuß auf den anderen. „Ja, ja, schon gut … Also, sag' schon, was soll ich machen?"

Eigentlich nichts Besonderes. Gehe zurück in deinen Körperschattenraum, zurück in die reale Welt, und ruhe dich dort aus.

„Das ist alles? Schlafen gehen? Hört sich nicht allzu sinnvoll an …"

Ich möchte nochmal darauf hinweisen, dass ich deinem noch unausgereiften Hirn überlegen bin. Du solltest …

„Ja, ja, ich weiß!", sagte Damaris abwehrend. Dann lächelte sie verschmitzt und sagte mit spitzfindiger Stimme: „Aber entspringst du nicht meiner Fantasie? Dann muss ich doch mindestens so schlau sein, wie du, da du ja erst durch mich existierst!"

Leider falsch. Denn du kannst und du hast mich als sehr intelligentes Wesen erschaffen. Du hast mir ein größeres Wissen verliehen, als du selber besitzt. Auch einen Elefanten kannst du kreieren, obwohl du nicht größer oder stärker als der Elefant bist.

„Hm ... Na schön", sagte Damaris, sich geschlagen gebend. „Das sehe ich ein."

Immerhin ein Anfang.

„Etwas weniger Überheblichkeit wäre trotzdem ganz angenehm!" Damaris stand unschlüssig da. „Na gut, dann gehe ich mal ... In Hoffnung auf Antworten."

Ach, eine Sache noch ...

„Hm?"

Gehe doch einfach durch die linke Tür, nicht durch die rechte.

„Welche linke Tür denn?", fragte Damaris verwundert.

Die hinter dir, die du gerade kreiert hast.

Damaris schaute hinter sich. „Da ist doch überhaupt keine ..." Sie hob resignierend die Schultern. „Doch, jetzt schon."
„Ich habe sie kreiert?", fügte sie dann hinzu. „Davon müsste ich doch wissen?"

Ich leite dich nur ein wenig, aber kreieren kann ich selber nicht ...

Nachdem sie sich von dem Buch verabschiedet hatte, stieg Damaris von dem Podest und lief zur besagten Tür. Sie sah genauso aus, wie diejenige, durch die sie den Raum betreten hatte. Einen Unterschied konnte Damaris nicht erkennen.

Als sie hindurch trat, lag vor ihr der Eintrittsraum. Ein Blick zurück zeigte Damaris, dass die Tür von dieser Seite aus gesehen die einzige war. Als ob sich der Eintrittsraum und der Buchraum zueinander verschoben hatten.

Komisch, dachte Damaris, verschwendete aber keine weiteren Gedanken daran und machte sich auf den Weg in ihren Körperschattenraum.

„Hi Bonnie, schon was Neues von Nika und Paru?", begrüßte sie das Meerschweinchen, als sie aus dem Babybuch schritt und langsam ihre richtige Größe wiedergewann.

„Nein", war die einsilbige Antwort.

„Ist sonst irgendetwas passiert?"

„Nein."

Damaris lief zu ihrem Bett. „Okay, ich würde ja noch gerne weiter so angeregte Gespräche mit dir führen …", sie grinste schelmisch, „… aber ich muss mich jetzt hinlegen. Das bescheuerte Buch meinte, dann wird mir die Sache mit Robin klarer."

„Die Sache mit Robin?"

Zwar wusste Bonnie grundsätzlich Bescheid, nur die Geschichte mit dem Brief hatte sie ihm noch nicht erzählt. Ebenso wusste er natürlich noch nichts zu dem Gedankenaustausch mit dem Buch in ihrem Geleitraum. Sie holte dies nun in groben Zügen nach.

„Hm … Interessant", sagte Bonnie nachdenklich. „Deshalb …"

„Was?"

„Ach, nein, du wirst schon sehen. Dann viel Erfolg bei der Wahrheitsfindung."

„Danke." Damaris legte sich in ihren Körperschatten und lächelte Bonnie zum Abschied nochmal an.

„Wünsche wohl zu ruhen", sagte das Meerschweinchen.

Als Damaris aufwachte war es bereits dunkel. Erschrocken sprang sie auf. Wie war denn das passiert? War sie doch noch richtig eingeschlafen? Am helllichten Tage? Ihr kleiner Wecker zeigte die Zeit mit halb neun an, und Damaris wunderte sich bereits, dass ihre Eltern sie nicht geweckt hatten, als ein Klopfen an der Tür zu hören war. Noch keine Sekunde später ging sie auf und Herr Lincol kam herein.

„Damaris, du bist ja immer noch nicht fertig angezogen! Wie lange brauchst du denn noch?" Verärgert hob er ihren fertig gepackten Koffer auf und sah sie ungeduldig an. „Du weißt, dass Oma nicht gerne wartet!"

Damaris sah ihren Vater verwundert an. „Oma, wieso denn Oma? Was wollen wir denn bei Oma?"

Herr Lincols Gesicht verfinsterte sich. „Jetzt reicht's, junge Dame! Für solche Spielchen haben wir jetzt keine Zeit. Raus aus dem Bett und zieh dich sofort fertig an! Und dann kommen du und deine Freundin sofort mit herunter!"

Damaris wusste nicht so recht, ob sie heulen oder lachen sollte. Unsicher schaute sie ihren Vater an, während sie sich langsam den Pullover über den Kopf zog. Hatte sie das wirklich alles vergessen?

„Na also, los geht's, ihr zwei! Damaris, Nika, kommt!"

Damaris brauchte eine Sekunde, um zu realisieren, was ihr Vater da gerade gesagt hatte. Für Sekundenbruchteile war ihr ganzer Körper wie gelähmt, während die Worte ihres Vaters in ihrem Kopf wiederhallten. Dann drehte sie panisch ihren Kopf um und sah die auf dem Fensterbrett sitzende Zwelfe. Nika grüßte sie mit einem Kopfnicken.

„Das ist unmöglich!", murmelte Damaris. „Wieso bist du hier? Warum ..." Damaris drehte sich ihrem Vater zu. „Warum kannst du sie sehen? Das ist doch nicht die Realität! Ich träume noch, aber ..."

Verwirrt ließ Damaris sich auf ihren Stuhl fallen.

Herr Lincol sah sie fragend an, und ging dann mit den Worten: „Was redest du da bloß wieder? Das kommt davon, wenn du so viel schläfst! Beeile dich, wir erwarten dich unten!"

Er ging hinaus und Damaris hörte, wie er überrascht ihre Freundin grüßte: „Ach ... Hi, Tina. Gut das du kommst, Damaris spinnt gerade ein wenig. Vielleicht kannst du sie wieder auf den Boden der Tatsachen zurückholen. Aber halte sie nicht zu lange auf, wir müssen los!"

„Klar, Herr Lincol!"

Tina betrat das Zimmer. „Na, liebste Freundin ... Alles in Ordnung?"

„Was machst du denn hier?"

„Na, du wolltest mir doch noch von deinem Traum erzählen! Ich hätte jetzt Zeit!" Tina setzte sich auf den Schreibtischstuhl. „Ach, hi, Nika!", fügte sie hinzu, als sie die Zwelfe sah.

„Tina ... Aber ... Es ist halb neun ... Mein Vater ... Und woher kennst du Nika?" Damaris seufzte. Das alles war in höchstem Maße Surreal. „Was ist hier bloß los?"

„Bloß los", freute sich Nika. „Das reimt sich!"

Mit den Nerven am Ende setzte Damaris sich auf ihr Bett.

Nika sprang vom Fensterbrett herunter und kam auf sie zu. Heute hatte sie die grünen Haare nach hinten modelliert. „Warum machst du so einen Aufstand?", fragte die Zwelfe.

„Wie kannst du in der realen Welt sein?", erwiderte Damaris fassungslos. „Das ist mein Problem! Und woher kennt Tina dich?"

„Wie?", fragte Nika verständnislos. „Du bist doch gar nicht in der realen Welt!" Nika nickte mit dem Kopf zur Tür. „Das da war nicht dein echter Vater, sondern ein Think. Ein Produkt deiner Fantasie. Du hast eine Kopie deines Vaters gemacht. Und eine Kopie von ihr." Mit dem mittleren der insgesamt drei Finger der rechten Hand zeigte sie auf Tina.

Kurz schwieg Damaris und ließ sich die neuen Informationen durch den Kopf gehen. Immerhin würde das so einiges erklären ...

„Aber wieso bin ich nicht in der realen Welt?", fragte sie schließlich. „Ich bin doch ganz normal zurückgekehrt, habe mich in mein Bett gelegt, bin zurück in meinen Körperschatten geschlüpft. Ich dachte, ich wäre zurück in der realen Welt. Ich dachte, ich wäre ganz normal aufgewacht."

„Du pennst aber …"

„… immer noch!", vervollständigte Damaris den Satz, das Licht der Erkenntnis in ihren Augen aufflackernd. „Natürlich, das ist es!"

„Unterbrich mich ruhig", sagte Nika beleidigt. „Und ich habe doch vorhin schon gesagt, dass du nicht in der realen Welt bist!"

Damaris hörte schon gar nicht mehr hin. „Das ist es, was das Buch mir zeigen wollte!" Mit einem Mal war ihr alles klar, sie sprang von ihrem Stuhl und tigerte durch ihr Zimmer. Ohne Tina oder Nika direkt anzusprechen ordnete sie ihre Gedanken: „Wenn ich nicht mitbekommen habe, dass ich Thinkit gar nicht verlassen habe, dann passiert vielleicht Robin etwas Ähnliches. Es könnte doch sein, dass er jeden Tag seinen Platz in seinem Körperschatten einnimmt und glaubt, in die reale Welt zu wechseln."

Damaris blieb stehen und schaute Nika an. „Aber er verlässt Thinkit nicht!" Eine Sekunde starrte Damaris ins Leere, dann lief und sprach sie weiter. „Er bleibt drin! Er fantasiert sich ein Abbild der realen Welt in Thinkit. Eine weitere Teilwelt! Wenn er morgens aufsteht, tut er das nach wie vor in seiner Fantasie und lebt ein Leben nach Gesetzen der realen Welt. Zusammen mit einem fantasierten Haus und Thinks, die wie seine Eltern und Freunde aussehen. Einfach alles, was dazu gehört!"

Damaris blieb erneut stehen und schaute Nika und Tina an. „Könnt ihr mir folgen?", fragte sie.

Während Nika Damaris' Frage mit einem neutralen Gesicht beantwortete (sie hatte gerade ihre mit Fell überzogenen Zehen bestaunt und darum nicht viel mitbekommen), machte Tina ein verwirrtes Gesicht, in dem sich aber langsam Verständnis zeigte.

Aber es gab noch ein viertes Lebewesen im Zimmer, dass sich jetzt zu Wort meldete: „Verstanden. Ohne Probleme … Sprich ruhig weiter."

Damaris lächelte Bonnie an. Sie hatte ihn ganz vergessen. Aber er war der Einzige, der die ganze Geschichte nun zumindest ansatzweise kannte.

Damaris fuhr in ihren Überlegungen fort: „Also, wenn Robin wirklich in Thinkit bleibt, wie kommt es, dass er immer den falschen Ausgang verwendet? Denn das ist sein Körperschatten scheinbar: Ein Weg nicht aus Thinkit heraus, sondern ein Weg zu einer anderen Teilwelt in Thinkit. Und er merkt es nicht! Obwohl er nach Ansicht der Ärzte wieder aufwachen müsste, findet er nicht den richtigen Körperschatten. In meinem Fall wurde ich mit Absicht in einen falschen Ausgang geschickt, dass Buch hat mich reingelegt. Der von mir benutzte Körperschatten war nicht das Original." Sie zeigte auf den bläulich schimmernden Körper zwischen den Decken. „Aber wie konnte das Robin passieren? Er würde nicht selber einen unechten Ausgang kreieren, und dann vergessen, dass er gar nicht in die reale Welt führt. Also …"

Sie blieb stehen, als ihr etwas Wichtiges klar wurde. „Also muss auch er von jemandem falsch geschickt worden sein!"

„Von jemandem, der absichtlich diesen neuen Ausgang, der eigentlich gar keiner ist, kreiert hat", ergänzte Bonnie.

„Jemand, der dazu die Macht hat – jemand der weiß, wo sein Eintrittsraum ist!"

„Jemand, der ihn dabehalten will", fügte Bonnie hinzu.

Nika schaute abwechselnd Tina, Bonnie und Damaris an, offensichtlich verwirrt darüber, dass sie nichts von alledem verstand.

Tina nickte ab und zu, hielt sich aber mit Kommentaren zurück.

Jetzt passten der Brief von Robins Mutter und Robins Geschichten zusammen! Mit großen Augen und hektischen Bewegungen zog Damaris die einzigen sinnvoll erscheinenden Schlüsse: „Es wurde ein Abbild seines Körperschattens geschaffen, der in einer Kopie seines

Körperschattenraumes liegt. Wenn Robin sich dazulegt, wird er nicht in die reale Welt zurückgeführt, wie er es eigentlich erwartet. Stattdessen wechselt er in eine andere Thinkit-Teilwelt. Eine Teilwelt, die seiner echten Umgebung ähnelt. Er glaubt dann, er ist zurück in der realen Welt, dabei bleibt er in Thinkit!"

Damaris ordnete fieberhaft ihre Gedanken. „Dieser Mensch will – und es muss ja ein Mensch sein, da nur Menschen die Macht zum Ändern in Thinkit haben –, diese Person will aus welchem Grund auch immer Robin nicht mehr zurück in die reale Welt lassen."

Tina unterbrach Damaris' Gedankengang. „Aber meintest du nicht vorhin, dass ein Buch dich falsch geschickt hat? Ein Buch ist doch wohl kaum ein Mensch, oder?"

Damaris überlegte kurz. „Ich glaube, dass das Buch mir nur den Weg gezeigt hat. Diesen Raum habe ich selber geschaffen. Genauso wie dich und meinen Vater. Und ich habe auch Bonnie und Nika hierher geholt. Aber unbewusst. Das passiert ja dauernd, wenn man träumt. Das Buch meinte auch, dass ich eigentlich schon weiß, was die Antwort ist, dass ich sie mir nur noch klar machen muss. Das habe ich jetzt getan!"

Damaris zupfte mit den Fingern an ihrer Unterlippe. „Aber da war noch was …" Sie fing wieder an, durch den Raum zu tigern. „Robin wird ohne sein Wissen in Thinkit gehalten, er wird sich wohl kaum selber so lange was vormachen. Damit das klappt, muss man Robin allerdings von allen isolieren, die ihn auch in der realen Welt kennen – oder noch kennen lernen könnten." Damaris blieb stehen. „Also von allen Menschen …"

Als Damaris diesen letzten Schluss gezogen hatte, schaute sie mit großen Augen Bonnie an.

Das Meerschweinchen schien nicht überrascht. Er nickte nur kurz und sprach Damaris' Vermutung aus: „Meffie."

„Ein Mensch!", hauchte Damaris. Dann, lauter: „Ich wusste es!"

Damaris war nach der Erkenntnis zu Meffies wahren Wesens mit den anderen in den Eintrittsraum, und dann in den Raum mit dem Buch zurückgekehrt. Dort hatten sie dieses Mal den richtigen Ausgang genommen. Kurze Zeit später befanden sich alle in dem echten Körperschattenraum.

„Und was machen wir jetzt?", fragte Damaris.

„Also, ich würde davon abraten, alleine loszugehen", erwiderte Tina, nachdem Damaris sie und Nika über alles aufgeklärt hatte. „Meffie scheint ja nicht ganz ohne zu sein."

„Wir brauchen Paru", stellte Damaris nüchtern fest. „Sie ist die Einzige von uns, die schon länger in Thinkit unterwegs ist. Sie kann uns bestimmt weiterhelfen. Nika, du musst sie unbedingt finden und zu uns bringen!"

„Warum denn ich? Ich habe sie letztes Mal auch nicht gefunden, warum sollte es jetzt klappen?", erwiderte die Zwelfe, die es sich auf dem Bett gemütlich gemacht hatte.

„Mach es einfach, okay? Von uns vieren hast nur du überhaupt den Hauch einer Chance."

„Und was macht ihr?", fragte Nika.

„Etwas viel Unangenehmeres", erwiderte Damaris. „Warten."

Kapitel 19: Von passiv zu aktiv

Am Montagmorgen, auf dem Weg zur Schule, war Damaris nicht gerade bester Laune. Nika war sowohl Samstag- wie auch Sonntagnacht nicht wiedergekommen, und auch Paru war nicht aufgetaucht. Bonnie war durchgehend im Schlafzimmer gewesen, aber er hatte Damaris jedes Mal aufs Neue enttäuschen müssen. „Nein, niemand hier gewesen", hatte er unzählige Male auf Damaris' genauso oft gestellte Frage geantwortet.

Gestern Nacht, also die Nacht von Sonntag auf Montag, hatten sie sich erneut über Robin unterhalten – fast das einzige noch diskutierte Thema. Unter anderem war Robins Unfall zur Sprache gekommen, was Bonnie dazu brauchte, Tina kritisch anzuschauen.

„Du solltest dir jetzt sofort was einfallen lassen, was die Thinkit-Tina von der echten unterscheidet", hatte das Meerschweinchen ernst gesagt. „Damit dir nicht so was ähnliches wie Robin passieren kann."

„Und wie soll ich sie ändern?"

„Keine Ahnung ... Andere Haarfarbe vielleicht?"

Damaris hatte versprochen sich was einfallen zu lassen.

Als sie Tina nun von weitem sah, wie sie auf den Baum an der Ecke, wo sie sich immer vor der Schule trafen, zusteuerte, musste sie an das Gespräch mit Bonnie denken. Ein Grinsen konnte sie sich nicht verkneifen. „Rote Haare!", murmelte Damaris. „Das wär's doch!"

„Hi!", grüßte Tina ihre Freundin, deren Grinsen noch nicht gänzlich verblasst war. Skeptisch schaute Tina Damaris an. „So fröhlich? Wir müssen in die Schule, das hast du hoffentlich nicht vergessen?"

„Danke, noch bin ich bei klarem Verstand."

Tina ignorierte den Einwand. „Was ist denn dann los?"

„Ich habe mich nur gerade gefragt, ob ich dich überzeugen kann, deine Haare zu färben. Rot würde dir bestimmt gut stehen!"

„Wie bitte?"

„Färben ... Deine Haare ... Du verstehen?"

„Ha, ha! Ich hab' schon verstanden! Und es tut mir echt leid, dich enttäuschen zu müssen. Erstens würde es bestimmt voll bescheuert aussehen. Und zweitens glaube ich nicht, dass meine Eltern das mitmachen würden. Die kriegen schon 'ne Krise, wenn ich mal ein bisschen Nagellack haben will."

Damaris nickte verstehend, und legte ihrer Freundin einen Arm um die Schultern. „Ich habe auch nicht wirklich erwartet, dass du es machen würdest."

„Warum dann die Frage?"

„Hat mal wieder mit einem Traum zu tun."

Tina schüttelte den Kopf und sah ihre Freundin ernst an. „Also, Damaris. Morgens bist du nicht zu gebrauchen."

Rot. Das war die neue Farbe von Tinas ehemals braunen Haaren.

„Nächstes Mal überlegst du dir vorher, wie deine Thinks aussehen sollen. Nachträglich mit Chemie und so ist nicht so das Wahre", brummte Bonnie, der gerade herein kam, kritisch. Hinter ihm schloss sich der Einband des Baby-Fotobuches.

„Ach, danke Bonnie ... Ich wünsche dir auch einen schönen guten Abend!", erwiderte Damaris übertrieben freundlich. „Und zu meiner Verteidigung: Ich wusste damals ja nicht, dass ich einen Tina-Think erzeugte! Ich dachte, ich wäre in der realen Welt."

Tina saß Damaris gegenüber. „Hi, Bonnie!", grüßte nun auch sie den Nager, während sie den runden Spiegel, der neben ihr gelegen hatte, zur Hand nahm. „Kein Wunder, dass die echte Tina nicht wollte", kommentierte sie, dabei ihren Kopf nach rechts und links drehend. „Sieht ziemlich blöd aus."

„Quatsch!" Damaris machte eine wegwerfende Handbewegung. „Du musst dich nur daran gewöhnen. Ich finde es gar nicht schlecht."

„Du musst ja auch nicht damit herumlaufen!"

Damaris stand auf und zog sich die Gummihandschuhe aus. Sie warf sie auf die Zeitungen, die sie auf dem Boden ausgebreitet hatten. „Bonnie? Irgendwas von Paru oder Nika?"

„Nein. Nika war mal kurz hier, aber sie musste schnell wieder weg. Aber dazu muss ich sagen, dass ich selber oft abwesend war."

„Warst du wieder bei Bullie?"

„Yep."

„Was macht ihr eigentlich immer so?"

„Wieso?"

„Würde es nur gerne wissen."

„Nicht viel ... Diskutieren, Sachen angucken. Sowas eben ..." Offensichtlich wollte Bonnie nicht darüber reden.

„Hm ... Na gut, ist ja auch deine Sache ...", beendete Damaris die Befragung. Sie seufzte. „Ich gehe jetzt in den Eintrittsraum. Ich habe mir einige Dinge vorgenommen. Nur Herumsitzen treibt mich in den Wahnsinn!" Ungelenk stand sie auf. „Tina? Du kannst mir helfen, wenn du möchtest?"

Tina nickte.

Damaris wandte sich ein letztes Mal an Bonnie. „Willst du nicht auch mitkommen?"

„Kann nicht. Bin schon verabredet. Wollte eigentlich nur ein paar Dinge abholen." Damit schnallte Bonnie sich einen kleinen roten Rucksack auf den Rücken und marschierte zum Babybuch.

„Süß", raunte Damaris Tina beim Anblick von Haustier-mit-Rucksack zu. Dann räumten sie auf und folgten Bonnie in den Eintrittsraum.

„Was hast du denn vor?", fragte Tina, als sie den Eintrittsraum betraten.

Suchend schaute Damaris um sich. „So richtig weiß ich das auch noch nicht ... Ich möchte besser werden. Besser hier in Thinkit."

„Besser werden in was? Thinks von vornherein die richtige Haarfarbe zu verpassen?"

„Witzig! Nein, ich will zum Beispiel die Schwerkraft besser benutzen. Und Dinge bewegen. Vor allem aber will ich das Ändern von meinem Aussehen üben."

Tina nickte mit ernster Miene. „Das ist wirklich nicht ohne ... Gerade das Letzte!"

„Darum muss ich ja auch üben. Kannst du das?"

„Die Form ändern? Nein, das können nur Menschen."

„Ach so?", wunderte Damaris sich. Dann ging ihr ein Licht auf. „Ach so!", rief sie aus. „Deswegen hatte Robin mir nicht glauben wollen! Er geht davon aus, dass Meffie ein Think ist. Und ich habe ihm erzählt, dass das Kaninchen seine Form geändert hat. Das passt natürlich nicht zusammen!"

„Auf jeden Fall hat sie dir das voraus", stellte Tina nüchtern fest. „Und wie stellst du dir das nun vor? Wie möchtest du den Nachteil aufholen?"

Damaris zeigte auf die linke Wand. „Erstmal mache ich mir einen Übungsraum, wo ich ungestört sein kann."

„Oh, oh, ich weiß!", unterbrach Tina. Sie hob wie in der Schule die Hand.

„Ja?" Skeptisch schaute Damaris das Abbild ihrer Freundin an.

„Du willst doch was lernen, richtig?", fragte Tina. „Wie wär's denn, wenn du so etwas wie unseren Klassenraum nachbaust? Nur ..."

„Sonst geht's dir aber gut?", unterbrach jetzt Damaris ihrerseits die Freundin. „Dort verbringe ich so schon genug Zeit!"

„Nun warte doch mal!", verteidigte sich Tina. „Du kannst ja ein paar Dinge verändern. Aber witzig wäre es doch? Tue mir den Gefallen ... Ich gehe ja nicht in die Schule, bin immer hier in Thinkit." Mit großen Hundeaugen schaute Tina ihre Schöpferin an.

„Ich glaube, die Chemie in der Farbe beeinflusst deine Denkprozesse", sagte Damaris. Dann schüttelte sie den Kopf und ging zur rechten Wand der Kathedrale. Mit Schwung öffnete sie die gerade neu entstandene Tür. „Bitte schön!"

„Vielen Dank, meine Liebe!" Tina machte einen spielerischen Knicks und ging vor, direkt gefolgt von Damaris.

Eine denkende Pose einnehmend, führte Tina einen Finger an ihr Kinn. „Hm, ich war zwar noch nie in einem Klassenraum, aber ich bin mir relativ sicher, dass Schaumwürfelgruben nicht zur Standardausstattung gehören."

„Na ja, ich habe mir ein paar Freiheiten genommen", entschuldigte Damaris das große Bassin, welches die ganze linke Seite des Raumes einnahm und bis oben mit weichen Schaumwürfeln gefüllt war.

„Super! Nichts dagegen einzuwenden! Kreativität: Eins!", rief Tina, und sprang quiekend in die Grube.

Damaris folgte ihr nicht weniger laut. Sich austobend sprangen und hüpften sie durch die gelben Schaumteile, Damaris' guten Vorsätze fürs Erste vergessend. Aber es dauerte nicht allzu lange, da lagen die beiden Mädchen ermattet vom Spielen und Lachen auf – und teilweise unter – den vielen Schaumwürfeln.

„Wolltest du nicht was Sinnvolles machen?", fragte Tina, als sich ihr Puls ein wenig beruhigt hatte.

„Ja, ich weiß ... Gleich ..."

„Womit willst du denn anfangen?"

Damaris hob ihren Kopf aus den Würfeln und schaute Tina an.

„Wieviel weißt du denn schon von Thinkit?"

„Ich habe halt so ein Grundwissen ... Von Anfang an wusste ich wenigstens ein paar Sachen. Wahrscheinlich Instinkt, oder so was ähnliches."

„Dann erleuchte mich."

Mühsam kletterten sie aus der Grube. Dann setzte Damaris sich an einen der vier Tische – für mehr Arbeitsplätze war kein Platz mehr gewesen –, während Tina nach einem Stück Kreide suchte und sich vor die Tafel stellte.

„Was will die Schülerin denn wissen?", fragte sie hochnäsig.

„Uhm ..." Damaris überlegte. „Zum Beispiel: Ich habe von Robin eine Karte bekommen, und als ich die auf eine Wand im Eintrittsraum gehalten habe, wurde daraus eine Tür. Wie, warum, wieso?"

Tina antwortete ohne nur einen einzigen Moment zu zögern: „Das war eine sogenannte Transit-Karte. Sie ist wie ein Portal zum Mitnehmen. Egal, wo du sie anbringst, es entsteht dort eine Tür zu dem auf der Karte abgebildeten Raum. Das gilt sogar noch, wenn der Raum mittlerweile geändert wurde."

„Nichts schlecht! Du weißt ja wirklich schon was", sagte Damaris anerkennend.

Tina grinste. „Nächste Frage?"

„Noch weiter zu der Transit-Karte … Kann ich die auch machen? Also für meinen Eintrittsraum oder eine meiner Teilwelten?"

„Klar, einfach nur dran denken. Nichts dabei. Allerdings funktionieren Transit-Karten zu Eintrittsräumen nur dann, wenn sie vom Besitzer des jeweiligen Eintrittsraums gemacht wurden. Also, einfacher gesagt: Du kannst keine Karte für Robins Eintrittsraum machen, und er keine für deinen Eintrittsraum."

„Ach ja, Transit-Karten können darüber hinaus nur für die Teilwelt gemacht werden, in der du gerade bist", fügte Tina hinzu. „Und nur du kannst eine andere Transitkarte in deinem Eintrittsraum anbringen."

„Alles klar … Und wie ist es mit meinem Schlafzimmer? Besser gesagt: Der Raum, wo dieses Körperdings von mir liegt?"

„Dein Körperschatten … Der Körperschattenraum ist eine Ausnahme. Dafür kannst nicht mal du eine Karte machen. Das Portal dorthin wird nur ein einziges Mal angelegt – da bist du noch ein Baby – und dabei bleibt es. Ein neues Portal machen geht nicht, einen anderen Weg zu dem Körperschattenraum zu erzeugen ist unmöglich."

„Also kann ich nur über den Eintrittsraum in meinen Körperschattenraum und in die reale Welt zurückkehren?"

„Genau."

„Hm … Ist ja nicht gerade beruhigend."

Tina zuckte die Achseln. „Es gibt überall Regeln, und die sind halt so, wie sie sind."

„Sehr klar erklärt, danke!"

Tina lachte. „Ich habe ja nicht behauptet, dass ich gut im Unterrichten bin!"

„Nein! Du machst das sogar ganz gut! Also weiter ... Wie zerstöre ich einen existierenden Gang wieder?"

„Du kannst keine Gänge zerstören, die zu einem anderen Eintrittsraum führen. Ist wie so 'ne Art Sicherheitsvorkehrung, würde ich denken. Damit niemand dir den Weg zu deinem Eintrittsraum abschneiden kann. Die einzige Ausnahme ist, wenn es eine direkte Verbindung zwischen deinem eigenen Eintrittsraum und einem fremden Eintrittsraum gibt. In dem Fall kannst du den Tunnel trotzdem zerstören. Und dazu brauchst du einfach nur daran zu denken, wie du es auch beim Fantasieren machst, und schon war's das."

„Hm ... Wenn ich zu den Eintrittsräumen von anderen Leuten keinen Gang schaffen kann, heißt das dann auch, dass ich nichts in fremden Eintrittsräumen ändern kann?"

„Genau. Du kannst in normalen Teilwelten, auch wenn sie nicht von dir sind, alles ändern. Aber in fremden Eintrittsräumen und Körperschattenräumen kannst du nichts durch reine Fantasie ändern."

„Aber wohl in den eigenen?"

„Genau."

Damaris lehnte sich seufzend zurück. „Okay, mein Kopf ist voll. Genug der Theorie ... Jetzt machen wir mal was anderes!" Vom langen Sitzen schon ganz steif, stand sie auf und dehnte sich genussvoll. „Ein bisschen körperliche Betätigung!"

„Ziemlich kahl", stellte Tina nüchtern fest, als sie die neue Teilwelt betrat. „Einrichtung ist wohl nicht dein Ding."

„Es soll hier auch nicht schön sein", antwortete Damaris. Sie schaute sich um. „Es ist ein Trainingsraum!"

Tinas Blick folgte dem von Damaris. Der Raum bestand aus nichts weiter als einer großen runden weißen Kugel, in deren Innern sie sich befanden. Der Durchmesser maß mehr als fünfzehn Meter. „Zum Trainieren von was?"

„Zum Beispiel die Schwerkraft richtig verwenden. Das Bewegen von Gegenständen. Und hier habe ich auch meine Ruhe, um die Formwandlung zu üben."

„Und womit fangen wir an?"

„Die Formwandlung interessiert mich am meisten, aber besser, ich fange mit dem Einfachen an."

„Also die Schwerkraft-Sache?"

Damaris grinste.

„Was?", fragte Tina skeptisch.

„Fertig?"

„Fertig für was?"

„Hierfür!"

Plötzlich kam Bewegung in den Raum. Die Kugel bildete mit einem Mal nicht mehr eine Einheit, sondern bestand nun direkt unter den beiden Mädchen aus einer Vielzahl an kleinen Teilen. Alle zusammen bildeten wie ein riesiges Mosaik den Boden. Und alle diese Stücke bewegten sich unabhängig voneinander. Hinauf und wieder herunter, unterschiedlich schnell und unterschiedlich hoch. Das Konzept hatte Damaris sich aus dem Pyramiden-Raum abgeschaut. Aus dem Raum, in dem ihre schreckliche Auseinandersetzung mit Meffie stattgefunden hatte.

„Whoa!", brachte Tina noch hervor, dann lag sie schon auf der Nase. Sofort hielten die Säulen unter ihr an. Tina rappelte sich wieder auf, aber kaum stand sie auf den Füßen, bewegten sich auch die Säulen wieder. Langsam weitete sich der Anteil an beweglichem Boden aus. Immer mehr einzelne Säulen begannen zu versinken und wieder zu erscheinen.

Damaris lachte laut auf, auch wenn sie sich darauf konzentrieren musste, nicht selber hinzufallen. Wie auf rohen Eiern standen nun beide Mädchen auf den wild zuckenden Bodenfragmenten. Langsam begann Damaris von einer zur nächsten Säule zu gehen. Dabei musste sie sich zweifach konzentrieren: Auf der einen Seite musste sie die Bewegungen der Säulen am Laufen halten, gleichzeitig aber auch ihr eigenes Fortkommen koordinieren. Damit hatte sie einen Vorteil gegenüber Tina, welche die Säulen nicht selber steuern konnte. Trotzdem erwischte es kurz darauf auch Damaris: Sie schritt ins Nichts, als die Säule neben ihr schneller als erwartet absank.

„Das hast du davon!", lachte Tina, nur um kurz darauf erneut zu stürzen. Mit jeder Erfahrung gewannen die Mädchen an Übung und hüpften und sprangen immer mutiger durch die nun vollständig in Bewegung geratene Kugel. Nach etwa fünf weiteren Minuten hielt Damaris die Teilwelt an. Erschöpft sanken beide zu Boden.

Tina stütze sich auf die Ellenbogen und sah Damaris an. „Man, das war ja ganz schön heftig!"

„Das musst du wohl noch üben", sagte Damaris grinsend.

„Du ja wohl auch!"

Entschuldigend hob Damaris die Schultern. „Habe ja nicht behauptet, dass dem nicht so wäre. Darum habe ich den Raum so geschaffen. Wenn ich schon alles könnte, dann bräuchte ich nicht zu üben. Aber das Bewegen von Gegenständen geht doch schon ganz gut, findest du nicht?"

„Wie?"

„Na, aber bitte!", entrüstete sich Damaris. „Ich habe es gerade geschafft, nur mit dem bloßen Gedanken den ganzen Raum in ein wimmelndes Durcheinander von hervor- und zurückschießenden Säulen zu verändern!"

Tina wiegte den Kopf von rechts nach links und stimmte dann zu. „Gut, so gesehen ..." Sie setzte sich in den Schneidersitz. „Wie dem auch sei ... Es ist auf jeden Fall ganz schön anstrengend. Da bin ich froh, dass du das Lernen musst, und nicht ich"

„Hm ...", erwiderte Damaris nachdenklich. „Also nochmal?"

Tina schaute sie an, als ob ihre Freundin nicht alle Tassen im Schrank hatte. Dann grinste sie. „Okay!"

Kapitel 20: Rückkehr der Zwelfen

Die nächsten paar Tage verbrachte Damaris damit, ihre Fähigkeiten weiter zu trainieren. Es war das Einzige, was sie tun konnte, während sie auf Paru wartete. Nika schaute ab und zu vorbei, sie brachte aber leider immer nur schlechte Nachrichten. Nach wie vor war die zweite Zwelfe unauffindbar.

Die Wartezeit hatte aber auch ihre guten Seiten. Damaris' Fähigkeiten und ihre Selbstsicherheit wuchsen von Tag zu Tag. Perfekt beherrschte sie mittlerweile das Bewegen von Gegenständen, ohne sie zu berühren. Es spielte keine Rolle, wie groß oder schwer sie waren – mit ihren Gedanken dirigierte das Mädchen Felsen, Schränke und sogar Tina durch die Gegend.

Auch hatte Damaris begonnen, ihre Konzentration zu verbessern. Das langfristige Ziel dabei war es, die Form ändern zu können. Dieses Ziel zu erreichen war ihr sehr wichtig: Das nächste Mal würde sie jeder Kreatur entkommen, oder sich ihr stellen können. Wenn sie Paru nicht bald finden würden, dann wäre Damaris wenigstens bald so geschickt, dass sie sich trauen würde, Meffie alleine gegenüber zu treten.

Mittlerweile war die Nacht von Donnerstag auf Freitag gekommen. Damaris und Tina befanden sich im Klassenraum. Letztere war wieder in die Lehrerrolle geschlüpft und die beiden unterhielten sich angeregt.

„Aber wenn mir hier was passieren sollte, warum kann es mich dann auch im wirklichen Leben schädigen?", führte Damaris die Diskussion fort. „Ich meine, mein Körper in der realen Welt liegt ja einfach im Bett. Auch wenn ich hier von einem Gebäude auf harten Asphalt herunterstürze."

Tina stand vor der Tafel, die Kreide in der Hand und überlegte. „Okay, ich versuche es mal bildlich darzustellen." Sie fing an zu malen. „Das hier bist du." Ein einfaches Strichmännchen entstand, den Kopf füllte sie rot aus. „Du bestehst aus einem Körper und einem Geist. Gehen wir mal davon aus, dass der in deinem Gehirn wohnt – das Rote hier soll deinen Geist darstellen. Wenn du nun schläfst ..." Tina hielt inne, während sie das Strichmännchen nochmal zeichnete, nun ohne roten Kopf. Daneben malte sie ein drittes Strichmännchen in blauer Kreide, dieses bekam wieder ein rotes Haupt.

„Also, wenn du schläfst, dann verlässt dein Geist deinen Körper, wechselt nach Thinkit über und schlüpft in einen Thinkit-Körper. Meistens sieht der halt so aus, wie im echten Leben auch. Aber theoretisch kannst du dir auch eine andere Form zulegen. Zum Beispiel die einer Schildkröte, oder so ..."

„Tina, meine Frage war aber ..."

„Ja, schon gut ...", blockte Tina ab. „Kommt ja gleich! Dein echter Körper ist nun also leer, hat nicht mehr deinen Geist." Sie zeigte auf das zweite Strichmännchen ohne roten Kopf. „Dein Thinkit-Körper – hier in blauer Kreide dargestellt – wird nun von deinem Geist ausgefüllt. Und wenn dir nun in Thinkit zum Beispiel das Bein abgesägt wird, so hat dein Thinkit-Körper halt kein Bein mehr. Natürlich verliert der echte Körper nicht gleichzeitig auch sein Bein ..."

„Genau das sage ich doch!", unterbrach Damaris ihre Freundin erneut.

„Ich war noch nicht fertig!" Tina legte ihren linken Zeigefinger auf die Lippen. „Ruhe bitte im Klassenraum ... Also, das Bein ist am echten Körper immer noch dran, aber dein Geist hat erlebt, wie das Bein entfernt wurde. Er war in dem Thinkit-Körper, als das Bein verschwand. Und das merkt sich dein Geist. Er weiß nun: Das Bein ist nicht mehr da."

„Ist es aber doch!"

„Ja, ich weiß ... Aber da der Geist in Thinkit das Bein nicht mehr gebrauchen kann, wird das so abgespeichert. Der Geist sagt sich: Gut, das Bein ist weg. Alles was damit zu tun hat, ist hinfällig, das vergesse ich jetzt alles. Und wachst du nun wieder auf, dann ist der Geist zwar zurück im echten Körper, der das Bein noch hat, aber er weiß nicht mehr, wie er damit umgehen kann."

Nachdenklich schaute Damaris Tina an.

„Aber ich könnte es wieder lernen? Den Umgang mit meinem Bein?"

„Ja, normalerweise geht das innerhalb von Minuten. Es gibt aber auch schwerere Fälle, bei denen das recht viel Zeit in Anspruch nehmen kann. Und nehmen wir mal den Fall an, dass dein Körper in Thinkit stirbt, dann schaltet dein Geist alles ab. Das heißt, dass du im schlimmsten Fall gar nicht erst wieder aufwachst!"

„Das ist aber der schlimmste mögliche Fall!"

Tina zuckte die Achseln. „Trotzdem kann …" Verwundert schaute sie zuerst die Tür und dann Damaris an. „Hat es gerade geklopft?"

Damaris hatte nichts gehört. „Keine Ahnung … Herein!"

Die Tür ging auf, und Nikas Kopf tauchte auf. „Hi! Wollte nur mal schnell Bericht erstatten …"

Wie aus der Pistole geschossen war Damaris aufgesprungen und der Zwelfe entgegen gelaufen. „Und? Sag' schon! Hast du sie gefunden?"

„Paru? Nein … Aber ich bin ihr auf der Spur, ich komme immer näher."

„Mist … Wann denkst du denn, dass du sie findest?"

Nika verzog das Gesicht. „Das ist aber eine ziemlich dumme Frage! Wie soll ich das denn wissen?"

„Schon gut. Na schön … Dann danke für die Info. Und viel Erfolg!"

Nika ging trotz der Aufforderung noch nicht, sondern schaute sich um. „Was macht ihr hier eigentlich?"

„Lernen", antwortete Damaris knapp.

„Und was?"

„Über Thinkit und so. Alles Mögliche. Damit ich nächstes Mal besser vorbereitet bin, wenn mir nochmal so etwas wie mit Meffie passieren sollte."

„Hm!", nickte Nika. „Hört sich langweilig an ... Bis dann!" Schon war sie durch die Tür geschlüpft.

Tina und Damaris sahen sich an.

„Tja, genug zur Theorie?", fragte Damaris. „Dann könnten wir uns wieder dem Praktischen zuwenden."

„Auf ein Neues!", sagte Damaris, als sie zusammen mit Tina den Trainingsraum betrat. Sofort fing der Boden an zu zucken, Säulen schossen hervor und versanken wieder. Aber die Mädchen fielen längst nicht mehr hin. Während Tina sich langsam fortbewegte, immer noch relativ vorsichtig, glich Damaris eher einem Wirbelwind. Es war ein beeindruckendes Schauspiel, wie das Mädchen rasend schnell durch den zuckenden Wald der Wandsegmente rannte, sich hoch katapultieren ließ, sich grazil um die Achse drehte, irgendwo anders landete, und ohne zu pausieren ihren Weg fortsetzte. Wenn Damaris sich von einem der Segmente hoch genug tragen ließ, und dann mit einem Sprung noch ein wenig weiter in Richtung des Mittelpunktes der Kugel segelte, so schaffte sie es mitunter, über den Mittelpunkt der Kugel hinaus zu kommen, und damit die Schwerkraft zu wechseln. Mit einem halben Salto richtete sie sich dann in der gegenüber liegenden Halbkugel aus und landete auf einer ihr zur Rettung entgegen schnellenden Säule.

„Du Schnecke!", rief Damaris ihrer Freundin zu, während sie eine Luftrolle vollführte und nicht weit von Tina landete.

„Ist nicht ganz fair!", antwortete Tina, dabei konzentriert auf den Boden vor sich schauend. „Du kannst die Säulen selber steuern, ich muss mich ihnen anpassen!"

Damaris kam nun auf sie zu. Ohne sichtbare Anstrengung spazierte sie einfach durch den Raum, während die Segmente um sie herum hervorschossen und wieder im Boden verschwanden. Nur der Stein auf den sie jeweils gerade ihren Fuß stellen wollte, hielt immer genau in Laufhöhe an, um – nachdem Damaris weitergegangen war – wieder in das allgemeine Getümmel einzufallen.

„Tja, mag sein", sagte Damaris mit einem Grinsen, als sie Tina erreicht hatte, und sie amüsiert beobachtete. „Aber das war ja auch das Ziel, oder nicht? Meine Fähigkeiten benutzen, die Teilwelt benutzen – und wenn möglich, mir anzupassen."

Die Kugel hielt still.

Tina schaute auf. „Schon fertig?"

„Mit dem Gerenne schon, so viel Spaß es auch macht. Jetzt geht's wieder an den komplizierten Teil."

„Au, das ist gut, da kann ich Pause machen!", freute sich Tina. Sie schaute sich suchend um, und bedachte dann Damaris mit einem kritischen Blick.

„Ach so, sorry, meine Dame, wie konnte ich das vergessen!", sagte Damaris übertrieben.

Eine Säule schnellte hervor, auf die Tina sich setzte. „Dann leg mal los!"

Damaris stellte sich grade hin und schloss die Augen.

Fünf oder sechs Sekunden vergingen, dann schallte Tinas Stimme durch den Raum. „Das geht ja immer schneller!"

Damaris öffnete die Augen. Sie musste jetzt schräg nach oben schauen, denn Tina überragte sie plötzlich um das Doppelte.

Geschafft! Sie hatte sich in eine Zwelfe verwandelt!

„Super, Damaris! Viel besser als gestern, und ohne Fehler." Tina schmunzelte beim Gedanken an den gestrigen Tag. „Das mit deinem Kopf auf dem kleinen Körper sah echt zum Brüllen aus!"

„Na ja, so langsam wird's halt." Damaris erschrak jedes Mal aufs Neue vor ihrer Zwelfenstimme. Sie war deutlich höher als ihre eigene.

„Wenn es das aber auch nur wäre. Leider kommt jetzt wieder der richtig harte Teil."

„Ich habe es dir ja gesagt ...", sagte Tina altklug. „Die Form ändern ist nicht einfach – aber wenn du es erstmal geschafft hast, fängt die Arbeit erst richtig an."

„Mit dem Körper umzugehen … Danke, ich weiß. Ich habe es schon bemerkt!"

Tina ließ sich von ihrem Lehrerjob nicht abbringen und ignorierte Damaris' Einwand. „Sich in dem neuen Körper zurechtzufinden, seine Vorzüge anwenden können – das ist die echte Kunst! Ähnlich wie beim Erlernen eines Musikinstruments, muss auch der Umgang mit einem neuen Körper gelernt werden."

Damaris tat vorsichtig einen lange geplanten Schritt. Sie wankte ein bisschen, die klobigen Füße machten Stehen nicht einfach.

„Super!", rief Tina. „Sah schon fast natürlich aus!"

Langsam wiederholte Damaris die Aktion mit dem rechten Bein. Nach einigen weiteren Schritten fühlte sie sich sicherer und nach kurzer Zeit lief sie schon fast fließend, wenn auch langsam durch den Raum. Das viele Üben in den letzten Tagen machte sich bezahlt.

Schritt für Schritt hatte Damaris sich in den letzten Tagen an die Formwandlung herangetastet. Die ersten paar Versuche waren echte Katastrophen gewesen. Sie hatten daraus bestanden, ihren eigenen Körper ein wenig wachsen oder schrumpfen zu lassen. Leider nicht immer gleichmäßig, was Tina immer wieder aufs Neue sehr amüsiert hatte.

Als nächstes hatte sie ihre Haarfarbe geändert, oder sich einen fünften Finger wachsen lassen. Nachdem sie schließlich den Körper einer Zwelfe überzeugend hinbekommen hatte, musste sie dann aber in frustrierender Kleinarbeit lernen, damit umzugehen. Es war ein mühsamer Weg, aber so langsam fühlte sie sich wohl in dem fremden Körper.

„Langsam gewöhnst du dich dran, oder?", fragte Tina anerkennend.

Damaris nickte schweigend. Fast wäre sie dabei umgekippt.

Als die Zugangstür zu dem Trainingsraum von außen geöffnet wurde, lief Damaris bereits mit neu gewonnener Zuversicht durch den Raum. Die letzten zwei Stunden hatte sie gut genutzt, während Tina das

Interesse am Zuschauen verloren hatte und sie vor einiger Zeit allein gelassen hatte.

Nika steckte ihr Köpfchen um die Ecke und machte ein verblüfftes Gesicht. „Ähm, Entschuldigung …", räusperte sie sich. „Eigentlich suche ich Damaris. Weißt du, wo sie ist?"

Im ersten Moment wollte Damaris Nika auf ihren Fehler hinweisen, aber dann durchflutete sie eine Welle des Stolzes. Nika hatte sie tatsächlich nicht erkannt! An Stelle von dem erwarteten Mädchen erblickte sie eine junge Zwelfe mit rotem Haar, einer weiten Schlabberhose mit Nadelstreifen und einem eng anliegenden Oberteil.

Vielleicht ließ sich die Täuschung noch länger aufrechterhalten?

„Ja, uhm … Die ist schon wieder weg. Sie wollte nochmal kurz in eine andere Teilwelt. Aber du kannst ja hier auf sie warten, dauert bestimmt nicht lange."

Nika überlegte einen Moment lang. „Na gut", sagte sie dann, und trat in den Raum. „Paru, eine Freundin von mir, kommt auch gleich. Damaris wollte sie unbedingt sehen, und ich habe sie gerade nach langer, langer Zeit endlich gefunden."

„Ach so?", sagte Damaris, während sie innerlich jubelte. „Da wird sich Damaris bestimmt freuen."

Nika schaute um sich und schüttelte geringschätzend den Kopf. „Komischer Raum."

„Ja, aber sie hat sich bestimmt was dabei gedacht.", erwiderte Damaris. „Sie ist schon ein besonderes Mädchen, findest du nicht?"

Nika wackelte mit dem Köpfchen, während sie auf Damaris zulief. „Na ja … Sie hat so ihre Macken. Wir zoffen uns so ab und zu, weil sie so eine Besserwisserin ist. Aber das weißt du bestimmt selber."

„Wirklich? Eigentlich gehört sie zu den angenehmsten Menschen, denen ich je begegnet bin! Sie ist nicht nur liebenswert und hübsch, sondern darüber hinaus auch noch tolerant und bescheiden. Und einen einwandfreien Kleidergeschmack hat sie auch."

Es hatte Damaris sehr viel Mühe gekostet, diese Sätze mit einem ernsten Gesicht auszusprechen, und sie drehte Nika kurz den Rücken zu, um sich die ersten Lachtränen aus den Augenwinkeln zu wischen.

Verblüfft schaute Nika Damaris an, sie stand mittlerweile direkt vor der formgewandelten Freundin. Zögernd und skeptisch streckte sie die Hand aus. „Hm ... Vielleicht stellen wir uns mal vor. Ich bin Nika."

„Oh, Entschuldigung, ich hatte was im Auge." Damaris drehte sich wieder zu Nika. „Hi, Nika. Ich bin ... Mori."

„Angenehm. Also, ich muss sagen, Mori, dass ich nicht ganz deiner Meinung bin. Damaris? Bescheiden? Und diese abartigen Klamotten? Die hat doch irgendwo 'nen Knick. Obwohl sie mich natürlich geschaffen hat."

Mori wich einen Schritt zurück, die Augen theatralisch aufreißend. „Nein! Du bist eine Schöpfung von Damaris? Du Glückliche! Ich hätte es natürlich direkt erkennen müssen. Dein Aussehen, dein Auftreten! Die Größe von Damaris ist auch in dir kaum zu verkennen!"

Das gefiel Nika schon besser. Ein süffisantes Lächeln breitete sich über ihr Gesicht aus. „Tatsächlich? Das erkennst du? Du musst wissen, ich bin eigentlich ihr erstes wissentlich kreiertes Think. Wir sind uns sehr ähnlich."

„Nein, wirklich?"

„Ja, ja. Wie du schon bemerktest ... Ihr Können, ihre Möglichkeiten und natürlich ihr Aussehen. Alles bei mir mit eingebaut." Sie schlug sich mit der Hand auf die Brust. „Natürlich streiten wir uns öfter, aber das nur, weil ich mit ihr mithalten kann. Denn nur ihre eigenen Kreationen sind so schlau und so geschickt."

„Du musst sehr stolz auf sie sein!"

„Aber natürlich! Ich mag sie sehr, und du weißt schon ...", Nika tat so, als ob sie Mori ein Geheimnis anvertraute, „... sie braucht mich einfach!"

Damaris konnte nur mit Mühen ein weiteres Lachen unterdrücken, und hustete schnell, um von ihren Lachtränen abzulenken. Sie wischte sich gerade die Augen aus, als sie hinter Nika die Stimme von Paru vernahm.

„Wo ist denn Damaris?"

Wieder war Damaris versucht, ihre Täuschung auf der Stelle platzen zu lassen, entschied sich aber auch dieses Mal dagegen.

„Sie ist kurz weg", antwortete Nika. „Und ich unterhalte mich gerade mit Mori. Ich bin beeindruckt von ihrem Verständnis zu mir und Damaris."

„Ach ja?", erwiderte Paru, die Augen kritisch zu einem Schlitz verschmälernd.

„Na ja, Damaris ist ein Meister ihres Faches. Sie schafft solche Meisterwerke wie Nika, und ist trotzdem so bescheiden! Findest du nicht?", wiederholte Damaris ihre Lobesrede von vorhin.

„Bescheiden?" Paru schaute Nika an, die mit stolz geschwellter Brust dastand, schüttelte dann den Kopf und adressierte wieder Damaris: „Ich weiß nicht, ob ich dich gerade als bescheiden beschreiben würde. Aber ganz unfähig bist du wirklich nicht. Dafür hast du allerdings Nika ohne scharfen Verstand ausgestattet. Na ja, soweit keine neuen Erkenntnisse heute …"

Verwirrt schaute Nika Paru an. Diese nickte nur in Richtung Mori und sagte: „Das ist Damaris, du Schlaumeier!"

Als Damaris den entgeisterten Blick von Nika sah, konnte sie nicht mehr an sich halten und lachte laut los.

„Aber …" stammelte Nika.

Zwischen den Lachanfällen stotterte Damaris ihre Entschuldigung heraus. „Es tut mir leid Nika … Aber es war einfach zu verlockend!"

Als Damaris und Nika sich wieder beruhigt hatten – Damaris von ihrem Lachanfall, Nika von ihrer Wut –, wandte Damaris sich an Paru. „Wie hast du mich eigentlich so schnell erkannt?"

„An den Augen. Die Augen ändern sich nicht. Das ist das Einzige, was bei der Transformation gleich bleibt. Denn die Augen sind die Spiegel der Seele. Und die Seele kannst du nicht verstecken. Daran kann ich dich immer erkennen."

„Warum verändern die sich nicht?"

„Das geht bis auf Plato zurück", antwortete Paru. Als Erklärung fügte sie in Richtung Nika hinzu, „Ein griechischer Philosoph", bevor sie an Damaris gewandt fortfuhr: „Er sprach den Lebewesen eine Form und eine Seele zu. Die Form ist nur Material – austauschbar. Aber die Seele beinhaltet dich, das was dich ausmacht. Und die Augen sind wiederum der Spiegel der Seele."

Damaris antwortete nicht, sondern ging einfach auf Paru zu und umarmte sie. Fest drückte sie die Zwelfe an sich. „Ach, Paru! Schön, dass ich dich wiederhabe!"

Paru lächelte. Dann wurde ihr Gesicht ernst. „Ich glaube, wir haben so einiges zu diskutieren?"

Damaris nickte.

Kapitel 21: Entwirrung der Vergangenheit

Bonnie, Nika, Paru und Damaris befanden sich im Schlafzimmer. In der letzten halben Stunde hatte Damaris alle Fakten dargelegt, und ihre eigenen Theorien gleich mit dazu. Damaris saß mit Tina auf ihrem Bett, Bonnie lag auf dem Bauch in seinem Käfig. Nika hatte schnell aufgegeben, dem Gespräch zu folgen, und schaute sich inzwischen gelangweilt in Damaris' Zimmer um.

„Ich weiß noch, wie Meffie damals das erste Mal aufgetaucht ist", erzählte Paru. Die Zwelfe saß auf dem Schreibtischstuhl und drehte sich mal nach rechts, mal nach links. „Ich glaube nicht, dass Meffie, wie von Robin mittlerweile behauptet, ein Produkt seiner Fantasie ist. Sie hat es ihm eingeredet. Ich war aber immer schon der Meinung, dass sie bereits vor dem ersten Treffen mit Robin existierte. Sie war zu manipulativ, um seiner eigenen Fantasie zu entspringen. So gesehen kann deine Theorie, dass sie ein Mensch ist, stimmen."

„Deine Erlebnisse mit ihr in der Pyramide scheinen dafür den Beweis zu erbringen", fügte die Zwelfe hinzu. „Das erklärt dann auch meine Unterlegenheit in der Vergangenheit. Ich habe bereits damals, als wir beide wegen Robin aneinander gerieten, den Kürzeren gezogen."

Damaris hatte in der letzten halben Stunde unter anderem erfahren, dass Paru von Robin geschaffen worden war. Das war schon mehrere Jahre her, und sie hatte eine Zeit lang für Robin die Rolle gespielt, die eigentlich Nika für Damaris ausfüllen sollte.

„Was ist denn damals überhaupt passiert?", fragte Damaris neugierig.

„Meffie versuchte Robin immer weiter zu isolieren. Sie wollte ihn außerdem immer mehr in Thinkit halten, was ich nicht verstand. Fantasie ist gut und wichtig, aber weitaus wichtiger ist der Umgang mit anderen Menschen. Nein, er ist sogar lebenswichtig, damit der Draht zur realen Welt nicht verloren geht! Meffie sah das offensichtlich anders."

Ein ungehaltener Blick von Damaris brachte Nika zur Ruhe, welche begonnen hatte, das Bett als Trampolin zu missbrauchen.

„Und aus einer Meinungsverschiedenheit wurde bei Meffie schnell Hass", fuhr Paru fort. „Sie drohte mir irgendwann unverhohlen, Robin in Thinkit Schaden zuzufügen, wenn ich ihn nicht in Ruhe lassen würde."

„Und?"

„Ich versuchte eines Tages natürlich trotzdem Robin auf Meffie anzusprechen. Als ich ihn fragte, ob ich kurz mit ihm über das Kaninchen sprechen könnte, hatte er plötzlich so einen komischen Blick in den Augen. Irgendwie spöttisch. Er wollte wissen, was denn los sei. Als ich meinte, dass es um Meffie ginge, wurde ich sofort unterbrochen. Unter unseren Füßen riss der Boden auf. Wir fielen ins Bodenlose, das Licht über uns wurde immer fahler und verschwand zuletzt komplett. Als wir in das von innen heraus bläulich leuchtende Wasser eintauchten, verlor Robin das Bewusstsein. Ich schleifte ihn auf einen Stein am Ufer und versuchte ihn aufzuwecken. Ich kam nicht mal mehr dazu, mich zu fragen, wie eine seiner Teilwelten sich gegen ihn stellen konnte, denn kaum hatte ich ihn auf das Trockene gebracht, änderte sich die Teilwelt. Eine Mauer entstand aus dem Nichts, sie trennte mich von Robin ab. Dann ging eine Tür auf – vielleicht drei Meter von mir entfernt – und ein Schatten zeichnete sich ab. Ich bekam eine Gänsehaut als Meffie erschien, mich mit unendlich kaltem Blick anschaute und dann mit einem gemeinen Lächeln auf den Lippen die Tür hinter sich zuzog. Die Pforte verschwand in dem Moment, in dem sie geschlossen wurde."

Damaris hing förmlich an Parus Lippen. „Und dann?"

„Als ich mich umschaute, fand ich schließlich an der Mauer eine weitere Tür. Sie führte mich auf den Circo Via, einem Platz, allgemein zugänglich für Thinks, so sie denn den Weg dorthin finden. Der ovale Platz ist von einer durchgehenden Mauer umschlossen, welche auf mehreren Ebenen Hunderte von Türen aufweist. Eine davon war die, welche mich sonst jeden Abend zu Robin geführt hatte."

Paru zuckte die Achseln. „Natürlich funktionierte sie nicht mehr. Dieses verfluchte Kaninchen hatte mir den einzigen Weg abgeschnitten, den ich zu Robin hatte." In Gedanken versunken fuhr sie sich durch die schwarzen Haare. Dann sprach sie weiter und beantwortete damit Damaris' ungestellte Frage. „Na ja, das hat Meffie damals zumindest geglaubt … Ich hatte aber alternative Wege zu Robin, noch andere von seinen Teilwelten waren direkt mit mir zugänglichen Orten verbunden. Aber obwohl ich es immer wieder schaffte, Robin zu finden, kam ich nicht mehr wirklich an ihn heran. Meffie ließ ihn nie alleine. Ich traute mich aber auch gar nicht, Robin nochmal anzusprechen – aus Angst, Meffie könnte ihm wirklich was antun. Eigentlich …"

„Wieso denn wirklich?"", unterbrach Damaris die Zwelfe. „Immerhin bist du doch mit Robin durch den Boden gestürzt!"

Paru schüttelte den Kopf. „Nein, ich glaube eher – jetzt wo wir wissen, dass Meffie ein Mensch ist –, dass sie damals die Gestalt von Robin angenommen hat. Ich habe vermutlich gar nicht mit Robin gesprochen, sondern mit Meffie. Und Robin hat nie was mitbekommen."

„Raffiniert!", sagte Damaris anerkennend und erschauerte gleichzeitig.

Paru fuhr fort: „Danach besuchte ich ihn eigentlich nur noch, um zu sehen, wie es ihm ging. Dabei versuchte ich immer, von den beiden unbeobachtet zu bleiben. Wenn Meffie mich jedoch entdeckte, was leider immer wieder vorkam, dann suchte sie den von mir benutzten Zugang und vernichtete ihn."

„Hat Robin sich denn nie darüber aufgeregt?", sprach Tina ungläubig die Frage aus, die auch Damaris auf dem Herzen lag.

„Ich weiß nicht …" Paru zupfte nachdenklich an ihrem Hemd. „Aber ich schätze mal, dass Meffie ihm schöne Lügenmärchen aufgetischt hat."

„Wahrscheinlich", stimmte Damaris zu.

„Nun, um die Geschichte zu Ende zu erzählen: Der Zugang zu seinem Hamsterkampfraum war der letzte, den ich hatte. Ich besaß ihn in Form einer Transit-Karte, so eine, wie auch du sie benutzt hast. Sie stellen für Thinks eine der einzigen Möglichkeiten dar, einen Gang neu anzulegen. Wir selber haben ja im Normalfall keine schaffenden Kräfte. Daher brauchen wir Gegenstände, die von Menschen produziert und dafür gemacht worden sind, dass sie einen Gang zu einer bestimmten Teilwelt bilden."

„Ja, das hat mir Tina schon erklärt."

„Aber da es den Weg in die Hamsterteilwelt nun auch nicht mehr gibt, können wir nur hoffen, dass wenigstens der von dir angesprochene Durchgang nicht auch schon wieder zerstört wurde."

Paru kreuzte den Zeige- und Mittelfinger und zeigte sie Damaris mit einem Lächeln der Zuversicht.

„Zumindest war er am vorletzten Sonntag noch da", sagte Damaris. Seitdem hatte sie den Durchgang nicht mehr überprüft, unter anderem aus Sorge, dieser Vorgang könne Robin oder Meffie aufmerksam auf den Tunnel machen. Vielleicht hatte Robin ihn einfach vergessen und Meffie wusste vermutlich noch gar nichts davon.

„Es ist aber so …", sprach Paru beruhigend weiter, „… dass kein Think, aber auch kein Mensch den Gang zu oder von einem Eintrittsraum zerstören kann, wenn dies nicht gerade sein eigener Eintrittsraum ist. Robin kann diesen Gang zerstören und du kannst ihn zerstören, da er ja auch mit deinem Eintrittsraum verbunden ist. Aber Meffie nicht, auch wenn sie ein Mensch ist. Außer …"

„Klar, es gibt immer ein „außer"!", stöhnte Damaris.

Paru lächelte säuerlich. „Außer sie hat eine Kontra-Karte."

„Davon hat mir Tina noch nicht erzählt. Was ist das?"

„Das genaue Gegenteil einer Transit-Karte. Hält man sie auf eine Tür, so zerstört die Kontra-Karte den Gang, der dahinter liegt. Natürlich muss die Kontra-Karte – wie die Transit-Karte auch – von dem Inhaber des betreffenden Eintrittsraumes gemacht worden sein.

Sie verschmilzt mit der Tür und verschwindet dann mit dem Durchgang selber."

Ihre Konzentration begann zu leiden, es gab einfach zu viel zu verarbeiten. Damaris schloss einen Moment lang die Augen und versuchte alles einzuordnen. Doch anstatt Struktur in ihre Gedanken zu bringen, merkte sie, wie sie noch tiefer in den Strudel an Empfindungen, Fakten und Ideen versank. Erst das leise Quietschen und das rhythmische auf und ab ihrer Matratze beförderte sie zurück ins Hier und Jetzt.

„Nika!"

Moppernd verließ Nika ein zweites Mal das Bett und setzte sich demonstrativ mit dem Rücken zu Damaris in die am weitesten entfernte Ecke des Zimmers.

„Also", begann Damaris ihre Zusammenfassung. „Wir sind uns sicher, dass Meffie ein Mensch ist und Robin versucht zu isolieren. Außerdem glauben wir, dass Robin nicht weiß, dass er auch am Tag weiter in Thinkit lebt. Damit das nicht auffliegt, versucht Meffie ihn auch nachts von anderen Menschen zu isolieren."

Ein Blick in die Runde. Keiner widersprach ihr. „Wenn das wirklich der Fall ist, wenn Robin seine Traumwelt wirklich nie verlässt, dann müssten wir ihn doch auch zur Tageszeit in Thinkit finden können, oder nicht?", fragte Damaris.

Paru nickte und spann den Gedanken weiter: „Und wenn wir in seinen Eintrittsraum gehen, und den Ausgang verwenden – also die Pforte zu seinem unechten Körperschattenraum –, dann müssten wir dort den Weg in die Kopie seiner realen Welt finden. Die Teilwelt in Thinkit, die er für seine echte Umgebung hält."

„Dann sollten wir einfach mal nachschauen …", schlug Damaris vor.

„Aber was ist mit Meffie?"

Eine berechtigte Frage.

„Wir gehen einfach nachmittags."

Paru nickte. „Klar, nachts ist Robin ja in Thinkit unterwegs. Aber das Problem mit Meffie bleibt doch?"

„Nein. Nachmittags brauchen wir uns keine großen Sorgen um sie zu machen ... Glaube ich zumindest."

„Und warum?", fragte Paru verwundert.

„Wenn Meffie ein Mensch ist, dann wird sie um drei Uhr mittags wohl wach sein – und damit nicht in Thinkit."

Kapitel 22: Kopie des Realen

Als Damaris am Freitagmorgen aufwachte, kam ihr die Welt irgendwie hoffnungsvoller und heller vor. So gut hatte sie sich schon lange nicht mehr gefühlt. Nicht nur war Paru wieder da, sie hatten auch einen Plan. Zwar kroch der Tag dahin, aber um drei Uhr nachmittags stand Damaris dann doch endlich wieder vor der Haustür.

Ihre Mutter begrüßte sie aus der Küche, sie musste freitags nur halbtags arbeiten, da ihre Geschäftspartnerin am Nachmittag den Laden übernahm. „Hi, Schatz!"

„Hi ... Ich lege mich mal hin, ja? Habe ein bisschen Kopfschmerzen."

Frau Lincol kam aus der Küche, einen besorgten Ausdruck im Gesicht. „Ist es schlimm? Hast du dir den Kopf gestoßen?"

„Nein, nein ... Es war glaube ich die Busfahrt. Irgendwie hatte ich im Bus auf einmal Kopfschmerzen."

„Möchtest du eine Tablette? Die hilft dir bestimmt schnell wieder auf die Beine."

„Nein, schon gut. Ich lege mich einfach hin. Weckst du mich zum Essen?"

„Klar, Schätzchen." Frau Lincol küsste ihre Tochter auf die Stirn und ging dann zurück in die Küche.

Schnell hängte Damaris ihre Jacke auf, bevor sie nach oben ging. In ihrem Zimmer verschwendete sie keine Zeit: Schnell zog sie die Vorhänge zum und legte sich auf ihr Bett.

Nun wurde Robin besucht!

Paru und Damaris waren sich zuerst uneinig gewesen, welchen Weg sie zu Robins Eintrittsraum einschlagen sollten. Letztendlich hatten sie sich für den Einzigen entschieden, von dem sie einigermaßen sicher wussten, dass er existierte: Der Gang, der aus Robins Karte in Damaris' Eintrittsraum entstanden war.

Gemeinsam standen Paru, Nika, Tina und Damaris vor der offenen Tür in Damaris' Eintrittsraum und sahen in den schwach beleuchteten Tunnel vor ihnen. Aufgrund seiner Windungen, die ihn an das Innere einer Schlange erinnern ließen, konnten sie nur etwa 50 Meter weit sehen. Was hinter der nächsten Biegung lag, konnte keiner der vier sagen. Der Tunnel schien in der Luft zu hängen und verformte sich langsam. Den Steinen schien dies nichts auszumachen. Auf dem Fuße gefolgt von ihren Mitstreiterinnen, betrat Damaris den Gang.

Robins Vorraum zu Thinkit unterschied sich stark von Damaris' Eintrittsraum. Hier empfing nicht eine einzige Kathedrale den Besucher, von zweien ganz zu schweigen. Auf das Wesentliche reduziert handelte es sich um eine riesige Halle, aufgebaut wie ein Kubus, und an allen Wänden gespickt mit Türen. Aus einer davon traten die vier Abenteuerinnen nun heraus.

„Schön, wieder hier zu sein!", sagte Paru leise, ein wehmütiges Lächeln auf den Lippen.

Paru, Nika, Tina und Damaris standen auf einem großen flachen Stein, direkt vor der benutzten Tür. Er war einer von vielen Steinen, die über den Raum verstreut lagen und Pfade und Wege bildeten. Kreuz und quer schlängelten sich die Fußwege durch die Halle, die einzelnen Türen verbindend. Sie waren auch bitter nötig, denn der Raum zwischen den Türen und den Steinen war mit Wasser gefüllt.

Keinerlei Bewegung störte die perfekt glatte Wasseroberfläche, die Damaris im ersten Moment für einen Spiegel hielt. Dennoch war es sehr wohl Wasser, was sich dort zwischen den Türen und Steinen ausbreitete. Als Nika neugierig ihren Finger in die Oberfläche tauchte, geriet diese in Bewegung. Ein Wellenkreis breitete sich aus; sich an den Steinen und Türen brechend, die Wände heraufkletternd, die Decke erobernd, den ganzen Raum in Unruhe bringend. Das blaue Licht schien seinen Ursprung in der Flüssigkeit zu haben und degradierte die Türen und Steine zu dunkle Schatten in einem sonst blauen Himmel. Ein Chaos an Lichtreflektionen brach sich an jeder Kannte. Es war ein atemberaubender Anblick.

„Wir sollten gehen", sprach Paru in die Stille hinein. „Der Durchgang zum Körperschattenraum ist dort vorne, in dem einzigen offenen Gang."

Damaris riss sich mit Mühe von dem Lichtschauspiel los und folgte Parus Fingerzeig. Auf einer der vier Seiten des Kubus führte tatsächlich ein Gang in die Mauer hinein. Mit einer Stimme, die keinen Widerspruch duldete, wandte sie sich an Paru. „Am besten gehe ich nur mit Bonnie, ihr bleibt hier und haltet Wache."

„Aber …", protestierte die Zwelfe.

„Nein, so ist es besser! Ich bin ein Mensch. Wenn Robin mich entdecken sollte, dann ist der Schock nicht ganz so groß. Ein Mensch kann ihn auch in der realen Welt besuchen. Du wohl kaum. Und Bonnie ist gut versteckt in meiner Kapuze. Wenn er den Mund hält, kann er fast für ein normales Meerschweinchen durchgehen."

„Was soll das denn heißen?", wollte Bonnie wissen.

Er bekam keine Antwort.

Unglücklich, aber einsichtig nickte Paru.

Damaris sah es schon nicht mehr; sie hatte sich bereits auf den Weg gemacht. Einen Moment lang wunderte sich das Mädchen noch über die kleinen viereckigen Kästchen, die auf viele der Türen angebracht waren, bevor sie mit selbstsicheren Schritten aber wild klopfendem Herzen den Gang betrat. Geschätzte zehn Meter führte der Gang stetig enger zulaufend fort von dem Eintrittsraum, um schließlich vor einer Kinderzimmertür zu enden. Ein letzter Blick über die Schulter, dann öffnete Damaris die Tür und trat hindurch.

Vorsichtig tat Damaris ein, zwei Schritte. Das Zimmer war menschenleer. Betreten hatte sie es durch eine Schublade in einem Schreibtisch. Als sie das Eintrittsportal geöffnet hatte, war gleichzeitig die Schublade herausgeglitten und hatte damit den Weg freigegeben.

Kaum aus der Schublade heraus gestiegen, hatte Damaris sich in Originalgröße in Robins Zimmer wiedergefunden.

Damaris schaute hinter sich und befahl der Schublade in Gedanken sich zu schließen – sie folgte Damaris' Willen augenblicklich. Damit war bereits eines bewiesen: Damaris befand sich nach wie vor in Thinkit. Und eindeutig nicht in Robins richtigem Körperschattenraum. Denn dort hätte sie rein mit ihrer Fantasie nichts bewirken können.

„Bonnie?", flüsterte sie.

„Vorhanden!", kam ein Flüstern zurück.

Wenigstens war sie nicht alleine, der Gedanke beruhigte sie ein wenig.

„Auf dem Bett! Der Körperschatten!"

„Der Weg zu der Kopie von Robins normaler Welt, richtig?"

„Vermutlich", stimmte Damaris zu, bevor sie zum Bett ging und sich vorsichtig in den Körperschatten legte. Sie brauchte ein wenig, sich der Körperform in etwa anzupassen. Dann änderte sich plötzlich das Licht im Zimmer.

Sie hatte den Sprung in die nächste Teilwelt geschafft!

Nun galt es, Robin zu finden. Damaris war schon auf dem Weg zur Zimmertür, als sie es sich anders überlegte. „Wollen wir uns noch kurz das Zimmer anschauen, wenn wir schon hier sind?", fragte sie Bonnie leise.

Ein kehliges Lachen war die Antwort. „Wenn du meinst, dass es für unsere Mission wichtig ist, dann tue es." Bonnie kroch aus der Kapuze hervor und platzierte sich auf Damaris' Schulter. „Ich will dir ja keine Neugierde unterstellen."

„Dann ist ja gut!", erwiderte Damaris, während sie durch das Kinderzimmer lief.

„Sieht aus wie ein typisches Jungenzimmer", stellte Bonnie fest. Er hörte sich abwertend an.

Poster hingen an den Wänden, mit Motiven, die Popstars, Filmschauspieler und Naturansichten zeigten. Letztere selbstverständlich nur von Seen oder Wasserfällen. Ansonsten gab es wenig dekorative Gegenstände, ein eher karges Zimmer.

„Ungemütlich", sagte Damaris und ging dann zu dem einzig wirklich auffallenden Gegenstand: Dem großen Bücherschrank. Er war mindestens zwei Meter hoch und fast genauso breit. Bis zum letzten Kubikzentimeter war er vollgestopft mit Büchern. Früher hätte dies Damaris nicht interessiert, aber nun fand sie es einfach nur beeindruckend. Sie stellte sich vor, dass Robin all diese Bücher schon gelesen hatte. Jedes Wort in jedem einzelnen Buch hatte er mit seinem Blick berührt. Ein Hauch von Neid überkam sie.

Ein Rufen drang plötzlich an ihr Ohr. Bonnie verschwand sofort in Damaris' Kapuze, Damaris schaute alarmiert um sich.

Es war eine weibliche Stimme gewesen, und sie hatte nach Robin gerufen. Schon hörte Damaris die Antwort, die aber nicht aus dem Haus, sondern von draußen zu kommen schien. Schnell schlich Damaris zu der offenen Tür, welche von Robins Zimmer direkt in den Garten führte.

Vorsichtig schaute sie um die Ecke.

Der Garten war groß, vier große Bäume entwuchsen dem grünen Rasen. Am weit entfernten Ende konnte sie die den Garten umgebende Hecke sehen.

In einer Eiche, vielleicht zwanzig Meter von ihr entfernt, fielen ihr hektische Bewegungen auf. Ab und zu war der Zipfel eines blauen T-Shirts zu erkennen, bis letztendlich der ganze Robin auftauchte und seiner Mutter erneut zubrüllte: „Nur noch eine Sekunde, Mama! Muss nur noch den Ball finden. Ich komme gleich!"

„Das will ich doch hoffen!", war die Antwort, die aber in dem fröhlichen Gebelle eines kleinen Hundes, direkt unterhalb des Baums, unterging.

„Das ist dann wohl Mortimer", flüsterte Damaris. Mit Hunden kannte sie sich nicht besonders aus, aber sie glaubte, dass es sich um einen Jack Russell handelte.

„Dann lass mich ja nicht runter!", antwortete Bonnie von der Kapuze aus. „Hunde verwenden meinesgleichen gerne als Spielzeug!"

Damaris ging in das Zimmer zurück, unsicher, was zu tun sei. Sollte sie ihn jetzt schon ansprechen? Jetzt, wo ihr keine Gefahr von Meffie drohte? Konnte sie ihm einfach so, ohne Vorwarnung, die Wahrheit erzählen? Würde er ihr glauben? Würde er nicht ...

Ihr Gedankengang wurde von dem lauter werdenden Rufen von Robin unterbrochen. Sein Tonfall hatte sich geändert, er klang nun eher verwundert. „Mortimer! Was ist denn?"

Ein helles Bellen, sehr nah!

Damaris hörte, wie Robin seinen Hund herbeirief. Dem immer noch in Lautstärke zunehmenden Bellen nach ließ sich dieser jedoch nicht beirren. Schnell versteckte Damaris sich hinter dem Bücherschrank, so dass man sie von draußen nicht sehen konnte.

„Autsch!", klang es leise aus der Kapuze, als Damaris sich mit dem Rücken an den Schrank presste.

Ein Schnüffeln war zu hören, ein Schatten in Form des kleinen Hundes zeichnete sich auf der gegenüberliegenden Wand ab.

„Mortimer, bei Fuß!", rief Robin erneut. Der Schatten an der Wand reagierte nur mit deutlich sichtbarer Verzögerung.

Nun musste alles schnell gehen. Mit einem Satz schwang Damaris sich auf das Bett. Der Körperschatten war hier nicht sichtbar, daher legte sie sich einfach mittig und in der gleichen Position auf die Decke. Und wartete.

Trotz der Erleichterung, den Weg zurück in den unechten Körperschattenraum gefunden zu haben, sprang sie direkt auf und rannte zum Schreibtisch. Hastig riss sie die Schreibtischschublade auf – und verschwand.

Kaum hatte Damaris die Rückreise zu Robins Körperschattenraum angetreten, trat der kleine Hund ins Zimmer. Er schnüffelte kurz, mal rechts, mal links, und lief dann zielstrebig zum Bett. Eine Fährte aufnehmend, hielt er schlagartig inne und schien in Gedanken versunken. Erst als Robins Stimme den Hund erneut rief, blickte Mortimer – soweit einem Hund das möglich ist – genervt auf. Schwerfällig kam er auf die Beine, zog das verrutschte Bettlaken an seinen Platz, bellte dann plötzlich fröhlich, und setzte sich mit jugendlicher Energie in Bewegung.

„Er ist tatsächlich da!", rief Damaris den Wartenden schon von weitem aus zu. Paru sah ihr gespannt entgegen, während Nika aufhörte, Wasser durch die Gegend zu spritzen und sich aufrichtete.

„Alles okay, mir geht's gut", brummte Bonnie beleidigt. „Bin nur ein wenig dünner als vorhin. Aber danke der Nachfrage."

Damaris überhörte die an sie gerichtete Beschwerde und redete aufgeregt weiter. „Er lebt in einer Teilwelt, die genauso aussieht, wie sein eigenes Zuhause, er …"

Erschrocken hielt sie inne. Um das Mädchen herum verdunkelte sich plötzlich alles. Paru verschwand aus ihrem Blickfeld, genauso wie Nika und Tina. Alle drei schienen plötzlich weit weg, unerreichbar. Damaris selber flog in halsbrecherischem Tempo durch Robins Eintrittsraum, durch den vorhin benutzten Gang, durch ihren eigenen Eintrittsraum, durch die Pforte in ihren Körperschattenraum und hinein in ihr Bett. Sie versuchte noch, wieder aufzustehen, aber sie war wie an die Matratze gefesselt.

Und dann rückte an Stelle der dunklen Zimmerdecke das Gesicht ihres Vaters, immer konkretere Form annehmend.

„Damaris, nun wach doch endlich auf!"

Schwerfällig richtete Damaris sich auf, schaute erst ihren Vater an und überflog dann den Rest des Raumes. Mit skeptischem Blick fragte sie: „Wo sind denn Tina, Paru und die anderen?"

Unverständnis stand ihrem Vater ins Gesicht geschrieben. „Was? Wer ist denn Paru?"

Damaris begriff, und grinst ihren Vater an. „Ist schon okay, Papa. War wohl nur ein Traum." Anscheinend hatte er sie aus Thinkit zurückgeholt, einfach nur indem er sie weckte.

Herr Lincol ignorierte die Hirngespinste seiner Tochter. „Wie geht es dir? Ein wenig besser? Deine Mutter meinte, du hättest Kopfschmerzen gehabt."

Sie fasste sich an den Kopf. „Geht schon wieder. Keine Schmerzen mehr. Aber Hunger!"

Herr Lincol stand auf. „Na, dann komm' mal mit!"

„Post für mich?", rief Robin, als er über die Gartentür sein Zimmer und dann den Flur betrat. Mortimer trottete hinter ihm her, wandte sich aber erneut mit einem nachdenklichen Blick dem Bett zu.

„Nein!", antwortete seine Mutter aus dem Wohnzimmer. „Wollte nur sagen, dass wir in fünf Minuten essen!"

„So'n Mist ...", murmelte der Junge. Seit ziemlich genau zwei Wochen wartete er nun schon auf einen Brief von Damaris. So lange brauchte doch keine Post der Welt! Anscheinend hatte Damaris sich dazu entschlossen, nichts mehr mit ihm zu tun haben zu wollen.

Enttäuscht ging Robin zurück in sein Zimmer. Weit kam er nicht; er wurde von Mortimer abgefangen, der ihm entgegen gestürmt kam. Fröhlich wie immer umkreiste er sein Herrchen, und sprang nach seinen Händen.

„Hi, Mortie ... Habe gerade keine Lust mehr, okay? Wir spielen später weiter." Er fühlte sich einfach nicht mehr nach rumtoben, mit den Gedanken war er bei Damaris. Vielleicht hatte er ihre Bedenken wegen Meffie doch zu einfach abgetan. Er würde ein weiteres Mal versuchen müssen, sie aufzusuchen. Um sich zu entschuldigen. Obwohl Entschuldigungen nun wirklich nicht seine Stärke waren. Aber dieses Mädchen war irgendwie interessant. Meffie musste ja nichts davon wissen ...

Robin kraulte Mortimers Kopf, dessen grauen Augen ihn dankbar anschauten. „Ja!", sagte er, wie einem Baby gegenüber eine Schnute ziehend. „Heute Nacht werde ich sie besuchen und ich werde das Missverständnis aus dem Weg räumen! Nicht wahr, Mortimer?"

Der Hund stand auf und kehrte in den Garten zurück.

Kapitel 23: Eine zusätzliche Hand

Lange hatten Paru und Damaris diskutiert, wie sie am besten vorgehen, wie sie Robin am besten die Wahrheit beibringen konnten. Beide befürchteten, Robin könnte ihnen wieder nicht glauben. Die Sorge war nicht unbegründet. Sowohl Damaris wie auch Paru hatten bereits einmal gegen Meffies Überzeugungskunst verloren.

Es war Freitagnacht, nur wenige Stunden, nachdem Damaris die anderen so plötzlich verlassen hatte. Tina, Nika, Paru und Damaris befanden sich im Körperschattenraum und erörterten weiter das Dilemma. Genau genommen diskutierten nur Paru und Damaris. Tina hörte schweigend zu und Nika war aus mangelndem Verständnis erneut auf Wanderschaft durch Damaris' Zimmer gegangen. Letztendlich blieb sie vor dem Kleiderschrank stehen.

„Damaris, ich sortiere mal deine geschmacksfreie Garderobe ein wenig aus, ja?", teilte die Zwelfe mit, froh eine Aufgabe gefunden zu haben. „So als Vorschlag, was du wegschmeißen solltest. Okay? Alles klar!"

„Ja, ja", antwortete Damaris geistesabwesend und setzte ihr Gespräch mit Paru fort, die auf dem Bett saß. „Vielleicht sollten wir Hilfe von einem Freund von Robin einholen. Oder von einem Familienmitglied. Jemand, der ihn von früher kennt. Jemand, dem er eher glaubt. Derjenige könnte mir dann vielleicht helfen, Robin zu überzeugen." Sie überlegte kurz. „Außerdem würde ich mich sicherer fühlen, wenn noch ein Mensch dabei wäre. Leider kenne ich aber niemanden aus der realen Welt, der mit ihm zu tun hat. Und hier kenne ich zwar Kanufi, aber dem wird Robin wohl vermutlich nicht glauben, wenn wir ihn anschleppen. Er wird nur denken, dass ich Kanufi auf meine Seite gezogen habe."

Verzweifelt rutschte Damaris aus ihrer sitzenden in eine liegende Position auf ihrem Bett und stützte den Kopf auf ihre Hände. „Was nun?"

Für kurze Zeit schwiegen alle. Nur das Rauschen und Rascheln der Kleidung, die Nika aussortierte, war zu hören. Die Zwelfe hatte so gut wie alles aus dem Schrank geholt und war nun fleißig dabei, die Kleidungsstücke auszumustern, welche ihren Ansprüchen nicht genügten. Also eigentlich alle. Ab und zu vernahm man ein gemurmeltes „Abscheulich!", „Grauenvoll!", oder „Geschmacksverirrung!".

Damaris nahm das fleißige Treiben der kleinen Zwelfe als willkommenen Anreiz, sich von ihrem scheinbar aussichtslosen Unterfangen abzulenken. „Nika, so bleibt mir nichts mehr zum Anziehen!"

„Da kann ich ja nichts für! Deine eigene Schuld wenn du nichts Anständiges hast!"

„Da hat sie wohl recht", pflichtete Bonnie unaufgefordert bei.

„Ist nicht meine Schuld, sondern die meiner Mutter", verteidigte sich Damaris.

Paru hatte nicht zugehört, blickte jetzt aber auf. „Ich glaube, ich hätte da eine Idee."

„Ein Stilberater wäre ein guter Anfang!", schlug Nika vor.

Paru ignorierte Nika. „Damaris, du weißt doch, dass Robin alle Wege zu anderen Leuten zerstört hat, als Meffie ihm das anriet?"

Während Damaris nickte, ließ Nika von dem geplünderten Kleiderschrank ab und machte sich über Damaris' Schuhe her. Das Chaos, das einst der Kleiderschrank war, hatte seine Attraktivität verloren.

„Anschließend hat er jeweils etwas Grundlegendes in seinen Teilwelten verändert, damit die Erinnerung der anderen Besucher nicht mehr mit den vorhandenen Teilwelten übereinstimmte", fuhr Paru fort. „Damit konnten seine Freunde zu diesen Teilwelten keine Gänge mehr erzeugen. Du weißt ja …", erklärte sie, „… wenn sich eine bestehende Teilwelt zu stark von der Vorstellung eines Menschen unterscheidet, so kann dieser durch das Denken daran nur eine neue Teilwelt schaffen, die so ähnlich aussieht, aber nicht mehr die Original-Teilwelt erreichen. Damit hat Robin sich damals in Thinkit von seinen Freunden isoliert." Sie sprang vom Bett. „So ganz stimmt das aber nicht ... Kennst du Marcus?"

Damaris verneinte.

„Er ist ein Klassenkamerad von Robin und teilt mit ihm dieselbe Vorliebe für das flüssige Element. Fast alle von Robins Teilwelten enthalten in irgendeiner Form Wasser. Aus einer Laune heraus entschlossen sie sich irgendwann den Gang, der ihre beiden Eintrittsräume verband, vollkommen mit Wasser zu füllen. Sie gestalteten ihn nach ihren Vorstellungen, kreierten Lebewesen und Umgebung. Eine ganze Nacht lang arbeiteten sie daran. Zum Überleben haben sie Luftversorgungseinheiten mit eingebaut. Luftquellen, die ein Atmen auch dort möglich machen. Es ist schwierig zu erklären, aber wenn dir meine Idee gefällt, dann wirst du das alles sowieso bald sehen."

„Den Gang gibt es noch?", fragte Damaris hoffnungsvoll.

„Ich hoffe ..." Paru klang nicht wirklich überzeugt. „Robin musste alle Gänge zerstören. Das tat ihm auch grundsätzlich bei den meisten Gängen nicht wirklich leid. Sie waren einfach nur ein Verbindungsweg. Aber dieser Gang war schon für sich selber eine kleine Teilwelt, und so brachte er es nicht übers Herz, sie zu zerstören. Ich habe den Gang benutzt, auch nachdem er sich von seinen Freunden isoliert hatte, habe ihn dann aber vergessen. Er spielte für mich keine Rolle mehr, da ich ja immer nur Robin besuchen wollte, nicht seine Freunde."

„Aber das macht keinen Sinn", wunderte sich Damaris. „Warum sollte sein Freund, dieser Marcus, den Gang dann nicht auch gebrauchen, um Robin zu besuchen?"

Paru nickte: „Wenn in diesem speziellen Fall der Gang nicht zerstört worden ist, hat Robin bestimmt dafür gesorgt, dass der Durchgang von Marcus' Seite aus nicht so einfach zu finden ist."

„Ich dachte, man kann den Eintrittsraum einer anderen Person nicht ändern", sagte Damaris. „Wie kann Robin den Durchgang dann geändert haben?"

„Ich meine den Tunnel an sich", erklärte Paru. „Er hat vermutlich den Tunnel so umgebaut, dass der ursprüngliche Verlauf nicht mehr sichtbar ist."

„Wenn du Recht haben solltest, dann hat Marcus es also probiert, aber nicht geschafft. Warum und wie schaffen wir es dann wohl?" Damaris fühlte sich, als drehten sie sich im Kreis.

„Weil wir von Robins Seite aus kommen werden. Robin hat den Verlauf bestimmt so gestaltet, dass er von Marcus' Seite aus ins Nichts führt. Aber irgendwo in diesem Gang ist eine Öffnung. Gut versteckt und für Marcus unsichtbar, aber auf jeden Fall vorhanden. Und diese Öffnung werden wir von Robins Seite aus finden und benutzen."

Auf diese Reise gingen Paru und Damaris alleine. Sie waren zu dem Schluss gekommen, dass vor allem Damaris an Marcus herantreten sollte. Paru musste allerdings mitkommen, um Damaris den Weg zu zeigen. Die Stellung würde Nika halten, dann war sie wenigstens nicht im Weg. Tina wollte bei der Zwelfe bleiben, um sicher zu gehen, dass sie keine Dummheiten machte – auch wenn sie das Nika nicht erzählten. Ein sprechendes Meerschweinchen war auf der Reise vermutlich auch nicht von großem Nutzen, und so würde Bonnie Tinas Gesprächspartner sein.

Innerhalb von wenigen Stunden betraten Damaris und Paru zum zweiten Mal Robins Eintrittsraum. Sobald sie aus der Tür gestiegen waren, zeigte Paru auf eine weitere Tür, nur um die zwanzig Meter entfernt. Als sie dort ankamen, hielt Paru Damaris zurück.

„Bevor wir reingehen, noch ein paar Dinge. Erstens: Wir sind im Wasser und es gibt keine Möglichkeit aufzusteigen. Dafür gibt es überall Düsen, aus denen Luft hervorsprudelt. Dort kannst du atmen. Okay?"

„Ja."

„Gut. Zweitens: Es gibt nichts Gefährliches dort unten. Aber es existieren Wesen, die dich vielleicht verfolgen werden. Es ist so dunkel, dass auch ich nicht weiß, was das für Wesen sind. Aber sie kommen dir nicht nahe, sie tun dir nichts." Dann fügte sie hinzu: „Soweit ich weiß."

„Beruhigend", sagte Damaris mit hochgezogenen Augenbrauen. Paru grinste zuversichtlich. „Du wirst es schon überleben."

Als sie durch die Tür in das lauwarme Wasser tauchte, umschloss Damaris für einige Sekunden vollständige Dunkelheit. Erschrocken verharrte sie an Ort und Stelle. Noch bevor sie sich ihrer Luftknappheit bewusst wurde und Panik sie erfasste, bemerkte sie Parus Griff, der sie fortführte. Sekunden später hüllte ein Luftblasenstrahl ihr Gesicht in Luftblasen. Vorsichtig öffnete Damaris den Mund. Als sie merkte, dass das Wasser fern blieb, atmete sie erst vorsichtig, und dann tief ein. Sofort ging es ihr besser. Auch ihre Augen gewöhnten sich langsam an den dunklen Gang. Direkt neben sich konnte sie bereits die Umrisse von Paru erkennen.

Hinter der Zwelfe sah sie noch etwas anderes, auf das nun ihre Aufmerksamkeit gelenkt wurde. Viele kleine Augen, die sie bei genauerem Hinsehen überall um sich herum entdeckte. Paarweise starrten diese Augen sie an, in den verschiedensten Farben leuchtend.

Paru zog wieder an Damaris' Arm. Zusammen schwammen sie durch den Gang, von Luftblasenstrahl zu Luftblasenstrahl. Die Sicht betrug niemals mehr als wenige Meter.

Obwohl Paru ihr von der Ungefährlichkeit der Wesen hinter den Augen erzählt hatte, beschlich Damaris ein unheilvolles Gefühl. Tatsächlich folgten ihnen immer mehr Augen, und sie kamen darüber hinaus ständig näher. Leider nicht nah genug, um Genaueres zu erkennen.

Ein beunruhigender Gedanke schoss Damaris durch den Kopf: Was, wenn Meffie in diesen Gang Gefahren eingebaut hatte? Was, wenn das hier eine Falle war, um endgültig Paru und sie aus dem Weg zu räumen? Das bedrückende Gefühl machte Platz für leichte Panik. Dazu kam, dass der Gang sich sichtlich verengte. Damaris berührte nun fast mit beiden Schultern die felsigen Wände. Und zu allem Übermaß konnte sie plötzlich keine weiteren Luftblasenstrahlen mehr entdecken. Ihre Brust verkrampfte sich, sie blickte wild um sich. Paru, welche die plötzliche Veränderung wahrnahm, griff erneut nach Damaris' Arm, und zog nun heftig daran. Langsam die Beherrschung verlierend, schaute Damaris ihre Freundin an, die ihren Arm losließ, winkte, ein paar Meter vorschwamm, und dann plötzlich verschwand.

Ein Durchgang!

Schnell schwamm Damaris los, mittlerweile in schwere Atemnot kommend. Mit dem Gefühl platzender Lungen erreichte sie den Ort, an dem Paru verschwunden war. Sie zwängte sich durch einen schmalen Spalt hindurch, und die Dunkelheit wich schlagartig ausreichend weit zurück, dass sie Paru wieder entdeckte. Nur wenige Meter von ihr entfernt schwebte die Zwelfe an einem Luftblasenstrahl. Gierig füllte auch Damaris nur Sekunden später ihre Lungen mit der rettenden Luft.

Paru ließ ihr Zeit und schaute sie durch die Luftblasen hindurch an. Fragend hielt die Zwelfe ihren rechten Daumen in die Höhe.

Damaris nickte und antwortete mit derselben Geste. Nach einer kurzen Pause machten sie sich wieder auf den Weg. Der Gang war hier deutlich breiter, doch die begrenzte Sicht reichte nicht aus, um die Wände im fahlen Lichtschein zu erkennen. Kein Wunder, dass Marcus den schmalen Durchgang, durch den sie sich eben gezwängt hatten, nicht gefunden hatte.

Damaris blickte nochmal hinter sich – dorthin, wo sie den Durchgang vermutete. Er musste sich genau in der Biegung des Ganges befinden, die nun im Dunkeln lag. Wieder machte Damaris sich Sorgen. Hoffentlich wusste Paru die richtige Stelle noch. Denn Damaris würde sie wohl kaum wiederfinden.

Etwa hundert Meter schwammen sie weiter, dann berührte plötzlich etwas Damaris' Schuh. Schnell zog sie ihr Bein an ihren Körper und schaute hinter sich. Ein paar Augen schwebten dort, wo vorher noch ihr Schuh gewesen war und sahen sie an. Um die Augen herum meinte Damaris einen dunklen Schemen zu erkennen, welchen sie als den Körper des Wesens identifizierte. Es schien nicht sehr groß zu sein.

Noch während sie die Augen teils fasziniert, teils verängstigt beobachtete, tauchte ein weiteres Paar auf. Der dazugehörige Körper überragte Damaris' um einiges in der Größe. Er schien fast den gesamten Gang auszufüllen.

Nichts konnte Damaris nun noch halten. Hektisch gestikulierend überholte Damaris Paru, die, nachdem sie einen Blick nach hinten geworfen hatte, auch augenblicklich ihr Tempo erhöhte. Beide schwammen so schnell sie konnten weiter, kräftig mit den Armen und Beinen ausholend.

Am Ende ihrer Kräfte erreichten Zwelfe und Mädchen schließlich eine Tür. Mit einem Ruck riss Paru diese auf, damit den Weg in Marcus' Eintrittsraum freigebend.

Völlig außer Atem ließen Damaris und Paru sich auf den Boden des Raumes fallen. Ihre Kleider tropften. Die Beine schmerzten, genauso wie die Lunge. Um sie herum breitete sich eine Wasserpfütze aus, die Farbe der schweren Holzbretter wechselte durch die Feuchtigkeitsaufnahme von einem hellen zu einem dunklen braun.

Obwohl sie außer Atem war, schaute Damaris sofort neugierig um sich. Was sie sah, beeindruckte sie zutiefst. Im Gegensatz zu ihrem und Robins Eintrittsraum war die Grundfläche von Marcus' Version eher klein. Trotzdem waren die Dimensionen auch hier enorm, vor allem nach oben hin. Einer Bibliothek nachempfunden, bedeckten Bücher alle vier Wände. Der Eintrittsraum schien höher, als er breit

241

oder tief war. Die einzigen Unterbrechungen der massiven Bücherwand bildeten die vielen Türen – bei näherem Hinsehen schätzte Damaris ihre Anzahl auf mehrere Hundert. Um die Pforten erreichen zu können, wurde die Bücherwand alle zwei Höhenmeter durch einen Laufsteg unterbrochen. Die einzelnen Laufstege waren wiederum durch Holzleitern verbunden. Trotz der Höhe vermittelten das allgegenwärtige Holz und die farblich abwechslungsreichen Bücherrücken eine gemütliche Atmosphäre.

Damaris schaute Nika an, die ihren anerkennenden Blick mit einem Nicken in Richtung der gegenüberliegenden Wand beantwortete. Nun entdeckte auch Damaris ihn: Vor der großen Bücherwand stand ein Schreibtisch, und vor diesem Schreibtisch zeichneten sich die Umrisse eines Jungen ab. Mit dem Rücken ihnen zugewandt, war er in etwas vertieft, was von Damaris' Standpunkt aus wie ein Stück Papier aussah.

Vorsichtig näherten Paru und Nika sich dem Jungen. Ein Murmeln war zu hören:

„… ich mich richtig erinnere, war das Wasser durchsichtig … Oder war es doch blau? So'n Mist! Vielleicht sollte ich blau nochmal probieren … Aber vielleicht sind es doch die Steine … Aber die habe ich schon in allen Variationen durchprobiert. Oder nicht?" Er strich etwas auf seinem Zettel durch. „Allerdings habe ich die Steine noch nicht mit der blauen Wasserfarbe kombiniert …". Er stöhnte. „Sinnlos, sinnlos, sinnlos. Also doch erst die Bäume …"

Mit einem vorsichtigen Räuspern versuchte Damaris seine Aufmerksamkeit zu gewinnen.

„Moment …", sagte der Junge leichthin, scheinbar unbeeindruckt von der Tatsache, in seinem Eintrittsraum besucht zu werden. Er kritzelte noch ein paar Wörter auf das Stück Papier und schaute dann auf. „Hallo", sagte er, runzelte die Stirn, und fügte hinzu: „Kenne ich euch?"

„Nein", beantwortete Damaris seine Frage. „Wir sind zum ersten Mal hier, wir haben einen bestehenden Gang verwendet."

„Wirklich?" Der Junge stand auf, reichte Paru und Damaris schnell die Hand, sagte „Marcus, freut mich!" und lief dann – ohne auf Antwort zu warten – zu der von ihm aus linken Wand. Dort befand sich eine große Fläche die frei von Büchern, dafür aber mit Türen bedeckt war. Türleiste an Türleiste waren sie in die Wand eingelassen. Auf den Türen klebte jeweils ein Zettel, nur eine Einzige war noch ohne Beschriftung. Marcus hielt genau darauf zu und beklebte sie mit dem gerade beschriebenen Stück Papier. Folgendes stand darauf geschrieben:

Teilwelt „Seenlandschaft" Nr. 170
Wie Nr. 165, aber mit Pappeln

Er drehte sich um und schaute die beiden forschend an.

„Ich bin Damaris, und das ist Paru", kam Damaris seinen Fragen zuvor.

„Paru ... Irgendwie sagt mit das was ... Aber Damaris habe ich noch nie gehört", überlegte Marcus laut, und kehrte dann zu den beiden Besucherinnen zurück.

Im Schein der auf dem Schreibtisch stehenden Kerzen konnte Damaris sich nun ein besseres Bild des Jungen machen. Er war in etwa einen halben Kopf größer als sie, ziemlich dünn und hatte eine chaotische Frisur: Die blonden Haare standen in allen Richtungen ab. Außerdem trug er eine Brille, was den Gesamteindruck verstärkte, dass er mal zu einem Musterbeispiel eines verstreuten Professors heranwachsen würde. Seine Augen wurden durch die dicken Brillengläser vergrößert und wiesen einen grünlichen Farbton auf.

Marcus blieb vor ihnen stehen und betrachtete sie kritisch. Er schien sie jetzt zum ersten Mal richtig wahrzunehmen. „Ihr seid ja ganz schön nass geworden! Welchen Gang habt ihr denn genommen?"

Damaris schaute Paru fragend an, die Zwelfe antwortete mit einem Nicken. Erst dann antwortete das Mädchen: „Es war der da vorne, der Unterwassergang. Der mit den unheimlichen Augen."

Bloß bei dem Gedanken an die komischen Wesen lief es Damaris kalt den Rücken runter.

Marcus grinste.

Das war nicht die Reaktion die Damaris und Paru erwartet hatten. Wunderte er sich denn gar nicht, dass sie aus Robins Eintrittsraum kamen?

„Seid ihr den Pokémons begegnet?", fragte er interessiert.

„Was?" Damaris schüttelte den Kopf. Sie glaubte, nicht richtig verstanden zu haben. „Das waren es? Und ich habe einen Riesenbammel vor ihnen gehabt!"

Der Junge zuckte mit den Schultern. „Na ja, wenn man nicht weiß, was es für Viecher sind, können sie wirklich ziemlich angsteinflößend sein. Aber gebt nicht mir die Schuld dafür. Sie haben sich selber dort eingenistet. Ein Trend in der realen Welt, und schon ist man hier für immer mit den Nachwirkungen belastet. Nur weil die vielen kleinen Kinder von den Viechern träumen. In der realen Welt hat man es gut, dort verschwindet jedes Spielzeug irgendwann im Müll. Hier leben sie für die Ewigkeit. Da sind mir die Außerirdischen noch lieber!"

„Was für Außerirdische?", fragte Damaris, erneut beunruhigt.

„Logischerweise sind es keine wirklichen Außerirdischen …", stellte Marcus richtig, „… sondern durch Menschen erschaffene Thinks, die nach Außerirdischen aussehen sollen. Es gibt sie in rohen Mengen, da es scheinbar einer der großen Menschheitsängste ist, dass wir nicht die Einzigen im Weltall sind. Und man stelle sich vor, dass die anderen sogar technologisch höher entwickelt sein könnten! Aber diese Thinks sehen nicht nur außerirdisch aus, sie benehmen sich auch so. Oder wenigstens so, wie die Menschen es von ihnen erwarten. Dauernd kommen sie an, und wollen alles und jeden entführen und dann operieren und …", er fuchtelte wild mit den Händen um sich, das richtige Wort suchend. „… na ja, um den Opfern irgendwas einzusetzen oder so. Als ob die echten Außerirdischen nichts Besseres zu tun hätten! Aber eigentlich sind sie ganz nett, wenn man sie ..."

Er hielt mitten im Satz inne. Wie Schnee vor der Sonne verschwand das Lächeln auf seinem Gesicht und machte damit Platz für einen Ausdruck, wie Damaris ihn bei jemand erwarten würde, der gerade eine Busladung Geister vorbei hatte kommen sehen.

Mit erwartungsvoll glänzenden Augen fragte Marcus: „Moment ... Ihr seid durch den Unterwassergang gekommen?"

Damaris nickte. Das hatte aber lange gedauert!

„Durch welchen Gang? Zeigt ihn mir! Der dort?"

„Ja."

„Also ...", er schluckte trocken. „... seid ihr von Robins Eintrittsraum gekommen?"

Damaris nickte ein weiteres Mal.

„Nein, das kann nicht sein!", bestritt Marcus, wild den Kopf schüttelnd. „Ich habe überall gesucht, der Durchgang ist nicht mehr da!" Er lief zu der betreffenden Tür und zeigte auf eine weitere, ein paar Meter entfernt. „Die beiden sind verbunden. Wenn ich durch diese hier reingehe, durchschwimme ich den Gang und komme bei der dort wieder raus. An Stelle einer Verbindung zwischen zwei Eintrittsräumen – also von Robins zu meinem – gibt es nun eine Schleife: Von meinem Eintrittsraum, zu meinem Eintrittsraum."

„Warum hast du denn zwei Zugänge zur gleichen Teilwelt?", wunderte sich Damaris.

„Das war ich nicht!", erhob Marcus die Stimme. Nach einem Räuspern fuhr er fort: „Na ja, eigentlich war ich es schon. Nach dem Unfall hatte Robin mir eine Karte in den Eintrittsraum gelegt. Eine Transit-Karte. Die habe ich in gutem Glauben an die Wand gehalten. Dabei entstand die zweite Tür in die bereits abgeänderte Teilwelt. Ich habe das damals so interpretiert, dass Robin die Unterwasserwelt damit so abgeändert hatte, dass sie nicht mehr zu seiner, sondern zu meinem Eintrittsraum führte."

„Na ja, so ganz stimmt das halt nicht", belehrte Paru Marcus. „Robin hat den Durchgang nur so gut versteckt, dass er für dich fast nicht zu finden ist. Aber von seiner Seite aus ist der Weg eindeutig. Er führt direkt in deinen Teil des Ganges."

„Es ist ja nicht so, dass ich nicht nach dem Durchgang gesucht hätte. Ich vermutete schon so was. Robin war ja schon immer ein ziemliches Schlitzohr." Ein Grinsen erschien auf Marcus' Gesicht. Fröhliche Erinnerungen schienen an die Oberfläche seines Bewusstseins zu drängen. „Wie geht es ihm? Geht's ihm gut? Wo ist er?", fragte er, gierig nach Informationen.

„Ihm geht's ganz gut, er streift sorgenfrei durch Thinkit. Aber …"

„Das sieht ihm ähnlich! Wir machen uns alle um ihn Gedanken, und er macht sich eine schöne Zeit!" Marcus grinste noch breiter. „Das beruhigt mich wirklich … Aber heimzahlen tue ich ihm das noch! Da mache ich mir monatelang Sorgen!"

Kurz überlegte er, dann fasste er einen Entschluss. „Worauf warten wir noch, nichts wie los! Lasst uns zu Robin gehen! Vor allem darf er mir dann die Teilwelt zeigen, die ich nun schon 170 Mal neu gebildet habe. Immer falsch."

„Wie? Welche Teilwelt?", wunderte sich Damaris.

Marcus war schon auf dem Weg zum Schreibtisch um ein paar Papiere zu holen.

An seiner Stelle beantwortete Paru die Frage: „Da hatten wir schon drüber gesprochen. Da Marcus einfach mit dem Gedanken an Robins Teilwelten einen weiteren Gang dorthin hätte gestalten können, hat Robin wahrscheinlich etwas Grundlegendes in den Teilwelten geändert. Dadurch konnte Marcus mit dem mentalen Bild der unveränderten Teilwelten keine Gänge zu den veränderten Teilwelten schaffen. Stattdessen wurden komplett neue Teilwelten geschaffen, die Robins Kreationen aber bloß ähnelten." Paru musste lachen.

„Ganz schön viele Teilwelten in den paar Sätzen!"

„Genau …" Marcus hatte das Ende von Parus Erklärung mitbekommen und zeigte nun auf die mit Türen bedeckte Wand. „Alle diese Pforten führen zu Räumen, die Robins Teilwelten ähnlich sehen. Aber halt nicht ähnlich genug ... Alle Räume, zu denen diese Türen führen, sind bloß Kopien. Ich hatte gehofft, dass Robin nur etwas Kleines geändert hat. Zum Beispiel die Farbe des Raumes, die Tiefe des Wassers, die Art der Steine, den Typ der Bäume. Aber ihr seht ja ..." Er zeigte mit einer umfassenden Armbewegung auf die vielen Türen. „Insgesamt 345 Türen, und keine führt zu Robin. Er hat seine Teilwelten intelligent geändert. Und je mehr Zeit verstreicht, umso wahrscheinlicher ist es, dass sich noch mehr ändert. Oder dass meine Erinnerung an die originalen Teilwelten noch weiter verblasst."

Dann zuckte er die Achseln. „Aber das ist ja nun egal!" Guter Dinge marschierte Marcus los, Paru hatte große Mühe ihn zurück zu halten:

„Moment, ich habe da noch ein paar Dinge, über die wir uns vorher unterhalten sollten. Wichtige Dinge, die vor dem Treffen geklärt werden müssen."

Der Junge hielt inne. „Ich höre."

„Erstens darfst du nicht sofort zu Robin."

Damaris sah, wie sich Verwirrung in Marcus' Gesicht breit machte.

„Wieso denn nicht? Ich habe meinen Kumpel schon so lange nicht mehr gesehen. Und er schuldet mir einige Erklärungen!"

„Das mag sein, aber es gibt da etwas, was du noch nicht weißt."

„Und was?"

„Dafür sollten wir uns ein wenig Zeit nehmen", antwortete Paru und zeigte auf den Stuhl. Eine Aufforderung an Marcus, wieder Platz zu nehmen.

Angesichts des Ernstes der Lage beschlossen Damaris und Paru die Besprechung direkt vor Ort abzuhalten. Hier, in Marcus' Eintrittsraum, war es unwahrscheinlicher, als in einer von Damaris' Teilwelten, dass irgendjemand sie belauschte. Und mit irgendjemand meinten sie Meffie.

Marcus hatte zwei zusätzliche Stühle erzeugt. Nun saßen Paru und Damaris auf der einen Seite des großen, hölzernen Schreibtisches und Marcus auf der anderen. Zwischen ihnen brannten zwei Kerzen.

Sie verliehen den unendlichen Bücherreihen mit ihrem flackernden Schein ein wildes Leben.

„Dann schieß los!", eröffnete Marcus das Gespräch und lehnte sich auf die Holzplatte des Schreibtisches.

Paru machte den Anfang: „Vor über sechs Monaten hatte Robin einen Autounfall."

„Ja, das weiß ich, ich war ja dabei", erwiderte Marcus.

„Richtig. Vielleicht weißt du auch, dass die Ärzte nicht verstehen, warum Robin immer noch im Koma liegt, obwohl seine Verletzungen nur oberflächlich waren."

Marcus nickte. „Seine Mutter hat es mir erzählt. Es ist wirklich schlimm für sie. Jeden Tag wartet sie darauf, dass er wieder aufwacht."

Damaris ergriff das Wort. „Ich habe ihr geschrieben, sie hat mir von dem Unfall erzählt."

„Woher kennst du sie?"

„Ach so, richtig, das kannst du ja noch gar nicht wissen … Ich habe Robin ursprünglich hier in Thinkit kennen gelernt. Und Paru war früher seine Begleiterin."

„Ach, daher kenne ich dich!", wandte sich Marcus an Paru. „Aber lange warst du nicht bei ihm, oder? Wenigstens nicht mehr lange, nachdem ich mich auch hier in Thinkit mit ihm getroffen habe."

„Nein, als ihr beide anfingt, zusammen Abenteuer zu erleben, war Robin schon recht erfahren. Er brauchte mich nicht mehr. Aber kurz vor dem Unfall musste ich fast komplett von der Bildfläche verschwinden. Und das war die Schuld von unserem eigentlichen Problem."

Das Mädchen ergriff wieder das Wort. „Paru wurde von Robins neuer Begleiterin verdrängt, einem weißen Kaninchen namens Meffie."

„Ja, klar, kenne ich … So ein flauschiges kleines Fellbündel. Ganz nett, aber unscheinbar."

„Tja, leider nicht!", erwiderte Damaris. Sie beugte sich noch weiter über den Tisch und fing an zu erzählen.

In den nächsten fünfzehn Minuten klärten Damaris und Paru Marcus über die Geschehnisse auf. Das Gesicht des Jungen nahm mit dem Fortschreiten der Geschichte einen immer verstörteren Ausdruck an. Er unterbrach sie jedoch kein einziges Mal. Als die beiden Freundinnen ihre Berichterstattung beendet hatten, breitete sich Schweigen in dem großen Raum aus. Damaris und Paru störten Marcus nicht beim Nachdenken. Es war verständlich, dass er zum Verdauen der eben gehörten Geschichte ein wenig Zeit brauchte.

Nach ein oder zwei Minuten stand Marcus auf. Er ging ein paar Schritte, setzte sich wieder hin, überlegte ein wenig mehr und stand nochmal auf. Als er sich zum zweiten Mal an seinen Platz setzte, schweifte sein Blick nicht mehr in die Ferne, sondern war auf seine beiden Besucherinnen gerichtet.

„Na gut, alles verstanden ... Und mir über eins im Klaren: Wir müssen schnell handeln!" Bekräftigend schlug er mit der flachen Hand auf den Tisch. „Denn jeder Tag, der verstreicht, entfremdet Robin mehr von seinem Körper. Und je mehr er sich entfremdet, umso schwerer wird es für ihn, seinen Körper wieder einzunehmen."

„Wieso denn das?", fragte Damaris.

„Na, weil ..." Marcus überlegte kurz. „Ach was, ich lese es euch lieber vor. Wartet kurz!"

Er ging rechts am Schreibtisch vorbei und griff sich ein offensichtlich vielgelesenes Buch; die Ecken des Werkes waren stark angestoßen.

Marcus schlug das Buch auf, räusperte sich und las vor: „Entfremdungssyndrom. Eine große Gefahr besteht für den Menschen, wenn seine reale Form anfängt, zu stark von seiner Thinkit-Form abzuweichen. Dies ist sowohl in Bezug auf sein Äußeres, wie auch auf seine Persönlichkeit aufzufassen. Es folgt nun eine genaue Erklärung der beiden grundsätzlichen Fälle."

Er blickte kurz auf, überprüfte, ob sie ihm folgen konnten. Dann fuhr er fort. „Zuerst das Entfremdungssyndrom nach Persönlichkeit: Ein Mensch mit verändertem Selbstbild in Thinkit findet sich unter Umständen nicht mehr mit seinem wirklichen Ich zurecht. Er flüchtet immer mehr in die Traumwelt und verliert jeglichen realen Bezug. Auf Dauer verlässt er Thinkit für immer kürzere Zeiträume, er schläft immer mehr und steigert sich in seine Thinkit-Persönlichkeit hinein. In dem begrenzten Zeitraum, den er noch in der realen Welt verbringt, glaubt er nach wie vor seine Thinkit-Persönlichkeit zu sein. Er kann nicht mehr unterscheiden zwischen seiner Persönlichkeit in Thinkit und in der realen Welt. Dies birgt somit eine Gefahr in der realen Welt in sich, da er Situationen falsch einschätzt, seine Kräfte und Möglichkeiten unter Umständen überschätzt."

Erneut sah er auf. „Das ist bei Robin wohl nicht das Problem."

Er senkte den Blick und las weiter: „Zweitens das Entfremdungssyndrom nach Körper: Verbringt ein Mensch eine längere Zeit in schlafähnlichen Zustand, so kann sein Körper sich in diesem Zeitraum verändern, während sein Selbstbild in Thinkit nicht angepasst, oder anders angepasst wird. Schreitet diese Entwicklung zu stark voran, so verliert die betroffene Person den eigentlich gegebenen starken Bezug zu ihrem Körperschatten, sie entfremdet sich ihres materiellen, ihres echten Körpers. Sie kann sich zwar noch mit diesem verbinden, aber ihr Vorrecht auf Benutzung des Körpers ist bedroht. Nun ist es deshalb auch für andere Menschen, die in Thinkit verweilen, möglich, sich des realen Körpers …"

„Moment, gleich kommt der interessante Teil!", unterbrach Marcus sich selber. Er überschlug einen Teil des Textes. „Hier … Dauert die Entkopplung zwischen Körper und Seele über einen zu langen Zeitraum an, so verblasst der Körperschatten, der den Wiedereintritt in die reale Welt ermöglicht. Die Rückkehr wird unmöglich, oft wird dieser Zustand als Koma bezeichnet. Je länger die Komaphase andauert, umso unwahrscheinlicher und schwieriger wird eine Rückkehr des Geistes in den realen Körper."

Marcus klappte das Buch zu.

„Steht irgendwas über dem Zeitraum darin?", fragte Damaris, sichtlich beunruhigt. „Irgendwas, was uns sagen kann, wie viel Zeit noch bleibt?"

Marcus schüttelte den Kopf. „Nein. Nur, dass es von Person zu Person unterschiedlich sein kann. Aber keiner hat unendlich viel Zeit. Es gibt zwar Leute, die nach Jahren noch aus dem Koma aufwachen, aber das ist die Ausnahme, und sie müssen anschließend alles neu lernen. Nicht, weil sie nicht grundsätzlich wissen wie es geht, sondern weil sie vergessen haben, wie sie es mit ihrem Körper machen können. Sie müssen neu laufen lernen, neu lesen, neu sprechen."

„Wie ein kleines Kind", überlegte Damaris.

„So ungefähr ... Aber ihr Gehirn ist nicht das eines kleinen Kindes. Ihnen fehlt nur die Übung im Umgang mit ihrem Körper. Sie wissen nicht mehr, wo und wie sie die Fäden ziehen müssen. Wie ein Marionettenspieler, dem alle Drähte durcheinandergekommen sind, und der sie nun wieder ordnen muss."

Der Schrecken in Damaris' Augen zeigte sich immer deutlicher. „Aber so weit ist es doch bei Robin noch nicht, oder?"

„Das glaube ich nicht", erwiderte Marcus, nach Damaris' Geschmack nicht überzeugend genug. „Aber umso früher er den Weg zurück findet, desto besser."

Damaris brauchte kurz, die beunruhigenden Nachrichten zu verarbeiten. Auch Marcus schien in Gedanken versunken zu sein.

Ein paar Mal schaute Paru von der geistig abwesenden Damaris zu dem schweigenden Marcus, dann positionierte die kleine Zwölfe sich trotzig vor die beiden Jugendliche. Die Hände hatte sie in die Seiten gestemmt. „Dann bin ich dafür, dass wir uns sofort auf den Weg machen! Zu dritt werden wir Meffie wohl die Stirn bieten können!"

Ihre Frisur wackelte bei diesen Worten hin und her, wie um ihren Worten Kraft zu verleihen. „Und wenn nicht, dann wird Marcus' Anwesenheit uns wenigstens Robins Aufmerksamkeit schenken. Auf Drei wird er hören müssen!"

Mit Nachdruck sah Paru das Mädchen an. „Damaris, du machst einen neuen Gang zu deinem Eintrittsraum. Von da aus gehen wir dann durch den Gang zu Robins Eintrittsraum."

„Ja … natürlich." Von Parus Eifer angesteckt, lief Damaris sofort zu der Fläche mit den vielen Türen.

Mit seinem Buch bewaffnet kam nun auch Marcus heran, dicht gefolgt von Paru, die ihn aufgescheucht hatte. „Hier wird das aber nichts, in meinem Eintrittsraum kannst du nichts ändern", erklärte er. Dann zeigte er auf eine der Türen. „Aber in der Teilwelt dort schon."

Wie aus dem nichts erschien eine Tür an einer bisher freien Stelle, drei Stockwerke höher.

Die Rettungsmission nahm seinen Anfang.

Kapitel 24: Täuschungsmanöver

Mit einem Lächeln auf den Lippen löschte Robin das Licht, lief zum Bett, und kuschelte sich in die Decke. Zufrieden schloss er die Augen und fing sofort an, in das Reich der Träume abzudriften. Er bekam nicht mehr mit, wie zwei bedrohliche Augen hinter dem Schrank hervorlugten, ihn beobachteten und das dazugehörige Wesen sich dann – ohne ein Geräusch zu machen – zum Bett begab, kaum dass Robin die Reise zu seinem Körperschattenraum angetreten hatte.

Robin betrat von seinem Körperschattenraum aus seinen Eintrittsraum, sich nach Meffie umschauend.

„Komisch …", murmelte er. Normalerweise wartete Meffie immer auf ihn. Aber dann stellte er fest, dass ihm ihre Abwesenheit eigentlich sehr gelegen kam, denn so brauchte er ihr nicht auszuweichen, sich nicht vor ihr davon zu schleichen.

Er hatte sich alles schon genau überlegt, sich einen Plan erarbeitet: Zuerst würde er den Weg zu Damaris' Eintrittsraum nehmen. Den Weg, den sie selber angelegt hatte, als sie seine Transit-Karte an die Mauer gehalten hatte. Dort würde er warten. Sobald sie auftauchte, war eine Aussprache fällig und sie würden sich wieder versöhnen.

Soweit der Plan …

Ein wenig gespannt, aber durchaus siegessicher überquerte Robin schnell die große Halle. Nichts wies darauf hin, dass vor etwa einer halben Stunde Paru und Damaris durch diesen Raum gegangen waren. Im Gegensatz zu Damaris würdigte Robin das Wasser keines Blickes. Für ihn war das alles längst bekannt und nicht der Rede wert.

In seiner Hast und durch seine Unvorsichtigkeit rutschte er an einer nassen Stelle aus und trat neben einen Stein und damit ins Wasser. Das Wasser war nicht tief – knapp fünf Zentimeter –, aber es ärgerte ihn trotzdem.

„Zu glatt, diese Steine!", sagte er gereizt. Mit einer kurzen Handbewegung senkte sich in alle Steinoberflächen ein Relief. Das diffuse Licht, welches aus dem Wasser stammte, kreierte nun ein verworrenes Schattenspiel auf dem Marmor. Zufrieden mit dem neuen Aussehen seines Eintrittsraums betrat Robin die Pforte.

Robins Blick streifte die majestätischen Säulen der Kathedrale. „Wirklich imposant!", murmelte er. „Jedes Mal wieder." Schnell blickte er sich um. Damaris war nicht da. Natürlich war es unwahrscheinlich gewesen, sie hier zu einem beliebigen Zeitpunkt anzutreffen, aber er hatte gehofft, dass er entsprechend Glück haben würde. Angesichts der Tatsachen war es nun wohl am besten, wenn er an dem Eintrittsportal auf sie warten würde. War sie schon unterwegs in Thinkit, so musste sie irgendwann zurückkehren. War sie noch in der realen Welt, so würde sie früher oder später ihren Eintrittsraum betreten.

Während er sich dem Portal zu ihrem Körperschattenraum näherte, fielen Robin zwei Beine auf – bekleidet in Jeans –, welche aus dem Portal herausragten. Als diese sich plötzlich bewegten, erschien ein Moment später der gesamte Körper hinter der Steinkante der Pforte. Ohne Gruß stieg Damaris aus dem Portal und schaute Robin abwartend an. Zumindest vermutete er das, denn ihre Augen waren hinter einer Sonnenbrille versteckt.

Das Mädchen schien nicht unbedingt froh, ihn zu sehen, musste Robin sich eingestehen. Und das verunsicherte ihn. Mit einem etwas weniger federnden Tritt näherte er sich Damaris. „Hi, hast du auf mich gewartet?", fragte er, noch bevor er sie erreicht hatte.

„Ja, ich wusste, dass du früher oder später hier auftauchen würdest. Den Weg habe ich dir mit Absicht gelassen, sonst hätte ich die Pforte schon längst zerstört."

Ihre Stimme klang hart. Wenn sie froh war, ihn zu sehen, so konnte Robin das beim besten Willen nicht heraushören.

„Ich war mir erst nicht sicher, ob ich kommen sollte. Mein Verhalten war ja nicht so toll. Aber als du mir nicht zurück geschrieben hast, da wollte ich dann doch sicher gehen, dass du mich nicht hasst." Robin hatte den letzten Satz mit einem Lächeln ausgesprochen, das ihm nun aber auf den Lippen erstarb. Denn Damaris machte keine Anstalten es zu erwidern. Sie schaute ihn stattdessen weiter mit demselben kalten Gesichtsausdruck an.

Beide schwiegen sie einen Moment lang, dann kratzte Robin sich verlegen hinterm Ohr. Die Stille war ihm irgendwie peinlich. „Uhm, also bist du doch noch böse?"

„Ich bin nicht wirklich böse. Nur ein wenig enttäuscht." Immer noch dieser frostige Tonfall!

„Enttäuscht? Von mir?"

„Eigentlich mehr von mir selber. Ich habe durch Unüberlegtheit meine schöne Strategie in den Sand gesetzt."

Verwirrt schaute Robin Damaris an. „Was für Strategie?"

„Na ja, ein wenig Krieg und Frieden spielen. Personen gegen einander aufhetzen. Freundschaften untergraben."

Wovon sprach sie bloß? Robin konnte sich keinen Reim darauf machen. „Welche Freundschaften?"

„Welche wohl? Die von Meffie und dir."

„Du wolltest meine Freundschaft mit Meffie zerstören?", fragte Robin, wie vor den Kopf gestoßen.

„Na ja, es ist halt so eine Art sportliche Herausforderung. Es macht mir Spaß, Leute aus der Reserve zu locken." Das Mädchen sagte dies beiläufig, die rechte Hand in die Hosentasche steckend, während sie mit der linken eine wegwerfende Bewegung machte. „Du würdest dich wundern, wie einfach es ist, die meisten Menschen zu verunsichern, sie an ihren besten Freunden zweifeln zu lassen."

Robin sah sie entgeistert an, nicht so recht wissend, ob er die Bedeutung ihrer Worte wirklich richtig verstanden hatte. „Also hast du Meffie verleumdet, einfach um unsere Freundschaft zu beschädigen? Aber warum?"

„Warum, warum! Muss denn immer alles einen Grund haben?" Damaris wandte sich ab, es sah fast so aus, als wollte sie gehen. Aber dann überlegte sie es sich doch noch anders und sie drehte sich wieder um. „Mir war halt langweilig. Ich reagiere mich hier in Thinkit nachts ab, wenn ich mal wieder einen schlechten Tag in der Schule, oder Streit mit meiner besten Freundin hatte. Aber bei dir war ich ein wenig zu voreilig, ich habe dich unterschätzt. Die Sache mit dem Formwandeln war wirklich dumm von mir. Klar, dass auch du weißt, dass das eine Eigenschaft ist, die nur Menschen besitzen. Meffie konnte dementsprechend gar nicht die Form eines Panthers annehmen."

Sie schaute ihn kühl an, während Robin mit offenem Mund da stand, nicht fassen könnend, was sie ihm gerade erzählt hatte.

Damaris machte eine verärgerte und abwehrende Handbewegung. „Na entschuldige, ich war auf der Pyramide gerade so gut in meiner Rolle! Da ist mir die Fantasie durchgegangen."

Ein spöttisches Lächeln erschien um ihren Mund. „Tröste dich, wenigstens bist du nicht dumm. Andere haben mir schon schlimmere Patzer durchgehen lassen."

Robin brach seine Starre und lief grimmig hin und her, blieb stehen, wollte was sagen, lief dann aber doch weiter, hielt wieder an und drehte sich erneut um.

Damaris beobachtete dies alles mit einer bewundernswerten Gelassenheit. Letztendlich sprach sie ihn an: „Was denn nun? Mir ist schon klar, dass es das jetzt war. Ich habe dich reingelegt, du bist beleidigt, bla, bla, bla. Das ist für mich nicht das erste und bestimmt auch nicht das letzte Mal. Du lebst deine Träume weiter, ich suche mir meinen Spaß irgendwo anders. Ist nichts Schlimmes passiert, also brauchen wir uns nicht groß Vorwürfe zu machen. Oder wie siehst du das?"

„Du hast wirklich … Ich kann es nicht fassen!"

Robin lief plötzlich auf Damaris zu. Er verspürte einen Hauch von Genugtuung, als sie anscheinend erschrocken einen Schritt vor ihm zurückwich. „Da zeige ich dir meine Teilwelten, und du versuchst mich aufs Glatteis zu führen! Du versuchst Meffie was anzuhängen, wo doch gerade sie mir geraten hat, von anderen Menschen fern zu bleiben! Und gerade du, als ein Mensch, hättest es fast geschafft, meine Freundschaft mit ihr zu zerstören!"

Damaris lächelte. „Na siehst du, da hatte sie im Endeffekt doch Recht! Hättest du dich von mir fern gehalten, hättest du weniger Ärger gehabt." Sie wiegte mit einem Grinsen den Kopf. „Aber du wolltest ja anscheinend nicht hören ... Tz, tz!"

Kopfschüttelnd sah Robin Damaris an. Dann drehte er sich um und lief schnurstracks zur Tür zurück.

„Wie?", rief Damaris ihm hinterher. „Kein Lebewohl?"

Kurz hielt Robin inne, den Türknauf der offenen Tür in der Hand. Er rang mit sich, schluckte jedoch jeglichen Kommentar hinunter, drehte sich nicht einmal mehr um, und schritt durch die Tür. Mit der Absicht niemals zurück zu kehren.

Nach Robins Abgang wartete Damaris noch eine Weile und pfiff dabei ein fröhliches Lied. Die massiven Mauern warfen ihre Melodie mehrfach zurück. Sie schlenderte ein wenig an der Mauer entlang und lief schließlich zu der Tür, die Robin sich geschaffen hatte. Ein unangenehmes Grinsen verunstaltete ihr Gesicht, als sie die Tür öffnete und die Steinmauer dahinter sah. Offensichtlich hatte Robin keinen Moment gezögert und den Durchgang sofort unbrauchbar gemacht.

Damaris vergewisserte sich, dass niemand in Sichtweite war, dann lief sie zum nächstgelegenen Durchgang, öffnete ihn und warf einen Blick in den sich auftuenden Tunnel hinein. Ihr rechter Fuß war bereits über die Schwelle, als sie inne hielt. „Ach, fast hätte ich es vergessen!", kicherte sie. „Die Maskerade ist zu Ende ..."

Damaris zerschmolz. Ihre Gesichtszüge zerliefen, die Arme und Beine wurden kürzer und sie schrumpfte. Übrig blieb eine Gestalt in der Form eines Kaninchens. Ein Kaninchen mit weißem Fell und grauen Augen.

Einen letzten schnellen und prüfenden Blick, dann sprang Meffie durch die Tür. Von der nun zu besuchenden Teilwelt aus würde sie mit einer Transitkarte direkt zu Robins Eintrittsraum reisen und den Durchgang dann mittels der dazugehörigen Kontra-Karte wieder zerstören. Der gutgläubige Robin hatte ihr gleich mehrerer dieser Kartensets gegeben.

In ihrer Eile überhörte das Kaninchen den Ruf, der ihr galt, und der noch einige Sekunden lang in den Kathedralen nachhallte.

Kapitel 25: Ausgetrickst

Die Teilwelt, welche sie von Marcus' Eintrittsraum aus betraten, bestand bloß aus einem kargen, weißen Raum. Hier kreierte Damaris einen neuen Durchgang, welcher sie zu ihrem Eintrittsraum brachte. „Jetzt bin ich mal gespannt!", sagte Marcus, als sie zusammen durch die neu entstandene Pforte gingen.

Während Marcus noch interessiert um sich schaute, war Damaris bereits auf dem Weg zur Tür, welche ihren Eintrittsraum mit dem von Robin verband. „Nicht schlecht!", urteilte Marcus, der direkt hinter Damaris das Seitenschiff betrat.

Noch bevor Damaris reagieren konnte, hörte sie, wie eine Tür zuschlug. Suchend schaute sie um sich. „Hm, das war bestimmt Nika, die mein Zimmer in einem vollkommenen Chaos hinterlassen hat. Wahrscheinlich ist ihr jetzt langweilig, nachdem sie alles über den Haufen geworfen hat."

„Da ist was!", sagte Marcus und zeigte schräg nach oben auf das Gewölbe der Kathedrale.

Als Damaris erkannte, wer es war, massierte sie sich stöhnend die Schläfen. „Oh nein! Womit habe ich das bloß verdient?"

Auch Paru hatte den Besucher nun erkannt; im Gegensatz zu Damaris schien sie sich zu freuen.

„Bullie!", schallte das Echo auf Parus Begrüßungsruf durch die Kathedralen.

Verwirrt blieb der junge Stier stehen und suchte nun seinerseits die Umgebung ab.

Paru winkte hektisch und machte sich auf den Weg, auf dem Fuße gefolgt von Marcus. Nur widerwillig schloss sich Damaris den anderen an.

Freudig begrüßte Bullie Paru und mit noch größerem Aufsehen Damaris. „Hallo meine Schöpferin! Wie ich dich vermisst habe!

Unbedingt wollte ich dich wiedersehen, tagelang habe ich nur an dich gedacht!"

Damaris fiel auf, dass er an seiner Ausdrucksweise gearbeitet hatte. Immerhin etwas.

Nun nahm Bullie auch Marcus wahr. „Und dieser junge Herr! So klug in seiner Freundeswahl! Nicht jeder hat die Ehre, die begabte Damaris zu seinen Freunden zu zählen! Ist sie nicht toll? Ist sie nicht super intellega ... intilleg ... schlau! Ist sie nicht ..." Er hielt plötzlich inne, legte den Kopf schräg und musterte Marcus eingehend und mit kritischem Blick. „Wer bist du denn überhaupt?"

„Marcus, sehr angenehm", sagte dieser und hielt Bullie seine Hand hin.

Damit war jeglicher Argwohn beseitigt; der Stier hob seine rechte Hufe, platzierte sie in die Hand des Jungen und stellte sich vor. „Bullie, Kreation von Damaris, persönlicher Bewacher der höchst Begnadeten!" Sein Stolz war nicht zu übersehen, die Brust hatte er weit vorgestreckt.

Er wandte sich wieder Damaris zu. „Wo war ich?"

Damaris zuckte mit den Schultern.

„Uhm ..." Ein Runzeln legte Bullies Stirn in Falten.

Paru half ihm grinsend auf die Sprünge, bevor er sich in seinem Gehirn verlaufen konnte. „Du drücktest gerade deine Bewunderung für Damaris aus."

„Ja richtig!", rief Bullie fröhlich. „Danke, Paru!"

Damaris schickte Paru einen vernichteten Blick.

„Du weißt nicht, wie unerträglich es ohne dich war!" Bullie schaute Damaris mit leidvoller Miene an. „Wo ich dir doch dauernd nahe sein will, um dich weiter beschützen zu können. Wie damals auf dem Piratenschiff, weißt du noch?"

Damaris nickte kurz, fast nicht wahrnehmbar.

„Aus lauter Verlangen nach deiner Gesellschaft habe ich dir sogar ein Gedicht geschrieben! Es geht so." Bullie setzte sich auf sein

Hinterteil, räusperte sich, hob die linke Hufe in die Luft und die rechte in Richtung Damaris.

„Damaris, meine Schöpferin
Ich fasse es nicht; durch dich ich bin
Damaris, meine Macherin
Ich bin dir so dankbar, du warst mein Beginn
Damaris, meine Herstellerin
Ich bin, ich bin, es geht mir nicht in den Sinn
Damaris, meine Produzenterin
So ich …"

„Bullie!", rief Damaris. Sie fühlte bereits, wie Kopfschmerzen im Anmarsch waren. „Sehr schön, Bullie, aber bitte, wir haben jetzt keine Zeit."

Eine Spur beleidigt schaute Bullie sie an. „Später aber?", fragte er hoffnungsvoll.

„Ja, klar", antwortete Damaris, während sie sich Marcus zuwandte, der sich vor Lachen immer noch den Bauch hielt. „Ertrage du das mal länger als fünf Minuten!", zischte sie ihm zu.

„Brauche ich nicht", erwiderte er mühsam. „Ich bin ja nicht seine Produzenterin." Ein neuer Lachanfall bahnte sich an.

„Warum hast du das eigentlich gerade gemacht, Damaris?", fragte Bullie. „Dich in ein Tier verwandelt und so?"

Damaris speiste ihn mit einer müden Handbewegung ab und ging auf Paru zu. „Später, Bullie. Wir haben gerade einfach zu viele Probleme. Paru, wenn du Marcus beruhigen würdest, dann könnten wir …"

Sie hielt inne. „Bullie! Wie war das gerade?"

„Hm?"

„Was sagtest du gerade?" Mit wenigen Schritten erreichte sie den Stier. „Dass ich mich in ein Tier verwandelt habe?"

„Na ja, ich kam aus meiner Teilwelt, aus der Tür da vorne ...", er zeigte in die betreffende Richtung, „... und sah dich dann dort vorne an der Tür. Erst wollte ich mich an dich heranschleichen, um dich zu überraschen – du kennst mich ..." Er grinste sie an und Damaris musste ungeduldig gestikulieren, um ihn zum Weiterreden zu bringen. „Auf jeden Fall war ich noch relativ weit von dir entfernt, da hast du dich plötzlich verwandelt. Ich wusste übrigens nicht, dass du das schon kannst, mein Glückwunsch, ich habe nie an dir gezweifelt! Danach gingst du durch die Tür. Ich rief dir noch hinterher, aber du hast mich wohl nicht mehr gehört."

„Ich habe mich verwandelt? Wie das? Ich meine: In was?"

Verwirrt schaute Bullie seine Schöpferin an. „Nun ... Erst warst du ja du selber, dann aber halt nicht mehr. Dabei sahst du wirklich sehr süß aus, so als Kaninchen."

Damaris schloss die Augen und atmete tief ein. Dann drehte sie sich zu Paru um. „Meffie war hier."

Paru nickte mit schwerer Miene. „Die Frage ist nur, warum?"

Damaris strich sich die Haare aus dem Gesicht. „Welche Tür habe ich vorhin gebraucht, Bullie?"

Bullie wies auf eine ihr unbekannte Tür. Wie erwartet befand sich dahinter kein Tunnel. Als Damaris daraufhin die Pforte zu Robins Eintrittsraum öffnete, sah sie auch dort nichts als eine grob gemauerte Wand.

Die Verbindung zu Robins Eintrittsraum existierte nicht mehr.

Kapitel 26: Die Suche nach Robin

„Es kann natürlich ein Zufall sein, aber genauso gut ist es möglich, dass Meffie von eurer Absicht weiß", meinte Marcus, „Immerhin hat Meffie gerade erst den Durchgang zerstört. Vielleicht warten wir erstmal eine Weile, bevor wir direkt in eine Falle laufen."

Nachdenklich hörten Damaris und Paru Marcus an. Beide waren sich nicht wirklich sicher, ob sie ihm Recht geben sollten. Bullie verhielt sich ruhig und stand etwas abseits. Sein liebevoller Blick galt Damaris.

„Wir sollten erstmal in Ruhe über alles nachdenken. Außerdem wird Meffie gerade jetzt erwarten, dass wir etwas unternehmen. Mal ganz davon abgesehen, geht es schon schwer auf den Morgen zu", beschwor Marcus die anderen. „Nichts überstürzen, okay? Eine kleine Pause."

„Eine Pause wovon?", fragte Damaris leicht verärgert, „Wir haben doch noch gar nichts gemacht!"

Marcus' Antwort ging in einem lauten Gruß unter. Tina kam auf sie zu.

„Na, wart ihr erfolgreich?"

Damaris schüttelte den Kopf. „Die Pforte ist geschlossen worden. Wohl durch Meffie. Und Marcus hier ... Ach so, genau, das hier ist Marcus, ein Freund von Robin." Damaris zeigte auf den Jungen, vergaß aber Tina vorzustellen. „Also, Marcus glaubt, wir sollten heute Nacht nichts mehr unternehmen, und uns erst mal in Ruhe Gedanken über alles machen. Robin wird wohl nichts passieren; wir glauben nicht, dass Meffie ihm etwas antun wird."

„Hi, ich bin Tina", holte der Think Damaris' Versäumnis nach. „Du bist also der Denker hier, was?" Sie schenkte dem drahtigen Jungen einen interessierten Blick, bevor sie wieder das Wort an Damaris richtete. „Vermutlich hat er Recht."

Auch Paru nickte, zu Damaris' Ärgernis. Das Mädchen gab sich geschlagen. „Na schön, mir bleibt ja wohl nichts anderes übrig."

Kapitulierend hob sie die Schultern. Dabei war sie eigentlich ganz froh, dass sie sich nun nicht Hals über Kopf in irgendwelche Gefahren stürzen musste. Außerdem konnte sie das Gefühl nicht abschütteln, irgendwo in den Schatten der Kathedralen hockte Meffie und lauschte auf jedes Wort.

Damit schien der Damm gebrochen, die Gruppe löste sich auf. Marcus verabschiedete sich als erster. „Ich mache mich auf den Weg. Muss bald aufstehen. Morgen treffen wir uns wieder, okay? Bis dahin habe ich mir einen Plan ausgedacht."

„Okay. Morgen Nachmittag hier, wir suchen uns dann einen guten Ort zum Reden", erwiderte Damaris. Dann fiel ihr noch etwas Wichtiges ein. „Ach ja, Marcus? Danke!"

Marcus schüttelte den Kopf. „Nein, ich danke euch." Dann drehte er sich um und kehrte in seinen Eintrittsraum zurück.

„Wir sind komplett!", verkündete Marcus. Zufrieden sah er in die Runde. Dieses Mal waren neben Bullie, Paru und Tina auch Nika und Bonnie dabei. Zu siebt saßen sie auf kleinen Hockern, die um einen schweren runden Holztisch gruppiert waren. Der Raum, in dem sie sich befanden, war nicht sehr viel größer, als der Platz, den die Besucher beanspruchten. Es handelte sich um eine große Luftblase, die – von dunkelblauem Wasser umgeben – irgendwo zwischen der Wasseroberfläche und dem Grund eines Sees schwebte. An der Innenhaut waren mit Hilfe von kleinen Luftbläschen vier Buchstaben geformt; D.L. und ein Stück daneben M.B. Die jeweiligen Durchgänge zu den Eintrittsräumen von Damaris und Marcus. Ein diffuses Licht, ohne erkennbare Quelle, färbte alle Anwesenden grünlich. Das tiefblaue Wasser bot vielleicht nicht den schönsten Ausblick, aber hier fühlten sich die Freunde zumindest vor unerwünschten Zuhörern sicher. Die neugierigen aber wenig intelligenten Fische, die immer wieder an der Blase entlang schwammen, zählten nicht.

Es war Samstagnachmittag. Sie hatten sich auf diese Zeit geeinigt, da die Wahrscheinlichkeit, Meffie am Tage zu treffen, kleiner schien.

Damaris hatte ihre Eltern gebeten, sie nicht zu stören. Als Ausrede hatte sie Hausaufgaben genannt.

„Anscheinend ist Meffie ein äußerst begabter Mensch", leitete Marcus das Gespräch ein. „Und sie ist gefährlich, auch wenn wir sieben zu eins sind. Daher sollten wir uns genau überlegen, ob und was wir machen."

„Das heißt?", fragte Paru herausfordernd. „Sollen wir Robin nicht helfen, ihn einfach seinem Schicksal überlassen?"

„Nein, auf keinen Fall!", sagte Damaris energisch.

Marcus hob beruhigend die Hände. „Das habe ich doch gar nicht gesagt! Immer mit der Ruhe!"

„Was wolltest du dann sagen?", hakte Paru nach.

„Ich wollte nur darauf hinweisen, dass wir bei Meffie vorsichtig sein sollten. Wir wissen nicht, was sie noch so alles kann. Sie hat euch schon mehr als ein Mal überrascht. Vielleicht richten wir nur noch mehr Schaden an."

Hierauf lieferten sich Paru, Damaris und Marcus ein hitziges Wortgefecht, bei dem Bullie vor Aufregung fast durch die Blasenwand gefallen wäre. Zuerst froh über die Ablenkung, dann aber gelangweilt bohrte Nika in der Nase.

Es war Tina, die schließlich dazwischen ging. „Leute, das bringt nichts! Schritt für Schritt! Wenn Meffie gefährlich ist, dann sollten wir ihr aus dem Weg gehen. Wie bekommen wir das unter einen Hut damit, dass wir Robin kontaktieren wollen?"

Damaris meldete sich fast sofort und sie schnitt damit Marcus das Wort ab, der heftig nickte und auch gerade etwas sagen wollte. „Könnten wir nicht versuchen, irgendwie Kontakt mit ihm aufzunehmen? Vielleicht können wir ihm irgendwie eine Nachricht zukommen lassen."

Die fehlende Reaktion der anderen zeigte, was sie von der Idee hielten.

Marcus räusperte sich. „Also … Wenn ihr mich hättet ausreden lassen: Ich wollte genau darauf hinaus, was Tina ausgesprochen hat.

Meffie aus dem Weg gehen, aber Robin kontaktieren. Ich hatte überlegt, ob wir dazu nicht noch weitere Unterstützung holen sollten."

„Und von wem?", wollte Damaris wissen.

„Ich hatte gehofft, ihr habt eine Idee", gab Marcus zu.

Ohne zu zögern schüttelte Damaris den Kopf. „Keine Ahnung. Ich kenne hier keine weiteren Menschen. Bis auf diesen Chinesischen Jungen, aber ich habe keine Ahnung, ob ich ihn wiederfinden würde und ob er überhaupt helfen würde." Sie sah in die Runde – auch die anderen scheinen keine Idee zu haben. So wandte sie sich wieder Marcus zu. „Hatte Robin nicht noch andere Freunde, mit denen er sich auch in Thinkit traf?"

„Eigentlich nur mich und eine Zeitlang Phirrio."

„Phirrio ...", sagte Damaris nachdenklich. „Irgendwo habe ich den Namen schon gehört. Wahrscheinlich bei Robin. Kannte Robin ihn auch im realen Leben, oder nur ein Thinkit?"

„Phirrio Kamenz war ein Schulkamerad. Aber ..." Marcus sah Damaris forschend an. „Weißt du denn nicht, dass auch er in den Unfall verwickelt war?"

„Was? Nein! Das hat Robin nie erzählt! Ich erinnere mich jetzt, dass er meinte, dass sein Kumpel hinter ihm fuhr. Phirrio also. Aber nicht, dass er auch verunglückt ist. Was ist ihm denn passiert?"

„Er liegt auch im Koma."

Damaris atmete lautstark ein.

„Und er ist genauso unauffindbar wie Robin", fuhr Marcus fort. „Wobei es ihn auch schlimmer erwischt hat. Bei ihm sind die Ärzte eher skeptisch, ob er jemals wieder aufwachen wird. Er hat sozusagen zwischen dem Auto und Robin gesteckt. Die volle Wucht des Autos hat er abbekommen, nicht Robin."

„Wenn er wirklich so schlimm verletzt wurde, dann ist es doch wahrscheinlich, dass er wirklich den Weg verloren hat, und in Thinkit irgendwo herumläuft. Oder?" Tina schaute Marcus mit fragendem Blick an. „Er kann wirklich nicht mehr zurück in seinen

Körperschatten." Damaris und Paru hatten ihr von den Textpassagen in Marcus' Buch erzählt.

Marcus schien nervös, er schob sich zum wiederholten Mal die Brille zurecht. „Vermutlich. Robin aber hoffentlich schon noch. Und wenn wir niemanden wissen, der uns unterstützen kann, dann sollten wir keine weitere Zeit verschwenden. Wer weiß: Nachher ist der letzte Weg zu Robin, von dem wir noch wissen, auch verschwunden."

„Was? Es gibt doch noch einen Weg zu Robin?", fragte Damaris aufgeregt. „Warum hast du das nicht früher gesagt?"

„Ich habe nicht geglaubt, euch darauf hinweisen zu müssen", erwiderte Marcus verwirrt.

„Wie? Wo ist er denn?", erkundigte sich Paru.

„Genau dort, wo ihr ihn letztes Mal verlassen habt."

Damaris schlug sich theatralisch mit der flachen Hand auf die Stirn. Trotz der Größe des Raumes gab es kein Echo: Die vielen Bücher in Marcus' Eintrittsraum absorbierten den Schall. „Es ist doch echt unfassbar, dass wir nicht selber darauf gekommen sind, oder Paru?"

„Vor allem, wo wir doch erst vorhatten, so zurück zu gehen."

„Nicht, dass ich darauf brenne, da nochmal reinzugehen." Unglücklich schaute Damaris die Schwärze an, die nicht im Ansatz verriet, was sich dahinter verbarg. Nur schon beim Gedanken an das, was sie erwartete, schauderte es ihr.

Leider blieb den Freunden keine andere Wahl.

„Viel Erfolg!", wünschte Tina.

„Viel Glück!", brummte Bonnie, der von Tina gehalten wurde.

Einer nach dem anderen stiegen Paru, Damaris und Marcus in den Unterwassergang, Marcus' Eintrittsraum und die anderen hinter sich zurück lassend.

So schnell sie nur konnten, durchquerten sie die nasse und gespenstische Dunkelheit. Obwohl es sich um weniger als eine Minute handeln musste, kam Damaris die Zeit unter Wasser wie eine

267

Ewigkeit vor. Sie mussten ein wenig suchen, fanden aber schließlich den verborgenen Durchgang zu Robins Hälfte des Tunnels. Erleichterung durchströmte Damaris, als sie tropfend aber wohlbehalten Robins Eintrittsraum betrat.

Als Marcus sich neben Damaris stellte, war der Streit längst vergessen. „Nun schau sich einer das an!", sagte er.

„Die Schatten!" Damaris betrachtete staunend den veränderten Eintrittsraum. Feine Schattenlinien zogen sich über alle Steine, schienen ein Bild über den Raum hinweg zu zeichnen. Der Blick nach rechts, nach links und nach oben zeigte, dass sich die Reliefs bis dahin fortsetzten. Es schien einen Zusammenhang zwischen den Linien zu geben, einen übergeordneten Plan. Aber Damaris war nicht in der Lage ihn zu erkennen.

„Der Boden scheint jetzt mit Vertiefungen versehen zu sein." Sie tastete vorsichtig mit dem Fuß. „Letztes Mal, als ich hier war, war das noch nicht so. Ob Robin das selber war?"

Auch Paru war mittlerweile angekommen. „Es kann nur Robin gewesen sein", beantwortete sie Damaris' Frage. „In seinem Eintrittsraum kann nur er etwas ändern. Außer natürlich, jemand macht etwas per Hand, also indem er zum Beispiel selber die Wände anstreicht. Aber fantasieren kann hier nur Robin."

„Oder es ist nicht der echte Eintrittsraum", bot Marcus eine weitere Alternative an.

Forschend schaute er um sich. Damaris und Paru folgten seinem Blick. Der Junge mit der chaotischen Frisur nahm sich Zeit, aus seinem Gesichtsausdruck war nichts zu lesen. „Also, zumindest sieht es nach seinem echten Eintrittsraum aus …"

Nun ließ auch Paru ihren Blick schweifen. Immerhin war sie früher oft genug hier gewesen, vielleicht entdeckte sie etwas.

„Was ist denn mit den Türen?", fragte die Zwelfe. „Sind es mehr geworden?"

Marcus schüttelte den Kopf. „Nein, Robin hat schon lange keine neuen Türen gemacht. Er hat einfach alle Wände damit zugepflastert und füllt sie erst mit der Zeit aus."

„Wohin führen sie denn jetzt?", fragte Damaris. „Wenn es noch keine Teilwelten dafür gibt?"

„Nirgendwohin. Noch ist hinter solchen Türen ohne Ziel kein Durchgang." Er ging auf die nächste Tür zu, öffnete sie und zeigte kurz die dahinter befindliche Mauer. „Seht ihr? Bei der dort, sollte das anders sein."

Dabei hatte er auf eine Tür etwas weiter rechts gezeigt, die er nun aufsuchte. Entgegen seiner Ankündigung zeigte sich aber hier nur eine Mauer. Marcus runzelte die Stirn und suchte eine weitere Tür auf: Es bot sich das gleiche Bild. Nach der vierten Tür rief er Paru und Damaris herbei. „Ich glaube, wir haben da ein Problem."

„Steine, ich weiß", stellte Damaris achselzuckend fest. „Und? Du hast doch gerade selber gesagt, dass viele Türen noch nirgendwohin führen."

„Viele Türen, aber nicht alle!", erwiderte Marcus. „Vor allem nicht die, die schon einen Kasten auf der Tür haben." Er zeigte auf den kleinen Holzbehälter, der außen auf der nächsten Tür hing und ein paar Zettel zu enthalten schien.

„Wofür sind denn die?", fragte Damaris. „Und wie kann das sein?"

Paru antwortete nur auf die zweite, und gleichzeitig wichtigere Frage. „Wir sind nicht in Robins Eintrittsraum."

Entgeistert schaute Damaris die Zwelfe an. „Wir sind nicht ... Aber wieso? Ich meine, wir haben doch den Gang von der Unterwasserwelt genommen!"

„Vielleicht hat Robin den Ausgang des Unterwassergangs neu verbunden?", schlug Marcus vor.

Damaris atmete tief aus, überlegte, schüttelte dann den Kopf. „Nein, das glaube ich nicht. Robin hat keinen Grund dazu gehabt."

Sie konzentrierte sich, schloss und öffnete die Augen. „Da, ich kann hier nichts ändern! Also ist es Robins Eintrittsraum!"

269

Anstelle zu antworten bückte Marcus sich und berührte mit dem Finger das Wasser. Augenblicklich breiteten sich Wellen und damit Schatten über die Oberfläche aus. Nicht nur das Wasser schien nun in einem schnell sich ausweitenden Kreis ins Tanzen zu geraten. Auch die Schatten auf den Steinen bewegten sich nun in dem sich fortlaufend verändernden Licht. Von dem Schauspiel gefangen, realisierte Damaris erst einige Sekunden später, dass Marcus ihr zugestimmt hatte.

„Du hast Recht", wiederholte er. „Ich kann hier auch nichts ändern. Aber wenn die Türen Mal auf andere Teilwelten geführt haben, warum wurden sie dann deaktiviert?"

„Meffie?", schlug Damaris vor. „Wahrscheinlich hat sie Robin überredet, die meisten Zugänge zu seinem Eintrittsraum zu verschließen. Zumindest die Durchgänge, die auf Teilwelten führten, welche anderen Menschen bekannt waren."

Marcus überlegte kurz, nickte dann. „Das wäre zumindest eine logische Erklärung." Sein Blick wanderte über das Lichtspiel hinweg zu dem schmalen Tunnel, der zu Robins Körperschattenraum führte.

„Dann lass uns Mal nachschauen, ob wir Recht haben, und Robin wirklich dort auf uns wartet."

Kapitel 27: Überzeugungsarbeit

Robin saß an seinem Schreibtisch und las einen Comic. Plötzliche Geräusche hinter ihm ließen ihn inne halten und den Kopf umdrehen. Er staunte nicht schlecht, als ihm – wie aus dem Nichts materialisiert – Marcus und Damaris gegenüber standen.

„Wie kommt denn ihr beide in mein Zimmer?", fragte Robin verwundert, das Comic zur Seite legend.

„Hi ...", grüßte Damaris unsicher.

„Ich ... Wie habt ihr denn das gemacht? Ich habe euch gar nicht gehört! Damaris, was machst du hier? Ich dachte, ich wäre klar genug gewesen! Und Marcus, warum sind deine Haare auf einmal so lang? Hast du eine Perücke auf dem Kopf?"

Marcus schluckte trocken, bevor er antwortete: „Ich habe sie einfach nur wachsen lassen."

„Seit gestern, oder wie?", lachte Robin spöttisch. „Und was machst du bitte mit Damaris?"

Marcus war deutlich unwohl. „Robin, es gibt da einiges, was wir mit dir bereden müssen."

„Was heißt denn hier wir? Woher kennst du sie überhaupt? Hat sie dich auch reingelegt?"

„Reingelegt?", fragte Marcus, und schaute Damaris fragend an.

Diese zuckte verwundert die Achseln; sie konnte sich genauso wenig wie Marcus erklären, worauf Robin anspielte.

Robin war aufgestanden und zeigte beschuldigend auf Damaris. „Sie hat versucht, meine Freundschaft mit Meffie zu zerstören, einfach nur aus Bosheit!"

„Was? Das musst du falsch verstanden haben", kam Marcus Damaris zur Hilfe. „Meffie ist ..."

„Nein, wirklich! Damaris hat es mir gestern Nacht in ihrem Eintrittsraum selber gesagt!"

„Gestern Nacht?"

Nun wurden die Zusammenhänge sowohl Marcus als auch Damaris schlagartig deutlich.

„Das war es also, was sie gestern in deinem Eintrittsraum gemacht hat!", sagte Marcus an das Mädchen gerichtet, bevor er das Wort wieder an Robin wandte. „Alles klar, ich weiß jetzt was passiert ist. Und auch wenn du jetzt böse auf Damaris bist, vielleicht hörst du dir trotzdem unsere Sicht auf die Dinge an. Es wird sich alles klären." Er schaute sich um und zeigte dann auf das Bett. „Können wir uns kurz setzen?"

Robin nickte und Marcus und Damaris nahmen auf der weichen Matratze Platz. Sie achteten peinlich darauf, der Mitte des Bettes und damit dem Durchgang zum unechten Körperschattenraum nicht zu nahe zu kommen.

Ihr Gastgeber drehte sich seinen Schreibtischstuhl zu ihnen herum und kurz sah es so aus, als ob auch er sich setzen wollte. Dann blieb er aber stehen und stützte sich nur mit den Händen auf der Rückenlehne ab.

Damaris spielte nervös mit ihren Fingern. Sie spürte Robins Wut, und sie war froh, dass Marcus ihr die Arbeit abnahm.

„Robin, wir haben lange überlegt, wie wir es dir am besten sagen können, aber du würdest uns wahrscheinlich nicht glauben", begann Robins Freund. „Darum haben wir beschlossen, einen eindeutigen Beweis mitzubringen."

Unbeeindruckt schaute Robin sie an, alle drei schwiegen für einen Moment. „Und?", fragte er ungeduldig.

„Vielleicht setzt du dich hin?", schlug Damaris vor.

„Nicht nötig, danke. Du kannst mich nicht mehr schocken. Egal was kommt!"

Damaris schaute getroffen weg. Das hatte sie nicht verdient. Dann sagte sie leise, ihren Blick hinter Robin gerichtet: „Okay, komm bitte raus."

Als Robin sich umdrehte, der Blickrichtung von Damaris folgend, verschwand auf einmal sein bitterer Gesichtsausdruck. Seine

Mundwinkel sackten ab, der Unterkiefer schien unendlich schwer zu werden.

Dort kam, langsam Fuß vor Fuß setzend, Paru angelaufen.

„Das ist nicht wahr!", murmelte Robin. Wie in Zeitlupe setzte er sich hin, nicht den Blick von Paru abwendend. „Das kann nicht wahr sein, ich kann mich nicht so haben täuschen lassen!"

Nach dieser Schocktherapie hatten sie nicht lange gebraucht, um Robin zu überzeugen. Das Erscheinen von Paru in seinem Zimmer hatte keine andere Erklärung zugelassen: Er befand sich tatsächlich immer noch in Thinkit.

„Seit wann geht das schon so?", fragte der Junge gequält. „Und wieso?"

Als Marcus ihm erzählte, dass er die letzten sechs Monate im Koma gelegen hatte, konnte Robin die offensichtliche Verzweiflung in seinen Augen nicht verbergen.

„Das heißt: Alles was ich hier sehe, alles was ich hier gemacht habe, ist in der realen Welt nie passiert? Das Zimmer, meine Eltern, Mortimer, alles?"

„Wer ist denn Mortimer?", raunte Marcus Damaris zu, während er seinem Freund beruhigend die Hand auf die Schulter legte.

„Sein Hund", klärte Damaris ihn leise auf.

„Er hat doch gar keinen Hund", erwiderte Marcus verwirrt.

„Klar!" Robin schüttelte Marcus Hand ab, wütend und traurig zugleich. „Den habe ich mir wohl auch nur ausgedacht!"

Damaris war die offensichtliche Trauer von Robin ein wenig unangenehm, aber sie verstand, dass Mortimer nur ein Symbol für den Verlust an sich war. Der Verlust von mehreren Monaten Lebenszeit, die Robin in Thinkit und nicht in der wirklichen Welt verbracht hatte.

Eine gute Minute lang saßen sich die drei Jugendlichen schweigend gegenüber – einer das eben Gehörte verarbeitend, die anderen beiden darauf wartend, dass er die Phase des Schocks hinter sich lassen würde. Paru hielt sich abseits, sie hatte bisher noch kein Wort gesagt.

Von einem Moment auf den anderen, so schien es, fing Robin sich. Aus den Tiefen seiner Gedankenwelt zurückkehrend, straffte sich sein Rücken. Sein Blick wurde fest, dann stand er auf und atmete tief ein. „Gut", sagte er sachlich. „Erstmal vielen Dank. Danke, dass ihr zu mir gekommen seid."

Damaris und Marcus erhoben sich vom Bett, Robin ging ein Schritt auf die beiden zu. „Damaris, es tut mir leid, dass ich dir nicht geglaubt habe. Entschuldigung." Verunsichert legte er eine Hand auf ihren Oberarm.

Damaris nickte. „Vergeben und vergessen." Seine Hand schien an ihrem Körper förmlich zu glühen.

Als Robin sie fortnahm, wandte er sich Paru zu, und sah auf die Zwelfe herunter. „Hat Meffie dich bedroht?", erriet er richtig. „Bist du deshalb plötzlich von der Bildfläche verschwunden?"

Paru nickte. Sie war so froh und erleichtert, ihrem Schöpfer endlich wieder gegenüber stehen zu können, dass sie kein einziges Wort hervorbrachte. Bei dem Versuch würde sie bestimmt auf der Stelle in Tränen ausbrechen.

Robin ersparte ihr die Antwort. „Es tut mir echt leid!", sagte er nur, bückte sich und umarmte die Zwelfe.

Jetzt kamen die Tränen doch noch.

Robin löste sich nach einer langen Umarmung von Paru, fuhr ihr mit der Hand durchs Haar und räusperte sich dann. „Jetzt ist Handeln angesagt. Ich muss schnellstens in meinen Körper zurück! Allerdings ohne Meffie zu begegnen. Die Frage dabei ist, wie finde ich meinen wirklichen Körperschattenraum wieder?"

„Also, ich glaube, der beste Weg wäre es gerade, Meffie wohl zu begegnen", widersprach Damaris.

Überrascht schauten Marcus, Robin und Paru sie an.

„Sie weiß, wo dein wirklicher Körperschattenraum ist. Vielleicht sind wir zu dritt stark genug, um sie zu überwältigen. Dann können wir sie zwingen uns zu sagen, wie wir den richtigen Raum finden."

Marcus biss sich nachdenklich auf die Unterlippe. „So richtig gefällt mir das aber nicht. Wir wissen nämlich nicht, wie mächtig Meffie ist."

„Mortimer!", unterbrach Robin Marcus.

Der Hund war gerade aus dem Garten in Robins Zimmer eingebogen und war beim Anblick der unerwarteten Gäste wie angenagelt stehen geblieben. Auch als Robin ihn erneut zu sich rief, bewegte er sich nicht. Erstaunt blickte der Hund abwechselnd Paru und Damaris an.

Robins Gesichtsausdruck verdüsterte sich inzwischen. „Ach ja, richtig ... auch er existiert nur in Thinkit", sagte er mit gesenkter Stimme. „Was ist denn mit dem heute los? Sonst hat er sich mit Fremden auch nicht so."

„Aber eine Zwelfe hat er wohl noch nie vorher gesehen", vermutete Marcus. „Auch wenn er ein Think ist, hast du ihn wie einen normalen Hund kreiert."

Als Marcus Robins trauriges Gesicht sah, beeilte er sich hinzuzufügen: „Auch wenn du wieder in deinem Körper bist, wird er weiter hier leben. Du kannst so oft du willst hierhin und zu ihm zurückkehren."

Dies heiterte Robin merklich auf, Damaris glaubte sogar ein kleines Lächeln zu sehen.

„Aber erstmal muss ich hier überhaupt wieder rauskommen. Ich bin eigentlich für Damaris' Vorschlag. Wenn wir Meffie besiegen, dann können wir sie zwingen, uns den Weg zeigen. Allerdings sollten wir sie nicht von vornherein auf uns alle aufmerksam machen."

Robin hatte wieder die volle Kontrolle über sich selber gewonnen. Unternehmungslustig legte er seine Pläne den anderen dar. „Vielleicht ist es am sinnvollsten, wenn ich erstmal alleine hier bleibe. Ihr könntet heute Abend in meinem Eintrittsraum versteckt warten, und schauen, aus welcher Tür Meffie kommt. Das könnte wichtig sein. Dann folgt ihr dem Kaninchen. Sie holt mich jeden Abend in meinem Eintrittsraum ab. Wenn wir dann alle drei hier sind und Meffie kommt: Bamm!" Er klatschte in die Hände. „Schon haben wir sie!"

Kaum hatte Robin diese Worte ausgesprochen, da setzte Mortimer, der nach wie vor wie angewachsen dastand, sich schlagartig in Bewegung. Erschrocken drehte der Hund sich um und hetzte zurück in den Garten.

Robin schaute ihm mit einer Spur Traurigkeit hinterher, widmete sich dann aber sofort wieder seinen Freunden. „Und? Was sagt ihr?"

Damaris schaute Paru und Marcus an. Paru nickte, Marcus zog resignierend die Schultern hoch.

„Na schön, dann machen wir das so. Wird schon schief gehen", nahm Damaris den Vorschlag stellvertretend für alle an.

„Wichtig ist", fuhr Robin fort, „dass wir herausfinden, wie Meffie mich reingelegt hat." Ihm fiel etwas ein: „Vielleicht ist der Eintrittsraum gar nicht der echte?"

„Wir konnten dort auf jeden Fall nichts ändern", hielt Damaris dagegen. „Was zumindest ein Indiz dafür sein könnte, dass es sich um deinen echten Eintrittsraum handelt. Vielleicht hat sie es ja irgendwie geschafft, deinen echten Eintrittsraum so zu ändern, dass die Pforte nicht mehr in den richtigen Körperschattenraum führt."

„Ausschließen kann ich es nicht", lenkte Robin ein.

Marcus hatte bisher schweigend zugehört, aber jetzt meldete auch er sich wieder zu Wort. „Dann ist es wichtig, dass wir auf jeden Fall die Wege zum jetzt bekannten Eintrittsraum offen halten. Egal ob der Eintrittsraum nun echt ist oder nicht … Auf keinen Fall darf es soweit kommen, dass Robin selber nachher nicht mehr zurückkehren kann."

„Keine Sorge deswegen!", sagte Robin selbstsicher. „Ich habe doch mein Transitbuch. Das führt mich immer zurück in den Eintrittsraum."

„Hoffen wir's …", erwiderte Damaris. „Dann treffen wir anderen uns einfach heute Abend in Robins Eintrittsraum. Ach so …" Sie wandte sich ein letztes Mal an Robin. „Wann kommt den Meffie normalerweise?"

„So gegen neun."

Damaris schaute auf die Uhr. „Dann haben wir ja noch massig Zeit! Am besten, ich stehe erstmal auf. Meine Eltern wundern sich bestimmt schon, was ich treibe."

„Dann ist alles geklärt?", fragte Robin, alle nacheinander anschauend.

„Sieht so aus", erwiderte Marcus.

Paru nickte bekräftigend, Damaris tat es ihr gleich. Zusammen machten sie sich auf den Weg in die Kopie des Körperschattenraums. Hier würden sich ihre Wege trennen: Alle außer Robin würden sich aus seinen Teilwelten zurückziehen. Als sich die Gruppe um den Schreibtisch versammelt hatte, öffnete Marcus die Schublade, setzte den Fuß hinein – und schaute verwundert auf.

Nichts passierte.

„Oh nein!", stöhnte Damaris. „Meffie ist uns ..."

Sie konnte den Satz nicht mehr beenden. Denn plötzlich spürte sie den bereits bekannten starken Sog, der sie zurück in die Realität beförderte. Irgendwie kam sie durch den Schreibtisch, dann sah sie den Unterwassergang vorbei flitzen, und schließlich gelangte sie über ihren Eintrittsraum in ihr Bett.

Das Handy auf Damaris' Nachttisch spielte eine bekannte Melodie. Mit heftig klopfendem Herzen wachte das Mädchen auf. Sie starrte zuerst das Handy und dann den Wecker an. Es war kurz vor fünf.

Schlagartig wurde ihr bewusst, dass sie soeben Paru, Marcus und vor allem Robin an einem vielleicht kritischen Punkt im Stich gelassen hatte. Sie hätte sicher gehen sollen, dass niemand sie hätte stören können! Nun war es zu spät. Wütend hob sie das Telefon an ihr Ohr.

„Hallo?"

Der Anrufer meldete sich nicht, aber Damaris konnte ein unangenehmes Lachen vernehmen. Zuerst war es leise, dann wurde es immer lauter.

„Wer ist denn da?", fauchte Damaris.

Immer noch keine Antwort.

Nun eher den Tränen nahe, redete sie auf den Anrufer ein. Es war ihr egal, ob die Person an der anderen Seite der Leitung sie für verrückt hielt. Sie hatte das Gefühl, dass alles verloren war. „Du weißt doch überhaupt nicht, was du da vielleicht angerichtet hast! Vielleicht ist es nun zu spät! Wenn das ein Scherz sein ..."

„Das ist kein Scherz", unterbrach sie eine Stimme.

Kalte Schauer wanderten Damaris' Rückgrat hoch und runter.

Gebrechlich und schwach war die Stimme, und dennoch mit Hass und Abscheu schwanger. „Und ich hoffe doch mal ganz stark, dass es nun zu spät ist für deine Freunde. Denn darum rufe ich doch überhaupt an ... Damaris. Genug geträumt!"

Ihr Kopf fühlte sich plötzlich kalt und leer an, jegliche Kraft wich aus ihrem Körper. Er wusste, wo sie gerade gewesen war! Und er kannte ihren Namen!

Auch als direkt im Anschluss an diese Worte nur noch der Besetztton zu hören war, saß Damaris für mindestens zehn weitere Sekunden erstarrt in ihrem Bett, das Handy nicht vom Ohr nehmend.

„Es war Absicht", murmelte sie. „Ich wurde mit Absicht geweckt, um Robin den Weg aus seiner Scheinwelt nicht zeigen zu können. Jemand weiß, was wir wollen, und versucht es zu verhindern."

Mit weit aufgerissenen Augen und hellwach legte sie das Telefon zur Seite. Wenn jemand aus der realen Welt von ihren Plänen wusste, dann wurden sie anscheinend beobachtet. Oder jemand spielte dem Feind Informationen zu. Der erste Verdacht fiel natürlich auf Meffie. Aber sie hatte Meffie seit dem Zwischenfall in dem Pyramidenbau nicht mehr gesehen. Und die Stimme am Telefon hatte sich alt und schwach angehört. Aber vielleicht war ihre Vorstellung von dem Menschen hinter Meffie falsch? Was sprach dagegen, dass Meffie im echten Leben ein alter Mann war?

Sie stand auf und tigerte durch den Raum.

Wer hatte sie beobachtet und verraten? Als sie die Erlebnisse der letzten paar Stunden nochmal durchspielte, kam ihr urplötzlich die Antwort auf diese Frage. „Natürlich!", sagte sie laut und erschrak vor ihrer eigenen Stimme.

Kaum hatte sie den Übeltäter identifiziert, machte sie sich an den Wiedereintritt in Thinkit – allerdings erst nachdem sie das Telefon ausgeschaltet hatte. Denn da sie jetzt wusste, dass es wahrscheinlich Meffie selber gewesen war, die sie gerade angerufen hatte, war sie vielleicht in der Lage Robin und die anderen rechtzeitig zu erreichen. Noch bevor das Kaninchen auftauchte. Nicht nur auftauchte, sondern nach Thinkit zurückkehrte! Hierin lag der wichtige Unterschied!

Erleichterung. Das war das Gefühl, welches Damaris wie eine Welle überrollte, als sie – frisch in Thinkit eingetaucht – um ihr Bett versammelt Bullie, Bonnie, Tina, Nika, Paru, Marcus und Robin antraf. Alle waren da.

„Na, Dornröschen?", scherzte Marcus. „Was war denn los?"

„Mein Handy hat geklingelt. Und der, der dran war ... ach später! Wichtiger ist erstmal, wie ihr hierhergekommen seid!"

Robin klopfte seinem Kumpel auf die Schulter. „Dieser hochintelligente Typ hier hat die Schubladen verwechselt. Da kann es natürlich nicht funktionieren. Ich habe dann einfach die Richtige geöffnet, und wir sind sofort zu dir gekommen. Wir wollten wissen, was passiert ist."

„Niemand hat euch aufgehalten?"

„Nein." Marcus schüttelte verwundert den Kopf.

„Keine gefährlichen Situationen oder so?"

„Nichts. Aber wieso ..."

„Komisch ..." Damaris stand auf und tigerte erneut durch das Zimmer – wenn auch dieses Mal in Thinkit. „Dieser Mensch, der mich angerufen hat ... Er wusste, dass ich gerade bei Robin war. Er rief mich an, um mich von euch wegzuholen. Aber warum, wenn nichts passiert ist?"

„Hat er das gesagt?", erkundigte sich Robin.

„Hat er ... Mehr oder weniger."

„Aber wie konnte derjenige wissen, dass ihr mich gefunden habt?", hakte Robin nach. Er schien nicht überzeugt von Damaris' Theorie.

„Vielleicht hat er uns in deinem Eintrittsraum gesehen", schlug Marcus vor.

„Nein", widersprach Damaris. „Er hat uns in Robins Schlafzimmer gesehen."

Marcus schaute verwirrt. „Wie?"

Damaris wandte sich an Robin. „Weißt du noch, wann du Mortimer bekommen hast?"

„Klar, direkt nach meinem Unfall. Er ist mir zugelaufen. Aber wieso ..."

Damaris unterbrach ihn. „Um sicher zu gehen, dass du nicht rausbekommst, dass du gar nicht in der realen Welt aufwachst, musst du doch eigentlich 24 Stunden am Tag im Auge behalten werden. Nachts kann Meffie das selber erledigen, aber am Tag ... Was passt da besser, als ein Haustier?"

Mit großen Augen starrte Robin Damaris an. „Mortimer ist Meffie?"

„Das meinte ich nicht. Obwohl ..."

„Nein, das geht nicht", verwarf Marcus die Idee. „Mortimer war ja den ganzen Tag über bei Robin. Wie soll das funktionieren, wenn Meffie am Tag als Mortimer und während der Nacht in Kaninchenform Robin beobachten muss? Dann müsste sie ja dauernd schlafen."

Damaris nickte. „Genau mein Gedanke. Ich glaube eher, dass Meffie Mortimer gemacht hat, und ihn als Aufpasser Robin untergejubelt hat. Tut sich irgendetwas Beunruhigendes, so muss Mortimer Meffie Bescheid geben."

„Und das hat er vorhin getan, als er so plötzlich weggerannt ist!", schloss Marcus. „Gute Denkarbeit, Damaris!"

Damaris nickte dankbar, bevor sie den Kopf senkte, damit niemand das stolze Lächeln sah.

„Das wird ja immer besser!" Robin sah deprimiert aus. „Alle meine Freunde stellen sich als Betrüger heraus!"

Damaris' Gedanken kehrten zum eigentlichen Problem zurück: Warum wurde sie geweckt? Was konnte jemand davon haben? Vielleicht war der Plan ihres Widersachers fehlgeschlagen? Außer ... Sie schaute Marcus an. „Habt ihr einen neuen Gang gemacht?", fragte sie. „Von deinem Eintrittsraum zu meinem?"

Vorsichtshalber hatte Damaris vor der Befreiungsaktion Marcus ein paar Transit-Karten gegeben.

„Yep!", sagte Marcus.

„Und euch ist wirklich überhaupt nichts aufgefallen?"

„Nö."

Damaris schüttelte den Kopf. „Das macht doch keinen Sinn! Irgendetwas muss gewesen sein ... Paru?"

„Nein, Damaris, es war ganz normal. Keiner da."

„Und ihr, Tina, Nika, Bullie? Habt ihr jemanden in meinem Eintrittsraum gesehen?"

Bullie kratzte sich mit der rechten Hufe am linken Vorderbein. „Zählen Robin, Marcus und Paru?", fragte er.

„Nein."

„Uhm ... Nö, dann nicht."

Damaris wandte sich wieder an Robin, Marcus und Paru. „Aber warum wurde ich dann weggelockt? Wenn alle ohne Probleme Robins Eintrittsraum verlassen konnten, was sollte das Ganze dann?"

Marcus räusperte sich. „Mir kommt da gerade ein beunruhigender Gedanke. Vielleicht war es gerade das Ziel uns alle aus Robins Welt zu entfernen."

Paru wurde plötzlich kreidebleich. Und auch Damaris' Gesicht verlor deutlich an Farbe.

„Wo ist dein Buch? Das Buch, was dir immer einen Gang zu deinem Eintrittsraum verschafft?", fragte Damaris mit hörbarer Spannung in der Stimme.

„Das Transitbuch?", fragte Robin. „Das habe ich nicht finden können. Normalerweise liegt es in meinem Schreibtisch in meinem Körperschattenraum. Gerade war es aber nicht da."

Nun wich auch die letzte Farbe aus Damaris' Gesicht. „Mortimer oder Meffie", vermutete sie. „Es gibt bestimmt weiter Zugänge zu der Kopie des Körperschattenraums. Zugänge, die jemand gerade benutzt hat, um das Buch zu stehlen." Sie sah auf. „Und die Transit-Karten, oder das Transitbuch können nur im jeweiligen Eintrittsraum gemacht werden, oder?"

Eigentlich kannte sie die Antwort schon.

Robin nickte.

Das Schlimmste befürchtend setzte Damaris sich auf die Bettkante.

„Dann haben wir wahrscheinlich keinen sicheren Weg zurück in deinen Eintrittsraum mehr", flüsterte sie, mehr zu sich selber, als zu den anderen. „Wenn – nachdem ihr Robins Eintrittsraum verlassen habt – der Gang zwischen Marcus' und Robins Eintrittsraum gesperrt wurde, dann war's das!"

„Ich kann immer noch einen neuen Durchgang herstellen", hielt Robin unbeschwert dagegen."

„Nicht, wenn Meffie zwischenzeitlich deinen Eintrittsraum verändert hat."

„Wenn es mein echter Eintrittsraum ist, dann kann sie das nicht."

„Nicht über den Willen allein", stimmte Damaris zu. „Aber sehr wohl, wenn sie die Änderungen mit der Hand vornimmt."

Nun begriff auch Robin. „Und ich wäre noch weiter von der realen Welt entfernt als bisher!"

Kapitel 28: Lösungssuche

Die Befürchtungen stellten sich als begründet heraus. Paru hatte sich sofort auf den Weg gemacht, um die Passierbarkeit des Ganges zwischen Marcus' und Robins Eintrittsraum zu überprüfen. Keiner war überrascht gewesen, als sie bei ihrer Rückkehr berichtete, dass Marcus recht gehabt hatte. Die Tür hatte an Stelle des vertrauten Tunnels eine steinerne Wand gezeigt.

„Woher hat Meffie den gewusst, welchen Gang sie blocken musste?", wunderte Damaris sich."

„Mortimer", sagte Marcus kleinlaut. „Er ist uns hinterher gelaufen, als wir von Robins unechtem Körperschattenraum in seinen Eintrittsraum sind. Durch den Tunnel ist er dann aber nicht mehr. Somit wusste er, wie wir zu Robin vorstoßen konnten. Und wenn deine Theorie stimmt, dass Mortimer Robin bewacht hat, dann hat er sein neues Wissen direkt weitergegeben."

Robins Sorgen verwandelten sich nun in Ärger. Ärger über sich selber. Was hatte er sich bloß dabei gedacht, seinen Feinden den Rücken zuzukehren. Und dann hatte er auch noch seine einzig sichere Möglichkeit, in seinen Eintrittsraum zurückzukehren, vergessen. Er schluckte nur mit viel Mühe seine Wut herunter, um dann augenblicklich einen neuen Gang zu seinem Eintrittsraum zu schaffen. Dafür suchte er Damaris' Trainingsraum auf, denn vom Eintrittsraum des Mädchens aus konnte er keinen Gang erzeugen. Einzig und allein Damaris konnte dort etwas ändern.

Nur Sekunden später stieß Robin wieder zu den anderen in der Kathedrale. „Sieht aus wie mein Eintrittsraum, ist aber nicht mein Eintrittsraum", berichtete er.

„Wie schafft Meffie es bloß, den Raum so schnell zu ändern?", wollte Damaris wissen. Ihre Worte hallten leise von den Wänden der Kathedralen wieder.

Robin zuckte mit den Schultern. „Keine Ahnung."

„Und die Notausgänge?" fragte Paru. „Wie wär's, wenn du zu einem deiner anderen Teilwelten gehst, und von da aus den bestehenden Gang zu deinem Eintrittsraum nimmst? Sie bleiben doch bestehen, auch wenn sich etwas im Eintrittsraum ändert!"

Robin überlegte kurz, dann hellte sich sein Gesicht auf. „Die Idee ist gut, Paru. Auch wenn ich nicht glaube, dass Meffie diese Wege offen lässt. Aber vielleicht ist sie nicht schnell genug beim Zerstören, und wir erwischen noch einen Gang, bevor sie ihn lahm legt. Ich mache mich sofort auf den Weg! Damaris, bekomme ich eine Transit-Karte zu deinem Eintrittsraum?"

„Klar. Und noch besser, ich komme mit!", sagte Damaris. Sie konzentrierte sich kurz und zog dann eine Transit-Karte aus der Hosentasche, die sie Robin überreichte. „Gegen Meffie sind zwei besser als einer!"

Marcus wollte sich den beiden gerade anschließen, als Robin ihm zuvor kam. „Marcus, es ist besser, wenn du hier bleibst. Sollte uns was passieren, so haben wir wenigstens noch dich als Backup."

Widerwillig fügte sich der Junge. „Na gut …"

„Kann ich dir Gesellschaft leisten?", fragte Tina.

„Klar!" Plötzlich strahlte Marcus über das ganze Gesicht. „Gerne!"

Keine weitere Zeit verschwendend, begaben sich Robin und Damaris zuerst in den Klassenraum. Hier erzeugte Robin mit einer Handbewegung eine Tür und öffnete sie fast gleichzeitig. „Dann los!", sagte er zu Damaris, als sie zusammen den Tunnel betraten.

Negative Erinnerungen an Meffies Verfolgungsjagd drängten sich Damaris auf, als sie sich auf dem Boot in der Wasserwelt wiederfanden. Unsicher schaute sie sich um, während Robin zum Bug des Schiffes rannte.

„Hier vorne ist der Notausgang!", rief er Damaris über die Schulter zu, während er sich an der Reling bückte. „Mein Symbol ist immer ein Tropfen Flüssigkeit. In jeder Teilwelt von mir gibt es wenigstens einen, als letzte Ausflucht sozusagen."

Tatsächlich sah nun auch Damaris die bläuliche Abbildung eines Tropfens, gerade unterhalb des Randes der Reling.

„Falls ich mein Transitbuch verlieren sollte, oder für ähnlich brenzliche Situationen!", fügte Robin mit einem schiefen Grinsen hinzu. „So wie diese halt."

Wenigstens konnte er schon wieder darüber lachen, dachte Damaris.

Robins Zeigefinger berührte die Abbildung und entzog sie damit Damaris' Blick. Nur eine Sekunde später nahm er den Finger wieder weg, drehte sich um und schüttelte den Kopf. „Funktioniert nicht! Weiter!"

Entgegen der Eile, die er eben noch an den Tag gelegt hatte, hielt Robin nun inne und konzentrierte sich. Dann zog er aus der Hosentasche eine Karte und legte diese auf die Holzplanken des Schiffes. Eine Luke erschien, die er sofort öffnete. Das Licht verlor sich in dem schwarzen Loch nach wenigen Metern. Ohne zu zögern ergriff Robin Damaris' Hand, und zog das Mädchen in die Öffnung hinein.

Als sie den dunklen und unangenehm stickigen Tunnel hinter sich ließen, fanden sie sich auf einem langen gelben Band wieder. Es wand sich kreuz und quer durch die Teilwelt, Loopings schlagend und sich verdrehend. Damaris konnte nicht erkennen, ob es ein bestimmtes Ziel hatte: Es verlor sich in der Unendlichkeit. Sonst war da nichts. Nur der unendliche blaue Himmel; unter ihnen, über ihnen, rechts und links von ihnen.

Robin ließ ihre Hand los, und rannte davon. Dabei vollführte er – dem Band folgend – zwei Loopings und kam schließlich – schräg in der Luft hängend und um die zwanzig Meter von Damaris entfernt – zum Stehen. Er schaute um sich, suchte das Band ab.

Mit dem Schuh testete Damaris inzwischen vorsichtig die Härte des Materials. Es fühlte sich nachgiebig an, wie diese Laufbahnen, mit denen moderne Turnhallen ausgestattet waren.

285

Robins Stöhnen ließ sie wieder aufschauen. Mit Mühe konnte Damaris ein blaues Etwas erkennen, auf das er immer wieder den Finger legte. Wahrscheinlich war es die Abbildung eines Tropfens, die in das Band vor Robins Füßen eingelassen war.

Frustriert schüttelte der Junge den Kopf. Erneut hatte sich der gewünschte Effekt nicht eingestellt. Unsicher, wie er weiter vorgehen sollte, zermarterte er sein Gehirn.

Damaris schloss zu ihm auf. „Wofür ist diese Teilwelt überhaupt?", fragte sie, seinen Gedankengang unterbrechend.

„Was? Ach so … Als ich sie geschaffen habe, da war ich noch recht neu dabei. Und begeistert von der komischen Schwerkraft hier. Daher die Loopings und so …"

Er seufzte. „Ein letztes Mal versuchen wir es noch. Aber wahrscheinlich hat Meffie wirklich jeden einzelnen Aus- und Eingang in meinem Eintrittsraum verbarrikadiert."

„Wie kommt sie denn an eine solche Menge an Kontra-Karten?", fragte Damaris. „Oder kann sie sonst irgendwie die Türen verschließen?"

„Nee, sie braucht schon die Kontra-Karten …", sagte Robin mit einem unglücklichen Gesichtsausdruck. „Hast du im Eintrittsraum nicht die vielen kleinen Kästchen auf jeder Tür gesehen?"

Damaris nickte. „Doch."

„Na ja … Darin befindet sich neben einem Zettel mit dem Ziel der Tür auch die jeweils zugehörige Kontra-Karte." Dies zuzugeben war Robin offensichtlich peinlich. „Als Notlösung, sollte es mal zu Problemen kommen", fügte er als Erklärung schnell hinzu.

„Aber wieso?" Damaris' Stimme klang anschuldigend und Wut schwang mit. Sie konnte einfach nicht verstehen, dass Robin Meffie – oder jedem anderen Dahergelaufenen – mit den Kontra-Karten die Möglichkeit gegeben hatte, die Gänge zu seinem Eintrittsraum zu zerstören.

„Ganz einfach!", verteidigte sich Robin, nun gleichfalls irritiert. „Da ich die Notausgänge in Form der blauen Tropfen in jede meiner

Teilwelten eingebaut habe, kann auch jedes Wesen dieser Teilwelten einfach in meinen Eintrittsraum gelangen. Es sind sozusagen offene Durchgänge, wenn man sie erstmal gefunden hat. Durch die Karten ermögliche ich zum Beispiel Meffie im Falle einer Bedrohung die Türen unbrauchbar zu machen."

„Das hat sie jetzt ja auch gemacht!", antwortete Damaris mit höhnischer Stimme. „Nur, dass du jetzt selber die sogenannte Bedrohung bist."

„Ja toll, mache mir jetzt auch noch Vorwürfe! Das brauche ich jetzt! Vielen Dank!" Verärgert schüttelte Robin den Kopf.

Schweigend standen sie sich gegenüber, beide aufgebracht und sich gleichzeitig beide ein wenig schuldig fühlend.

Als die Wut langsam verrauchte, besann Damaris sich ihrer Lage. Die Zeit rannte davon. Und darüber hinaus sah sie ein, dass diese Diskussion nun nichts mehr brachte. Was geschehen war, war geschehen. Es wurde Zeit, über ihren eigenen Schatten zu springen. „Okay, war ja nicht so gemeint", sagte sie entschuldigend, auch wenn es ihr nicht leicht fiel.

Robin seufzte, auch sein Gesichtsausdruck wurde weicher. „Du hattest ja irgendwie recht", sagte er, auf seine Art eine Entschuldigung aussprechend. „Aber wenn man jemandem vertraut, geht man nicht davon aus, dass er dieses Vertrauen gegen einen verwendet."

Damaris nickte.

„Ich kann es nun mal nicht mehr ändern."

„Also versuchen wir lieber, es wieder in Ordnung zu bringen, oder?", schlug Damaris vor.

Anstatt zu antworten öffnete Robin einen neuen Durchgang im gelben Band.

Auch an ihrem neuen Ziel strahlte ihnen ein blauer Himmel entgegen. Dieses Mal hatten sie allerdings festen Boden unter den Füßen. Auch wenn dieser nur aus rötlichem Sand bestand – kein Tier und keine Pflanze schien sich hierher zu verirren.

Damaris schaute an den gewaltigen roten Steinwänden hinauf, die rechts und links von ihr in die Höhe strebten und sie und Robin in einem schmalen Canyon einschlossen. Die beiden Steilwände schienen ihr mindestens einige hundert Meter hoch und auch sie waren vollkommen kahl. Als ihr Blick noch weiter in Richtung Himmel strebte, sah sie – hoch über ihr – dann doch ein paar Lebewesen. Einige große Vögel flogen langsam ihre Kreise, Damaris und Robin interessiert beobachtend.

Als Damaris ihre Aufmerksamkeit wieder auf Robin richtete, war er bereits ein Stück weit gelaufen und bückte sich gerade nach einem grauen Stein. Er drehte ihn um und Damaris sah die Abbildung des blauen Tropfens. In der von dem Stein im Boden hinterlassenen Kuhle befand sich Wasser, dessen Oberfläche träge hin und her schwappte.

Ob es dieses Mal klappen würde? Neugierig folgte sie Robin. Fast wäre sie dabei gestolpert: Ihr Fuß löste sich nur schwierig aus dem lehmigen Boden. Dafür, dass hier nichts wuchs, war der Boden ziemlich feucht und matschig.

Nachdem Damaris ihren Schuh notdürftig an einem anderen Stein gesäubert hatte, erwartete Robin sie längst mit einem nachdenklichen Gesichtsausdruck und in die Seiten gestemmte Arme. „Ich glaube, es bringt nichts", sagte er niedergeschlagen. „Wir müssen uns etwas anderes überlegen."

Leider musste Damaris ihm zustimmen. „Sieht so aus … Noch ein letztes Mal? dann gehen wir zurück, okay?"

Ein weiterer tiefer Seufzer entglitt Robin. „Na gut. Ein letztes Mal. Dann gebe ich auf."

Damaris nickte zustimmend, als ihre Aufmerksamkeit plötzlich abgelenkt wurde. Erstaunt tat sie einen Schritt zur Seite, und blickte an dem Jungen vorbei. Ihr Mund klappte auf, in dem Versuch, etwas zu sagen.

„Hm?", fragte Robin und drehte sich nun auch um. Sein Gesichtsausdruck blieb teilnahmslos, ganz im Gegensatz zu Damaris, in deren Gesicht sich Panik breit machte.

„Oh mein Gott! Schnell Robin, mach ´ne Tür! Raus hier!" Was Damaris Angst machte, war die mindestens hundert Meter hohe Flutwelle, welche durch die bisher so reglose Landschaft beunruhigend schnell auf sie zurollte. Damaris konnte das die todbringende Welle ankündigende Getöse bereits hören.

Der Junge hatte erneut die Augen geschlossen und zog eine weitere Karte aus der Hosentasche. Plötzlich hielt er inne. Er schaute Damaris an und fing dann an zu lachen. „Dein Gesicht ist echt göttlich! Was ist denn los? Ist doch nur eine Teilwelt!"

„Nur eine Teilwelt? Jetzt mach' endlich! Die Welle dort ... Sie kommt! Los! Eine Tür!"

Sie packte Robin beim Arm und schüttelte ihn wild. Die Panik hatte sie voll im Griff, während ihr die Haare durch den aufkommenden Wind ins Gesicht peitschten. Die ruhige Schlucht hatte sich in einen Windtunnel verwandelt: Durch das Wasser verdrängte Luft toste an ihnen vorbei.

Damaris' Worte gingen fast im Lärm unter, als sie Robin anschrie: „Robin! Keine Zeit für Spielchen!"

Robin grinste immer noch – die Situation beunruhigte ihn offenbar keineswegs – dann ließ er die Karte zu Boden fallen. Der Boden schmolz vor ihren Augen dahin und es entstand ein Loch, welches sich in einem rötlichen Leuchten unendlich tief in die Erde zu fressen schien.

Ohne auch nur eine Sekunde zu zögern, sprang Damaris hinein.

Damaris war sich nicht sicher, ob der soeben vollzogene Wechsel der Teilwelten wirklich eine Verbesserung gewesen war.

„Du willst mich wohl veräppeln!", schrie sie so laut sie konnte, in der Hoffnung das Pfeifen und Rauschen des Windes zu übertönen. Robin schaute zu ihr herüber. Die Luftströmung verwirbelte sein Haar und drückte sein T-Shirt an seinen Körper. Der freie Fall schien ihn nicht zu beeindrucken.

Mit tränenden Augen sah Damaris um sich. Immer wieder flatterten ihr die braunen Haare ins Gesicht, so dass sie zeitweise nichts sah. Blauer Himmel, soweit das Auge reichte. Und natürlich der unter ihnen befindliche Boden; grau, grün und braun. Noch war er weit entfernt, aber für wie lange noch? „Und jetzt?", schrie sie Robin zu. Dieser machte sich nicht die Mühe zu antworten, stattdessen zeigte er an Damaris vorbei in die Tiefe.

Dem Finger folgend, entdeckte Damaris einen Schwarm grüner Vögel – nur einen Hauch dunkler als der Boden dahinter. Einer der Tiere war im Begriff, sich von der Gruppe zu trennen. Er flatterte genau unter Damaris und Robin auf der Stelle. Schnell kamen sie ihm näher. Obwohl der Vogel nur noch wenige Meter entfernt war, bewegte er sich nicht aus der Flugbahn der beiden Jugendlichen. Damaris fand es beängstigend, wie schnell die Distanz sich verringerte. Hoffentlich würden sie ihn nicht treffen! Zwanzig Meter, zehn Meter … dann waren sie an ihm vorbei.

Schnell drehte Damaris ihren Kopf. Der Vogel hatte zum Sturzflug angesetzt und hielt direkt auf Robin zu. Dieser streckte ihm die Hand entgegen. Als Reaktion drehte sich der Vogel in eine Schräglage und präsentierte damit seinen Bauch. Auf die dort vorhandene Abbildung eines Tropfens legte Robin nun seinen Finger.

Nichts geschah.

Mal wieder.

Enttäuscht zog Robin die Hand zurück. Der Vogel breitete die grünen Flügel wieder aus, unter denen sich sofort die Luft fing. Schnell entschwand er ihren Blicken.

Fasziniert von der Eleganz des Tieres hatte Damaris kurzzeitig ihre gefährliche Lage vergessen. Nun aber blickte sie wieder unter sich, und stellte schockiert fest, dass bereits die ersten Bäume erkennbar waren. Nur noch wenige Sekunden, höchstens eine halbe Minute, dann würden sie aufschlagen. Panik zeigte sich in ihren Augen, als sie zu Robin schaute. Er hielt ihr die Hand hin, nach der sie ohne Zögern griff. „Was nun?", schrie sie.

Robin schien kurz nachzudenken. Damaris wollte ihn gerade erneut anschreien, als er ihr zuvor kam und die Transit-Karte aus der Hosentasche zog. Wie aus dem Nichts erschien erneut der grüne Vogel, der Robin die Karte aus der Hand schnappte. Mit dem rettenden Papier in der Hand schoss er vor ihnen dem Boden entgegen. Kaum 30 Meter Vorsprung hatte der Vogel herausgeschlagen, als er die Karte auf den Boden fallen ließ. Aber es reichte: Schlagartig entfaltete sich die Karte zu einem schwarzen Rechteck, durch welches Damaris und Robin gleichzeitig hindurchfielen.

Die Rückkehr in Damaris' Eintrittsraum war schmerzhaft. Als die beiden in der Pforte auftauchten, waren sie nicht etwa aufrecht, sondern hingen noch schräg in der Luft. Der Gang zwischen der Teilwelt und Damaris' Eintrittsraum war so kurz gewesen, dass sie sich nicht mehr neu hatten ausrichten können.

Mit einem kleinen Aufschrei fiel Damaris die letzten zwanzig Zentimeter herunter. Robin meisterte den Fall deutlich eleganter: Sanft landete er auf den Füßen und half dann Damaris auf.

„Das war doch ein netter Ausflug, nicht wahr?", sagte er lächelnd, auch wenn sie sehen konnte, dass er zutiefst frustriert war.

„Geht so", erwiderte Damaris mit zusammengebissenen Zähnen und zerzausten Haaren. Sie rieb sich das schmerzende Knie. „Musstest du uns unbedingt immer wieder sinnlos in Gefahr bringen?" Sich hinsetzend, krempelte sie die Hose hoch, um sich den Schaden genauer anzuschauen. Ihr Knie war äußerlich vollkommen in Ordnung. Sie richtete sich wieder auf.

„Habe ich nicht!", verteidigte sich Robin. „Und selbst wenn: Du hättest dir doch einfach einen Ausgang machen können."

„Ja, aber …" Sie verstummte mitten im Satz. Erst nach einer quälend langen Sekunde fiel ihr die rettende Entgegenhaltung ein:

„Für einen Durchgang braucht man eine feste Unterlage. Ohne die kann ich keinen Tunnel kreieren."

Paru trat zu ihnen, hinter ihr standen Bullie und Nika: „Kein Erfolg?"

Damaris und Robin schüttelten den Kopf und liefen dann gemeinsam mit den Zwelfen und dem Stier zu Marcus und Tina, welche auf einem der Querstreben des Kathedralengewölbes saßen.

„Tja, das war's dann wohl", sagte Robin und setzte sich mutlos neben Marcus.

Jeder Einzelne seiner Freunde wollte ihm nur zu gerne widersprechen, aber keiner wusste, wie.

Kapitel 29: Mal wieder Bert

Damaris griff nur äußerst ungerne auf diese Option zurück, aber sie sah keine andere Möglichkeit mehr. „Da sind wohl drastische Maßnahmen notwendig!", murmelte sie. Mit einem Seufzen richtete sie sich auf, schlug sich den Staub von der Hose und ging in Richtung der Rückwand der Kathedrale. „Ich werde mich dann mal opfern", klärte sie die anderen über die Schulter hinweg auf.

„Was hast du vor?", fragte Paru erschrocken – sie hatte Damaris' spöttischen Ausdruck nicht gesehen.

„Ich gehe das Buch fragen. Vielleicht kann es uns helfen. Obwohl ich mir den Besuch lieber sparen würde." Damaris war stehen geblieben und hatte sich nochmal umgedreht, um diesen Punkt deutlich zu machen. „Das Buch ist ein eher unangenehmer Gesprächspartner."

„Ui! Toll! Da komme ich mit!", rief Nika. „Das hat mir letztes Mal sehr gut gefallen. Wie das Buch dir die Wahrheit ins Gesicht gesagt hat und so. Oder geschrieben ... Oder so."

„Die Wahrheit? Das war ja nun wirklich nicht die ... Ach, wie auch immer." Was hatte es für Sinn, sich aufzuregen? Sie winkte die Zwelfe zu sich. „Dann komm, Nika."

Zusammen liefen sie über das Gewölbe der Kathedrale. Hier und da erspähte Damaris ihre bei den letzten Besuchen hinterlassenen Fußabdrücke. Leise klopfte sie an die schwere, in die Mauer eingelassene Tür. Unter ihrer Berührung schwang sie träge hin und her. Erst in diesem Augenblick fiel ihr ein, dass das Buch sie nicht hereinbitten konnte und so betrat sie ohne Aufforderung den Geleitraum. Die Sätze auf den lichtspendenden Seiten waren an die Besucher gerichtet:

Einen schönen guten Abend, Damaris. Hallo, Nika.

„Hi, Buch", antwortete Damaris.

„Hallo", grüßte auch Nika.

„Buch, wir haben da ein …"

Einen Moment bitte, Damaris. Bevor wir weiter machen, sollten wir uns auf einen Namen einigen. Das wollte ich schon letztes Mal ansprechen, und ich will es nicht nochmal verschieben.

„Wie bitte?" Damaris hatte keine Ahnung, worauf das Buch hinaus wollte.

Nun, ich weiß nicht … Buch … Das finde ich irgendwie unpersönlich. Das ist kein richtiger Name. Ich wäre dir verbunden, wenn du dir eine passendere Bezeichnung für mich ausdenkst.

„Können wir das ein andermal machen? Wir haben gerade andere Sorgen."

Natürlich könnten wir das ein anderes Mal machen. Aber ich hätte bestimmt bessere Laune, wenn du es nicht aufschieben würdest.

Damaris stöhnte. „Na gut, wie wär's denn mit …" Das Mädchen biss sich auf die Lippen und durchforstete ihr Gehirn. Ihr wollte partout nichts einfallen! „Hast du nicht selber irgendwelche Vorschläge?"

Nein.

„Hm. Natürlich nicht …", erwiderte Damaris, die Augen rollend. „So viel zu deiner unglaublichen Intelligenz!"

Beleidigungen sind meiner Hilfsbereitschaft nicht zuträglich.

„Ja, ja, sorry …" Beschwichtigend hob sie die Hände. „Nika, weißt du was?"

Auf diese Gelegenheit hatte die Zwelfe gewartet. „Gut, dass du mich fragst! Wie du ja leider bei mir und Bullie bewiesen hast, bist du nicht unbedingt ein aufgehender Stern im Namen vergeben. Wobei ... eigentlich gefällt mir Bullie mittlerweile ganz gut. Aber das war ja auch ein sehr naheliegender ..."

Damaris unterbrach sie barsch. „Nika, weißt du einen Namen oder nicht?"

„Ich finde Bert hat was Edles." Stolz blickte Nika zu Damaris hoch.

„Bert?", fragte Damaris ungläubig. „Das ist doch nicht edel! Du machst wohl Witze!"

Ich finde Bert sehr gut.

Damaris schaute vom Buch zu Nika und zurück. Dann verdrehte sie die Augen und fügte sich. „Also gut, wie auch immer. Bert ..." Sie schüttelte den Kopf. So ein bescheuerter Name! „... ich brauche deine Hilfe. Wobei ... Warum bist du eigentlich männlich?"

Du kannst mich ja auch Bertha nennen.

„Okay, schon gut, bleiben wir bei Bert. Wie ich schon meinte ... Bert ... ich brauche deine Hilfe."

Ich höre.

Damaris konnte sich kurz fassen, denn Bert wusste natürlich längst Bescheid. Immerhin verfolgte er zu jeder Minute Damaris' Tun und Treiben in Thinkit.

Damaris beendete ihre kurze Zusammenfassung und wartete gespannt auf Berts Rat.

Nun, ich werde dir nicht sagen, was du tun sollst ...

Das konnte nicht wahr sein! In dieser Situation hatte sie wirklich keine Lust auf Spielchen. „Ach komm, bitte! Nicht schon wieder. Dieses Mal könntest du mir die Lösung doch einfach sagen! Ich habe dir doch auch einen Gefallen getan!"

Ach ja? Welchen denn?

„Ich habe dir einen Namen gegeben."

Nein, das war Nika.

„Aber Nika ist doch wiederum ein Teil von mir, da ich sie gemacht habe!" Eine gewitzte Überlegung, lobte sie sich selber.

Als ob du jemals auf so einen schönen Namen gekommen wärst!

Genervt schüttelte Damaris den Kopf. „Also gut, es läuft wohl wieder auf die Selbsterlebnis-Schiene heraus. Wo soll ich dieses Mal hingehen?"

Durch die Tür rechts von dir.

Seufzend stieg sie vom Podest und trat gefolgt von Nika durch das neu erschienene Portal.

Ausnahmsweise war Damaris positiv überrascht. Nach den erschreckenden Teilwelten von Robin, erwartete sie dieses Mal – zumindest auf den ersten Blick – eine freudige Überraschung.

Sie stand bis zur Hüfte im Gras, Nika reichten die Halme sogar bis zum Bauch. Die Sonne schien rötlich auf sie herab, ein leichter Wind kühlte ihre Gesichter. Zu allen vier Seiten erhoben sich Hügel, sie standen offenbar in einem Tal. Ganz alleine. Ein paar Felsen lagen hier und dort verstreut.

„So eine Teilwelt ist doch schön!", sagte Nika und ließ sich ins weiche Gras sinken. „Warum machst du nicht mal so was?"

„Aber ich habe doch schon viele schöne Teilwelten gemacht und außerdem stammt diese hier auch von mir. Immerhin habe ich das Buch ja selber ... Ach, vergiss es!" Zeit zum Aufregen hatte sie später. Suchend schaute sich um. „Hast du irgendwas entdeckt? Ich habe keine Ahnung, was wir hier sollen."

Nika stützte sich auf ihre Ellenbogen. „Nein, nur Gras und Felsen. Vielleicht sollten ..." Sie hielt plötzlich inne und spitzte die Ohren. „Hörst du das auch?"

Beide hielten still und lauschten angestrengt. Da war noch etwas anderes als nur das Geräusch des Windes im Gras.

„Es hört sich wie ein Brummen an ... Wie eine Maschine, oder so ...", versuchte Damaris das Geräusch einzuordnen.

Nur Sekunden später näherte sich der Geräuschpegel der Schmerzgrenze, als eine Biene in der Größe eines Schäferhundes über den Grashängen auftauchte. Die riesigen Flügel machten einen unglaublichen Lärm, was angesichts der Masse der Biene nicht verwunderlich war.

„Warum musst du auch immer übertreiben?", fragte Nika anschuldigend, sich aufrappelnd und hinter Damaris Schutz suchend.

„Ach, jetzt ist es wieder meine Teilwelt?", erwiderte Damaris, und wich wie Nika ein Stück zurück, als die Biene ihnen immer näher kam. Ohne irgendein Interesse an dem Mädchen oder der Zwelfe zu zeigen, vollführte sie einige wilde Flugmanöver, um sich schließlich auf einem großen Felsen niederzulassen.

Gespannt beobachteten Nika und Damaris die Biene, die begann, sich in aller Ruhe zu putzen.

„Achte auf Hinweise", raunte Damaris der Zwelfe zu. „Deswegen sind wir hier!"

„Ob Bert auf deine Körperpflege anspielen will?" flüsterte Nika Damaris zu. „Die Zähne könntest du dir ruhig mal öfter putzen. Und deine Haare ..."

„Was soll denn das schon wieder? Wo ist denn da der Zusammenhang mit Robin?", antwortete Damaris genauso leise, aber gereizt.

Die Biene hatte aufgehört sich zu putzen und Damaris befürchtete bereits, das Insekt auf sich aufmerksam gemacht zu haben. Regungslos verharrte die Biene auf dem Felsen und starrte links an Damaris und Nika vorbei. Zumindest vermutete Damaris dies, konnte aber angesichts der Facettenaugen nicht sicher sein. Noch war auf den Grashängen nichts zu sehen, aber erneut war ein Brummen zu hören.

„Noch eine Biene?", fragte Nika beunruhigt.

Das zweite Insekt sah der ersten Biene nur teilweise ähnlich. Ihr Streifenmuster unterschied sich leicht, und Damaris schien der Neuzugang auf unbestimmte Art und Weise gefährlicher auszusehen. Mit einem tiefen, vibrierenden Summen kam die Biene herangeflogen. Kaum hatte sie das bereits anwesende Insekt entdeckt, flog sie mit sogar noch zunehmender Geschwindigkeit direkt darauf zu. Die erste Biene schaute zuerst unbeweglich zu, bis auch ihr deutlich wurde, dass die zweite Biene nichts Gutes im Sinn hatte. Hastig spreizte sie die Flügel, aber es war längst zu spät. Mit großer Wucht prallte die Angreiferin auf die Angegriffene. Beide fielen von dem Felsen herunter ins Gras und auch hier ließ die zweite Biene nicht von ihrem Opfer ab. Damaris und Nika konnten anhand der Kampfesgeräusche erahnen, dass es der ersten Biene schlecht erging.

„Was geschieht da bloß? Was soll das alles?", fragte Damaris, auf den Zehen stehend. „Siehst du das? Sie versucht zu entkommen, aber die zweite Biene holt sie immer wieder zurück!"

Gerade hatte die erste Biene sich befreit und war losgeflogen, als die zweite sie mit einem weiteren Zusammenprall zum Absturz brachte. Der Kampf im Gras ging in die zweite Runde.

„Sollen wir helfen?", fragte Damaris mit unsicherer Stimme. Sie konnte es kaum mehr mit ansehen, so Leid tat ihr das Opfer. Die

Biene schien unterlegen, ließ sich immer wieder mit den Flügeln schlagen, mit den Beinen treten. Die Tortur schien kein Ende zu nehmen.

Als Damaris es nicht mehr aushielt, und entgegen Nikas Rat zur Hilfe eilen wollte, fiel ihr im letzten Augenblick etwas auf – und sie hielt inne.

Nur ein paar Meter von den kämpfenden Bienen entfernt erschien zwischen dem Gras ein dicker grüner Halm, der oben eine Knospe trug. Außen war sie grün, aber als sie sich öffnete, entfalteten sich herrliche rote Blätter auf den Rasenteppich. Einer großen Seerose ähnlich lag die Blume auf dem See aus Gras.

Nicht nur auf Damaris hatte diese plötzliche Erscheinung eine Wirkung gehabt, auch die Bienen hatten ihr Verhalten geändert. Den Kampf beendend, ließ die zweite Biene von der ersten ab und flog auf die Blume zu. Glücklich lief sie über die Blätter. Das gerade noch so aggressive Insekt schien wie verwandelt. Sie berührte vorsichtig den Blütenstaub und genoss dessen Geschmack. Dann sah sie sich nach der ersten Biene um und flog nach kurzer Überlegung zurück zu ihrem Opfer. Damaris befürchtete schon, dass der Kampf weiter gehen würde, aber es kam anders: An Stelle ihr weitere Qualen zuzufügen, half die zweite Biene der Artgenossin auf. Vorsichtig, fast zärtlich, entfernte sie den Schmutz von dem geschwächten Insekt. Dann erhob sie sich wieder in die Luft, fasste mit den Beinen die erste Biene und trug sie ein Stück fort, um sie auf einer Erhöhung abzusetzen. Dort ermunterte sie die erste Biene, die Flügel auszuschlagen und davon zu fliegen.

Die Blume musste eine Art Wundermittel bereithalten. Anders konnte Damaris es sich nicht erklären, dass die beiden Bienen urplötzlich wie die besten Freundinnen harmonierten. Das Mädchen sah Nika an. „Weißt du, was das soll?"

„Nicht wirklich …", sagte Nika nachdenklich. „Vielleicht sollte ich die erste Biene sein, und du die Zweite. Bert will dir wahrscheinlich sagen, dass du mich zu schlecht behandelst."

Damaris verzog den Mund. „Genau ... träum weiter!"

In Gedanken versunken kehrten sie zurück zum Geleitraum.

Bert hatte keine weiteren Erklärungen geben wollen. Es sei doch so offensichtlich, hatte er geschrieben. Daraufhin war Damaris zu ihren Freunden zurückgekehrt und hatte ihnen die Erlebnisse geschildert. „Und dann sind wir zurück", schloss sie ihre Berichtserstattung. „Oder habe ich was vergessen, Nika?"

Nika schüttelte den kleinen Kopf.

„Was hat das zu bedeuten? Irgendeine Idee?" Damaris schaute in die Runde.

Keiner meldete sich.

„Wir werden es schon herausfinden, so schwierig kann es ja nicht sein", versuchte Paru den anderen Mut zu machen.

Nika streckte den Arm in die Luft. „Also, ich hätte ja eine Idee ..."

Damaris reagierte gereizt. Bestimmt wollte die Zwelfe sie wieder kritisieren. „Nika! Die will niemand hören!"

Beleidigt drehte Nika sich um und nahm neben Marcus am Rande der Gruppe Platz, so weit wie möglich von Damaris entfernt.

Damaris lauschte den Echos auf ihren letzten Satz und ließ sich dann auf einen der Querstreben nieder. Konzentrieren und nachdenken! Irgendeine einfache Lösung musste doch dahinter stecken!

Es war still in der Kathedrale, alle gingen ihren eigenen Gedanken nach. Nur das Kratzen eines Bleistiftes übertönte das leise Atmen der Anwesenden, steigerte sich bei der sonstigen Geräuschlosigkeit zu einer richtigen Störquelle. Es war nicht wirklich laut, aber in ihrem Unvermögen, eine Lösung zu finden, trieb das leise Geräusch Damaris in den Wahnsinn.

„Was treibst du denn, Nika?", fragte sie irritiert.

Die Zwelfe schaute auf, einen unschuldigen Blick in den Augen. „Wieso?"

„Du schaust mich immer wieder an, schreibst dann ein paar Wörter auf und grinst in dich hinein."

„Und?"

Damaris stand auf. „Was schreibst du? Was ist so witzig?"

Nika drückte das Blatt Papier an sich. „Nichts, ich mache nur eine Liste … Aber sie ist noch nicht fertig."

„Was für eine Liste?" Damaris stand nun direkt vor der Zwelfe und schaute auf sie herunter.

„Nur eine kleine Zusammenfassung deiner guten und schlechten Eigenschaften."

„Meine guten und schlechten Eigenschaften?", fragte Damaris ungläubig.

„Wow, ein Echo!", sagte Nika sarkastisch.

„Zeig mal her!"

Widerwillig reichte Nika Damaris das Blatt Papier.

„Gute Eigenschaften: …", las Damaris laut vor. „Nichts. Haha …" Mit verzogenem Mund schaute sie Nika an, die in einer entschuldigenden Geste die Schultern hob. Ich kann doch nichts dafür, dass du so bist wie du bist, schien die Zwelfe damit sagen zu wollen.

„Schlechte Eigenschaften: Egoistisch. Laut. Unverbesserlich. Besserwisserisch …"

Sie schüttelte den Kopf und gab Nika das Papier zurück. „Bist du sicher, dass du nicht dich selber beschrieben hast?"

Nika überlegte einen Moment und schrieb dann den nächsten Eintrag in die Reihe der schlechten Eigenschaften, ihn dabei laut aussprechend: „Beschuldigt andere, ihre eigenen schlechten Eigenschaften zu haben."

Damaris gab auf und lief ziellos durch ihren Eintrittsraum. Einige Minuten verstrichen. Jeder war mit seinen eigenen Gedanken beschäftigt, jeder war auf der Suche nach einer Lösung.

Wobei … eigentlich waren es nur sieben, die sich wirklich Gedanken machten. Bullie war nicht sehr gut im Nachdenken und er wurde mit der Zeit immer unruhiger. Einfach nur Herumsitzen lag ihm überhaupt nicht, und so langsam taten ihm die harten Steine weh. Erst bewegte er nur ein Bein, dann ein weiteres und letztendlich hielt er es nicht mehr aus und er stand auf. Vorsichtig verlagerte er das Gewicht von einem Bein auf das andere, immer bemüht nicht zu viel Geräusch zu machen.

Natürlich war trotzdem allen aufgefallen, dass er aufgestanden war, und sieben paar Augen schauten ihn nun neugierig an.

Um wenigstens den Eindruck zu erwecken, dass er sich wie die anderen um eine Lösung bemühte, hob er schnell eine Hufe an das Kinn.

„Hm!", sagte er leise aber mit Nachdruck, in der fehlerhaften Überzeugung, dass dies doch eine eindeutige Denkerpose war.

Die positive Folge war, dass Robin sich ein Grinsen nicht verkneifen konnte. Als die anderen das sahen, löste sich die Stimmung, und alle stimmten in das verhaltene Gelächter um Bullie mit ein.

„Was?", fragte der Stier verwundert, unsicher, ob er auch lachen sollte.

„Wenigstens bist du bei uns und du weißt endlich über alles Bescheid", wandte Marcus sich an Robin. „Damaris und ich werden schon auf was kommen. Wir werden Meffie schon finden. So lange wie ich sie kenne, werde ich sie über kurz oder lang schon aufstöbern. Danach …"

Erschrocken blieb Marcus mitten im Satz stecken. Er starrte Damaris an, die plötzlich ein lautes „Ha!" von sich gegeben hatte.

„Sie sind eins! Und ihr kennt euch wirklich schon länger, länger als gedacht!", rief sie. Ihre Augen waren fast unnatürlich weit geöffnet. Sie fixierte Robin, als ihr etwas klar wurde: „Und das bedeutet, dass … Oh, mein Gott …! Du hattest doch Recht, Robin. Mit Mortimer, meine ich."

Keiner konnte Damaris' Satzfetzen folgen. Und sie erklärte sich auch nicht näher, sondern lief aufgeregt hin und her. „Das eröffnet Möglichkeiten … Zum Beispiel …"

Abrupt blieb sie wieder stehen. „Natürlich! Die eine Biene hält die andere zurück! Aber dann kommt die Blume! Die Biene ist der Bestäuber der Blume, die Biene ist sozusagen Familie!" Ohne die Neugierde der anderen auch nur im Ansatz zu befriedigen, rannte Damaris los. „Ich muss weg!"

„Aber was ist denn los?", fragte Paru. Auch sie war nun aufgestanden.

„Ich glaube, ich weiß, was Bert mit den komischen Bienen andeuten wollte!", rief Damaris, rückwärts weiter laufend. „Und ich weiß, wer uns helfen kann!"

Sie rannte weiter, als ihr noch etwas einfiel. „Wir treffen uns wieder, wenn ich mehr weiß. Ihr müsst inzwischen einen Weg finden, wie wir zu Meffies Teilwelten kommen!"

„Zu Meffies Teilwelten?", hakte Marcus verwirrt nach. „Meinst du nicht die von Robin?"

Damaris hörte schon nicht mehr hin. „Ich kümmere mich um den Rest!"

„Welchen Rest?", fragte Nika.

„Und wer ist Bert?", wunderte sich Marcus.

Kaum war Damaris mit ihrem Körperschatten verschmolzen, da wachte sie auf und sprang aus dem Bett.

Halb sieben. Hatte sie das alles in nur etwas mehr als drei Stunden Schlaf erlebt? Unfassbar.

Am Schreibtisch tippte sie zuerst den Ort Menningsbach in eine Suchmaschine, außerdem den Namen von Robin. Es existierten gleich mehrere Artikel zu dem Unfall, der das öffentliche Leben der ganzen Kleinstadt über Wochen dominiert hatte. Schon schnell fand sie in den Artikeln, wonach sie gesucht hatte. Das Telefonbuch versorgte sie mit der letzten noch benötigten Information. Mit zitternden Fingern wählte sie die Nummer. Nach vier Wartetönen wurde abgehoben.

„Frau Kamenz?", fragte Damaris. Dann stellte sie sich vor und erklärte ihr Anliegen.

Nach dem Abendessen telefonierte Damaris erneut mit Frau Kamenz. Außerdem schickte sie ihr einige Fotos des bis auf eine Waschmaschine leeren Kellerraums der Lincols. Auf die Waschmaschine hatte sie einen Fahrradhelm, einen Taschenrechner und ein gerahmtes Foto von sich selber platziert. Das musste reichen. Simpel, nicht zu kompliziert, aber dennoch einzigartig.

Nachdenklich lehnte Damaris sich in ihrem Schreibtischsessel zurück. Was würde passieren? Würde sie Recht behalten? Hatte sie tatsächlich die Lösung gefunden?

Und wie lange würde Frau Kamenz brauchen?

Kapitel 30: Der Fluchtversuch

Mittlerweile war es Mittwoch. Wie sich herausstellte, brauchte Frau Kamenz deutlich länger als gehofft. Drei Tage und vier Nächte waren bereits vergangen, seit sie Robin aus den Klauen Meffies befreit hatten. Vier viel zu lange Nächte. Die Zeit mit Abwarten totzuschlagen, war nicht nur unbefriedigend, sondern sogar unerwartet anstrengend.

Wie bereits während der vorangegangen Tage konnte Damaris sich auch heute nicht auf den Unterricht konzentrieren. Jede einzelne Stunde schien sich auf die doppelte Länge auszudehnen, und erst nach einer unendlich lang anmutenden Zeit erklang endlich die Schulklingel. Tinas Mutter erwartete die beiden Mädchen bereits auf dem Schulhof, um sie mit dem Auto nach Hause zu bringen. Heute würden die beiden Freundinnen ihre Hausarbeiten gemeinsam machen.

Nach der ersten halben Stunde konzentrierten Arbeitens in Tinas Zimmer schaute die Gastgeberin von ihrem Mathe-Hefter auf. „Damaris?"

„Hm?"

„Was machst du da eigentlich?"

Damaris saß wie Tina auf dem Teppich des knallgelb angestrichenen Zimmers. An das Bett gelehnt, kaute sie auf ihrem Stift herum und dachte so gar nicht an die Hausaufgaben.

„Das Stichwort war gemeinsam!", beschwerte sich Tina.

„Ja, entschuldige ... Kann mich heute nicht so gut konzentrieren."

„Heute?" Tina zog kritisch eine Augenbraue hoch.

„Ach, es ist nur ..."

Tina unterbrach sie. „Hat es etwas mit deinen Träumen zu tun?"

„Ja, wieso?"

„Dann will ich es gar nicht erst hören!"

„Aber ..."

„Nein, du spinnst doch wirklich ein wenig in der letzten Zeit! Immer denkst du nur an deine komischen Träume, an diesen Robert, oder so ..."

„Robin", verbesserte Damaris. Sie hatte ihrer Freundin bruchstückhaft von ihren Träumen erzählt, aber Tina hatte sie nicht ernst genommen. Danach hatte Damaris aufgehört, darüber zu reden.

„Wie auch immer ... Können wir jetzt Hausaufgaben machen?" Damaris zuckte mit den Achseln. „Klar ... Ich konzentriere mich jetzt auch."

„Danke!" Tina beugte sich wieder über ihr Heft. „Hast du schon was bei Frage 2a?"

Damaris betrachtete ihre Freundin und musste dann leise Lachen.

Mit hochgezogener Augenbraue schaute Tina auf. „Was?", fragte sie schnippisch.

„Habe ich dir schon mal gesagt, dass dir rote Haare trotz allem wirklich gut stehen würden?"

„Jetzt reicht's!", rief Tina und sprang mit einem Schrei auf Damaris zu, deren kitzlige Fußsohlen ein perfektes Folterziel boten.

Am Abend waren die unbeschwerten Stunden vom Nachmittag längst wieder vergessen. Unruhig wälzte Damaris sich im Bett, nicht mal hier fand sie Ruhe! Dauernd suchte ihr Gehirn nach einer Möglichkeit, Meffie auszutricksen und mit Robin die Suche nach dem wirklichen Körperschattenraum zu starten. Solange der Körper lebte, würde der Raum existieren.

Ein Gedanke jagte den anderen, aber eine neue Idee, ein genialer Ansatz, kam dabei nicht heraus. Dazu kam, dass immer wieder Rachefantasien durch ihren Kopf geisterten. Sie stellte sich vor, wie sie Meffie bestrafen würde, wenn sie ihr wieder gegenüber stehen würde. Wie ein Film lief diese Begegnung vor Damaris' innerem Auge ab:

Meffie sah sie hämisch an, stürzte dann auf sie los und verwandelte sich wieder in den Panther. Aber dieses Mal hatte Damaris keine Angst, dieses Mal würde Damaris ihr zeigen, was wirkliche Fantasie war! Fast war das Raubtier bei ihr, da verwandelte sich das Mädchen in eine riesige Schlange und wickelte sich rasend schnell um den Panther. Dieser war verblüfft, reagierte aber schnell und wurde zu einem Stachelschwein, von dem Damaris schnell abließ. Kaum hatte sie sich zurückgezogen, wurde aus dem Stachelschwein ein riesiger Elefant, bereit, die Schlange zu zertreten. Aber das schwere Bein traf nur noch den blanken Boden. Denn Damaris schwirrte in Form einer Fliege bereits neben dem Kopf des Elefanten. Mitten in der Luft schwebend, verwandelte sie sich in einen noch größeren Elefanten, und fiel dann mit einem ohrenbetäubenden Trompeten auf Meffie herab. Die Beine des unteren Elefanten gaben nach, er ging zu Boden und der Kopf schlug mit einem dumpfen Geräusch auf. Der Schlag setzte Meffie kurzzeitig außer Gefecht, der Elefant schmolz dahin und verwandelte sich wieder in das verhasste Kaninchen. Nun war keine Zeit aufzugeben! Damaris überlegte sich die ultimative Strafe! Sie ... Sie ...

Ja ... Was würde sie eigentlich tun? Wie konnte sie Meffie endgültig besiegen? Aber war das überhaupt wichtig? Reichte es nicht bereits aus, Robin in die reale Welt zurückzuholen?

Damaris seufzte. Wenn doch Frau Kamenz endlich die für sie kreierte Teilwelt aufsuchen würde! Die Teilwelt, welche Damaris' Keller mit Waschmaschine, Fahrradhelm, Taschenrechner und gerahmten Foto zum Verwechseln ähnlich sah. Bei ihren abendlichen Telefonaten hatte Frau Kamenz sich an jedem einzelnen Tag dafür entschuldigt, dass sie von anderen Sachen geträumt hatte. Irgendwie schaffte sie es nicht, den Gedanken an den Kellerraum auch bis in den Schlaf hinüber zu retten. Selbstverständlich hatte Damaris erwidert, dass sie nichts dafür könne. Wenn sie ehrlich war, wurde sie aber langsam ungeduldig. Erst wenn sie in der Lage war, Frau Kamenz in Thinkit zu treffen, wäre sie bereit für den nächsten Schritt.

Und erst dann würde sie den anderen ihren Verdacht mitteilen. Bis zu diesem Zeitpunkt verbrachte Damaris jede Minute ihres Schlafes in der neuen Teilwelt. Gleichzeitig aufgeregt und zu Tode gelangweilt. Ihre Mitstreiter sah sie daher so gut wie gar nicht, was diese aber nicht davon abhielt, Damaris bei jeder Gelegenheit nach ihrem Verdacht zu löchern.

Da der Rückweg in Robins Eintrittsraum versperrt war, hatten die anderen die Tage wie sie mit Warten verbracht. Und mit dem Nachgehen sporadischer Ideen zu möglicherweise noch existierenden Tunneln. Es folgte immer eine Enttäuschung ... So wie es aussah, konnte nur Meffie selber ihnen nun den Weg zurück zeigen. Nur sie konnte den nächsten Schritt wagen, und versuchen Robin zurück zu holen. Und dann würden Damaris, Marcus, Tina, Paru, Nika, Bonnie und Bullie bereit stehen. Hoffentlich mit Frau Kamenz an ihrer Seite ...

Genervt trat Damaris die heißen Decken weg, ihre Beine schwitzten fürchterlich. Dann machte sie sich auf den Weg nach Thinkit.

Ungeduldig lief Robin durch Damaris' Eintrittsraum. Zum ersten Mal war er die gesamte Höhe der Kathedrale abgelaufen und erreichte nun die Stelle, an der eigentlich der Boden des Gebäudes sein müsste. An Stelle dessen schlossen sich zu beiden Seiten weitere, auf der Seite liegende Kathedralen an. Und weit über ihm, hatte eine Vierte ihren Anfang. Vier Kathedralen, angeordnet wie ein Kreuz und verbunden durch die Unterseiten ihrer Seitenmauern. In der Mitte des Kreuzes befand sich ein riesiger Freiraum. Ein beeindruckender Anblick – den Robin aber nicht genießen konnte. In seinen Gedanken war er ganz woanders: In seinem Körperschattenraum. Er merkte förmlich, wie ihm die Zeit davon lief. Ruhe wollte sich in ihm nicht mehr einstellen. Er reagierte daher auch sehr schreckhaft, als jemand ihn plötzlich ansprach.

„Hey, Robin!"

Robin drehte sich um und sah, dass in einer kleinen Nische im rechten Seitenschiff der linken Kathedrale eine Tür geöffnet worden war. Damaris' Kopf schaute um die Ecke, sie winkte ihn heran.

„Komm schnell, ich habe einen Weg gefunden, aber ich glaube, er hält nicht mehr lange. Wir müssen uns beeilen!"

„Was ist mit den anderen?", fragte Robin und schaute zurück in die Kathedrale, aus der er gerade gekommen war. Dort saßen Marcus, Paru und die anderen, und unterhielten sich angeregt.

„Je weniger, desto besser!", erwiderte Damaris. „Dann fallen wir nicht so auf. Nun komm schon!"

Robin nickte und lief zur Tür, doch im Türrahmen drehte er sich nochmal um. Er konnte sie zwar nicht sehen, doch das Echo trug stimmen hier weit: „Leute, ich und Damaris kommen gleich zurück, macht euch keine Sorgen!"

„Mit mir? Wohin?" Eine verwirrte Stimme.

Erstaunt drehte Robin sich zu Damaris um. War das nicht ihre Stimme gewesen? Aber aus der anderen Kathedrale, der mit dem Durchgang zum Körperschattenraum. „Wer …", fragte er, doch da hatte das Mädchen, welches er für Damaris gehalten hatte, ihn bereits in die Tür hinein gezogen.

Beim Betreten des Eintrittsraums hörte Damaris, wie Robin ihren Namen nannte. Fast im selben Moment verstand sie, was geschehen war. Panisch suchte sie mit den Augen die Kathedrale ab.

„Robin!", rief Damaris so laut sie konnte. „Ich bin hier! Verlasse nicht meinen Eintrittsraum!"

Es vergingen nur Sekunden, bis alle Freunde ausgeschwärmt waren und die Seitenschiffe absuchten. Als sie nicht fündig wurden, weiteten sie die Suche auf die anderen drei Kathedralen aus. Von Robin aber keine Spur. Er hatte den Eintrittsraum verlassen. Doch über welche Pforte? Damaris begann, wahllos Türen zu öffnen, schaute in dunkle, helle, enge und weite Tunnel hinein. In Tunnel, die sich organisch wanden, in Tunnel die wie aus massivem Fels gehauen schienen. In kurze Tunnel und lange Tunnel. Doch nirgends fand sie einen Hinweis auf Robin. Sie suchte noch weiter, als die anderen längst aufgegeben hatten. Denn sie hatten die harte Wahrheit bereits akzeptiert:

Sie hatten Robin wieder verloren.

Kapitel 31: Ein anderer Weg?

„Was können wir denn bloß tun?", fragte Paru niedergeschlagen, als Damaris ihre Suche schließlich aufgab, und sich zu den anderen auf die Treppe zu ihrem Körperschattenraum setzte. Ihnen im Rücken wachte die große Steinrosette.

„Wie können wir Kontakt zu ihm aufnehmen?", fuhr Paru fort. „Der Unfall ist schon sechs Monate her, die Zeit wird verdammt knapp!" Tröstend nahm Damaris sie in den Arm. „Wir werden schon einen Ausweg finden. Und Robin ist nicht dumm, vielleicht schafft er es auch selber, Meffie zu entkommen. Wenigstens weiß er jetzt Bescheid."

Trotz ihrer Beteuerungen plagte sie innerlich die Ungewissheit. Sollte sie ihren Verdacht nun doch endlich Preis geben? Würde es einen Unterschied machen?

„Wie hat Meffie es hierher geschafft?", fragte Tina. „Ich meine: Sie kann doch keinen Durchgang hierher machen, oder?"

„Wahrscheinlich hat sie sich damals ein paar der Durchgänge angeschaut", mutmaßte Damaris. „Damals, als es die Verbindung zwischen Robins und meinem Eintrittsraum noch gab. Vermutlich hat sie dann in ein paar meiner Teilwelten Ausgänge zu ihren eigenen gelegt. Damit hat sie dann immer die Möglichkeit, hierher zu gelangen. Um etwas Ähnlichem bei Robins Eintrittsraum zuvor zu kommen, hat sie ja dann anscheinend dort alle Pforten gesperrt."

Marcus rieb sich heftig die Haare. „Es will mir einfach nicht in den Kopf, dass wir keinen anderen Zugang zu seinem Eintrittsraum finden. Ich kenne Robin, Damaris kennt ihn und auch Paru kennt ihn. Und wir schaffen es trotzdem nicht, zu ihm vorzudringen? Das kann doch einfach nicht sein!"

Seit vier Nächten hatten sie jeden der ihnen bekannten Winkel von Thinkit abgesucht. Doch alle Wege zu Robin schienen versperrt. Und auch die Suche nach Meffie war ohne Ergebnis verlaufen.

„Wenn alle Durchgänge dort gesperrt sind, dann lässt sich auch nichts finden", sagte Paru.

Damaris nickte langsam, den Worten von Paru zustimmend, als ihr ihre letzte Bitte an die anderen wieder einfiel. Die Bitte, die sie kurz vor dem ersten Anruf bei Frau Kamenz geäußert hatte. „Aber ihr habt doch auch alle Wege zu Meffie überprüft, nicht wahr?"

„Wieso zu Meffie?" Marcus schüttelte den Kopf. „Zu Robin. Das haben wir versucht, ja."

Um Fassung ringend, schloss Damaris die Augen. Sie versuchte, ihre Stimme unter Kontrolle zu halten. „Aber ich hatte doch gesagt, dass wir einen Weg zu Meffie brauchen! Nicht zu Robin, zu Meffie!"

Marcus antwortete nicht.

„Warum habt ihr nicht auf mich gehört?", wollte Damaris wissen.

Mit unsicherem Blick schaute Marcus Paru und dann wieder Damaris an. „Na ja, du bist auf einmal aufgesprungen und weggerannt. Wir dachten, du hättest dich versprochen. Wir dachten es wäre nicht weiter wichtig!", entschuldigte er sich.

„Aber es ist wichtig!", meldete sich nun Paru. Ihr war offensichtlich ein Licht aufgegangen. „Natürlich! Dass ich nicht früher darauf gekommen bin. Damaris, du bist ein Genie!"

„Wieso denn das? Erklärt mir das mal jemand?", fragte Marcus.

„Wenn Meffie Robin besuchen kann, dann hat sie offensichtlich Zugang zu seinen Teilwelten", erklärte Paru. „Außerdem hat das Kaninchen bestimmt noch Verbindungen zu anderen Teilwelten in Thinkit. Denn sie wird wohl auch andere Orte in Thinkit besuchen. Und diese Gänge – von anderen Orten in Thinkit zu Meffies Teilwelten – wird sie bestimmt nicht zerstört haben. Wenn wir jetzt eine dieser Verbindungen benutzen, und in eine von Meffies Teilwelten vordringen, dann können wir von da aus – mit ein wenig Glück – auch zu Robin gelangen."

Damaris nickte langsam, dann immer schneller. „Daran habe ich eigentlich gar nicht gedacht, aber es könnte tatsächlich eine Möglichkeit sein!"

„Wie, du hattest einen anderen Grund?", wunderte sich Paru.

„Ja, aber das erzähle ich euch, wenn's so weit ist. Das einzige was wir jetzt brauchen …", fuhr Damaris fort.

Paru beendete den Satz: „… ist einen Weg zu Meffie. Und da kenne ich vielleicht einen."

Auch am Donnerstag hatte Damaris sich nur mit großer Anstrengung auf die Schule konzentrieren können. Paru hatte Damaris den Weg zu Meffie noch nicht preisgeben wollen, sie war hart wie Stein gewesen. Zuerst – so die Zwelfe – würde sie prüfen, ob er tatsächlich noch offen war. Erst heute Abend, in unendlich langen sechs oder sieben Stunden, würde Damaris endlich erfahren, was Paru entdeckt hatte.

Bei Tina – die beiden Mädchen machten wieder ihre Hausarbeiten zusammen – hatte Damaris sich Mühe gegeben, wirklich bei der Sache zu sein. Mit viel Anstrengung hatte sie die Hausaufgaben hinter sich gebracht, nach dessen Erledigung sie sich schon recht bald nach Hause hatte bringen lassen.

„Und? Wie war's denn bei Tina?", fragte Frau Lincol, als Damaris in die Küche hinein schlürfte.

„Okay."

„Sind die Hausaufgaben erledigt?"

„Hm …"

„Nicht sehr gesprächig heute, oder?"

„Nö."

Damaris hatte sich bereits umgedreht und war auf dem Weg in ihr Zimmer, als ihre Mutter ihr noch etwas hinterher rief:

„Ach ja, da hat eine Frau Kamenz angerufen. Damaris? Sie fragte, ob du sie schnellstens zurückrufen kannst." Sie pausierte kurz. „Damaris, hast du mich gehört?"

Sie hatte. In null Komma nichts war Damaris in ihrem Zimmer und an ihrem Telefon.

Nach dreimal Klingeln wurde abgehoben. Aufgeregt berichtete Frau Kamenz. Ein Erfolg! Sie hatte nach einer schlaflosen Nacht in ihrem Mittagsschlaf zum ersten Mal bewusst das Träumen wahrgenommen – und sie war zu der von Damaris kreierten Teilwelt vorgedrungen. Zumindest sah der Kellerraum in ihrem Traum genauso aus wie auf den von Damaris geschickten Fotos. Das Mädchen war sich allerdings relativ sicher, dass es sich tatsächlich um ihre Teilwelt handelte. Denn Frau Kamenz konnte sogar die Tür beschreiben, die sich in der rückwärtigen Wand befand. In der Wand, die nicht auf den Fotos gezeigt wurde. Und die Beschreibung passte genau auf die Tür, welche den Weg zu Damaris' Eintrittsraum freigab.

Schon schnell hatte Damaris die nächsten Schritte erläutert. Zufrieden aber aufgeregt beendete sie den Anruf. Der erste Teil war erledigt, nun war nur zu hoffen, dass auch Parus Hoffnungen sich erfüllt hatten. Leider musste sie noch das Abendessen abwarten, bevor sie endlich nach Thinkit zurückkehren konnte.

Obwohl die letzten Tage ihr schon so lange vorgekommen waren; diese letzten anderthalb Stunden schienen überhaupt nicht vergehen zu wollen. Auf heißen Kohlen sitzend, sah Damaris alle zwei Minuten auf die Uhr, und konnte gar nicht glauben, dass sich die Sekunden so lange hinzogen.

Nach dem Essen war es leider immer noch zu früh zur Umsetzung ihrer Pläne und Damaris versuchte sich deshalb mit einem Buch abzulenken. Die Abenteuer mit dem ‚Wunschstuhl', geschrieben von Enid Blyton, hatte sie längst zu Ende gelesen, genauso wie vier weitere Bücher. Im Moment war eine Geschichte mit dem Titel ‚Das Kartengeheimnis' dran. Die Geschichte gefiel ihr bisher eigentlich sehr gut. Nervig war nur, dass sie heute jeden Satz dreimal lesen musste, bevor sie dessen Inhalt auch richtig verstanden hatte. Ihre Gedanken wanderten einfach zu oft nach Thinkit.

Punkt neun Uhr sprang Damaris auf, putzte sich die Zähne und rannte die Treppe herunter. Nur ihr Kopf schaute um die Ecke, als sie ihre Eltern auf sich aufmerksam machte. „Ich gehe dann ins Bett. Bin ziemlich müde. Schlaft gut!"

Schon war der Kopf wieder um die Ecke verschwunden und Damaris auf dem Weg nach oben. Erst die Stimme ihres Vaters ließ sie innehalten.

„Damaris! Willst du dich nicht noch kurz zu uns setzen? Wir müssen über deine Strafe reden!"

Mit fragendem Blick tat Damaris ein paar Schritte in das Wohnzimmer hinein. „Und?"

Herr Lincol sah seine Frau an, bevor er antwortete: „Wir heben den Hausarrest auf! Du hast dich vorbildlich benommen, in den letzten paar Wochen. Ab jetzt kannst du – mit unserem vorher einzuholendem Einverständnis – abends wieder zu Freundinnen gehen."

Hundertprozentig sicher waren sich Herr und Frau Lincol gewesen, dass Damaris diese Nachricht mit einem Freudenschrei aufnehmen würde. Stattdessen gab es lediglich ein Schulterzucken und ein knappes: „OK, danke. Schlaft gut!"

Verwirrt lauschten die Eltern den leiser werdenden Fußstapfen ihrer Tochter.

Das erste was Damaris an diesem Abend in Thinkit sah, war Paru. Sie saß auf ihrem Schreibtischstuhl und schaute sie erwartungsvoll an.

„Hey!", grüßte die Zwelfe.

„Hi ... wartest du schon lange auf mich?"

„Ein wenig, aber das ist nicht so schlimm. Ich hatte dich eigentlich sowieso nicht vor elf erwartet."

„Ich konnte nicht mehr warten. Hast du einen Weg gefunden?"

„Eventuell ..."

„Wirklich?", rief Damaris, und setzte sich auf. „Erzähl!"

„Vielleicht ist es uns auch zu riskant."

„Na, jetzt sag' schon!", drängte Damaris ungeduldig.

Paru rückte den Stuhl näher und fing an zu erzählen: „Also … Ich habe dir doch erzählt, dass wir Meffie als bereits existierendes Wesen trafen. Ich habe dir aber noch nicht erzählt, wo! Es war komisch, dass sie überhaupt in Robins Teilwelt hatte vordringen können, da sie relativ komplex war, aber darüber habe ich damals nicht wirklich nachgedacht. Meffie sagte, dass sie den Tunnel dorthin durch Zufall gefunden hatte, dass er schon da war. Das haben wir akzeptiert. Es war nicht weiter wichtig."

„Da bin ich anderer Meinung", murmelte Damaris, aber Paru ignorierte den Einwand.

„Meffie hat ihm dann gezeigt, wie sie zu der Teilwelt vordringen konnte. Ihr Ausgang aus Robins Teilwelt führte über eine andere direkt zu einer Atravesse."

„Was ist eine Atravesse?", unterbrach Damaris die Zwelfe.

„Das ist ein großer Verbindungsweg oder Platz. Sie liegen in Gebieten mit vielen Teilwelten und werden vor allem von den Thinks benutzt. Dort spielt sich der Großteil unseres Lebens ab. Wir treffen dort andere Thinks, es gibt Restaurants, Sportmöglichkeiten, usw. Auch sind dort viele Zugänge zu anderen, öffentlichen Teilwelten. Wie eine große Stadt mit tausend Möglichkeiten halt. Oder wie ein großer Flughafen. Eine Kreuzung der Wege zu verschiedenen Teilwelten."

Damaris nickte. „Verstehe."

„Und? Fällt dir was auf?"

Damaris überlegte. „Nun, erstens ist es natürlich komisch, dass Meffie den Zugang zu ihrer und damit Robins Teilwelt an diese … Atravesse gelegt hat."

„Nicht, wenn sie verhindern wollte, dass Robin begriff, dass sie diesen Gang selber gemacht hatte. Sie hatte ja gesagt, dass sie den Gang gefunden hatte. Läge der Zugang in einem Eintrittsraum oder einer speziellen Teilwelt, so hätte Robin wissen wollen, wer diese Teilwelt kreiert hatte. Und sie wollte als Think gelten, nicht als Mensch."

„Stimmt ..."

„Nachdem sie Robin erstmal kannte, brauchte sie natürlich nicht mehr über die Atravesse zu gehen. Und Robin legte schnell seinen Argwohn gegen sie ab. Das Interessante dabei ist nun aber, dass mir beim besten Willen keine andere Teilwelt einfallen will, in die sie uns geführt hat. Bloß diese eine, welche auf die Atravesse führt. Alle anderen Teilwelten gingen immer von Robin aus."

„Damit hat sie clever vorgesorgt", meinte Damaris bitter. „Nur eine einzige Teilwelt, die ihr sicher zugeordnet werden kann."

„Aber eine, die nun Robins Rettung sein könnte."

Damaris verstand. „Der Gang ist immer noch da?"

Paru nickte, versuchte aber sofort, die Hoffnungen von Damaris zu dämpfen. „Es gibt da aber ein Problem."

Damaris rollte die Augen. „Natürlich, muss ja sein."

„Der Zugang ist nicht sichtbar, ähnlich wie der Durchgang in der Unterwasserwelt. Nur, wenn man genau weiß, wo der Eingang ist, findet man ihn auch."

„Aber du weißt, wo er ist?"

„Ja."

„Hast du ihn denn schon überprüft?"

Paru schüttelte den Kopf.

Verärgert zuckte Damaris die Schultern. „Was denn jetzt? Wenn man ihn nicht sehen kann, du aber weißt, dass er da ist, dann musst du ihn doch getestet haben!"

„Ich weiß, dass er noch da ist, weil er bewacht wird", erklärte Paru. „Und genau da liegt das Problem." Paru setzte sich zu Damaris aufs Bett und senkte unwillkürlich ihre Stimme. „Da Meffie mich kennt, habe ich mich nicht selber auf die Atravesse getraut, sondern eine Freundin gebeten, die besagte Stelle zu beobachten. Und zu schauen, ob jemand hindurch geht. Kima hat nun einen ganzen Tag ausgeharrt und beobachtet. Genauso lange hat eine unscheinbare Zwelfe direkt gegenüber dem Eingang genau diesen nicht aus den Augen gelassen."

317

„Hm", erkannte Damaris das Dilemma. „Entweder ist sie dort, um uns von einer Nutzung des Durchgangs abzuhalten ..."

„... oder es ist eine Falle", erwiderte Paru. „Warum sonst sollte Meffie den einzig mir bekannten Durchgang zu Robin offenhalten?"

„Dann lasst uns das doch einfach Mal rausfinden", schlug Damaris unternehmenslustig vor. „Allerdings müssen wir vorher noch auf eine Person warten ..."

Damaris hatte alle in ihrem Kellerraum versammelt. Mit leichtem Unmut standen Tina, Marcus, Nika und Paru vor der Waschmaschine und schauten sich in dem kargen Raum um. Sie konnten nicht verstehen, was sie hier sollten.

„So viel zu deinen Fortschritten im Fantasieren", murmelte Nika, geringschätzig auf die nackten Wände schauend.

„Nun warte einfach Mal ab", verlangte Damaris, bevor sie den Raum mit zwei Couchen für die anderen versah. Die Durchgänge zu sowohl Damaris' als auch zu Frau Kamenz' Eintrittsraum existierten bereits. Daher bestand keine Gefahr, dass letztere den Weg nicht finden würde, auch wenn Damaris nun noch etwas änderte.

„Sieht wie ein Schrein aus", bemerkte Nika, das Foto auf der Waschmaschine begutachtend. „Ein Schrein für die Mittelmäßigkeit." Dann setzte Nika sich zu Paru und die beiden begannen, die letzten Neuigkeiten auszutauschen.

Marcus stand bei Damaris und Tina. Noch fehlten der Stier und das Meerschweinchen, aber die beiden ließen nicht lange auf sich warten. Mit Bonnie auf dem Rücken kam Bullie aus der Tür zu Damaris' Eintrittsraum.

„NzRR meldet sich zum Dienst", verkündete Bonnie mit pflichtbewusster Stimme.

„NzRR?", fragte Damaris. „Was soll das sein?"

„Nager-zur-Rettung-Robins!", erklärte Bullie.

Damaris lachte. „Und das seid ihr?"

„Sicher!", verkündete Bonnie in einem Tonfall, der ausdrückte, wie dumm er diese Frage fand.

„Wer hat sich denn das ausgedacht?"

„Wieso?"

„Zum Ersten: Bullie ist kein Nager ..."

Bullies Gesicht verfinsterte sich. „Ach was ...", brummte er, „Mag er Erdnüsse, oder etwa nicht?"

„Das stimmt!", pflichtete Bullie eifrig bei.

„Was hat denn das mit Erdnüssen ...", protestierte Damaris, aber Bonnie schnitt ihr das Wort ab.

„Ist doch irrelevant ... Was steht an?"

„Was wohl? Wir versuchen, Robin zurück zu holen."

Paru kam herbei. „Wir sind vollzählig, Damaris." Abwartend schaute die Zwelfe sie an – wie auch alle anderen. Sie warteten auf ihre Anweisungen.

Damaris räusperte sich. „Okay. Wenn wir an der Atravesse sind, verstecken wir uns erstmal. Dann versuchen wir herauszufinden, ob uns jemand beobachtet. Wir versuchen unbemerkt die Pforte zu erreichen und zu durchqueren. Danach können wir nur hoffen, dass wir den Weg zu Robin finden. Wenn nicht, dann müssen wir uns wohl direkt mit Meffie beschäftigen, und hoffen, dass unsere Überzahl reicht, um sie zu besiegen. Dann kann sie uns zu Robin führen."

„Ach so", fügte sie dann hinzu. „Ich werde euch außerdem endlich erzählen, was das mit der Geheimniskrämerei der letzten Tage auf sich hatte. Und mit diesem Raum. Okay?"

Alle nickten.

„Gut!", sagte sie. Dann lehnte sie sich in ihrem Stuhl zurück. „Aber erst warten wir."

Sechs paar Augen schauten sie verwirrt an. Alle warteten auf eine Erklärung, doch trotz der nun folgenden vielen penetranten Nachfragen ließ Damaris sich nicht erweichen. Stattdessen schaute sie alle paar Sekunden über ihre Schulter in Richtung des zweiten

Durchganges. Fast auf die Minute pünktlich öffnete sich die Tür und Damaris sprang auf.

Langsam und mit einer Mischung aus Aufregung und Angst trat eine Frau in den Waschraum.

„Perfektes Timing!" Grüßend erhob Damaris die Hand und ging auf die Frau zu. Sie mochte so Ende dreißig sein. „Frau Kamenz?"

Durch Damaris' Geste ermuntert, lief auch die Frau einen Schritt auf das Mädchen zu, dabei immer wieder auf das Foto schauend, welches auf der Waschmaschine stand. „Du musst Damaris sein."

Als Damaris nickte, atmete die Frau erleichtert auf. „Gott sei Dank! Wo ich in den letzten paar Nächten schon überall gelandet bin!"

„Und ich hatte schon Angst, Sie hätten nicht einschlafen können", erwiderte Damaris.

Frau Kamenz lächelte. „Eine Schlaftablette wirkt Wunder!"

Damaris zeigte auf die Ansammlung von Thinks und Marcus, und stellte sie alle einzeln vor. Marcus kannte die Frau schon, die Thinks waren ihr erwartungsgemäß unbekannt.

Erwartungsvoll blickten die anderen nun abwechselnd Frau Kamenz und Damaris an.

„Ach so, sorry!", erinnerte sich Damaris an ihre guten Manieren. „Leute, Frau Kamenz ist die Mutter von Phirrio. Ihr wisst schon: Der andere Junge, der an dem Unfall mit Robin beteiligt war. Frau Kamenz wird uns wahrscheinlich eine große Hilfe sein."

„Und …", setzte Nika an, doch Damaris ließ sie nicht zu Wort kommen:

„Da ich mir nicht sicher bin, ob Frau Kamenz uns bei Meffie helfen kann, müssen wir uns auf jeden Fall um sie kümmern", schwor sie die anderen ein. „Es ist wahrscheinlich lange her, dass Sie sich bewusst in Thinkit befunden haben, oder nicht, Frau Kamenz?"

Phirrios Mutter strich sich mit der Hand eine braune Strähne aus ihrem schmalen, zierlichen Gesicht. Sie sah insgesamt ein bisschen mitgenommen aus, fand Damaris. Aber das war auch kein Wunder, wenn man sich überlegte, was ihrem Sohn passiert war.

„Richtig. Mir wäre schon ein wenig besser zumute, wenn ihr ein wenig auf mich Acht gebt. Auch wenn das hier alles nicht echt ist."

Marcus widersprach: „Nun, es ist schon echt. Leider wissen die meisten Erwachsenen aber nicht mehr, wie sie hierher kommen können. Fantasie ist ihnen nicht mehr so wichtig. Aber obwohl alles hier mal das Produkt einer Fantasie war, ist es nun durchaus real. Realgewordene, selbstständige Fantasie."

„Schöne Ansprache, Marcus!", neckte ihn Damaris, bevor sie ernst wurde. „Weitere Erklärungen aber bitte später. Uns fehlt die Zeit. Gehen wir los!"

Über Damaris' und Marcus' Eintrittsräume führte Paru die Gruppe zu ihrem Ziel. Das erste, was die Zwelfe tat, als sie auf eine der vielen übereinander angeordneten Emporen der Atravesse ankamen, war mit erhobener Hand die anderen aufzuhalten. „Wartet hier!", sagte die Zwelfe zu ihren Gefährten. Schnell und möglichst unauffällig lief sie zum Rand der Empore und schaute an der Felsenwand auf den unter ihr liegenden Platz herunter. Zu ihrer aller Überraschung ging sie dann in die Hocke und hielt ihr Ohr an eine große, hellblaue Pflanze, dessen oberen Ende die Brüstung um einen guten Meter überbot. Paru sagte ein paar Worte, nickte dann, bedankte sich und hob wieder den Kopf über die Brüstung. Sie überzeugte sich von der Sicherheit der Lage und winkte die anderen heran.

Einer nach dem anderen steckten sie den Kopf über den Rand. Hunderte von Stimmen schallten ihnen entgegen. Massenhaft Wesen – Thinks aber auch Menschen – liefen in diese oder in jene Richtung. Eine einzige kreisförmige Mauer bildete in ihrer Mitte den runden Platz. Die in die Höhe strebende Mauer selber war mit vielen Öffnungen, Türen und kleinen Geschäften versehen. Ein großes Gewölbe überspannte den Platz. Wie so oft in Thinkit schien es trotz vorhandener Helligkeit keine direkte Lichtquelle zu geben. An der Eintönigkeit der Mauer und des Gewölbes bildete sich kaum ein Schatten. Im Gegensatz zu den kahlen und tristen Steinen, Türen und Fenstern, hoben sich die farbenfrohen Thinks und Menschen umso stärker ab. Einige der auf den ersten Blick als Mensch eingeschätzten Wesen trugen altertümliche Kleidung. Sie offenbarten sich damit als Thinks, die von Menschen aus der jeweiligen Epoche geschaffen worden waren.

Zu jedem anderen Zeitpunkt hätte Damaris angesichts der Vielzahl an verschiedenen Wesen gestaunt, die über den Platz schlenderten, rannten oder standen. Im Moment hatten sie jedoch eine Aufgabe zu erfüllen und sie forderte Paru mit einem Blick zur Erläuterung auf.

Paru sprach gerade so laut, dass alle sie hören konnten. „Folgendes: Das hier ist Mika." Sie zeigte auf die Pflanze neben sich. „Sieht aus wie Pflanze, ist aber keine."

Tatsächlich konnte Damaris nun zwei kleine schwarze Augen auf dem oberen Viertel des Kaktus-ähnlichen Wesens erkennen. Sie lächelten sie freundlich an.

„Die Zwelfe, welche bisher den Durchgang zu beobachten schien, ist zwar verschwunden. Sollte das aber Meffie gewesen sein, so ist es möglich, dass sie einfach nur ihre Gestalt verändert hat. Dieser Dodo dort …" Sie zeigte auf einen mittelgroßen, weißen Vogel mit relativ dummem Aussehen, der schräg gegenüber der Tür an einem kleinen Stand herumlungerte. „… beobachtet seine Umgebung seit dem Weggang der Zwelfe sehr genau."

Die Augen zusammenkneifend, studierte Damaris den plump aussehenden Vogel. Ohne einer sichtbaren Aufgabe nachzugehen, stand der Think unterhalb einer Voliere und sah in die Menge. Die Stoffbahnen, die vor und in dem Stand ausgelegt waren, schienen ihn dabei nicht zu interessieren.

„Und wie finden wir heraus, ob das Meffie ist?", fragte Damaris.

Paru hob die Schultern. „Das weiß ich auch nicht. Aber die wichtigere Frage ist: Wenn es Meffie ist, warum wartet sie dann dort auf uns? Denn wenn sie uns erwartet, dann ist der Gang mit Absicht noch nicht zerstört worden, und wir können von einer Falle ausgehen." Paru setzte sich zu den anderen auf den Boden, und entzog sich damit eventuellen Blicken von der Atravesse. „Was haben wir für Möglichkeiten? Uns Meffie schon jetzt zeigen? Oder wollen wir erst versuchen, Robin zu finden?"

Damaris erwähnte einen wichtigen Punkt: „Meffie könnte Robin was antun, wenn wir es nicht schaffen, sie zu besiegen. Aber wenn wir sie vollkommen außer Gefecht setzen, dann kann sie uns nicht mehr sagen, wo Robin ist." Sie schüttelte den Kopf. „Wir sollten diesen Vogel dort unten ablenken, und dann erstmal auf eigene Faust Robin suchen."

Marcus schnaubte, eine Spur verächtlich. „Ablenken? Wie stellst du dir das vor? Machen wir Nika zum Lockvogel?"

„Hey!", beschwerte sich die Zwelfe.

„Ich habe eine bessere Idee!" Damaris stand auf. „Lasst mich nur machen. Ihr bleibt hier und wartet auf mich!"

Bevor Protest aufkommen konnte, flitzte das Mädchen davon – an der Wand entlang und um die Ecke der Empore – und verschwand.

Gespannt schauten sieben Köpfe über die Brüstung aus grauem Stein. Seit dem Moment, an dem Damaris davon gerannt war, hatten sie das Mädchen nicht wieder auftauchen sehen. Obwohl der Platz unter ihnen stark besucht war, konnten sie sich sicher sein, dass sie Damaris sofort entdecken würden. Immerhin schauten sie mit insgesamt vierzehn Augen auf die Atravesse hinab.

Drei Minuten vergingen und immer noch blieb Damaris verschwunden.

„Wo bleibt sie denn bloß?", fragte Nika gelangweilt. „So lange braucht man doch wohl nicht von hier oben bis da runter. Faules Ding!"

„Ich hoffe nur, ihr passiert nichts" sagte Paru.

„Oh, jetzt tut sich was!" Marcus zeigte in Richtung des Stoffstandes, wo sich plötzlich die Gestalt des Dodos in Bewegung gesetzt hatte. Der Vogel hielt sich fortlaufend halb verdeckt hinter einem anderen

Wesen, folgte aber unmissverständlich jemanden. Der Laufrichtung des Federviechs vorgreifend, erspähte Paru Damaris.

„Da ist sie!", rief sie aufgeregt. „Sie läuft direkt auf das große Tor zu!"

„Welches?", fragte Marcus angesichts der sechs monumentalen Tore, welche die Hauptzugänge zur Atravesse bildeten. Paru zeigte auf das ihnen gegenüber liegende Tor. In einem hohen Bogen überspannte es eine diffus schimmernde Oberfläche. Die Thinks traten einfach hindurch und ließen sich dann – deutlich kleiner – auf der anderen Seite noch als verschwommene Schatten wahrnehmen.

Auch Marcus erspähte nun Damaris. „Wohin führt das?"

Tina antwortete ihm – wie immer in den letzten Tagen war sie an seiner Seite. „In die nächste Halle, auch eine Atravesse. Die sieht so ähnlich aus wie diese hier." Auf seinen anerkennenden Blick hin zuckte sie errötend die Schultern. „Ich war zufälligerweise schon hier."

Paru überlegte laut. „Hoffentlich hat sie gemerkt, dass Meffie hinter ihr her ist".

„Warum macht sie das überhaupt?", rätselte Marcus. „Ob sie beabsichtigt, uns den Weg frei zu machen? Dann sollten wir vielleicht hinunter gehen, und schnell durch die Pforte schlüpfen!"

Paru schüttelte ungestüm den Kopf. „Auf keinen Fall lassen wir Damaris hier alleine. Auf gar keinen Fall, das kannst du vergessen, Marcus!"

„Ich dachte doch nur, dass sie es eventuell aus genau diesem Grund gemacht hat", erwiderte dieser beleidigt.

Paru hörte ihm schon nicht mehr zu. „Da, der Dodo versucht an der Gruppe von BämFs vorbei zu kommen."

Eine größere Anzahl von knallblauen Wesen, jedes zwei aufeinander gestapelten Gummibällen nicht unähnlich, versperrten dem Dodo den Weg. Brutal drängte der Vogel mitten durch die Gruppe.

„Er holt auf!", stellte Paru beunruhigt fest. „Damaris hat es fast geschafft … Jetzt … Jetzt ist sie hindurch!"

„Und nun?", fragte Tina. Sie erntete leere Blicke.

Damaris hatte mit einem mulmigen Gefühl den Platz überquert. Sie hatte mitbekommen, dass der Dodo seinen Platz verlassen hatte, traute sich aber nicht, sich nochmal umzuschauen. Auf keinen Fall wollte sie zeigen, dass sie erwartete, verfolgt zu werden. Kaum aber hatte sie das große Portal zur nächsten Halle durchschritten – sie hatte durch eine Wand wie aus Milchglas gehen müssen – schaute sie hektisch um sich.

Die Atravesse sah der von eben zum Verwechseln ähnlich: Ein großer Platz, begrenzt durch hohe graue Mauern mit einer Vielzahl an Etagen und Türen. Dazu zwei große Pforten: Durchgänge zu anderen Atravessen. Zwei Menschen unterhielten sich direkt neben ihr, ein paar einzelne Thinks unterschiedlichen Aussehens standen ein wenig abseits, und eine Gruppe Zwelfen mit Fotoapparat näherte sich dem Tor, aus dem Damaris gerade gekommen war. Schnell rannte Damaris an den verwundert dreinschauenden Zwelfen vorbei, stellte sich hinten an, und veränderte sich – von den Umstehenden unbemerkt – prompt in eine kleine Zwelfe. Sie war zu Mori geworden, komplett mit rotem Geleehaar und großen, klobigen Füßen. Damaris schaute an sich herunter, inspizierte schnell ihr Aussehen und schloss dann zu den anderen auf.

„Auch zum ersten Mal auf Reisen in dieser Gegend?", fragte sie die vor ihr daher schreitende Zwelfe, während sie diese einholte.

„Ach, da dachte ich schon, ich bin das Schlusslicht! Wo kommen Sie denn so plötzlich her?" Das Wesen hatte keine Haare, einen Kinderkopf, und war mit Shorts und T-Shirt bekleidet. Am Auffälligsten war die große Kamera, die auf ihrem Kugelbauch hin und her polterte.

„Äh … die tolle Dekoration hier hat mich so begeistert, dass ich stehen geblieben bin, um mir alles nochmal genauer anzuschauen. Da habe ich kurz den Anschluss verloren."

Skeptisch schaute die Zwelfe über ihre Schulter auf die Atravesse, die einer Grotte nicht unähnlich war. Eintöniger, kalter und kahler Stein, bloß mit einer Vielzahl von Pforten versehen. Dekoration war weit und breit keine sichtbar.

Kritisch schaute sie Damaris an, verzog dann ihren Mund zu einem Grinsen und erwiderte: „Sie haben bisher wohl kaum etwas von Thinkit gesehen, Schätzchen! Noch nicht sehr alt, was? Was diese Reise Ihnen noch alles bieten wird! Sie werden richtig begeistert sein! Wie heißen Sie denn überhaupt?"

„Mori."

„Hi, Mori. Mein Name ist Lakroi."

Damaris wischte sich flüchtig einen Schweißtropfen von der Stirn. Sie war erleichtert, im Gespräch zu sein. Damit fiel sie hoffentlich weniger auf.

„Worauf freuen Sie sich denn am meisten", machte Damaris gerade in dem Moment Konversation, als die Zwelfe vor ihnen das Tor durchquerte.

„Ich freue mich vor allem auf die Dunstgebäude von …"

Damaris passierte das Tor. Sie hörte Lakroi längst nicht mehr zu. Andere Dinge beanspruchten ihre Aufmerksamkeit. Hin und wieder nickte sie freundlich und versuchte den Schein aufrecht zu erhalten, dass sie sich ganz normal mit einer anderen Zwelfe unterhielt. Inzwischen jedoch, schaute sie bei jedem Schütteln des Kopfes und bei jedem Lachen eilig um sich.

Schnell wurde sie fündig.

Nur wenige Meter von ihr entfernt quetschte sich der Dodo mit größter Mühe durch die Gruppe von … Damaris wusste nicht, was es waren.

„Sag mal, Lakroi. Was sind denn das für Thinks?"

Ungläubig starrte die Zwelfe sie an. „Du musst wirklich von weit her kommen! Das sind BämFs! Bälle mit Füßen! Keine Augen, keine Arme, nur zwei große und zwei kleine Bälle. Die kleinen sind die Füße, aber vor allem die Großen – der Körper und der Kopf – sind richtig schön verformbar. Unter uns ...", Lakroi war näher an Damaris herangekommen und flüsterte ihr verschwörerisch ins Ohr. „Sie machen sich wunderbar als Kissen!"

Damaris lächelte höflich, während Lakroi sich den Bauch vor Lachen hielt. Dabei ließ Damaris nicht die Augen von dem Dodo. Hektisch schaute er um sich, ignorierte aber die Gruppe von Zwelfen, wie Damaris erleichtert feststellte. Schon war der Vogel mit dem erschreckend großen Schnabel an ihr vorbeigestürzt und durch das Portal verschwunden.

„Ach, ich habe mich ja der falschen Gruppe angeschlossen!", unterbrach Damaris nun die immer noch fleißig daher redende Lakroi, und stürzte mit einem „Tschüss, viel Spaß noch!" davon. Noch einen letzten Blick warf sie über die Schulter, bevor sie sich zurück verwandelte, zur Empore hoch winkte, und dann zu ihren Freunden rannte.

„Und jetzt? Was ist dein Plan?", fragte Paru, als Damaris auf der Empore angekommen war.

„Jetzt sind wir für kurze Zeit erstmal den Bewacher los. Ob es Meffie war, konnte ich aber nicht erkennen. Sie war zu weit weg, um die Augen richtig zu sehen. Die Frage ist wohl, wie lange der Dodo mich suchen wird, bevor er zurückkommt. Auf jeden Fall haben wir für kurze Zeit den Durchgang für uns alleine."

Kapitel 32: Meffies Wandlung

Schnell liefen die Freunde und Frau Kamenz zur Atravesse hinunter und dort direkt zu der bis vor kurzem von dem Dodo bewachten Pforte. Die grobe Richtung wusste Damaris, aber die letzten Meter war sie auf Paru angewiesen, da der Durchgang unsichtbar war. An der Wand angekommen, strich Damaris suchend mit ihrer Hand an dem Felsen entlang. Nichts war zu sehen, und genauso wenig war zu fühlen.

Paru allerdings, brauchte gar nicht erst zu suchen – sie wusste, wo der gesuchte Gegenstand war. Sich an den Steinen orientierend, griff sie an die scheinbar massive Wand, aber ihre Hand schaffte es nicht bis zur eigentlichen Mauer. Stattdessen schloss sie sich um einen unsichtbaren Türknauf.

„Ein offener Durchgang!", verkündete sie, als die Pforte aufschwang und eine Schwärze wie in der tiefsten wolkenverhangenen Nacht preisgab.

Erleichtert atmete Damaris auf. Wenigstens bis hierher hatten sie es schon mal geschafft! „Wir bleiben alle zusammen, okay? Sobald ihr durch seid, schließt ihr zu den anderen auf", gab sie die Instruktionen.

„Und wer geht als Erstes?", fragte Nika. Sie musste die Stimme heben, um die vielen um sie herum wuselnden Wesen zu übertönen.

„Ich mache den Anfang", beschloss Damaris. „Du und Paru, ihr könnt ja zusammen gehen, Marcus und Tina bleiben vielleicht am besten bei Frau Kamenz. Und Bullie und Bonnie ..." Damaris drehte sich dem Stier zu, der sie flehend ansah. Sie ließ sich von den braunen Augen erweichen: „... können von mir aus mit mir kommen." So konnte sie wenigstens ein Auge auf das schwächste Glied in ihrer Kette haben.

„Aber liebend gerne doch!", freute sich der Stier. „Soll ich irgendwas machen? Dich beschützen? Dein ..."

„Still sein, das reicht schon vollkommen aus."

„NzRR sind zu allem bereit!", verkündete Bonnie von Bullies Nacken aus.

„Toll ... Schön ..." Damaris schaute in die Runde, bedachte jeden mit einem kurzen Blick. „Alles klar?"

Alle nickten und stellten sich in Pärchen in einer Schlange auf. Bullie und Damaris setzten gleichzeitig Huf und Fuß über die Schwelle.

Die Atravesse verschwand und nach einem kurzen dunklen Gang tauchte ein schmaler Weg auf. Der graue Weg war hell beleuchtet und gleichzeitig das einzig Sichtbare in einem sonst tiefschwarzen Raum. Damaris fühlte sich an eine von Robins Teilwelten erinnert. Auch er hatte eine derart minimalistische Kulisse geschaffen, nur dass in seinem Fall der Weg beziehungsweise das Band gelb gewesen war. Und ein blauer Himmel hatte den Hintergrund gebildet. Die Schwärze hier kreierte eine bedrückende Atmosphäre und die Stille verstärkte sie bloß noch.

Damaris streckte ihren Arm über den Weg hinaus. Erschrocken zog sie ihn zurück, als ihre Hand neben dem Weg im Dunkeln verschwand.

„Scheint so, als ob nur hier über dem Weg Licht existiert", klärte sie Bullie und Bonnie auf. „Daneben kann ich nichts sehen. Wo der Pfad wohl hinführt?" Vor ihr schien der Weg endlos geradeaus zu gehen. Damaris drehte sich um. Auch hinter ihr bot sich ein ähnliches Bild.

Auch Bullie versuchte einen Blick auf den Weg hinter sich zu werfen, kam dabei aber mit der rechten Hinterpfote vom Weg ab. Sein Huf fand keinen Halt mehr, er kam ins Wanken. Als auch sein linkes Bein wegrutschte, prallte sein Bauch ungebremst auf den Weg. „Hilfe! Damaris! Hier ist kein Weg mehr! Hilfe!"

„Sachte!", brummte Bonnie, den Blick auf Bullies verschwindende Beine richtend. Aber auch auf sein Gesicht schlich sich ein besorgter Ausdruck.

Damaris war bei Bullies Hilfeschrei zusammengefahren und ihm dann sofort zu Hilfe geeilt. Dabei war die Situation bei genauerem Hinsehen gar nicht so schlimm: Bloß die beiden Hinterhufe ruderten in der Schwärze. Mit etwas Mühe zog Damaris den zitternden Bullie wieder auf den Weg, der sofort seine Hinterbeine untersuchte.

„Irgendwas hat mich angefasst, ich hab's ganz bestimmt gemerkt!"

„Ach was! Hier gibt es nichts als diesen Weg hier. Daneben ist Dunkelheit, Leere, Nichts", erwiderte Bonnie, der – dem Äußeren nach wieder die Ruhe selbst – immer noch in Bullies Nacken saß.

„Wir sollten uns einfach ein bisschen mehr Mühe geben, auf dem Weg zu bleiben, okay?", sagte Damaris mit absichtlich ruhigem Tonfall.

Bullie nickte ernst.

Damaris schaute um sich. „Ich frage mich, wo die anderen bleiben ..."

„Ich frage mich, wo Damaris, Bullie und Bonnie sind", sagte Paru, während Nika fasziniert ihr Bein in die Dunkelheit hineintauchte und wieder hervorzog. Und wieder ... Und noch einmal ...

„Sie werden doch wohl auch auf dem Weg gelandet sein, oder?"

„Klar doch!", antwortete Nika. Überzeugen konnte sie Paru damit nicht.

Ähnliche Sorgen machten sich Marcus, Tina und Frau Kamenz, die sich – genau wie die anderen – isoliert auf einem Stück grauen Weg befanden.

Langsam beschlich Damaris ein ungutes Gefühl. „Irgendwas stimmt hier nicht. Wo bleiben die anderen bloß?"

„Damaris?" Bullies Stimme schien seltsam körperlos.

„Hm?"

„Soll der Weg sich bewegen?"

„Keine Ahnung ... Wieso, tut er das?" Sie drehte sich um.

„Auf jeden Fall wird er immer kürzer." Bullie zeigte auf den Weg hinter sich, dessen Ende auf sie zukam.

„Was hat denn das zu bedeuten?", wunderte sich Damaris, ein wenig beunruhigt.

„Keine Ahnung."

„Sollten wir nicht lieber weiterlaufen, anstatt philosophische Fragen zu diskutieren?", schlug Bonnie vor. Sein Köpfchen sah aus wie eine Beule auf Bullies Hinterkopf.

„Wer ist denn wir?", fragte Damaris. „Du strengst dich ja nicht gerade an!"

Bonnie antwortete nicht.

In einem versöhnlichen Ton fuhr Damaris fort: „Nun, ich gehe mal davon aus, dass hinter dem Ende des Weges auch nur Schwärze ist. Und irgendwo runterfallen will ich nicht. Also ja, lasst uns weitergehen!"

Der Weg verlief nach wie vor gerade, obwohl Damaris in der Ferne die ersten Biegungen ausmachen konnte. Immer wieder schaute sie hinter sich. Mit wachsender Beunruhigung stellte sie fest, wie das Ende des Weges langsam aber stetig näher kam. Sie und ihre Begleitung mussten immer schneller ausschreiten, um den Abstand zwischen ihnen und dem Wegesende wieder zu vergrößern – oder zumindest gleich zu halten.

„Schau mal, eine Kreuzung!", rief Damaris plötzlich, mit einem Anflug von Hoffnung in der Stimme. Ungefähr hundert Meter vor ihnen kreuzte ein zweiter Pfad. Kerzengerade nach oben verlief er, senkrecht zu ihrem Weg. Ob er sich unterhalb ihres Weges fortsetzte, konnte Damaris von ihrer Position auf dem Weg aus nicht erkennen. „Sollen wir den Weg nehmen? Was meint ihr?", keuchte Damaris. „Bullie? Bonnie?"

An Stelle eine Antwort auf ihre Frage zu geben, rief Bullie freudenstrahlend: „Schau mal, da sind Paru und Nika!"

Die beiden Zwelfen liefen ein gutes Tempo. Gerade überquerten sie die Kreuzung und stießen durch einen weiteren Pfad hindurch, als ob es sich dabei nur um die Haut einer Seifenblase handelte. Sie waren bereits einige Meter oberhalb des zweiten Weges angekommen, als Paru plötzlich Damaris und Bullie bemerkte und erstaunt anhielt. Nika konnte nicht mehr bremsen: Sie prallte auf Paru, beide purzelten zu Boden.

Eine Schimpftirade ergoss sich über Paru, bevor sie die Chance bekam, Nika auf Damaris und ihre Konsorten aufmerksam zu machen.

„Hey, Nika, Paru, kommt zu uns!"

Dieser Aufforderung Damaris' wollten die beiden Zwelfen nur allzu gerne nachkommen. Schnell rafften sie sich auf und rannten zurück. Es waren nur wenige Meter bis zur Kreuzung.

Aber auch ein zweites Mal hielt Paru plötzlich an. Nika hatte größte Mühe, nicht wieder auf sie drauf zu stoßen. Schon wollte sie Paru erneut anmaulen, als sie sah, wie das Ende ihres Weges ihnen entgegen kam.

„Die Kreuzung ist schon keine mehr!", verkündete Paru enttäuscht.

Kurz überlegten die Zwelfen, ob sie den Sprung auf den anderen Weg wagen sollten. Aber sie wussten nicht, was sie in der zu überbrückenden Schwärze erwartete. Niedergeschlagen drehten sie um.

„Tut uns leid. Vielleicht beim nächsten Treffen. Passt auf euch auf!", rief Paru ihren Freunden zu, während sie und Nika an Tempo zulegten, um dem Ende des Weges zu entkommen.

Damaris und Bullie passierten inzwischen die Stelle der ehemaligen Kreuzung und winkten den Zwelfen mit ungutem Gefühl zum Abschied. Nichts deutete darauf hin, dass es die Kreuzung einmal gegeben hatte oder dass es eine solche nochmal geben würde. Verbissen liefen sie weiter, den Blick fest auf die graue Oberfläche geheftet.

Es dauerte nicht lange, bevor Damaris die ersten Probleme auf sich zukommen sah. „Balken!", verkündete sie einsilbig.

„Balken?", erklang das verwunderte Echo hinter ihrem Rücken.

„Ja, Balken! Versuche an ihnen vorbei zu gehen, Bullie!"

„Und du den Kopf einziehen, Bonnie!", fügte sie hinzu.

Vor ihnen lag nach wie vor der Weg, aber die Dunkelheit war hier nicht komplett zurückgewichen. Scheinbar willkürlich verteilt, waren schwarze Streifen übriggeblieben, die kreuz und quer über dem Weg angeordnet waren.

Der erste Streifen, den Damaris erreichte, verlief knapp über dem Boden. Damaris hüpfte leichtfüßig darüber hinweg. Bullie tat es ihr gleich. Beim nächsten mussten sie sich bücken, beim dritten Balken nach links ausweichen. Obwohl bisher nur wenige Streifen den Weg überspannten, bremsten sie Damaris und Bullie durch die notwendigen Ausweichmanöver deutlich ab.

„Bullie, wir müssen schneller gehen, das Ende holt wieder auf!"

Bullies Erwiderung bestand aus einem gekeuchten Grunzen. Mit zunehmender Anstrengung wich er der wachsenden Anzahl an Streifen aus. Dabei nahm nicht nur deren Menge zu, auch die Ausmaße wuchsen stetig: Immer dicker wurden die schwarzen Barrieren.

Damaris hatte es längst geahnt: Es war letztendlich nur eine Frage der Zeit, bis bei ihr oder Bullie eines der Ausweichmanöver schief gehen würde. Bullie war größer und schwerer als das Mädchen und war damit am meisten gefährdet. Als er über einen weiteren Streifen hinweg sprang, übersah er einen zweiten, der knapp dahinter auf Kopfhöhe lag. Es war zu spät zum Ausweichen. Bullie atmete tief ein, als sein Kopf die Schwärze berührte. Auch Bonnie bereitete sich auf das Schlimmste vor.

Den Bruchteil einer Sekunde später waren sie bereits hindurchgetaucht. Nichts war geschehen.

„Das war ja locker!", stellte Bonnie verwundert fest. „Mir geht's genauso gut wie vorher. Na ja, genauso schlecht."

„So ist das aber einfach!", freute sich auch Bullie, während er an Geschwindigkeit zulegte und vier weitere schwarze Streifen durchbrach. „Damaris, schau mal, du kannst einfach durch die Streifen hindurch laufen! Es passiert nichts!"

Damaris, nur ein paar Meter vor Bullie, verlangsamte ihren Schritt und schaute hinter sich. Sie sah gerade noch, wie Bullies Mittelkörper aus einem schwarzen Streifen auftauchte. Dann allerdings, hörte sie ein lautes „Klong!", als der nächste Streifen auf Kopfhöhe sich als undurchlässig erwies.

Bullie hatte es mit voller Wucht auf den Boden geworfen. Unsicher richtete er sich wieder auf und rieb sich dabei seinen schmerzenden Schädel.

„Okay. Vielleicht solltest du doch lieber ausweichen", schlug Bonnie überflüssigerweise vor.

„Geht's?", fragte Damaris. Das Nicken Bullies zur Kenntnis nehmend, drängte sie weiter. „Dann kommt, wir haben keine Zeit! Das Ende des Weges!" Sie zeigte hinter Bullie und Bonnie. „Es hat uns fast eingeholt!"

Leicht benommen lief Bullie weiter, bemüht, die Schwärze nicht mehr zu berühren. Doch immer mehr Streifen tauchten auf, Es wurde rapide schwieriger, allen auszuweichen. Sogar Damaris berührte nun hin und wieder die Schwärze. Bisher war ihr noch nichts geschehen, aber irgendwann würde auch sie schmerzhafte Bekanntschaft mit den unheimlichen Balken machen, dessen war sie sich bewusst.

Die Bedrohung – als sie sichtbar wurde –, war dann aber doch eine ganz andere: Als Damaris ein weiteres Mal unter einem schwarzen Streifen hindurchtauchte, erschien plötzlich eine Hand. Blitzschnell kam sie aus dem Streifen heraus geschossen und griff nach Damaris' Haaren. Mit einem Schrei stürzte Damaris sich seitlich zu Boden und die runzlige und bekrallte Hand schnappte ins Leere, bevor sie wieder in der Schwärze verschwand.

Kaum hatte sie begriffen, was gerade passiert war, rief Bullie ihr in Panik zu: „Damaris, hinter dir!"

Schnell sprang sie vom Wegesrand weg. Beim Umdrehen konnte sie gerade noch erkennen, wie eine weitere Hand in der Dunkelheit verschwand.

„Los! Weiter! Vor allem nicht stehen bleiben!" Panisch schaute Damaris um sich, winkte Bullie hektisch zu und rannte weiter. Immer wieder griffen Hände nach ihr. Einige erwischten sie sogar, aber sie konnte sich immer wieder losreißen.

Das Wegesende kam unterdessen unerbittlich näher. Bullie war nur noch zwanzig Meter davon entfernt, als eine aus der Dunkelheit hervorschießende Hand sich um seinen linken Hinterlauf schloss und er mit einem lauten Schrei zu Boden fiel. Sofort ergriff eine zweite Hand auch sein rechtes hinteres Bein, zwei weitere schnappten sich die Vorderläufe. Er saß fest.

Damaris kehrte sofort um. Trotz des näher kommenden Endes des Weges eilte sie zurück, wich zwei Händen aus und ging vor Bullie in die Knie. Mit Ekel betrachtete sie die bekrallten grauen Hände, griff dann nach der, die Bullies linkes vorderes Bein festhielt, und zog kräftig daran.

„Es geht nicht!", rief Bullie panisch, während Bonnie von Bullies Nacken auf den Weg sprang, dabei wegknickte und hinfiel. Doch keine Sekunde später hatte er sich wieder aufgerafft und rannte zu der anderen Hand, um seine kleinen Spitzen Zähne in der grauen Haut zu versenken. „Ist das eklig!", brummte er, das Gesicht verziehend. Dann biss er erneut zu. Ohne Wirkung.

Damaris erhöhte ihre Kraft, Schweiß bildete sich auf ihrer Stirn. Als sie schon dachte, dass ihre Bemühungen zwecklos waren, gelang es ihr schließlich, Bewegung in die kalten Finger zu bringen. Ein letzter Ruck und das Bein war frei. „Nummer eins!", stellte sie erleichtert fest.

Leider nicht für lange. Kaum war das Bein frei, da schnellten zwei weitere Hände hervor und nagelten Bullies linkes Bein erneut an den Boden.

Eine Stimme aus dem Nichts hallte über den Weg: „So einfach mache ich's dir nicht, Damaris!"

Damaris erschauderte. „Meffie ...", flüsterte sie.

„Deine Aktion vorhin auf der Atravesse ... sie hat mich nur kurz aufgehalten. Aber ich hätte mir wohl noch mehr Zeit lassen können: Ihr seid blauäugig in meine Falle getappt."

An ihrem ganzen Körper hatte sich Gänsehaut gebildet, Meffies Stimme ging Damaris durch Mark und Bein.

„Der Kompass!", murmelte sie, auf der Suche nach einem Fluchtweg. Sein Gewicht machte sich plötzlich in ihrer Hosentasche bemerkbar. Damit konnte sie entkommen! Aber Damaris verwarf den Gedanken auf der Stelle wieder. Sie konnte ihre Freunde nicht alleine zurück lassen, sie musste das gemeinsam mit ihnen durchstehen. In was für eine Situation hatte sie alle bloß gebracht!

„Tja, sicher überlegst du dir nun, was aus deinen Freunden und dir wird. Zu acht seid ihr, wenn ich's richtig mitbekommen habe."

„Was hast du vor?"

„Sobald ich dich und diesen ... Stier? Soll es ein Stier sein?"

„Was soll das denn bedeuten?", erwiderte Bullie beleidigt, trotz seiner prekären Lage.

„Wenn ich euch beide erledigt habe und dieses Ungeziefer auch ..." Damit war wohl Bonnie gemeint. „... dann kümmere ich mich um die anderen. Nicht, dass ich wirklich eingreifen muss. Einmal in der Schwärze, gibt sie euch ohne mein Eingreifen nicht mehr frei!"

Mit verzerrtem Gesicht zog Damaris an einer der runzligen Hände, während die Schwärze nun fast Bullies Hinterbeine erreicht hatte. Das Wegesende kam zwar langsamer als zuvor auf sie zu, aber nach wie vor fraß die Schwärze Zentimeter um Zentimeter des rettenden Pfades auf.

Als der befürchtete Moment nur Sekunden später kam, verschwanden plötzlich die Hände, die bis dahin Bullies Hinterbeine festgehalten hatten. Aber auch der Weg war nun verschwunden: Bullies Hinterkörper hing über die Kante hinaus. Seine Hinterläufe und ein Teil seines Körpers verschwanden aus Damaris' Blickfeld.

Einen Moment später, und nur noch seine Vorderpfoten und sein Kopf schauten aus der Schwärze hervor.

„Damaris, ich falle!" Seine Pupillen weiteten sich panisch.

Mit aller Macht zog Damaris an Bullies Pfoten, aber sie wusste, dass sie sein Gewicht nicht würde halten können. Sie fühle sich ungeheuer machtlos. Die erste Hand ließ das linke Vorderbein los, Bullie hing nur noch an einer einzigen bekrallten Hand und an Damaris' viel zu schwachen Armen. Was konnte sie noch tun? Ein lautes „Halt!", schallte durch den Raum.

Der Pfad verschwand nicht länger in der Dunkelheit. Gleichzeitig versank alles in Stille und Unbeweglichkeit.

„Was ist denn los?", wunderte sich Damaris mit gesenkter Stimme. Sie hielt nach wie vor Bullie, der sie angsterfüllt ansah.

„Ich glaube, es liegt an Frau Kamenz", flüsterte Bonnie zurück.

Damaris' Gesicht zeigte plötzlich wieder Hoffnung. „Dann scheint es zu klappen!", murmelte sie.

Nach einer weiteren kurzen Pause vernahmen die drei Gefährten eine Stimme – definitiv anders als Meffies: jünger, verunsichert –, die nicht lauter als ein Seufzen eine Frage stellte: „Mama?"

Kurz zuvor hatten sich erneut zwei Wege gekreuzt. Dieses Mal hatten Frau Kamenz, Marcus und Tina die Möglichkeit gehabt, auf Damaris' Weg umzusteigen. Sie hatten diese Chance genutzt, denn schon von weitem hatten sie die missliche Lage erkannt, in der sich der junge Stier befand. Trotz der guten Vorsätze waren Frau Kamenz und die beiden Jugendlichen nicht weit gekommen, denn kaum hatten sie die Kreuzung hinter sich gelassen, da löschte das laute „Halt!" den Weg vor ihnen aus. Zwischen ihnen und Damaris lagen nun drei Meter Schwärze.

Und dann war alles still geworden. Nur das „Mama?" verhallte leise und blieb für einige Sekunden unbeantwortet.

Verunsichert, aber mit einem hoffnungsvollen Glanz in den Augen, fragte Frau Kamenz schließlich mit zitternder Stimme: „Phirrio?"

337

Eine Antwort auf diese Frage bekam sie nicht. Aber in der Schwärze tat sich etwas.

Direkt vor dem Loch schob sich langsam von der Seite ein Arm aus der Dunkelheit. Er war jugendlich; keine Krallen oder faltige Haut verunstalteten ihn. Dann kam ein Bein hinzu, ein Oberkörper, ein Kopf und schließlich stand ein kompletter Junge auf dem Weg.

Damaris schaute über die Schulter auf den ihr halb abgewandten Jungen. Sie hatte ihn noch nie gesehen. Dagegen erkannte sie auf den ersten Blick an Marcus' Gesichtsausdruck, dass er den Jungen sehr wohl kannte.

Blonde Haare, eine schlaksige, wenig sportliche Figur. Dazu eine Reihe an Pubertätspickeln, die Damaris sogar aus der Ferne ausmachen konnte. Die Hose etwas zu eng, der Pullover etwas zu groß. Phirrio war nicht unbedingt der Traum eines Teenager-Mädchens.

Ungläubig schaute Phirrio Frau Kamenz an. Einige Sekunden verstrichen, in denen beide unbeweglich dastanden. Schließlich ging Frau Kamenz einen Schritt auf ihren Sohn zu, worauf der Junge vorstürzte und sie stürmisch umarmte.

„Wie hast du mich gefunden?", schniefte er, in dem vergeblichen Versuch, seine Tränen zurückzuhalten.

„Mein Junge ...", war das Einzige, was Frau Kamenz hervorbrachte. Schmerzhaft kräftig drückte sie den Jungen an sich – es schien, als wolle sie ihren Sohn nie mehr loslassen.

Erst Damaris' Hilferuf brach die Zweisamkeit auf: „Hey! Hilft uns hier bitte jemand?" Bullie hing noch immer über dem schwarzen Abgrund, gehalten von der einen Hand.

Frau Kamenz löste sich aus Phirrios Umarmung, schaute ihm kurz in die Augen und nickte dann bestimmend mit dem Kopf in Richtung Bullie.

Phirrio drehte sich nicht mal um, nickte nur verstehend.

Im gleichen Augenblick spürte Bullie wie sein Körper angehoben wurde und kurz darauf auf dem wiederhergestellten grauen Weg zur

Ruhe kam. Hektisch überprüfte er, ob alle Körperteile vorhanden waren. Inzwischen schaute Damaris sich nach schwarzen Streifen oder gierigen Händen um. Beruhigt stellte sie fest, dass außer dem Weg, der sich nun in beide Richtungen scheinbar unendlich weit ausbreitete, keine Überraschungen mehr auf sie warteten.

„Aua!", murmelte Bonnie – ziemlich verspätet –, während er seine vom Sprung von Bullies Nacken noch schmerzenden Gelenke leckte. Dann fielen ihm seine Beißattacken auf die verrunzelten Hände ein, und er begann nach Herzenslust auszuspucken.

Damaris fiel ein Stein vom Herzen, als sie Bullie und Bonnie in Sicherheit sah. Aber noch waren sie nicht vollständig. „Paru und Nika?" Eine Spur von Schärfe schwang in ihrer Stimme mit.

Phirrio nickte – ein wenig zögernd – und ein weiterer grauer Weg durchbrach den, auf dem Damaris stand. Es dauerte nicht lange, da kamen die beiden Zwelfen herbei gerannt. Nika schaute verwundert um sich und wollte bereits einen Kommentar abgeben. Indem Damaris einen Finger auf die Lippen legte, bedeutete sie den beiden still zu sein. Da nun alle in Sicherheit waren, machte es Sinn, die Lage zu deeskalieren.

Phirrio wandte sich an seine Mutter. „Wie hast du mich hier gefunden?", wiederholte er seine Frage. Er war fast ein halben Kopf größer als sie. Sein Körperbau war ähnlich zierlich wie der ihrige.

„Damaris hat mich geführt." Zärtlich streichelte sie seine zotteligen, blonden Haare. „Wie sie mir erzählt hat, hast du ihr das Leben nicht unbedingt leicht gemacht."

Phirrio schlug die Augen nieder. Seine Haltung schien sich noch etwas zu verschlechtern, als die Schultern etwas nach vorne sackten. Leise murmelte er: „Das war alles nicht so gemeint. Ich … Ich wollte niemandem wirklich was tun."

„Das scheinen die meisten hier aber anders verstanden zu haben. Wolltest du wirklich Robin daran hindern, aus dem Koma aufzuwachen?"

Mit trotzigen und ein wenig wütenden Augen schaute Phirrio seine Mutter an. Sein eckiges Gesicht nahm einen verbitterten Zug an. „Und wenn schon? Es ist einfach nicht fair, dass mir das passieren musste! Und dann soll Robin, dem ich das alles zu verdanken habe, wieder zurückkehren?"

„Genau dafür werden wir sorgen, da kannst du Gift drauf nehmen!" Mit funkelnden Augen und unbewusst zu Fäusten geballten Händen trat Damaris direkt hinter Phirrio.

Er wandte sich ihr zu und schaute seine erbitterte Widersacherin einen Moment lang an. Dann holte er tief Luft. „Ja. Klar. Was bleibt mir anderes übrig? Ihr habt mir meine Mutter gebracht, das ist auch was wert."

Zu seiner Mutter meinte er: „Es hat sich einfach verselbstständigt. So war das nicht geplant. Es tut mir leid."

Schweigend beobachteten sieben paar Augen, wie Phirrios Mutter ihn vergebend in die Arme schloss.

Lange konnte Damaris die Wiedervereinigung jedoch nicht mit ansehen. Erstens, weil sie noch lange nicht soweit war, dem Gefängniswärter von Robin zu vergeben. Zweitens, weil die Zeit immer noch drängte. „Frau Kamenz? Phirrio? Geht dieser Weg wirklich irgendwohin, oder ist diese Teilwelt nur als Falle für uns gedacht?"

Verwundert schaute Phirrio Damaris an. „Nein! Wie kommst du denn darauf? Natürlich geht der Weg weiter. Der Zugang ist wichtig. Ich musste unter anderem diese Pforte dalassen, um Krain den Zugang zu ermöglichen!"

Verwirrt schaute Damaris in die Runde. „Krain?"

Alle zuckten die Achseln.

„Na der, der mich auf die Idee gebracht hat", erklärte Phirrio. „Robin hier festzuhalten, meine ich."

Damaris glaubte, unter ihr täte sich ein Abgrund auf. Sie fühlte sich plötzlich wie in einem schlechten Film, bei dem der eine Schicksalsschlag auf den anderen folgt. Sie hatte gedacht, sie hätten gewonnen, mussten nur noch die losen Enden verbinden. „Was? Es gibt noch jemanden?", stieß sie hervor. „Irgendwann reicht es doch ... Wer ... Wo ..." Adrenalin pumpte durch ihre Adern und ihr Kopf klärte sich schlagartig. „Wo ist Robin? Hol ihn sofort her, bevor er uns wieder entwischt!" Ein unnachgiebiger Blick auf Phirrio. „Du weißt doch wo er ist?"

„Ich schaue mal nach." Phirrio lief an den Wegesrand und steckte den Kopf in die Schwärze. Bis zu den Schultern verschwand er, dann tauchte er wieder auf. „Kommt gleich."

Mit einer Armbewegung wich die Schwärze neben dem Weg zurück und es öffnete sich ein grauer Platz. Schnell erschuf Phirrio ein großes Kissen, platzierte es in der Mitte der freien Fläche, verschob es noch einige Zentimeter und trat dann zurück. Kaum hatte er das getan, tauchte aus der Dunkelheit ein schnelles Etwas auf, das mit voller Wucht in das Kissen stürzte. Federn flogen in der Gegend herum und blockierten kurzzeitig die Sicht.

„Da ist er", sagte Phirrio leise. Er winkte Damaris heran und trat selber ein paar Schritte zurück. Er wollte Robin – denn der war es, der nun im Kissen lag – offenbar vorerst nicht unter die Augen kommen.

Vorsichtig stand Robin auf. So richtig sicher auf den Beinen fühlte er sich noch nicht. Und doch breitete sich ein Grinsen über sein Gesicht aus, während er sich ein paar Federn aus den Haaren fischte. Er hatte Damaris, Marcus und die anderen entdeckt. „Ihr seid echt der Wahnsinn! Wie habt ihr mich denn jetzt schon wieder gefunden? Und wo ist Meffie?"

„Hallo, Robin!", erwiderte Damaris erleichtert. „Wir dachten halt, wir besuchen dich mal! Und wir haben dir noch einen alten Freund mitgebracht: Phirrio." Eine Kopfbewegung in Richtung des Jungen folgte.

Erstaunt stellte Robin fest, dass sein Freund, der eigentlich größer als seine Mutter war, im Moment neben ihr wie ein kleines Häufchen

Elend wirkte. Den Kopf beschämt zu Boden gerichtet, traute er sich nicht, Robin ins Gesicht zu schauen.

„Er hört auch den Namen Meffie", fuhr Damaris fort.

Nur einen Moment lang beherrschte Verwirrung Robins Gesicht, dann wurde sie ersetzt durch Zorn. Sein Körper versteifte sich, während er nach Worten rang.

Schnell ergriff Damaris wieder das Wort. „Aber bevor du ihm was antust: Er hat uns vorhin geholfen Bullie zu retten. Auch wenn die Gefahr überhaupt erst durch ihn vorhanden war." Sie schüttelte den Kopf. „Auf diese Art und Weise klingt mein Plädoyer für Phirrio nicht sehr überzeugend, das sehe ich ein … Aber er hat dich zurückgeholt. Wobei er dich natürlich überhaupt erst in diese Lage gebracht hat … Hm, keine wirklich guten Argumente, oder?"

„Aber wieso? Was habe ich dir getan? Warum machst du so was?" Nur mit Mühe seinen Zorn im Zaum haltend, war Robin auf Phirrio zugelaufen, der vorsichtig einen Schritt zurückwich. Dafür tat Frau Kamenz einen Schritt nach vorne, stellte sich Robin in den Weg.

Schnell ging Damaris dazwischen. „Das werden wir alles gleich klären, nicht wahr, Phirrio?"

Der blonde Junge nickte fast unmerklich.

„Haben wir dafür überhaupt Zeit?", fragte Robin. „Sollte ich nicht schleunigst zu meinem Körperschattenraum?"

Damaris schüttelte den Kopf. „Ich glaube, wir sollten uns erst Phirrios Geschichte anhören. Es scheint da noch die eine oder andere uns unbekannte Dimension zu geben."

Robin schaute unglücklich drein, aber fügte sich. „Dann leg los."

Marcus intervenierte. „Nein. Nicht hier. Wer auch immer diese weitere Person ist, von der Phirrio gesprochen hat, er kennt diese Teilwelt. Und egal welche Rolle er bisher gespielt hat, ich habe das Gefühl, dass er uns nicht gut gesinnt ist."

Kapitel 33: Phirrios Geschichte

Die Wahl fiel auf eine von Marcus' Teilwelten. Eine bestimmte, welche sowohl Phirrio als auch der ihnen bisher unbekannte Krain noch nicht besucht hatten. Wie nicht anders zu erwarten gewesen war, gab es auch hier viele Bücher. Unendlich viele Bücher. Alles in diesem Raum schien aus ihnen aufgebaut worden zu sein. Der Boden bestand aus Büchern, die Tische und die Stühle waren kunstvoll aus ihnen zusammengesetzt, und sogar die Wände waren aus Büchern gemauert. Und alles ohne Kleber – Damaris hatte sich selbst davon überzeugt: Jedes einzelne Buch ließ sich herausziehen. Alle versammelten sich an dem aus Büchern aufgebauten rechteckigen Tisch. Phirrio saß neben seiner Mutter am Kopfende, ihnen gegenüber hatten Marcus und Damaris Robin in die Mitte genommen. Tina saß zu Marcus' linken, während Paru, Nika, Bonnie und Bullie eine dritte Gruppe auf der verbliebenen Längsseite bildeten.

„Also, Phirrio, erzähle uns ganz genau, was passiert ist, nachdem du den Unfall hattest", verlangte Damaris. Es war dieser Zeitpunkt vor sechs Monaten gewesen, der den Auftakt zu Robins Täuschung dargestellt hatte.

Gespannt schauten alle auf den Jungen, der momentan jeden Augenkontakt vermied. Keiner wollte sich auch nur ein einziges Wort entgehen lassen.

„Nun ...", räusperte sich Phirrio. Ihm war offensichtlich ein wenig unwohl. „Die erste Erinnerung, die ich im Hinblick auf den Unfall habe ..." Er hielt inne. „Wobei ich mich an den Unfall selber überhaupt nicht mehr erinnere, es war einfach auf einmal dunkel. Auf jeden Fall war die erste Erinnerung, dass ich meine Augen öffnete und überrascht feststellte, dass ich mich in meinem Eintrittsraum befand. Meiner besteht aus einem Turm, der sich Hunderte von Metern in die Höhe streckt – ohne Fenster, dafür aber mit vielen Türen."

Robin nickte schweigend, er hatte Phirrio dort einige Male besucht.

„Ich öffnete die Augen, stellte fest, wo ich war, und wunderte mich natürlich, wie ich dorthin gekommen war. Von dem Unfall an sich hatte ich ja nichts mitbekommen; das Auto habe ich nicht kommen sehen. Also stand ich auf und schaute mich um. Ich war alleine. Verunsichert ging ich zum Körperschattenraum-Portal." Der kritische Moment, erkannte Damaris.

„Zuerst war ich nur verwundert, als sich hinter der Tür eine Mauer auftat. Dann wurde ich unsicher und schließlich panisch. Mein Ausgang in die Realität war versperrt! Ich versuchte alles, nur um die Mauer wieder zu öffnen. Aber dieser Teil Thinkits wollte mir einfach nicht mehr gehorchen, die Mauer blieb dort, wo sie stand. Irgendwann trat ich sogar dagegen, schlug dagegen, schrie sie an, aber nichts brachte etwas. Ich fühlte mich unglaublich isoliert. Nach dem ersten Schock kam mir die Idee, meine Freunde aufzusuchen. In der Hoffnung, sie könnten mir vielleicht helfen. Ich drehte mich um, um mich auf den Weg zu dir zu machen, Robin, als ich Krain das erste Mal sah."

„Krain?", fragte Robin. „Wer ist denn das?"

„Das wissen wir auch noch nicht", erwiderte Damaris. „Aber wir werden es hoffentlich bald erfahren."

„Beschreibe ihn so genau wie möglich!", bat Marcus. Er hatte sich einen Zettel bereit gelegt und schrieb immer wieder kurze Sätze nieder.

„Sehr viel von ihm konnte ich nicht sehen. Seine Kapuze fiel tief in sein Gesicht, nicht mal sein Kinn schaute hervor. Aber er war groß, schmal und gekleidet in einen langen, schwarzen Mantel. Die Arme hatte er hinter dem Rücken gekreuzt – irgendwie erinnerte er mich an einen Mönch. Er schien mich schon seit einiger Zeit zu beobachten, auch wenn ich ihn vorher nicht bemerkt hatte. Einen Moment lang sahen wir uns schweigend an, bevor er das Wort an mich richtete."

„Wo stand er denn?", unterbrach Damaris seinen Redefluss.

„Mitten im Raum. Der Turm mit den vielen Türen um ihn herum. Eine gelungene Inszenierung. Es fehlte eigentlich nur noch der auf ihn fallende Lichtstrahl." Phirrio lachte, aber niemand stimmte ein. Der Junge senkte seine Stimme: „Der Typ mit dem Mantel begrüßte mich. Er kannte meinen Namen. Seine Stimme war sehr beherrscht – nicht zu tief, nicht zu hoch, eigentlich recht angenehm. Ich war natürlich verwundert, dass jemand den Weg in meinen Eintrittsraum gefunden hatte, so ganz ohne meine Hilfe."

„Du hattest ihn also noch nie vorher gesehen?", fragte Marcus.

„Nicht, soweit ich mich erinnere." Auch dieser Satz schien eher an die Tischplatte, als an die anderen gerichtet zu sein schien. Sein Blick hob sich fast nie, Augenkontakt mied er. „Es wäre natürlich möglich, dass ich ihn doch schon kannte; dass er sich nur eine andere Form zugelegt hatte, damit ich ihn nicht erkennen würde."

Marcus machte sich eine Notiz.

„Wie dem auch sei ... Krain rührte sich nicht vom Fleck, und erzählte mir mit monotoner Stimme von dem Unfall. Ich hätte ihm damals wahrscheinlich alles abgenommen, aber er scheint in den Grundzügen die richtige Geschichte erzählt zu haben. Zumindest scheint sie sich mit dem Hergang wie von Robin erzählt zu decken."

Zum ersten Mal hob Phirrio den Blick und sah seinen alten Freund an. „Demnach bist du vor mir gefahren, Robin. Du wolltest die Straße überqueren und ich folgte dir. Wir wurden beide angefahren. Auch erzählte Krain scheinbar den Fakten entsprechend, dass sowohl du, als auch ich im Koma lagen. Aber du würdest schon bald wieder aufwachen, da deine Verletzungen nicht so stark wären. Und warum? Warum waren deine Verletzungen nicht stark?" Phirrio verzog seinen Mund verächtlich, als er die Frage selber beantwortete: „Weil mein Körper den Aufprall des Autos für dich abgefangen hat. Du kamst besser davon, während ich umso größere Verletzungen erlitt." Phirrio hatte unentwegt Robin angeschaut, als er diese Worte sprach, aber jetzt löste er seinen Blick und ließ ihn unsicher über die anderen schweifen, um dann wieder die Tischplatte anzustarren.

Den Kopf schüttelnd schaute Robin ihn an. Damaris, Marcus und die Thinks schwiegen. Dies war eine Sache, die Robin selber klären musste.

„Glaubst du, dass ich das mit Absicht gemacht habe?", fragte Robin ungläubig. „Dass ich dir Schaden zugefügt habe, um selber besser davon zu kommen?"

„Ich verstehe schon, dass es wahrscheinlich nicht so war …"

„Es war ganz sicher nicht so!", unterbrach ihn Robin.

„Aber damals … Krain war sehr …"

„Hat er sich selber so genannt, oder hast du ihm den Namen gegeben?", wollte Robin wissen.

Kurz verschloss sich Phirrios Gesicht, offensichtlich verärgert über die regelmäßigen Unterbrechungen. „Er hat sich später selber so genannt, aber ich bezweifele, dass es sein richtiger Name ist. Er war sehr überzeugend. Außerdem war ich einfach nur wütend darüber, dass ich wahrscheinlich nie mehr in die reale Welt zurück könnte. Während du schon bald aus deiner Bewusstlosigkeit aufwachen, und dein Leben wie vorher genießen würdest. Teilweise dadurch, dass ich dich mit meinem Körper vor dem Auto geschützt hatte. Mein Körper, der überhaupt nicht dort gewesen wäre, hättest du nicht ohne dich umzuschauen die Straße überquert."

„Okay, klar, ohne mich wäre der Unfall anders verlaufen", lenkte Robin nach kurzer Überlegung in einem versöhnlichen Ton ein. „Aber du glaubst doch nicht wirklich, dass ich das mit Absicht gemacht habe?"

Phirrio hob entschuldigend die Schultern. „Eigentlich habe ich darüber nicht weiter nachgedacht. Es war irrelevant. Mit Absicht oder ohne, du hattest Schuld an meiner Situation. Und Krain bot mir eine Möglichkeit, einen Ausgleich zu schaffen. Er beschrieb mir, wie ich dich in Thinkit gefangen halten kann – genauso, wie ich es war und wohl für immer bin. Dafür musste ich dich nur rechtzeitig abfangen. Bevor du feststellten würdest, dass der Unfall kein Traum gewesen war, sondern Realität."

„Und du hast ihn nicht gefragt, warum er dir dies alles erzählt?",
wunderte sich Damaris.

Langsam schüttelte Phirrio den Kopf. „Ich wollte ihn nicht danach
fragen. Ich war einfach nur wütend, verängstigt und traurig." Er
machte eine kurze Pause, bevor er den Faden wieder aufnahm. „In
der Hoffnung, dass Robin noch nicht wieder aufgewacht war, machte
ich mich sofort auf den Weg zu seinem Eintrittsraum. Dort sah ich
dich, Robin, vor dem Portal zum Körperschattenraum liegen.
Anscheinend warst du wie ich aus deinem Körperschatten geflogen,
träumtest aber noch nicht, sondern warst noch betäubt."

„Also alles wie bei dir?", wollte Robin wissen.

„Ja, soweit eigentlich schon. Ich bin dann zu dem Durchgang zu
deinem Körperschattenraum und öffnete die Tür."

„Und?" Die Anspannung war nun fast greifbar.

Phirrio nickte. „Der Durchgang war noch offen, du hättest also ohne
Probleme wieder aufwachen können."

Robin lehnte sich erleichtert zurück.

„Kurz überlegte ich sogar ...", fuhr Phirrio fort, „... selber durch das
Portal zu gehen, und deinen Platz in dem Körperschatten
einzunehmen." Die Aussage schien eine Herausforderung zu sein;
Phirrio sah Robin abwartend an. Als dieser sich nicht äußerte, zuckte
Phirrio die Achseln. „Aber ich widerstand der Versuchung. Es wäre
sowieso nicht so einfach geworden."

„So was geht?", fragte Damaris, die nur mit Mühe an sich halten
konnte. „Ein Mensch, oder besser gesagt die Seele eines Menschen,
kann in den Körper eines anderen schlüpfen? Gibt es das wirklich?"

Marcus antwortete ihr. "So einfach wie es sich anhört, ist es nicht,
aber grundsätzlich ist es möglich. Ein Geist kann unter bestimmten
Voraussetzungen über den Körperschatten eines anderen Menschen
in der realen Welt in dessen Körper leben."

„Hier schlüpfst du doch auch in einen anderen Körper", erklärte die
bisher schweigsame Tina. „Weißt du noch die Männchen, die ich mal
gemalt habe? Im Klassenraum?"

Damaris nickte. „Ach ja, das ist wie ..."

Marcus unterbrach sie. „Können wir das später machen und uns erst die Geschichte zu Ende anhören?"

Damaris nickte: Marcus hatte natürlich Recht. Zeit war etwas, von dem sie unter Umständen viel zu wenig zur Verfügung hatten.

Phirrio wandte sich wieder direkt an Robin. „Ich habe dann die Hamster aus der Wassersäulenwelt geholt. Sie haben sich zu einem drei Meter großen Monstrum formiert und haben dich hinter mir her getragen. Fort aus deinem Eintrittsraum."

„Hinein in eine Kopie des Unfallorts", erkannte Robin. Sein Blick war eine Mischung aus Verachtung und Anerkennung. Phirrio schien unter diesem Blick aber eher an Selbstsicherheit hinzu zu gewinnen, als dass er peinlich berührt war. Erst die leichte Berührung seines Arms durch seine Mutter ließ ihn wieder etwas zusammen sinken.

„Wir gingen über den Wassersäulenort, von wo aus ich einen Durchgang zu einer neuen Teilwelt machte. Eine Teilwelt, die dem Unfallort nachempfunden war. Das Hamsterwesen hat dich abgelegt und ich bin schnell mit dem Hamsterwesen in den Eintrittsraum zurück, um den Raum unter körperlichem Einsatz abzuändern. Danach habe ich mich in Meffie verwandelt. Es blieb nichts, als abzuwarten, bis du aufwachen und deine vertraute Meffie entdecken würdest."

Am liebsten hätte Damaris ihn unterbrochen und gefragt, warum er Robin überhaupt als Meffie begleitete. Doch sie hielt sich zurück. Sie hatte die Erzählung bereits zu oft unterbrochen.

Aber auch Marcus platzte vor Neugierde. „Hatte Robin denn sein kleines Buch dabei? Das mit den Durchgängen?"

Phirrio nickte. „Klar. Somit konnte er immer in seinen Eintrittsraum zurückkommen. Logischerweise wollte er nach meinen Erklärungen auch sofort zurück in seinen Körperschattenraum. Wir sind zusammen dorthin."

„Moment! Jetzt komme ich nicht mehr mit!", fiel Damaris Phirrio jetzt doch ins Wort. „Wenn ihr in seinen echten Eintrittsraum gegangen seid, dann müsstet ihr doch auch in den echten Körperschattenraum gegangen sein?"

„Zumindest musste er das glauben. Das war der kritische Punkt!", erwiderte Phirrio. Mittlerweile schien er eher aufgeregt, als peinlich berührt zu sein. Seine Reaktion war der Situation ein wenig unangemessen, fand Damaris.

„Ich musste nur dafür sorgen, dass eine Tür dort war, wo Robin einen Durchgang zu seinem Körperschattenraum erwartete. Krain hatte mir erklärt, dass Robin erwarten würde, hinter der Pforte seinen Körperschattenraum in Form seines Schlafzimmers zu finden. Und damit würde er sich beim Öffnen und Betreten des Portals unbewusst genau das erzeugen: Eine neue Teilwelt, die wie sein Körperschattenraum aussieht. Hier in Thinkit kreiert man das, was man erwartet."

„So wie bei Angehörigen von vermissten Personen, die immer und überall ihr verschollenes Familienmitglied zu sehen glauben", brachte Marcus ein passendes Beispiel.

„Genau ... Also, brauchte ich bloß eine Unfallteilwelt und eine in Robins Eintrittsraum per Hand errichtete Tür, die bisher nirgends hin führte. Den Rest würde Robin selber erledigen."

Robin hatte den Kopf in die Hände gestützt und schaute Phirrio an. Langsam kamen all die Puzzlestücke zusammen und ergaben ein ganzes Bild. Ihm wurde klar, wie er all die Zeit in einer Scheinwelt hatte leben können. „Als ich mich an jenem Abend nach dem Unfall in meinem vermeintlichen Körperschattenraum zu meinem vermeintlichen Körperschatten legte, blieb ich also in Thinkit. Und da ich erwartete, dass ich in der realen Welt aufwachen würde, erschuf ich mir die reale Welt als Kopie in Thinkit. Als eine Teilwelt. Ohne es zu wissen!"

„Ja", antwortete Phirrio knapp. „Derselbe Effekt, wie auch schon mit der unbewussten Erschaffung einer Kopie des Körperschattenraums. Ich hätte nicht gedacht, dass das so einfach klappt, aber Krain war sich sicher. Und er hatte recht."

Kurz schwiegen alle, nur das Kratzen einer Bleistiftspitze auf Papier durchbrach die Stille. Erstaunt stellte Damaris fest, dass nicht nur Marcus, sondern auch Nika eifrig einen Bleistift führte.

Robin runzelte die Stirn. „Mich würde bei der Geschichte jetzt aber brennend interessieren, was du denn nun in meinem Eintrittsraum geändert hast, damit ich ..."

„Schau mal!", platzte Nika plötzlich, wenn auch im Flüsterton, heraus.

Marcus hielt inne und schaute auf Nika, die Paru ein Blatt Papier zeigte. Ihre Freundin tat es aber lediglich mit einem Kopfschütteln ab, und bedeutete ihr still zu sein.

„Was denn? Ist doch gut?", beschwerte sich Nika.

„Was ist denn los?", mischte Damaris sich ein.

„Nichts ... Habe nur was gemalt. Schau!" Für alle sichtbar hielt Nika ihre Zeichnung in die Höhe.

Recht amateurhaft, fand Damaris, aber sie konnte erkennen, dass es einen Vogel darstellen sollte.

„Super, Nika ...", sagte Damaris mit einem Seufzen. „Können wir dann jetzt weiter machen?"

„Moment!" Alle drehten sich zu Phirrio um, der – plötzlich weiß wie ein Bettlaken – auf die Zeichnung zeigte. „Soll das ein Rabe sein?"

„Keine Ahnung", sagte Nika. „Sieht so ein Rabe aus?"

„Ist der Vogel schwarz, groß und mit stechenden, hellblauen Augen?" Seine Stimme war kaum mehr als ein Flüstern.

Nika nickte. „Sieht man doch! Gut abgezeichnet, oder?"

Phirrio versteifte sich. Er sah zu Tode geängstigt aus. „Wo?", fragte er einsilbig. „Wo ist der Vogel den du abgezeichnet hast?"

„Da oben auf dem Regal, der ausgestopfte dort!", erwiderte Nika, und zeigte in die betreffende Richtung. „Oh, jetzt ist er weg ... War wohl doch nicht ausgestopft."

„Hier gibt's eigentlich keine Vögel ...", stellte Marcus beunruhigt fest. „Und wer spielt denn hier am Licht? Ich kann ja kaum die Hand vor Augen erkennen!"

Noch bevor jemand auch nur den Mund öffnen konnte, fegte ein Windstoß die nur noch schwach brennenden Kerzen aus. Komplette Finsternis brach über die Freunde herein, wie ein schwarzer Teppich verschlang sie alles in Marcus' Teilwelt.

„Phirrio! Was soll das?", rief Robin wütend in die Dunkelheit.

Er bekam keine Antwort.

„Damaris, Marcus, Frau Kamenz, Thinks, Phirrio? Geht's euch gut?" In Robins Stimme schwang Panik mit. Zu seiner Erleichterung antworteten ihm alle. Mit einer Ausnahme. Phirrio.

Plötzlich flammten die Kerzen wieder auf und alle schauten sich verwundert an. Nichts hatte sich geändert, nur Phirrio fehlte. Sein Stuhl lag umgefallen neben dem seiner Mutter. Von ihm selber fehlte jede Spur.

Kapitel 34: Planänderung

„Irgendwie schaffen wir es, dauernd Personen zu verlieren!", stellte Damaris verärgert fest. „Kaum hatten wir Robin das erste Mal befreit, war er auch schon wieder gefangen. Jetzt haben wir Phirrio auf unsere Seite gezogen, und schon ist er wieder weg."

„Du glaubst, dass er auf unserer Seite ist?", fragte Robin. „Obwohl er sich gerade aus dem Staub gemacht hat?"

„Er ist eigentlich ein guter Junge ...", verteidigte Frau Kamenz ihren Sohn. „Er wollte euch wirklich helfen, da bin ich mir sicher." Eine Träne löste sich aus ihrem Augenwinkel. „Und wo ist er jetzt?" Sie sah herzzerbrechend hilflos aus.

Tina legte ihre Hand auf die von Frau Kamenz und drückte sie sacht, während Damaris versicherte, dass sie ihn wiederfinden würden.

„Ich glaube auch nicht, dass er sich aus dem Staub gemacht hat", fuhr sie dann fort. „Ich denke, dass Krain sich ihn geschnappt hat, bevor Phirrio noch mehr verraten konnte."

„Schon wieder Krain! Sicher war er dieser Vogel – ihr habt doch gesehen, wie Phirrio auf diese Zeichnung reagiert hat. Aber wieso?" Robin schaute in die Runde. „Was habe ich ihm getan? Was will er von mir?"

Auf diese Fragen wusste keiner die Antworten. Einige Ideen wurden aufgeworfen, aber jede einzelne hielt einer Überprüfung nicht stand. Langsam aber sicher gingen die Vorschläge aus, immer weniger beteiligten sich an der Diskussion. Schließlich kehrte Stille ein.

Ohne ein Wort erhob sich Marcus vom Tisch und zog ein Buch hervor. Damaris erkannte, dass es ein Exemplar des Buches war, aus dem er ihr und Paru bereits einmal vorgelesen hatte.

Scheinbar konzeptlos blätterte Marcus in dem Buch – schweigend beobachtet von allen anderen. Schließlich fand er, nach was er gesucht hatte, und er kehrte an den Tisch zurück. „Ich glaube, ich weiß die Antwort", verkündete er nüchtern, Platz nehmend.

„Und?" Damaris und die anderen schauten ihn gespannt an.
„Damaris hat mich vorhin darauf gebracht. Hört zu:"

Entfremdungssyndrom nach Körper: Verbringt ein Mensch eine längere Zeit in schlafähnlichen Zustand, so kann sein Körper sich in diesem Zeitraum stark verändern, während sein Selbstbild in Thinkit nicht angepasst, oder anders angepasst wird. Schreitet diese Entwicklung zu stark voran, so verliert er den eigentlich gegebenen starken Bezug zu seinem Körperschatten, er entfremdet sich seines materiellen, seines echten Körpers. Er kann sich zwar noch mit diesem verbinden, aber sein Vorrecht auf Benutzung des Körpers ist bedroht. Nun ist es deshalb auch für andere Menschen, die in Thinkit verweilen, möglich, sich seines realen Körpers zu bemächtigen, ohne das er sie durch seine ursprünglich starke Bindung mit seinem Körper verdrängen kann.

Einige Untersuchungen berichten davon, dass Menschen nach einem Koma oder komaähnlichen Zustand einen Persönlichkeitswechsel durchgemacht haben. In diesen Fällen kann davon ausgegangen werden, dass die Körperhülle nicht mehr durch die ursprüngliche Person bewohnt wird, sondern durch eine andere Seele. In diesem Zusammenhang sei erwähnt, dass ein Zwischenfall, bei dem zwei, drei, oder sogar noch mehr Menschen einen Körper bewohnen, als Schizophrenie bezeichnet wird.

Ein gesunder Mensch verlässt seinen Körper immer nur für kurze Zeiten (zum Beispiel im Traum) und gibt anderen damit nicht die Möglichkeit, sich des Körpers zu bemächtigen. Sollte dies dennoch passieren, so kann der Besitzer ohne große Probleme den Eindringling verdrängen, denn seine Bindung zu seinem Körper ist viel stärker, seine Kenntnis des eigenen Körpers viel größer. Nur eine zu lange Abwesenheit kann zu den genannten Problemen führen.

Marcus hob die Augen und schaute die anderen an.

„Wären wir bloß früher darauf gekommen!" Nun war Damaris alles klar.

„Was denn, ich verstehe wieder mal nichts!", sagte Nika ärgerlich.

Marcus schloss das Buch und erklärte die Situation in einfacheren Worten: „Das ist der Grund, warum Krain Robin von seinem Körper fernhalten will! Mittlerweile dürfte Robins Körperschatten sich stark von Robin entfremdet haben. Damit wird er nutzbar für andere Seelen. Es könnte fast soweit sein, dass andere die Macht über Robins Körper gewinnen könnten. Krains Seele will Robins Körper bewohnen. Und er hat Phirrio gegen Robin aufgehetzt, damit Phirrio – der ja Robin sehr gut kennt – Robin von seinem Körper fernhält. Leider hat Phirrio es tatsächlich geschafft, Robin über Monate hinweg zu täuschen."

„Nur weil Krain mich nicht kannte – soweit das stimmt – hat er Phirrio hinzugezogen?", fragte Robin kritisch. „Das kann ich mir nicht vorstellen! Er hätte sich einfach in einen Think verwandeln können, und ich hätte mir trotzdem unbewusst die reale Welt und mein Körperschattenraum als Kopie geschaffen. Das hatte ja so gesehen nichts mit Phirrio zu tun."

Damaris fügte das letzte Stückchen des Puzzles hinzu. „Aber Phirrio liegt im Koma, und ist immer in Thinkit. Krain ist es nicht!" Jetzt beschleunigten sich ihre Gedanken und Damaris wurde eine weitere Sache klar: „Dieser Anruf auf meinem Handy … er war von Krain!" Das Mädchen war aufgestanden und ging hektisch um den Tisch. „Krain liegt nicht im Koma wie Robin oder Phirrio, deshalb kann er nicht durchgehend in Thinkit sein! Er brauchte einen Aufpasser, der Thinkit so schnell nicht verlassen kann. Jemanden wie Phirrio!"

„Und warum brauchte Phirrio dann Mortimer?" Robin war immer noch verwirrt.

„Phirrio war Mortimer!"

Robin nickte zuerst zögernd, dann zustimmend. „Natürlich … Er hat sich in den Hund verändert, da er mich am Tag nicht in Form von

Meffie beobachten konnte. Phirrio war sowohl Mortimer als auch Meffie!"

„Aber wenn Krain noch lebt, wieso braucht er dann Robins Körper?", fragte Paru, den gerade gewonnenen Durchblick wieder zerstörend.

„Wahrscheinlich ist er alt, und will ein neues Leben anfangen", schlug Marcus vor, während er das Buch zurück an seinen Ort stellte. „Oder er lebt in einem kaputten Körper. Vielleicht hat er nur ein Bein, oder gar keins – was weiß ich. Er wird schon seine Gründe haben."

„Und bevor ihr euch darüber Sorgen macht …", fuhr er fort, „Nein, er kann Robin hier in Thinkit nicht töten, da dann auch Robins Körper in der realen Welt stirbt. Nur so lange Robin hier weiter umherirrt, bleibt der Körper erhalten. Auch wenn jemand anderes darin wohnt."

„Und wenn Robins Körper sterben würde?"

„Dann stirbt auch Robins Seele, egal ob er sich gerade in Thinkit aufhält oder in der realen Welt." Marcus kehrte an den Tisch zurück und setzte sich.

„Und was ist mit Phirrio?", brach Frau Kamenz ihr Schweigen. „Braucht Krain ihn nun noch? Oder wird er meinem Sohn etwas antun?"

Damaris überlegte. „Ich schätze mal, er braucht ihn noch. Denn nur Phirrio weiß genau, welche Teilwelten von Robin womit verbunden sind. Diese Informationen sind für Krain sehr wichtig. Denn er will bestimmt nicht, dass Robin plötzlich in dem richtigen Körperschattenraum auftaucht."

Frau Kamenz atmete erleichtert auf.

„Ist ja alles ziemlich gut durchdacht", sagte Robin anerkennend. „Auch wenn mir von der ganzen Geschichte ein wenig übel geworden ist. Da hält mich Phirrio aus Rachegefühlen hier fest, nicht wissend dass er selber von Krain missbraucht wird, der plant meinen Körper zu übernehmen. Das gäbe doch einen tollen Film!" Es hatte witzig klingen sollen, aber sein Gesicht verriet, dass ihm die Situation ziemlich nahe ging.

355

„Spannend wäre er bestimmt, aber das Ende fehlt noch", antwortete Damaris. „Das gute Ende!"

Robin stand auf. „Ich muss hier kurz raus! Ich brauche einen anderen Ort, in diesem dunklen Raum wird mir ganz schlecht! Hier drinnen bekommt man ja Atemnot!"

Marcus und Damaris wechselten besorgte Blicke.

„Was Sonniges?", fragte Marcus, sich erhebend.

Robin nickte. „Hauptsache frische Luft und blauer Himmel!"

„Ein wenig Ruhe und Entspannung: Kommt sofort." Bevor sie durch die von Marcus erzeugte Tür traten, verabschiedete sich Frau Kamenz. Sie sah den Umständen entsprechend recht glücklich aus. Sie hatte zwar ihren Sohn wieder verloren, aber sie hatte ihm auch zum ersten Mal seit Monaten wieder in die Augen schauen können.

Damaris gab ihr eine Transit-Karte zu ihrem Eintrittsraum. „Einfach nur irgendwo anbringen und durch die Tür gehen", erklärte sie. „Wir kümmern uns auch noch um Phirrio. Machen Sie sich keine Sorgen!"

„Ich komme bald wieder", sagte Frau Kamenz dankbar. „Ihr werdet bestimmt einen Weg finden, da bin ich mir sicher. Und wenn ich was für euch tun kann, dann sagt mir einfach Bescheid. Hier oder in der echten Welt." Dann drückte sie das Mädchen kurz und machte sich mit Paru, Nika und Bullie als Begleitung auf den Rückweg in die Realität.

„Das ist schon besser!", sagte Robin erleichtert, als er nach Damaris in die Hitze trat. Schräg über ihm stand die gleißende Sonne und wärmte den rötlichen Sand der Steppenlandschaft. Robin schloss die Augen, hob das Gesicht zu der großen gelben Kugel und atmete die warme Luft ein.

Marcus trat neben seinen Freund, gefolgt von Tina. Offensichtlich befanden sie sich in einer Teilwelt nach dem Vorbild Australiens. Zwischen den wenigen trockenen Büschen und Sträuchern befand sich eine Herde von Kängurus, die sie schweigend und abwartend ansah. Immer wieder schüttelten sie ihre Köpfe, um die vielen lästigen Fliegen zu verscheuchen.

Robin fühlte sich befreit, er bekam wieder einen klaren Kopf. Zeit, sich über das weitere Vorgehen Gedanken zu machen. „Zurück zum Thema ...", sagte er geschäftsmäßig.

„Also: Wir können davon ausgehen, dass wir über die Teilwelt, in der ich vorhin gefangen war, nicht wieder zu meinem Eintrittsraum kommen. Wir brauchen somit ..."

„Das wollte ich eh noch fragen!", unterbrach ihn Damaris. „Wie hat Phirrio dich vorhin überhaupt gefangen gehalten?"

„Ziemlich geschickt. Ich hätte mir ja einfach eine Pforte fantasieren können, um in eine andere Teilwelt zu flüchten. Aber dafür brauche ich einen festen Untergrund: Eine Wand, oder einen Fußboden. Das Problem war, dass es so etwas nicht gab. Und ich konnte auch nichts erschaffen. Die Schwärze verschluckte alles, nicht mal meine eigenen Hände konnte ich sehen." Seine Worte unterstützend hob er die Arme. „Die ganze Zeit fiel ich durch diesen großen dunklen Raum. Ich vermute mal, er ist kugelförmig, und ich bewegte mich immer im Kreis."

Marcus nickte anerkennend mit dem Kopf. „Ziemlich schlau von Phirrio, das muss man ihm lassen!"

„Hm. Es wäre schöner gewesen, hätte er uns mit seiner Schlauheit geholfen!", erwiderte Damaris. Sie runzelte die Stirn. „Was mir dabei auch noch unklar ist ... Wie lange kennst du Meffie schon?"

Robin blies geräuschvoll die Luft aus. „Oh ... das sind bestimmt schon sieben oder acht Monate. Wieso?"

„Das heißt doch, dass du Meffie schon vor dem Unfall kanntest?"

„Ja."

„Warum eigentlich?"

Robin verstand nicht, auf was Damaris hinaus wollte. „Warum was?"

„Warum hat Phirrio sich schon damals in Meffie verwandelt? Zu dem Zeitpunkt wusste ja noch keiner etwas vom bevorstehenden Unfall."

„Weiß ich auch nicht …", erwiderte Robin nach einer kurzen Pause. „Vielleicht war Phirrio einfach nur beleidigt. Ich habe damals mehr mit Marcus gemacht und habe Phirrio ein wenig ausgeschlossen … Ein paar Mal hatte ich in Thinkit was mit ihm unternommen, aber er war mir zu …" Robin suchte nach Worten. „Ich weiß nicht … Irgendwie zu mutig, fast schon das Risiko liebend. Hin und wieder haben sich daraus ziemlich brenzliche Situationen ergeben. Das einfachste schien, ihn in Thinkit einfach nicht mehr mit einzubinden. Er hat es nie direkt angesprochen, aber er hat sicherlich gemerkt, wie wir uns distanziert haben. Warum er sich dann aber als Meffie wieder bei mir eingeschlichen hat, weiß ich nicht. Vielleicht wollte er mir eins auswischen. Vielleicht wollte er aber auch nur weiter jemanden haben, mit dem er in Thinkit Abenteuer erleben konnte. Besonders viele Freunde in der Schule hatte er nicht …." Er schüttelte den Kopf. „Aber das sind nur Mutmaßungen. Warum und weshalb – das müsstest du ihn fragen."

Trotz der verfahrenen Situation musste Damaris lachen. Wenn es doch bloß so einfach wäre!

Robin wandte sich an Marcus. „Wie seid ihr überhaupt darauf gekommen, dass das Kaninchen, mein Hund und Phirrio ein und dieselbe Person sind?"

„Da musst du Damaris fragen", gab Marcus die Frage weiter.

„Eigentlich war es eine Kombination aus Dingen die Marcus und Bert erwähnt haben", gab Damaris zu. Sie setzte sich auf einen Felsen, der aus der roten Erde zu wachsen schien.

„Bert?" Robin schaute Tina und Marcus an. Beide zuckten die Achseln.

„Bert ist das Buch in meinem Geleitraum. Das Buch, das alles aufschreibt, was ich hier mache. Es hat mich in eine Teilwelt geschickt, in dem die eine Biene die andere belästigte und am Entkommen hinderte, bis eine Blume sich öffnete."

„Eine Blume …", wiederholte Robin, überhaupt nicht verstehend, was das Ganze sollte.

„Ja. Und diese Blume hatte zur Folge, dass die aggressive Biene der anderen auf einmal geholfen hat, zu entkommen. Sie wurde sozusagen bekehrt."

Damaris hatte ihre Erklärung beendet, aber die anderen drei schienen ihr nicht folgen zu können.

Nach ein paar Sekunden fragte Marcus: „Und?"

„Nun, die zweite Biene hielt die erste davon ab, fort zu fliegen. So wie Phirrio Robin davon abgehalten hat, aus Thinkit zu entkommen. Dann tauchte die Blume auf und ich dachte an den Zusammenhang zwischen Bienen und Blumen. Also, wegen dem Bestäuben und so. Ohne Blumen keine neuen Bienen und ohne Bienen keine neuen Blumen. Sie brauchen einander. Und da versuchte ich herauszufinden, was Phirrio wirklich braucht." Sie zeigte auf Robin. „Du bist sozusagen die friedliche Biene, Meffie die aggressive Biene, und die Blume ist Frau Kamenz. Seine Mutter war der Schlüssel, der ihn zum Einlenken bringen konnte. Damit er dir helfen kann, Thinkit wieder zu verlassen. Zu entkommen!"

„Ah!" Jetzt hatte Robin verstanden. „Clever!"

„Aber damit hast du noch nicht erklärt, woher du wusstest, dass Phirrio hinter Meffie und Mortimer steckt", gab Marcus zu bedenken.

„Glücksgriff", gestand Damaris. „Mir kam durch eine Bemerkung von dir die Idee, dass die beiden – Meffie und Mortimer – ein und dieselbe Person sein könnten. Irgendwie schien das dann doch Sinn zu machen, da Robin ja auch am Tag durch jemand beobachtet werden musste. Vor allem in der Nähe seines unechten Körperschattenraums. Und ich kannte nur einen Kandidaten, der wirklich Tag und Nacht in Thinkit blieb und außerdem Robin schon vorher kannte."

Bewundernde Blicke trafen sie von allen Seiten. Sie gönnte sich aber keine Zeit zur Freude darüber. „Das ist alles Vergangenheit. Wie gehen wir die Zukunft an?"

„Tja ..." Robin überlegte. „Hat jemand eine Idee, wie wir Phirrio wieder zurückbekommen?"

„Keine Ahnung ...", antwortete Marcus.

„Ich bin dafür, dass wir uns erst auf die Suche nach ihm machen, nachdem wir dich zurück in der realen Welt haben", schlug Damaris vor, ihren Blick auf Robin gerichtet. „Das ist nun wichtiger."

Robin kletterte zu ihr auf den Steinbrocken, der den Anfang einer Felsenlandschaft markierte. Außer den paar Sträuchern, Emus, Kängurus und vielen, vielen Fliegen schien es weit und breit kein Lebewesen zu geben. Soweit das Auge reichte nur die Farben rot, braun, schwarz und grau. Im Gegensatz dazu der Himmel, der in einem hellen Blau erstrahlte.

„Die wichtige Frage ist doch, ob wir überhaupt versuchen sollten, Krain zu finden", überlegte Robin laut. „Klar, er könnte uns zwar zu meinem Körperschatten führen, aber wir wissen nicht, wie mächtig er ist. Vielleicht tut er euch etwas an, oder tötet euch sogar. Denn er braucht ja nur meinen Körper."

„Dann überlegen wir doch einfach, wie wir in deinen Eintrittsraum kommen, ohne vorher Krain zu begegnen", schlug Damaris vor. „Vielleicht schaffen wir es, ihn zu umgehen. Dann brauchen wir uns gar nicht erst mit ihm auseinander zu setzen."

„Und wie stellen wir das an?" Robin sah Damaris fragend an.

„Wenn Krain wirklich nicht im Koma liegt ..." fing Damaris an, wurde aber von Marcus unterbrochen.

„Was ziemlich sicher ist, sonst hätte er Phirrio nicht gebraucht. Und er hätte dich nicht anrufen können."

„Genau", stimmte Damaris zu. „Dann wäre doch eine Zeit am besten, wo er nicht wach sein kann. Zum Beispiel gegen zwölf Uhr mittags. Da isst er bestimmt gerade."

360

„Dann wäre vielleicht zehn Uhr besser", schlug Marcus vor. „Da gibt es nicht die Möglichkeit eines Mittagsschlafes!"

„Aber woher wissen wir, ob es in Krains Land gerade Nacht oder Tag ist?", brachte Tina einen wichtigen Punkt zur Sprache. „Denn wenn er zum Beispiel in Australien wohnt, dann ist er zu ganz anderen Zeiten wach."

„Er wohnt aber hier!", versicherte Damaris. „Ich habe mit ihm telefoniert. Kein Akzent, nichts."

„Auch wenn er Deutsch spricht, könnte er ganz woanders leben", konterte Robin halbherzig.

„Das ist aber ziemlich unwahrscheinlich, ich denke, dass Damaris recht hat", erwiderte Marcus.

Robin hatte weiter Zweifel. „Können wir nicht versuchen ihn irgendwie wach zu halten?", fragte er. „Oder es zumindest überprüfen? Damit er auch ganz sicher nicht in meinem Eintritts- oder Körperschattenraum ist?"

„Das wäre natürlich optimal, aber leider wissen wir ja nichts von ihm", antwortete Marcus. „Nicht mal, wer er ist, oder wo er wohnt."

„Wenigstens wissen wir, dass Krain ein Mann ist, auch wenn uns das nicht viel bringt", korrigierte Damaris.

„Wieso denn das, Damaris? Ach so, richtig, das Telefonat", fiel es Robin ein.

Ein lautes Klatschen unterbrach das Gespräch. Marcus hatte sich mit der flachen Hand gegen die Stirn geschlagen und stöhnte.

„Ein Insekt?", vermutete Damaris.

„Ich bin so ein Vollidiot! Er hat dich auf dem Handy angerufen!" Als ob jetzt alles klar war, schaute Marcus seine Freunde bedeutungsvoll an.

Damaris tippte sich an die Schläfe. „Deswegen schlägst du dir an die Stirn?"

„Nicht deswegen, sondern weil wir nicht überprüft haben, ob er uns eine Möglichkeit dagelassen hat, ihn wach zu halten!"

„Uhm … was?" Hilfe suchend schaute Damaris die anderen beiden an.

„Seine Telefonnummer, Damaris!"

Damaris verstand immer noch nicht.

Wild mit den Händen fuchtelnd klärte Marcus sie auf: „Er hat auf deinem Handy angerufen. Richtig?"

Damaris nickte.

„Und wenn jemand von einem digitalen Telefon aus anruft und seine Nummer nicht sperrt, dann ist die auf dem digitalen Empfängertelefon zu lesen!"

„Und wir hätten seine Telefonnummer?"

„Ja, aber nur, wenn du sie mittlerweile nicht gelöscht hast."

Damaris schüttelte den Kopf. „Ich weiß nicht mal, wie das geht."

„Super! Oder eigentlich nicht … Bedienungsanleitungen sind zum Lesen da", sagte er belehrend. „Aber in diesem Fall ist es wohl ein Glücksfall, dass du zu faul zum Nachlesen warst!" Er streckte die Hand aus. „Ist ja auch egal. Gib mir mal dein Handy, dann werden wir es gleich wissen."

Ein kurzer Gedanke, und schon konnte Damaris das neu erschaffene Handy – ein perfektes Abbild des echten – aus der Hosentasche ziehen. Sie gab es Marcus, der sofort wild auf den Tasten herumdrückte.

„Menü … Ruflisten … Angenommene Anrufe … Wann war das nochmal?"

„Vor ein paar Tagen … Am letzten Samstag. So gegen fünf Uhr."

„Hm … Tina … Oma … nochmal Tina … Ah! Hier: 0355- …, am Samstag um 16:56 Uhr …"

Triumphierend hielt er das Handy hoch, das Display für alle lesbar. „Da ist sie!"

„Wirklich? Marcus, du bist ein Genie!", rief Robin.

„Wirklich clever!", freute sich auch Tina, und fuhr Marcus neckisch mit der Hand durch die Haare.

„Na ja, so ab und zu habe ich mal einen hellen Moment!", gab dieser Stolz zu. „Wenigstens ist nun klar, dass er wirklich aus Deutschland kommt. Jetzt brauchen wir nur noch jemanden, der übermorgen um zehn Uhr bei diesem Herrn anruft, um ganz sicher zu gehen, dass er auch wach ist.

„Warum übermorgen?", wunderte Tina sich.

„Morgen ist noch ein Schultag", erklärte Damaris. „Da sind Marcus und ich nicht zu Hause."

„Freiwillige vor?", fragte Marcus. „Für den Anruf, meine ich."

„Mein Vater macht das bestimmt", bot Damaris an. „Ich werde mir schon eine Ausrede einfallen lassen!"

„Dann ist ja alles geregelt!" Marcus gab Damaris das Handy zurück. „Natürlich weiß ich nicht, ob sein Telefon dann auch wirklich an ist, aber was soll's: Es ist unsere beste Chance."

Eine Hochstimmung hatte die drei Jugendlichen ergriffen. Sie unterhielten sich angeregt, bis sich plötzlich Damaris' Miene verdüsterte.

„Da wäre aber noch etwas ...", sagte sie. „Das alte Problem haben wir immer noch. Auch wenn wir Krain ablenken, wie kommen wir in deinen Eintrittsraum, Robin?"

Leere Blicke zeigten die Ratlosigkeit aller Beteiligten. Zu viert standen sie unter der heißen Sonne, aufs Neue gestrandet.

Langsam schleppte sich ein dicker schwarzer Leguan an den schweigenden Gestalten vorbei.

Kapitel 35: Bullies geistige Hilfestellung

Paru und auch Nika hatten sich bereits wieder in Marcus' Teilwelt eingefunden. Sie waren die Einzigen, die in dem Bücherraum die Zurückkehrenden aus dem australischen Outback begrüßten.

„Mit Frau Kamenz alles in Ordnung?", erkundigte sich Damaris, während sie Marcus folgte, der bereits die nächste Pforte öffnete.

„Kein Problem", erwiderte Paru. Sie und Nika schlossen sich den anderen an. „Und? Habt ihr euch auf eine Strategie geeinigt?"

„Teilweise", sagte Damaris und setzte sich in Marcus' Eintrittsraum – denn dorthin hatte die Pforte geführt – an den von Kerzen erhellten Tisch. „Wir wollen zu einem Zeitpunkt in Robins Eintrittsraum vordringen, an dem Krain sicher wach ist." Sie ahnte schon, welche Frage jetzt kommen würde.

„Und wie wollt ihr zu Robins Eintrittsraum kommen?"

Damaris seufzte. „Genau das ist unser Problem."

Die nächsten Minuten wurden abwechselnd mit schweigendem Brüten und wilden Diskussionen verbracht. Weder das eine noch das andere führte zu einer brauchbaren Idee.

Damaris zerbrach sich den Kopf, aber ihr fiel einfach nichts mehr ein. Würden sie tatsächlich an dieser Stelle scheitern? Es musste doch einen Weg geben!

Plötzlich vernahm sie ein Geräusch hinter sich. Das Halbdunkel des Eintrittsraums ermöglichte es ihr jedoch nicht, die Quelle auszumachen.

„Ist was?", fragte Marcus, der Damaris' Unruhe bemerkt hatte.

Damaris legte einen Finger auf ihre Lippen, um Marcus zum Schweigen zu bringen. Sie glaubte eine Bewegung in der Dunkelheit auszumachen und zeigte ohne ein Wort zu sagen in die betreffende Richtung. Langsam erhoben sich alle vom Tisch, für alles bereit. Ein zweites Mal würden sie sich nicht überraschen lassen.

Ein leises, aber fröhliches Pfeifen schallte ihnen unbekümmert entgegen. Die Spannung löste sich spürbar, und verpuffte letztendlich komplett, als Bullie sich aus der Dunkelheit schälte.

„Mann, Bullie!", sagte Damaris, halb erleichtert und halb genervt. „Du hast uns tierisch erschreckt! Kannst du dich nicht anmelden?" Bullie schloss zu den anderen auf. Er schaute fröhlich in die Runde und kuschelte sich dann an Damaris, die nur mit Mühe seine Zärtlichkeiten abwehren konnte.

„Aber verehrte Damaris! Ich wollte dich sehen! Ist ja schon wieder so lange her und ..."

„Nicht Mal eine Stunde!"

„Ja genau: Fast eine unermesslich lange Stunde! Ich habe mich außerdem noch gar nicht bedanken können. Dafür, dass du mich doch gerettet hast, auf diesem verschwindenden Weg!"

„Gerne ... Aber wir haben hier zu tun, also sei bitte still, ja?"

„Natürlich, was immer du sagst!", sagte Bullie, froh, nicht weggeschickt worden zu sein. Er setzte sich auf sein Hinterteil und schaute gespannt in die Runde.

„Also ...", kurbelte Damaris das Gespräch wieder an. „Könnten wir irgendwie ... Marcus? Hey, Marcus!"

Geistesabwesend schaute Marcus Damaris an. Er hatte seit Bullies Ankunft konzentriert seinen Nasenrücken massiert und setzte erst jetzt wieder seine Brille auf. „Entschuldigung. Es ist nur ... irgendwie entgeht mir gerade etwas. Irgendetwas, das mit dem Problem zu tun hat. Und es hängt mit Bullie zusammen."

„Mit Bullie?", fragte Damaris ungläubig. „Wie soll denn das gehen? Bist du sicher? Ich meine ... es ist Bullie!"

„Als er rein kam, war da etwas, was mir kurz auffiel. Leider zu kurz, als dass ich den Gedanken festhalten konnte. Irgendwie dachte ich, dass ... dass Bullie doch eigentlich ... Natürlich!" Marcus Gesicht klärte sich, aufgeregt setzte er sich gerade hin. „Bullie, du warst doch noch nie hier?"

„Nö."

„Woher wusstest du dann, wie du hierher in meinen Eintrittsraum kommen konntest?"

Bullies Gesicht strahlte förmlich. „Das war gar nicht mal so einfach, wisst ihr? Ich war in Damaris' Körperschattenraum um Bonnie wegzubringen, und wollte dann zurück zu euch. Da ihr aber nicht in diesem komischen Raum mit den Bücherstühlen wart, wollte ich es mit Marcus' Eintrittsraum versuchen. Daher bin ich von Damaris' Eintrittsraum aus zu der Unterwasserblase gegangen – diese Luftblase, wo wir uns vor ein paar Tagen unterhalten haben, noch bevor wir Robin befreiten. Von da aus gibt es ja eine Tür zu Marcus' Eintrittsraum, das wusste ich noch. Und da bin ich!"

Ein wenig Stolz und mit überdeutlicher Zuneigung in seinem Blick schaute er Damaris an.

„Du hättest auch einfach die Pforte in meinem Eintrittsraum nehmen können, die direkt hierhin führt", bemerkte Damaris, seinen Triumph schmälernd. „Aber immerhin hast du uns überhaupt gefunden. Ich verstehe nur nicht, warum das wichtig ist. Marcus?"

Die Brille wieder in der Hand, tippte Marcus sich mit dem linken Brillenbügel auf die Lippe, seine Stirn war von Denkfalten zerfurcht. „Ha, jetzt hab ich's wieder!", rief er plötzlich, stand auf, lief auf Bullie zu, und küsste ihn mitten auf die feuchte Schnauze.

„Ih!", rief Damaris gerade, als Marcus den Vorgang zu ihrem Schrecken sogar wiederholte.

Auch Bullie war etwas perplex und er schaute Marcus verwundert an. „Uhm … Marcus …", begann der Stier vorsichtig. „Ich find dich ja auch nett, aber eigentlich stehe ich nicht so auf Menschen … Aber wir können ja mal was zusammen trinken gehen … oder so …"

Marcus grinste. „Ach Bullie, mach' dir mal keine Sorgen!"

Er wandte sich an die mit großen Augen dasitzende Gruppe. „Tja, Leute … Bullie hier hat uns den Weg gezeigt!" Er kraulte Bullie anerkennend hinter den Ohren während er den anderen seine Idee erklärte. „Ist eigentlich ganz einfach! Wir haben immer nach einem Weg zu Robins Eintrittsraum gesucht, der über die Teilwelten führt.

Aber den gibt es anscheinend nicht. Oder nicht mehr. Also müssen wir halt einen kleinen Umweg nehmen, wie Bullie es getan hat!"

„Einen Umweg? Verstehe ich nicht", beklagte sich Damaris.

„Wieso, ist doch ganz einfach!" Marcus machte eine ausholende Geste. „Um zu meinem Eintrittsraum zu kommen, ist Bullie erst in deinen Eintrittsraum und von dort in eine von deinen Teilwelten gegangen, von der es eine Verbindung zu mir gibt. Ein Umweg also, aber viele Wege führen nach Rom. Oder in diesem Fall zu mir." Er lachte über seinen kleinen Scherz. „Robin hat mehrmals versucht, über seine Teilwelten in den Eintrittsraum zurückzukehren. Diese Durchgänge hat Phirrio alle versperrt. Aber ich könnte mir gut vorstellen, dass eine bestimmte Teilwelt immer noch mit Robins Eintrittsraum verbunden ist. Eine Teilwelt, an die Phirrio einfach nicht gedacht hat, genauso wenig wie Krain, weil sie keine normale Teilwelt ist. Eine, die anders ist, als alle anderen." Er schaute in die Runde.

„Und welche soll das sein?", fragte Robin gespannt.

„Robins Kopie seines Körperschattenraums!"

Kurz schwiegen sie alle, dann erklärte Marcus – mangels Verständnis der anderen – das Ganze nochmal im Detail.

„Seht mal! Es ist doch so, dass Phirrio uns davon abhalten wollte, in Robins Eintrittsraum zu gelangen. Warum wohl?" Er beantwortete seine Frage selber: „Um uns daran zu hindern, das Portal zum echten Körperschattenraum zu benutzen. Nur von da kann Robin zurück in die reale Welt, und diesen Weg hat Phirrio uns abgeschnitten. Zumindest den direkten ... Aber er hat bestimmt nicht daran gedacht, dass wir den Umweg über die Teilwelt mit Robins Kopie der Körperschattenraums nehmen. Von da aus können wir doch auch in den Eintrittsraum gelangen! Dieser Weg ist bestimmt noch offen!"

Robins Augen leuchteten. „Also brauche ich nur einen Gang zu der Kopie meines Körperschattenraums zu machen. Von dort aus können wir dann in meinen Eintrittsraum, wo wir den richtigen Ausgang suchen!"

Marcus nickte.

„Das könnte klappen!"

Mit noch halb geschlossenen Augen schob sich Herr Lincol die Scheibe Brot in den Mund. Die frühen Morgenstunden waren nicht seine Lieblingstageszeit, aber die Arbeit ließ nicht auf sich warten. Damaris beobachtete ihren Vater. „Papa?"

„Hm?"

„Du bist doch Anwalt für Häuserfragen und so? Also in rechtlichen Dingen?"

„Hm."

„Einer unserer Lehrer, der von Mathe, weißt du …?"

„Hm."

„Er hat mich gefragt, ob du ihn vielleicht mal anrufen könntest, er hat da ein rechtliches Problem mit einem Haus, das er verkaufen will …"

„Hm."

„Papa …? Hast du mich gehört?"

„Ja."

„Also machst du es?"

„Klar. Hast du die Telefonnummer?"

Die erste Hürde war genommen, Damaris atmete innerlich auf. „Klaro, hier auf dem Zettel. Aber er hat bisher nur Telefon in seinem alten Haus, das er verkaufen möchte. Daher kannst du ihn nur zu einem ganz bestimmten Zeitpunkt anrufen. Das ist wirklich sehr wichtig!"

„Kein Problem, wann?"

„Morgenfrüh um zehn Uhr. Aber wirklich Punkt zehn, okay?"

Herr Lincol nahm Damaris den Zettel ab und schaute ihn sich mit gerunzelter Stirn an. Damaris betete inständig, dass ihrem Vater nicht auffallen würde, dass die Vorwahl der Telefonnummer nicht etwa die eines Nachbardorfes war, sondern von einer Stadt, die über 500 km entfernt lag. Sie stand auf. „Ich gehe dann mal meine Sachen holen …"

368

Herr Lincol hielt seine Tochter zurück. „Moment, Damaris!"

Damaris schluckte. „Was denn, Papa?"

„Hast du nicht bei Frau Blumental Mathe?"

„Ja, richtig, aber ... uhm, na ja ... Sie hat gekündigt ... Und jetzt haben wir halt 'nen neuen Lehrer."

„Ach so ... wie heißt er denn?"

Damaris durchfuhr es kalt. Das wusste sie nicht! „Äh ... wieso?"

„Ihr Vater lachte. „Na, es wäre doch nicht schlecht, wenn ich weiß, bei wem ich anrufe, oder?"

„Ja, klar. Ähm ... ich komme nur gerade nicht drauf. Er ist ja noch neu und so. Ich gebe dir heute Abend Bescheid."

„Okay." Herr Lincol widmete sich bereits wieder seinem Frühstück, damit war das Thema abgeschlossen. Vorerst.

Erleichtert holte Damaris ihren Rucksack.

Der Tag schlich im Schneckentempo an Damaris vorbei. Tina war ihr einziger Lichtblick: Sie lenkte sie wenigstens hin und wieder ein wenig ab. Die fröhliche Bohnenstange hatte immer ein paar Sprüche auf Lager, um zumindest die Pausen aufzulockern.

Nach einem langen Schultag hatten die beiden sich bis zum Abend verabschiedet. So gegen acht würde Tinas Mutter ihre Tochter zu Damaris bringen, damit die beiden ihren „Mädchenabend" – so nannten die beiden Freundinnen solche Privatveranstaltungen – genießen konnten. Damaris hatte sich mit Absicht für den heutigen Abend mit Tina verabredet. Denn gerade heute würde es nichts bringen, wenn sie früh ins Bett ging. Morgen, am Samstag, da musste sie möglichst viel Zeit in Thinkit verbringen. Eine Ausrede käme ihr da sehr gelegen. Zum Beispiel, dass sie mit Tina die halbe Nacht durchgeredet hatte.

„Hi!"

Damaris schreckte auf und ließ dabei fast ihr Buch fallen.

Tina war zum Zimmer hereinspaziert. Tina ... mit roten Haaren!

„Ich fasse es nicht!", sagte Damaris.

369

Tina grinste. „Was denn?"

„Bonnie, du dummes Viech!" Damaris sprang auf und ging zum Käfig. „Warum hast du mir denn nicht gesagt, dass ich in Thinkit bin?"

„Damaris?" Tinas Stimme klang verunsichert und ein wenig irritiert.

„Bonnie, was ist?", sprach Damaris weiter auf das Meerschweinchen ein, Tina ignorierend.

Bonnie antwortete nicht.

Tina kam näher und fasste Damaris bei der Schulter. „Sag mal, geht's dir noch gut? Was redest du mit Bonnie? Sie ist ein Meerschweinchen, die können nicht reden! Das weißt du hoffentlich?"

Entgeistert starrte Damaris Tina an. Träumte sie nun, oder nicht?

Tina schüttelte den Kopf. „Da komme ich hier rein, und an Stelle dich wohlwollend über meine Haare zu äußern, fängst du an, mit deinem Meerschweinchen zu reden. Hast du noch alle Tassen im Schrank?"

„Ähm ...", Damaris wusste nicht so richtig, was sie sagen sollte. „Ich bin wohl noch nicht ganz wach ... Du weißt schon ..."

„Träume?", fragte Tina. Ihre Stimme klang müde.

Damaris nickte. Ihr war die Sache wirklich ungeheuer peinlich, ihr Gesicht glühte förmlich.

Tina nahm ihre Freundin in den Arm und grinste sie an. „Würde ich dich nicht besser kennen, ich würde dich in die Klapse einweisen!"

Damaris grinste zurück. „Nun tu mal nicht so, als ob du normal bist! Wer färbt sich schon die Haare rot?"

Der restliche Abend verging schnell. Herr Lincol hatte die beiden Mädchen mit einem großen Eis ruhig gestellt. Dafür hatten sie sogar ihre Umkleideaktion verschoben, die sie dann aber zwischen dem ersten und dem zweiten Film nachgeholt hatten. Neben dem Testen verschiedener Outfits wurde auch neuer Nagellack aufgetragen. Durchsichtig, selbstverständlich, damit die Eltern sich nicht aufregen würden. Außerdem wurde die Frisur neu gestylt. Und die ganze Arbeit nicht mal für einen Jungen – bloß der Spiegel im Badezimmer hatte was von dem Anblick der beiden Mädchen. Und Herr Lincol. Nachdem er das unverständliche Verhalten seiner Tochter und ihrer Freundin kurz angesehen hatte, murmelte er nur „Frauen!", um dann kopfschüttelnd den Raum zu verlassen.

Als der Abspann des zweiten Filmes lief, war es bereits Samstag. Punkt eins wurde Tina abgeholt. Eine halbe Stunde später war Damaris bettfertig.

„Schlaf gut, mein Schatz!" Frau Lincol küsste ihre Tochter auf die Stirn und löschte das Licht. Sie und ihr Mann blieben am Wochenende oft sehr lange auf, um zumindest zwei Tage die Woche ein wenig Zeit ohne den Nachwuchs zu haben.

„Morgen früh wäre das wichtiger", murmelte Damaris, während sie sich ihre Decke zurecht trat.

„Wie bitte?"

„Gute Nacht, Mama."

Robin stand vor der Tafel des von Damaris geschaffenen Klassenzimmers. Alle waren zeitig da gewesen, keiner wollte in der vermeintlichen Endphase fehlen. Allerdings nahmen nicht alle an der regen Diskussion teil: Nika und Bullie hatten sich in die Schaumgrube abgesetzt.

„Sicher ist, glaube ich zumindest, dass ich immer in meinem wirklichen Eintrittsraum war", beantwortete Robin Tinas Frage.

„Aber wenn nur du dort was ändern kannst, warum führt dann die Pforte zum Körperschattenraum nicht mehr in die richtige Version?", fragte Tina skeptisch.

„Irgendwie hat Phirrio den Gang halt umgelegt", legte Robin sich nicht fest.

„Das geht aber nicht!", wiederholte Tina stur. „Nur du kannst dort was ändern! Das hatten wir doch gerade!"

„Nicht, wenn er händisch was geändert hat. Außerdem: Wenn ich schon alles wüsste, wären wir längst dort und ich wäre aus dem Koma aufgewacht!", beendete Robin verärgert die Diskussion. „Wir werden es herausfinden, wenn wir dort sind und wahrscheinlich keine Sekunde früher. Wir sollten deshalb lieber nochmal den Plan durchsprechen."

Damaris stand auf und gesellte sich zu Robin. Sie übernahm das Wort. „Zuerst gehen wir in eine von meinen Teilwelten. Dort erzeugt Robin eine Pforte zur Kopie Körperschattenraums."

„Von da aus gehen wir in meinen Eintrittsraum", fuhr Robin fort. „Wir nehmen also den umgekehrten Weg."

Alle nickten.

„Was ist mit Fallen?", fragte Bonnie, die auf Parus Tisch saß.

„Gibt es nicht", sagte Damaris.

Marcus ergänzte: „In Robins Eintrittsraum kann nur Robin etwas verändern. Und wenn Robin keine Fallen darin eingebaut hat ...", er schaute Robin fragend an, der daraufhin den Kopf schüttelte, „... dann ist dort alles sicher."

„Aber wenn Phirrio Robins Eintrittsraum soweit umbauen konnte, dass Robin über Monate in den falschen Körperschattenraum gegangen ist, dann wären doch auch Fallen möglich?". Bonnie traf genau denselben wunden Punkt wie Tina.

Robin reagierte gereizt. „Natürlich ist es möglich. Alles ist möglich, okay? Aber ich glaube es nicht. Denn wir werden im unechten Körperschattenraum und im Eintrittsraum nicht erwartet. Krain oder vorher schon Phirrio werden alle Pforten mit den Kontra-Karten verschlossen haben. Die einzige Möglichkeit – soweit Krain weiß – wie wir in meinen Eintrittsraum gelangen können, ist mit Hilfe Phirrios. Und der ist in Krains Gewalt."

Als sie sich in dieser Nacht verabschiedeten, fiel Marcus noch etwas ein: „Ach, Damaris! Robin!"

Beide drehten sich um.

„Der Typ heißt übrigens Wolfram Nomortal."

„Wie hast du denn das rausbekommen?", wollte Robin wissen.

Marcus lachte schelmisch. „Ich habe einfach bei ihm angerufen! Natürlich habe ich vorher mein Handy so eingestellt, dass meine Nummer nicht zu sehen ist." Er freute sich diebisch über seine Gewitztheit.

„Ich bekam eine Pflegerin dran. Scheinbar ist er irgendwie krank, und liegt zu Hause im Bett. Die Pflegerin meinte, er wäre wach und sie würde ihm das Telefon bringen. Aber ich habe mich rausgeredet. Das war um zehn Uhr heute Morgen, da hatte ich gerade Pause. Zu derselben Zeit also, an der wir morgen anrufen wollen. Und wie gesagt: Er war wach!"

Kapitel 36: Hoffnung

Frau Wundal streichelte voller Hoffnung den Arm ihres Sohnes. Mit strahlenden Augen schaute sie dann Dr. Wichtel an, den sie extra herbestellt hatte. Nur widerwillig war er gekommen – immerhin war es sein freies Wochenende. Kurz vor sieben Uhr am Samstagmorgen war es gewesen, als Frau Wundal den Arzt angerufen hatte. Es hatte einen Moment gedauert, bis er wach genug gewesen war, um ihren Wortschwall einordnen zu können.

„Er bewegt sich! Er hat sogar schon zweimal die Augen geöffnet!", hatte sie in den Telefonhörer geschrien. „Dann liegt er wieder still und plötzlich fangen seine Arme und Beine erneut an zu zucken. Als ob er sich seinen Weg in das Leben zurückkämpft!"

Glücklicherweise hatte zu diesem Zeitpunkt jemand der hektischen Mutter den Telefonhörer abgenommen. Es war Schwester Maria des Stadtkrankenhauses, die sich gemeldet hatte.

„Es tut mir leid, Dr. Wichtel, dass wir Sie wecken mussten. Aber ich muss Frau Wundal Recht geben, es tut sich tatsächlich etwas. Vielleicht sollten Sie es sich anschauen."

Natürlich hatte Dr. Wichtel zugestimmt. Obwohl er sich nicht von dem Optimismus der Mutter hatte anstecken lassen – schon zu oft hatte er sich in seiner Karriere zu früh gefreut –, so hatte er bezüglich Robin immer noch Hoffnung.

„Der Junge scheint tatsächlich auf dem Weg zurück zu sein", gab Dr. Wichtel nun, am Fußende des Bettes stehend, zu. Er konnte es auf den ersten Blick erkennen. „Aber es könnte auch nur temporär sein. Ich werde ihn stärker beobachten und die Medikamente anpassen lassen." Damit verließ er das Einzelzimmer, um der momentan Dienst habenden Schwester seine Anweisungen zu geben. Mehr konnte er im Moment nicht tun.

Mit Tränen in den Augen saß Frau Wundal neben dem Bett, die Hand ihres Sohnes in die ihre gepresst.

Robins Augenlider flatterten, ein Zittern durchlief seinen Körper. Seine Mutter wertete beides als positive Zeichen.

Kapitel 37: Bullies körperliche Hilfestellung

Damaris schaute von ihrem Buch auf. Was sagte der Wecker? Neun Uhr dreißig. Fünf Minuten später, als beim letzten Mal, als sie geguckt hatte. Und damit war es endlich spät genug!

Vom Warten erlöst, sprang sie vom Schreibtischstuhl, griff ihren fertig gepackten Rucksack und fiel in ihrer Hektik fast die Treppe herunter.

Herr und Frau Lincol saßen gerade am Frühstückstisch und lasen die Zeitung.

Mitten auf dem Tisch platzierte Damaris den Wecker, den sie auf eine Minute vor zehn programmiert hatte. „Papa, du vergisst auch wirklich nicht, um genau zehn Uhr anzurufen, ja?"

Herr Lincol konnte sich nur schwer von seiner Zeitung losreißen und antwortete geistesabwesend: „Ja, klar, Schatz."

„Nein, wirklich! Es ist wichtig! Er heißt übrigens Herr Nomortal." Sie schob ihm den Wecker direkt vor den Teller. „Hier ist ein Wecker, der dich nochmal daran erinnern wird. Und ich bin dann so um zwölf wieder zurück. Ihr braucht aber nicht bei Tina anzurufen. Wir gehen raus und mein Handy lasse ich hier."

Damit drehte sie sich um und lief aus dem Haus, den Eltern keine Chance auf eine Entgegnung gebend.

Im Garten der Lincols befand sich eine kleine ungenutzte Laube. Im Winter war es dort zu kalt, aber im Sommer hatte sich Damaris mehr als einmal mit einer Jugendzeitschrift dorthin zurückgezogen. Die Ruhe, das leise Knarzen des Holzes, wenn der Wind die Hütte erfasste, und der alte leicht modrige Geruch machten die Laube zu einem perfekten Zufluchtsort – oder zu einem Ort, an dem man ungestört schlafen konnte.

Damaris öffnete den Rucksack und zog ihren Schlafsack und große Kopfhörer heraus. Nachdem sie nochmal überprüft hatte, dass die Tür der Laube auch wirklich abgeschlossen war, setzte sie die

Kopfhörer auf – ihr Lärmschutz – und kuschelte sich in den warmen Schlafsack. Hoffentlich würde er sie trotz der eisigen Temperaturen ausreichend warm halten.

Es war neun Uhr vierzig.

Robin, Marcus, Tina, Paru, Nika, Bonnie und Bullie. Alle erwarteten sie bereits. Grinsend stand Damaris vom Bett auf. „Ihr habt wohl auch nicht warten können!"

„Oh, es war grausam!", klagte Marcus nervös. „Seit fünf bin ich schon wach und habe seitdem nur hierauf gewartet!" Er konnte seine Hände nicht ruhig halten, genauso wenig wie Robin. Im starken Gegensatz dazu Nika, die das alles mal wieder nur am Rande interessierte. Sie hatte sich Schuhe von Damaris angezogen und schlürfte in den zu großen Sportschuhen langsam aber laut durch das Zimmer.

Paru beobachtete sie missmutig. „Nun ist aber gut, Nika!"

„Mir ist langweilig!", maulte die Zwelfe.

„Geht ja gleich los." Ein fordernder Blick Parus brachte Nika zum Gehorsam.

„Ja, ja ..." Nika stellte die Sportschuhe zurück. Dann überprüfte sie, ob Paru sich schon wieder umgedreht hatte, und schnappte sich die Stiefel.

Damaris ignorierte die Zwelfe einfach, sie hatte nun andere Aufgaben zu erledigen. Mit ernster Stimme fasste sie nochmal die wichtigen Punkte zusammen: „Wenn wir es wirklich schaffen sollten, einen Weg in Robins Eintrittszimmer zu finden, dann dürfen wir keine Zeit verlieren. Wir müssen sofort den richtigen Ausgang suchen und Robin muss so schnell wie möglich zu seinem Körperschatten. Wir können nur hoffen, dass wir richtig liegen und Krain jetzt wach ist."

„Oder es gleich sein wird", fügte Marcus hinzu. „Alles klar mit dem Anruf?"

Damaris nickte. „Ich hoffe, mein Vater denkt dran."

377

„Ich auch", sagte Robin, „Denn ich habe das Gefühl, dass Krain gerade hier in Thinkit beschäftigt ist."

„Beschäftigt?", fragte Paru, die neben ihrem Schöpfer stand.

„Ich glaube, er versucht meinen Körper einzunehmen."

Dafür, dass Robin eine solch beunruhigende Vermutung geäußert hatte, klang er nach Damaris' Meinung sehr ruhig. „Kannst du das spüren?", wunderte sie sich.

„Ich weiß nicht ... Da ist was ... Als ob ich irgendwie dabei bin, den Anschluss zu verlieren."

„Dann sollten wir uns auf den Weg machen", schlug Paru vor.

Alle nickten, und Damaris brachte schnell ihre Rede zu Ende: „Also, alle suchen nach der richtigen Pforte, aber nur ich oder Marcus gehen auch wirklich hindurch. Wir können recht einfach den Weg zurückfinden oder neue Gänge schaffen, wenn es der falsche Raum ist. Robin bleibt im Eintrittsraum, bis wir die richtige Pforte gefunden haben. Damit er nicht in eine Falle läuft."

Sogar Nika hatte jetzt zugehört. Leise stellte sie die Stiefel zurück.

Kurze Zeit später standen alle in Damaris' Trainingsraum. Die Säulen hielten dieses Mal still, der Raum war nun nichts weiter als eine große, leere Kugel.

Auf Robins Befehl hin entstand eine Tür. „Das müsste der Weg sein ..."

Suchend schauten die acht Freunde um sich, keiner sprach auch nur ein Wort. Der Körperschattenraum sah genauso aus, wie Damaris es in Erinnerung hatte. Dort das Bett, ihm gegenüber der Schreibtisch, der den Weg in den Eintrittsraum freigeben sollte.

Erst als sie sich sicher wähnten, wagte Robin den nächsten Schritt. Zielsicher ging er zu seinem Schreibtisch und zog die zweite Schublade auf. Mit einem Mut machenden Lächeln auf den Lippen und fragenden Blick in den Augen stieg er in die Schublade – und verschwand.

Die anderen taten es ihm gleich.

Egal wie sie sich konzentrierte: Damaris konnte nichts an dem Raum ändern.

„Ich fasse es nicht!", jubelte sie. „Wir haben es tatsächlich geschafft!"

Vor ihnen breitete sich Robins Eintrittsraum aus. Der sich weitende Gang vor der Pforte hatte sie in die große Halle mit den vielen Türen geführt. Er war leer.

Marcus unterzog den Raum einer Sichtkontrolle. „Was hat denn Phirrio nun geändert, damit Robin keinen Gang hierhin erzeugen konnte?"

„Na ja ... war das Wasser immer schon rot?", fragte Damaris.

Robin schüttelte den Kopf. „Nein. Da hat Phirrio wohl ein paar Eimer Farbe reingekippt."

Damaris zuckte die Achseln. „Egal! Wir haben einen Weg gefunden!" Der Triumph wurde nur kurz ausgekostet. Bereits einen Moment später drehte das Mädchen sich um und kehrte in den sich zuspitzenden Gang zu der Pforte zurück. Jetzt mussten sie den richtigen Ausgang finden!

„Marcus und Tina, geht ihr an die rechte Seite der Mauer? Robin in die Mitte, und ich und Paru übernehmen die linke Seite. Ihr anderen haltet bitte Ohren und Augen offen!", befahl Damaris. Trotz der Verantwortung, die ihre neue Führungsrolle mit sich brachte, genoss sie es, das Kommando zu haben.

Mit der Hand fuhr Damaris über die kalten Steine und Fliesen, über die Fugen und Spalten. Aber wonach suchte sie überhaupt? Sie wusste es nicht.

Auch die anderen schienen bei ihrer Suche nach Hinweisen ein wenig verloren.

Robin war es schließlich, dem etwas auffiel – ein Blick auf die grauen Fliesen hatte ihn innehalten lassen.

379

„Leute kommt mal her!", rief er, immer noch gebannt auf den Boden starrend.

„Was denn?", fragte Damaris, als sie Robin erreichte.

„Ich sehe nichts", sagte Marcus, der auch herbei gekommen war.

Robin zeigte auf die Fliesen, die den Boden bedeckten, und an der vor ihnen befindlichen Wand mit der Pforte grenzten. „Da! Die Fliesen sind nicht komplett. Von der letzten Fliese fehlt ungefähr die Hälfte, so um die zehn Zentimeter." Er zeichnete die geschwungenen Muster des Bodens nach. „Man sieht es an dem unvollständigen Linienmuster auf den Fliesen. Mir ist das vorher nicht aufgefallen, aber ich bin mir ziemlich sicher, dass die Fliesen mal genau abgeschlossen haben."

„Phirrio hat eine Wand vor die Pforte gesetzt!", schloss Damaris und schaute die in etwa vier Meter hohe und genauso breite Wand kritisch an. Dann trat sie ein paar Schritte zurück und krempelte sich die Ärmel hoch. „Achtung, jetzt wird's staubig!", sagte sie und befahl mit einer lockeren Handbewegung der Wand, in sich zusammen zu fallen.

Nichts geschah.

Sie versuchte es erneut – erneut ohne Erfolg.

Kurze Zeit schwiegen alle, dann entlud sich Damaris' Wut.

„Natürlich! Wie kann es auch anders sein? Immer wieder neue Probleme! Kann nicht einmal alles so klappen, wie es soll?"

„Uhm …", räusperte sich Marcus.

„Was?", fragte Damaris wütend.

„Na ja, das hier ist Robins echter Eintrittsraum. Nur er hat hier die Möglichkeit, mit Fantasie etwas zu ändern. Oder natürlich seine Transit-Karten." Kurz ließ er seine Worte ihre Wirkung entfalten, bevor er sein Anliegen nochmal unterstrich. „Er sollte es probieren."

„Oh, richtig", sagte Damaris, und trat beschämt zurück. Vor kaum einer Minute hatte sie doch genau diese Eigenschaft der Eintrittsräume benutzt, um zu überprüfen ob sie sich in Robins Original befanden.

Der Junge ging schweigend auf die Wand zu. Konzentriert starrte er die großen rechteckigen Steinblöcke an; Eine, zwei, schließlich zehn Sekunden lang. Dann drehte er sich wieder um. „Es funktioniert nicht", berichtete er geknickt. „Aber warum?" Nachdenklich betrachtete er auf ein Neues die Mauer und wandte sich dann mit einem hilfesuchenden Blick an Marcus und Damaris.

Damaris schüttelte den Kopf – sie hatte keine Ahnung, was hier gespielt wurde –, während Marcus überhaupt nicht reagierte. Er hatte sich gegen Bullie gelehnt und war mal wieder tief in Gedanken versunken.

„Irgendwelche Ideen?", sprach Robin Marcus nun direkt an.

Beschwichtigend hob Marcus die Hand. „Ich hab's gleich ... Es ist ganz einfach ... Kleinen Moment ..." Er tippte sich mit zusammen gekniffenen Augen immer wieder mit dem Zeigefinger gegen die Stirn. „Wenn hier eine Mauer hochgezogen wurde, und Robin war's nicht ... dann ... dann!"

Er sprang auf und rannte zu Paru und Damaris. „Das ist es! Hört zu! Die Wand lässt sich nicht durch Robin entfernen, da Robin sie nicht gebaut hat."

Soweit nichts neues, dachte Damaris.

„Phirrio konnte nichts mit Hilfe seiner Fantasie ändern, nur in Handarbeit. Die einzelnen Steine wurden außerhalb dieses Raumes geschaffen, dann hierher gebracht und zu einer Mauer zusammengebaut! Dasselbe gilt für die Pforte."

Als krönenden und erklärenden Abschluss seiner Ausführungen zitierte Marcus eine der Hauptregeln in Thinkit: „Eine in Handarbeit gebaute Konstruktion kann auch nur durch Handarbeit wieder entfernt werden."

„Wirklich beeindruckend!", staunte Robin.

„Danke!", Marcus war nicht zu Unrecht stolz auf seine Theorie.

„Eigentlich meinte ich, dass Phirrio wirklich gute Arbeit geleistet hat. Also, von seinem Standpunkt aus gesehen", musste Robin Marcus enttäuschen. Dann fügte er schnell hinzu: „Aber natürlich bin ich auch vollkommen platt, dass du das so schnell rausgekriegt hast, alter Junge!"

„Ja, ja", sagte Marcus abweisend. Für Schmeicheleien war später noch Zeit.

„Gut, jetzt wissen wir also, was passiert ist", meldete sich Damaris wieder zu Wort. Es war höchste Zeit, das neu gewonnene Wissen einzusetzen, und sie hatte bereits das erste Problem erkannt. „Das heißt also, dass wir diese Mauer wieder in Handarbeit abreißen müssen?"

„Ja ...", sagte Marcus nachdenklich. „Das könnte allerdings ein Problem werden ... Oder seid ihr in der Lage, Steinblöcke von dreißig Zentimetern Kantenlänge einfach so aus der Wand zu reißen?"

Noch bevor Damaris oder Robin hierauf entmutigt reagieren konnten, klapperten hinter ihnen die Hufen von Bullie. Er hatte alles mit angehört, und sprang nun aufgeregt von einem Bein auf das andere.

Damaris sah ihn an.

„Mmh, mmh, mmh!", presste er mit geschlossenem Mund hervor.

Damaris befreite ihn von seiner Qual. „Ja, sag schon ..."

„Darf ich, darf ich? Ich kann das! Ich bin doch stark, so wie du mich in weiser Voraussicht geschaffen hast! Bittebittebitte!"

„Da hast du deine Lösung!", sagte Robin zu Marcus, und lief ein paar Meter von der Mauer weg. „Wir könnten uns natürlich auch neue Thinks schaffen, die für uns die Arbeit erledigen, aber wenn Bullie will ..."

Vielleicht war das tatsächlich die einfachste Möglichkeit, das Problem aus der Welt zu schaffen. „Na dann los, Bullie", gab Damaris nach und begab sich ebenso in Sicherheit.

Bullie war nun gänzlich in seinem Element. Fachkundig lief er an der Mauer entlang, murmelte vor sich hin, scharrte ein wenig mit den Hufen. Dann begab er sich auf größeren Abstand zu Mauer, legte den Kopf schräg, murmelte noch ein wenig mehr von „Statik",

„Mechanik" und „harte Kalksteinsorte" und schaute schließlich mit gewichtiger Miene die anderen an.

„Bullie?", fragte Damaris.

„Ja, Damaris?" Seine Augen strahlten.

„Es wäre nett, wenn das heute noch was wird, denn viel Zeit ist nicht mehr. Nein, eigentlich wäre es sehr gut, wenn du es jetzt sofort machen würdest. Kriegst du das hin?"

„Aha, alles klar, Boss!", sagte Bullie, verbeugte sich dann vor Damaris, und hob die Stimme. „Meine Damen, Herren und Thinks! Ich möchte Ihnen danken, dass Sie heute die Zeit gefunden haben, sich zu dieser Zerstörung einzufinden. Ich werde nun fachmännisch ..."

„Bullie!", rief Damaris.

Der Stier zuckte zusammen. „Okay, okay!", murmelte er und drehte sich beleidigt um. Ohne weiteren Verzug nahm er Anlauf und prallte mit einem großen Krachen auf die Mauer.

Es war vielleicht kein gutgezielter Stoß, aber er reichte vollkommen aus. Einige Steine rechts neben der Tür waren durch den Aufprall in die Wand hinein gedrückt worden, die Steine darüber hingen nun halb in der Luft und schienen sich in Vorbereitung ihres Absturzes nach vorne zu beugen. Die Mauer würde umfallen, es war nur noch die Frage, wann.

Bullie hatte es kurz außer Gefecht gesetzt, der Schlag hatte ihm zugesetzt. Aber noch bevor die ersten Steine ihn treffen konnten, war er bereits wieder auf den Beinen und brachte sich in Sicherheit.

Eine große Staubwolke breitete sich aus, während die Mauer in sich zusammenbrach. Alle flüchteten vor ihr in den Eintrittsraum. Keiner sprach ein Wort in den nun folgenden spannenden Sekunden. Denn niemand wusste es sicher, aber jeder hoffte es: Würde die richtige Pforte jetzt zugänglich sein?

Kaum konnte man wieder etwas erkennen, machte sich die Gruppe auf den Rückweg. Der Staubvorhang in dem spitz zulaufenden Gang wurde dicker, je weiter sie in ihn vordrangen. Der Steinnebel brannte in Augen und Lungen. Hier und da lagen Gesteinsbrocken, die ein

Stück den Gang entlanggerollt waren. Gesteinsstaub setzte sich leise ab und färbte alles grau.

Langsam aber sicher zeichneten sich die Reste der Mauer ab. Damaris, die Gruppe anführend, erreichte als Erste den Schutthaufen. Geschickt erklomm sie den Mauerrest und blickte gespannt dahinter. Was sie sah, war eine weitere Wand, die hinter der jetzt zerstörten Mauer versteckt gewesen war. Und es befand sich eine Pforte darin, die sich dunkel gegen die sonst gräuliche Wand abhob.

Damaris' Herz setzte vor Aufregung einen Schlag aus. „Gut gesehen, Robin!", rief sie dem Jungen strahlend zu. „Allerdings ist es nicht eine halbe Fliese, die fehlt, sondern es sind zweieinhalb!"

Schnell kletterten nun auch alle anderen über die Steintrümmer. Einer nach dem anderen erreichte Damaris, die bereits eine weitere Entdeckung gemacht hatte. Sie hatte den Kopf in den Nacken gelegt.

„Robin, hast du diesen Gang hier angelegt?"

Robin sprang von einem zerbrochenen Stein herunter und lief zu Damaris. Verwundert schaute er auf die kleine unscheinbare Pforte, die über ihnen im Gewölbe angebracht war. „Nein, die ist neu. Scheint eine Art Luke für ein kleines Tier zu sein. Ein Mensch passt da wohl kaum durch."

„Wenn er nicht seine Form ändert!", ergänzte Marcus, der die Mauerreste nun auch überquert hatte.

„Richtig. Aber da hier normale Schwerkraft herrscht, muss es wohl ein fliegendes Tier sein, damit es diese Luke erreichen kann."

„Dieser Rabe, den Nika vorhin gezeichnet hat?", schlug Marcus vor.

„Also Krain", stimmte Robin zu. „Beziehungsweise Herr Nomortal. Was meinst du, Damaris?"

„Wahrscheinlich."

Sie schaute auf ihr Handy. „Ich hab's fünf vor Zehn ... Marcus?"

Nach einem Blick auf seine Uhr nickte er mit dem Kopf und schob sich die Brille zurecht. Nicht, dass er dadurch mehr sehen würde, denn der feine Staub hatte die Gläser fast undurchsichtig gemacht.

Einer nach dem anderen schlossen die Thinks zu den drei Jugendlichen auf.

„Und fünf nach Zehn gehen wir rein, richtig?" Damaris kannte den Zeitplan ganz genau, aber die Nervosität machte ihr zu schaffen.

„Wird schon werden", versuchte Marcus Damaris zu beruhigen. Schweigend standen sie vor der dunklen Pforte. Alle, sogar die sonst so teilnahmslose Nika, waren sich der Gefahr, der sie eventuell ausgesetzt würden, bewusst. Es gab nichts mehr zu sagen.

Herr Lincol schaute auf die Uhr.

9:58 Uhr.

Er lief zum Telefon, nahm den Hörer in die eine, den Zettel mit der Telefonnummer in die andere Hand, und wählte. Kurze Zeit später wurde er verbunden. Nur wenige Sekunden später legte er wieder auf, und lief zu seinem Sessel und seinem Buch zurück. Die Leitung war besetzt.

Dann klingelte der Wecker.

Fünf nach zehn. Keiner hatte in den letzten Minuten ein Wort gesprochen, eine bleischwere Spannung lag in der Luft.

Damaris fühlte sich wie vor ihrer eigenen Exekution. Gespannt hatte das Mädchen auf die Tür gestarrt. Keiner war rausgekommen, obwohl ihr Vater schon angerufen haben musste. Und wenn Krain dort drin war, und er würde geweckt, dann müsste er hier vorbeikommen. Da dies nicht passiert war, konnte es nur eins bedeuten:

„Krain ist anscheinend schon wach. Also los!" Damaris griff nach dem Knauf. Robin und Marcus standen ihr am nächsten, die anderen direkt hinter den Jungs.

Die Schwärze vor ihnen war undurchdringbar, sah aber nicht anders aus als sonst. Trotzdem hatte Damaris wohl nie zuvor eine Pforte mit so viel Spannung, Angst, aber auch Hoffnung durchschritten.

Kapitel 38: Krain

„Sieht ja wirklich genau so aus, wie der andere Körperschattenraum ... Also der unechte", flüsterte Damaris.

„Du brauchst nicht zu flüstern", erwiderte Marcus, der ihr gefolgt war. „Es ist ja niemand hier! Holen wir die anderen!"

Kurze Zeit später standen sie alle vor Robins Schreibtisch. Noch hatte sich keiner von der Gruppe gelöst, alle erwarteten von irgendeiner Seite eine plötzlich hervorbrechende Gefahr.

Um sich schauend lief Robin zu dem Bett, auf dem sein Körperschatten lag. Schritt für Schritt kam er der realen Welt näher. Damaris und die anderen folgten ihm nur zögerlich.

„Oh Mann!", entfuhr es Robin, als er sein Abbild zum ersten Mal seit Monaten anschaute.

Mit diesem Gefühlsausbruch wurde auch bei den anderen der Bann gebrochen, sofort versammelten sie sich um das Bett.

Damaris schaute von der Körperhülle zu Robin und wieder zurück. „Du hast dich ganz schön verändert. Scheinst älter geworden zu sein ..."

„Und krank siehst du aus. Hast ja nichts auf den Knochen!" Marcus zeigte auf das ausgemergelte Gesicht.

Mit offensichtlichem Grausen schaute Robin auf sein Abbild. „Ich sehe wirklich vollkommen verbraucht aus! Da wartet eine Menge Sport auf mich, bevor ich irgendwann wieder so aussehe, wie ich es jetzt tue."

„Ich meine, so wie ich hier in Thinkit rumlaufe", verbesserte er sich.

„Hauptsache überhaupt wieder in der realen Welt sein!", sagte Damaris. „Du solltest so schnell wie möglich versuchen, zurückzukehren. Noch sind wir wohl nicht hundertprozentig sicher vor Krain. Also los, rein mit dir!"

Marcus stimmte Damaris zu, er nickte heftig. „Damaris hat recht, mach' lieber schnell! Nicht, dass wir hier Zeit vertun und nachher überrascht uns Krain bei unserem Kaffeeklatsch!"

Robin setzte sich auf die Bettkante, hielt dann aber inne. „Nur noch ganz schnell ...", sagte er, mit der erhobenen Hand ungeduldige Kommentare zuvorkommend. Sein Blick blieb an Paru hängen. „Danke Paru, dass du mich immer noch weiter besucht hast, auch wenn ich nichts davon wusste. Dadurch kam Damaris zu mir ..." Sein Blick wanderte zu dem Mädchen. „Ohne dich wäre ich vermutlich heute noch überzeugt davon, dass ich jeden Morgen zurück in die reale Welt wechsele. Trotz meiner Reaktionen bist Du am Ball geblieben, du bist wirklich einzigartig."

Damaris merkte, wie ihr Gesicht die Farbe einer reifen Tomate annahm. Aber Robin bekam dies schon nicht mehr mit, er hatte sich bereits Marcus zugewandt.

„Marcus, danke, du hast mich immer gesucht, und mir mit deiner Genialität geholfen. Und natürlich auch noch danke an Bullie, mit seinen Zerstörungsfähigkeiten, an Tina und Bonnie. Und an Nika, mit ... na ja, einfach nur so."

Nika grinste.

Langsam schob sich Robin auf seine Körperhülle zu.

„Viel Glück!", flüsterte Paru.

Mit zuversichtlichem Lächeln legte Robin sich in den Körperschatten, nickte ein letztes Mal aufmunternd und schloss die Augen.

„Wir sehen uns bald!", sagte Damaris, während sie vor Spannung fast platzte. „Ob das passt?", wandte sie sich dann leise an Paru. „Seine Beine sind ein wenig zu kurz."

„Die Körperhülle ist mit dem echten Robin mitgewachsen, aber der Thinkit-Robin hat sich nicht verändert", erklärte die Zwelfe.

„Und jetzt?"

„Abwarten!"

Gespannt starrte Damaris auf Robin. Paru hatte es richtig vorausgesehen, denn jetzt schien sich etwas zu tun.

„Schau! Die Beine wachsen! Sie passen sich dem Körperschatten an!", machte Damaris die anderen unnötigerweise auf eine Entwicklung aufmerksam, die sie selber alle längst mitbekommen hatten. Der Vorgang gestaltete sich wie eine Verschmelzung: Die Beine und Arme streckten sich und füllten den Körperschatten langsam aber sicher perfekt aus.

Zwanzig Sekunden oder länger lag Robin nun schon auf dem Bett, schätzte Damaris. Sein Körper hatte bereits wieder aufgehört zu wachsen, dafür verlor er langsam seine Substanz. Er wurde durchsichtig.

Lange konnte es nun nicht mehr dauern, beruhigte sie sich. Auch die anderen entspannten sich langsam.

Plötzlich zuckte Robins Hand.

Dann das Bein.

Und dann war die Hölle los!

Robins Körper warf sich wild hin und her. Erschrocken sprangen die Umstehenden zurück. Gerade rechtzeitig, denn mit einem Aufschrei wurde Robin aus der Körperhülle herauskatapultiert und landete auf dem Rücken rechts neben dem Bett.

Sofort rannte Damaris zu ihm und kniete sich auf den Boden. „Geht's dir gut? Robin, ist alles in Ordnung?"

Im ersten Moment konnte Robin nicht antworten. Der Aufprall hatte ihm die Luft aus den Lungen gepresst und er versuchte krampfhaft zu atmen. Seine Augen waren weit aufgerissen, sein Atmen klang fiepend.

„Damaris …", sagte Marcus, mit beunruhigter Stimme.

„Was ist passiert? Tut dir was weh?" Damaris sprach weiter auf Robin ein, Marcus ignorierend.

„Nein …", brachte Robin mühsam hervor und zeigte auf das Bett.

„Damaris!", sagte Marcus erneut – dieses Mal dringender – und fasste sie bei der Schulter.

Genervt schüttelte sie die Hand ab. „Was denn?"

Sie war im Begriff aufzustehen, als Robin noch was hervorpresste.

„Wie bitte?" Sie beugte sich wieder zu ihm.

„Krain!", stieß Robin schnaufend hervor.

„Damaris!!" Nun war es keine Bitte mehr, sondern ein Befehl. Das Mädchen richtete sich auf, hielt dann aber geschockt inne.

Endlich hatte Marcus die volle Aufmerksamkeit von Damaris auf das wirklich Wichtige gerichtet: Auf das Bett.

Mit großen Augen starrten alle außer Robin, der noch am Boden lag, auf den Körperschatten. Die schimmernde Gestalt hatte sich wieder beruhigt, aber etwas war nicht in Ordnung.

Sie war nicht leer.

„Jemand ist da drin!", flüsterte Paru, die sich neben Damaris gestellt hatte. Mit ängstlichen Augen schaute sie abwechselnd auf Robin und seinen Körperschatten.

„Krain ist da drin", kombinierte Damaris mit zitternder Stimme. „Was machen wir jetzt?"

Die letzte Frage war an Marcus gerichtet. Trotz der angespannten Situation entfuhr ihm ein nervöses Lachen. Seine gelockten Haare wippten auf eine groteske Art und Weise mit. „Ich habe keine Ahnung!"

Keiner konnte sich dem Bann entziehen, der von dem Schauspiel vor ihnen ausging. In dem Körperschatten befand sich ein Schatten, der an den Armen zu kurz geraten war, während der Kopf zu groß schien.

Inzwischen rappelte sich Robin mühsam auf, unterstützt von Marcus. Zwar atmete er noch stoßweise, aber zumindest plagte ihn keine Atemnot mehr.

„Krain ist da drin!", stieß er schnell und gepresst hervor. „Erst ging es gut, aber als ich anfing, wirklich zu verschmelzen, da spürte ich einen Widerstand. Bevor ich wusste, was mit mir passiert, wurde ich schon rausgeschmissen."

„Du musst dich ihm stellen!", drängte Damaris und deutete auf den dunklen Schatten, der sich im Körperschatten zeigte. „Sonst hat er schon gewonnen! Du musst da rein, und ihn ersetzen! Du musst ihn da rausholen!"

„Wird nicht mehr nötig sein", sagte Marcus unheilschwanger. „Er kommt freiwillig."

Das Etwas im Körperschatten war immer dunkler geworden und über Robins Größe hinausgewachsen. Zwei Füße, zwei Hände und ein Kopf lagen bereits vollkommen außerhalb des Körperschattens. Zum ersten Mal sah Damaris die Person, die ihnen allen so viele Probleme gemacht hatte.

Krain.

Von dem Körperschatten erhob sich der Kopf eines Mannes im mittleren Alter. Das Gesicht war eingefallen, die Wangenknochen standen hervor, genauso wie das spitze Kinn. Trotzdem schätzte Damaris ihn auf höchstens vierzig. Die hellblauen Augen offenbarten sein wahres Alter. Graue Strähnen aus halblangem Haar fielen in das unangenehme Gesicht, als Krain sich – in Anbetracht seiner Größe – erstaunlich schnell aufsetzte und die um das Bett stehenden Besucher taxierte. Wie Laserstrahlen durchbohrte sein Blick sie, eine ungeheure Dominanz und Arroganz ging von ihm aus.

„Na, ist das ein Glück!", sagte er mit tiefer Stimme. „Da bekomme ich noch einen netten Abschied von den gescheiterten Acht!". Ein heiseres Lachen erklang. Mit einer lockeren Handbewegung wischte er sich zwei Haarsträhnen aus dem Gesicht. „Wir müssen es leider kurz halten, es ist gerade ein ungünstiger Zeitpunkt." Ein kaltes Lächeln.

Seine langen Beine schwangen über den Bettrand, als er sich hinsetzte. „Also klären wir das schnell. Mein lieber kleiner Robin, mein Lebensretter!" Er sah den Jungen spöttisch an. „Du wirst hier bleiben, natürlich lebend, sonst bringt mir dein Körper nichts mehr. Und die Thinks …", er machte eine kleine wegwerfende Handbewegung, „… bleiben auch hier."

Sein Blick ruhte nun auf Damaris und Marcus. „Die beiden Einmischer! Was fange ich denn mit euch an?" Er tat einen Moment lang, als müsse er überlegen, bevor er mit einem Seufzen fortfuhr: „Ich bin mal großzügig, ihr könnt Robin hier Gesellschaft leisten. Ihr werdet viel Zeit haben, euch zu unterhalten ... Und vielleicht kommt ihr ja auch mal in den Genuss, zu wissen, dass euer Körper auf der Welt wandelt, besetzt von jemand anderen, während ihr hier bis zu eurem Tod festsitzt. Dafür keine Schule und keine Jobprobleme. Es ist ja nicht so, dass ein Leben in Thinkit nur Nachteile in sich birgt."

Krain richtete sich auf. Er war groß, mindestens einen guten Kopf größer als Robin und Marcus. Schmunzelnd schaute er auf seine Gegenspieler herab. „Keine Reaktionen?", fragte er provozierend. Seine Augenbrauen näherten sich dem spitzen Haaransatz.

„Herr Nomortal", setzte Marcus an. „Dürften wir wenigstens wissen, wieso Sie das machen?"

Krain schürzte erstaunt die Lippen und nickte anerkennend. „Ihr wisst, wer ich bin? Nicht schlecht! Anscheinend hatte Phirrio doch Recht, als er meinte, dass ich euch unterschätze. Ich hätte vielleicht ein wenig härter vorgehen müssen. Von vornherein. Nicht auszudenken, wenn ihr in einem Moment hier aufgekreuzt wärt, in dem ich nicht hier gewesen wäre, um euch aufzuhalten. So ein Glück aber auch – für mich selbstverständlich!" Er grinste sie unverschämt an.

„Wo ist Phirrio?", fragte Robin, innerlich kochend.

„Keine Sorge, der ist noch hier. In Thinkit. Musste ihn leider ein wenig an die Leine legen, da er unklugerweise plötzlich die Seiten wechseln wollte. Keine schlechte Idee von euch, das mit der Mutter. Aber ich habe eure Idee ein wenig ausgearbeitet. Diese und meine Überzeugungskraft werden ihn jetzt wohl ruhig halten."

„Was haben Sie mit ihm gemacht?", bohrte Robin weiter.

„Ich habe ihm nur vor Augen geführt, was seiner armen Mutter hier alles passieren kann, wenn sie des Nachts ungeschützt durch Thinkit streift."

Damaris ballte die Fäuste zusammen. Am liebsten wäre sie auf den Mann losgegangen, auf diesen selbstgefälligen, widerwärtigen Kerl. Aber sie machte sich keine Illusionen: Mit körperlicher Gewalt würde sie es bei dem Riesen nicht weit bringen.

„Warum?", fragte sie mit aufeinandergebissen Zähnen.

Krain seufzte tief. Damaris konnte sehen, dass er langsam das Interesse an dem Gespräch verlor. Für ihn waren sie vermutlich nur ein Haufen lästiger Jugendliche und Thinks.

„Nicht das es euch was angeht, aber was soll's ... Die Antwort ist: Weil es mit meinem Körper zu Ende geht. Es gibt viele unangenehme Krankheiten auf dieser Welt, und eine davon hat sich in meinem Körper eingenistet. Was bleibt mir da anderes übrig? Weiter dahinvegetieren?"

„Immer noch besser, als jemanden das Leben wegzunehmen", antwortete Damaris anklagend.

„Ansichtssache", erwiderte Krain lapidar. „Leider gestaltete sich die ganze Aktion nicht so einfach, wie sie auf den ersten Blick erscheint. Ich musste Robin eine Zeit lang beobachten, da ich ihm ähnlich sein muss. Seine Bewegungen, sein Körper, seine Gewohnheiten. Sonst kann ich seinen Körper nicht einnehmen, und die Eltern und weiß ich wer würden merken, dass etwas nicht stimmt. Nicht, dass sie dann etwas daran ändern könnten." Er grinste und zeigte dabei eine Reihe einwandfreier, aber gelber Zähne. „Aber ich musste eh eine bestimmte Zeit überbrücken, in der sich der Geist von Robin – verloren irgendwo in Thinkit – langsam vom Körper löste."

So unauffällig wie möglich hatten die drei Jugendlichen sich in den letzten Minuten voneinander entfernt. Keinerlei Absprache war vonnöten gewesen, sie hatten es instinktiv getan. Robin befand sich nach wie vor direkt vor Krain, aber Damaris stand zwei Meter rechts von ihm, Marcus sogar am Fußende des Bettes. Tina hatte sich an Marcus Seite begeben, die anderen Thinks standen schweigend zusammen an der Tür zum Garten.

Sie mussten Krain außer Gefecht setzen. Das war die einzige Möglichkeit, die Damaris sah. Wenn Robin sich bereithalten würde, in seinen Körperschatten zurückzukehren, dann würde sie oder Marcus Krain schon irgendwie lang genug ablenken, um ihn von der Verfolgung abzuhalten. Sie zwinkerte Robin zu, versuchte seine Aufmerksamkeit zu bekommen.

„Und warum sollte ich dann nicht die Zeit ..." Krain hatte weiter erzählt, hielt jetzt aber inne und schaute abwechselnd Damaris und Robin an. „Was soll denn dieser ach so unauffällige Augenkontakt? Ihr werdet doch wohl nicht versuchen, mich auszutricksen? Davon ist euch nur abzuraten ... Seid froh, dass ich euch noch nicht beseitigt habe. Aber gut, dass ihr mich daran erinnert!" Theatralisch hob Krain die Hände. „Denn wie wir aus den unzähligen Filmen und Büchern wissen, redet der vermeintliche Bösewicht sich bei der Auflösung der ganzen Geschichte immer fest, und gibt damit den anderen die Chance ihn unschädlich zu machen." Er schaute in die Runde „Aber nicht jeder ist so blöd, wie die Typen in den Büchern und Filmen."

Damaris zwinkerte Robin erneut zu. Das Bett! Wenn er doch bloß zu seinem Körperschatten gehen würde! Sie würde sich um Krain kümmern.

Krain blickte wieder von Damaris zu Robin und dann zu Marcus. Er grinste boshaft. „Dann will ich euch mal fixieren. Ich habe das klugerweise schon mal vorbereitet." Er freute sich über seinen kleinen Scherz.

Seinem Blick folgend, schauten alle auf die Gartentüren. Zuerst konnte Damaris nichts erkennen; draußen war es dunkel. Erst als Tina auf einen Befehl von Krain hin die Außenbeleuchtung einschaltete, sah Damaris mit Schrecken den großen Käfig. Ein paar Meter tief, zwei Meter hoch und einige Meter breit, blockierte er vollständig die Aussicht vor den beiden Gartentüren des Zimmers.

„Da drin entwischt ihr mir wenigstens nicht." Mit einem Nicken deutete Krain auf den Käfig. „Wir können es auf die nette Art und Weise machen, oder ihr sträubt euch ... Eure Entscheidung."

„Moment ...", sagte Damaris. Sie musste ihn unbedingt ablenken! Fiebrig durchsuchte sie ihr Hirn nach irgendetwas, was ihn aufhalten könnte. „Uhm ... Marcus, erzähle ihm doch von ... von der Geschichte mit dem Telefon. Wie wir versucht haben, ihn zu überlisten."

Marcus schaute das Mädchen verwirrt an. Warum sollte er davon erzählen? Hoffentlich wusste sie, was sie tat. „Ähm, na ja ... Wir hatten geplant, dass Sie jemand anruft. Um Sie zu wecken, so dass Sie auf keinen Fall im Körperschattenraum hätten sein können, als wir hier vorhin aufgetaucht sind."

„Ein Anruf?" Krains Gesicht verzerrte sich kurz zur Fratze. Drohend tat er einen Schritt in Richtung Damaris, bevor er sich wieder unter Kontrolle bekam und sein Gesicht sich entspannte. „Glaubt ihr wirklich, ich wäre so dumm, und lasse das Telefon an? So wie Damaris damals, als ich sie anrief?" Er schüttelte den Kopf. „Nein! Ich liege gerade friedlich in meinem Bett, ohne gestört werden zu können. Sogar meine Pflegerin habe ich heute abbestellt. Vor morgen kommt sie nicht. Wird ein harter Tag für sie, denn was sie finden wird, ist ein Mann, den sie nicht mehr aufwecken kann. Ein Mann im Koma."

Ein bedauernder Ausdruck – offensichtlich gespielt – überzog sein Gesicht, dann zuckte er die Achseln und das Grinsen kehrte zurück. „Aber hey! Dafür ist der hier dann wieder aufgewacht!" Er drehte sich zum Bett um, sein Rücken nun Damaris zugekehrt, und zeigte auf den Körperschatten. „Mit einer etwas abgeänderten Persönlichkeit natürlich, aber das wird jeder als normal hinnehmen. Immerhin lag der arme Junge sechs Monate lang im Koma."

Der Moment, auf den das Mädchen gewartet hatte, war da: Krain konnte sie nicht sehen. Eine an die Wand gelehnte Gitarre anvisierend, ging sie leise ein paar Schritte zur Seite. Das

Musikinstrument würde – wie ein Baseballschläger geschwungen – ausreichend Schaden an einem unvorbereiteten Krain anrichten, um Robin die benötigte Zeit zu verschaffen. Doch leider hatte sie nicht an den Fußboden in Robins Zimmer gedacht. Das Aufsetzen ihrer Füße auf den quietschenden Dielen wurde ihr zum Verhängnis.

Krain drehte sich ruckartig zurück, Damaris ins Auge fassend. Mit der erhobenen Hand machte das Mädchen eine schnelle wischende Bewegung, mit dem Ziel, Krain gegen die Wand zu schmettern.

Nichts passierte.

Dann sah sie das Grinsen in Krains Gesicht und die Faust die auf ihren Magen zukam. Eine Sekunde lang verlor sie vor Schmerz das Bewusstsein.

„Kommt bloß her!" Mit einem wütenden Schrei griff Krain nach Paru und Nika, die zur Hilfe eilten, und warf sie gegen die Wand neben den Gartentüren. Die beiden Zwelfen krachten mit einem Übelkeiterregendem Geräusch gegen die Mauer und fielen zu Boden. Sie bewegten sich nicht mehr.

„Nein! Halt!", schrie Damaris, sich aufrappelnd. Den Schmerz vergaß sie angesichts der Situation zeitweise.

„Das hast du nun davon, Mädchen!", rief Krain, während er Bullie einen harten tritt in den Bauch verpasste. Keuchend brach der Stier zusammen. Der dünne Faden rötlicher Flüssigkeit, der sich aus seinem Mundwinkel auf den Boden ergoss, machte auf tragische Weise deutlich, dass auch durch die Adern eines Thinks Blut strömte.

„Sonst noch jemand?" Krain sah sich um.

Bonnie konnte der Peiniger nicht sehen, er saß außer Reichweite unter dem Bett. Marcus war mit Tina zurückgewichen, Robin rieb sich das Knie. Beide Jungen hatten ihr Herbeistürzen mit dem Einstecken von Schlägen bezahlen müssen.

„Ihr beiden! Hierher!", kommandierte Krain, der mittlerweile ein Messer in der Hand hatte. Anscheinend hatte er die Waffe im Körperschattenraum deponiert und nun aus dem Schreibtisch hervorgezogen.

Robin und Marcus folgten seiner Aufforderung widerwillig. Marcus hatte einen Kratzer an der Stirn, Robin hinkte leicht, aber beide gaben sich ungebrochen, stolz.

Verstohlen blickte Marcus auf die Uhr. Zehn Uhr zehn.

Krain kam nun auf Damaris zu, griff sie am Arm und zerrte sie grob hoch. Seine Finger gruben sich schmerzhaft in ihre Muskeln, Damaris biss die Zähne aufeinander. Ihren Schmerz würde sie ihm nicht zeigen.

„Super, Mädchen! Alle verwundet oder vielleicht sogar tot. Durch deine Aktion. Herzlichen Glückwunsch! Kann ich dir sonst noch irgendwie helfen?" Er schlug ihr wütend mit der flachen Hand ins Gesicht, gleichzeitig ihren Arm loslassend.

Damaris landete direkt vor Robins und Marcus' Füße. Nur mit Mühe konnte sie die Tränen zurückhalten.

„Was? Keine großen Taten mehr?" Krain sah sie mit giftigen Augen an.

„Und bevor du es nochmal probierst: Deine Fantasie bewirkt im Körperschattenraum nichts!"

Er sah sich nochmal nach Bullie und den beiden Zwelfen um. „Gut, dann will ich mich mal an die Arbeit machen." Er ging auf Marcus und Robin zu, als er es sich nochmal anders überlegte. „Du! Damaris! Aufstehen! Gehe zu deinen Think-Freunden!"

Langsam stand Damaris auf. Robin und Marcus folgten ihre Bewegungen mit beunruhigtem Blick, geduckt ging sie an der drohenden Gestalt Krains vorbei.

„Hinsetzen!"

Damaris schaute verstohlen nach den anderen. Beruhigt stellte sie fest, dass Bullie schon wieder in der Lage war, den Kopf zu heben. Es waren Paru und Nika um die sie sich die größten Sorgen machte. Die Zwelfen hatten sich immer noch nicht gerührt. Aber Damaris glaubte ein Heben und Senken von Parus Brustkorb ausmachen zu können. Nika flatterten die Augenlider.

„Und?", fragte Krain mit dem Anflug eines Lächelns. Er hatte sie schweigend beobachtet und genoss anscheinend ihre Angst.

„Viel fehlt nicht mehr!", sagte Damaris mit eiskalter Stimme.

„In dem Fall ...", sagte Krain mit gespielt bedauerndem Gesicht, „... sollten wir sie vielleicht von ihrem Leiden erlösen."

„Was? Nein!", schrie Damaris und sprang auf. Eine Ohrfeige ließ sie zu Boden stürzen.

Die dreißig Zentimeter Stahl in Krains rechter Hand glänzten unheilverkündend. „Doch! Und das hast du nur dir selber zuzuschreiben! Ein bisschen Kooperation hätte dich und deine Freunde vor vielem bewahrt!" Er ging auf die unbeweglichen Paru und Nika zu, bückte sich und griff nach Parus Hemd. Dann hob er das Messer.

Ohne auch nur ein einziges Geräusch von sich zu geben, schoss Bonnie unter dem Bett hervor und versenkte seine Zähne in Krains Bein. Schmerzerfüllt trat dieser mit dem Bein gegen das Bücherregal, Bonnie damit an das Holz schmetternd.

Das Meerschweinchen polterte bewusstlos auf die Dielen.

Mit einem Aufschrei stürzte sich Damaris auf Krain. Viel erreichte sie nicht, aber immerhin brachte sie ihn aus dem Gleichgewicht. Beide fielen hart zu Boden. So schnell sie konnte rappelte Damaris sich auf und schaute panisch um sich. Das Messer hatte er nicht fallen lassen, nach wie vor schimmerte die Klinge in seiner großen Hand. Damaris brauchte eine Waffe! Egal welche!

Neben ihr war das Bonnie zum Verhängnis gewordene Bücherregal, aus dem sie nun Bücher herausriss, um sie Krain entgegenzuwerfen. Auch er war wieder auf den Beinen und wollte sich gerade ungeachtet der fliegenden Bücher auf Damaris stürzen, als ihn der Schreibtischstuhl traf. Mit dem Ausstoß eines lauten Fluches stürzte er erneut. Blut lief ihm über die Stirn.

Marcus und Robin hatten sich wieder eingeschaltet. Kurzzeitig hatten sie Damaris damit gerettet. Aber was nun? Aus Mangel an weiteren Wurfgegenständen hatten die beiden Jungen sich auf Krain stürzen wollen, aber das Messer ließ sie zurückweichen.

„So …", keuchte Krain mit verzerrtem Gesicht, während er sich erneut aufrappelte. Bei dem Versuch, seine Stirn von Blut zu säubern, hinterließ er schmierige Streifen. „Jetzt ist endgültig Schluss mit Spielchen!" Er richtete sich zu seiner vollen Länge auf, griff dann den Stuhl und warf ihn über das Bett an die Wand. Mit einem lauten Poltern stürzten die Bruchstücke zu Boden.

Die drei Kinder und Tina hatten sich zusammengerottet und stellten sich schützend vor die regungslosen Zwelfen und den schwer atmenden Bonnie.

„Jetzt wird hier erstmal aufgeräumt! Und für Damaris gibt es nun keinen Käfig mehr, sondern die Ewigkeit!"

„Dazu musst du dann aber uns erst aus dem Weg räumen!" Robins Stimme vermochte es nicht, die drohenden Worte überzeugend rüber zu bringen. Demonstrativ schob er Damaris hinter sich.

„Kein Problem!", erwiderte Krain zwischen zusammengepressten Zähnen hindurch und griff Robin am Ärmel. Mit einem Krachen, das ihm erneut die Luft aus den Lungen trieb, fand Robin sich in einer Ecke des Käfigs wieder. Marcus erging es ein paar Sekunden später auch nicht besser. Noch bevor die beiden Jungen sich aufrichten konnten, schloss Krain die Tür ab. Die metallene Kette, an welcher der Schlüssel befestigt war, hängte er sich um den Hals.

„Nun zu dir …" Krain packte Damaris am Arm und warf sie von außen gegen den Käfig.

Mit dem Rücken presste sie sich an die Gitterstäbe. Hinter ihr rappelten Marcus und Robin sich gerade auf.

„Dann schaut mal zu, was passiert, wenn man einen Menschen in Thinkit umbringt", keifte er, während er das Messer zum Hieb anhob. Sein Gesicht war verzerrt, eine neu gebildete dünne Blutspur lief von seinem Haaransatz zu seiner rechten Augenbraue. Tropfen der roten Flüssigkeit fielen herunter, einige trafen auf seine Oberlippe.

Robin und Marcus schmissen sich gegen die Käfigtür, aber außer ein kleines Beben in den Stäben der stabilen Konstruktion erreichten sie nichts. Sie hätten ebenso gut gegen eine massive Steinmauer rennen können.

„Nein!", schrie Robin, als sich Krains Hand auf Damaris' Kehle senkte. Er schloss die Augen; das konnte und wollte er nicht mit ansehen. Ein letzter Schrei von Damaris brannte sich in sein Gehirn. Dann herrschte Stille. Kein Wort. Kein Todeskampf.

Das Schlimmste fürchtend, öffnete Robin die Augen einen Spalt weit.

Damaris lebte noch, sie stand mit geschlossenen Augen und verzerrtem Gesicht am Käfig. Sie schien sich durch die Gitterstäbe hindurchdrücken zu wollen.

Versteinert, ohne einen einzigen Gedanken im Kopf, sah Robin die Szene vor sich.

„Na endlich!", murmelte Marcus neben ihm erleichtert. Seine Körperhaltung verlor urplötzlich alle Spannung, wie ein prall gefüllter Ballon, aus dem die Luft entweicht.

Robin schaffte es, aus seiner Lähmung auszubrechen und richtete seinen Blick auf Krain. Ihr Feind stand zitternd da, das Messer immer noch auf Damaris zeigend. In seinem Gesicht konnte Robin Unverständnis und Anspannung sehen: Krain schien gegen irgendetwas an zu kämpfen. Aber gegen was?

Marcus legte die Stirn gegen die Gitterstäbe und sprach ihren Folterer an, dem gerade das Messer aus der zitternden Hand fiel.

„Ach ja, da habe ich im Stress von vorhin wohl vergessen, Ihnen was zu erzählen! Dieser Plan, den wir hatten, der ging noch weiter!" Er grinste und hob die Hand. Dann winkte er. „Bye, bye!"

Ein Schrei löste sich von Krains Lippen, als er durch eine unsichtbare Macht rückwärts weggezogen wurde. Geistesgegenwärtig sprang Tina vor, und riss dem besiegten Feind die Kette mit dem Schlüssel vom Hals. Ein klirrendes Geräusch erklang, als einige der silbernen Glieder zersprangen. Nur den

Bruchteil einer Sekunde später verschwand Krain durch die Schreibtischschublade.

„Wie …?", fragte Robin.

„Später!", erwiderte Marcus. „Erstmal musst du den Durchgang von Krain verschließen, damit er nicht wiederkommen kann!"

Tina hantierte bereits am Schloss. Ein Moment später stürzte Robin aus dem Käfig, direkt zum Schreibtisch.

Zufrieden schaute Robin auf die offene Luke im Gewölbe vor der Pforte zum Körperschattenraum. An Stelle eines dunklen Ganges, der zu einem anderen Ort führte, zeichnete sich nun eine Steinmauer ab.

„Da geht niemand mehr durch …", murmelte er beruhigt.

Damit hatte er Krains Weg zu seinem Eintrittsraum abgeschnitten, die Gefahr war gebannt. Zumindest vorerst.

Zurück in seinem Körperschattenraum fand Robin alle seine Freunde auf seinem Bett versammelt. Mittendrin saß sein alter Kumpel.

„Erledigt?", fragte Marcus.

Robin nickte. „Der Zugang ist Geschichte."

„Geht's euch gut?", fragte er dann die beiden Zwelfen, die wieder bei Sinnen waren. Gegen Damaris und Tina gelehnt kamen sie langsam wieder zu sich. Letztere hielt außerdem Bonnie im Schoß, der zwar nicht blendend, so doch lebendig aussah.

„Jetzt schon", antwortete Paru leise. Sie rieb sich den schmerzenden Hals. „Nichts, was nicht morgen wieder in Ordnung wäre."

Robin nickte und ließ seinen Blick über seine kleinen und großen Freunde gleiten. Er holte tief Luft. „Danke!", sagte er knapp. Zu mehr war er gerade nicht in der Lage. Seine Gefühle konnte er nicht in Worte fassen: Er fühlte sich befreit, wie ein neuer Mensch.

Damaris zeigte auf Marcus, während sie Robin über die Geschehnisse während seiner Abwesenheit aufklärte: „Wir wollten wissen, was nun überhaupt genau passiert ist. Aber er hat sich

400

geweigert und wollte auf dich warten." Sie richtete einen bittenden Blick an Marcus. „Ich sterbe schon fast vor Neugierde!"

„Nun erzähle schon!", pflichtete Robin bei.

Marcus grinste. „Lieferdienst", sagte er kurz und bündig.

Kapitel 39: Pizza Rapido

Kurz nach zehn hielt in der Lindenallee 35 in einer 500 Kilometer entfernten Stadt ein kleiner Wagen. Ein Jugendlicher – nicht älter als zwanzig – stieg aus und ging zum Kofferraum. Auf den beiden Autoseiten und auf der Heckklappe, an der er sich jetzt zu schaffen machte, stand groß der Schriftzug: „Pizza Rapido".

Der Jugendliche entnahm dem Kofferraum eine große flache Schachtel, ließ den Kofferraumdeckel zufallen und lief zur Haustür.

„Nomortal", las er den ungewöhnlichen Namen vom Klingelschild ab. Ein komischer Name für eine komische Person. Denn wer bestellte schon um zehn Uhr morgens die erste Pizza?

Er klingelte.

Als sich nichts tat, versuchte er es erneut, dieses Mal hielt er den Klingelknopf deutlich länger gedrückt.

Jetzt regte sich etwas: Eine sich überschlagende Stimme schrie, übernatürlich und unmenschlich. Voll Wut, voll Verzweiflung, voll Hass.

Der Pizzalieferant drehte sich panisch um, sprang ins Auto und raste davon.

Kapitel 40: Rückkehr

Robins Eltern waren mit den Nerven am Ende. Immer wieder belagerten sie Dr. Wichtel. „Aber wie kann das sein? Er hat sich bewegt, er hat mich sogar kurz angeschaut!"

„Frau Wundal, der komatöse Zustand ist nicht so einfach zu verstehen. Ich wäre ein glücklicher Mensch, wenn ich Ihnen mit Sicherheit sagen könnte, dass Ihr Sohn bald wieder aufwacht. Aber so einfach ist das nicht ..."

„Er war schon wach! Aber er ist wieder eingeschlafen. Er war hier! Ich konnte es in seinen Augen erkennen. Und schauen Sie sich ihn jetzt an ..." Tränen bildeten sich in ihren Augenwinkeln.

Herr Wundal, ein schmaler Mann mit dunklem Haar und braunen Augen nahm seine Frau in den Arm. „Schatz, es wird schon wieder werden. Er wird es schaffen, da bin ich mir sicher! Wenn nicht heute, dann morgen. Unser Sohn gibt so schnell nicht auf." Er küsste sie sanft auf die Wange. „Ich hole dir jetzt einen Kaffee."

Robins Vater sollte recht behalten: Keine Minute später war ein spitzer Aufschrei zu hören. Herr Wundal und Dr. Wichtel eilten zurück zum Krankenzimmer, wurden aber von der entgegeneilenden Frau Wundal abgefangen.

„Er bewegt sich wieder, aber ruhiger als vorhin! Kommen Sie, kommen Sie!" Sie griff den Arzt beim Arm und zog ihn mit sich. Herr Wundal folgte den beiden mit ein paar Schritten Abstand.

Robin schaute in ihre Richtung, als sie das Zimmer betraten. Seine Augen waren halb geöffnet, sein Kopf lag matt und kraftlos auf dem Kissen. Aber beim Anblick seiner Eltern verzog sich sein Gesicht zu einem Ausdruck von Freude. Was früher so einfach gewesen war, kostete ihn sehr viel Mühe. Aber das war jetzt alles egal.

„Robin!", war das Einzige, was seine Mutter noch sagen konnte, bevor Sie ihren Sohn in die Arme schloss. Freudentränen liefen seinem Vater über die Wange.

Er war zurück.

Epilog

Damaris saß an ihrem Schreibtisch und schrieb. Hinter ihr standen Marcus, Robin und Tina. Auf dem Schreibtisch lagen bereits zwei angefangene aber nicht beendete Briefe. Zwei Versuche, die sie dann wieder verworfen hatten.

Es waren Sommerferien. Sechs Monate waren verstrichen, seit sie Robin aus den Klauen von Krain befreit hatten. Seitdem hatte Robin in der Reha-Klinik erneut den Umgang mit seinem Körper gelernt. Es war nicht einfach gewesen, aber jetzt war er fast wieder der Junge, der er vor dem Unfall gewesen war. Nur ein Stück gewachsen war er mittlerweile.

Sie hatten seit dem Kampf um Robins Körperschatten nichts mehr von Nomortal gehört. Ihm war wohl klar, dass die drei Freunde nun wussten, wer er war. Vielleicht hielt er sich deshalb bedeckt. Aber alle vermuteten, dass es noch ein Nachspiel geben würde. Wenn nicht für sie, dann für eine andere Person, dessen Körper er sich bemächtigen wollen würde. Und das musste auf jeden Fall verhindert werden.

Die Eltern der drei Jugendlichen hatten erlaubt, dass sie sich während der schulfreien Zeit alle bei Damaris – sie war die Jüngste – treffen konnten. Robin und Marcus hatten die lange Reise mit dem Zug auf sich genommen, um Damaris endlich außerhalb Thinkit gegenüber stehen zu können.

Nervös waren sie alle drei gewesen. Vor allem Damaris hatte dem ersten Treffen fast schon panisch entgegen gesehen. Rückblickend wunderte sie sich über ihre Ängste. Da sie bereits wussten, wie sie aussahen, war das erste Treffen im richtigen Leben fast wie ein normales Wiedersehen gewesen.

Tina – sie hatte wieder blonde Haare – wusste mittlerweile über die Geschichte Bescheid: Mit Hilfe der überwältigenden Beweise – und die ein oder andere Reise in Thinkit – hatte Damaris sie überzeugen können.

Marcus war sehr gespannt auf die echte Tina gewesen, da er sich mit der Thinkit-Tina sehr gut verstand. Er war nicht enttäuscht worden: Die beiden waren fast gar nicht mehr einzeln anzutreffen. Nach Damaris' Meinung würde es nicht mehr lange dauern, bis Tina ihren ersten Freund haben würde. Ein ausgezeichneter Grund, ihre Freundin aufzuziehen. Leider konterte Tina immer öfter damit, dass Damaris doch an Robin Interesse zeigte.

Abgesehen von Tina hatten die Jugendlichen nur Robins Eltern die ganze Geschichte erzählt. Den anderen Eltern verschwiegen sie ihre Erlebnisse. Sie hätten sie wahrscheinlich sowieso nicht glauben wollen.

Die letzten Tage waren ein großer Spaß gewesen. Sie hatten in der Sonne Volleyball gespielt, waren schwimmen gegangen und in der Nacht hatten sie weiter neue Fähigkeiten geübt und Teilwelten erschaffen. Auch Tina, die echte Tina, hatte sie nachts nach Thinkit begleitet. Im Vergleich zu den anderen drei hatte sie natürlich eine Menge nachzuholen, aber sie stellte sich recht geschickt an. Damaris war gespannt, was passieren würde, wenn Tina die Think-Tina kennen lernen würde. Bisher hatte sie das Treffen vermieden.

Trotz der Freude über die Zusammenkunft der Freunde und der Vorfreude auf weitere Abenteuer gab es aber auch ernste Momente. So wie jetzt. Denn heute hatten sie sich zu einer unangenehmen und schweren Aufgabe zusammen getan.

Damaris beendete den Brief. Als sie ihn unterschrieben hatte, taten es ihr Robin und Marcus gleich. Dann verklebte das junge Mädchen den Umschlag, versah ihn mit einer Briefmarke und ging mit ihren Freunden zum Briefkasten.

Sehr geehrte Frau Kamenz,

wir wissen, dass Sie natürlich noch in Sorge sind um Phirrio. Aber Sie wissen nun: Solange sein Körper noch lebt, ist auch sein Geist nicht tot. Er ist irgendwo in Thinkit, wo wir ihn bis jetzt noch nicht finden konnten. Aber Robin, Marcus und ich üben fleißig neue Fähigkeiten, und wir haben es ja bereits einmal geschafft, Krain zu schlagen. Das werden wir auch noch ein zweites Mal schaffen. Vielleicht dauert es noch ein wenig, aber wir werden Phirrio finden. Und irgendwie finden wir auch einen Weg, ihn wieder zu ihnen zurückkehren zu lassen. Wir werden nicht aufgeben.

Mit freundlichen Grüßen,

Damaris, Robin, Marcus und die Thinks

Zum Autor

- Name: Yves Gorat Stommel
- Wohnort: Recklinghausen
- Kalendarisches Alter: Ändert sich fortlaufend, Bezugspunkt 1977
- Gefühltes Alter: Je nach Arbeitstag und Laune meiner Kinder (und Ehefrau)
- Beruf: Ingenieur, Vater, Ehemann (nicht notwendigerweise in dieser Reihenfolge)
- Kreativität: Basierend auf der Frage „Was wäre, wenn ..."
- Gelesene Geschichten: Grundsätzlich alle Genres, gerne auch Jugendbücher
- Geschriebene Geschichten: Fantasy, Reiseberichte, ab 2016 auch Science Fiction
- Sport: Hin und wieder
- Stärken: Ja
- Schwächen: Die Schwächen ignorieren
- Lebensmotto: „Connecting the dots"

Weitere Bücher von Yves Gorat Stommel

- Die unglaublichen Erlebnisse des Sevy Lemmots
- Achtbeinige Seelen
- Der Vierjährling (Frühling 2015)
- Die Zeitarena (Zweite Halbjahr 2015, Arbeitstitel)

Kapitel 1 aus „Die unglaublichen Erlebnisse des Sevy Lemmots"

Die Arme in die Seiten gestemmt, stand Sevy Lemmots neben seinem 82er Chevrolet und nahm seinen neuen Kauf in Augenschein. Sein Grinsen reichte von Ohr zu Ohr. Heute war ein guter Tag! Fast schien es ihm, das Haus habe ihn erwartet. Voller Kraft widersetzte die Villa sich der Schwerkraft und strebte wahrhaft majestätisch dem Himmel entgegen.

Sevy legte den Kopf schräg, schürzte die Lippen. Nun gut, nicht wirklich majestätisch; um einige Ausbesserungsarbeiten würde er wohl nicht herum kommen. Unter anderem gab es eine größere Menge an Löchern zu stopfen: 138, um genau zu sein. So viele Kugeln hatte der Vorbesitzer während seines Amoklaufs in die Wände geschossen. Vollkommen wahllos wie es schien, und doch überlegt. Denn immerhin hatte er gleich mehrmals ein neues Magazin einlegen müssen. Abgesehen von dem Gebäude (und dem rechten Fuß des Irren – auf unerklärliche Weise hatte sich eine Kugel dorthin verirrt) war kein Schaden entstanden. Der Grund war schlicht und einfach der, dass dieses Gebäude trotz seiner Größe lediglich eine Person beherbergt hatte. Das war schon immer so gewesen – erst recht seit das Anwesen den Spitznamen ‚Musen-Villa‘ trug. Im Volksmund, wohlgemerkt; der Makler hatte vielmehr von einer ‚Geschichtsträchtigen und soliden Investition für die Zukunft‘ gesprochen.

Wie dem auch sei: Seit ein gewisser Alfons Herder das neo-gotisch angehauchte Prunkstück hatte errichten lassen, hatte nie mehr als eine Person gleichzeitig dort gelebt. Aldamor Frick – so der Name des letzten Besitzers – war dementsprechend alleine gewesen, als er sein Haus unter Zuhilfenahme einer Schrotflinte umdekorierte. Trotz der Abgeschiedenheit der Villa war seine Tat nicht unbemerkt geblieben und kurz darauf musste Aldamor ausziehen. Die Regierung

411

spendierte ihm eine weiße Zwangsjacke, freie Kost und Logis und ließ ihn sogar kostenfrei abholen.

Aldamor Frick: Der Name eines großen Künstlers! Ein großer Künstler, der nun in der Irrenanstalt vermutlich mit Wasserfarben und Papier anstatt Öl und Leinwand hantierte. Ein wahrhaft bemerkenswerter Verlauf eines kurzzeitig so erstaunlichen Lebens. Innerhalb weniger Monate war Frick zum neuen Star der Kunstszene avanciert, innerhalb weniger Tage – so schien es – hatte er dann den Verstand verloren, was schließlich in der zusätzlichen, gebäudeweiten Lüftung resultierte.

Abschrecken konnte diese Vergangenheit des Hauses Sevy nicht. „Ein Unikat!", freute er sich, schloss die Tür seines Autos und ging auf das Haus zu. Links, rechts und hinter der Villa breiteten sich Felder aus, in größerer Entfernung hier und da unterbrochen von kleinen Kiefer- und Pappel-Ansammlungen. Hinter ihm lag die vereinsamte Landstraße – wenn zwanzig Autos am Tag hier vorbei fuhren, wies das bereits auf Umgehungsverkehr in Folge eines Unfalls auf der Hauptstraße hin.

Sevy zögerte den Moment des ersten Betretens heraus und schlenderte stattdessen gemächlich um das Haus herum. Von einem nahezu quadratischen Grundriss aus erhob sich das Gebäude etwa sieben Meter bis zum Dachfirst. Auf den ersten Blick ein düsterer, unheimlicher Bau, bewunderte Sevy die Villa dennoch seit Jahren. Denn er wusste nicht nur um dessen Geschichte und Ruf, sondern ihm war natürlich auch das unter der Hand weitergegebene Versprechen an die Bewohner der ‚Musen-Villa' nicht unbekannt: Ein Versprechen, das auf eine strahlende Zukunft hoffen ließ.

Nur wenige Tage ohne Bewohner hatten gereicht, um das Haus das Aussehen einer Geistervilla zu verleihen. Der Rasen wucherte wild, einige Fenster standen einen Spalt weit offen, Farbe blätterte von den Türpfosten. Und dann war da noch die Stille. Diese unheimliche Stille. Nicht einmal Vögel hielten sich in der Nähe der Villa auf: Es gab einfach keine Bäume, auf denen sie sich hätten niederlassen können.

Sevy sah hinauf zu dem schwarz geschindelten Dach. Auch dieses wurde von den Vögeln verschmäht.

Den einzigen Schandfleck des Anwesens bildete ein kleiner Bau, der hinter der Villa errichtet worden war. Nie vervollständigt, schauten aus dem grauen Kubus eine Vielzahl verrosteter Armierungsstangen hervor. Am besten, er würde das unfertige Bauwerk wegreißen lassen. Die schwere Eichenholztür knarzte laut, als sie widerwillig den Weg in das Hausinnere frei gab. Für Sevy war es das erste Mal, dass er die Villa betrat. Er hatte das Anwesen gekauft, ohne je einen Fuß hinein gesetzt zu haben. Zu berühmt das Bauwerk, als dass er nach dem Lesen der Anzeige in der Zeitung nicht sofort nach dem Telefon gegriffen hatte. Eine solche Chance hatte er nicht durch Zögern ungenutzt verstreichen lassen können.

Die kleine Eingangshalle war im Großen und Ganzen leer. Einzig eine einfache Kommode hatte die Umzugsfirma übersehen – oder absichtlich vergessen? Staub lag Fingerdick überall dort, wo ... nun, fast überall. Lediglich einige freigetretene Pfade zogen sich von dem Eingang zu dem Treppenhaus, beziehungsweise zu den drei Türen: Eine ihm direkt gegenüber, eine zweite links von ihm und die dritte rechts von ihm unter der Treppe, welche mittig im Haus ihren Ursprung nahm und dann zur Vorderfront des Hauses hin in das Obergeschoss führte. Die dritte Tür führte in den Keller, wie Sevy mit einem kurzen Blick feststellte. Diesen würde er später inspizieren. Auch das Obergeschoss hob er sich für später auf, allerdings warf er dennoch schnell einen neugierigen Blick die steile Treppe hinauf, welche von einem gewundenen Geländer aus dunklem Holz flankiert war. Überhaupt schien so gut wie alles im Eingangsbereich aus Holz gefertigt oder im Falle der Wände zumindest damit vertäfelt zu sein.

Sevy legte die Schlüssel auf der Kommode ab, erste Fingerabdrücke in der unbefleckten Staubschicht hinterlassend. Dann begab er sich auf eine Erkundungstour im Erdgeschoss. Die linke Tür führte in das große Wohnzimmer, welches ohne Möbel einen eher kalten und ungemütlichen Eindruck machte. Wie der Makler ihm erzählt hatte, war das Erdgeschoss zu Aldamor Fricks Zeit mehr oder weniger unbewohnt gewesen. Der Künstler hatte sich in das Obergeschoss zurückgezogen, lediglich die Küche wurde hin und wieder benutzt.

Die zweite Tür – direkt der Eingangstür gegenüber –, führte auf eben jene Küche, auf welche Sevy nun zu hielt. Zum Leben brauchte er nicht viel, doch Nahrung musste auch er zu sich nehmen. Hoffentlich funktionierten die Gerätschaften nach der Schießerei noch: Geld für großspurige Ersatzkäufe blieb ihm nicht.

Er hatte den Flur bereits fast durchquert, als er inne hielt. Verwundert drehte er sich um, schaute zur Kommode und griff sich dann an die Hosentaschen. Schon wollte er in das Wohnzimmer zurückkehren, tat es dann doch nicht. Er war sich sicher: Seine Schlüssel hatte er auf die Kommode gelegt. Nur, dass sie dort nicht mehr waren.

Er warf einen Blick unter das Möbelstück. Nichts – außer Staub und den skelettierten Überresten einer Maus. Eine weitere Bestätigung, dass Reinlichkeit nicht zu Fricks herausragenden Eigenschaften gezählt hatte.

Einen Moment lang überlegte Sevy … zugegebenermaßen war er oft etwas vergesslich, in Gedanken nicht ganz bei der Sache. Hatte er sie vielleicht doch …? Auf das Gründlichste durchsuchte er seine Taschen, öffnete aus purer Verzweiflung sogar die Schubladen der Kommode – und riss die Augen auf.

Da waren sie!

Kopfschüttelnd nahm er den Bund heraus. „Weniger ‚Haus der Musen‘, sondern eher ‚Haus der Vergesslichkeit‘", murmelte er, dann schluckte er seine Verärgerung hinunter, genoss dafür den kurzen Schub der Erleichterung, und trat in die Küche.

Der Raum war hell, Fenster in den zwei Außenmauern ließen Licht herein, in den beiden übrigen Wänden befand sich jeweils eine Tür. Seine Neugierde keinen Einhalt gebieten könnend, warf Sevy einen kurzen Blick in den letzten Raum des Erdgeschosses. Er zog sich über die gesamte rechte Seite des Hauses und war wie das Wohnzimmer vollkommen leer. Der sogenannte Salon.

„So viel Platz", sagte er in die Stille hinein und kehrte beunruhigt, da in Gedanken bereits bei der winterlichen Heizrechnung, in die Küche zurück.

Auch hier befanden sich fast keine Möbel mehr. Außer einem Tisch und zwei Stühlen stellte lediglich der gelbe Kochtrakt einen Blickfang dar; er wurde durch eine Trennwand in Brusthöhe (ihm drängte sich das Wort ‚Bar' auf) von dem Rest des Raumes abgetrennt.

Die Anzahl der Einschusslöcher war hier an einer Hand abzuzählen. Insgesamt schienen der Raum und dessen Inhalt in guter Verfassung; als Sevy den Kühlschrank einschaltete, stellte er zufrieden fest, dass sich ein leises Summen vernehmen ließ.

Er konnte es kaum mehr erwarten einzuziehen! Einige kleinere Leinwände, ein paar Tuben Ölfarbe, eine Matratze mit Bettzeug und einen Koffer mit Kleidung hatte er bereits mitgebracht. Theoretisch konnte er gleich anfangen zu malen, wäre da nicht das Verpflegungsproblem. Am besten war es sicherlich, er fuhr kurz in die Stadt, um sich mit einigen Nahrungseinkäufen schon heute notdürftig in seinem neuen Zuhause und Atelier einrichten zu können.

Voller Vorfreude warf Sevy ein letzten Blick aus dem Fenster, wandte sich zum gehen – und stockte.

„Hey!"

Über die Trennwand hinweg sah er direkt auf den kleinen Esstisch, auf den er seine Schlüssel abgelegt hatte. Sie waren fort, schwebten nun wenige Zentimeter oberhalb der Tischplatte – gehalten von einer schmalen knochigen Hand. Mehr war von der diebischen Person nicht zu sehen.

Schnell ging Sevy um den Tisch herum und näherte sich dem Eindringling.

Mitten in der Bewegung hatte die kleine Gestalt inne gehalten. Auf den Zehen stehend hielt das Wesen die Schlüssel im über dem Kopf ausgestreckten Arm, auf frischer Tat ertappt. Langsam wandte es Sevy den Kopf zu, ein schuldiges Lächeln auf den spröden Lippen. Der Körper war schmal und in ein weites braunes Gewand gekleidet, welches an der Taille mit einer Kordel zusammengehalten wurde. Im Vergleich zu der Statur – das Wesen mochte höchstens einen Meter groß sein – nahm sich der Kopf geradezu massig aus. Dessen Form war darüber hinaus eher breit als hoch, die flache Stirn und das fliehende Kinn gaben dem Wesen etwas Kindliches. In der Tat mochte man den verhinderten Dieb auf den ersten Blick für ein Kind halten, doch schon der zweite belehrte einen eines Besseren: Kinder waren in aller Regel nicht kahl und verfügten außerdem nicht über eine derart gedeihende Nasenhaarpracht.

Alles Kleinigkeiten, die Sevy momentan nicht interessierten. Verärgert fragte er: „Was soll denn das werden?"

„Uhm … Schlüssel?", meinte das Wesen, scheu den Mund verziehend. Noch immer stand es unbeweglich, das Bündel in der Hand über dem Kopf.

„Meine Schlüssel", spezifizierte Sevy. „Hast du sie vorhin auch schon genommen? In der Vorhalle?"

Stolz nickte das Wesen.

„Super-Leistung", höhnte Sevy.

„Danke." Das Wesen entspannte sich angesichts des vermeintlichen Lobes und steckte den Schlüsselbund ein.

„Hey! Die hätte ich gerne wieder!"

Mit großen Augen sah die Gestalt ihn an. „Was?"

„Die Schlüssel."

„Welche Schlüssel?"

„Die in deiner Tasche!", verlor er die Geduld.

„Welche Tasche?"

„Die Tasche in deinem …"

Das Wesen lachte, hielt sich prustend die Hand vor den Mund. Die langgliedrigen Finger verdeckten fast die Hälfte des Gesichtes. „War nur ein Scherz!"

Sevy biss die Zähne aufeinander. „Was willst du überhaupt damit?"

Die fröhliche Miene fiel in sich zusammen. „Womit?"

Entnervt schloss der Künstler einen Moment lang die Augen: „ Mit ... meinen ... Schüsseln."

Die Frage schien kompliziert. Ein Ausdruck der Verwunderung schlich auf das Gesicht des Wesens, nachdenklich schaute es auf den Bund. „Nun ...", meinte es, sich auf die Lippen beißend. „Nun ..." Es sah sich um, offensichtlich nach einem Fluchtweg suchend. Langsam tat es einen Schritt nach hinten, fort von Sevy. „Uhm ... Tja ..."

„Her mit den Schlüsseln!", befahl Sevy und riss den Bund aus den kleinen Fingern.

„Nicht fair!", beklagte sich die Gestalt. „Das war nicht nett!"

„... sagt der Dieb", murmelte Sevy und stecke die Schlüssel tief in seine Hosentasche. Als Demonstration seiner Überlegenheit schlug er zweimal von draußen darauf und schenkte dem Kleinwüchsigen ein überlegenes Grinsen. Dann widmete er sich der Tatsache, dass die Anwesenheit wie auch die Gestalt seines Besuchers eher verwunderlich waren.

„Wer bist du überhaupt?"

„Laval."

Mitleidig verzog Sevy den Mund. „Alternative Eltern, was? Flower-Power-Einstellung? Jeder ist einzigartig und solch ähnliches Gedankengut?"

„Uhm ..."

„Vergiss es", ersparte er Laval die Antwort. „Was tust du hier? Und wie bist du hierhergekommen?"

„Also ..." Laval hob die linke Hand und griff mit der rechten nach seinem Zeigefinger. „Ich bin hier um deine Schlüssel zu verlegen." Nachdenklich streckte er einen zweiten Finger (verwundert stellte Sevy fest, dass Laval nur drei davon hatte): „Und ich komme aus dem Wohnzimmer. Zu Fuß."

Stolz auf seine Ausführungen sah er auf, und zeigte an Sevy vorbei. „Das ist dort!"

„Danke für die überflüssige Info", erwiderte Sevy. Er sah Laval forschend an. „Machst du das eigentlich absichtlich?"

„Was?"

„Alles daran setzen, mich in den Wahnsinn zu treiben."

„Du bist wahnsinnig?" Alarmiert wich Laval ein Schritt zurück.

„Nein, bin ich nicht." Sevy seufzte. „Also, versuchen wir es noch mal: Woher bist du gekommen? Wie bist du in dieses Haus gekommen?" Er fügte hinzu: „Und damit meine ich nicht durch die Haustür."

Ein quietschendes Geräusch ließ Sevy herum fahren, Laval damit mehr Bedenkzeit verschaffend. Ein schmaler Streifen Licht fiel aus dem Kühlschrank, der etwa ein Zentimeter weit geöffnet war. Schon hatte Sevy ihn erreicht, schloss ihn und rüttelte ein, zwei Mal daran, um sicher zu stellen, dass er wirklich zu war.

„Nun", wandte er sich wieder an Laval, „Du wolltest mir …"

Mit Wucht schlug Sevy gegen die Kühlschranktür, als diese sich erneut öffnete. „Memo an mich …", murmelte er, „Tesafilm kaufen."

Dann bemerkte er den Druck, der von der Kühlschranktür ausging – und er hörte die wütenden Schreie, die durch die Isolierung drangen.

Erstaunt wich er zurück, als die Tür aufschwang. Der Kühlschrank war leer – bis auf eine verschrobene Gestalt. Sie war noch etwas kleiner als Laval, doch von genauso merkwürdigem Aussehen. Böse funkelte das Wesen Sevy an, auch wenn es dafür den Kopf schmerzhaft verdrehen musste. Aus irgendeinem Grund hatte es sich zwischen den mittleren und den oberen der Roste gezwängt, die in einer schmutzigen Hose aus Jute steckenden Beine waren unnatürlich angewinkelt.

„Was soll das?", wollte das Wesen wissen. „Soll ich erfrieren? Mir ist kalt!"

Sevy brauchte nur den Bruchteil einer Sekunde, bis er sich gefangen hatte: „Dann ist ein Kühlschrank wohl kaum der richtige Aufenthaltsort für dich. Raus da, das ist kein Bett!"

„Wie kannst du es wagen …", begann die Gestalt, hob dann erstaunt die Augenbrauen. „Hey … rauskommen! Gar nicht mal so dumm …" Einen Moment lang schien das Wesen den Vorschlag ernsthaft in Erwägung zu ziehen, dann schüttelte es den Kopf und meinte: „Mein Fehler: War doch eine blöde Idee." Wie selbstverständlich legte es den Kopf wieder ab und fing zufrieden an zu summen.

Sevy sah sich verdutzt nach Laval um. „Also … bei dir war ich mir schon nicht so sicher, aber der da …"

„Knut", unterbrach ihn Laval.

„Von mir aus …" Er zögerte. „Knut ist kein Kind, oder?"

Laval schüttelte den Kopf. „Schon seit knapp 300 Jahren nicht mehr."

„Richtig", murmelte Sevy. „Natürlich. Denn ihr seid …?"

„Kobolde?", erwiderte Laval unsicher. Jede Frage schien ihn zu überfordern.

„Kobolde …" Sevy blähte die Wangen auf, ließ die Luft laut entweichen. „Kein Wunder, dass die Villa so billig war. Schon nach fünf Minuten gibt das Hirn nach. Ob es hier irgendwelche giftigen Dämpfe gibt?" Er öffnete die Fenster, atmete tief die frische Luft ein, alldieweil interessiert von Laval beobachtet. Knut pfiff inzwischen weiter vor sich hin; Sevy glaubte ‚Marmor, Stein und Eisen bricht‘ zu erkennen.

Schließlich schüttelt der neue Hausbesitzer den Kopf.

„Nein, daran scheint's nicht zu liegen. Bleiben die Möglichkeiten Traum, Hirnlähmung oder ihr seid tatsächlich echt."

Der letzte Teil des Satzes war an Laval gerichtet, der angesichts Sevys abwartenden Blickes nun verunsichert an sich herunter schaute. „Echt?", schlug er dann zweifelnd vor.

„Echt", akzeptierte Sevy mit einem Schulterzucken. Er hatte vieles in seinem Leben gesehen, viel erlebt, da konnten ihn zwei Kobolde nicht schocken. In seiner Jugend hatte er imaginäre Freunde gehabt, später wurden daraus imaginäre Freundinnen (traurig, aber wahr). Außerdem schwor Sevy jedem, der es hören wollte, hoch und heilig, dass er tatsächlich einst ein Gespräch mit seinem Hamster geführt hatte (allerdings hatte er damals recht viel getrunken). So oder so: Die genaue Herkunft seiner Besucher spielte keine Rolle. Irre, hässliche Kinder, Kleinwüchsige, oder tatsächlich Kobolde: Er würde damit fertig werden.

Unvermittelt schlug er sich forsch auf die Hosentasche.

Beleidigt zog Laval die Hand zurück. „Aua!"

„Meine Schlüssel", betonte Sevy. „Und wo wir schon dabei sind: mein Haus! Ich fahre jetzt in die Stadt, und wenn ich zurückkomme, will ich stark hoffen, dass ihr verschwunden seid. Sonst muss ich andere Saiten aufziehen!"

Laval nickte. „Sicher, kein Problem. Dein Haus, deine Schlüssel." Er schien geknickt, doch dann leuchtete sein Gesicht auf. „Ich kümmere mich um Knut!"

Mit einem kritischen Blick auf den Kühlschrank verließ Sevy sein neues Zuhause und fuhr in die Stadt.

Eine längere Leseprobe sowie den Link zum Download dieses Buches gibt es hier:
www.yvesgoratstommel.com/bücher/sevy-lemmots/

Made in the USA
Charleston, SC
18 April 2015